MEMORY HOUSE
记忆坊文化

临渊鱼儿 著

情话微微甜

THE BEAUTIFUL LOVE LETTER

（全二册）上

江苏凤凰文艺出版社
JIANGSU PHOENIX LITERATURE AND ART PUBLISHING, LTD

目录

COTEMTS

一分甜
你好，好久不见 ✧ 001

二分甜
耿耿星河欲曙天 ✧ 036

三分甜
守得云开见月明 ✧ 072

四分甜
粉色玫瑰的爱情 ✧ 111

五分甜
近水楼台先得月 ✧ 144

六分甜

今晚月色真美啊 ✧ 172

七分甜

不及你万分之一 ✧ 207

八分甜

水果味的晚安吻 ✧ 237

九分甜

想和你共度余生 ✧ 268

一分甜

你好，好久不见

“请问你愿意娶淼淼小姐为妻，一生爱护她吗？”

“我愿意。”

我不愿意啊！

淼淼无力地抗拒着，她还没谈过恋爱，怎么忽然就要嫁人了呢？而且她连新郎姓甚名谁长什么模样都不知道。

“淼淼小姐，请问你愿意嫁给霍斯衍先生，一生一世，不离不弃吗？”

“我不……”

等等，霍斯衍？！

淼淼愣了零点一秒后，迅速改口：“我愿意。”

“嗯，你愿意去就好。”安静而黑暗的房间里，空调和加湿器轻微的运转声中，传来一道熟悉的声音。

接着，窗帘被“唰”一下拉开，阳光肆无忌惮地破窗而入，瞬间满室明亮。淼淼紧蹙眉心，下意识要去遮眼睛，没想到刚抬起手，就被人一把拉住，拔萝卜似的把她从床上带了起来。

“妈？”

淼淼茫然地揉了揉眼，看清眼前的人，才意识到刚刚不过是一场幻梦，刹那欢喜如镜花水月，无迹可寻，她顿觉无趣，懒洋洋地又要倒下去。

安榕贞眼明手快地阻止她："你哥来电话说把一份重要资料落家里了，你待会儿给他送过去。"

"我不要。"外面太热了。

"刚刚问你，不是还说你愿意？"

淼淼："呃……"

"让我爸上班顺便带过去吧，妈妈我好困，想再睡会儿。"

安榕贞看了看窗外的大太阳："你爸今天休息，再说天这么热，我可舍不得我老公出去晒。"

得得得，合着老公是亲的，女儿是充话费送的。

淼淼认命地爬起来，趿着拖鞋进浴室，简单洗漱完出来，她脱下清凉的小吊带睡裙，换了条白色棉裙，长发也随意扎成个丸子。

楼下客厅。

安榕贞听到脚步声，回头看到女儿打着哈欠走过来，脸上脂粉未施，干干净净，她问："不涂个防晒霜？"

"不了。"淼淼决定速战速决，她拿起桌上的档案袋，又选了一串车钥匙，懒懒地挥挥手，"走了。"

淼淼刚跨出门槛，她爸谢戚明从书房出来，目光担忧地追随着她纤细的身影："淼淼没事吧？"

安榕贞也皱眉看着外头，白色车子从地下车库开出来，不一会儿就消失在视野中，她收回视线："让她出去透透气也好。"

谢戚明轻叹一声："自从淼淼前段时间参加完高中同学的葬礼，回来后就郁郁寡欢了半个月，整天躲在房间里哪儿也不去。"

安榕贞也颇有感慨："淼淼打小就是个重情的孩子。"

淼淼当然知道妈妈的心思，可这会儿正值盛夏午后，骄阳似火，简直热得人没脾气。还好一路畅行，三十分钟后，她顺利抵达妈妈和堂哥约好见面的花语咖啡馆。

咖啡馆旁边有个小型的地面停车场，远远看去，各式车子停得满满当当的，她开着车进去找车位，尽管车速已经很慢，可还是发生了点意外。

一辆车猝不及防从左边拐角处冲出来，淼淼反应极快地踩下刹车，对方也猛地停下，轮胎和灼热地面剧烈摩擦，声响刺耳。

低调的白色奥迪和嚣张的红色宝马还差几厘米就要碰头了。

淼淼和宝马车的主人几乎同时摇下车窗，两个年轻女司机打上照面，都愣了一下。后者探出头，拨了拨短发："抱歉抱歉，刚拿到驾照。"

那是一张小巧而精致的脸，同样没有化妆，又笑得格外真诚，淼淼也不是爱计较的性子，不过还是提醒了句："你这样很危险的，还是找人带熟了以后再独自上路吧。"

"知道知道，谢谢啊！"短发女生自知理亏，受教地给她敬了个礼，"里面还有一个空位哦。"

女生说完，慢吞吞地开着车走了。

淼淼按照她的指示找到空位停好车，解开安全带，不由得又犯难了，停车场离咖啡馆还有大约一百米的距离，这一路又是无遮无挡的……

淼淼纠结着，好在上天似乎听到了她的心声，南边天空乌云开始层层堆积，慢慢地，太阳被整个吞了进去，天地间霎时暗了几个色度。

淼淼趁机下车，热气汹涌，扑面而来，她加快脚步，感觉自己像是一块边走边融化的奶油。

头顶上的天空有一条明显的分界线，南边乌云压城，北边还是晴空万里。

一半晴一半雨。

淼淼走到咖啡馆门口时，起风了，门边一丛娇滴滴的月季，开在挨挨挤挤的绿叶中，亮如簇簇明火，被风吹得东摇西晃。

她推门进去，一身暑热和室内冷气相冲，激得她打了个冷战。

咖啡馆里人不多，钢琴曲悠扬。

淼淼环视一圈，很快在靠窗的位置找到一个熟悉背影。男人坐姿笔直，上身是淡蓝色的细条纹衬衫，剪裁修身，平整挺括，下身搭配的是黑色西装长裤，赫然是昨晚喝醉在她家留宿的谢南徵的穿着。

不得不说，还挺帅的。

斜对面的那张桌有两个女孩在偷偷看他，不时笑着窃窃私语，他却浑然不觉，专注地沉思着。

所以说啊，有些人就算条件再好，却凭实力从娘胎里单身至今，真是一点都不奇怪。

淼淼本想过去打趣他几句，可走到一半变了主意，她悄悄地靠近他，从后面轻轻捂住他的眼睛——

“猜猜……我是谁？”因为要伪装，本就清软的声音被刻意拉长，听起来又娇又嗲，像撒娇一样。

淼淼自己都听得怪别扭的，身前男人的反应更是夸张，她能清晰地感觉到他身体线条紧绷了起来，像带着某种戒备。

不是吧？

从这个角度，淼淼只能看到他高挺的鼻梁和微抿的薄唇，突然间，她脑子像被什么敲了一下，意识到了不对劲。

这时，一串并不陌生的男声从她身后砸了过来，几乎是带着咬牙切齿的意味：“谢安淼淼！”

淼淼惊诧地回头，看到了站在门口，同样一身淡蓝色细条纹衬衫和黑色长裤的……谢南徵。

“轰隆！”一道闪电从黑云中跃出，雷声响彻天际，外面接连响起了汽车报警器的鸣声。

淼淼也被震得发丝飞扬，微怔后，她缓缓转过头：“先生，真不好意思，是个误会。我认错人了。”

男人没有什么反应，似乎也在走神。

谢安淼淼？

女孩子的手还捂在眼睛上，软软的，暖暖的，他条件反射性地眨了眨眼，淼淼感觉到了他的睫毛在自己指间的动作，连忙松开手。

“真的非常抱歉。”

“没事。”男人语气淡淡。

淼淼松一口气，再次道歉，然后转身朝谢南徵那边走去，男人微微侧头看她一眼，很快又转了回去。

谢南徵坐在椅子上，一脸无语地看着她走过来。

淼淼有些心虚地喊“哥”，在他对面坐下，轻咳一声：“有人和你撞衫了。”

还是连环撞呢。

谢南徵似笑非笑：“哦。”

他的目光越过她，看向和自己撞衫的那个男人，漫不经心轻敲桌面的动作倏然顿住。

仿佛察觉到他的注视，男人也看过来。

谢南徵突然站起身。

“哥？”淼淼不明所以，顺着他视线看过去，黑眸不敢置信地瞪大，一瞬间心脏好像停止了跳动。

又是一道树枝状的闪电在落地窗外炸开，雷声震得玻璃摇摇欲坠。

周遭的一切仿佛远去了，淼淼的眼里只剩下了一个男人。

梦中新郎的脸忽然有了清晰的轮廓。

霍斯衍。

原本以为再也没有机会相见的人，就这样重逢了，而且刚才……她还恶作剧地捂住了他的眼睛。

“霍斯衍，你也回国了？！”谢南徵先开口打招呼。

他们竟然认识？

淼淼看着霍斯衍朝这边走过来，她急急地坐正身体，垂眸看着桌面倒映出来的脸，心想，要是出门前不偷懒化个淡妆就好了。

不过，她这么紧张做什么，都过去好些年了，他应该不记得她了吧？

淼淼这么想着，霍斯衍已经来到她后面：“嗯，回来大半年了。”

和高中时略显单薄的声音不同，此时他的声音听起来很是低沉。

淼淼克制着不回头看，一秒两秒三秒……像一个世纪那么漫长，她终于还是忍不住小小地偏转了角度，匆忙扫了一眼。

两个男人皆是相貌出众，尽管衣着相同，但气质迥异。一个温润清和，另一个清俊冷淡，连不远处的服务生小妹都看得眼睛一眨不眨的。

在淼淼努力减少存在感当透明人的时候，她听到谢南徵说：“这是我堂妹，谢安淼淼。”

淼淼惊得心跳险些跳漏一拍，脑中先是一片空白，然后万千思绪接连浮现，最终汇聚成一个念头，不知道他还记不记得她？

这样她才知道该说“你好”，还是“好久不见”。

霍斯衍礼貌地朝她点点头。

淼淼的一颗心像被阳光炙烤后的地面迎来了一场暴风雨，所有隐秘的、期待的、欢喜的心情都被洗刷一空，胸腔空得能听到心跳的回声。

果然是不记得了，她为什么还会怀有希冀呢？

谢南徵没有察觉淼淼的异样，继续介绍：“淼淼，这是霍斯衍……”

兜里的手机响了起来，他拿出来接通，听了几秒就挂断了：“病人出了紧急状况，我得立刻赶回医院。”

淼淼把档案袋递过去，谢南徵接过来，嘱咐她回家路上注意安全，又抱歉地看了看霍斯衍，匆匆离开了。

谢南徵走后，淼淼和霍斯衍非常默契地相对着沉默了。

淼淼不知怎么有些难过。

或许难过的是，即使和这个男人再次相见，她也没有和他好好坐下来聊天叙旧的身份，哪怕像朋友一样也好。

继续待下去只会徒添尴尬。依她对霍斯衍的了解，想必他也是这么觉得吧？

她勉强挤出一个笑容：“那个，我还有点事，先走了。再见。”

淼淼拉开门，夹裹雨水气息的热风席卷而入，吹得她发丝飞扬，她顶着风刚踏出一步，没想到，倾盆大雨“哗啦啦”而至，瞬间打湿她的裙摆。

淼淼只好又悻悻地退了回来，玻璃门倒映着男人慢慢走近的身影，她干笑着解释：“雨好大。”

霍斯衍没有往外看，而是定定地看着她：“嗯，是很大。”

她还和高中时一样，喜欢穿白色衣物，喜欢扎丸子头，模样也没有太大改变。尤其是那一双眼睛，即使过了这么多年，还是一如当初般清亮干净。

淼淼不知道霍斯衍在看自己，她恍惚想起了午睡时的梦，好神奇啊，明明只在一场幻梦中昙花一现的人，原本以为遥隔千山万水的人，此时真实地站在身边。

要是……雨下得久一点就好了。

六月的雨来得快，去得也快，几分钟后，雨势有稍微缓和的迹象。

霍斯衍听到一声若有似无的叹息，以为她真有什么急事，他转身往柜台走去。

淼淼看到他和服务生说了什么，对方拿出一把长柄伞递给他，他接过，道谢。

服务生小妹连连摆手，笑得像一朵花。

接着，淼淼看到霍斯衍拿着伞朝她走来，橘色灯光柔和，他身形颀长挺拔，走得不疾不徐，不知是不是灯光的原因，她觉得他的神色也跟着柔了几分。

钢琴曲换成了陈奕迅的那首《好久不见》，浸满落寞的沙哑嗓音在唱："我来到你的城市，走过你来时的路……"

太应景了。淼淼听得鼻间微酸，垂落视线看向地板。

男人已经来到跟前，站定，陈奕迅刚好唱到那句"好久不见"时，她听到他说——

"谢师妹，我送你出去吧。"

淼淼蓦地抬眸。

嗯？嗯？嗯？他叫她什么？！

认出来……了吗？

两人的眼神隔着微凉的空气轻轻撞上，她像被什么烫着了，匆忙移开视线，心里已是天翻地覆，面上却强装镇定，笑容清浅："霍、霍师兄，好久不见。"

霍斯衍依然看着她，眸底深处似有一丝异样情绪翻涌而上，浮光掠影后，他又恢复了一贯的淡定之色："好久不见。"

是啊，真的好久好久了，恍若隔世。

想不到他居然还记得她。嗯，估计是对她以前给他写过三十封情书印象深刻吧？

当时年少懵懂，不知害羞为何物，凭着满腔热血和不撞南墙不回头的毅力，送早餐、送水以及人为制造各种偶遇，情书一写就是三十封，放眼整个虹城一中，谁人不知谁人不晓，她谢安淼淼喜欢霍斯衍？

火力那么足的攻势，要是拿下这朵高岭之花也就罢了，可问题是……

没追上啊。

这绝对是一段黑历史，淼淼想想都臊得耳根微热。说来也是矛盾，起初以为他没认出她倍感失落，如今知道他记得她，又希望他还不如什么都不记得呢……她望向外面，雨帘细密，再次萌生了夺门而出的冲动。

“走吧。”霍斯衍推开门走出去，反手挡着门，见身后的人没动静，他回头看了一眼。

淼淼回过神，“哦”了一声，同手同脚地走过去。

檐上的雨水断珠似的落，水面砸开一圈圈波纹，那从月季下，遍地红花青叶。霍斯衍撑开伞，伞扣脱了两粒，他把翻卷起来的伞边抚平，重新扣好伞扣。

淼淼在他身后默默看着，那修长白皙的手指搭着深蓝色伞布，动作间，说不出地赏心悦目。以前她就很喜欢看他握笔写字，手好看，字也好看，她看得入迷，有时会忍不住厚着脸皮去戳一戳摸一摸什么的，要是得逞了，回家能偷偷乐上半天。

那时的快乐总是这么简单纯粹。

可淼淼清楚，那个不知世故、勇气满满的少女早已消失，眼前这个也不再是当初眉眼青涩的少年，而是一个成熟稳重的男人了。

时间这个大坏蛋啊。

淼淼收起诸多感慨，留意到霍斯衍撑伞用的是左手，她自觉地走到他左边。

深蓝色伞缓缓移入雨中。

咖啡馆的柜台前，借伞给霍斯衍的服务生小妹伸长脖子张望着，蓝色伞渐行渐远，她才收回视线：“果然帅哥都是美女的啊。”

柜台后的同事笑道：“你知道他们是一对？”

“当然！”服务生小妹语气笃定，“他们戴的可是情侣表呢。”

她之前给这个男人的隔壁桌送咖啡，听到那两个女生商量着跟他要联系方式，大概他身上生人勿近的冷淡气质太明显，女生们矜持着，商量半天都没有过去。

后来又有一个女生进来，直奔男人那桌，还悄悄从身后捂住他眼睛，“猜猜我是谁”什么的，不就是情侣间的情趣吗？

“那表还挺好看的。”服务生小妹拿出手机，点开浏览器，输入关键字，页面跳转，她扫了一眼，不禁咋舌，“好吧，贫穷限制了我的想象力。”

她幽幽叹出一口气，收好手机，看向落地窗外："雨应该快停了吧。"

不料，雨越下越大，一颗颗砸在伞面上，不算大的空间里，淼淼有心想和旁边的男人保持距离，可稍微移一点点，胳膊就露在伞外了。

霍斯衍似乎有所察觉，他不动声色地把伞往她那边移，肩线挺括的衬衫很快湿了一片。

淼淼只好又慢慢地挪回来，伞太小了，尽管她小心翼翼，还是避免不了某些接触。有时是她的裙角擦过他的长裤，有时是他的长裤摩擦她的裙子，就连手臂也会若有似无地碰到。

每走一步，心动就多一分。

好没出息啊。淼淼暗暗鄙视自己，余光无意间瞥到霍斯衍手腕上的月相表，俨然和她现在戴着的是同一款，她下意识把手往身后藏了藏。

"小心。"

啊，小心什么？

来不及了。

淼淼一脚踏进了地面刚积的浅水坑里，水花四溅，脚底漫上一股清凉，不用看也知道鞋子已湿了个透彻，连霍斯衍的裤脚和皮鞋也受到了连累。

虽然知道要道歉，刚启唇却是一串笑声先蹦了出来，她赶紧捂住嘴巴，黑色大眼睛骨碌碌转了一圈，神色看起来很是无辜："对不起。"

眼角关不住笑意，一涌而出。

霍斯衍把她的反应全看在眼里，却没点破："没事吧？"

"没事。"

两人继续往前走，淼淼湿了鞋，脚步却异常轻快。眼见停车场就在前面，她看着路尽头的主干道，有那么一瞬的犹豫，但还是停了下来："我开车来的，送我到这里就可以了。霍师兄，谢谢你。"

"不用客气。"

淼淼朝他挥挥手："再见。"

"再见。"

淼淼转过身，钻进车里，熟练地把车子倒出来，缓缓往外开，她从后视镜看到霍斯衍还撑着伞站在原处，不知怎么忽然觉得他看起来似乎有些孤寂落寞。

怎么可能？他一直都是那么出色，那么意气风发的人啊。

车子碾过减速带，激起一片水花，震颤平复后，淼淼后知后觉地扯了安全带系上，再次看向后视镜，上面倒映着的除了景物，再无其他。

A市这么大，两千多万人，再见的概率有多大呢？

淼淼刚开上主干道，霍斯衍随后也上了候在路边的一辆黑色车子，司机是特地过来接他的。

“琛叔，情况怎么样？”

琛叔没想到好些年没见他还记得自己，脸上露出些许惊喜之色，又迅速被忧虑重重覆盖，眉头紧皱着：“不太好。老爷子一大早起来身体就不舒服，吃过中饭突然晕了过去……”

几分钟后，车子抵达仁川医院。

琛叔刚解开安全带就听到后座的关门声，回头去看时，那道颀长身影已经飞快闪进了电梯，他连忙追上去，停在已经上升的电梯前：“唉，还没说是几楼呢。”

霍老爷子在六楼手术室，为了不让无关人员打扰，特地包下了整一层。通道口一左一右站着两个穿黑色西装的男人，见有陌生人过来，其中一个伸手拦住，面无表情地说：“先生，这里不可进入，请你立刻离开。”

“让开。”清清冷冷的声音，混着一丝沙哑，声音稍低，并无半分强势，却透着一股不容拒绝之意。

黑西装男人这才正眼瞧向来人，心底盘算着，霍家家大业大，旁支甚多，虽然不知他是什么身份，但人就在眼前站着，光是气场就隐隐压了他们几分，想必和霍家关系匪浅。

可张管家有吩咐，要是贸然放人进去，恐怕大有不妥。

“先生，请你……”

“衍少！”

张管家听到这边的动静，急忙跑过来，连拐杖都忘了拿上。他跑到霍斯衍近前，“啊”了一声，又后退两步，隔着老花镜细细地端详一番，像是在确认什么，不住地点着头，脸上难掩激动，甚至还失态地上前握住霍斯衍的手臂：“衍少，你回来了啊！”

霍斯衍点点头，表情并无太大变化。

不远处，见张管家态度如此恭敬，刚刚拦着霍斯衍的年轻男人反应过来什么，压着声音问："谁啊？以前都没有见过。"

另一个男人没有回答，而是暗自寻思着，衍少？难道是……那个衍少？

他不由得再次看了过去。

张管家情绪平复了不少，简单说了霍老爷子的情况，一旁的家庭医生适时地插话："是心源性晕厥。"

霍斯衍沉声问："心电图检查结果怎么样？"

"室上性心律失常。"

"心率多少？"

"每分钟180-240次，收缩压下降到10.7kpa，晕厥时间一共3分15秒，其间有短暂性的意识复苏。"

霍斯衍又问："QRS波形如何？"

家庭医生不自觉地挺直腰杆，他意识到眼前这个男人并非寻常的霍家晚辈，很有可能在医学上有一定造诣："QRS波形呈现束支阻滞图形，r波间期小于30ms……"

霍斯衍再问了几个问题，医生一一作答。

张管家见霍斯衍衬衫、裤脚和头发都湿着，想来是听了老爷子手术的消息匆匆赶来，他眼里浮现一丝欣慰之色。

就算爷孙俩九年未见，可这血脉亲情，打断骨头连着筋，哪里是说断就能断的呢？

手术还在进行着。

霍斯衍和医生聊完，沉默地靠在墙上，不知道在想什么，张管家走过去跟他说："衡少在美国度假，知道消息后立刻调了专机回来，估计晚上就能到了。"

霍斯衍淡淡地"嗯"了一声，并没有接话的意思。

张管家也不再说话了。

等了半个小时左右，手术室的门开了，医生摘掉口罩走出来说手术顺利。张管家悬着的心总算落地，发白的指尖捻着佛珠，嘴里念念有词，往东南西北各虔诚一拜后，大喜过望地去找霍斯衍，可他已经不见人影了。

淼淼回到家，雨停了，天边又重新挂上一轮烈日。她走进屋内，把车钥匙丢回客厅茶几上，懒得上楼回房间，直接在沙发躺下，眼睛闭着，却无半分睡意。

渐渐地，窗外已是日暮西垂的光景了。

淼淼琢磨着时间差不多了，给谢南徵发了条信息：“哥，问你个事呗，今天在咖啡馆遇到的那位霍先生，你们是怎么认识的？”

谢南徵估计手头上的事解决了，消息回得很快：“以前在美国时，在同一个实验室待过。”

淼淼：“他也是外科医生？”

谢鹦鹉：“以前是，以后不一定是。”

淼淼：“什么意思？”

谢鹦鹉：“字面意思。”

淼淼：“那你有他的联系方式吗？”

谢鹦鹉：“怎么？”

淼淼：“我就随便问问。”

不知不觉，太阳落山了，西边晚霞绚烂地堆着，大半片天空呈现出蓝灰色。

淼淼等了很久，才等来谢南徵回复的两个字：“没有。”

她的眸色霎时黯了下来，门口光线也跟着一暗，从公司回来的安榕贞走进来，淼淼抬头看去，无精打采地和妈妈打了声招呼。

安榕贞放下公文包，跟女儿聊了几句，走入厨房，碰了碰正在淘米做饭的丈夫的手肘：“淼淼怎么了？”

谢戚明往客厅看一眼：“不知道，之前还对着手表傻笑，这会儿又抱着手机发呆。”

洗米水快溢出来了，安榕贞关掉水龙头：“这样下去也不是办法。”

“是啊。”谢戚明说，“得找些别的事分散她的注意力。”

安榕贞说：“先做饭吧。”

屋外暮色沉沉，屋内灯光柔和。

一家三口吃了晚饭，淼淼自觉进厨房洗碗，洗完后顺手切了一盘水果，边吃边陪爸妈看电视、聊天。

她这段时间的作息都是日夜颠倒，下午没补好觉，不到九点就困了，安榕贞见女儿哈欠连连，让她先回房睡觉。

淼淼以为自己会沾枕就睡，没想到翻来覆去，直到半夜都还清醒着，第二天自然又是睡到日上三竿。

这样接连在家里又过了两天米虫生活，淼淼被妈妈无情地扫地出门，赶回学校去了。

淼淼读的是计算机系，明年刚好研究生毕业，不过她这个学期一直跟着老板做项目，论文还没搞定，想想就觉得头疼。回宿舍放好东西，她麻溜地带着笔记本电脑去泡图书馆了。

正逢考试月，图书馆里到处都是复习的学生，阅览室基本上座无虚席。

淼淼抱着电脑在书架间溜达来溜达去，她想要找的那本书估计是被人放错了位置，没办法按照查询台的目录索引找到。

好在计算机相关的书都在同一个区域，也比较冷门，平时外借的少，淼淼按着书脊下方的标签信息一本本地看过去，终于在书架尽头发现目标。

淼淼正要伸手去拿，没想到有另一只手比她更快。最先在眼前闪过的是那人腕上的月相表，深蓝色表盘，微缩的星月景观，还有那独特的弯月形指针，她心中猛地一跳，侧头看去——

她眨了眨眼："霍师兄？"

四下安静，阳光从落地窗外照进来，浅勾慢画着男人轮廓分明的侧脸线条，他听到声音，微微偏头，一双深邃的眼睛朝淼淼看了过去。

霍斯衍似乎有些意外会在这个地方看到她，眼底深处有一闪而过的惊讶。

他保持着抬手拿书的动作，银色表带折射出耀眼的光芒，映入淼淼睁大的眼中，电光石火间，她猛地缩回了手。

霍斯衍的余光无意中从她手上一掠而过，准确捕捉到了那纤细腕间的月相表。

逆着光的缘故，淼淼看不清他脸上是什么表情，隐约感觉……他应该是看到了。

她这个举动完全是此地无银三百两。

呃，要不要跟他解释一下？

手表是她去年生日时大堂哥送的礼物，不是前几天在咖啡馆看到他戴的表，特地去买的同款；还有，今天在图书馆遇见，也不是像以前那样她千方百计刻意制造的偶遇，真的只是纯属巧合。

她现在对他……没有任何的非分之想了。然而，越是这样划清界限，不是越有欲盖弥彰的嫌疑吗？

“你也在找这本书？”霍斯衍把书抽了出来。

“是啊。”淼淼点头，“写论文要用到。”

他看向她的笔记本电脑，略一思索：“博士论文？”

淼淼微窘地耸耸肩：“硕士。”见霍斯衍若有所思，她又解释说，“我本科时休过学，所以现在才读研二。”

淼淼小时候提前上学，比班上的同学都小两岁，她十七岁上的大学，期间又休学两年，刚好把年龄差补了回来。

霍斯衍难得怔了一下，发生了什么事，严重到要休学？可涉及隐私，他没有深问，只是点点头：“读研不错。”

其实，淼淼并没有什么远大的志向，她只是本科毕业后不知道该做什么好，加上幸运地保研A大，于是顺水推舟读了下来。

“我就随便读读的，纯粹混日子。”

淼淼意识到自己把心声说了出来，连忙闭紧嘴巴，天啊，她当着曾经的学霸的面说这种话真的好吗，说之前怎么就忘了过一遍脑子呢？

“是吗？”霍斯衍看她一眼，“看样子混得还不错。”

认真的吗？淼淼完全不知道该怎么接话。

“开个玩笑。”他把书递过去，“先给你吧。”

还是和以前一样有风度。

他骨节分明的手近在眼前，这双好看的手，原来是用来握手术刀的。

淼淼很自然地接了过来：“谢谢啊。”她想了想，“等我用完就给你，最迟明天上午。”大不了今晚通个宵呗。

“不急。”霍斯衍还是那副清清淡淡的语气，“我明天要去S市一趟，下周三才回A市。”

这样啊……

“那……”淼淼忍着胸腔里剧烈的跳动，听到自己的声音很平静地问他，“方便给我一个联系方式吗？我到时再联系你。”

“可以。”霍斯衍报了一串电话号码。

淼淼记忆力很好，基本听过一遍就能记下来，保险起见，她还是从包里拿出手机认认真真地输入十一个数字。

每敲进一个数字，心底就有一串喜滋滋的泡泡冒出来，好像又回到了情窦初开的年纪。

这叫什么？踏破铁鞋无觅处，得来全不费工夫。

淼淼情不自禁地笑弯了眉眼，旁边的霍斯衍见她这副模样，也微微扬起唇角，很浅很浅的弧度，但他确实是在笑。

不为别的，只为还有机会再站在她面前，还有机会看到……她愿意对他笑。

霍斯衍还有要事，没待多久就离开了，淼淼去自习室、阅览室溜了一圈，都没找到空位，只好来到一楼的咖啡角。

这里也是人满为患，还好淼淼运气不错，刚进门就看到有个长发女生站起来，二话不说拿起咖啡，泼了对面的男生一身，然后踩着高跟鞋气呼呼地走了。

男生急急忙忙追了出去。

淼淼眼明手快地抱着包和他错身而过，成功占领了他女朋友之前的位子，并对着他高大的背影投去感谢的眼神。

小伙子可以的，长腿一迈，两三步就追上女朋友，将那细腰一搂，把人拐进了隐秘的柱子后……然后，一记响亮的“啪”声传了出来。

淼淼下意识摸了摸脸颊，小乔说的果然没错，恋爱有风险，伤心更伤身。

她收起杂念，要了一杯咖啡，翻开书看了起来。

时间来到下午两点四十五分。

淼淼揉了揉眼，看到不少人接二连三地往外走，正诧异着，忽然想起三点整在图书馆旁侧的报告大厅，有知名企业的招聘宣讲会，她没打算去凑这个热闹，休息一会儿后继续看书。

看到第106页，下课铃响了，淼淼按亮手机，五点半了，顺手点开未读信息，小乔说待会儿过来找她。

淼淼又点开通讯录，把新存号码的备注改来改去。

“谢安淼淼？”听到有人叫自己名字，淼淼抬起头，看到一个陌生的漂亮女人走过来，“真的是你！”

“你是？”淼淼非常确定自己不认识这个女人，可她一副熟稔的语气是怎么回事？

“你不记得我了？”女人拉开椅子坐下，“我们高二是同桌啊。”

淼淼努力搜刮着脑子里那丁点可怜的记忆，也没想起来她到底是谁，如果没记错的话，高二时的同桌是一个身材黑瘦长相普通的女生，和眼前这个……

不对，五官虽然有了很大的改变，但依稀能看出一点往日的影子。

难道，这是传说中的变脸术吗？

淼淼艰难地出声：“桂芬？”

女人听到这两个字，脸色微沉，又迅速换上满脸的笑意，从LV包包里拿出一张名片：“我改名字了。”

淼淼接过烫金的精致名片，上面写着“精诚实业人力资源部副总监戴晚好”，底下是一串联系方式。

不管是人还是名字，都那么陌生。

戴晚好很满意她的反应：“没想到会在这儿遇见你，我们有多久没见了，八年？不对，九年了。”

“怎么，你还在念书？”戴晚好拿起桌上的书，随意翻了几页，亮晶晶的卡地亚手链一直在淼淼眼前晃。

淼淼从震惊中回神：“是啊。”

真解气啊。

戴晚好志得意满地微笑着，双眼像深海探照灯一样盯在淼淼身上。

想当初自己只能当谢安淼淼的陪衬，处处被压一头，如今风水轮流转，经过这么多年的努力，她终于爬到高处，功成名就，追求者如过江之鲫。

而那时同样家境普通却风头出尽的谢安淼淼呢，虽然脸蛋看着依然娇俏，可浅层次看穿着打扮，深层次看身份地位，哪一样不是被她远远甩开十万八千里？

这样一想，戴晚好心里的优越感简直要满得溢出来了：“我现在在精诚任职，如果你有什么需要的话，可以随时来找我。”

见淼淼反应不如想象中强烈，她又问：“你应该知道精诚实业吧？”

“听说过。”淼淼点头，“A市排名前十的企业。”

戴晚好着重强调：“上市企业。”

淼淼早就感觉到这并非一场单纯的同学叙旧，似乎炫耀的成分更大。她本来也想草草应付了事，没想到戴晚好竟然提起了霍斯衍，还神秘兮兮地压低声音，像在和好闺密分享小秘密：“你知道吗？我听说，霍斯衍回国了。”

淼淼配合地露出愿闻其详的表情，可戴晚好翻来覆去说的，都是没有什么价值的信息，末了，还感慨道：“真佩服你有勇气去追他，不过说实话，以前你们之间差距就挺大的，现在更是……”

她很聪明地留了话尾，等淼淼自己去琢磨。

淼淼如她所愿，惆怅地叹了一口气。

戴晚好默默欣赏着淼淼挫败的表情，一点都不同情，甚至有些幸灾乐祸地安慰她：“没事，霍斯衍那样的天之骄子，指不定要多优秀的女人才配得上呢！”

“哎，我助理来电话了，估计是催我的，待会儿还要和副院长吃个饭，我先走了。”她比了个打电话的动作，“以后再联系，我请你吃大餐。”

戴晚好前脚刚离开，乔以桉后脚就进来了，她看到淼淼垂着头不知道在看什么，那表情简直比夜市天桥上贴膜的小哥哥还要认真。

“看什么呢？”

“小乔！”淼淼拍拍心口，“你吓我一跳。”

“这都能吓着？说，做什么亏心事了？”

淼淼将手机反扣好：“我在愁论文啊。”

“怕什么。”小乔不以为意，笑嘻嘻地说，“别忘了，谢小姐可是家里有一个高端服装设计工作室和服装厂等着去继承的女人啊。”

越说越没边了，淼淼把书和电脑收进包里：“我们去吃饭吧。”

"等等，有人邀我开黑，玩一把再去。"小乔捧着手机，两眼放光，"这时候饭堂人好多的。"

确实如此。淼淼又重新坐下来，小乔兴致勃勃地在游戏里厮杀，她百无聊赖地撑着下巴发呆，思绪围绕着霍斯衍打转。

奇怪，不是说他是外科医生吗？在国外拿的也都是医学学位，怎么会对计算机相关的专业书感兴趣？还有，堂哥那句"以前是，以后不一定是"，到底是什么意思？

淼淼心里有太多疑惑，她打算等吃完饭回去问一问谢南徵。

谢南徵做完一台手术，从医院出来时已是黄昏时分，他准备先到附近的餐厅吃个饭，吃完再回来继续研究病历。

骤雨濯洗过的晚霞格外清透绚烂，仿佛一幅彩光描成的油画，高挂在城市上空。

晚风凉凉拂面，他走了几百米，等了十几秒的红灯，走过十字路口，餐厅就近在眼前了。

走着走着，身后一道影子逼近，不等谢南徵偏头，一个身穿浅绿色荷叶边低腰上衣、牛仔短裙的俏丽女孩贴了上来，还亲密地搂住他手臂："亲爱的，你终于来了。"

谢南徵莫名其妙地看着她。

"帅哥，帮帮忙。"短发女孩眼神带着恳求，"有两个流氓在跟踪我，你能假装一下是我朋友吗？拜托拜托。"

谢南徵瞬间会意，低头装作和她耳语几句，从前面的店铺玻璃上，他看到身后有两个染了一头黄发的小年轻站在路灯下，目光凶狠地瞪着这边，观望了一阵，见他们如胶似漆地黏在一块儿，两人交换了个眼神后，很快没入来来往往的人潮中。

估计是去寻找新的猎物了。

女孩好像被吓得不轻，抱着谢南徵不松手，声音听着娇娇软软的："都怪我，不该穿成这样出门的，要不然也不会被他们盯上。"

大概男人天性里都有怜惜柔弱女子的成分，谢南徵温言安慰："不是你的错。"

他掏出手机准备报警，女孩说她朋友帮忙报过了，她留意到这男人说话时是看着她的脸，其他地方都是非礼勿视，不由得绽开笑颜：“刚刚真是非常感谢你。”

“不客气。”

一会儿后，女孩接到电话，说是朋友过来接她了。她走出几步，又回头：“帅哥，忘了问你的名字。”

谢南徵单手插着裤兜，扬起眉峰：“雷锋。”

女孩听到了，微微困惑后，樱桃似的红唇里吐出一阵欢快笑声。

这男人有那么点意思。

“很高兴认识你。”她帅气地比出两根手指，搭在太阳穴上，“我的名字叫美女。”

这礼尚往来的自我介绍，让谢南徵不禁莞尔一笑，女孩却收起笑意，朝他摇摇手：“再见。”

谢南徵目送她走远后，才走进餐厅吃饭。

吃过饭，他回医院继续加班，十点左右才到家。从冰箱里拿了一瓶水出来，桌上的手机振动了一下，他拿起来划开屏幕，看一眼，是垃圾信息，随手删除，又点开微信，看到淼淼七点多发来的信息。

“哥，还在忙吗？”

谢南徵：“刚到家。”

这会儿淼淼也是刚洗完澡，坐在椅子上，漫不经心地用毛巾擦着湿发，天南地北地和堂哥侃了一通，终于九曲十八弯地拐入了正题。

谢南徵看着新消息里的“霍斯衍”三个字，心道：印象中这丫头还是头一回对一个男人这么关注，难道是看上了，一见钟情？

这次他的回复不再是“字面意思”，而是：“涉及隐私，不方便跟你说。”

淼淼发了个“哦”的表情过去。

“哥，我帮一个不愿意透露姓名的朋友问一下，那位霍先生有女朋友吗？”

谢南徵直接发来一串省略号。

淼淼：“八哥，八哥。”

等了几秒。

谢鹦鹉：“帮我转告你那位不愿意透露姓名的朋友……”

转告什么？淼淼数着手指等啊等，那边居然没有后文了，这不是存心吊着她，存心让她今晚失眠吗？

在她准备一个电话杀过去时，谢南徵的回复终于来了。

“让她不要抱太大的希望。”

淼淼的心口“咯噔”一下，又有一条新信息进来——

谢鹦鹉：“据说，他高中谈过一个女朋友，是初恋。”

什么？！

淼淼惊得险些从椅子上跳起来，她怎么不知道霍斯衍高中时谈过女朋友？来不及细想别的，单是那刺眼的三个字就让她的心直直往下坠，仿佛滚在落满秋霜的地上，沾了一地乱糟糟的蓬草。

怎么会……他不是说不会在高中谈恋爱吗？

头顶上的灯光，像蒙了一层淡淡的灰，朦朦胧胧的，如同将雨未雨时的天空。

落地窗外有风吹进来，窗帘的穗子起起落落，夏夜的凉风盘上淼淼裸露的白皙脚踝，她轻颤一下，忍不住搂住双臂，蜷缩起来。

原来，那不过是托词而已。

她那时太天真，直到现在才懂得：他不是不谈恋爱，只是不想跟她谈。

淼淼有些想笑，却发现自己笑不出来。

手机又振动进来新消息，是谢南徵在喊她。

谢南徵和霍斯衍私交不深，但霍斯衍这人在学校是出了名的，虽然沉默寡言，可专业技术过硬，还在权威杂志上发过几篇很有影响力的医学论文，不管是教授还是实验室的同事都对他赞誉有加，毕业后更是直接进了加州数一数二的大医院。

事业有成的优秀男人，无论在哪里都会成为女人们竞相追逐的目标。谢南徵偶尔也会在医学交流会中场休息的间隙，听到和霍斯衍有关的桃色绯闻，可大多都是空穴来风。唯有一次华人留学生的聚会上，他才知道霍斯衍在国内上高中时曾谈过一个女朋友，而且是初恋。

同是男人，谢南徵自然知道初恋意味着什么，用酸掉牙的说法，那就是白月光，是别人碰不得、只能深藏在心底的。何况在美国这些年除了同学同事，霍斯衍身边也不见其他走得近的女人。

至今念念不忘的初恋。

无论从哪个方面来看，谢南徵都不赞成淼淼搅和进去。霍斯衍这样的男人，如果不是真心愿意对一个女人好，就算强求着有了某种意义上的牵扯，彼此都不会幸福的，何况他如今又……

谢南徵想到什么，眉头深锁，叹息一声。

霍斯衍本来前途一片敞亮，谁知后来会发生那样的事呢？

淼淼不知堂哥有那么多的思虑，她庆幸此刻宿舍里只有自己，没有别人知道她的狼狈，也无须收拾脸上的情绪，脑子空空的，想不出要回什么，只好发了个“惊讶”的表情过去。

谢南徵许久后才回了一句：“早点睡，晚安。”

淼淼没有再回复，她把手机丢到一边，盯着眼前已经暗下去的电脑屏幕，放任自己的思绪一点点地钻进回忆里。

她和霍斯衍第一次见面是在九年前，九月初的一个清晨。

那时妈妈安榕贞工作变动，淼淼跟着她转学到虹城，在虹城一中读高二。

初来乍到，一切都是陌生的。

报到后的第二天，淼淼一大早就到了教室，找到自己的座位，坐了十几分钟，还不见有别的同学来。她打算从课桌里拿出英语书预习一下新单词，手刚伸进去就察觉到什么不对，疑惑地抽出来一看，竟然是一叠粉色、淡蓝色、鹅黄色的……信封。

淼淼立时蒙了，她斜着头低下视线，桌里还塞了好些诸如此类的信封，难道是班上同学特有的欢迎仪式？这也不奇怪，她昨天上讲台做自我介绍时就感受到了大家如火般的热情。

就在淼淼拣了个浅绿色信封，想拆开来看看里面写了什么时，她听到门外有脚步声靠近，下意识回过头，眼底仿佛暮色尽头埋了繁星的夜空，霎时间亮了起来。

她从来没有见过这么好看的男生。

他个头很高，身上穿着虹城一中的校服，白色上衣黑色长裤，简单利落，加上挺拔的站姿，隐隐散发的清俊气质，通身上下已经不是用一个帅字可以形容的。

女生总是很容易对养眼的事物产生好感，正值青春期的少女淼淼自然不例外，她几乎是一眨不眨地看着男生走进来，而且是朝着她的方向，最后他停在了桌前。

淼淼的心如小鹿乱撞，心跳“怦怦”加速，满耳朵都是回音。

残余的一丝理智告诉她，昨天没有在班上见过这个男生，所以，很有可能……

她双手扶着课桌边缘，忐忑着，激动而克制地露出一朵笑容：“同学，你是不是走错教室了？”

清晨的初阳映着她清丽干净的脸，连细小的绒毛都清晰可见，耳边几缕发丝垂下，染了一层淡金色的光。

男生没有回答，伸出手指轻叩了两下桌面：“同学。”

天啊，连声音都这么好听，清冷冷的质感，还字正腔圆的，完全没有虹城人独有的浓重口音。

淼淼悄悄红了耳根。

“是你走错了教室。”男生倚在桌旁，好整以暇地看着她，目光从桌上五颜六色的信封间一闪而过，他的面上还是没有什么情绪。

啊？淼淼猛地站起来，动作太大把桌子撞歪了，男生单手把桌子扶住，移正：“这里是高三17班，你现在站的地方，是我的座位。”

淼淼抬头，看到了黑板上写的高考倒计时，再看看跟前的男生，脸上一层层热度覆盖上来，她局促地抓起书包抱在怀里：“对不起，真的是我走错了。”

“嗯。”

好丢人啊。淼淼窘得满脸通红，不敢再看那男生一眼，落荒而逃。

楼层没错，从楼梯间左数第三间教室也没错，错就错在……她进的是隔壁栋的教学楼。

等淼淼找到自己真正的教室，坐在座位上还没来得及松一口气，她又发现自己带回了一个烫手山芋。

她捏着薄薄的浅绿色信封，上面封印的小桃心之前不小心蹭掉了，封口的三角形纸翘起来，她无意中看到了信里的一行字——

霍斯衍，我喜欢你。

像窥见了什么不得了的秘密，淼淼手忙脚乱地把信重新叠好，夹进书里。

原来，他叫霍斯衍。

手机“嗡”的一声，把淼淼从沉思中拉了回来，她拿起来一看，小乔发微信说今晚不回宿舍了，让她不用留门。

小乔是有男朋友的人，在外面过夜不是新鲜事。

淼淼回：“好。”

夜静悄悄的，依稀听得见窗外的虫鸣声，月光很好，如水般四处漂浮着。

淼淼一闭上眼，似乎就能看见当年坐在榕树下安静看书的少年，心像是有一根刺在轻轻地扎着，扎出了一个冲动的念头——

想知道他女朋友是谁。

非常想知道，迫切想知道，执念也好，自欺欺人也罢，就当是……断了自己的最后一丝念想。

淼淼下定决心，给高二时玩得比较好、现在还有联系的朋友花柔发了条微信：“肉肉，你还记得霍斯衍吗？”

花柔是在线的，秒回：“当然记得啊！”

在虹城一中，霍斯衍也算是个传奇了，相貌出众不说，成绩还好得逆天，是老师的心头宝，无数女生的明恋或暗恋对象，收到的情书可以用麻袋来打包……后来他不负众望，考上了国内的顶尖学府，再后来听说出国深造去了。

想当初他拿下省理科状元，简直轰动了整个虹城，几乎把所有虹城人民震惊了，街头巷尾都在热议着，往上数七代八代，可都是从来没有过的荣光！

经过记者们的大肆报道，又恰逢国家政策扶持的契机，虹城从籍籍无名的小城市一跃翻身成为旅游风景区，人们在茶余饭后的闲聊中，哪个不是顶着大拇指把霍斯衍夸上了天？

淼淼又问：“那你知道，他高三有谈恋爱吗？”

她只在虹城待了一个秋季学期，次年春节后妈妈辞掉了体制内的工作，做起服装的生意，她当时因为某些不愉快的事，心灰意冷，于是也跟去了莞城，所以并不知道后面发生的事。

花柔柔：“什么？！”

打字太麻烦，她直接发了一段语音：“Excuse me？！淼淼baby，请问身为当事人的你来问我一个外人这种问题是几个意思？”

淼淼听得一头雾水，她怎么是当事人了？

花柔又一段语音砸过来：“那时不是你在跟他谈恋爱吗？整天出双入对的，不是图书馆自习，就是小花园后约会，难道是我眼瞎了吗？”

这可就冤枉大了。

淼淼睫毛狠狠一颤，她怎么不知道自己和霍斯衍谈过恋爱？

所谓的图书馆自习，没有谈情也没有说爱，谈的都是练习册和试卷上的难题，至于一起出现在小花园，也不是人约黄昏后，而是去找做生物实验的样本……

和花柔说的完全南辕北辙，她和霍斯衍的关系比茉莉花还纯洁。

花柔是个粗神经，听淼淼语气轻松地说完内情，没往深里想，只觉得都过去这么多年了，再浓的情绪也该淡了，她跟着戏谑几句：“原来是这样啊，我还以为你们当时真的在谈朋友呢。不过，天涯何处无芳草嘛，以后你一定可以遇到更好的。”

淼淼：“嗯，我知道。”

她知道的，以后再也不会遇见像他这么好的人了，就算那人再好，也不是他。

霍斯衍说他下周三回A市，淼淼打算等到周四再联系他，她努力摒除掉所有杂念，专注地投入到论文中去。

没想到的是，周三下午五点多，她居然在学校的逸夫楼下遇见了他。

此时阳光依然热烈，淼淼眯了眯眼，不经意看到霍斯衍从不远处的教学楼里走出来，他旁边还有个五十多岁的男人。

她定睛一看，认出那是机械工程学院的许教授，两人并肩走着，许教授正眉飞色舞地说着什么，霍斯衍礼貌地微弯着腰认真聆听。

他们身后，是一群刚下了课，抱着书本往外走的学生，女生们不约而同地把脚步放得很慢很慢，好奇而激动地打量着陌生男人颀长的背影。

和过去一样，他总是很轻易就能吸引大部分人的目光。

淼淼不自觉也停了下来。

霍斯衍经过走廊，一束夕阳正好穿过树梢，透进左侧大片的玻璃窗，给他身上的白衬衫打了一层柔和的色泽，像晕开在湖心的月，看起来朦胧而不真实。

他走过窗户，光芒收尽，还是那身白衫黑裤，整个人却好像又坠入了清冷的沉寂中。

淼淼再次望过去时，直接撞上了一双漆黑的眼睛。

漂亮的桃花眼，眼角微微挑着，视线笔直地和她相对，眸色幽深极了。

这次见面，巧得像精心安排好的一样。

大概是应了那句“有心栽花花不开，无心插柳柳成荫”，以前费尽心思想见的人，付出了巨大代价也没能见上一面。现在不怎么想见了，他又好像随时随地都会出现，而淼淼……一点准备都没有。

她有一种转身就走的冲动，却好似被什么钉在原地，浑身动弹不得，眸光继续锁着他。

霍斯衍笑着和许教授说了什么，许教授开怀大笑地拍了拍他的肩膀，回了几句话，往左手边的台阶走下去了。

后面那一群学生，你看我，我看你，无声地交流着眼神——机械工程学院向来以严谨严肃著称的许教授，平时上课脸都绷得跟打了玻尿酸似的，大家哪里见过他笑得满脸褶子的样子？

真是稀奇事啊。大家说笑着一哄而散。

接着，淼淼看到霍斯衍朝她这边走过来，登时有些手足无措。在离自己还有十几步距离的时候，她果断地摘掉手表，丢进包里，动作太急，手腕上红了一片，肤色白皙的缘故，看着格外明显。

“霍师兄，这么巧，你怎么会在这里？”没什么大不了的，只要微笑就可以了。

霍斯衍缓缓走到她面前：“我来找许教授，有点事。”

他把夕阳挡在背后，淼淼看不太清楚他的脸，她轻轻地“哦”了一声，眼角余光里，地面整齐地印刷着两条细长的影子，是平行的。

霍斯衍走过来时看到她背着手，不知在藏什么东西，视线漫不经心地从她左手腕上滑过，那处空空如也，还泛着红色。他的眼底先前或许还蕴有些许光亮，如今全都沉了下去，瞬间恢复了无波无澜。

风吹得路旁的树木发出簌簌声响，沉默横亘在两人之间。

干吗要把气氛搞得这么尴尬？

淼淼自我反省，又不是什么仇人相见分外眼红，就算做不成男女朋友，做朋友也好啊。

她绞尽脑汁想找话题，突然灵光一闪："对了，那本书我放在宿舍了，可能要麻烦你等我一下。"

这里离宿舍只有几分钟的路程，跑回去的话，来回花不了多久，只是让他一个人站在这儿等她……淼淼提议道："要不，你去参观一下我们学校？"

"不用。"霍斯衍看她一眼，唇角抿起一个若有似无的弧度，"我一起过去吧。"

这样也行。

走着走着，淼淼发现一件事，霍斯衍好像对学校的路线很熟悉，这种感觉一直持续到他们走到宿舍区门口，他疑惑地出声问："那棵百年玉兰树不在了？"

"嗯，被去年的大台风刮倒了。"淼淼说着，脚步一顿，"你怎么会知道……"

不再往下说了，她捂住嘴巴，眼睛轻眨两下，自己怎么会忘记霍斯衍的本科就是在A大读的呢？

霍斯衍大概猜到她想问的是什么，他收回视线，看她双眸乌黑盈亮，白细的脖颈微弯，似在懊恼着，他不由得轻笑一下："我在A大待过两年。"

"我知道。"

"嗯？"霍斯衍似乎有些意外。

淼淼笑着解释："我听以前同学说的，你拿了高考状元，很棒嘛。不过我一点都不意外，你成绩那么好，考上A大是很正常的啦。"

救命！她在心底哀号，我说的都是些什么玩意儿啊？

霍斯衍并没有太大的反应，只是淡淡地"嗯"一声，好像有点心不在焉的样子，他还以为，她不会再关注任何和他有关的事情。

淼淼趁机终结掉话题："到了，我上去拿书。"

“好。”

淼淼几乎是一口气冲上了五楼，连包都忘了放，拿着书就冲下去，等她回到霍斯衍身边时，不只呼吸乱了，连脸上也多了两抹红晕：“给你。”

霍斯衍从她手里接过书：“谢谢。”

“不用谢。”

淼淼见他抬起左手看表，已经做好这次见面到此结束的心理准备了，不料却听他说：“时间差不多了，一起吃个晚饭？”

她大方应下：“好啊。去哪里吃？”

霍斯衍再次展现了良好的风度：“你来选吧。”

学校附近能吃饭的地方很多，不过大都是小吃店之类的，没有比较上档次的饭店和餐厅。淼淼偶尔也会被小乔拉出来吃夜宵，吃遍整条美食街不敢说，吃得七七八八绝对是有的，可眼下她哪里敢带霍斯衍去撸串或者吃麻辣烫？

想想都觉得是对他的亵渎。

淼淼记得霍斯衍口味偏清淡，尤其不能吃辣，所以特意避开了湘菜馆和川菜馆：“我们去吃粤菜怎么样？”

“可以。”

正值晚高峰，两人用了将近四十分钟才抵达市中心的粤式餐厅，淼淼经常和爸妈一起过来吃饭，服务员都认识她，连带着霍斯衍也被对方用探究的眼神多看了两眼。

淼淼和服务员聊了几句，回头对霍斯衍说：“我们要个小包间吧。”

霍斯衍点点头。

包间布置得很是雅致，也不算小，尤其只有两个人落座，便显得剩余空间很大。

菜上得很快，两盅茶树菇排骨汤，各一盘的凉拌青瓜、蒜蓉娃娃菜，白切鸡、虾仁炒蛋和烤乳鸽被依次放在桌上，荤素搭配，色香味俱全。

“请慢用。”服务生上完菜，又换上一壶新沏的好茶，这才关门退了出去。

淼淼拿起勺子开始喝汤，一口口地喝啊喝啊，不知不觉见底了，她只好把汤盅推到一边：“这汤……味道还不错。”

“是挺不错。”霍斯衍说，“很多年没喝过了。”

“这些年……”不知道被他的话触动了哪根心弦，淼淼轻声问，“你都没有回来过吗？”

“回过一次，六年前。”

那次是送他母亲的骨灰回归故土。

淼淼的手猛地一颤，汤勺“啪”一下掉到桌上，她赶紧捡起来，在手里用力握住勺柄。

原来，六年前，她大二那年的秋天，他是真的有回来……

霍斯衍看她神色异样：“怎么了？”

淼淼摇头，垂眸，逼退眼里的泪意：“没什么。”

鼻尖还透着酸，她却笑着说：“原来美国真有那么好啊，如果有机会，将来我也要去体验一下。”

霍斯衍不置可否，搭着杯沿的手指慢慢收紧，他的手心很凉，没多久，茶水也跟着没了温度。

一顿饭吃下来气氛还算好，淼淼习惯晚饭吃七分饱，率先放下筷子。霍斯衍吃得也不多，用餐结束，两人的话多了起来，霍斯衍问起她论文有没有写完。

“没有。”说起论文淼淼就想叹气，“好难写。”她根本就不是写长篇大论的料好吗？

“是关于什么方向的？”

“计算机技术在医学中的应用。”

霍斯衍事先大致猜到了：“方便给我看一下吗？”

当然……方便。只是，这对话怎么感觉有点熟悉？

“这次月考物理多少分？”

“56分……”

“卷子拿出来我看看。”

“不要！”她虽然成绩不好，但也是很爱面子的啊，何况是在他面前。

事实是，就算她嘴上说着不要，在他眼神的注视下，最后还是会乖乖从书包里拿出一张皱巴巴的卷子，当然不会忘记威胁他：“不准笑！”

他当然没有笑，他从来没有因为她学习不好而当面取笑她，反倒非常耐心地帮她讲解错题。

真怀念那时候啊。

短暂失神后，淼淼从包里拿出电脑，打开论文页面，霍斯衍拉开椅子，在她旁边坐下，认真看了起来。

学霸在侧，气场压人。

淼淼腰杆挺得笔直，心情比接受教授的检验还紧张，应该写得不算太差劲吧？好歹她也混成了个研究生，要是还像高中时那样，被他挑出很多错处，那面子还要不要了？

霍斯衍盯着屏幕看了足足半个小时，修长的手指滑动着触摸板，论文页面不停变动，回到了目录页，他用鼠标箭头指着中间一行字：“这块提取的医院相关数据还不够完善，也没有什么说服力。”

淼淼凑过去一看，窘了：“我是直接在网上搜索的数据。”

霍斯衍建议道：“你可以去找一家医院作为调查样本。”

淼淼之前是这么打算的，可因为忙着做项目，根本抽不出那么多时间，所以一直搁着。其实她心里清楚，归根结底，不过是自己对学术研究并没有太多的敬畏心，只是把它当作一项任务来完成罢了。

霍斯衍根据她的论文大纲，给出了更细化的指向：“仁川医院是个不错的选择，而且，你堂哥也在那儿工作，程序上会简化很多。”

淼淼呆住了，她没想到他会考虑得这么全面，同时又觉得羞愧不已。

霍斯衍又指出论文中的几个小错误，淼淼虚心受教，当场一一修改了过来。

时间悄悄溜走，他们八点多才从包间出来。

霍斯衍到前台结账，淼淼没有执意要和他AA，她站在一旁等着，偏头看窗外，华灯遍地，车流如注。

大片窗户倒映着楼梯和窗外的树影。

有个老人拄着拐杖下楼，离地面还有五六级楼梯时，他一不小心踩空，不受控制地滚落下来……淼淼惊呼一声，立刻回头去看，身边的男人已飞快跑了过去，她急忙跟上。

霍斯衍把老人的身体放平，边检查边解开他的上衣扣子，然后开始做基本的急救措施。

四周围了几个人，有用餐的客人，也有路过的服务员，他们围观着，议论纷纷，动静闹得很大，很快老人的儿子也从楼上下来，满脸焦急地拨开人群：“爸！”

西装革履的中年男人看到前一刻还好好的，此时躺在地上昏迷不醒的父亲，情绪顿时绷不住了。他红着眼掏出手机打急救电话，有人提醒他打过了，他充耳不闻。

很显然，他根本没有对那个跪在地上给自己父亲做心肺复苏术的年轻男人抱有任何希望，甚至怀疑并出声质问对方的急救操作是否符合规范。

霍斯衍继续着手上的动作，头都没抬，沉声说：“我是医生。”

说完这四个字，他像自动屏蔽了外界一样，双手交叠着在老人胸口规律地按压。

周围人自觉噤声，全部注意力都汇集在霍斯衍身上，淼淼看着他沉静的侧脸，那份从容不迫的气质，让她心中涌动着一股令人安心的力量。

他一定可以的！

时间仿佛被拖得很长很长，其实只是过去了十分钟，霍斯衍俊脸紧绷，面色凛冽，眉心下巴都在滴汗，后背的衬衫更是湿了大片。

这时有人高声喊了一句：“救护车到了！”

同一时间，他感觉到手下温热的胸膛中开始恢复了跳动……

救护车把老人接走之前，霍斯衍跟淼淼要了纸笔，写下老人昏迷的症状和他做的急救措施，方便医生做进一步诊治。他把纸条交给老人的儿子后，进了左边的洗手间。

他站在镜子前，打开水龙头，洗脸，打香皂，一遍遍地洗手。

怕淼淼久等，他深吸一口气，潦草整理好情绪，走出去。

“霍斯……师兄。”淼淼迎上来，笑靥如花，“你刚刚很厉害哦！”

她毫不吝惜溢美之词：“一看就知道是个医术卓绝的好医生。”

霍斯衍心中忽然浮现几分涩意，他轻弯嘴角，有些自嘲的意味：“是吗？”

可是，如今他已经没有办法成为一名合格的外科医生了。

是错觉吗？

淼淼有些惴惴不安地想，以前霍斯衍虽说性子清淡，但他是典型的面冷心热的那类人。话不多，人缘却很好，他们班上的同学都喜欢和他打成一片，尤其是女生，芳心暗许的不在少数。可他好像一直专注学业，无心少年少女间暧昧的情事。

所以，尽管她那会儿使尽浑身解数，撞完南墙再撞北墙，最后也没成功撞进他怀里。

戴桂芬，也就是现在的戴晚好，有句话说得很对，霍斯衍这样的高岭之花，别奢想着占有他，只远远观望，欣赏膜拜就可以了。很长的一段时间里，他都是淼淼努力的方向，他像太阳，给予她这颗小月球光亮，让她有了继续前行的动力。

然而，就在刚刚的一瞬间，淼淼觉得他身上那些耀眼的光都不见了，浑身从里到外，透着一股清冷黯然，就好像……从阳光丰盛的正午，跌入了灯火全灭的夜晚。

一定是错觉。他可是霍斯衍啊，连变态的学科竞赛都能拿满分的理科天才，还有什么事能难倒他呢？

淼淼这样想着，不由得又看看眼前的男人，他目视前方，站得如同一棵笔直的树。身侧是连绵不息的车流，身后是一盏盏安静亮着的路灯，离得最近的一盏灯被随风摇动的枝叶挑散，橘色柔光稀疏凌乱地笼罩着他。

她看得失神，恍惚间才想起他的问题，连连点头：“是啊是啊！”又加了一句，“我一直觉得，你无论做什么都会很厉害的。”

这是真心话，脱口而出，丝毫没有经过成人世界里惯用的酝酿和设计。

闻言，霍斯衍有片刻的怔愣，望入那双折射着微光的黑眸，清澈明亮，真诚又笃定。他微微扬起眉，嗓音从长久的沉默里蛰伏而出，又低又缓，带着某种危险的蛊惑：“对我这么有信心？”

这下淼淼不好再说是了，他抛出的问题似乎有点超越他们目前关系的界限，她没有信心把握好这个度，索性只是抿唇笑笑。

如果他是她的男朋友，她会扑进他怀里，抱住他的腰，用最温柔的声音说“当然啊”，接着把他夸得天花乱坠，可能还会趁机得寸进尺地亲亲他。

淼淼被这个想法吓了一跳，她有些不自然地把散乱在颊边的几缕碎发夹回耳朵后，正好这时约的车到了，她不由得松一口气：“车来了。”

本来打算一个人回学校，可霍斯衍坚持要送她，淼淼有很多拒绝的理由，却说不出拒绝的话。

如果是普通朋友，送一下应该没什么的吧？

两人上车后，中年司机边启动车子，边从后视镜里扫了他们一眼。根据他的经验，这一看就是闹了别扭的小情侣，一人靠窗坐一边，中间隔得有银河那么宽，从上车到现在，女生只盯着窗外看，连余光都没分给男朋友，别扭闹得还不小呢。

“年轻人。”司机清了清喉咙，开始劝和，“作为男人得有担当，不管是谁的错，女朋友生气了，你得先把她哄回来，先说情，再讲理……”

淼淼一听这话就知道司机误会了，她连忙解释：“师傅，我们不是……”

司机眼睛一瞪，打断她的话：“你女朋友都不愿意承认你们的关系了，看来被你气得不轻啊！”他语重心长地说，“年轻人你也真是的，还端着架子呢，人家爹妈养这么个如花似玉的闺女容易吗？既然跟了你，你就得好好待她……”

真是越描越黑了。

司机喋喋不休地传授着过来人的经验，淼淼听得十分头疼，又觉得尴尬不已，偷偷瞥一眼，霍斯衍倒是看起来很平静。路边的灯光从窗外射进来，从他眉眼上滑过，他的侧脸隐藏在半明半暗中，让人琢磨不透。

淼淼决定学习他的淡定，自动过滤掉司机的声音。司机说得口水都快干了，也不见后面的男女有什么反应，顿时意识到他们的矛盾不是一般大，说不定是一下车就要分手的那种，和事佬是做不成了，开过一个十字路口后，他自觉地闭了嘴。

可惜了，郎才女貌，看着这么登对的两人。

三十分钟后，目的地A大南门到了，等两位乘客下了车，司机摇摇头，叹息一声，脚踩油门，眨眼的工夫，黑色车子消失在了拐弯处。

淼淼和霍斯衍默契地没有提车上的小插曲。正好是晚课结束，南门人来人往，间或有打量的目光探过来，淼淼担心又会引起什么不必要的误会："我先进去了，今晚谢谢你请我吃饭，下次有机会的话，我请你。"

"嗯。"霍斯衍点头，"早点休息。"

互相道过再见后，淼淼转身走进去。

明月当空，空气里飘浮着淡淡的植物气息，好闻极了，她贪心地深吸了几口，充斥在胸前的某些说不清道不明的情绪被冲得四散，连脚步都轻快不少。

走出一百米左右，淼淼没忍住回了头，南门口的香樟树下站着一个人，不用细看她也知道是霍斯衍，步子慢下来，她放任自己去想——

如果她是他女朋友，知道他这样温柔地对待别的女生，即使心知是出于风度修养，多少也是会吃醋的吧？

唉，这么好的男人，为什么偏偏不属于她呢？

淼淼无限惆怅地想着，慢慢走远了。

等到视野中只剩夜色和说说笑笑经过的年轻男女，霍斯衍这才收回视线，随手在路边叫了一辆车，坐进后座，揉了揉眉心："盛安公馆。"

司机听说过这个地方，但从来没跑过，再确认一遍地点无误后，他手心在粗糙的裤子上蹭了两下，然后有些战战兢兢地点开手机导航。

出租车载着一厢的安静，在夜色中穿过半城繁华，开进A市最寸土寸金的私人住宅区，停在一栋三层的西式别墅前。

"先生，到了。"

一路都在闭目养神的霍斯衍睁开眼，付了车费，推开车门下去，开门进屋，迎接他的是满室冷清。

他没有开灯，隐在昏暗一角，看对面窗台上静静卧着一团月光，轻轻地笑了出来，没有声音，眼里也无半分愉悦之色。

渐渐地，他褪去了所有的表情，整个人像一座完美的雕像。

落地钟敲响第九下的时候，霍斯衍从书房拿了两瓶酒出来，头疼欲裂，仿佛埋了无数的线，每走一步就断掉一根。安眠药昨晚吃完了，还没来得及去拿新的，或许今晚只能靠酒精来入眠。

可酒这种东西，哪怕再好，一个人喝也没什么意思。他喝了几口，没滋没味的，于是从茶几上捞起手机，点开通讯录，拨了个号码出去。

周逢玉的电话响时，人正在酒吧包厢里，艳丽而暧昧的灯光时亮时暗。

城西明家刚失恋的小少爷拿着麦克风青筋暴露地嘶吼“去你的爱情”，昏暗角落里，那个长得跟杏鲍菇似的精诚实业的吴副总，正搂着一个女人说话。

周逢玉的电话响了，他拿起手机走出去，掩上包厢的门，像把自己完全地从那个荒唐的世界里摘了出来，干干净净的。

他随意地靠着墙，姿态慵懒，接通电话：“什么事啊？”

“过来喝酒。”

周逢玉爽快答应了：“二十分钟后到。”

周家和霍家祖上有那么点亲戚关系，勉强算得上是世交，周逢玉和霍斯衍却是在美国时认识的。

不打不相识，一番交手后，飞扬跋扈、恣意妄为的纨绔富三代周家小少爷，生平第一次在霍斯衍那儿领教到了智商情商被全面碾压的憋屈滋味，甚至差点被送进了警察局，简直是奇耻大辱！

他彻夜不眠地制定好报复计划，不料刚出门就被父亲一巴掌拍了回来，谁能想到，霍斯衍在显赫的霍家，竟然是那样的身份呢？

得罪不起，就算是有通天的怨气也只能憋回肚子里去。

当然，除去初识时的不愉快，周逢玉不得不扪心自问，在混迹的复杂人际圈里，他唯一瞧得上、打从心底佩服的人，也只有霍斯衍了。这样说也不准确，毕竟霍斯衍从来不是他那个圈子的人。

周逢玉来到霍斯衍家，看到客厅桌上摆了十几瓶酒，红的黄的白的都有，他心里顿知不妙，这可是不醉不休的节奏啊。小心翼翼观察了一下霍斯衍的神色，清清淡淡波澜不惊的，看来是受了很大的刺激。

俗话说，兄弟如手足，女人如衣服。他解开衬衫袖口，决定把今晚的温香软玉抛到一边，舍命陪君子。

霍斯衍开了两瓶酒，嫌用酒杯不尽兴，歪着瓶身和周逢玉的酒瓶轻碰一下，直接仰头对瓶吹，酒水入喉，喉结不停耸动，顷刻间酒便去了三分之一。周逢玉看得头皮发麻，咬牙也灌了几口。

地板上多了几个喝空的酒瓶，横七竖八的，周逢玉酒量不算差，可此时已经醉得不轻了，头晕眼花地坐在沙发上，滑下来，又坐上去，还是滑下来，干脆直接躺地上了。

霍斯衍还在喝，周逢玉目光涣散，总是对不了焦，他猛地甩了甩头，皱眉担忧地问："你的手……"

好一会儿后，才有低哑的声音回答他："没事。"

周逢玉上下眼皮在打架，也不知道有没有听到，就不省人事地睡过去，还打起了呼噜。

霍斯衍越喝越清醒，可面上还是露出醉态来，尤其是他的眼睛，从眼睑到眼角延伸往上的位置，一片微红，像晕着一簇灼灼的桃花。

思绪牵连着把刻意遗忘在过去的许多事情连根拔起。

去年，美国加州医院那夜，凌乱的脚步声，刺耳的尖叫声，以及刺向自己的凌厉刀锋……

还有，高三那年九月的某个早晨，有个陌生女孩坐在他的座位上，身上笼着光亮，回头朝他嫣然一笑。

"淼淼……"

或许他真的醉了，不然怎么会在夜深人静的时刻，把深藏在心底的那个名字喊出来？

那清软的声音跟着在耳边回响。

"霍师兄，你刚刚很厉害哦！"

"是啊是啊，我一直觉得，你不管做什么都会很厉害的。"

声音变成画面，她匆忙摘下月相表塞进包里的一幕在脑中闪现……

霍斯衡抬手盖住了眼。

她这么急着和他撇清，是因为怕男朋友误会吗？

二分甜
耿耿星河欲曙天

次日中午，周逢玉从宿醉中醒来，刚睁开眼就觉得整个人都不好了。不仅腰酸背痛，脑壳更是疼得要命，他狠狠地按了几下太阳穴，渐渐清晰起来的视野中是凌乱的桌面，还有满地狼藉的酒瓶。

“哎哟……”周逢玉扶着腰，怪不得这么酸疼呢，原来这一夜自己是在地板上睡的，身上连条薄毯都没有，这是什么待客之道啊？咒骂的话到了嘴边，可他想起此刻身在何处，硬是一字字地吞了回去。

想他周逢玉，周家独苗苗，生来就是富贵命，要星星要月亮是一句话的事，从来只有别人哄着讨好他的份儿，哪里受过这样的冷待？也得亏是霍斯衍，换了别的谁，他铁定要翻脸，说不定还要把人痛揍一顿才解气。

可理是这个理，兄弟也归兄弟，昨晚他抛弃美人乡过来陪喝酒，凭着这份仗义，帮忙盖条防着凉的毯子，不过分吧？一口气堵在嗓子眼，不吐不快，周逢玉偏过头，一个喷嚏打了出来。

不经意间看到了睡在对面沙发上的霍斯衍。长手长脚的男人，半边身子都挂在沙发外，深灰色睡衣长满了褶皱，想必睡得很不舒服，眉头紧皱着，他顿时觉得心理平衡了。

周逢玉扶着桌子起身，从酒瓶堆里找到一只拖鞋，另一只不知丢哪里去了，他只好光脚踉跄着走进洗手间。

酒气洗掉后，整个人轻松不少，就是胃还翻江倒海地难受。他去厨房，打开冰箱，里面空空如也，和买来时一样干净，又面无表情地关上了。

无声叹气，霍斯衍这个人，如今连自己都照顾不好，又怎么能指望他照顾别人呢？

周逢玉不禁想起了在美国时的那段日子，虽然霍斯衍不常在家做饭，可他拥有一手好厨艺，随便一道家常菜都能做出新花样，光是闻着就让人垂涎三尺。

可自从发生了那件事后……似乎很多事他都不怎么上心了，生活也将就着随便过，这样什么时候是个头呢？

周逢玉再次叹息，顶着张年轻又鲜亮的面孔，愁得跟小老头似的。

厨房里连一粒米都找不到，他只好从柜子里翻出还没拆封的热水壶。灌好水后才想到水壶没洗，又把水倒掉，里里外外洗一遍，重新装了过滤的水，按下开关。不出几分钟水煮好了，他分出一半热水烫了两个杯子，剩下的水刚好可以倒两杯。

周逢玉拿着杯子出去，霍斯衍正好醒了，坐在沙发上拿手抵着头，也是一副宿醉刚醒的痛苦神色。

“你有口福了。”周逢玉往他前面的桌子上放了一杯热水，抬起下巴，“小爷我第一次这么伺候人。”

霍斯衍淡淡地瞥了他一眼，没说话，嗓子哑了。

周逢玉享受着自己的劳动成果，惬意地眯起眼睛，还一边轻拍着腿，想起什么，“哎”了一声：“昨晚我迷迷糊糊，好像听见你在说……”语气不确定，“喵喵？”

他夜里口渴得厉害，醒了一次，半睡半醒间，听到霍斯衍似乎在说梦话，呢喃着“喵喵”，还不止一遍。

“该不会是发春了吧？”周逢玉脑补着“扑哧”一笑，递过去一个你懂我懂的内涵眼神，“你这个年纪，确实也到时候了。”

在这方面，他可是荣誉满满，年纪轻轻就送出了童子身，后来更是万花丛中过，片叶不沾身，可谓是情花遍地开。他愿意付出时间、金钱和精力，唯独缺少的只有一颗真心。

霍斯衍和他是完全不一样的人，对待感情固执专一，保守得不像活在21世纪的男人。他猜测，霍斯衍的初夜说不定都还没送出去。

周逢玉笑得有些不正经："思春又不是什么丢脸的事，兄弟给你提个醒，别老省着禁着，万一将来想用，力不从心了怎么办？"

霍斯衍沉着脸，直接拿起腰后的软垫砸过去。

周逢玉一把抱住，放到旁边，欠揍地举起两个爪子："我们一起学猫叫，一起喵喵喵喵喵……"

看过去，霍斯衍的表情已似凝结了冰霜，周逢玉唱得更加带劲儿："喵喵，喵喵……"

那边，刚从饭堂吃完饭回到宿舍的淼淼，刚进门就打了个喷嚏，她纳闷道："难道是有人在想我？"

"肯定是！"小乔头也不抬地玩着游戏，手边放着吃了一半的外卖盒，她随口道，"说不定是你的论文指导老师。"

这个笑话一点都不好笑。

见淼淼的脸皱成苦瓜样，小乔空出右手，钩钩手指："少女，要来盘游戏放松一下吗？"

"不要。"

"为啥？我又不介意你技术渣。"

还能愉快地做舍友吗？

淼淼回到自己座位，贴着衣柜站了一会儿，拿起手机给她爸谢戚明发了条微信："老谢，您的小可怜淼淼强烈请求周末回去体验家庭温暖。"

她妈安榕贞是女强人，霸道强势，杀伐果断，家里公司的事都是她说了算，所以淼淼只能找上老爸这个突破口。

可是，两分钟后，老谢同志很是遗憾地告诉她，恐怕不行了，因为他和她妈正在敦煌旅游，要下周五才回来。

淼淼心里那个气啊，这夫妻俩加起来快一百岁了，每年都要来一次浪漫的重温蜜月之旅。小时候她不懂事吵着要跟去，本来晚上说得好好的，结果一觉醒来发现自己不是在爷爷家就是在外婆家……

谢戚明怕她不够气似的，又发了张照片过来。

夕阳西下的广袤沙漠，淼妈打扮成了九天仙女，一片红纱遮住半边面容，只留一双含情脉脉的眼眸，衬着眉间点的红砂，神秘又温柔。

不得不说，老谢同志在家拿得了菜刀，在外提得了包包，还拍得一手好照片，简直是居家旅行必备的好男人。

看着照片，淼淼自恋地想，怪不得我长这么美，原来是遗传了我妈啊，咳咳。

淼淼退出私聊框，往家庭群里轰炸了几条消息：

"哼哼哼！"

"居然又不带我出去玩。"

"果然我不是亲生的吧。"

"淼淼有小情绪了！"

最后还发了个离家出走拿着破碗去乞讨的动图。

老爸："淼淼乖，回去给你带礼物。"

淼淼幽怨地回："淼淼已经不是当年那个一包彩虹糖就能哄好的小女孩了。"

老爸无奈："先聊到这儿吧，你妈喊我了，她走了一上午，腿酸，我去给她捏捏。"

淼淼绝望地放下手机，托着下巴来了一次深至灵魂的拷问，她真的……不是充话费送的吗？

惆怅啊惆怅。

淼淼很快又振作起来，她给谢南徵打了个电话，和他约好下午见面的时间，顺便把晚饭也敲定了。

下午四点，淼淼带着笔记本电脑来到仁川医院，谢南徵的办公室在四楼，她打算直接走上去，没想到刚和一个推着病人的护士错身而过，就看到上行的电梯门缓缓合上："等一下！"

电梯门又打开了，淼淼说着"谢谢"走进去，发现里面站了两个老人家。

一个身材高大，身穿病号服，看着不怒自威，另一个高高瘦瘦，下巴蓄着山羊胡，看起来慈眉善目多了。淼淼朝他笑了笑，山羊胡老人回以一笑。

"哼！"病号服老人突然甩了甩手，绷着老脸，像生了很大的气似的。

毫无预兆，淼淼吓了一跳，悄悄地往角落挪了挪身子，应该……不关她的事吧？她只是顺便搭个电梯而已。

"老爷。"山羊胡老人开口了，态度恭谨，"您消消气。"

老爷？淼淼竖起耳朵，这年代居然还有这种称呼，也是挺新奇的了。

被唤作老爷的老人非但没消气，反而更加暴跳如雷：“我怕他是当我不在了吧，这么多天，也不来看一眼！”

“老爷。”山羊胡老人仍是好声好气道，“衍少怕是有事要忙，脱不开身。您做手术那天，他急匆匆赶过来，衬衫裤脚鞋子都湿了，后来他也是等到您手术顺利结束才离开的……”

呃，你们这样旁若无人地聊私事真的好吗？角落还有个活生生的听众呢。

淼淼努力减少存在感，结果听着听着，一不小心坐到了六楼，电梯门一开，还傻傻地跟着走了出去。

迎面有个帅气的年轻男人走过来，笑容满面的：“霍爷爷。”

“小玉啊。”霍老爷子诧异道，“你怎么过来了？”

“我听我爸提起，您在这儿休养身体，就过来看看您。”

周逢玉先答了话，再向霍老爷子身旁的张管家点头致意，目光越过去，看到了站在两人身后的漂亮女生，似乎有点熟悉？丹凤眼一眯，他回想着，以前在哪儿见过呢？

淼淼也在回想，好像进电梯后，没按四楼的按钮？

就在她无语地揉着额角要转过身时，周逢玉终于从记忆的旮旯处捞起了一丝浮影，激动地指着她：“哎！你不是霍斯衍他……”初恋吗？

霍斯衍他什么？

淼淼没等到后文，等来的是齐刷刷聚在自己身上的视线。只见前面的两个老人倏地转过来，那个脾气不太好的老先生目光锐利，而且很有穿透性，仿佛一把利刃，要将她从头到脚解开似的。

山羊胡老人也是一副认真打量的神色。

淼淼登时站得笔直，一动不敢动，心里打起了小鼓。

这到底是怎么回事啊？她茫然地看向始作俑者。

乍见霍斯衍那位传说中的“初恋”，周逢玉此时也是心绪起伏，可眼下三堂会审般的情形，不免给他提了个醒，这位霍家老太爷的棒下可是不知打散了多少双鸳鸯的，霍斯衍的父母正是其一，他可不能让自己的兄弟重蹈覆辙。

溜到嘴边的话全部打散回炉再造，周逢玉拣了比较安全的说法：“你不是霍斯衍他……高中同学吗？”

淼淼顿了三秒后才点头："是啊。"

好奇怪，这帅哥说话归说话，干吗朝她抛媚眼，还笑得一脸暧昧？

更匪夷所思的是，她的"是啊"两字不知有什么魔力，话音刚落，那种无形的压迫感消失了。再次抬头看时，两位老人已经收起自带的X光，转身往病房的方向走去了。

"你，是霍师兄的朋友？"

"嗯嗯，是的。"周逢玉热情地笑着，递过去一张名片，"你好，我叫周逢玉。"

淼淼接过来，是一张酒店的VIP房卡……

"抱歉抱歉。"周逢玉重新换了张名片给她，问她有没有名片，淼淼说没有，他余光瞥到张管家站在门口往这边望，只好简短地说，"有空多联系。"又压低声音，"对了，刚刚你左前方那位老人是霍斯衍的爷爷。"

他留下这句话，长腿一迈，进了病房。

淼淼捏着名片，有些怀疑，这个看起来不太靠谱的男人，真的是霍斯衍的朋友？还有，他为什么要特意跟她提起霍斯衍的爷爷？以及为什么他们的反应都那么怪异？

想不通。

周逢玉没想到，人见人爱花见花开的他，会在淼淼那儿留下不太好的第一印象。他陪霍老爷子聊了好一会儿，护士过来通知要去做心血管检查，他趁机溜了。

他钻进消防楼梯间，急匆匆拨了霍斯衍的电话，开场白都想好了："我今天在医院撞见你初恋了！"惊天大雷酝酿中，百爪挠心、迫不及待地想知道霍斯衍的反应，然而响了很久那边都没人接听，犹如一记重拳砸上棉花，真是有口难言般挫败。

不算大的空间里，弥漫着一股久无人气的尘埃味，周逢玉握着手机焦躁地走来走去，他猛地想起一件事。霍斯衍的初恋在所有人看来都是藏得很深的秘密，甚至有人怀疑根本没有那样一个人存在，如果不是他无意中发现……

那是一次华人留学生的聚会，向来只在实验室、图书馆和公寓间三点一线的霍斯衍破天荒来了。他是在聚会进行到一半时才到的，挺括的白衬衫外套了件灰色毛衣，手臂上挂着沾了雪的黑色长外套，穿得很低调。可他的存在感太强，刚落座就引起了所有人的关注，女孩子们的视线全黏在他身上。

他仿佛并没有察觉自己的出现带来这么大的轰动，只是微微颔首，笑得礼貌而疏离，聚会发起人显然没料到他会来，在欢呼声里呆愣了十几秒后，才结结巴巴地起哄着说，迟到的罚酒三杯。

霍斯衍很给面子地接连喝了三杯酒，喝完虽面不改色，耳根却慢慢红了，引得女孩子们阵阵尖叫。

大家都是背井离乡不远万里来加州求学的年轻人，尽管之前并无交集。可同样的国籍、语言和肤色，心理上的距离一下拉近不少，聊得尽兴，喝得痛快，气氛暖融融，不知谁提议起玩真心话大冒险。

喝空的红酒瓶逆时针转了一圈，最后指着霍斯衍停了下来。

四下无声。

在众人以为霍斯衍不会参与这种无聊又幼稚的游戏，寻思着重新转瓶时，只见他修长的手指在玻璃杯沿上轻敲两下，清脆的“叮叮”声后，他抬眸，或许有些醉了，眼神略显迷离：“真心话。”

他的话像一簇火星，“轰”地丢进了木炭粉中，瞬间火花四射，将气氛推向了高潮。

他总是这么出人意料，从今晚的出现，自罚三杯，再到这刺激的真心话。

圈子里流传的说法是，霍斯衍这人素来独来独往，生性、喜好、背景都成谜。曾经因为不喜女色而被怀疑过性取向，当然至今没得到证实。唯一为人所知的是，他有极好的医学天赋，独独钟情手术刀，手起刀落，做过一台又一台漂亮的手术。

现在，是他自己亲手把这个绝好的机会送上来了。

女孩们摩拳擦掌跃跃欲试，谁不想当那个发问的人？于是只能抽签，结果出来，莫莉莉成为幸运儿。

莫莉莉和霍斯衍在同个实验室，他们高中时是同班同学，明眼人都看得出来她喜欢他，而且喜欢很久很久了。

没有辜负大家的期望，莫莉莉的问题简单粗暴：“你的初恋是什么时候？”

规则是，如果霍斯衍不想回答这个涉及隐私的问题，可以罚酒一杯相抵。看他拿起酒杯，轻晃着，暗红的酒液映入深邃的眼，大家似乎已经预料到结局了，不免失望地叹气。

霍斯衍盯着正前方那面印着荒诞涂鸦的墙，没有人知道他想到什么事，或者想起了什么人。只见他唇角微扬起来，那双平时没有什么情绪波动的眼睛，浮现几分从不示人的深情，更多的是温柔，像凝视着眼前的心上人。

只有旁边的周逢玉注意到，他眼底不易察觉的一丝丝落寞，如同乌云蔽空，星月失去光辉。

霍斯衍低头喝了一口红酒，喉结往下沉，声音带着微醺的嘶哑：“高中。”

他说完，举起杯子，一饮而尽。

女孩们都沸腾了，又觉得难以置信，“哇哇”乱叫个不停。

只有莫莉莉红着眼眶，执拗地继续问他：“是和谁？”

这已经超出游戏范围了，霍斯衍没有再回答。这场聚会剩下的时间里，他都在喝酒，一杯又一杯，来者不拒。

周逢玉简直怀疑他今晚是特意过来买醉的，好在他残余一丝清醒时，承诺会买单，不然这群家境并不优越的留学生，接下来可能要过一段节衣缩食的生活了。

周逢玉从他钱夹里掏出卡去结账，无意间看到夹层里的一张大头贴，上面是一个小女生，齐刘海，黑色大眼睛，唇红齿白，对着镜头笑得明丽可人。

原来真的有“初恋”。

女生的大头贴和霍斯衍的身份证放在同个夹层，这意味着什么？

连周逢玉这种情场浪子都不敢去猜测背后的深意。

楼梯间外响起脚步声，打断周逢玉的沉思，他把脚边丢的两三个烟头踢到角落，若无其事地整理衣领走出来。

方才经过的是两个年轻护士，白衣天使也喜欢八卦，一个说“谢医生真的好帅”，另一个猛点头附和：“简直是我们医院一枝花！不知道他有女朋友没？哎哟，好羡慕你这台手术是跟他啊……”

这俩女人，看身段听声音都不是自己的菜，周逢玉摇摇头走了。

护士口中的谢医生，正是谢南徵，这台加急手术是临时安排出来的，所以淼淼来到肿瘤科办公室并没有看到他的人。好在论文所需要的资料都给她准备好放桌子上了，她干脆坐下来，边看资料边在笔记本上敲敲写写。

其间有护士进来，听说她是谢南徵的妹妹，热情地送了水果盘和咖啡。淼淼甜甜地笑着道谢，又真心夸了几句，把护士姐姐哄得心花怒放，要不是有人来叫，还想和淼淼多聊几句。

护士走后，淼淼继续埋头改论文，包里手机“嗡嗡”振动，她拿出来看，花柔连着发了几条微信——

“上次你问的霍斯衍高中有没有女朋友那事，我打听到了。”

“你还记得他们班的班花莫莉莉吗？”

“听说她本科也是在加州读的，她高中时就喜欢霍斯衍，一直追到了美国，现在还留在那儿。”

“我想了想，如果霍斯衍真在高中谈女朋友了，对象又不是你，那只能是她了，毕竟近水楼台什么的……”

淼淼按灭手机，先浅浅笑着，如初春的荒野上零星冒头的青草，再是笑出了声音，犹如春盛时分漫山遍野开着的花。她笑得眼睛都眯起来，视野渐渐蒙眬，呈现出含着水光般的清透。

她想起高三时，班主任在讲台上，握着拳头，眉飞色舞地说：“提高一分，干掉千人！”

那年高考，她用尽全力干掉了多少个“千人”，可最终还是遗憾地和第一志愿A大失之交臂。

一分，隔开的岂止是千人？是再也要不回来的九年时光，和两个大洲一个大洋的距离。

早该明白的不是吗？错过就等于永远失去。

日暮西斜时分，一脸疲惫的谢南徵从手术室出来，换好衣服回到办公室，就看到淼淼对着待机的电脑发呆，连他走近都没发现，他在她脑门上轻弹一下：“回神了。”

之前还没有表情的淼淼拍拍心口，看到是他，立刻露出满脸的笑：“谢天谢地，八哥你终于回来了！我好饿啊，我们去吃饭吧。”

她的情绪收得太快，谢南徵来不及深究，就被她风风火火拉出了门。

晚饭是在医院附近的一家西餐厅吃的。淼淼心不在焉地把牛排切成一块块，连带着一盘意粉全吃了进去，反倒是刚做完手术的谢南徵，此刻对着七分熟的牛排，实在提不起什么胃口。

于是只好再点一份芝士焗饭。

饭后，兄妹俩走在街上，四周是行色匆匆的人，从夜色中来，到辉煌的灯光里去，被照得脸色发白，影子也木然地在地上印了一条条。

风还没吹过油腻腻的烧烤档，依然清爽着，远远能闻到糖炒栗子的甜香。淼淼被勾得下意识吞口水，旁边的谢南徵则是停下脚步，她顺着他的视线看过去，看到一个衣着清凉的女生背影。

黑色短裤，红色窄腰短上衣，身姿撩人。

她用胳膊肘不怀好意地撞了撞堂哥手臂："看不出来哦。"

谢南徵没说什么，示意她看女生后面鬼鬼祟祟跟着的两个小黄毛。淼淼有什么不明白的，小混混暗中尾随年轻女子欲行不轨之事的新闻，电视上反复播了又播，看来今天是让他们遇上了。

淼淼收起玩笑语气，用手机报了警，谢南徵已经抬步跟上去了，她也赶紧追上。

女生似乎浑然不觉自己被跟踪了，慢悠悠地往偏僻人少的地方走，看得淼淼替她捏一把汗，如果不是他们在后面跟着，后果将会不堪设想。

可接下来的一幕，简直让淼淼跌破眼镜，谢南徵虽然反应没她强烈，但也是一副挺意外的样子。

听得沉重的"砰"一声，那看起来很柔弱的女生，竟然一个过肩摔把黄毛小混混摊饼一样贴在了墙上。等他们走过去，黄毛们躺在地上，彼此的身体被扭成了回形针，正痛苦地呻吟着。

女生膝盖压在黄毛胸口，拇指刮了一下鼻尖，声音变成了很社会很不好惹的调调："空手道少儿组全国冠军，了解一下？"

混混们异口同声："了解了解，姑奶奶饶命！"

"好说好说。"

女生很一视同仁地给他们各赏了两个嘴巴，"啪啪啪啪"，谢南徵跟着拍起手掌。

女生大概没想到现场还有观众，惊诧偏头，看到上次给自己施了援手的男人站在不远处，同一条街，相同的情形，这缘分真是……

“嗨！”她挥手打招呼，“好巧哦，又遇见你了。”

几乎同一时间，淼淼也认出她来：“是你？！”

这不是那天在花语咖啡馆，差点和她的车撞上的宝马女吗？

“是我。”女生起身，“不小心”踩了一个黄毛的手掌，痛得他嗷嗷叫。她看都不看他一眼，步履轻快地来到两人跟前，好像几步间轻松完成了从剽悍的空手道全国冠军向温婉女子的转换，“看来A市真小啊。”

她大方地自我介绍：“孟临星，孟子的孟，大驾光临的临，天上星的星。”

“我是谢安淼淼。”

“喵喵？”孟临星故意变了音调，“好可爱的名字。”

她又朝谢南徵抛去一个俏皮的眼神：“帅哥，你不会……真叫雷锋吧？”

哦，有故事。淼淼的耳朵悄悄变尖了。

谢南徵单手插兜，站在暗淡的路灯下，看着她，意味不明地笑了笑：“谢南徵。”

孟临星只确定他是姓谢，不知是哪个“nan”哪个“zheng”，笑吟吟迎上他的目光，简单评价：“人如其名。”

不多会儿，接到报警的片区民警赶来，把俩小混混带走了，淼淼和谢南徵作为目击者，一起去做了问讯笔录。

对乖乖女淼淼来说，这一晚算是过得有声有色了。

接下来的日子很平静，除了在某天傍晚收到一个来自敦煌的快递，淼淼拆开一看，里面是几块漂亮的玫瑰石，她会心一笑，又接着去忙论文和做新项目，无暇顾及时间的流逝。

不知不觉又过去了半个多月，淼淼手头上的事暂告一段落，决定回去体验久违的家庭温暖，在回家之前，她准备先去把从图书馆借的书还了。

还书处的老师告知，她有一本专业书超期三天了。A大图书馆有个怪规定，相比其他书籍，专业书的借期只有二十天。

淼淼把位置让给后面等着还书的同学，走到走廊，磨磨蹭蹭了几分钟，拨通霍斯衍的号码。

机械铃声在耳边一声声回响，淼淼感觉身体里有一双无形的手攥住了心脏，呼吸跟着急促，不知该用什么表情什么语气应对接下来的对话。好在那边临近要自动挂断也没有人接，她松一口气，却听到轻微的电波声。

接、接通了？那端传来一个睡意很浓的声音，听着不真切，像睡梦中的呢喃："淼淼？"

淼淼瞬间呆了，傻了，石化了。

淼淼性子热情活泼，人缘一直不错，大家和她稍微熟悉后都会省略姓氏，直接喊她淼淼。可印象中，霍斯衍好像从来没有这样叫过她的名字，不管她怎么软磨硬泡，他都不为所动。

记得有一次，她起了玩心逗他，一遍遍地叫他阿衍、阿衍……

清俊少年面上看着气定神闲，实则耳朵悄悄红了。她看见了就想伸手去捏一捏，到底是长她三岁的师兄，有的是治她的法子。指间行云流水般转着的钢笔停下来，在她手背上拍了一下，然后从她书包里拿出一张画满红叉惨不忍睹的数学试卷，成功浇灭她的嚣张气焰。

其实，细细回想，霍斯衍是有叫过她名字的，连名带姓叫的谢安淼淼。

那次是他拿下全国中学生物理奥林匹克竞赛决赛一等奖，成功保送到A大物理系。她听到这个好消息，比自己考上A大还开心，长了翅膀一样飞到他身边，心儿"扑通扑通"跳，眼里冒亮光："霍斯衍你真的好厉害呀！"

"霍斯衍，你是我认识的最最厉害最最棒的人了！哎，你别不信啊，我发誓行不行，如果有半句假话，就让我以后没有零花钱。"

她"叽叽喳喳"把他夸了一通，又感慨道："书上说，郎才女貌，你这么优秀，我又长得这么好看，将来我们生的孩子一定是集智慧与美貌于一身吧！"

她沉浸在美好的想象里，眸子亮晶晶的："我想好了，宝宝的小名就叫点点，霍点点，你觉得怎么样？"

那会儿是牵小手都会脸红耳热的校园纯恋时代，这番略显"惊世骇俗"的话，险些让正喝水的霍斯衍呛到了。他有点羞恼，又被某些无法道明的情绪左右，失去了以往的淡定之色——

“谢安淼淼，你怎么这么……厚脸皮？”

他似乎还想说别的什么，又紧紧抿住双唇，只拿那双复杂难辨的眼睛看她。

她很大方地把脸颊送过去，笑嘻嘻的：“你要不要捏一捏，感受一下厚度？”

脸颊碰到他微凉的手背，想再蹭两下，他却触电似的缩了回去。

“谢师妹。”电话那端，男人问，“有什么事吗？”

他的声音恢复了清醒沉稳，仿佛先前带着些许亲昵的“淼淼”两字，只是淼淼的幻觉。她游离的思绪就此掐断，如同盛夏高树上的鸣蝉，不知疲倦地歌唱，被秋风轻轻一吹，就被吹没了一生，只留下空落落的寂静。

她曾像它们一样，为一份执念，差点付出生命的代价，还好只是差点。

如果没有从那场长达一年的昏迷中醒来，这世上再也不会有人替她记得，谢安淼淼喜欢霍斯衍，喜欢到想和他共度一生。

可那已经是过去的事了。

她的修养和所受教育不允许她为一己私欲，成为插足别人感情的第三者。

那边在等回复，淼淼用力闭上眼，清了清嗓子：“霍师兄，那本计算机编程应用的书你看完了吗？”

“哦，是这样的，图书馆这边的老师说超期了……因为我下午要回家，接下来一段时间，没什么事的话可能都不来学校了。所以，能不能麻烦你看完以后过来还一下书？”

“啊，这样会不会太麻烦你了？”

通话结束。

淼淼握着手机呆愣在走廊上，身边不时有还书借书的同学经过，脚步放得轻缓，也不交谈，不足以打扰她的沉思。她低头看脚边的那盆散尾葵，久未浇水及修剪的缘故，蔫蔫的叶子颓丧耷拉着，毫无生气。

更平添了她心中的烦闷。

霍斯衍在电话里说他要过来，这意味着碰面是无法避开的了。

淼淼在走廊上走过来，又走过去，不远处的电梯门张张合合，送了一拨又一拨的人上来。

感觉只是眨眼的工夫，霍斯衍就到了，淼淼没有再犹豫，抓起包往下跑。

比不得馆内的凉爽舒适，外面是艳阳高照，天空没有云，蓝得很均匀，因而每一缕光线都很刺眼。

霍斯衍站在树荫下，还发着烧，出门前刚换上的黑色衬衫，后背那处，以肉眼可见的速度被冷汗浸湿，身体很不舒服，可他依然站得身姿挺直。

没有风，暑热逼人。

他的视线因眩晕变得模糊，四周的景色仿佛褪去了色彩。突然，有个纤细身影闯了进来，她身穿简约的淡紫色长裙，腰间束着白色细腰带，随着行走的动作，裙角盈盈而摆。

眉目鲜妍的女孩子从阳光里，慢慢向他走来。

她的皮肤很白，不是长期幽居室内的病态白，是由里而外透出来，像会发光的那种白皙。

刹那间，树木重新穿回一身绿意，花朵也重新有了迷人的芬芳。

霍斯衍就这样看着她走到跟前。

“霍师兄，不好意思，麻烦你特地过来。”

她客气的话语和疏离的笑容，犹如一把柔软的针轻轻扎在霍斯衍心上，疼是绵绵密密堆起来的，可他面上并不显露山水，若无其事地笑着：“是我给你添麻烦了。”

“没有。”淼淼摇摇头，视线和他的交错而过，这才发现他脸色苍白，唇无血色，短发也被汗润湿，软软贴在额前，难道是生病了？她心里越发不是滋味了，生病还亲自把书送过来，又不急这一天两天的，何必呢？

那她又是何必呢？他身边自然会有贴心的人嘘寒问暖，轮不到她。

她还有很多事要去做，给奄奄一息的散尾葵浇水，回宿舍收拾行李，打扫卫生……总之很忙很忙，没有时间可以浪费。

淼淼朝他微微一笑：“那，我先去还书了，再见。”

说完，她转身就走，裙摆如风，根本没有察觉，身后的男人以多么复杂的目光目送着她的背影。

淼淼进图书馆后。不远处，一辆黑色卡宴开过来，缓缓停在霍斯衍身边，驾驶座的窗户降下，周逢玉探出头："赶紧上车吧，热晕了都！"

再这么站着，人家女孩子也看不到，这不是自虐吗？

不过真的是好虐。

周逢玉想起前些天，自己邀功似的和霍斯衍提起在医院遇见他初恋的事，结果吃了冷脸不说，又得知一个大秘密：原来他初恋现在已经有男朋友了。

这是什么惨绝人寰的遭遇啊，全让霍斯衍这个心高气傲的人遇上了。

在感情世界里，周逢玉自认是没有下限的。除了朋友妻不可欺之外，只要他想就没有挖不到的墙角，甚至有时只需动动眉毛，墙角就会自动挪过来。

可霍斯衍不可能做这样的事，他的三观比长相还要正，周逢玉只能默默为他洒下两滴同情泪。要是，要是那女孩和男朋友分手就好了……

霍斯衍坐上车，神色看不出什么异样，只是累，连话都不想说。

淼淼打来电话的时候，他正沉沉睡着，被一场沉重压抑的梦拖着——

冬日傍晚，天色灰蒙，还下着小雨，女生顶着湿发，眼眶红红的，压抑着哭声，身体微微发颤，像被人丢弃的可怜猫儿："原来你是这样看我的……"

泪水淌满了她的脸："霍斯衍你放心，我以后都不会喜欢你了！"

她飞奔进雨里，他急忙伸出手去，只抓到一缕冰冷的空气。

铃声是在这时骤然响起来的，霍斯衍迷糊着，分不清现实和梦境，过了好一会儿才从床头摸到手机。勉强睁开困倦的眼皮，瞥一眼屏幕上显示的来电人，接通后，很自然地，就喊出了她的名字。

忽然很想见见她，于是就来了。很显然，她并不是那么想看到他。

霍斯衍缓缓闭上眼睛，自嘲地扬起唇角笑了笑，羡慕她的男朋友，羡慕得快要发疯了……

有些问题，本来还想从她那儿得到答案，可如今似乎没有问的必要了。

周逢玉看他好像很难受的样子，轻声问："要不，还是去一下医院吧。"

"不用。"

半晌后，霍斯衍睁开眼，眸色已然平静如深潭水：“帮我准备一下清远科技的资产评估报告。”

周逢玉惊愕极了：“你要收购它？”

“嗯，是有这个计划。”

多年兄弟情分，周逢玉还不了解他的性子吗？这是势在必得了。

清远科技，周逢玉回想了一下这个公司的相关资料，眼睛忽然一亮，所以，他这是打算重新振作起来了？

这个念头让大半年来郁积在周逢玉胸口的愤懑不平之气烟消云散。他长长地叹一声，要不是考虑到霍斯衍是病人，真想一脚把油门踩到底，来一场漂亮的卡宴大漂移。

另一边，淼淼回到图书馆三楼，还完书后，正要转身离开，老师喊住她：“同学，你落了东西。”

她疑惑地看去，老师递过来一张精致的金属书签：“给。”

“老师，这不是我的。”

“怎么不是你的？”老师指着那本她刚归还的计算机编程应用书说，“就夹在这里面。”

黑框眼镜往上推了推，看着眼前俏生生还面露惊讶的姑娘，老师又打趣道：“不是你的，难道是我的？”

淼淼很快反应过来，书签应该是霍斯衍的。她接过，轻捏在手里，然后跟老师道了谢。

书签也许是定制的，一只银色的猫，弯着爪子，姿态慵懒，尾巴还打着卷儿，除了肚子部分，其他地方都是镂空设计，看起来很可爱。淼淼忍不住摸了摸，手指倏然一顿，猫肚子背面好像还刻了一个字？

她没有直接翻过来看，指尖轻轻摩挲感受着那字的轮廓，确定了，呼吸也几乎停止，只有抑制不住的……心跳如雷，轰得她心神涣散。

淼。

猫身上刻的字，是淼。

淼淼猛地又想起来，之前她要了霍斯衍的联系方式，可并没有给他自己的。其实她的号码从来没变过，而今天，电话接通时，他一开口，喊的是她的名字。

他怎么知道是她？

除非，这些年来，他一直保留着她的手机号码。

淼淼又一口气冲下楼去。

霍斯衍当然不可能等在原地，她心事重重地拖着步子，慢慢来到他几分钟前站的那棵树下，抬起头，一片片去数树上的叶子。椭圆形状，脉络清晰，绿得很夏天，上面盛着明亮的阳光。

笼在身上的树影是密不透风的，把她和四周的一切隔开。一颗心狂跳着，如同骤雨急拍，淼淼想抓住某些曾经错过的东西，可又不知道它究竟是什么。

是高二那年冬天落的雨吗？那场绵绵细雨，让她狼狈到浑身湿透，那条长长的街道，似乎永远跑不到尽头。

还是大二的那个十月，不惜逃课，怀揣欢喜去见一个人，想求证某个答案，等来的却是在病床上躺了将近一年的结局？

又或者是，书签上那个意味不明的“淼”字？

数到第三百零一片叶子时，淼淼找到了答案。她握紧手中的金属书签，心里告诉自己，这就是答案。

它像意料之外的礼物，让她有片刻欢愉，然而它再美好，也不属于她，是要还回去的。

心情就这样平静下来，静得能听见不知何时起的风，把绿叶吹得簌簌作响，淼淼转过身，慢吞吞走回宿舍收拾行李。

回到家自然是晚了，别墅大门外的灯都亮起来了。淼淼拖着行李箱进屋，她妈惬意地躺在贵妃榻上，手边放着一杯热茶，她爸则是蹲在一旁，帮她揉着腿。

老谢同志是个从业二十多年的资深骨科医生，按摩手法专业又老到，看安女士的神情就知道多享受了。淼淼记得小时候去少年宫跳芭蕾舞，回来腰酸背痛，变着法地撒娇想让爸爸捏捏，可她爸说小孩哪里有腰，她多委屈，怎么就没腰了？小细腰也是腰啊，张嘴就要哭。谁知眼泪攻势还没使出来，就被她妈拎着丢进浴室泡热水澡去了。

“淼淼回来了。”

谢戚明最先发现站在门口的女儿，起身走过去，帮她把行李箱提到客厅：“饿了吧，爸爸这就去做饭。今早你二堂哥送了好些新鲜花蛤过来，做道花蛤豆腐汤怎么样，还是你想吃花蛤粉丝？”

淼淼正饥肠辘辘着："我两种都想要！"

"行。"谢戚明有求必应，"你陪你妈说说话，我去做。"

"好嘞。"淼淼跟进厨房，用洗手液洗干净手，出来客厅，安榕贞坐起来了，手轻揉着太阳穴。

淼淼知道妈妈在公司很忙，有时连吃饭都顾不上，还落下了胃疼的毛病，工作强度一大就偏头痛。将近五十的人了，保养再好，眼角还是堆起了无法消除的疲态和皱纹。

"妈妈，我来帮你揉吧。"

走近了，淼淼才看到妈妈头上发根处冒出的半截白丝，如霜雪般和另一半染黑的发相接，格外醒目。

妈妈以前有一头乌黑浓密的长发，绸缎似的。可那年，她从医生口中得知自己唯一的女儿成了植物人，或许再也无法醒过来的时候，她当场晕厥过去，后来更是一夜之间白了满头的发。

想到这里，淼淼鼻尖发酸，忍不住倾斜身子靠过去。安榕贞摸摸她的脸，柔声问："怎么，在学校受委屈了？"

"才没有。"淼淼轻吸鼻子，不让她听出哽咽声，"你和爸爸去敦煌旅游，也不带我一起去，好过分哦。"

安榕贞失笑："你还是五六岁的孩子吗？"

淼淼嘟囔："没有人帮我拎包，走累了没人帮我揉腿，更没人帮我拍美美的照片……"

"少来。"安榕贞又笑道，"自己找个男朋友去。"

"找不到啊。"喜欢她的，她不喜欢，她喜欢的，又已经有主了。

"看缘分吧。"安榕贞说，"感情的事，强求不得的。"

淼淼颇为赞同地点点头。

安榕贞又拿过旁边一本印着樱花的小册子："这是今年工作室夏装的新款，你挑几套喜欢的，明天我让人送到家里来。周五是你奶奶的八十大寿，我们全家都回去。"

淼淼翻开册子来看："我前两天打电话回去，是奶奶接的，不知多开心，爷爷在旁边打趣说，她笑得假牙都掉了……"

安榕贞也说："从小到大，孙辈里，他们最疼的就是你。"

淼淼歪着头："因为我最可爱啊。"

安榕贞宠溺地笑着，伸手刮她鼻尖。

温馨时光在母女俩的谈心中悄然过去，谢威明把热腾腾的饭菜摆上桌，解下围裙才去叫她们吃饭。

淼淼吃到了心心念念的花蛤粉丝和豆腐汤，心满意足地进厨房洗碗，擦干手出来见爸妈浓情蜜意地在院子里赏月，她羡慕地耸耸肩，溜回房间去了。

她洗完澡，顺便敷了张面膜，又被小乔拉着打了两盘《王者荣耀》。他们被敌方虐得体无完肤，一局接连送出十三个人头，拉低全队经济，把对面打野养得白白胖胖，还喜滋滋地用言语挑衅她："谢谢你哦。"

事实证明，A大计算机系的尖子生，不一定能玩得好游戏，是和他们哪怕专业学得再好，也不会修电脑一样简单的道理。

淼淼自我安慰成功，退出游戏，扯掉面膜，重新洗干净脸，然后倒在床上。薄被带着阳光的味道，软软地簇拥着她，舒服极了。

困意袭来，可睡前她还有一件事要做。

淼淼拿出手机，给霍斯衍发了条信息："霍师兄，你的书签在我这儿，看什么时候方便，你把它拿回去吧。"

等了几分钟，没有回复，反而等到了微信添加通讯录朋友的申请通知。淼淼看着备注的"霍斯衍"三个字，犹豫了足足十秒，才点了通过。

"你已添加了hsy，现在可以开始聊天了。"

那边迟迟没有动静，淼淼心想，要不要把信息里的内容再复制一遍发过去？她的指尖刚动，一条新信息显示在了页面上。

hsy："不用还了。"

又来一条。

hsy："物归原主。"

淼淼睁大眼睛，里面写满了疑惑，明明每个字都是认识的，可偏偏不懂他这两句话是什么意思。

物归原主？猫形的金属书签，归还给原来的……主人？这意思是说——

书签本来就是属于她的？

淼淼突然坐起来，从包里翻出书签，翻到背面，那个"淼"字，和书签并不浑然一体，倒像是成品后，用美工刀一笔一笔刻出来的。而且她从小最喜欢的动物就是猫，可妈妈对猫毛过敏，家里就一直没养，她还暗自计划将来结婚后养一只猫。

或许是过去在病床上昏睡太久了，有些时而模糊，时而以零碎片段出现的记忆，随着相关的人和事物的出现，渐渐变得清晰起来。

关于养猫的事，她还和霍斯衍商量过，问他会不会猫毛过敏，他说不会，她开心地捧住脸："太好了！那我们以后养一只吧？"还拉着他的手，强行打了钩钩。

所以，这张书签是之前霍斯衍打算送给她的？

为什么要特意定制这张书签，为什么要手刻她的名字？会不会……他曾经也有那么一点喜欢她？

这个念头像喜滋滋的烟火冒出来，顷刻间又消散了，如果喜欢她，为什么要回那样一封伤人的信呢？

而且，就算过去真的怎么样，如今也已时过境迁了。

手机屏幕又亮了一下。淼淼划开，一眼看到："hsy"撤回了一条消息。

这条消息的内容，霍斯衍坐在书桌后，握着手机，删删减减写了五分钟之久。字字斟酌，连标点符号都格外用心去挑选，花了一秒钟发出，用了两秒钟撤回。

满月高挂在夜空，月光被紧闭的门窗挡在外面，留下一道道斜影。书房的冷气开得很足，已经是常人难以承受的低温，可霍斯衍还是明显感觉到了从背脊处升起来的热意。手机那端是他喜欢了很久很久，不知道什么时候才是尽头的女孩，他不甘心放弃哪怕一丝微弱的可能性。

或许，也可以称它为，希望。

书桌上整齐放着几份文件，其中一份是周逢玉傍晚送过来的清远科技的资产评估报告，除此之外，还有霍斯衍先前收集的关于这个公司创始人、内部构造、运营模式、重点项目、产品专利，甚至破产原因的详细资料，他从来不做没有把握的事。

可对淼淼，霍斯衍完全没有把握，望着落在窗上的树影，他暗自松一口气。

幸好她没看到刚刚的信息。如果可以，他怎么可能只想和她做朋友？

霍斯衍绝对不会想到的是，此时计算机系的尖子生谢安淼淼同学正抱着笔记本电脑，登录微信电脑端口，打开网页源代码，白皙手指“噼里啪啦”敲了一阵，很快就把他撤回的消息一字不漏地还原了。

hsy：“我打算以后待在A市，可能会有不小的概率碰面。或许，我们可以像朋友一样相处，你觉得呢？”

当晚，淼淼抱着被子，发了很久的呆……

两天的时间转瞬即逝。

一大早，淼淼跟着爸妈回老家北城为奶奶庆贺八十大寿。她小时候在北城生活过，每年春节也会回来一次，对这里的一草一木都不陌生。

北城一面环山，三面环水，土壤肥沃，素来有鱼米之乡的美称。

爷爷特地让昨晚就到了的大孙子谢南星过来接一家三口，淼淼坐在车里，看着窗外一块块金灿灿的稻田，有风吹过，稻浪起伏，美如画。

谢家老宅坐落在小镇的东南角，屋门前挖了个池塘，养着荷花和鱼。正逢盛夏，荷花开得娇羞喜人，叶子也青绿地层叠着，游鱼嬉戏其下。边上还建了座半人高的假山，正面雕了个威风凛凛的狮子头，嘴巴大张，清水汩汩而出，原来是个洗手池。

淼淼穿着淑女裙，一颦一笑间尽显俏皮生动。提着裙摆一下车，就看到爷爷和奶奶相互搀扶着从屋里出来，她赶紧迎上去，甜美地笑着喊：“爷爷奶奶。”

老人家连连应着，一左一右地牵着她的手进屋。

淼淼在谢家上下是受尽宠爱的。她爷爷有七个同胞兄弟，自己生了六个儿子，后来又有了八个孙子，全都是男娃娃，谢老爷子盼啊盼啊，盼得胡子都发白了，总算盼来了一个宝贝孙女。

这不得疼进心坎里去？

淼淼出生没多久，不知为何经常生病，可把一大家子人愁坏了。谢老爷子找来一个算命先生，对方算了孩子的生辰八字，又观过面相，说是五行缺水，老爷子当即说，那就叫谢淼吧。算命先生摇摇头，说你孙女缺的水有点多，三个水恐怕压不住。

既然三水不行，干脆再加个淼。

算命先生又温暾地说，六水怕是又会泛滥。老爷子急得冒火，算命先生问过孩子母亲的姓氏，惊叹妙哉，六水前加个“安”字，不仅可控水，还能逢凶化吉。于是，淼淼的名字就这样定下了。

淼淼打小是搁在糖罐里长大的，可谓集万千宠爱于一身。上面有八个堂哥，有学习好的，也有打架厉害的，上学时浩浩荡荡一队护花使者跟在身后，她昂头挺胸走在最前面，像只美丽又骄傲的小孔雀。

隔壁家的小朋友非但不敢欺负她，还全都羡慕得不行。

老太太生日宴下午六点才正式开席，时间还早，大部分客人都没到。淼淼跟着爷爷奶奶进屋，看到里面坐着的都是家族至亲，绝大部分是长辈。她一个一个地叫人，被三姑六婆伯母小婶拉着小手，七八张嘴关怀备至地不是问工作，就是问有没有男朋友……

还好谢南徵过来解救了她，淼淼向这位排在自己前头的八堂哥投去一个感激的眼神，接着像乳燕投林一样奔到了爷爷奶奶身边，不一会儿就哄得两位老人开怀大笑。

下午五点，客人几乎都来了。

淼淼眼尖地发现几张陌生面孔，打听了才知道他们是堂哥们带回来沾寿星喜气的朋友。年轻男性，看起来不是知识分子，就是社会精英，个个一进门就若有似无地把目光放在她身上。

她似乎有了某种不太好的预感。

果然，热闹的宴席结束后，淼淼被大伯母捉住，说是要带她去认识新朋友。她当然不肯，挣扎着，大伯母以为她害羞，笑着说："没什么的呀，就是随便聊聊，当交个朋友嘛！"

情急之下，淼淼也顾不上那么多了，捂住肚子："好疼，我要去洗手间。"

一溜烟跑走了。

她跑到后院，气喘吁吁，正要找个地方休息一下，忽然看见凉亭里坐着个小人儿。她走过去，原来是大堂哥的儿子，今年刚满五岁的谢星繁小朋友。

"偷偷摸摸干吗呢？"

冷不丁听到声音，谢星繁差点吓掉了魂，看清身后的人是淼淼，他立刻把手机藏到身后去，乖乖喊道："小姑姑。"

可惜，淼淼早看到了："玩游戏啊？"

小朋友撇着嘴角，拖长声音，软绵绵的，听起来委屈巴巴："小姑姑……”

“放心放心。”淼淼捏捏他滑嫩的脸蛋，“我不会告诉你爸妈的。”

谢星繁任由她揉圆搓扁，拿一双怀疑的黑色大眼睛不停地瞅她。淼淼心想，现在的小孩戒心也太重了吧，说好的姑侄间的信任呢？她从口袋摸出手机：“这样吧，我也来玩一盘，我们就是同一条船上的人了。”

小家伙眼前一亮，觉得她这提议不错：“我们这算是同流合污了吧。”

淼淼眼角一抽，小子你语文是英语老师教的吧？

“小姑姑你玩得好吗？”

淼淼轻咳一声：“还行吧，Carry全场……”是不可能的。

谢星繁信以为真，想想也是啊，小姑姑可是学计算机的，玩游戏一定也超厉害。他怀着这个天真的想法，进入了游戏。

《王者荣耀》是个5V5的拆塔游戏，分上中下三条路线，主要有法师、坦克、刺客、射手、战士和辅助等英雄类别，一共有八个段位，从低到高分别是倔强青铜、秩序白银、荣耀黄金、尊贵铂金、永恒钻石、至尊星耀、最强王者、荣耀王者。淼淼目前是钻石段位，小乔帮她打上来的。

这局游戏，她选了法师貂蝉，谢星繁则是拿了射手鲁班七号，不到一分钟，系统宣告：First Blood！

迷迷糊糊跑到上路的貂蝉被对面吕布无情击杀，光荣送出一血。

谢星繁小朋友震惊抬头，淼淼拨拨头发，不好意思地笑了笑：“失手，失手。”

等貂蝉花样送出第八个人头时，谢星繁操纵着小鲁班躲在草丛里，终于绝望地意识到，他的小姑姑，游戏玩得特别特别渣，比他还渣！

一眨眼，貂蝉又没了一半血，向她挥来利刃的正是她的官配CP，敌方吕布，她拖着丝血逃生，还不忘调戏这位ID叫玉女掌门人，看起来是个女性的玩家。

可爱淼淼（貂蝉）：“嘤嘤嘤，老公别打我！”

小乔说的，打不过就跑，跑不过就求饶，总是没错的。

围观全程的谢星繁内心无情地鄙视小姑姑：好无耻啊！还好队友不知道他是和她一起组队的。

不过，鄙视归鄙视，敌方吕布忽然跟被施了定身魔法似的一动不动，接着居然真的手下留情，不再追杀她了。

貂蝉带着劫后余生的喜悦往回跑，不料却被敌方后羿的一只大鸟射趴在自家水晶前……

一到六分钟，除了淼淼以外，其他四个玩家都不约而同点了投降，游戏结束。

掉了一颗好不容易攒的星星，谢星繁板着小脸，看样子快哭出来了。淼淼连忙安慰他，刚好游戏页面有人发来邀请，她没细看就点了进去。

进入BP（扳选英雄）界面，侧边栏最底下显示着玉女掌门人，还有个眼熟ID叫玉面小狐狸，也就是上把的后羿。淼淼悲愤地想，这两人是嫌上局没把她虐够吗？！

她在两人头像框上戳了又戳，你们自找的，现在轮到我来虐你们啦！

淼淼再次秒选貂蝉，旁边有道弱弱的声音响起："小姑姑，你还要继续玩啊？"

"嗯嗯，反正没什么事做。"

"别以为我不知道，你是为了逃避相亲才躲来这里的。"

淼淼"扑哧"笑了："你个小孩子，知道什么是相亲？"

"我当然知道！"谢星繁稚声稚气说，"相亲就是男人和女人坐在一起互相看，看对眼了就结婚生宝宝。今天来了好多不认识的叔叔，吃饭时一直盯着你看呢……"

淼淼不知想到什么，皱起眉，心里有些不舒服。

小家伙掰着手指，恨铁不成钢地叹气："你都二十四岁了，居然还没有男朋友。"不像他，刚上幼儿园时就交到小女朋友了呢！

"哎！"他又叫起来，"小姑姑你怎么开了组队语音？！"这样和她组队的两个陌生人就有可能听到他们的聊天内容了啊！

语音是和小乔玩游戏时她要求开的，方便远程指导，淼淼看到小狐狸的语音也开着，赶紧把自己的关了。

同一时间，几百公里之外的A市，盛安公馆的某座别墅里。

游戏名为玉面小狐狸的周逢玉听完玩家可爱淼淼和一个小孩的对

话，弯起嘴角。这女的游戏玩得不咋地，声音倒是很好听，不知道人长得漂不漂亮，而且看来还是单身，或许可以私底下发展一下？

周逢玉这么想着，抬头看过去，只见坐在对面的霍斯衍紧抓着沙发边缘，手背上青筋毕露。那向来波澜不兴的脸上也有了巨大变化，然而，分辨不出是喜是怒……

唯一肯定的是，他的情绪很激动，激动到了极点，只是，被他习惯性地压抑着。

周逢玉纳了闷，在自己眼皮子下，到底发生了什么？

山重水复疑无路，柳暗花明又一村。

这大抵便是霍斯衍此时心境的写照，她没有男朋友，现在还是单身。

原来，一直以来都是他一叶障目。四年前无意中听谢南徵说她有男朋友，便一直深以为然，也没有求证，大概是类似近乡情怯，关心则乱的心情。

是啊，四年的时间，什么事都有可能改变。

霍斯衍抬手盖住脸，百感交集，有些苦涩，更多的是难以言喻的惊喜，震得胸腔发麻、生疼。他轻轻叹息着，眼底光华浮动，笑意泛滥，终于忍不住了，又低声笑出来。

周逢玉看他这怪异模样，几乎把眼珠子瞪出来，该不会是中邪了吧？

“怎、怎么了？”周逢玉声音发紧，眼睛瞪成铜铃，一眨不眨地盯着霍斯衍。认识这么多年了，这是第一次看他这样笑，不是清淡疏离的，像是发自内心的笑容。

前一刻还绷着脸，面无表情地在游戏里快意厮杀，转眼笑得如沐春风。周逢玉百思不得其解，于是迫不及待再追问了一遍。

霍斯衍那双好看的桃花眼斜斜地睨过去：“偶然知道了一个意外之喜。”

“什么意外之喜？”

霍斯衍却不回答了，唇角扬起愉悦的弧度：“暂时保密。”

嘁！搞什么啊，神秘兮兮的。

周逢玉“哼”了声，小爷我稀罕知道吗？扪心自问，还真挺稀罕的，寻常人家中个五百万彩票也算是意外之喜了吧，可霍斯衍是什么

The Beautiful Love Letter

人？连霍家千亿家财都看不进眼里的人，真不知这世上有什么东西可以成为他的意外之喜。

在霍斯衍和周逢玉的对话中，游戏早已开始了。由于两人错过了BP环节，系统自动分配了他们各自使用率最高的英雄，霍斯衍用的是周逢玉的账号，这局还是玩吕布，周逢玉则是拿了打野英雄李白。

开局三分钟了，吕布和李白依然待在基地，毫无动静。

木星的勇敢（鬼谷子）：“怎么办，两个人挂机了。”

小小百灵鸟（程咬金）：“除了举报他们，我们还能怎么办呢？”

对面知道他们这边有两个人退出游戏，没有继续推塔，而是疯狂抓人，三个小菜鸡被追得扑簌翅膀四处乱窜。貂蝉倒地五次后，重新复活，身姿柔美地往中路飘去，惊讶地发现身后多跟了一个吕布，接着，连李白也潇洒地耍着剑过来了。

玉女掌门人（吕布）：“抱歉，我们刚刚有点事。”

玉面小狐狸（李白）：“啊？”

其他两个玩家早已被对面抓得没脾气了，一致表示挂机举报。

淼淼就比较好说话了：“没事没事，回来就好。”

反正输了也不要紧，小乔会把星星赢回来的。

玉女掌门人（吕布）：“嗯。”

接下来，李白满野区飞，吕布则是一直跟着貂蝉，不仅保护她，甚至还会把残血留着，让她去收人头。貂蝉喜滋滋地收下第三个人头，系统还没播报呢，李白和程咬金就把敌方水晶推爆了。

躺赢一把。

淼淼给所有队友点了赞，刚退出页面，就收到玉女掌门人的添加好友申请：“你的操作666！不如一起开黑吧！”

玉面小狐狸也发来申请，她毫不犹豫地都点了同意。

不一会儿，霍斯衍收到系统消息：你和可爱淼淼成为游戏好友。他晃晃手机，跟周逢玉说：“你这个游戏账号我要了，密码发我。”

“终于体会到玩游戏的快乐了吧。”周逢玉啧啧道，“先前让你玩还一脸嫌弃，嗯……真香。”

其实周逢玉也是看霍斯衍大半年来压力与日俱增，近来更是整天冷着脸，自带低气压，他看着都遭罪。玩游戏不仅有助于释放压力，还可以锻炼他受伤右手的灵活性，也算是一举两得。

“我还有吃鸡（《绝地求生》）、LOL（《英雄联盟》）的账号，要不要？”

“不用。”

“行吧。”周逢玉把玉女掌门人的账号和密码发了过去，“还玩吗？”

“嗯。”霍斯衍试着再次邀请可爱淼淼，发现她已经下线了，他揉揉手腕，“不来了。”

周逢玉满脸黑线，善变的男人。

淼淼不在线是因为——她和谢星繁小朋友一起被大堂哥捉回去了。月黑风高，谢南星到外面透透气，顺便抽支烟，刚点上火，就看见不远处凉亭里，两个脑袋凑在一块儿嘀嘀咕咕……

听到脚步声靠近，说要回房写作业，却中途偷偷溜出来玩游戏的谢星繁如惊弓之鸟般回头，大叫一声，拔腿就跑，没跑两步被他爸拎鸡仔一样拎了回来。正所谓城门失火，殃及池鱼，淼淼作为共犯，自然也被一同提审了。

她想到一大屋子的姑婆伯婶就头皮发麻，好在大堂哥是通情达理之人，虽然小时候被她坑得没少被罚家法，可至今还很疼她，见她皱起眉，二话不说就痛快放人了。

淼淼抱歉地看一眼小侄子，脚踩西瓜皮飞快溜了。没想到她回到房间，推开门，就看到爸爸妈妈等在里面，这下真是无处可逃了。

“这次相亲我们事先也是不知情的。”安榕贞解释说，“是你爷爷奶奶的意思，老人家年纪大了，唯一的心愿就是儿孙们成家立业，他们最疼你，最放心不下的也是你……”

“妈妈，我能理解爷爷奶奶的心情。”淼淼轻咬下唇，“可您也说过，这种事不能强求的。不是吗？”

谢戚明笑着接过话：“不要这么紧张，我和你妈不会逼你，不管你将来选择什么样的生活方式，结婚也好，单身也好，我们唯一希望的是，你能过得开心。”

“爸爸。”淼淼听得很感动，“谢谢您。”

她用余光悄悄瞥一眼妈妈。

谢戚明把她的小动作看在眼里，搂住妻子肩膀：“你也说几句表表态吧，好让孩子放心。”

安榕贞没好气地瞪他：“我要说的全给你说了，我还能说什么？”

淼淼倾身过去，靠在妈妈肩上，软声道：“妈妈，也谢谢您。”

真幸运，她拥有这么开明的父母，还有那么多疼爱她的家人。

是夜，淼淼懒洋洋地躺在床上，举着手机发朋友圈——

“今天玩‘农药’遇到一个男友力Max的小姐姐，跟着躺赢了，看来上王者指日可待啰。”

配图是游戏战绩，她玩的貂蝉3-5-1。

发出去没多久就收到了十几条评论。大部分是笑她渣要带她飞的，也有看到定位想约她吃饭的，唯独小乔欣慰地流下了老母亲般的泪水，留评夸她有进步，再接再厉！

这才是正确的评论姿势嘛。淼淼的小尾巴都快摇到半空了，翘起的唇角怎么也收不住，直到刷新后，发现“hsy”给她点了赞。

自己的朋友圈干净得连一个标点符号都没有的人，也会刷朋友圈动态吗？

事实上，霍斯衍在美国时习惯用邮箱，几乎不用微信，申请好账号后就一直放着长草，回国后才用起来的。

此刻，他看着淼淼发的动态，两指抵额，有些想笑。小姐姐？男友力Max？

他寻思着，或许该把游戏ID改一下？

还是先放着吧，目前有更重要的事做。霍斯衍退出微信，点开订票App，周逢玉惊讶地问：“你要订机票？去哪儿？”

“北城。”

老太太的生日宴圆满结束后，第二天大家又各奔东西，上班的上班，上学的上学。淼淼暂时无事一身轻，于是留下来陪爷爷奶奶几天。

奶奶一大早就跟爷爷炫耀孙女送她的玉佛吊坠。爷爷心里想，淼淼也送了我一个玉观音呢，面上却故意装出吃醋的样子，背着手走来走去。

“老头子，你别走了，晃得我眼花。”奶奶马上心软了，“我叫淼丫头也送个给你。真是，一把年纪了，还跟小孩似的。”

淼淼站在窗外看得直乐，一对有趣的老小孩。

她上午陪爷爷钓鱼、下棋，下午陪奶奶听戏曲，不知不觉，夕阳变成一颗红通通的大柿子，高挂在青山上。

淼淼想起月事就这两天了，卫生棉还没买，刚好保姆王姨要出去买晚上吃的菜，淼淼就拿了包和她一起出门。

她们要去的是镇上的连锁超市，路程不远，走上十五分钟就到了。等红绿灯的时候，淼淼的手机来了信息，她低头查看，王姨忽然轻扯她衣袖："淼淼，对面有个男人一直看你，是不是你朋友啊？"

淼淼抬头望去，密长的睫毛颤动了一下两下三下，白净的脸上浮现难以置信之色。

怎么会是他？

她和男人隔着车流对望，谁也没有先挪开视线，王姨在她腰后推了推："绿灯了。"

淼淼这才如梦初醒，像个木偶一样被线提到马路对面，提到霍斯衍面前，她连惊讶的表情都来不及收起："霍师兄，你怎么会在这里？"

车子过了一辆又一辆，行人也步履匆匆走过。

霍斯衍看着眼前的女孩，有种想上前将她拥入怀里的冲动，又怕一时唐突吓到她。半晌后，他抿唇笑笑，再大的情绪都止于唇齿间："来找一个故人。"

北城居然还有他认识的人，这世界真的好小。

"你们聊，我先去买东西。"王姨敏感地嗅到了某些气息，知趣地走开了。可她三步一回头，像是恨不得把霍斯衍整个人都印进脑子里。

太阳消失了，天边的晚霞渐渐变淡，不久后，夜空就会缀满星星。

"淼淼，我记得上次吃饭时，你说……"

汽车长而尖锐的鸣笛声盖过了霍斯衍的声音，淼淼依稀只听到了"吃饭"，瞬间反应过来："是哦，我还欠你一顿饭。"

她问他："今晚可以吗？"

"可以……"

淼淼打电话跟奶奶说在外面遇见朋友，让他们不用等自己吃饭。奶奶听到她那边声音嘈杂，大着嗓门说让她把朋友带回家吃饭，这……哪能把人带回去啊？她支支吾吾说了几句，就挂断了。

最后，淼淼把霍斯衍带去了一家本地特色的船屋餐馆。

门口处候着的身穿旗袍的年轻女人挑着灯迎两人进去，船屋里灯光柔和，分隔出各个小间，用珠帘挡着，既有情调，又显得私密性良好。

淼淼选了角落的位置，用iPad点好菜，服务生请他们稍等，撩开珠帘出去了。

船屋是建在湖上的，水光清影缓缓流动，淼淼搁在窗台上的手臂和侧脸被打上了一层白瓷般的光泽，她轻声问霍斯衍："你准备在北城待几天？"

"还没定。你呢？"

"我也不确定。"

霍斯衍低头喝了两口茶水："工作找好了？"

淼淼耸肩："还没呢。"

霍斯衍看她欲言又止，放下茶杯："怎么？"

"如果我说，不知道以后想干什么，你会不会觉得很好笑？"

爷爷奶奶一直希望她当公务员，三伯父的公司预留了和她专业对口的职位，妈妈的工作室和服装厂将来也是要她去接手的。选择很多，可淼淼对自己的前路一直是迷茫的。

"不会。"霍斯衍一脸正色，语气认真地告诉她，"职业规划关系到你后面的人生，一定要慎重对待。"

"嗯嗯！"淼淼连连点头，"我会的。"

玉石相碰，发出清脆声响，服务生端着菜进来，第一道摆在桌上的是清蒸鲈鱼。

稻田里养大的野生鲈鱼，不仅刺少，肉质更为滑嫩，只是简单地蒸，撒些葱花，淋上热油，保留了天然的原汁原味。淼淼夹起一块鱼肉，蘸了秘制的酱料，吃进去，只觉鲜美可口，她弯起红唇："真好吃，你也尝尝。"

美食和美景能让人心情放松，她觉得能和霍斯衍像个老朋友一样坐着吃饭、聊天，其实挺不错的。像他微信里说的，就当朋友一样相处好了。

他们现在应该……算是朋友了吧？

霍斯衍看着她，眼神很深很亮，像是要望进她的心里去。

——我不想和你只做朋友。

——他为什么要这样看我？

月色朦胧，桌上的莲花灯在安静燃着，光泽柔和，气氛不知怎么忽然变得有些……旖旎。加上一男一女隔桌对坐，共享烛光晚餐，本来就是挺暧昧的事。怪不得总是人约黄昏后，花前月下什么的，只要气氛合适，谈情说爱自然也就水到渠成了。

比如此时，她竟然觉得霍斯衍看自己的眼神，好像很温柔，温柔得不像是真实的。

都是氛围惹的祸。早知道不带他来船屋餐馆了，可现在吃到一半了，总不能中途走人吧？

淼淼探头去看窗外的湖景，避开了来自对面男人的视线。湖心处栖着一艘木船，船头悬挂着一盏小橘灯，灯火随风摆动，远远看去，像夏夜林间深处闪闪成团的萤火虫。

灯下坐着小女孩，应该是船家的女儿，扎着两条乖巧的黑长辫，正低头剥莲子吃，小脚丫也没闲着，撩起水花一片片。

幸好服务生又撩帘子进来了，这次送上的是一盘蛋卷虾仁和两杯解腻的杨梅酒。

蛋皮摊得很薄，几近透明，上面抹了浅浅一层番茄酱，再撒些白芝麻粒。里面裹着鲜肥的虾仁，经过特殊料理，吃不出一丝腥味。口感细嫩紧实弹牙，蛋香和虾的鲜甜完美地结合在一起，让人恨不得把舌尖也一起吞下去。

淼淼连着吃了三个，不好意思再吃了，因为一盘蛋卷虾仁总共才四个，还好霍斯衍很配合地伸筷夹走了最后一个，才把她心里的愧疚打消了一点点。

她很少在晚上吃这么饱，今晚算是破例了，那干脆再破一例好了。

她酒量不错，可父母一直严禁她在外面喝酒，就算和女生一起也不行，万一大家全喝醉了，谁顾得上谁？外面坏人那么多，一群醉醺醺的女孩子，准要出大事！

杨梅酒度数不高，顶多算有酒味的饮料，喝上几杯不会醉。再说了，她完全信得过霍斯衍，之前带他们进来的服务生，一袭旗袍曲线毕露，还露着大长腿，换作别的男人，哪怕不明目张胆地看，多少也会瞄一眼吧？也只有霍斯衍这种正人君子，从头到尾目不斜视，像站在眼前的是根木头似的。

所以，就算喝醉了，她也根本不担心他会占自己便宜。

怎么办？淼淼不负责任地心想，觉得霍斯衍正经严肃得……有点可爱，想象不到他平时和女朋友是怎么相处的。

“笑什么？”霍斯衍低低地问。

“没什么。”

男人又看过来，明显不信，淼淼轻摇酒杯，嫣红液体上漂着冰块和两颗杨梅，隔着玻璃，看上去有一种妖冶的美。她浅抿一口，酸酸甜甜的，吞下去后，唇齿间留着一丝甜，甜得眉眼弯成月牙。

我在笑你啊。

桌上的手机突然响了起来，霍斯衍起身：“我出去接个电话。”

淼淼立刻很有危机感地提醒他：“你别趁机偷偷去结账，说好这顿我请的。”

“放心。”霍斯衍嘴边噙着一丝淡笑，“不会和你抢的。”

那就好。

霍斯衍出去后，淼淼继续喝杨梅酒，一阵稍浓的香气扑来，紧接着响起一道女人的声音：“淼淼，你回北城啦。”

淼淼侧头一看，戴晚好已经拨开珠帘走进来了：“这真的太巧了，我说看着像你。”

淼淼下意识喊出她原来的名字：“桂芬。”

怎么所有虹城一中的熟人都来北城了？

“叫我晚好吧。”戴晚好把香奈儿包包换到左手，又风情万种地将大波浪卷发撩到肩后去，露出脖子上戴的钻石项链，蓝宝石耳坠若隐若现，生怕淼淼看不到她通身的名牌和贵气。

人们只会刻意炫耀自己缺少的东西。

戴晚好以前家庭条件不好，青春期的女孩子又都是爱美且内心敏感的，她宁愿不吃晚饭也要省钱买名牌衣服和鞋子，把自己打扮得光鲜亮丽。其实，淼淼并不反感她这种炫耀行为，相反的，还为老同学现在过得这么好感到开心。

“我刚好来北城出差。”戴晚好边说边扫一眼桌子，“你和朋友来吃饭？”

"是啊。"

"男朋友？"

淼淼愣了一下，迟疑着要不要和她说是和霍斯衍吃饭，没想到戴晚好却会错意了："挺好的。人总不能在一棵树上吊死嘛，你男朋友一定很优秀吧。不是有句话说，年少时不能遇见太惊艳的人，你以前遇见的是霍斯衍，以后找男朋友的眼光肯定也会跟着提高的。"

"对了，说起霍斯衍，我听说他从加州医院辞职了，好像是出了什么事……"

淼淼急急打断她："什么事？！"

"不清楚。"戴晚好说，"感觉应该挺严重的，那么好的前途都不要了，真可惜。"

"好了，不说这些了。"她止住话头，"改天有空一起吃饭，把你男朋友也带上吧。"

这时，有个身材矮胖的中年男人叫着"好好"走过来，戴晚好神色变得有些慌张，似乎不想让淼淼看到他，她连忙应着："来了来了。"

连再见都忘了和淼淼说一声。

戴晚好订的是私密性更好的包间，船屋最里面的位置，服务生在前面引路。她走到转角处时，带着那么点不经意地回头，透过微微晃动的珠帘，看到一个男人在淼淼对面坐下，从这个角度只能看到一个笔挺的背影，上身是白衬衫，配着黑色西装裤，看着还有几分玉树临风的味道……

谁知道呢？背影看着是人模人样的，一转过脸来，满脸麻子也说不定。

这种白衫西裤的，不都是什么保险、房地产从业人员的标配服装吗？怪不得谢安淼淼刚刚遮遮掩掩，肯定是因为男朋友拿不出手吧？

这么一想，戴晚好顿时觉得心里好受不少，她挽着旁边男人的胳膊，走进去了。

霍斯衍接完电话回来，见淼淼托着下巴在发呆，他问怎么了，她摇头笑笑："刚刚遇见了高二时的同桌。"

她想到什么，又问："戴桂芬，你还记得她吗？"

霍斯衍沉吟道："不记得了。"

算是意料之中的答案。

淼淼想问他在美国时发生了什么事，可是问了，又能怎么样呢？能改变什么吗，她又能为他做些什么？甚至连给他一个拥抱都没办法。

晚饭吃完，两人休息一会儿，就准备离开了。

霍斯衍果然信守承诺，淼淼用银行卡结了账，取了小票放进包里，然后和他并肩走出去。

月亮藏在云后，天边被金黄色的光照亮一片，星星晶莹剔透如碎钻，闪着红光的航空器穿梭其中。他们在夜空下走了半个小时左右，谢家老宅就近在眼前了。淼淼转过身，刚要说“送我到这里就可以”，没想到一不留神踩到石头，立刻失了重心……

情急之下，她受本能驱使抓住了霍斯衍的手臂，而几乎同时，他也眼明手快地扶她，结果就导致——

她的脸撞在他胸口上，隔着薄薄的衬衫，不仅能感觉到下面坚实的肌理，还能听到有力的心跳声。淼淼的心更慌了，火速撤离危险范围，没承想刚退开一小段距离，头皮被扯得阵阵生疼。

“别动。”头顶上，传来男人清沉的声音，“头发缠住了扣子，我帮你解开。”

随之而下的是他温热的呼吸，沿着她的发丝落在脖颈处，酥酥麻麻的。淼淼一动不敢动，清晰地闻到他身上的味道，不知道是洗衣液，还是须后水，干净而清冽。

除了爸爸外，她从来没有这么靠近过一个男人，而这个人，是霍斯衍。

淼淼的面颊以肉眼可见的速度红了起来：“还、还没好吗？”

霍斯衍继续着手上的动作，目光却锁在她脸上，肌肤白里透红，像上等美玉，克制不住，往下，是两片柔软红唇，他喉咙不自觉地发紧：“嗯，有点麻烦。”

这样下去不是办法，就在家门口，要是被别人看到他们……淼淼提议：“要不直接扯断吧。”

霍斯衍又“嗯”了声，手上的力度增大，淼淼都做好断发的准备了，她闭上眼，却感觉到他的另一只手安慰般搭在她肩上，像把她整个人圈在怀里：“好了。”

好了？淼淼站直身子，发现头发还在，倒是霍斯衍的衬衫扣子被他扯掉了，她抚平头发：“谢谢。”

有点心疼，她不过一缕头发，断了还能重新长回来，哪里有他名牌衬衫的扣子值钱？不过扯都扯了，计较这些挺煞风景的，还是心疼啊，谁让她是俗人呢。

霍斯衍不知道她心里想了这么多弯弯绕绕，他看一眼手表，时间不早了：“你进去吧。”

“霍师兄，再见。”

“再见。”

知道霍斯衍会看着自己进了门才走，淼淼脚步时快时慢，终于还是走到门边了，她又回头，果然看到他还在原地，她用力挥挥手，推门进去。

客厅里灯火通明。

淼淼刚跨过门槛，就听到王姨那能穿墙三尺的嗓音：“那小伙子长得可真俊！得有一米八几的身高，气质也好，一表人才，我看跟电视上的男明星比，也绝对不差呢。关键是啊，跟淼淼长了夫妻相，俊男美女的，将来生下娃娃，肯定也是人中龙凤！”

“老太太我骗你做啥子哟。刚刚出去倒垃圾，我还看他们抱在一块儿，亲得难舍难分呢……”

谢老太太激动地问：“真的？！”

淼淼汗颜，王姨你眼神怕是不太好吧。

“淼淼回来了！”王姨又嚷起来。

“淼丫头。”老太太连拐杖也顾不上拿，颤颤巍巍地走过来，淼淼把她扶回椅子上坐好，老太太握着她的手不肯放，苍老的眼底折射出光芒，连珠炮似的问，“你王姨说的都是真的？你谈男朋友了，怎么不带回来给奶奶看看？”

“奶奶，那不是我……”

“看。”王姨笑眯眯地说，“淼淼还害羞呢。”

王姨不愧是看过几百部家庭伦理、婚姻情感剧的人，分析得有板有眼：“估计是小两口闹别扭了，人家小伙子大老远跑过来找她，可能打她电话她不接，又不知道家里具体地址，只好一个人在街上乱晃。这不得亏我和淼淼出去了，一看见淼淼，那男的眼睛就没从她身上离开过，当时还是红灯，他们就隔着车流深情对望……”

老太太听得入神，显然全相信了。

淼淼真是百口莫辩，对王姨的想象力自愧不如，甘拜下风，行行行，剧本在你手上，你说什么就是什么。

被磨了许久后，淼淼才被奶奶放回房间。她洗漱好躺在床上，想着，霍斯衍这时候应该回到酒店了吧？

并没有。

送淼淼回家后，霍斯衍往镇上走，走着走着，就迷路了。

四周是一片望不到尽头的稻田，他干脆找了条田垄坐下来，听蛙声，闻稻香，想……淼淼。

他这辈子没做过这么冲动的事，知道她没有男朋友，连夜飞来了北城，跟个毛头小子一样。还有，就在不久之前，她靠在他怀里，他没忍住，轻轻抱了她。

还想亲她。

如果当时真的亲了，她一定会被吓到吧。

太急了，太心急了。

他们之间隔了那么多年的时光，除了高中半年的相处，他几乎不了解她这些年经历了什么。更不确定，她是否对他还有感觉，是否还喜欢他……

不急，慢慢来，还有时间，很多很多的时间。

霍斯衍抬手抵住额头，抿唇浅笑，清隽眉眼熠熠生辉。

我心中有失而复得的珍宝，价值连城，当徐徐图之。

三分甜

守得云开见月明

云层不知何时散去，一轮圆月高挂天际，清辉满人间。

霍斯衍发现自己竟然也有了欣赏月色的兴致，他没有烟瘾，也没有抽烟的习惯，此时却很想找根烟来抽抽。烟是没有的，他随手扯了片稻叶，捏在两指间，叶片细长，触感粗糙，味道倒是很清新。

他按亮手机，晚上十一点，对他来说，还很早。回国以后，作息通常都是日夜颠倒，有时候连着两天无法合眼，身为医生自然知道这意味着什么，改不了，失眠和毒瘾一样难解。

查看了几封邮件，却无法像往常般即刻回复，英语单词还出现了低级的拼写错误，他的心全被某个人、某些事占据得满满的。

恋爱是没正式谈过的，唯独对她动过心，想谈的时候，找不到人了。接下来的一年又发生了很多事，他和父亲单方面跟霍家决裂，接着母亲查出癌症，到美国治疗，后来无意中发现她的病和霍家有着千丝万缕的联系……她终究没挨过去，成为霍家继承人之争的牺牲品。

身为霍家的长孙，就算远离权利争端，也注定无法过平静的生活。他没有守住母亲，甚至连引以为傲的职业生涯也断送了。

可笑的是，造成这一切的人，是他曾经的亲人，甚至手足。

他们当真以为他没有反击之力吗？

霍斯衍的脸上现出冷峻之色，眸底像凝结着冰霜，让人不寒而栗。

手机忽然振了一下，他回过神，划开屏幕，是淼淼发来的微信。

“回到酒店了吗？”

hsy：“还在外面。”

淼淼：“哦哦。”

又发来一条：“之前忘记问了，现在问一下哦。”

霍斯衍耐心地等着，连他自己都没有察觉浑身凛冽气息尽收，连眉梢都染上几分柔色。

淼淼：“那个书签，你说物归原主，意思是，以前是准备送给我的吗？”

hsy：“是。我记得你喜欢猫。”

淼淼：“是啊。那……你一直存着我的手机号码？”

hsy：“嗯。”

淼淼看到这个回复，气得险些吐血，她又飞快敲了三个字过去：“为什么？”

想象着他的回答，或许只有一个问号，又或许是“不为什么”。

等了二十多秒后。

hsy：“因为不想和你断了联系。”

这是真心话，却有些把淼淼吓到了。她的第一个念头是，回复的人真是霍斯衍吗？他手机被盗号了？又或者，一杯杨梅酒就让他醉了？

淼淼好半天没有回复，霍斯衍以为信号不好信息没发出去，结果一看信号满格，他暗暗反思，难道说得太露骨了？心情难免紧张起来。

他点开浏览器，输入关键字，页面跳转，五花八门的答案。他看了看，觉得其中有一条是可信度最高的：追女孩子最重要的是在她面前刷存在感，要千方百计制造各种偶遇。

为什么觉得最可信？

因为淼淼当年就是这么追他的。吃个饭能遇见她，去小卖部买水也能遇见她，图书馆、篮球场、足球场、实验楼，到处都是她。有次他上完洗手间出来，还瞥到她的身影从门外一闪而过……

她总是有各种办法出现在他周围，如影随形，以至他慢慢习惯了她在身边叽叽喳喳，可惜去美国后，再也没有听过了。

那边还是没有回应，霍斯衍又问：“睡了吗？”

淼淼："睡了。"

霍斯衍扬起唇角笑笑："北城有什么好玩的地方推荐吗？"

淼淼："北城不大，值得去的也就一个仙女庙。"

hsy："你明天有空吗？"

淼淼："应该有吧。"

最后，淼淼也不清楚，这次聊天是怎么以霍斯衍邀请她明天一起去游仙女庙结束的。只知道，第二天早上她抱着被子睡得正香，被一个电话吵醒，接起来听到霍斯衍的声音，说他已经在外面等她了。

瞬间睡意全无。

各种兵荒马乱后，淼淼终于收拾妥当出门了。经过庭院时，打太极的奶奶停下白鹤亮翅的动作，用那双看破一切猫腻的眼睛看着她，笑呵呵地说："玩开心点，不用那么早回来。"

淼淼再次汗颜。

懒得解释了，她抱着包跑出去："奶奶，我走了！"跑出老远，还能听到奶奶爽朗愉快的笑声。

霍斯衍站在昨晚送她回来的地方，他穿了一件黑色T恤，搭配浅蓝色牛仔裤，底下是一双运动鞋。嗯，怎么说呢，果然人靠衣装，看着跟大学生似的。

其实他今年才二十七岁，平时又不苟言笑，在气质上比同龄人要沉稳很多，想不到这种休闲风格，也挺适合他的。

淼淼走过去："早啊。"

"早。"

"昨晚睡得还好吗？"

霍斯衍点头："还不错。"实际上，一夜未眠。

"嗯嗯。"淼淼提议，"那我们先去吃早餐？"

"好。"

早餐吃得很简单，白米粥配青菜，还点了一笼灌汤包，分量很足。两人吃完后，休息片刻，就往城南方向去了。

仙女庙坐落在山脚下，一路走过去，野花野草盎然成趣，鸟鸣清脆，景色十分宜人。走了二十分钟，庙门就出现在视野中了。

刻着庙名的石碑，因被夏季雨水冲刷，红漆掉色，"仙"字只剩下右半边，变成了山女庙。淼淼拿出手机拍了张照片，发朋友圈。

这个点还没有什么游客，淼淼带着霍斯衍从正门进去。她来过这里许多次，闭着眼睛都不会迷路，关于庙中的物事和典故随口也能说上一二，算是个称职的导游。

其实，天底下的庙都大同小异，没什么稀奇的，仙女庙之所以能吸引那么多善男信女前来，是因为这里求的姻缘很准。记得北城晚间新闻还播过一段，说是有对来自天南地北的男女，一起跪着求姻缘，结果解签时，当场看对眼了，一出庙门就“咕咚”一下火速坠入爱河。

“那是什么地方？”霍斯衍突然出声问。

“姻缘堂。”霍师兄你的眼光真好。

“准吗？”

淼淼有点惊讶，他也会对这种东西感兴趣吗？她想了想：“因人而异吧。”

反正，她求的就不准，一点都不准！想当年自己沐浴焚香，虔诚地拜了又拜，求得一支上上签，说是什么大吉，必定会心想事成什么的，结果……呵呵。

“去看看。”

淼淼：“哎？”

两人一前一后走进去，坐在右边的那位老庙祝先生懒懒地掀开眼皮看他们一眼，又闭上了。

霍斯衍很快求了一支签，拿去解签。

庙祝先生终于完整地睁开了眼睛，先看淼淼，再看霍斯衍，然后才说：“大吉，久雨初明之兆……”

大意是虽然姻缘要历经波折，但去掉阻碍后，就可以守得云开见月明，修成正果了。

淼淼在一旁听得目瞪口呆，这位老先生，几年前也是这么跟她说的，几乎一模一样的话，未免太过分了吧？诓人也没有这样偷懒的，她就说真的不准吧。

偏偏霍斯衍听得专注，听完还礼貌地跟他道谢。

庙祝先生斜斜地瞥了瞥旁边的功德箱，霍斯衍会意地拿出钱夹，淼淼想阻止都来不及，就这样眼睁睁看着一百块的纸币掉进了功德箱……

老先生则是满意而放心地合眼了。

从姻缘堂出来，淼淼深深吸一口气，讲出心中的郁闷，特地强调：“一模一样的签文，肯定不准的。”

霍斯衍听了若有所思，半晌后点点头：“我觉得挺准的。”

连姻缘都算出一模一样的结果，说明我们注定是天生一对。

淼淼耸耸肩。好吧，反正花的又不是她的钱。说到钱，一支签才十块，这位土豪倒好，一下给了一百。

不知道是不是菩萨责罚她太小气，淼淼走了几步感觉到双腿间涌出一股热流。“亲戚”来了，她早上又走得急，包里没放卫生棉，看来只能提前结束参观了。

只是，要怎么跟霍斯衍说？

淼淼思来想去，拣了个笼统的说法，身体不舒服。霍斯衍看了看她，没问什么，就送她回家了。

一到家，她火急火燎冲进洗手间，还好今天穿的深色裤子，看不出来，不然要是让霍斯衍看到，真的要羞死了。

处理完狼藉，淼淼无力地趴在床上。她每次经期第一天都会很疼，可能是昨晚没注意喝了冰镇杨梅酒又吹了夜风的关系，这次疼得格外厉害。

呜呜呜，下辈子不想做女人了。

桌上，手机“叮”了两声，她摸过来，点开一看。

hsy：“如果不舒服的话，可以让家人给你煮生姜红糖水喝，心理上会轻松点。”

hsy：“要是实在很疼，吃一粒布洛芬。不过不要多吃，会有药物依赖。”

淼淼简直要泪染床单了，原来他早看出她是来月事了吗？

她又把两条信息一字字地看一遍，难为情地捂住脸，总觉得他和自己说这些有点怪怪的，很难形容，如果是别的男人，不会有这样的感觉。

因为他是霍斯衍啊。

淼淼蹂躏着枕头，不停地给自己洗脑，他是医生，他是医生，他是医生。

霍斯衍发完信息，料到淼淼不会回复，他把手机随意丢在吧台上，从行李箱中找出睡衣，进浴室冲澡。

打开花洒，细密凉水倾泻而下，冲掉他身上的汗意，没有热气氤氲，清晰出现在镜子里的是一副年轻而坚实的身体。

在还是加州医院Doctor Huo的时候，他一直很注重锻炼身体，户外长跑、登山、游泳，下班后的闲暇时间独自去健身房，挥汗如雨。哪怕经过近一年的荒废，身材还是保持得不错，肩背、锁骨的肌理线条流畅而富有美感，平整的八块腹肌还在，只是薄了些，人鱼线也还有，再往下……

身为医生，对身体的各个构造并不陌生，职业性质决定不会有羞耻感。可这是成年后霍斯衍第一次这样细致地打量自己，每一项都挺满意。在美国这些年，不曾纵欲，也没有滥交，不像周逢玉来者不拒，他在情感上是有洁癖的，爱和性必须同时存在。

如果以后淼淼和他在一起了，作为一个男人，他有绝对的自信和资本，让她成为一个幸福的女人。

片刻后，水声停了。

霍斯衍顶着一头湿发出来，水珠沿着发梢滑过眉心、挺直的鼻梁，他用毛巾擦了半干，伸出脚去扫来一把椅子，背着落地窗坐下。窗下摆了张圆木桌，中间的花瓶上插着一束粉紫色的花，散发着淡香，花的旁边是已经醒好的红酒。

遮光性极好的窗帘把房间隔成暗室，霍斯衍惬意地交叠起长腿，喝了两口酒。手机微信如想象中没有新消息，邮箱里倒是又多了十几封新邮件，最新一封的发件人是Moly，莫莉莉。

他没有点开来看，像她先前发来的数十封邮件一样，被自动划分到未读的行列。

回复了几封重要的工作邮件，霍斯衍给周逢玉打了个电话，让他开始着手准备收购清远科技的事宜。这些事霍斯衍不是很方便出面，所以和以前一样，明面挂周逢玉的名，可实际上的投资人，或者说幕后操纵者，是他。

“知道了。”周逢玉不知刚从哪个温柔乡爬起来，话音咕哝不清，“你什么时候回来？”

霍斯衍语气淡淡："过两天吧。"

"你干吗突然跑北城去？"

"有事。"

"什么事？比收购清远还重要？"

霍斯衍一本正经道："人生大事。"

我可信了你的邪！周逢玉朝天翻了个大大的白眼，对他的话，连标点符号都不信："霍斯衍你什么时候学会说冷笑话了？"

那边依稀能听到女人娇滴滴的声音："周少。"

霍斯衍挂断电话，他点进相册，调出最新拍摄的照片。

女孩子唇边带笑，照着阳光的白皙侧脸透出浅浅红晕，正弯腰去摸石碑上刻的"仙女庙"三个字，口中说着"啊，掉漆了，成山女庙了呢"。

他拿出手机，把这一幕拍了下来。

霍斯衍很少留意身边的女性，他有过目不忘的记忆力，只需要知道这张脸对应的是什么名字，分属哪个科室……可眼下，他没有错过淼淼的每个表情动作，甚至观察入微到，她的深蓝色发绳上带着小小的星月吊坠。

他又拿出钱夹里和身份证放在同个夹层的那张大头贴，比对着两张照片：她长高了，头发长了，五官也长开了，还学会了抹口红……这都是这些年来她外表的变化，那么，她的心呢？

她心里还有没有他？

淼淼捂着嘴巴打了个喷嚏，她果然对姜味有着天生的排斥，不过还是捏着鼻子，强忍着喝完了一碗生姜红糖水。就像霍斯衍说的那样，可能是心理作用的原因，躺了一会儿感觉小腹没那么疼了。

睡得迷迷糊糊间，她听到奶奶和王姨在床边轻声讨论："女人家这毛病，结了婚，生过孩子就会好了。"

"是啊。"王姨附和，"我以前也疼得要死要活，生了我家二小子后，再没痛过经了。"

奶奶感慨说："我在淼丫头这个年纪，儿子都生三个了……"

后面她们还说了什么，淼淼听不清了，她昏沉地跌入梦中，一觉睡到了晚上。

熬过最艰难的第一天，后面就好多了，到了第三天，淼淼又是活蹦乱跳的了。可惜快乐的时光并不长久，她倚在清晨的窗边，兴奋地和屋里的奶奶说想去后山果园摘水果，没想到项目组的冯师兄一个电话打过来，说之前给客户安装的安全软件出了点问题，要她马上去处理。

师兄先拐弯抹角地铺垫了一大番话，最后才直入主题，其他人都很忙，所以只能找上她。淼淼没有傻到听不出这只是借口，他们手上有别的赚钱项目，谁还会去做这种吃力不讨好的事？

不过她还是答应了下来。

本来之前的计划是，如果实在没想好将来做什么工作，那就暂时先在项目组里待着，可如今……真的没什么意思，看来要另外找别的出路了。

她性子是软，不代表可以任人欺负。

这可是一个只要不开心就能随时把老板炒掉的新时代啊。

淼淼带着一箱子北城特产坐上了飞A市的航班。去机场的路上还想着，这两天霍斯衍都没有和她联系，应该是离开了。不料上了飞机，她一眼看到坐在头等舱看杂志的他。

这也……太巧了吧？更巧的是，两人的座位还是相邻的，巧得她都有点心虚了。

霍斯衍也看到她了，似乎并不意外的样子，淼淼扬起手打招呼，然后在他旁边坐下。

霍师兄，你也今天回A市啊？这不是废话吗？

霍师兄，你这几天都待在北城吗？还是废话。

找不到合适的开场白，淼淼干脆也拿了本杂志佯装认真地研究起来。

霍斯衍余光瞥过去，看到她微微懊恼地鼓起面颊，他眼底浮现一丝笑意。

不久后，舱门关闭，飞机起飞了。

淼淼早上起得早，进入平航期，眼皮就一直打架，她用残余的理智做抵抗，没想到还是抵不过身侧男人低声的一句："困了就睡吧。"

她从善如流地偏过头，不到一秒就没了意识。

这一觉睡到空姐过来询问要吃什么餐点，淼淼思绪还混沌着，睁开眼看到一张轮廓分明的侧脸，而且还是放大版的。她瞬间清醒过来，迅速坐直身子。

原来是睡着睡着靠到霍斯衍肩上去了，他居然不叫醒她，淼淼心底陡然生出几分罪恶感，好像占了他大便宜似的。唉，都有女朋友的人了，就算再怎么有绅士风度，也要和别的女生保持距离啊。

“醒了。”

“嗯嗯……”淼淼胡乱地应着，从空姐那儿接过菜单，随便勾选了几样平时比较爱吃的餐点，正要递回去，听到霍斯衍说：“等一下。”

空姐弯着腰，面带得体微笑，正想问“先生您还需要些什么”，就听到眼前这个英俊的男人和他旁边的女生说：“咖啡换成果汁，可以吗？”

淼淼起先以为他这句“等一下”是和空姐说的，微愣后，反应过来他话中意思，耳根悄悄地发热。

空姐在旁等着，笑容没变，眼神多了几分探究。

淼淼拨些头发盖住耳朵：“好。”

空姐拿着菜单走了，很快把餐点送上来。

淼淼喝着果汁，余光里是一只修长的手，长袖衬衫扣子扣得一丝不苟，随着他的动作，蓝色袖扣隐隐折射着光。同样是白衬衫，隔着一条过道的那位先生，就穿不出他这样的优雅矜贵。

霍斯衍这几天都在北城，看样子不像出差，难道当医生这么清闲的？当然，也有可能在休年假。其实，她连他现在是做什么的都不知道。

那晚戴晚好说，他是在美国出了事才辞去医生职务回国的……电光石火间，一个猜想从淼淼脑海中横空出世，该不会是出了医疗事故，然后引咎辞职……

又想到那次，她夸他是好医生，他那略带自嘲的笑。

越想越有可能。难怪了，出了这样的事，普通人肯定都会讳莫如深，何况他那样心气高傲，内心受的折磨一定是成倍的吧？

“怎么？”霍斯衍偏过头来问，“不合胃口？”

淼淼心情复杂地摇摇头：“不是。”

她塞了一块水果进嘴里，嚼了两下，也没吃出是什么味道。

上午十一点二十分，飞机准时抵达A市机场，淼淼领了行李箱后，就和霍斯衍分道扬镳，直接打车去了出问题的那家公司。吭哧吭哧忙了半天，修复好安全漏洞，还做了多次模拟攻击测试，证明软件安全性比杜蕾斯还要高后，经理终于满意了，挥手放人。

淼淼回到家，爸妈还在上班，她去厨房倒了杯热水，等晾凉的过程中，握着手机发语音跟小乔吐槽。

小乔帮着狠狠鄙视了一下她那位师兄："祝他便秘一个月，关键时刻不举！"

淼淼"扑哧"一声笑了，这样会不会太狠了？不快的情绪烟消云散，其实好闺密就是这样，错对先不管，一起吐槽一起哭一起笑过后，再去好好讲道理。

小乔："少女，别惦记那些不相干的人了，来峡谷吧，姐姐带你飞！"

淼淼登了游戏，发现玉面小狐狸也在，顺手邀请了他。

周逢玉看到可爱淼淼的邀请，二话不说点了进去，大家选好英雄后，游戏开始。

毫无悬念，可爱淼淼的貂蝉又光荣地送了一血，周逢玉乐得捧腹大笑。

换了一身深灰色家居服的霍斯衍从楼上下来，就见周逢玉捂着肚子倒在沙发上"哈哈哈"笑个不停："不行了不行了，笑死我了！"

独乐乐不如众乐乐。

"你还记得上次和我们一起玩游戏的可爱淼淼吗？"

霍斯衍正俯身去拿桌上的水杯，动作一顿："怎么？"

"这妹子太有趣了！"周逢玉兴高采烈地说，"我们刚进游戏，她就发全部频道，说让打野多去抓上路，结果对面黄忠看到，吓得瑟瑟发抖，立刻说，我错了……"

"一定是个很可爱的软妹子吧。"周逢玉的花花肠子又痒痒的了，激动地拍大腿，发出土拨鼠式的笑声，"好想追！"

霍斯衍似笑非笑地看他一眼："劝你再慎重考虑一下。"

"为什么？"他周逢玉想追的人，还有追不到手的吗？开什么国际玩笑？！

“因为——”霍斯衍不紧不慢地喝了口温水，喉结耸动，他微抿唇角，气定神闲地答，“我也要追。”

周逢玉的耳朵一字不漏地把霍斯衍的话收了进去，可他的注意力全在游戏里。敌方诸葛亮残血逃跑，他操纵着李白，刷了个眼花缭乱的大招，轻松把诸葛亮杀死在他家高地塔上，接着，李白又乘风飘走，身影俊逸无双。

等等！周逢玉终于意识到什么不对，弯着尾指尖掏掏耳朵，严重怀疑自己刚刚是不是出现了幻听，霍斯衍说他也要追什么？

可爱淼淼？！开……什么宇宙级玩笑？！

周逢玉心魂一震，手机没拿稳，“啪”一下，不偏不倚地砸脸上了。他疼得龇牙咧嘴，揉着好像断了的鼻梁，瓮声瓮气问：“今天不是愚人节吧？”

霍斯衍放下水杯，靠坐在沙发上，姿态闲适：“今天七月十二号。”

周逢玉把头发抓成鸡窝，简直要怀疑人生了。霍斯衍这个高冷寡情，堪称女性绝缘体的男人，也会说出想追女生，而且还是一个素未谋面、只玩了两盘游戏的网友这种话？不如让他相信明天太阳会从西边出来！

可霍斯衍的神色看起来并不像在开玩笑，几秒钟的时间，周逢玉的内心已经被成千上万的羊驼践踏得不成形状，他皱眉捂着胸口，万分艰难地问道：“我没理解错吧？你是说……想追可爱淼淼？”

霍斯衍不答反问：“不可以？”

周逢玉一连骂了好几句粗口，在客厅里跳来跳去，绕了两三圈，又重新回到霍斯衍跟前：“你真的是霍斯衍吗？还是被什么附身了？”

霍斯衍无语地拍掉他的手。

“你的初恋呢？”周逢玉尖叫，“你移情别恋了？！”

他以为霍斯衍等了那么多年，至少会等到初恋结婚才死心。再也不相信爱情了！

“她就是。”

周逢玉傻眼，嘴巴张了半天才有声音吐出来：“你的意思是说，你的初恋就是……可爱淼淼？”

霍斯衍点头。

“可你说过，她已经有男朋友了。”

“那是以前。”霍斯衍语气不咸不淡，“她现在单身。”

周逢玉一个字都说不出来了，脑子发蒙，头晕眼花，他默默地进洗手间洗了把冷水脸，让自己好好地冷静下来。

说实话，他一直对霍斯衍的初恋很好奇，现在禁忌打开了，问一下应该没太大关系吧？他关掉水龙头，兴冲冲地跑出去。

霍斯衍在看收购计划书，被他念叨得没法，只好言简意赅地把年少往事说了一遍。

周逢玉听后沉默了很久很久：“兄弟，我说句真心话，你这段初恋，真的是惊天地，泣鬼神，估计连千年枯树听了都会感动得落下泪来。”

霍斯衍习惯性拧眉。

周逢玉绷不住了，像被点了笑穴一样笑倒在沙发上。霍斯衍一个抱枕砸过去，他也砸一个回来，两个抱枕在地板上相亲相爱。他坐直身子，跷个二郎腿，连语言都不用组织：“Excuse me！这叫初恋吗？你初恋知道你也喜欢她吗？你有跟她表白吗？你们有约会过吗？奶茶店？学校后面小树林？拉小手？没有？亲小嘴？也没有？”

“所以！”周逢玉扬高音量，神气活现地叉腰，“这叫哪门子的初恋？哈哈哈哈……你该不会是想笑死我，好继承我的百亿家产吧？”

这下，换霍斯衍陷入沉默了。

他的确没有跟淼淼表白过。其实，也许有的，在收到她的第三十封情书那天，在她的要求下，他花很长时间斟酌着写了一封回信，在信上隐晦地表明了未来想和她一起走，不过现在是高中的敏感时期，还是要以学业为主。

可惜的是，回信没送出去，她就转学走了。

“怪不得人家女孩子最后头也不回地离去。”有这么难得可以打击霍斯衍的机会，周逢玉自然是不会放过，“换我也走啊。唉，想我周少风流倜傥，甜言蜜语信手拈来，情花开了一朵又一朵，怎么会有你这样一个……”他拼命在脑海搜刮字眼，“闷骚的兄弟呢？”

“你不表白，人家女孩子怎么知道你喜欢她？她们最重视的就是仪式感了。”从来没有主动追过女生的周少，虽然没见过猪跑，可猪肉吃过很多，瞎说起来头头是道，“准备浪漫的烛光晚餐，送她玫瑰花，深情款款地凝视她的眼睛，说，我喜欢你，做我女朋友吧。”

他手掌一拍：“这不就追到手了吗？天底下，绝大多数女生都抵挡不住这样的柔情攻势。吃完饭，去酒店开房不就是水到渠成的事了吗？”

“我说兄弟，你真要重新追她，可不能再像以前一样了。”

霍斯衍虚心求教：“那要怎么做？”

“先声明。”周逢玉说，“我收回之前说的，想追可爱淼淼这句话。”

知道这是准嫂子，哪里还敢妄想半分？得亏及时悬崖勒马，要真的冲动去搞了那么一出，他绝对相信霍斯衍这个可怕的男人会在他身上动几百刀，然后他还落得个连轻伤都评不上的悲惨下场。

呵呵，嫌命长吗，和霍斯衍争女人？

把自己摘干净，顺便表明立场后，周逢玉放心地开始授课了。

“第一，重中之重，多出现在她面前，能偶遇就偶遇，不能偶遇就制造偶遇，最好天天刷存在感。”周逢玉神色凝重地双手环胸，“不过如果是你的话，还是要适度，不能操之过急。”

不然一下子从冰川变成火山，准把人家女孩子吓跑。

“第二，一定要化被动为主动……”

就在周逢玉口若悬河地传授追女朋友法典时，他的游戏因为挂机，已悄然以失败结束了。小乔气得想把李白背后的玩家玉面小狐狸从手机里拖出来暴打一顿，连淼淼也失望地叹息一声，这只小狐狸比她还不靠谱啊。

淼淼跟小乔又重新开了两把游戏，继续连跪，小乔郁闷地把手机一扔，不玩了。淼淼也要下线，正好看到玉女掌门人的头像是亮着的，她戳进对话框，发现对方还改了游戏ID。

改成了一串数字：06130902。

可爱淼淼：“你改名字了啊？”

06130902：“嗯。”

淼淼很好奇：“这数字是有什么深意吗？”

等了一会儿，那边没有动静，她往输入框里敲字：“我随便问问，不方便告知的话……”

还没写完，06130902回复了：“这是我和喜欢的人相遇的时间。”

哇！淼淼心想，这位小姐姐，嗯，说不定是小妹妹，好有少女心啊！也只有女生才会把细节记得这么清楚呢，她把输入的字全删掉，换成：“好浪漫！”

所以是在六月十三日的上午九点零二分遇见了喜欢的那个男生？

淼淼把对方设想成十几岁的小女生，顿时觉得很亲切：“那你们在一起了吗？”

06130902：“没有，我还在追。”

原来也是女生追男生。

淼淼不禁想起了自己高中时的那一段，虽然结果不尽如人意，但过程真的很美好。日子像融化了的彩虹糖，每天都过得甜甜的，连下雨天都觉得那么可爱，刚天黑就盼天亮，这样就可以再见到那个人，然后又是开心的一天。

可爱淼淼：“加油哦！祝你早日追上。”

06130902：“谢谢。希望吧。”

06130902：“要玩游戏吗？”

淼淼苦恼地回：“连跪三把了。”

06130902：“没关系，我帮你赢回来。”

果然是男友力Max，和她的另一个好闺密龙赢赢有得一拼。

淼淼没有抵挡住诱惑，再次进入游戏，数字小妹妹果真说到做到，一口气带她连赢六把。一向被队友嫌弃拖后腿的她，终于在王者峡谷里尝到了人生赢家的喜悦。

不知不觉，外面天色擦黑，谢戚明今晚要在医院值班，不回来吃饭。淼淼预计妈妈快到家了，就和06130902说有空下次再玩，然后退了游戏，进厨房准备晚饭。

三菜一汤上桌时，淼淼接到妈妈电话，说是有个跨国公司的单子出了问题，视频会议估计要开到很晚，让她不用等，先吃饭。

淼淼不忘嘱咐妈妈再忙也要吃点东西垫肚子，安榕贞温柔地笑着说知道，便结束了通话。

淼淼一个人坐在餐桌前吃饭，壁钟响了七下，回声在偌大的客厅飘荡，她看着孤零零站在落地窗外、院子里的灯，忽然有些眼眶发热。没有爸爸妈妈在的家，真的只是一座空荡荡的房子而已。

如果可以，她真想永远都不长大，这样爷爷奶奶和爸妈也不会变老，一家人一直在一起。

还好第二天，淼淼清早起床，一下楼就看到妈妈坐在客厅看财经报纸，爸爸则是在厨房忙碌，她踏着和煦晨光，飞奔过去："妈妈早！爸爸，我好饿啊。"

"慢点，别摔着了。"

"淼淼，早餐很快就好，爸爸煮了你喜欢的皮蛋瘦肉粥。"

淼淼看着盈满阳光的室内，露出甜美的笑容。

吃过早餐，安榕贞上班去了，值了夜班的谢戚明则是回房休息。淼淼百无聊赖地去书房翻了本小乔之前送的小说看，边看边脸红，里面怎么有那么多……羞羞的情节？

书翻完，淼淼也成功把自己点燃了。

午休时，脑海中全是不可描述的画面，她在床上翻来覆去地打滚，完了完了！

时间飞快来到下午五点，安榕贞带回来一只乡下的走地鸡，熬了一锅香喷喷的鸡汤，用保温盒装了两碗，说是要送去医院给谢南徵补补身体。

淼淼自告奋勇接下任务，谁让她是家里最闲的人呢。而且最重要的是，她非常需要去外面透气，并散热。

去之前，她给谢南徵打了个电话。

此时，谢南徵还在肿瘤科办公室，他拿起桌上"嗡嗡"振动的手机，划开接通："淼淼。"听了几秒，"嗯，我在，你过来吧。"

说完，谢南徵挂断了，抱歉地对旁边的霍斯衍笑笑："我们继续。"

最近，仁川医院肿瘤科室收了一个很特别的病人，她在半年前接受了肾脏移植手术，可就在半个月前，被诊断出恶性肿瘤，然而她的家族并没有这方面的遗传史。经过专家会诊，初步怀疑，癌细胞是源自器官捐献者。

传统认知里，癌细胞并不具有传染性，因为它们离开原始病灶，在扩散的过程中会被免疫系统清除掉。

所以，在目前国内医学界，这是一个很荒唐的怀疑。

可在国外，它是有临床依据的。霍斯衍在美国时正是做这方面研究的，他曾在具有国际影响力的医学杂志上发表过两篇关于“休眠癌细胞”“癌细胞异体转移”的论文，是一个名副其实的专家。

谢南徵想尽办法，通过霍斯衍待过的实验室的那位斯蒂芬教授，要到了他的联系方式，并立即把他请了过来。

霍斯衍翻看着片子，脸上是一片冷凝之色：“很有可能是微乎其微的癌细胞，躲过了免疫系统的识别，以休眠的方式潜伏在捐献者的肾脏中。后来随着某种条件的达成，在器官受赠者的体内被重新激活了……”

谢南徵问：“那么，这种条件是什么呢？”

霍斯衍略微思索，沉吟道：“要做更详细的检查才能知道。我以前研究过一个接受心脏移植的患者，他比较幸运，熬过排异期后，平静地生活了七年，后来在他体内也是发现了恶性肿瘤……”

两人你来我往地讨论着。

谢南徵以前和霍斯衍私底下没有什么交往，鲜少见他侃侃而谈的样子，颇有惺惺相惜之感。暮色悄然降临，谢南徵恋恋不舍地止住话头：“耽误你这么多时间，真是不好意思。”

霍斯衍淡笑：“无妨。”

话说到这里，是该送客了，可霍斯衍好像并没有要走的意思。谢南徵全神贯注地听他讲了将近一个小时，内急逼人，他略带歉意地说：“我去上个洗手间。”

谢南徵刚走，淼淼就提着保温盒来到他办公室。她站在门口，看到姿态随意地倚在办公桌旁的挺拔男人，以为自己眼花，揉了揉眼，那张辨识度很高的俊脸还是没变，她惊诧地喊了声：“霍师兄？”

霍斯衍循声看去，桃花眼略往上挑，微微一笑：“谢师妹。”

最后一抹夕阳余光消失在天际。

谢南徵回到办公室，听到里面传来的说话声，脚步一顿。他走进去，看见淼淼和霍斯衍隔着不远不近的距离，一副相谈甚欢的样子。

如果没记错，这是他们第二次见面？

淼淼他清楚，自来熟，和谁都聊得来，可霍斯衍呢？他在加州医院那会儿，可是出了名的不近女色……

眼下，到底是什么情况？谢南徵看一眼堂妹，淼淼无辜地耸耸肩。

霍斯衍抬起左手，看了看月相表，提议道：“时间差不多了，一起吃个饭吧。”

“好啊。”谢南徵爽快应道，“我请。”

他晚上还要值班，本来打算等有空再好好请霍斯衍吃顿饭作为答谢的，不过既然对方主动提出来，他自然顺水推舟了。

淼淼站在一边，两只耳朵自动忽略掉了堂哥说要请客的话，她垂眸认真地琢磨着，霍斯衍说的“一起”，包不包括她在内呢？要是他没把她算进去，她厚着脸皮跟去蹭饭……如果她还是当初那个十几岁的小女生，肯定早不管不顾地满口应下，可她二十四岁了，背负着成年人的包袱和担当，得矜持了。

反正又不缺这一顿饭，而且送鸡汤的任务也圆满完成了，淼淼心下打定主意，正要开口，谢南徵看向她：“淼淼也一起来吧。”

淼淼立即把回家的念头发射到外太空，笑眯眯地点头：“好啊。”

谢南徵时间并不多，吃饭地点选在医院附近商场的某家中餐馆。这个点用餐的人很多，淼淼提前在网上预订了位置，三人穿过人群进了商场，等电梯时，她无意中看到不远处的一排娃娃机前有个纤瘦身影。

尽管只有两面之缘，但淼淼还是一眼认出那个女生是孟临星。她穿着很短的上衣和裙子，露出细腰和白皙的腿，脚下是一双金色细高跟鞋，光是背影就美得让人移不开目光。

不过，围在她四周的都是些小孩子，男孩女孩都有，眼巴巴地看着她利落地从娃娃机里钓了一个小黄人出来，他们兴奋得手舞足蹈：“好厉害啊！”

淼淼这时才注意到，孟临星的脚边堆了小山似的玩偶，没有一百也有几十，颇为壮观，应该全是她的成果。原来她不仅是空手道全国冠军，还是夹娃娃高手，真有意思。

淼淼眼神示意堂哥看。

谢南徵疑惑地看过去，一个胖胖的中年男人拿着黑色塑料袋，正点头哈腰地对娃娃机前的女生说着什么。他盯着那张侧脸，眉峰微敛，心里浮现一个名字。

孟临星。

中年男人是娃娃机的老板，眼看这女生快把他的玩偶清空了，他吓得连饭顾不上吃，赶紧冲出来："美女哟，姑奶奶！"

他低声苦苦地哀求："做的都是小本生意，家里上有老下有小，赚点钱不容易，还请您手下留情啊。"

"是吗？"孟临星不咸不淡地瞥他一眼，"我怎么听说，放眼整个A市，您这儿的娃娃机是难度最高的，投一百个币也不见得能夹上一个。正巧今晚有空，我就过来试试手气。"

这不是在暗示他故意提高娃娃机的夹取难度，坑人吗？就算是事实，大庭广众下，老板是绝对不能让这盆脏水泼到头上的，自是坚决一口否认。

可小朋友们不依了，个个表情激动，"叽叽喳喳"地控诉："姐姐姐姐，是真的！这里的娃娃机吞掉我们好多零花钱啦！"

"就是，每次小猴子都快出来了，啪！又掉回去了！"

"小熊也是！"

"小黄鸭也是！"

老板忍着怒火，打开门做生意，又不能赶客，只能好声好气地请孟临星这尊大佛去别的地方试手气。可孟临星显然把他的话当耳边风，任他在一旁吹胡子瞪眼睛，照样一个个变魔术似的把玩偶从柜子里解救出来。

小朋友们的欢呼声要震天了，老板的脸像抹了一层锅底灰。

"走吧，电梯到了。"

淼淼收回视线，跟着走进去，电梯门一关，外面的一切都看不见了。她想，如果和这个酷酷的女生做朋友，一定会很有趣。

来到四楼的中餐馆，服务生把他们带到角落位置，淼淼和谢南徵坐一边，霍斯衍独自坐对面。

女士优先。

淼淼拿着菜单挑选菜式，谢南徵和霍斯衍聊起来了，她悄悄听了一耳朵，听到什么休眠癌细胞、嗜中性粒细胞……全是复杂的医学名词。

他们聊得投入，她也不好打断，只好根据他们的口味点了六个菜，汤就不点了，她带的鸡汤分量足，放保温盒里还热着呢，拿出来就能喝。

等了二十分钟左右，六道菜都上桌了，两个男人终于停止交谈。只是菜没吃上两口，谢南徵又放下筷子："那么，如果是不释放NET的、非活化状态下的嗜中性粒细胞……"

霍斯衍正喝着鸡汤，闻言也放下勺子，耐心地解答他的疑问，说着说着，这两人居然还用英文交流起来。

和想象中一样，霍斯衍说着一口标准又流利的美式英语，加上他独有的声色，淼淼绞尽脑汁地想，怎么形容来着？想到了，是会让耳朵怀孕的那种低沉好听。

这无疑是一场听觉盛宴，淼淼觉得连眼前色香味俱全的饭菜都黯淡下去，索然无味了。

还不止，他淡定从容的神色，谈到自己熟悉的专业时眼中的自信，以及停下来思考的样子，都让她看得着迷，无比着迷。以至霍斯衍看过来时，她来不及躲，被他捉了个正着。

淼淼有些羞赧，更多的是窘迫，她胡乱夹了一筷子菜塞进嘴里，啊！这是什么？吃出味来了，是她最讨厌的姜。过分哦，用来做调料的姜片切这么大块，简直是喧宾夺主嘛。

断断续续吃完饭，谢南徵还意犹未尽，和霍斯衍约好下次再聊，接着起身去前台结账了。

经过方才被抓包那一幕，淼淼哪里敢一个人留下来面对霍斯衍，于是拿着包包溜进洗手间了。只是她出来后，发现谢南徵居然不见踪影了。

霍斯衍说："病人出了状况，你哥赶回去了。"

原来是这样。

淼淼已经见怪不怪了，她爸爸也是医生，有时三更半夜睡得好好的，一个电话打来家里，他立即就要赶到医院去。做医生这一行，基本上很少有自己的私人时间，甚至看病人的时间比陪家人的时间还长。

小时候她不懂，只觉得委屈，为什么开家长会爸爸总是缺席？明明昨晚说好要去海洋公园，可第二天爸爸又放了她鸽子，从小到大，喝过多少次爸爸炖的鸽子汤？数也数不清了。

淼淼和霍斯衍走出商场，天色黑透，月亮被繁华城市的流光溢彩照得没有什么存在感，只好扯了薄纱把自己遮住，彻底不露脸了。

走出一段路，她问道：“霍师兄，你有开车过来吗？”

“没有。”

淼淼很自然地接过话：“那我送你回去吧。”

话音刚落，她才想到，他应该不会介意女生送吧？

很显然，淼淼多虑了，霍先生一如既往地保持绅士风度，没让她感到一丝尴尬：“好，麻烦你了。”

十分钟后，白色奥迪从仁川医院地下停车场开出来，淼淼熟练地打着方向盘，操控车子平稳地汇入主干道车流。可能是旁边坐的男人存在感太强了，她有些紧张，开过一个红绿灯才想起问：“霍师兄，你住哪儿？”

她问话时是目视前方的，然而可以感觉到霍斯衍似乎笑了一下，然后才报出地址：“盛安公馆。”又问她，“需要导航吗？”

“要的。”淼淼点头。他住的地方和她家是同个方向，不过路程更远，她很少到那边。那是A市有名的富人区，据说一栋别墅将近一个亿，天下起雨来，随随便便都能砸到一个亿万富翁。

感觉得出他的家境应该不错，不然养不出这身气质，只是没想到，居然这么有钱啊。咳咳，谢安淼淼你太俗气了！

淼淼开过自己住的小区，后面就不怎么知道路了，霍斯衍不是说要开导航吗？怎么还没动静，难道要用她的手机开？

就在这时，旁侧传来男人的声音：“前面路口右转。”

淼淼无语，原来是人工导航。

车子在灯河中像灵活小蛇般穿行，畅通无阻地开进盛安公馆，最后在一栋别墅前停下。

淼淼忍不住悄悄地看一眼，和她家一样，也是三层，不过外观大相径庭，这栋更偏西式风格……咦？她缓缓侧过头，只见霍斯衍手抵着唇，依然安静地坐在副驾驶位上。

怎么还不下车？难不成……是想请她进去坐坐，喝杯茶之类的？

不好吧。大晚上，孤男寡女，瓜田李下的。

淼淼这次真的下定决心，无论霍斯衍说什么，都坚决拒绝，她不能在这危险的边缘游离："霍师兄，到了。"

"嗯。"霍斯衍像是刚回过神，跟她道了谢，推开车门下去了。

淼淼准备倒车，又见他敲了两下车窗，她连忙把副驾驶位的车窗降下去："还有事吗？"

霍斯衍微弯下腰，眸底有深深浅浅的笑意："应该还记得返回的路吧？"

当然……记得！她又不是路痴。

"路上注意安全，到家了给我发条信息。"

"知道了，霍师兄，再见。"

淼淼七拐八拐地开出小区，半个小时不到，她就回到了家。进门第一件事，就是给霍斯衍发信息："我到了。"

顺便也给谢南徵发过去一条，让他不用担心。

hsy："好。"

淼淼看一眼，不打算回复了，刚按灭手机，屏幕又亮了，上面显示一条新信息，她划开来看——

hsy："今晚月色真美。"

发错了？等了三分钟，霍斯衍也没撤回去。

淼淼揣摩了一下，依照他的性子，一定不知道这句话是用来表白的，所以百分之百是字面意思：今晚上的月色，很美。

淼淼回复："好的，我出去看看。"

月亮像个白玉盘挂在夜空，星星如织，旁边堆着深蓝色的薄云，不得不说，真挺美的。

谢南徵收到淼淼的信息那会儿，也在窗边看这一轮满月。护士长过来，说是到时间去查房了，他把手机揣进口袋，拿起Pad（电子病历系统）出去了。

夜深人静时分，三床的肝癌患者因承受不住化疗的痛苦，选择自杀，幸好被护士及时发现，送进了抢救室。直到天色微明，他才重新恢复了生命体征。

谢南徵几乎一夜没有合眼，轮班的医生过来了，他还在观察三床病人的各项数据，确定没什么问题，才交班回家休息，此时上午快过去一半了。

阴天，天光蒙昧，呈现出鸽灰色，像清水里化开了淡墨。

谢南徵经过门诊部，今天是统一预防接种的日子，很多父母带着孩子过来，哭声哄声一片，热热闹闹的。

他正要转身离去时，又看到了孟临星。和昨晚不同，她换了一条白色棉裙，脚穿帆布鞋，看着像一个乖巧的女大学生，手里还提着黑色塑料袋。

她要干什么？

谢南徵很累，但倦意比不上好奇心，于是他继续站着，看孟临星走进门诊部，塑料袋往地上一放，里面全是她昨晚在商场夹来的玩偶。

有个妈妈抱着刚接种完疫苗，哭得上气不接下气的女儿出来，孟临星走上前去，给小女孩发了个小粉猪，女孩马上破涕为笑了。

妈妈哄着女儿："宝宝要跟姐姐说什么？"

小女孩抱着小粉猪，笑得害羞又开心："谢谢姐姐。"

"不用谢。"孟临星摸摸她的头，"下次打针不要哭，要很勇敢哦。姐姐以前从来不哭的……"

接下来，谢南徵看到，每出来一个孩子，只要是哭着出来的，孟临星就发给他们一个小玩偶，小朋友们欢天喜地地比较着手里的礼物，哪里还顾得上哭？

门诊里难得一片欢声笑语。

谢南徵揉着太阳穴，也跟着轻轻地笑了。

周三上午九点，在市中心体育馆有个机器人展览会，淼淼待的项目组也有作品参展。本来是另一个女生来的，可这位师姐临时有急事要处理，所以由她顶上了。

现场来了很多人，有各个年龄阶段的学生、机器人爱好者，也有科技公司的工作人员和投资商。后者是为商业合作过来的，像这种和高新科技挂钩的展览会，向来是孵化商机的温床。

淼淼的项目组带来的是一款学习机器人，技术总体上是完善的，可惜没有什么创新，更谈不上投资价值，所以被安排在最角落的位置，几乎无人问津。

太冷清了。

久而久之，看着别处那么热闹，淼淼有些坐不住冷宫，身在曹营心在汉了。反正没有人过来，她和同组的师兄打过招呼，溜走了。

她钻进人堆里。

场地上立着三个膝盖高的机器人，正一扭一扭地跳着舞，配着没有表情的脑袋，别提多可爱了。关键是它们还多才多艺，不仅会跳舞，还会打太极拳和表演功夫，比如蹲马步、劈叉，而且动作超级整齐划一。

淼淼看得心都要化了："好萌啊！"

她对这类动作机器人并不陌生，它们的每一个动作都是严格执行控制核心计算好的运动轨迹，然后由全景摄像头捕捉影像，所以在动作的整齐度上，不会出现任何偏差，比同卵双胞胎还要有心灵感应。

像他们组的那个学习机器人，"大脑"就是她负责安装的，这个程序和动作机器人相比不算复杂，可她也写了差不多大半年。

身后有个小孩子炮弹似的挤进来，淼淼给他让出位置，出来后，发现前面有个男人的背影很像霍斯衍，再看时，他已经不见了。不过想想，霍斯衍应该不会出现在这里吧，她没放心里去。

淼淼四处溜达一圈，其实也只是过去了十分钟左右。她回到展位，就见项目组的组长，也就是那位把她从北城叫回来的冯师兄，臭着一张脸，用质问的语气问她："你刚刚跑哪里去了，怎么也不说一声？"

得，原来她之前打过招呼的那位师兄也跑得没影了。

淼淼本来还打算好声好气说话，没想到冯师兄咄咄逼人："万一刚好投资商过来了怎么办？错过好机会，你负得起这个责吗？"

她觉得这样下去真的没有意思，择日不如撞日，干脆直接挑明，大家好聚好散吧。

冯子鸣听说她打算退出项目组，露出一副满不在意的神情，嗤笑道："走可以，你之前写的程序，全部留下。"

淼淼怀疑自己听错了："全部？"

冯子鸣仗着她性格软，好说话，看起来好欺负，得寸进尺，又重复一遍："对，全部。"

淼淼据理力争，不卑不亢："冯师兄，恐怕你搞错了。合同上说，只有参与到项目中的程序才算是项目组的公共资源，其间我自己私底下写的，不在这个范围内，你无权干涉。"

冯子鸣从研一开始就跟着教授接触社会，如今爬到组长位置，也算是半个人精了，哪里会被一个小女生的话唬住？既然她拿合同压他，索性将计就计，嘲讽道："是吗？那欢迎你随时拿起法律武器捍卫自己的权利。"

冯子鸣这是认定她不会去告他吗？还是他笃定，就算告了，也是费时费力，讨不到什么好处？

淼淼冷笑："告就告。"大不了麻烦妈妈公司的律师帮一下忙。

冯子鸣恶狠狠地瞪她："你别不识好歹，闹得这么难看，还想不想毕业了？"

之前冷清得不行的角落，竟因为他们的争执引来了很多人围观。淼淼也没有怯场，她直视冯子鸣的眼睛，恍然大悟地说："原来师兄还有那么大的权力，可以决定我能否顺利毕业啊？"

"你！"冯子鸣被她的态度激怒了，欺身过去，只是，伸出去的手被一股不容抗拒的力量打了回来，他目眦欲裂地看着突然出现的陌生男人，"你是谁？劝你别多管闲事！"

"霍师兄。"淼淼看着把自己护在身后的人，惊喜极了，原来刚刚看到的真是他。

霍斯衍偏过头，低声问她发生了什么事。

淼淼简单描述了一遍事情的经过。

霍斯衍点点头，朝冯子鸣走过去，也许是对方的气场太强大，冯子鸣下意识地往后退了两步。接着，他听到眼前的男人，用轻描淡写的语气跟他说，谢安淼淼要拿回她写的全部程序，包括已经成为公共资源的那部分。

"不可能！"绝对不可能，简直荒谬！

"是吗？"霍斯衍轻笑一声，可他眼底分明没有笑意，只有望不到头的、深不可测的墨色，他往冯子鸣手里塞了张名片，"我的私人律师最近刚好没什么事做，闲得慌。"略微停顿后，他说，"欢迎你随时去给他找麻烦。"

"呵！"私人律师？听起来好像很厉害的样子呢，以为他是初出茅庐的菜鸟，随随便便搬出个不知是阿猫还是阿狗的律师，就想吓唬他？

冯子鸣捏着那张只印了个名字和手机号码，看起来平凡无奇的黑色名片，听到围观的人窃窃私语议论着，矛头都指向了他，再加上隐隐生疼的手腕，他的怒火全飙到了眼里。

可思及这里是公众场合，今天来了不少的投资人，事关项目组的未来和整体利益，冯子鸣克制住了个人情绪。

他当然不会蠢到和霍斯衍针锋相对，俗话说，柿子要挑软的捏，而且这是他们项目组内部的事，当然是要内部解决。

这时，淼淼离开展位之前打过招呼的那位师兄从洗手间回来了，了解清楚事情的来龙去脉后，他抱歉地看一眼淼淼，连忙解释："误会，都是误会。"

冯子鸣正思考着怎么大事化小小事化了，谁知一个台阶就这样递了过来，他当然要抓住机会顺着走下去，只是，平时架子端得太高了，语气也是高高在上的："原来是这样。谢师妹，你怎么不跟我说清楚？"

淼淼气结，这还怪她头上了？也不知道是谁跟吃了火药一样，还没拎清，就先炸了的？

"既然是误会一场，解释清楚就算了。"冯子鸣想借机轻飘飘把事情翻篇，"我知道你是觉得受了委屈，一时冲动才说出要离开项目组这种话，大家都是年轻人，谁没有冲动过呢？之前都待得好好的不是，而且现在外面工作不好找，希望你慎重考虑一下。"

他机智地采取了迂回策略，避重就轻，先把人留下来，其他以后再慢慢磋磨。

冯子鸣万万没想到，自己这一番放下身段主动退让的话，淼淼丝毫不领情，平日里说话娇娇软软的女孩子，像变了个人似的。

她落落大方地笑着，可眸底全是冷色："冯子鸣师兄，本来我是有些犹豫的，毕竟待了两年时间……"

过去她为项目组付出了多少心血？可到头来，谁会记得呢？他们中又有谁挺身而出，哪怕帮她说一句话？

或许，她早该醒悟了。那个充斥着钩心斗角，只以利益为重，人心涣散的项目组，根本不值得留恋。

淼淼不慌不忙地刺回去："可你之前说，人可以走，全部程序要留下，我就深刻地意识到，离开项目组的决定是无比正确的。这种乌烟瘴气的地方，再待下去，只会自毁前途。"

刻意避开的重点，被她拿出来当反击武器了，她居然还反过来批评项目组。

冯子鸣面色一僵，眼里的怒意快压不住了，他的手在身后紧握成拳头，手背上青筋暴露，格外骇人。

组里在场的其他几人面面相觑，一声不吭，有两个垂着头，似乎在认真思索淼淼的话。

这帮废物，没个眼力见儿，不会过来撑撑场面吗？

忍无可忍了。冯子鸣咬牙切齿道："谢安淼淼，你别给脸不要脸！"

接着他又冷冷地笑起来："藏得真好啊，真看不出你是这样的人，原来早就对我们项目组有这么大怨气了，干吗还装得跟朵白莲花一样隐忍不发呢？虚伪至极！呵呵，竟还妄想把所有程序拿回去，简直就是痴人说梦！我告诉你，想都别想！"

冯子鸣师兄不愧是社会上摸爬滚打过来的前辈，这是非颠倒得简直让人叹为观止，淼淼气得有点想笑，明明是他先说要留下她全部程序的好吧？

合同上明确写着，用到项目里的程序就是公共资源，这部分她没想过要回来。可她私底下写的，平时没少给大家用，这是情分，不是本分，凭什么他说扣就扣？

不就是冷笑吗？谁还不会怎么的？

可淼淼冷不起来，因为她忽然发现，自己的手臂被旁边的男人拉着，也不知什么时候被他拉上的。呃，霍师兄不会是担心她上前去跟人干架吧？她轻轻地挣了下，霍斯衍没松手，于是她递给他一个"我很生气但我很冷静"的眼神。

文明人要有文明人的解决方式嘛。

霍斯衍深深地看她一眼，薄唇微抿，以只有她能听见的声音说了一句什么。

淼淼听得眼睛发亮，接着，手臂骤然一松，那瞬间的感觉很奇妙，好像心也跟着松了。又有一丁点说不清的情绪，上面似乎还留有他手心的温度，她深吸一口气，再次看向冯子鸣。

"脸是自己给自己的，不需要你来给。如果你还是坚持要把我写的所有程序都留下的话，那，我们只有法院见了。”

“好！”输人不输阵，当着众人的面，冯子鸣痛快接下她的战书。

他混到今日不是吃素的，怎么说也是要资金有资金，要人脉有人脉，而她只是势单力薄、涉世未深的小姑娘。官司要真打起来，败诉了，坏的可是她的名声，到时传出去，哪家公司敢要她？

真是天真又无知，为了所谓的不甘心，竟拿前途去搏。

螳臂当车，不自量力。冯子鸣心里已有胜券在握的自信了。

既然脸皮撕破，关系也撇清了，淼淼不想继续待在这儿，霍斯衍像是看出她心中所想：“要去喝杯咖啡吗？”

嗯？

他又低笑着说：“之前不是欠你一杯？”

淼淼反应过来，他说的是前几天在从北城回A市的航班上，他建议她把咖啡换成果汁的事。不免又想起他那两条微信，忍不住脸颊一热。

“走吧。”霍斯衍率先转身走了。

淼淼揉揉脸，慢吞吞地跟上去。

走了十几步，霍斯衍忽然回过头，朝冯子鸣看过去，目如寒星。

他的眼神很淡很冷，无波无澜的，冯子鸣却觉得那眼神充满了浓浓的警告意味，不禁脊背一凉。

冯子鸣的视线刚要正面迎上去，霍斯衍却不再看他，侧头和旁边的淼淼说话，也不知说了什么，只见她开心地歪着头，笑靥如花。

格外刺眼。

两人的身影消失在门口，冯子鸣泄愤般把霍斯衍之前给他的那张律师名片丢在地上，还跟脏了他手似的，手掌在裤子上蹭了两下。

谢安淼淼走了，他又要另外去找别人顶上，还不一定能找得到像她这样精通计算机，愿意吃苦耐劳又不计较工资的人。

这年头，廉价劳动力随手一捞一大把，可廉价的技术人员……

真是失策。不过，看她样子，应该是早就想好要离开的了。

这都是些什么糟心事。

冯子鸣烦躁地一脚踢歪了前面的一把塑料椅，他从兜里摸出烟盒，准备去楼梯间抽一根。

冯子鸣身后，有个老者模样的男人弯腰捡起地上的名片，隔着老花镜瞅了又瞅，嘀咕着：“咦，冯开，冯大铁嘴？难道是同名同姓？”

“年轻人！”

冯子鸣不知道这是在叫他，径自地往前走，老人冲过去，拦住他，名片递到他眼皮底下，摇着头说：“如果这个冯开律师是我想的那位，那你摊上大事啦！”

哪里跑出来的老家伙，在这里危言耸听，还嫌不够乱吗？冯子鸣不耐烦地挥了挥手，抬步要走，老人又寻思着说：“你年纪不大，可能不是很清楚，这冯开早些年可是律界排头号的人物。他最擅长的就是把死官司打活，不知翻了多少桩冤案错案，可谓是打遍天下无敌手啊！”

老人见这年轻人一副油盐不进的样子，看来是没认识到事情的严重性，他长叹一声：“富春城的霍家，你总听说过吧？”

“什么？”冯子鸣控制不住音量，“霍家？！”

他再孤陋寡闻也不可能没听说过大名鼎鼎的富春城霍家啊。这个神秘的家族，早在风雨飘摇的民国时期就已是传奇，后来更是不断地发展壮大，直到今天，外界除了知道霍家资产雄厚，产业遍布国内、海外，对它的家族体系和核心管理层皆是一概不知……A大的几栋教学楼和两座图书馆都是霍氏集团捐赠的，还有两个重点实验室，据说也是它投资的。

他不由得紧张地问：“这冯开和霍家有什么关系？”

老人摸着胡子，目光如炬：“他可是霍家早年的御用律师啊。”

“怕只怕，先前为小姑娘出头的那男人，和霍家……”他说出自己的猜测，“关系匪浅。不然怎么请得动冯大律师，你说是不是？”

冯子鸣耳朵“嗡”的一声，嘴唇和手都微微发颤，夹在指间的香烟被揉捏得不成样子，掉到脚边。

之前那男人怎么说来着？我的私人律师，最近闲得慌，欢迎你随时去给他找麻烦。

冯子鸣有些站不住脚了，虚扶着门，脑门鼻尖上沁着密密麻麻的汗。

老人拍拍他肩膀，好心地提出忠告：“这官司，打不得，真打不得。”

淼淼以为霍斯衍会带她去体育馆附近的咖啡馆，没想到七绕八拐的，两人竟来到了老城区。

这片区域原本是房地产商要开发的，钩机都开到了门口，可住在这里的老居民集体抗议，闹得鸡飞狗跳，还出了两条人命。一个八十岁老太抗议时心脏病发，当场去世，一个中年男人抱着煤气罐冲出去，本想吓退他们，不慎引发爆炸，还没送到医院就断了气。

于是一直拖着，不了了之，成了一块老民居，是政府和开发商无法解除的心病。

淼淼跟着霍斯衍，不知道穿行了多少条狭窄的巷子，终于来到一栋老旧的楼房前。没有电梯，他们走上三楼，拐了两个弯后，她看到墙上挂着一个木牌，上面写着：近影咖啡馆。

看来，霍斯衍想请她喝的，并不是一杯普通的咖啡。

推门而入。

不像别的咖啡馆，音乐悠扬，清香漫漫，情侣成双成对，处处充满小资情调。近影咖啡馆，随处可见的是衣着正式，把脸藏在笔记本屏幕后敲敲打打或轻声讨论的年轻人，偶尔也会见到在窗边位置悠然喝咖啡的人，眼角余光有时是漫不经心地，有时又是带着精明地扫视四周。

近影咖啡馆是去年兴起的创投聚集地，这个面积只有两百平方米的地方，是创业者和投资人的对接平台，也被誉为“创业梦工厂”。怀揣壮志的年轻人带着好项目来这里找伯乐，资金雄厚的投资人也来这儿找千里马。

看对眼了，一拍即合。

据说，近影咖啡馆在短短一年多的时间里，就吸引了近五百位的投资人前来，更是促成了三百多个创业项目。

淼淼想不通霍斯衍为什么要带她过来，她手头上没项目，更没有钱。

疑惑很快解开。

淼淼和霍斯衍走到最里面的卡座，等在那儿的三个男生见他们出现，有两个不约而同站了起来。其中那高瘦的男生淼淼并不陌生，正是小乔的男朋友，A大机械电子工程学院的高才生童放。

“淼淼？”童放看到她，显然也很意外，“你也来了。”

淼淼笑着和他打招呼。

站在童放左边，那个长着娃娃脸的男生，非常友好地朝她笑笑，然后看向霍斯衍："您就是许教授说的，霍先生吧。"

霍斯衍伸出手去："你好。"

娃娃脸和他握了握："您好，您好。"

"我是侯舸，这是童放，这是我弟弟侯舫。"

霍斯衍一一和其他两人握手。

侯舸，侯舫，淼淼琢磨着，这名字怎么这么耳熟？再看过去，映入眼帘的是两张长得完全一样的娃娃脸，只是一张满脸笑意，另一张面无表情，她原地跳起来："啊，是你们！"

这对双胞胎在A大是声名远扬的，高考时并列G省的理科状元，据说为了独享荣光，兄弟俩干脆拆伙，一个读了机械电子，另一个读了计算机，各自都是所属领域的顶尖人才。是了是了，那个冷冰冰的侯舫，就是比她大两届的直系师兄，可惜以前只闻其名，不见其人。

淼淼嗅到了不寻常气息，霍斯衍把这些精英召集到一处，是想要做什么？

"霍先生。"大家落座后，侯舸笑呵呵地开口，"我听许教授说，您看过我们的计划书了，也有投资的意向？"

"许教授转达得不准确。"

侯舸和童放交换了个眼神，侯舫还是没什么表情。

侯舸问："什么意思？"

他们的小团队有技术，有热情，有梦想，可就是追梦路上遇到太多的冒牌伯乐。那些人甭管开始吹得多么天花乱坠，又是识才又是惜才的，可合同一签，立刻就露出真面目。到底是追逐利益的商人，压根不在乎技术，满脑子想的只有赚钱。理念不合，又何必强行捆绑，干脆一拍两散。

霍斯衍双手交叠放在桌上，一副认真谈事的姿态："你们有兴趣做更复杂的项目吗？"

"资金不会是问题，目前缺的是技术，这就是今天我来这里见你们的原因。"

"高新区的产业园东南边有栋五层的房子，里面即将会有个新的实验室诞生。目前，清远科技的收购手续也在进行中，不久的将来它会成为实验室的后花园，所有的技术资料无条件共享……”

他说的条件太诱人了，侯舸睁大眼睛，忍不住吞了吞口水，更大的诱惑还在后面。

霍斯衍清俊的脸上露出一抹淡笑，慷慨地向这三位年轻人抛出橄榄枝：“你们可以以技术入股的方式，加入实验室。”

侯舸声音在颤动，还有点破音：“此话当真？！”

清远科技的技术资料无条件共享意味着什么，技术入股又意味着什么，他们太清楚了，因而才觉得难以置信。

霍斯衍正色道：“当然。”

侯舸激动得一跃而起，差点掀翻了桌子。

童放也是一脸大喜过望，连侯舫，仿佛也挺惊讶地挑了挑眉毛。

淼淼的情绪变化更为复杂。

坐她旁边的这个男人，前几天她还听他侃侃而谈着晦涩难懂的医学词语，而此刻，他变成了帮三个有才华的年轻人圆梦的项目投资人。风马牛不相及的领域，可他转换自如，不改的，是那眉间眼中的自信沉着。

是啊，很早以前她就笃定，不管他做什么，都一定会很厉害的。

接下来，作为局外人的淼淼，边喝咖啡边听他们聊天，渐渐地，她又发现一件事。霍斯衍不仅精通医学，而且他对机械工程也有深入研究，侯舸和童放每抛出一个相关问题，他都能对答如流。

周围不是学霸，就是学神。淼淼顿时觉得压力好大，她低头啜了口咖啡，不小心烫到舌尖，明明在专注谈事的霍斯衍不知怎么留意到了，抽了张纸巾递给她：“没事吧？”

淼淼摇头，接过纸巾擦嘴角，余光里，霍斯衍的右手一闪而过，袖扣没系好，她隐约看到他手腕上好像有一道伤疤……

看错了吧？

一定是的，淼淼慌乱地想。

这个疑虑一直从近影咖啡馆跟着她回到了家。她洗完澡，吹干头发，躺在床上，想着每次见面，霍斯衍都是穿长袖衬衫，袖口扣得严严实实。只有去仙女庙那次，他穿了短袖T恤，右手手腕上……

淼淼猛地从床上坐起来，一股寒意从脚心蔓延而上，像化作一只无形的手，攥住了她的心脏。

他戴了黑色护腕！

不对不对，一切得推翻，重新来。

听戴晚好说他出了事，从加州医院辞职，她就怀疑他出的是医疗事故，会不会……出事的是他自己？

猝不及防，一滴眼泪就这样掉了出来，砸在淼淼手背上。

她用力抹了一把眼睛，从床头桌上捞起手机，也不管什么侵犯隐私的了，她只想知道霍斯衍到底发生了什么事。

堂哥那边想想也知道是挖不出来的了，解释起来也麻烦。闺密龙赢赢之前在加州医院治过病，还在当地生活了一段时间，应该有认识的人，怎么样也会有办法打听到的。

淼淼发了条信息给龙赢赢："在吗？"

龙赢赢秒回："还在啊。"又来一条，"女朋友，想我了吗？"

男朋友女朋友什么的，因为共过生死患难，一直都是她们间的爱称。

淼淼："能帮我打听一个人吗？加州医院的华人医生，名字叫霍斯衍。"

龙赢赢："你认识的人？"

淼淼："嗯。"

龙赢赢："OK，等我消息。"

淼淼以为至少要等到第二天才能等到回复，没想到二十多分钟后，她从阳台走进来，就看到手机亮着。龙赢赢发来的新信息安静地挂在屏幕上，一共两条，她却突然间失去了点开的勇气。

时间一分一秒地流逝，淼淼睫毛低垂，脖颈弯着，如玉的肌肤在黑发间若隐若现。终于，她拿起手机，动作极轻地划开屏幕。

龙赢赢："你要打听的这位霍斯衍医生，很不幸地遇上了一场医闹。"

龙赢赢："失控的患者家属深夜跑到加州医院撒野，先用水果刀刺伤了一名值班的华裔女医生，接着，又刺伤了他，伤的是右手，重伤。"

这事当时闹得很大，接到报警第一时间赶到的美国警察，迅速制伏了肇事者，甚至还把其中一个试图抵抗的男人扭断了手臂。后来，那两人被警方起诉二级谋杀，锒铛入狱。

华裔女医生只是受了轻伤，休养半个月就恢复了，可霍斯衍因手伤严重，再也无法拿起手术刀，被迫提前结束职业生涯。

再后来，只要是知道这次医闹事件的人，每次提起那位年轻有为的Doctor Huo，开头语总是："Unfortunately.（很遗憾，很不幸。）"

淼淼仿佛被抽干了全身力气，软绵绵地跌落在地板上，屏幕上的字成了歪歪斜斜的黑影，模糊地飞入她水光潋滟的眸中，心口也跟着一抽抽地揪疼起来。

难怪，那么意气风发的男人，总会在不经意间露出黯然落寞的神情。

从出事到现在，这么多个日日夜夜，他又是怎么熬过来的？淼淼无法想象。

手机又振动了一下，还是龙赢赢的信息。

"那个霍医生也真是好倒霉，怎么偏偏遇上了那些人渣！"

淼淼刚看完，手机就因电量过低自动关机了，她把它放在一边，然后抱住膝盖蜷缩成一团。

深夜，万籁俱寂，一盏柔和的壁灯孤零零地亮着。

也不知道是什么时候睡过去的，只觉得这一夜格外漫长，次日淼淼醒过来，睁开眼看到一缕晨光正从未拢好的窗帘间爬进来，光路中有细小的尘埃，不停翻飞着。

她喃喃自语："每一天都有新的太阳升起。"

每一处看着是终点的地方，也有可能是新的起点。

她曾独自度过生命的严冬，霍斯衍肯定也可以的，只要还活着，情况就不算太糟糕，而且昨天她不是看到了吗？他已经走出过去的阴影，振作起来了，他接下来要走的路，同样也是光芒万丈。

淼淼扶着床起身，走到窗边，"唰"一下拉开窗帘，阳光温柔地扑在她身上，她伸了个懒腰，探出身子去。天边朝霞清透如洗，美得不可思议，这是经历漫漫长夜后的馈赠。

她看了一会儿，进浴室洗漱，换好衣服出来，在镜子前把长发扎成丸子，又给手机充上电，就下楼去外面晨跑了。

淼淼现在算是一个彻头彻尾的闲人了，晨跑回来，坐在桌前慢悠悠地吃早餐。爸妈去上班后，她就跑去院子里给花草浇水，之前种下的月季花，生机勃勃的绿叶间多了两个花苞，她欢喜地看了又看，用手轻捏，胀鼓鼓的，心里开始期待开花那天。

希望，总能给人带来满心愉悦。

屋里屋外转了一圈，淼淼有些困了，打着哈欠回到房间。听到闹钟在响，她拿起手机关掉，看到有好几个未接电话，来电人全是——冯子鸣。

他找她有什么事，这么急？都要对簿公堂了，他们之间还有什么话可说的？

刚想着，冯子鸣的电话又来了，淼淼接通，就听到对方小心翼翼又略激动的声音："谢师妹，你终于肯接电话了！我自责了一整晚，深刻地认识到了自己的错误，真的非常抱歉，我跟你说声对不起……"

通话时间显示九分十七秒。

冯子鸣还在痛心疾首地忏悔过错，并诚心恳求她原谅，翻来覆去，说了一遍又一遍。

淼淼纳闷了，怎么过了一晚，昨天还约好法院见的冯师兄态度来了个一百八十度的大转弯？可他句句如连珠，她连插话的机会都没有，困得不行，加上听他讲话像在催眠，她忍不住打了个哈欠。

那边顿了一下，更加低声下气了："谢师妹，请你看在我们共事两年的情分上，这次的事就算了好吗？你想要拿回全部的程序，没有问题，它们本来就是属于你的……"

淼淼用手指擦去眼角打哈欠打出来的泪，听到这里困意去了一半："全部？"

"对！"冯子鸣听她终于愿意搭话，讨好似的赔笑，"全部，你没听错。"

这是非常大的让步，甚至连合同都推翻了，而且听他语气，好像想求着她把全部程序拿回去？

于是淼淼更加好奇，一夜之间，冯子鸣态度立场和原则一致发生了颠覆性变化的原因。她回想着，终于想起昨天，霍斯衍在松手之前，跟她说的那句话：“打官司，他不会有任何的胜算。”

就是这十二个字，让她瞬间有了满满的底气。

淼淼到底是念着旧情，也不想做得太绝，人情留一线，日后好相见。虽然她也没想和冯子鸣再有交集，可项目又不是他一个人的，是大家共同的心血。合同上也明确规定，其间用到项目中的程序就属于公共资源，她是遵纪守法的好公民，拿回该拿的部分就可以了。

冯子鸣再次跟她确认：“那官司，就不打了？”

淼淼：“嗯。”

“谢谢谢师妹！”这通电话就在冯子鸣的千恩万谢里结束了。

果然是欺软怕硬啊。淼淼捏着自己柔软的脸颊，默默感慨了一下，点开微信，给霍斯衍发了条信息：“霍师兄，谢谢你。”

hsy：“什么？”

淼淼：“冯子鸣打电话跟我道歉了。”

hsy：“看来他的智商还勉强在及格线以上。”

淼淼“扑哧”一声笑出来，眉眼弯弯的，心情如雨后晴朗的天空。原来霍斯衍也会这么损人，要知道，高中时她连最基础的化学公式都没记住，同样的错误屡次犯，他也没说过一次她笨之类的话。

淼淼发了个大笑的表情，霍斯衍大概是有事要忙，等了几分钟没回复，她爬上床，继续梦周公去了。

没有什么事做，淼淼一天能睡上十二个小时。她赖在家做了一个星期的米虫，安榕贞看不下去，丢了张银行卡给她，让她赶紧找小乔去逛街，随便买啥都行，里面的钱不花完不准回来。

淼淼举手抗议：“天气太热了。”

安榕贞没有商量余地地驳回抗议：“车里有空调，商场有冷气。”

淼淼只好说：“小乔没空，她很忙的。”要忙着打游戏啦，和男朋友谈恋爱啦。

安榕贞：“哦，那找我助理陪你去。”

淼淼抢走她手机：“别啊，妈妈。”她仰天长叹，“为什么我这么可怜，不仅被赶出家门，还要被逼着做败家女。”

安榕贞无奈地笑了，轻戳她额头：“再宅家里，都长毛了。”

淼淼疑惑眨眼：“这里本来就长毛的啊。”

甭管怎么打哈哈，妈妈是铁了心要让她出去了。淼淼没办法，只能上楼回房换了条裙子，看看外面的大太阳，又退回来抹防晒霜。

手机响了，淼淼以为是小乔打来的，没想到竟是她男朋友童放，他们虽然互存了号码，可私底下很少联系。

“喂，童放。”

“淼淼，你现在在哪儿？”

“在家。”

“怎么还不过来？”

淼淼不解：“过去做什么？”该不会童放也要和她们一起逛街吧？

“签合同啊。这么重要的事，你都忘啦？”

淼淼更是一头雾水了：“什么合同？”

“不是说好今天和PC实验室签合同的吗？”

PC，这不是霍斯衍投资的实验室吗？和她有什么关系？

“总之，你赶快过来就是了，我还有事，先挂了。”

这都什么跟什么啊？淼淼只好给霍斯衍打电话，想问清楚怎么回事。霍斯衍听完她的话，沉默了，在轻微的电波声中，她好像明白过来。会不会那天她和霍斯衍一起出现在近影咖啡馆，所以童放他们误会她和他们是一样的？

“淼淼，要不要来PC实验室？”

后半句的震慑力太大，以至那很自然脱口而出的“淼淼”二字存在感被削弱，淼淼握着手机，无措地抿唇，左右张望，脑子空得比雪地还干净。好半晌后，她才找回了声音：“我……我可以考虑一下吗？”

“好，我等你的回复。”

淼淼握着挂断的手机，呆坐在椅子上，在两个选择间举棋不定。

去霍斯衍的实验室，和他一起工作，参与并见证他这一路的辉煌……他的人品绝对信得过，各方面必然不会亏待，她不用去考虑什么霸王条款合同陷阱，也不必为了拉投资去各种迎合、应酬，只需要专心写程序就好。

扪心自问，不想吗？想的，可为什么又犹豫呢？

因为她害怕。靠得太近了，怕忍不住……会做出错误的事，她害怕会迷失自己，更害怕会伤害另一个女人。

怎么办？淼淼苦恼极了。

下午逛街的时候，小乔发现淼淼心不在焉，忙问：“怎么了？”

淼淼如实告诉她自己的纠结。

小乔：“那你到底是想，还是不想去？”

“想，也不想。”

小乔无语，又问：“你还喜欢他吗？”

淼淼：“他有女朋友了。”

小乔说：“我懂了。”

她把手搭在淼淼肩上：“亲爱的，你已经不是十七八岁的小女生了，不要纠结太多，只需听从你内心真正的声音。”

真正的……声音吗？

“现在这么吵，肯定听不到的。”小乔推着她往前走，“我们去专柜看看吧，听说D家又出了新款包包。”

最后，小乔扫荡各个专柜，满载而归。倒是被勒令没花完钱不准回家的淼淼，给妈妈买了套保养品，给爸爸买了件衬衫，也算是有交代了。

日暮西斜时分，淼淼回到家，她把两个纸袋放在茶桌上，拿起杯子喝水。

水喝完，给霍斯衍的回复也想好了，她握着手机打字：“霍师兄，我考虑好了，还是决定不过去了。抱歉。”

淼淼等了很久，那边没回应，她心里打起小鼓，他该不会是……生气了吧？

“叮！”手机屏幕跟着亮了，她被吓了一跳，急急忙忙点开新信息，结果是小乔在喊她玩游戏，哪里还有心情啊。

淼淼：“我拒绝了。”

小乔：“有没有突然轻松的感觉，像心头大石被移开？”

淼淼：“没有。”完全没有，反而觉得大石头又多了一块。

小乔：“就算你对自己没信心，怕会越界，那你对他呢，也没信心？”

“距离才产生美。说不定你靠近后发现，哦，这个男人也不过如此嘛。”

在小乔密集的语音轰炸中，霍斯衍的回复终于姗姗来迟——

“明天过来看看，然后，再告诉我你的答案。”

后面他发了一个高新区产业园的定位。

淼淼有预感今晚可能要失眠了。

次日上午九点，淼淼出现在PC实验室门口，侯舸最先看到她，笑眯眯地招呼她进去：“里面很乱，不要介意。”

侯舸的话并没有谦虚成分，淼淼走入，只见地上横七竖八放着各种器械、没组装的新电脑，以及其他杂物，几乎连落脚的地方都没有。

侯舸带着她，一间一间办公室看过去。

第一间，每个座位上都有人，大家专注着手上的事，像是互不打扰，可看起来那么和谐。

第二间，照样是乱的，灰尘弥漫，连办公设备都不齐全。童放直接蹲着，单膝跪地，手里拿了一截机械臂，正笑着和旁边的男生说什么，两人的表情都那么投入，眼睛里也满是光彩。

和她曾经待过的，死气沉沉的项目组完全不一样，这里处处充满了生机活力，他们不只是为了工作、为了工资而工作，他们在享受，在轻松快乐地做事。

他们是一个真正的整体啊，有共同的方向，有梦想，有热血，也有埋头前进不问前程的勇气。

淼淼觉得全身血液都沸腾了，这不就是她一直以来想要的吗?

不再是碌碌无为虚度光阴，不再是迷茫不知前路，又不甘心所学所得无处可用。如今，她可以和最优秀的人在一块，做自己喜欢的，又有意义的事。

“来了。”霍斯衍不知什么时候站在她身后。

淼淼转过身，和他四目相对。她忽然说不出话来，只有那双清澈的眸子，涌动着亮晶晶的光泽，千言万语，都在其中了。

霍斯衍也静静地看着她，眸色幽深如暗夜。

“霍师兄。”淼淼缓缓绽开笑容，目光坚定，“我想留在这儿。”

“考虑清楚了？”

淼淼用力点头。

在给出这个答案后，她终于体会到了小乔说的那种全然轻松的感觉。所以，这才是她内心的声音，真正的声音。

他要在这个新领域开天辟地，她就一路追随，披荆斩棘。至于其他，她想，只要时间足够，总会释然的。

霍斯衍郑重地朝她伸出手，淼淼也伸手，两人的手轻轻握住，温度相融，她的滚烫，他的微凉。

松手后，霍斯衍单手插兜，虚握成拳，像是要留住手心处的那缕温暖。

淼淼又想起一件事：“霍师兄，昨晚我发的那条信息，你可不可以当没看到？”

回头草吃得这么快这么香，她面子上挂不住啊。可惜她还没掌握能把发送超过两分钟后的信息，从对方手机毁尸灭迹的技术。

霍斯衍微微疑惑地挑眉，像是根本听不懂她的话：“什么信息？”

“没什么。”淼淼把头摇得像拨浪鼓，“没什么啦。”

既然未来老板这么大度配合她装傻，她当然也得全力配合回去不是?

看她笑得梨涡闪闪，生动又俏皮，霍斯衍深邃的眼底也浮现一丝笑意。

淼淼，欢迎来到我的世界。

四分甜

粉色玫瑰的爱情

天要下雨，娘要嫁人，淼淼也要吃回头草啦！

淼淼跟着霍斯衍进了他办公室，和外面的凌乱相比，这里显得整洁有序多了。她不动声色地打量起来，正前方是一面书墙，左边格子摆满了书，右边格子全空着，墙前是宽敞的黑木办公桌，上面放着标配的Mac笔记本电脑、鼠标，旁边还有个水杯，白底蓝纹的。

她左前方是一排档案柜，中间以一张水墨画的屏风为界，隔开单独的小会客厅，摆着大理石茶桌，红檀木沙发，又往右边看去，没有障碍物，一眼看到了落地窗和窗外阳光灿烂的阳台。

“坐吧。”

呃，淼淼没在他办公桌前看到有椅子，所以……要坐哪儿？该不会是会客厅的沙发吧？

“还愣着做什么？”

霍斯衍带着轻笑的声音从背后越来越靠近，淼淼腰背一挺，走过去，挑了离自己最近的单人沙发坐下。

随后，他也在旁边的长沙发落座。

可能是因为在工作场合，他穿得很正式，修身的黑色衬衫，衣领挺括，扣子系到最上面一颗，还打了领带，格外丰神俊朗。

淼淼看着他修长的手捏着木镊子，夹起一个茶杯，翻来覆去地用热水烫了三遍。

他拎水壶用的是左手，右手估计使不上力气。上次在近影咖啡馆，他给她递纸巾，用的却是右手，可能纸巾很轻，也有可能他当时大部分注意力都在谈事上，所以没有刻意去掩饰。

轻微的一声响起，淼淼立即回神，桌上多了一杯清香袅袅的茶水。咦，她不是进来签合同的吗？怎么弄得像朋友叙旧一样，他还给她倒茶喝。

“谢谢啊。”她端起杯子浅酌一口，垂眸品了品，辨认不出是什么茶。

“雨前龙井。”

他是会读心术吧？

淼淼又喝了口茶水：“挺好喝的。”

“喜欢的话……”霍斯衍看她一眼，“我这里还有一罐，给你带回去。”

啊？这样不太好吧。哪有员工还没入职，就占老板便宜的？

淼淼还在琢磨要怎么委婉地拒绝，霍斯衍的左手压着两份合同推过来：“你先看一下，没什么问题的话，就可以签了。”

她想的却是，从进来到现在，没看他用过打印机啊，怎么凭空变出两份合同的？

只有一个可能，合同早就打印好了，就等着她掉坑，啊不，签字了。

淼淼郁闷了，他就这么笃定她一定会改变主意？

霍斯衍见她盯着合同，迟迟不翻开来看：“有问题吗？”

“有。”淼淼向他摊开手心，“能借我一支笔吗？”

霍斯衍挑眉：“不看看？”

“霍师兄。”淼淼一脸严肃地提醒他，“之前你跟我说，冯子鸣如果真要打官司，他不会有任何胜算。那么你觉得——”她曲起白细的食指在合同上敲两下，“就算里面真的有什么不公平条款，将来我会有胜算吗？”

何况，她笃定，他不会坑她的。

霍斯衍露出一丝饶有兴致的笑，递了自己的钢笔给她：“说得也是。”

就不能稍微谦虚一下，不怕把她吓跑吗？

不对，跑过一次，还不是乖乖跑回来了。

淼淼接过笔，毫不犹豫地签下名字：“好了。”

纸面上，“谢安淼淼”和行云流水的“霍斯衍”并排而立，其实她以前也幻想过这两个名字一起出现在结婚证上，可惜啊，月老没把他们的红线牵上，到头来竟是变成了上下级关系……

淼淼暗叹一声，初中时班上同学经常互相调侃少壮不努力，老大蹲家里。可事实证明，就算是985名校的研究生，以后很可能也要给师兄打工。

签完合同，霍斯衍带她出去，介绍给大家认识。

“这是我高中师妹，谢安淼淼。”

他的语调还是平平淡淡的，可说的话很容易让人误会啊，误会她是走后门进来的。不过好像也是事实？她连面试这关都省掉，直接就签合同了。

看来霍斯衍很相信她嘛。

淼淼笑容清甜：“你们好。”

“你好！”众人一致鼓起掌来，“欢迎欢迎！”

童放张大着嘴巴，惊讶道：“淼淼，想不到你和霍总高中就认识啊。”

侯舸接上去说：“高中时的感情是最让人难忘的，当初一毕业就各奔东西，多年后还能重聚，都是缘分啊。”

好吧，这下她更像关系户了。

幸好大家没有过度抓住这个话题不放，不然淼淼该窘得想找洞钻了。简单打过招呼后，他们就各自回去做事了。霍斯衍又刚好来了电话，走到一边去接听了，只有她还站在原地，不知道该去哪儿，也不知道要做什么。

“走吧，淼淼同学。”侯舸抱着个小箱子从她后面出现，“我带你去找座位。”

淼淼下意识地去看霍斯衍，其实也不知道为什么要看他，像是察觉到她的目光，他也看过来，然后朝她点点头。

她跟着侯舸去了。

淼淼学的是计算机，自然是被分到了软件组，同组的还有一个男生，正是她直系师兄侯舫。

侯舸把人带到，就继续去忙了。

淼淼只好自己搭桥跟冰山师兄打招呼：“侯师兄，你好，我是谢安淼淼。”

如果没记错，刚刚霍斯衍介绍她的时候，他并没有在场。

侯舫头也没抬，十指“噼里啪啦”地敲着键盘，声音也没什么温度的：“你好。”

淼淼摸了摸手臂，觉得以后坐他旁边，连冷气都可以省了。明明和热情的侯舸师兄长着一张一模一样的娃娃脸，却总是摆出一副酷酷的表情，这样她会很难适应啊。

唉，谁让他是天才中的天才呢，总是要特立独行些的。

淼淼拉开椅子坐下，又听到他说：“我用过你写的软件，还挺好用的。”

咦，冰山师兄也会主动套近乎吗？淼淼有些受宠若惊：“什么软件？”

“反美颜。”

“哈哈哈！”淼淼没忍住，笑出了声音来，“师兄你真有眼光。”

说起这个反美颜软件，灵感来源于她在某个月黑风高夜，刷微博的时候看到了某女明星发的自拍。四十多岁的人了，脸蛋还跟剥壳鸡蛋一样白嫩，她忽然好奇去掉各种滤镜和PS痕迹后，女明星的真实面目是什么样的。

其实，反美颜软件在国外也挺流行，不过要用的话，比较麻烦，所以她干脆自己动手做了一个。

结果就跟照妖镜一样，照出了女明星那张符合真实年龄的脸，连被厚粉遮盖的皱纹、黑眼圈、眼袋也全现形了……

没想到侯师兄竟然也会有这种恶趣味。

淼淼顿时觉得距离拉近不少，她看着空空如也的桌面，疑惑地问他：“我这里怎么没有电脑？”

侯舫让她去找侯舸。

侯舸则是让她去请示霍斯衍。

兜兜转转，淼淼又回到了霍斯衍办公室，门没关，虚掩着，但她还是礼貌性敲了敲。

“进来。”霍斯衍抬起头，看到走进来的人是她，揉手腕的动作停下，神情有那么一丝不自然，“什么事？”

“我、我没有电脑用。”淼淼看过去，他的脸上已经看不出什么异样了。

“这部你先拿去用。”霍斯衍指了指办公桌上的电脑。

“我拿走了，那你用什么？”

“似乎你更需要用电脑？”他在文件上签了字，合上钢笔盖，好笑地反问她。

确实，一个写程序的，没了电脑，简直是巧妇难为无米之炊。

淼淼从霍斯衍办公室出来的时候，收获了一大片意味深长的目光。完了，她抱紧怀中的笔记本电脑，这下彻底坐实自己是关系户了。

哪有员工连老板电脑都敢抢的？算了算了，以后用实力去证明吧。

淼淼回到座位，电脑放桌上，一开机又遇到了困难，她可不敢众目睽睽之下再去找霍斯衍，只能给他发微信，搞得像在做什么坏事一样。

“霍师兄，开机密码是多少？”

hsy：“334759。”

淼淼输入密码，成功开了电脑，系统默认的桌面，干净得像新买的一样，她就没有什么心理压力地用了起来。

反正是帮他打工。

淼淼入职的第一天，带回了一份三年的卖身契，和一罐从霍斯衍那儿顺回来的茶叶。老茶客谢戚明刚拿到手，立马泡上了，喝得赞不绝口，说这茶是难得一见的珍品，又顺便把霍斯衍夸了一通，说他眼光好，人也不错。

淼淼惆怅地想，老谢你也太好收买了吧？不禁未雨绸缪起来，要是将来哪个男的投其所好提着好茶上门来提亲，岂不是轻易就能让他松口嫁女儿了？

她摇摇头，上楼去了。

经过一晚上的好眠，第二天，淼淼又满血复活了。没人告诉她具体的上班时间，她特地起了大早，八点就来到实验室。

其他人也来了，而且看起来像忙碌好一阵了，连霍斯衍挺拔的身影都出现在办公室，淼淼似乎是来得最晚的。她连忙把童放叫到一边，问他：“几点上班啊？”

童放说：“没有时间限制的，你想什么时候来就什么时候来。”

“可我看你们都来得很早，是不是天没亮就起了？”她六点半出门，来的路上花去了一个半小时，还是自己开车的，也没有遇上太大的拥堵。

童放抓着头发笑笑：“我们就住在楼上宿舍啊，很方便的。”

这么好，还配备了员工宿舍。

“不要告诉我，楼上还有餐厅。”

“这倒没有，但是有餐补，这里叫外卖也很方便。”童放又问，“你要搬过来住吗？好像还有空房间。”

淼淼委婉谢绝了他的好意：“暂时不用。”

童放想了想，说：“如果你改变主意的话，可以去找侯舸，空房间的钥匙都在他手上。”他的语气跟包租公一样，“独立的单身套间，不用一分钱房租，水电也全免哦。”

淼淼开玩笑道：“哦哦！原来你们就是这样为五斗米折腰的。”

“折腰？”童放拍了拍腰部，“我看，五体投地都行。”这年头，经济不算景气，包住、给饭补，付的薪水又高，年底还给分红的老板比两条腿的蛤蟆还罕见。

淼淼撇撇嘴角：“我代表小乔，鄙视你。”

童放朗声大笑，很愉悦的样子。

淼淼带着好心情来到办公室，侯舫师兄如老僧入定般坐在电脑前写着程序，她没打扰他，走到自己位置，惊诧地发现办公桌上安装了一部新的台式机。她看了看，主机是市面上的最高配置，键盘和鼠标都是定制的，后者特地设计成适合女孩子手掌大小的尺寸。

她轻快地敲着键盘，看来，作为师妹的待遇很不错呢。

淼淼很快喜欢上了这个工作氛围，全身心地投入进去，日子过得忙碌而充实。可几天后，她发现身体有点吃不消了，主要是花在路上的时间太多，导致睡眠时间大大缩减。

每天开着车翻山越岭，上班爬早高峰，下班爬晚高峰，高强度的脑力劳动后，回到家就想睡觉。日复一日，就算是铁打的身体也熬不住。

这样下去真不行，淼淼和爸妈商量后，决定搬进员工宿舍。

侯舸事先让清洁工阿姨把房间打扫干净了，家具一应俱全，水电也通了，淼淼可以直接拎包入住。

四楼的房间满了，她住的是顶层五楼。

从电梯出来，侯舸提着她的行李箱走在前面，淼淼好奇地问：“五楼还有住别人吗？”

“有的。”侯舸说，“已经住了两个人，对了，侯舫就住你隔壁。”

“那还有一个呢？”

侯舸“嘿嘿”笑了，特地卖了个关子：“等你住了，不就知道了？”

神秘兮兮的。

“到了。”侯舸停在一扇门前，用钥匙开了门，淼淼提着包跟在后面走进去。

清新明快的装修风格，空间布局也很舒服，窗明几净的。

淼淼几乎一眼喜欢上了客厅浅蓝色的布艺沙发，她坐在上面试了试，又惊喜地发现桌上还用花瓶插着一束粉玫瑰。

她望出去，小阳台上也养了几盆绿色植物，正随风轻摇。

作为员工宿舍，它实在好得出乎她的意料，侯师兄真是太有心了。

侯舸里外检查过一遍，盯着桌上的玫瑰花，脸上的表情仿佛有些许惊讶。

“侯师兄，谢谢你哦。”

侯舸摆摆手：“不用这么客气。”

待会儿还得去跟清远科技的人交接资料，时间快来不及了，他把一串钥匙交给淼淼：“我先下去了，你有什么事，随时打我电话。”

“好的，你先去忙。”淼淼送他出门。

“入住愉快。”

侯舸离开后，淼淼随手关上了门。卫生都搞好了，她没有别的需要忙，只是简单铺好床，归置了几套衣服，就懒懒地倒在沙发上玩手机。

跟小乔玩了几盘游戏，她隐约听到隔壁有水声传来，不知是侯舫师兄，还是那位神秘邻居回来了？

大家以后住同一层，工作又在一处，打好关系总是没错的。

淼淼哼着歌，从冰箱里拿出之前买的蓝莓，开门出去，敲响了隔壁的门。

她还在想着，里面住的会不会是侯舫师兄，不知道他喜不喜欢吃蓝莓呢？

门开了，光线一暗，淼淼抬眸看去，身形颀长的男人站在她眼前，气质清朗，如光风霁月。那双漂亮的眼睛安静地看着她，仿佛融了光，眼神分外柔和。

不是霍斯衍，是谁？

淼淼万万没想到，霍斯衍会放着盛安公馆的豪宅不住，跑来挤这还不到一百平方米的员工宿舍，他可是实验室的Boss，就算迟到早退了，也没关系的吧？

大概是她面上惊奇的表情太生动了，倚在门边的男人低笑一声，主动解释："上下班来回不方便。"

这些天他几乎一天二十个小时待在实验室，干脆就搬过来了。

昨天他上来拿一份文件，看到隔壁的门开着，里面传来侯舸和一个女人的对话。

"阿姨，要住进来的是个女生，麻烦你打扫细致点。"

"晓得晓得！"

实验室目前只有一个女生，除了淼淼还有谁？

霍斯衍顾不上去拿文件，打了个电话给附近的花店，让他们送几盆绿植过来。又想到以前她老喜欢在学校植物园转悠，还偷偷养了一株玫瑰，当时种下去的是种子，她双手捧着脸，笑吟吟地问他："不知道会开什么颜色的花呢？"

不等他回答，她又说："我喜欢粉色。"

后来，她没等到花开就转学走了。那年四月份，他回学校办手续，特地去了植物园，看到角落里，杂草丛生，孤零零地开着一朵粉色玫瑰……

于是，霍斯衍又多要了一束粉玫瑰，等花店的工作人员送到后，他用深绿色的花瓶插好，摆在了她客厅的桌上。

"霍师兄。"淼淼晃了晃手中的盒子，"你要吃蓝莓吗？"

霍斯衍把门开到最大，侧过身："进来吧。"

淼淼犹豫三秒后才抬脚跨进门，目光四处寻找拖鞋，霍斯衍像背后长了眼睛似的，让她直接进来。门还是光明正大地开着，她莫名安心了些，蓝莓放桌上，自己在沙发坐下，双手拘谨地拢着。

紧张什么呀。

淼淼自我开导，不就是给邻居送盒蓝莓吗？不就是这邻居是往日师兄今日上司吗？霍斯衍也只长了一双眼睛，两只手两只脚，又不是什么吃人的怪物。

她慢慢放松下来，环顾四周，布局和她那边差不多，不过风格偏冷，是深灰色调，当然面积大了很多。

“我这里没有饮料。”霍斯衍清湛的声音隔着一道墙传来，“矿泉水可以吗？”

“好的。”

霍斯衍从房间走出，递了一瓶矿泉水给她，淼淼接过来，常温的，而且瓶盖还拧开了。

淼淼脑海中立刻浮现老谢同志的话：“你在外面，别人给的矿泉水，盖子要是拧开的，绝对不能喝，谁知道有没有被人添加什么乱七八糟的东西？爸爸不是想让你怀着恶意去揣测别人，而是这社会实在人心险恶，防人之心不可无。”

咳咳，好像歪题了。

淼淼正好口渴，没注意就喝了大半瓶的水，霍斯衍洗了蓝莓出来，用青花瓷盘装着，放到她面前，问道：“还要水吗？”

“不用。”淼淼窘得忙摆手，“一瓶就……够了。”

霍斯衍也坐下来，和她之间隔着一个座位的距离。感觉到他在看她，淼淼伸手去拿了一颗蓝莓，塞进嘴里，牙齿轻轻咬破，酸酸甜甜的味道盈满了舌尖。

“还习惯吗？”霍斯衍出声打破沉默。

“嗯！”淼淼小鸡啄米地点点头，立刻打开了话匣子，“我喜欢实验室的氛围，很轻松，也不是说工作轻松啦，就是工作时的心情很轻松，大家人都很好啊，能学到很多东西呢。而且，我不是刚搬进来吗？不仅屋子打扫得很干净，桌上居然还摆着我最喜欢的玫瑰花……”

霍斯衍扬起唇角，笑得意味深长：“喜欢就好。”

淼淼看他眉目舒展，似乎心情很好的样子，心想，难道是我说的话取悦他了？她虽然不喜欢也不擅长逢迎拍马那一套，但并不介意让老板更开心点。于是真心实意地把实验室夸了一通，最后还表态，这三年里一定会努力工作，为实验室贡献出最大价值。

淼淼说得激情洋溢，旁边却是极安静的。她疑惑地偏过头，霍斯衍正看着她出神，幽黑眼底似有复杂情绪，藏得那么深，若隐若现，难以琢磨。她心口像被塞进一只小鸽子，扑簌着翅膀胡乱地跳来跳去。

“淼淼，你还……”

淼淼也不知道他对自己的称呼是什么时候从谢师妹转换到淼淼的，只觉得他说这两个字时，语气太自然。还有，他看她的目光，是那么柔情四溢，仿佛在看……自己喜欢的女人。

没道理啊，他女朋友莫莉莉不是在美国吗？

淼淼突然一个激灵，难道他想脚踏两只船？国内国外，情花双开？他把她当什么人了？！

可霍斯衍……他是这样的人吗？

霍斯衍见她瞬间一副如临大敌、浑身戒备的样子，想说的话流连在唇齿间，可他只用一秒就做出决定，必须问出口，必须告诉她……

就在这时，童放从门外探进身子来："淼淼，原来你在霍总这儿啊。"

童放是来找淼淼一起去聚餐的，可敲了门没人应，刚好看到隔壁门开着，他就过来看看，没想到淼淼真在里面。

只是……

神经并不粗的童放敏感地察觉到了某些不寻常气息，他哪敢去看霍斯衍的表情，只能看向淼淼。

淼淼被他看得好尴尬，可神情故作自然，还无辜地眨了眨眼。

大哥，你这像撞破什么秘密又当作什么都没看到的表情太浮夸了，何况门也开着，我和他真的只是坐着聊天，什么事都没有好吗？

倒是你，找我有什么事，赶紧说行吗？求你了。

"哦！"童放反应慢了半拍，轻咳一声，"我找你去吃饭。"

"吃饭，好啊。"淼淼秒接。

"霍总……要一起来吗？"童放硬着头皮问道。

总感觉去聚餐叫上老板怪怪的，可眼下如果不叫，又不是这么一回事。唉，他是谁，为什么会出现在这里，还蹚进一团浑水里来了？

"不用了。"霍斯衍的语气听起来深沉难测，"你们去吧。"

淼淼和童放如蒙大赦，前后走了出去，后者还很识趣地把门关好了。

童放不安地搓手，怎么办，有一种不祥的预感，以后要被老板穿小鞋了。

聚餐很热闹，来的都是年轻人，淼淼又是很容易熟起来的性子。侯舸也活跃得一手好气氛，一顿饭下来，笑声就没停过。她很快和大家打成一片，还荣膺实验室一枝花的称号。

晚上，淼淼回到宿舍，洗漱完，躺在床上，很快沉沉睡去。

全然不知，隔壁，有人对着她卧室的那道墙，静坐到天亮。

次日，美滋滋睡了一觉的淼淼醒来，对着镜子里肤白貌美的人，自恋了几分钟，才去刷牙、洗脸。

早餐吃的是麦片牛奶和几片橘子，解决完来到实验室，她是第三个到的，轻哼着歌，慢悠悠去茶水间接了杯水，然后开始工作。

上午九点，淼淼参加了实验室的首次会议，主持会议的霍斯衍坐在最上方，她则是坐他右下边，负责做会议记录。

这次会议的主题是：新项目要去找哪家医院合作。

PC实验室的主要项目是医疗机器人，这个被誉为“医学上的航天工程”的项目，国内目前只有几个大的上市公司和高校、科研机构等联合在做，而且还只是在研发、生产和临床试验阶段，临床使用的医疗机器人主要依赖进口。

原因有三。

其一，太烧钱了。大把大把的钱投进去，不见得能激起一丁点水花。被霍斯衍收购的清远科技公司就是个典型例子，它也是做医疗机器人的，遗憾的是，勉强撑了不到两年，就因合伙人理念不合，以及资金周转不灵，宣告破产了。

其二，研发时间长，需要耗费大量的人力和物力。

其三，技术壁垒极高。它涉及临床医学、计算机、机械和电子工程等交叉学科，先由医学提出痛点，再由计算机转换成程序语言，接着由机械、电子转变成硬件产品。生产出来后，再推入市场，用到临床实践中去。

这就是霍斯衍之前说的“更复杂的项目”，这是一条很少人愿意去走，也很难走的路，但他并不是一个人在走。

此刻的会议室里，有十几双燃着斗志的眼睛，正注视着他。

霍斯衍打开PPT，言简意赅：“有两个选择，一个是A市中心医院，它既是公立又在三甲之列，由于国家对医疗机器人的研发支持力度很大，政策上相对会宽松。另一个是私立医院，仁川医院。”

与会人员畅所欲言。

童放说：“国家对医疗机器人的临床应用监管也很严格，所以，大家都懂的，会不会公立的A市中心医院比较好点？”

侯舸和大部分人持相同意见。

霍斯衍神色淡淡地用钢笔轻敲着桌面，不置可否：“淼淼，你觉得呢？”

正认真做着笔记的淼淼被点到名，猛地抬头，用嘴型询问：我？

霍斯衍点点头。

她清了清喉咙：“我个人认为，可能仁川医院会更合适。”

“哦？”霍斯衍微微挑眉，换了个闲适姿势，“怎么说？”

其他人的讨论声弱下去，消失了，会议室霎时间安静得能听见落针的声音。

那么多道目光的注视下，淼淼有一点点紧张，可霍斯衍的淡定慢慢影响到了她，她字字清晰地说道：“仁川是私立医院，有民间资本作为支撑，容错率相对高，发挥的空间也会大些。还有就是，可能合作程序上会更简便。”

话音刚落，一直没发表意见的侯舫开口了：“我赞同她这个观点。”

他心里轻嗤，难道在场的除了他之外，就没有人看出他们的霍总其实也是倾向仁川的吗？不过，从整体上看，这确实是更好的选择。

这下更是引来七嘴八舌更加热烈的讨论，最后，大家一致决定，选择仁川医院。

会议结束后，淼淼回到办公室，继续埋头写程序。

时间悄悄溜走，外面已蒙了一层薄薄的暮色，淼淼正准备下班，小乔来了电话，说是要过来看她，顺便参观她的宿舍。

自从上次逛街后，两人除了相约王者峡谷，就再也没有见过面了。

小乔拎着一大袋零食和水果进了她宿舍，走过一圈，啧啧称奇，忙捉了她手臂问：“你们实验室还缺人吗？！”

淼淼想了想：“有空我帮你问问。”

小乔也只是嘴上嚷嚷，没打算跳槽过来，她现在在跨国公司也待得蛮好的。

“要不，今晚我们涮火锅吧，就在你这儿。”小乔提议道，“顺便帮你暖暖新房嘛。”

说干就干，小乔把童放叫上来，列了清单让他去买火锅材料和啤酒，然后和淼淼进小厨房搬电磁炉、清洗碗筷。

她们这边刚忙活完，童放就提着两个大购物袋回来了。后面还跟着几个大男生，都是实验室的，侯舸笑嘻嘻地递上一袋金针菇：“既然是暖房，人多才热闹嘛。”

这不，火锅开吃的时候，连向来不参加集体活动的侯舫也被拖过来了。

所有人围着桌子坐，中间是“咕咕咕”冒着热气和香辣味的火锅，气氛热辣辣的，童放高举啤酒罐：“祝愿新入住的淼淼同学天天开心！”

其他人纷纷跟着说——

“心想事成！”

“身体健康。”

“工作顺利。”

“早生贵子！”

淼淼心想，呃……这个还早着呢。

“干杯，干杯！”

淼淼喝了几口啤酒，冰凉的液体一路穿过喉咙抵达胃部，莫名的清爽畅快。

锅里滚着胖嘟嘟的牛肉丸，她拿了筷子去夹，好不容易夹到，她一口气才松到一半，听到侯舸惊呼一声：“霍总！”

淼淼猛地回头看去，映入眼中的，是在门边一身白衣黑裤，长身而立的霍斯衍，看样子已经站了好一会儿了。

“啪”一下，牛肉丸掉桌上了，还弹了几下，滚到地板上。

淼淼欲哭无泪，你们……倒是顺手帮我关个门啊。

大概是这边动静太大，惊扰了霍斯衍。看到他出现，除了侯舫，其他人都不约而同地停下筷子，童放迅速地将嘴里嚼的金针菇吐在纸巾里，慌慌张张地站了起来。

场面一时间很是混乱。

淼淼稍稍冷静下来。其实，他们只是吃顿火锅，没做什么坏事吧？硬要鸡蛋里挑骨头的话，顶多就是噪声扰民，他们干吗这么心虚，像惊弓之鸟一样？

心理上相对平衡了点，她在霍斯衍面前算是最淡定的啦，当然，局外人小乔除外，侯舫师兄也不算，他这个人是另类。

作为屋子的主人，因聚会太闹，引来了隔壁的大Boss，淼淼很自觉地担起了责任。她走到门边，先讨好地笑了笑："霍师兄，不好意思吵到你了，那个，他们是过来帮我暖房的……"

霍斯衍默默欣赏她的表情，连小动作都一丝不落地收入眼里，听她说完，这才不疾不徐地开口："我那儿有几瓶不错的红酒，需要的话过去拿。"又一本正经地问，"欢迎我一起来吗？"

淼淼惊讶地睁大眼，怀疑自己听错了，不食人间烟火的霍斯衍居然要和他们一起吃火锅？不是吃不了辣？他的胃受得了吗？

吃火锅配红酒什么的，也太奢侈了吧。何况，从他手里出来的能是一般的红酒？

可淼淼身后的几个人听到了，齐齐的倒吸气声后，便是欢呼声："欢迎欢迎，当然欢迎！"

就差载歌载舞，激情合唱一首《北京欢迎你》了。

淼淼自我反省，她是不是得配合地来上一句："霍总光临寒舍，真是蓬荜生辉啊。"

还是算了，因为她想起来，这间"寒舍"，似乎也是……霍总的。

就这样，霍斯衍也成了帮忙暖房的一员。平时清傲冷淡，感觉不容易亲近的人，谈笑风生起来，也是能让人觉得如沐春风的。可淼淼对事情的发展趋势感到茫然，或许……是她醉了吧？

从霍斯衍那儿拿过来的几瓶红酒全开了，桌上除了火锅，还多了十几道私房菜馆送来的菜和两大锅麻辣小龙虾，大家吃得尽兴，聊得开心。

淼淼心情非常好，她和小乔碰杯，然后喝光杯子里的红酒，小小地打了个嗝。

窗外，一轮弯月挂在天际，夜渐深，其他人陆续离开了。

喝得醉醺醺的小乔也被童放搬回了楼下他自己的宿舍。

淼淼慵懒地靠在沙发上，整个人轻飘飘的，像穿行在云里、雾里，喝下去的酒全爬上了脸，只是增加热度，没有在上面蒸出红晕，眼神也不显得迷离，看着跟清醒的人没两样。

可她视野里都是重影，隐约看到有人在身旁坐了下来，她想把他看清楚，凑过去，再凑近些，身子软软地倒下。

倒在了霍斯衍怀里，嘟起的红唇轻压在了他嘴角，她好奇地抿了抿，似乎在辨别那是什么东西。

女孩子的气息离得那么近，带着淡淡的酒香，还有唇边的柔软触感，霍斯衍的心跳像是停止了一瞬，接着一下强烈过一下，震得胸腔发麻。

好像掉入一团火中，烧得手心出汗，又像在茫茫沙漠中顶着烈日行走，突然望见绿洲，浑身充满了焦灼和渴望。

“淼淼。”他稍微用力，扶住她双肩，嗓音又低又哑，“你还……喜欢我吗？”

淼淼直直地看着他深邃的目光，笑得甜丝丝的，绵长而如释重负般：“嗯……”

她轻轻的一个字，让霍斯衍心底最深处的某个角落轰然崩塌，彻彻底底。

和霍家决裂后，他成了一名外科医生，见过太多的生老病死，也亲自体验过一个生命在自己手下逝去的无力，曾因心情低落在医院楼下静坐到天亮。可渐渐地，情绪不会再出现什么大的波动，不是麻木，而是需要更多的冷静和理智。

很显然，此时此刻，霍斯衍全然失去了向来引以为傲的冷静与理智，情绪压抑得太久了，竟不知道怎么找出口。普通人大喜过望，幸福得像赢得了全世界的心情，多数会用大笑来表达，于他而言，却是一涌一涌的眼眶发热。

怀里抱着喜欢了很久很久的女孩子，不再是梦里怎么也拉不住的虚影，也不再是醒来后独自面对的蚀骨落寞。

她是真实的。几分钟前，她告诉他，她还喜欢他。

霍斯衍低声笑了出来，勾人的桃花眼已微微发红，黑眸中似映有粼粼波光，他笑得那么满足，像得到了生命中最好的礼物。

一颗心又满又涨，这世上唯有两个字才能纾解，他轻喊出来：“淼淼。”

没有声音再应。

霍斯衍低头一看，怀中人早已靠在他胸口酣然入睡，手还轻揪着他的衬衫，他又是一笑。

没有抱过女孩子，霍斯衍生怕她觉得不舒服，调整了很多次姿势，抱起来时才知道之前的尝试都是多余。她睡得很乖，黑长的睫毛安静垂着，在白皙肌肤上印下清影。

霍斯衍把人抱进房间，轻放到床上，手正要从她腰下抽离出来，不料却被她一个翻身压住，他还未反应过来，她的手脚霎时缠了上来。

他没有防备，被她带得身体倾斜，不知怎的变成了侧躺在她身边的姿势。

彼此，鼻尖对鼻尖，她温暖的气息喷在他唇间。

霍斯衍浑身僵硬，感觉到自己的呼吸已然加重，她应该是把他当成了抱枕，抱得严丝合缝，还安抚性地摸了摸他的头，嘟囔了句什么。

他只好让她继续抱着。

时间的流逝对霍斯衍来说已经模糊了，抱了不知多久，淼淼动了动，似乎是嫌弃他身上热，轻蹙眉心，躺回正面了，她不停地去拉扯衣领："热。"

春光乍泄是自然的。

霍斯衍手忙脚乱去拿床头桌上的空调遥控器，没拿稳，掉地上了，他弯腰去捡，眼前闪过的全是刚刚那一幕，温香软玉。

这是对女孩子的不尊重，毕竟他们不是男女朋友的关系。

他用力闭上眼睛，散去所有的遐思，再睁开来时，神色似乎又恢复了冷静自持。

人擅长用一张脸伪造表情，遮掩内心，霍斯衍显然深谙此道。然而，狂跳的心脏和急剧升高的体温还是泄露了他的真实情绪。

喉结耸动，小腹收紧，是男性本能的欲望在作祟，以往大多数时候能控制，不能控制也有别的解决方式。但现在巨大的诱因就在眼前，她的一呼一吸，都将他往失控的边缘推。

霍斯衍深深吸了口气，怕淼淼着凉，空调开了三十度，她还觉得热，他就降到二十七度。

淼淼终于安分下来，不再扭来扭去了。

霍斯衍又悄悄把空调调回三十度，刚放下遥控器，又听床上的人呢喃："渴。"

温水一口口地吞下去，像夏日午后半枯的爬藤植物，迎来了久违雨水的浇灌，淼淼喝得又快又急，隐约间听到一道充满磁性的声音提醒她："慢点喝。"

她觉得自己一定是在做梦。

她热，冷气立刻来了；她渴，温水马上喂进来了。

看来这是一场能让人如愿以偿的梦呢。

淼淼忽然举起手来：“摘星星。”抓握两下，奇怪，怎么是空的，星星呢？

“摘月亮。”她在半空中乱抓一通。

霍斯衍只好握住她的手，重新塞回凉被里，她哪里肯，嘴里嚷着，又是星星，又是月亮的。

他以前根本没机会见到她醉后的样子，没想到这么不安分，于是起身，在房间里走了一圈，从她的梳妆桌上找了一个海绵质感，不知道是什么用途的东西放到她手里。

淼淼握住后，果然安静下去了。

霍斯衍来不及松一口气，她又开心地叫起来：“月光女神，赐给我力量吧。美少女战士，变身！”

霍斯衍头疼地揉了揉眉心。

喝醉而不显露醉态的人，酒意一时半会儿散不出来，对身体不太好。他去浴室打了盆热水，打算帮她擦脸和手，这样会舒服些。

霍斯衍把水盆放上床头桌，拉了张椅子在床边坐下，淼淼正呆呆望着天花板，仿佛进入了虚空。

他绞了毛巾，动作极轻地从她额前擦到脖颈，重新浸了水，拧干。

“你什么时候才回来呢？”她幽幽叹息一声。

霍斯衍仿佛听到心脏被撕裂成一片片的声音，他继续擦她的手臂，喉咙发涩，好一会儿才说：“他已经回来了。”

淼淼不知道有没有听见，仍是执拗地问：“你是不是以后都不回来了？”

霍斯衍握着她的手，十指相扣：“他以后都不会再走了。”

“为什么要在信里说那些伤人的话？”

她的声音太模糊，霍斯衍没听清，凑过去，听到她说：“坏人！不要再喜欢你了。”

霍斯衍守到凌晨四点多钟，听淼淼呼吸均匀，也没有再说醉话。他轻手轻脚地关上门，收拾好狼藉的客厅，忙到东方的天空露出鱼肚白，才回了隔壁。

天光大亮了，淼淼被闹钟吵醒，头有点疼。她靠坐在床头，心想着，昨晚到底喝了多少啊？她又发现手里握着软绵绵的东西，打开一看，居然是一个化妆蛋。

这也太神奇了吧？

醉后的记忆是断片的，淼淼压根想不起来化妆蛋是怎么跑到手中，更想不起来自己是如何爬上了床。她摸到手机，给小乔发了条信息。

回复来得很快，不过是童放回的，说小乔还在睡觉，他支支吾吾不肯正面回答淼淼的问题，顾左右而言他，问道："你头还疼的话，今天要不要请假？"

两片药就能解决的事情，干吗要请假？

总不能信誓旦旦在霍斯衍那儿表完忠心，没两天就因酗酒请假吧？这样显得她多没信用。

淼淼洗漱好，换了衣服出来，被眼前所见惊呆了！客厅干干净净，桌子收拾得整整齐齐，地板上连个脚印都看不见，根本不像昨晚办过一场 Party 的狂欢现场。她四处张看，疑心自己是不是养了勤奋的田螺姑娘。

昨晚谁是最后一个走的？完全没印象。淼淼又去微信里戳侯舸。

侯舸也刚醒，人趴在床上，一条语音丢过来，话音带着浓浓的困意："不知道啊。你可以去问问童放，我走的时候他还在。"

淼淼："问过了，他也说不清楚。"

到底会是谁呢？淼淼没有往霍斯衍身上联想，他是她第一个排除掉的，因为觉得不可能。那样一个清风明月似的人，无法想象，他在深夜，弯腰打扫整理她家客厅的画面。

不纠结了，还是等到了实验室再去问问吧。

淼淼吃完早餐，休息片刻，吞了两片头疼药就出门了。几分钟后她走入实验室，下意识瞥一眼霍斯衍的办公室，惊讶地发现他竟然不在，难道也是昨晚在她家喝多了？

罪过啊罪过。

淼淼怀着些许愧疚的心情来到办公室，打开电脑，开始埋头苦干。大概是酒后脑子反应速度变很慢的原因，她敲错了一个代码，结果导致后面的全崩溃了，只能删掉重头来。

一个上午在忙碌中过去了。

潦草地吃了中午饭，淼淼抱着笔记本电脑回宿舍，窝在沙发里加班。她有午休的习惯，生物钟雷打不动，敲了半个小时的代码，人就昏昏欲睡了。

淼淼醒来的时候，墙上时钟指着两点整的位置，她活动了下手脚，全身轻松，头也不晕了，看来这一场醉算是彻底翻篇了。

吃了一个苹果，漱完口，淼淼拿着包出门，刚好撞见霍斯衍从他家出来，她笑着和他打招呼："霍师兄。"

霍斯衍点点头，像是没休息好，眼底下有着明显的倦意。可他的衣着依然精细，白色衬衫没有一丝褶皱，肩线流畅，黑西裤设计修身，衬得身形更为颀长。淼淼留意到他换了墨蓝色的袖扣，中间镶嵌着漂亮的猫眼宝石，熠熠发光。

两人一起走进电梯，淼淼刚把三楼的按钮按亮，听到他用略显沙哑的声音问："头还疼吗？"

他怎么知道她头疼？淼淼暗忖，难道昨晚看出她喝醉了？

她体质特殊，醉后不上脸，酒品也好，不会耍酒疯，所以一般人不会知道她静静地坐在那儿，其实是醉了。

然而，霍斯衍是一般人吗？他可是医生啊，上次连她来月事都没逃过他的眼睛，更别说醉酒这种事了。

因为是并排而站，淼淼没有侧头，而是垂眸盯着脚尖："吃过药，中午又睡了一觉，现在没事了。"

霍斯衍"嗯"一声。淼淼余光瞥到他按下负一楼的按钮，那里是停车场，难道他要外出？

"淼淼，陪我去一趟仁川医院。"

淼淼脱口而出地问道："你身体不舒服吗？"

"不是。"霍斯衍抵唇清了清嗓子，"是过去和你哥讨论一下手术方案。我不是很方便开车，只能麻烦你了。"

淼淼当然知道他不方便开车的原因，只是诧异，前两天被她无意中撞见揉右手手腕，他的表情都有些不自然。可如今，他竟然主动向她透露……

“没问题啊。”她努力让自己的声调变得轻快，“所以，今天下午我可以翘班啰？”

闻言，霍斯衍跟着笑了。他的眼睛形状很好看，笑起来时眼角会挑起优美的弧度，温柔得不可思议。

温柔？淼淼以前从来不觉得眼前的男人会和这个词有关，可时间会把一个人改变，也许是另一个女人把他改变了。他最近这段时间笑的次数比高中那半年还多，不管怎么样，不管是谁陪在他身边，她由衷地希望他能过得幸福。

路上塞车，两人抵达仁川医院已将近三点半。

他们一起来到肿瘤科办公室，等在里面的除了谢南徵以外，还有一个五十多岁，穿白大褂、戴金边眼镜的斯文男人。

谢南徵知道淼淼在霍斯衍的实验室工作，看到她来了还是稍感意外，不过眼下有更重要的事，他无暇分心去深想。

淼淼调皮地朝他挤了挤眼，然后看到那男人疾步朝他们走了过来，停在霍斯衍前面——

他似乎克制着激动，嘴唇抿得很紧，脸上的表情是语言难以形容的复杂。终于，他笑起来，低声地，像是要确认什么似的喊道：“斯衍。”

淼淼条件反射地看向霍斯衍，只见他身姿挺直，浑身线条绷得生硬，不过眨眼间，他又调整过来，微微一笑：“周老师。”

这位便是仁川医院肿瘤科的主任医师，周立贤，也是霍斯衍在A大时的教授。虽然他们之间只有不到一年的师生情谊，这些年也断了联系，可曾经过往，仍历历在目。

周立贤没有想到，和这个过去的得意门生再次见面，竟是这般境况。霍斯衍是他见过的最有天分的学生，低调有耐心，又肯下苦功夫，是最适合走这条路的人。

谁想到会发生那样的事？

可惜，可惜至极。这是医学界的巨大损失！

如今，各大院校医学系招生处门可罗雀，景况凄凉，就算从医学的大门出去了，将来也不一定走治病救人的路。

作为引路人、立志要将一生奉献给医学的周立贤，面对如此现实，实在深感痛心。

他重重地拍着霍斯衍的肩，知天命之年的人了，竟不受控制地眼闪泪光。

“周老师。”在这位德高望重的恩师面前，霍斯衍心生感触，可他向来不是情绪外露的人，只是云淡风轻地笑着，“都过去了。”

再如何辉煌到耀目，再如何失意至谷底，这一切终将成为过去。

周立贤点头笑着：“说得对。还是你看得通透。”他眼中有着淡淡的伤感，手搭在霍斯衍肩上，欲言又止，忍下去了，什么都没有说。

谢南徵递上一张纸巾，周立贤接过来擦了擦眼角，这时才看到站在霍斯衍身后的淼淼，不禁疑惑：“这位是？”

霍斯衍正要说话，谢南徵先开口了：“周主任，这是我堂妹，谢安淼淼。”

淼淼面带清浅笑意上前：“周主任，您好。”

“你好。”周立贤看着面前俏生生的小姑娘，目光很是温和，以过来人的经验，看霍斯衍的反应，她恐怕不只是谢南徵堂妹这么简单吧？

他顿觉心里安慰了不少，有个知冷知热的人陪在他身边，总比什么都独自扛来得好。

接下来，三个男人开始聊起癌症病人的情况。淼淼不方便听，也听不懂，他们全神贯注地谈着话，她又不好打断，踌躇不定着，正打算悄悄溜走，霍斯衍的视线斜了过来。

像心有灵犀似的。

淼淼连忙指了指门的位置，表明她想出去走走，又摇晃手机，意思是结束了随时找她。

霍斯衍点头默许了，他继续看手里的CT片子，神色专注：“免疫系统的嗜中性粒细胞释放出的NET，很大可能就是它们激活了休眠癌细胞……”

其他两人，似乎没留意到他刚刚的走神，更不知道在短短两秒时间里，他和她之间完成了一场信息交流。

倒是周主任，听着霍斯衍沉稳自信地讲述病情疑点，总会不自觉地流露出惋惜之色。作为老师，同是医生，他对霍斯衍的遭遇，一定是感同身受的吧。

淼淼带着微妙的心情走出去，走了十几米远，拐个弯，遇见了上次给她送水果的护士小姐姐。

护士一开始没看到她，边走边和同事说话：“你听说了吗？小林出现了先兆性流产，真是好可怜……”

同事长长地叹气，声音满是无奈：“做我们这些事的，谁身上没有三五个小毛病？我这半年月经紊乱得连‘大姨妈’都不认识了，只求至少活到六十五岁吧，到时领着退休金，也过几年舒服日子。”

“你还别说，我的头发近来也大把地掉，前两天体检报告出来，白细胞又减少了……哎！”护士发现了淼淼，“小妹妹，你又来找谢医生啊？”

淼淼笑眯眯地和她们打招呼。

她同事递了个眼神过来，谁啊这是？

“谢医生他堂妹。”

护士小姐姐又说：“我们还有事要忙，下次有空再聊哦。”

“好啊，你们去忙。”

同事经过淼淼身边时，忍不住八卦地问她：“谢医生有没有女朋友？”

淼淼想了想：“应该……没有吧。”他忙成那样，连睡觉时间都没有，怎么可能会有女朋友？

同事还想再问什么，被护士小姐姐推走了。

淼淼心事重重地来到一楼，在阴凉的地方挑了张长椅坐下，陷入沉思。

那两位护士都是负责给病人调配肿瘤化疗药物的，且不说徒手掰断安瓿瓶和分离或回收注射器，手很容易受伤，最关键的是，长期接触具有放射性的化疗药物，对身体是很大的损伤。从先前无意间听到的对话中，不难得知，她们和别的同事都有了不同程度的健康损伤。

她猛地站起来，如果没记错的话，霍斯衍收购的清远科技的重点项目就是配药机器人，前两天她在他公寓沙发上看到了这个项目的计划书，有没有可能……PC实验室会重新捡起这个半路夭折的项目来做？

如果是真的，那就太好了！

淼淼沉浸在自己的想象里，直到日头偏西，阳光慢慢退去了热度，呈现出较柔和的淡金色，她的手机一振，收到霍斯衍发的微信。

hsy：“在哪儿？”

淼淼：“楼下。”

hsy：“晚上一起吃饭。”

淼淼：“好啊。”

淼淼想当然地以为这次和上次一样，谢南徵也会一起来，没想到的是，霍斯衍把她带去了一家市中心的旋转餐厅。两人面对面落座，她想着堂哥可能堵在路上，或者是暂时被别的什么事绊住了。

然而，前菜、主菜和甜点都点好了，淼淼不时地望着门口方向，谢南徵的身影迟迟没有出现。

一身黑色正装的服务生在旁边倒红酒，暗红色酒液撞入杯中，在柔光的映照下，显得格外魅惑。

霍斯衍察觉到淼淼的失神：“在看什么？”

“我哥，他不来吗？”

霍斯衍凝视着她，表情很是疑惑的样子，沉吟道：“他为什么要来？”

来当电灯泡吗？

这顿晚餐是霍斯衍按照周逢玉的建议精心策划的，烛光、玫瑰和红酒都准备了，为的是在女孩子喜欢的浪漫氛围下，正式向淼淼表白。在今晚，就把他们的关系确定下来。

对，他不想再等了。就在今晚。

霍斯衍从来没有这样紧张过，甚至忘记了淼淼是开车过来的，不能喝酒。

为什么要来？淼淼不是很懂他这话是什么意思，所以说，只有他们两个人吃饭？而且是在这个主打情侣约会和商务会谈的高级旋转餐厅？

很显然，她和他，并不属于其中任何一种，她皱起眉头。

不远处，笑意盈盈地挽着一个中年男人进来的戴晚好脚步一顿，怀疑自己眼花了，谢安淼淼怎么可能出现在这里？！

呵呵，怕是丢人现眼来了吧，瞧她身上穿的什么，T恤牛仔裤，不要笑死个人哟！这里是什么地方，A市的顶级餐厅，来用餐的客人非富即贵，对服装有很高要求，服务生是眼瞎了吗，居然没把人赶出去？

戴晚好满意地审视自己一身入流的穿着，CHANEL最新款的夏装，同款的手包，C家私人定制的红色高跟鞋。再看谢安淼淼，身上穿的加起来估计没有她红宝石耳环的一个零头吧？

没有对比就没有伤害，她都有些同情这位老同学了。

等等！坐她对面的那个男人是谁？

戴晚好眯起眼，通过那高大挺拔的背影大致认了出来，这不是在北城的船屋餐厅遇到的那男的，谢安淼淼的男朋友？

她在心里冷笑，看不出来谢安淼淼居然这么虚荣，为了来这里吃个饭，她那不知是做保险推销，还是房地产中介的男朋友，估计得赔上一年工资吧？

名为千金一掷为红颜，实际上是打肿脸充胖子。真是可怜呢。

戴晚好和身边矮胖的男人说了句话，对方色眯眯地笑着在她腰上揉了一把，她故作娇嗔地戳戳他胸口："亲爱的，等我一小会儿哦，很快回来。"

她安抚好他，扭着细腰朝淼淼那桌走去。

此时，淼淼呆坐在椅子上，一颗心像春雨后的荒野，杂草丛生，思绪亦如乱麻。她看着手边不知什么时候燃起来的蜡烛，再看看对面看起来似乎有些紧张，或许不安的男人，再怎么迟钝也意识到了什么。

她的眸色慢慢冷下来。

暗暗做了个决定，如果待会儿霍斯衍说了什么出格的话，或者是做出什么越轨的事，她会毫不犹豫地把红酒泼到他身上去。

对，毫不犹豫！

如同一场拉锯战，她什么话也不说，只是等，屏气凝神地等着，等到的却是一道女人娇得发腻的声音："淼淼。"

淼淼诧异地偏头看去，一袭黑色短裙的戴晚好正蹬着高跟鞋款款而来。

"我们真是太有缘分了！"戴晚好已经来到桌旁，带来一股浓烈的香水味，她的视线先往桌上一扫，心里也盘算上了，吃得还挺丰盛，那瓶拉菲红酒，价值不菲吧？

她撩着大波浪卷发，风情万种地朝当了冤大头的男人看过去，突然像是见到了鬼一样。她的眼睛瞪得那么大，简直比牛眼还要大，瞳孔也跟着紧缩，美瞳险些被挤出来，她指着他，失态地尖叫出声——

"霍斯衍？！"

戴晚好的尖叫使她成了全场焦点，周围用餐或者交谈的客人们都向她投来各式各样的目光，有好奇的，有觉得她无礼的，也有潦草一扫事不关己移开的。服务生被引了过来，看到是霍斯衍那桌，又停下脚步，一副犹疑不决的样子。

那位尊贵的客人事先交代过，没事的话不要过去打扰，可那女士的行为已经产生了很不好的影响。唉，真是进退两难。

淼淼感到非常意外，戴晚好看到霍斯衍会有这么大的反应。她本就心神难定，猝不及防被戴晚好的尖叫声吓到了，好一会儿才缓和过来。

在外一贯注重脸面的戴晚好，从长久的震惊中回过神，听到别人的指指点点，顿感难堪又窘迫，恨不得当地找个洞藏进去。

她看着霍斯衍，这个时隔九年却一眼能认出来的男人，内心像经历了一场大地震。

戴晚好从高一就暗恋霍斯衍了，只不过她那时太自卑，只能偷偷藏在心里，既甜蜜又心酸。甜的是，每次看到他，总会心跳加速，听到他和同学讨论奥数题，听不懂，但不妨碍她把他的话句句装进心里，然后假装匆匆从他身旁经过。如果能得到他的侧目，会感觉幸福得快要死掉。

酸的是，从头到尾，这场暗恋只有她一个人知道。

她想，自己永远都不会告诉他，因为觉得不配，没有人配得上霍斯衍。

高二时，班上来了个转学生，就是谢安淼淼。和学校里的大部分女生一样，她也喜欢上了霍斯衍，兴致勃勃地给他写了一封又一封的情书，还在本子上写追求日记。她追得很高调，虹城一中尽人皆知，甚至后来还闹到了要请家长的地步。

戴晚好冷眼旁观，她从来不认为谢安淼淼会追到霍斯衍，这是痴人说梦，癞蛤蟆想吃天鹅肉！可暗地里又羡慕淼淼的勇气，她那么勇敢，那么光明磊落地说出自己的喜欢……

恰好班里重新分配座位，她和谢安淼淼成了同桌。

戴晚好对这个从外地来的热情女生没有一点好感，可她很快发现淼淼个性单纯，又不对人设心防，于是假装和她做朋友，这样就可以每天从她口中听到和霍斯衍有关的消息。

“他今天撑的伞是深蓝色的，伞柄上挂了个黑色小木珠。”

“他在今晚的篮球比赛中投了个三分球，超级帅的！扳回胜局，全场尖叫！你听，我喊得喉咙都哑了。”

“他这次物理考了满分，据说全级平均分才到及格线，天啊天啊，他怎么这么厉害呀？！”

戴晚好听得欢喜，又嫉妒。

嫉妒是一种很可怕的情绪，尤其是在请完家长，戴晚好以为淼淼该消停了的时候，却常常看到她和霍斯衍在图书馆同进同出。慢慢地，小卖部、学校后山、植物园……也能看到他们成双成对的身影。

谢安淼淼凭什么？！家境一般，学习成绩不好，顶多就是一张脸蛋漂亮了点，如果霍斯衍真的被她追到了，那无异于是明珠蒙尘！

然而又忍不住侥幸地设想，如果当初她也勇敢踏出那一步，会不会站在霍斯衍身边的就是她了？

戴晚好产生了自己的东西被抢走的强烈愤怒感，当时太年轻了，心性不定，以致后来受人唆使做了那样一件错事……

此刻，看到霍斯衍和淼淼坐在同一张桌子前，戴晚好有一种时空交错的感觉，原来这么多年，他们兜兜转转，最终还是走到了一起。

先前想着过来取笑淼淼，顺便让她和男朋友一同难堪的打算，如今全变成了一场笑话。戴晚好受困于深深的无力感和羞愧中，在霍斯衍面前再也抬不起头来。

“请问你有什么事吗？”

霍斯衍根本不认识这个凭空出现的女人，可又从她口中听到了自己名字，猜测她可能是淼淼的朋友。见她站在桌边，一副失魂落魄的样子，不知道还要站多久，会不会打断他今晚的表白计划？

戴晚好听着那清冷疏离的声音，心中酸涩，这是他第一次和她说话，她曾偷偷幻想过的，没想到却是在这样的情形下。

“你好，我是戴晚好，以前也是虹城一中的，是淼淼高二时的同桌，看到她也在这儿吃饭，我过来打声招呼。”

戴晚好看霍斯衍的神情，便知道他对自己毫无印象，也有可能，他根本就没看清她长什么模样。他的眼里一直都只有谢安淼淼一个人，看着她时，眼神是那么柔和、宠溺。

她有那么那么多话想跟他说，可他并不知道她是谁，多可笑。再待下去只会自讨无趣，戴晚好继续保持僵硬的微笑：“不打扰你们了。”

戴晚好离开后，霍斯衍暗暗松一口气，他在桌下紧握住拳头，又松开，再次握住，想着接下来要说的话，他的眸底悄然染上了情愫：“淼淼……”

淼淼突然站了起来：“我去洗手间。”

她的背影僵直，脚步也没有平时轻快，明明刚进门时，还是脸带笑意的。霍斯衍不禁反思起来，难道是他哪里做得不好，惹她生气了？

这时，一个中年女人怒火朝天地从门外冲了进来，身后跟着两个战战兢兢的服务生。她踩着高跟鞋，直直地往窗边某个座位走过去，二话不说，手里的包包直接砸上正举杯喝红酒的戴晚好。

半杯红酒全洒在了戴晚好身上，她愕然地回头看去，一个巴掌往她脸上重重地刮过来。那处立刻火辣辣一片，长发又被那女人揪住，不知对方用了多少力气，竟生生把她从椅子上扯了下来。

“不要脸的贱骨头！你妈生你这条贱命，就是让你来给别人当小三的？啊？”

戴晚好看向前一刻还摸着她的手，喊她“好好”的男人。这位精诚实业的吴副总，平时将一帮下属训得服服帖帖，此时居然像老鼠见了猫一样，就差在那女人面前跪下了，语气也是前所未有地低下：“老婆，误会，都是误会！”

呵呵。戴晚好捂着脸冷笑起来，终于知道自己为什么这么狼狈了。老婆？不是说半年前丧偶了吗？

“老婆，是她！对，是她先勾引我的。我是一时犯了糊涂……”

这场闹剧持续不到十分钟，最后，夫妻当场重归于好，携手离去，而戴晚好则是又哭又笑地走出门，连香奈儿包包都忘了拿上。

由于中间挡了一道高墙，霍斯衍并没有目睹那一幕，更不知道当事人是戴晚好。他只是大致听到发生了什么事，也不是多管闲事的性子，何况他的全部心神都聚集在和淼淼表白这件事上。

又等了几分钟，淼淼回来了。

她没有看他，盯着桌上摇曳的烛光：“我……刚刚我妈妈打电话，说让我回家吃饭。”

这是她在洗手间磨蹭许久才想出来的理由。

霍斯衍又怎么会看不出来，眸色微黯。淼淼拿起包边往外走，边说：“那我先走了。”

“等等。”他追上去，淼淼加快步伐。

他们身后的服务生，其中一个怀里还搂着一束娇艳欲滴的红玫瑰，准备见证一场浪漫的告白。谁知道女主角率先离场，男主角去追，想拉她的手，结果没拉上，她走得更快了。

这……

两人默默交换了个眼神，看来这年头，有钱有颜的男人也不一定能追得到女朋友。

当晚，淼淼回家里住了一夜，翌日又在八点前赶到了实验室。

侯舫像跟椅子长成了一体，他手边放着一杯热咖啡，键盘敲得“噼里啪啦”，边敲边打哈欠。

淼淼注意到他穿着昨天的衣服：“侯师兄，你该不会通宵到现在吧？”

侯舫的眼睛还是不离屏幕：“嗯。”

好拼。淼淼赶紧打开电脑，想起有份数据还在另一部笔记本电脑里，干脆一起开了。Mac笔记本她本来打算还给霍斯衍的，不过他那里又配了新的台式，说不必还了，她就继续用着。

开机后，淼淼找到文件，正要转移，桌面突然弹出一封邮件，她不小心点了进去。

这是发给霍斯衍的邮件，发件人是Moly。

淼淼看到中间的一行字：“考虑了很久，决定回国。”她迅速关掉。

Moly？淼淼迟钝地反应过来这个英文名意味着什么，心潮又掀起来，莫莉莉要回国，和他结束两地分居的日子了？

“师妹？”

“啊？”淼淼回神，“师兄你叫我？”

侯舫说：“这里有份文件，你拿去给霍总签字。”

“我不去！”

她抵触的情绪太大，侯舫古怪地看她一眼：“你和霍总……闹别扭了？”

怎么被他说得像情侣间小打小闹那样？淼淼抿唇不语。

侯舫漫不经心瞧她一眼，给她丢了一颗炸雷：“他对你有意思，你看不出来？”

淼淼紧绷的神经一下被炸断了，侯师兄不了解他们的情况，他说霍斯衍对她有意思，站在她的立场，又是另一种意味了。

侯舫下巴又一抬，示意她看。淼淼回头，霍斯衍走了进来。

他的第一句话就是："淼淼，我们谈谈。"

侯舫笑笑，松了松肩膀，自觉地出去了。

办公室只剩下他们两个人，淼淼浑身竖起了无形的戒备。

霍斯衍犹豫着开口："淼淼，昨晚……"

"霍总，上班时间，还是不要谈私事吧。"

何况，他们之间有什么好谈的？难道要谈怎么样她才愿意当他在中国的情人吗？他真的要让她这么难堪吗？他想都别想！

淼淼说完，转过身继续敲代码，其实写的什么她也不知道，只是不想再面对霍斯衍了。

这次谈话不欢而散。

累了一天，也躲了霍斯衍一天。晚上回到宿舍，淼淼瘫在沙发上一动不想动，直接睡了过去。睡到十点多，饿醒了，她懒得做饭，翻出一桶上次小乔买的方便面，准备泡来吃。

淼淼在厨房等热水开，客厅桌上的手机一下下地振动，等她泡好面出来，屏幕还亮着。她随手捞起来一看，除了霍斯衍的未接电话外，还有戴晚好发的好几条微信，点开来，全是语音。

第一条，足足五秒钟的哭声，歇斯底里的。

淼淼蹙眉。戴晚好像是喝醉了，而且醉得不轻。

第二条，也是醉话，隐约只能听得到她在喊"淼淼"。

第三条："淼淼，真的很对不起，真的……"

第四条："你还记得我们班上的书敏吗？"

淼淼不知戴晚好怎么突然提起书敏，她大概有印象，班上家里最有钱的女生。据说她爸是开连锁超市的，人长得挺好看，成绩也名列前茅，尤其是写得一手好作文，是个名副其实的才女。

第五条："她也喜欢霍斯衍。"

谁？书敏？淼淼接着听下去："所以，她早就对你心存不满了。你一定想不到吧，你和霍斯衍早恋的事，就是她捅到班主任那里去的。"

早恋？淼淼又听了一遍，感到深深无力，为什么大家都觉得她和霍斯衍恋爱过？！事实是，他们连手都没牵过好吗？她多冤啊。

从小到大，虽然不算是乖乖的好学生，但也中规中矩，没有犯过什么大错误。淼淼不知道那个书敏到底凭借着丰富的想象力和深厚的文学功底，添油加醋地在班主任面前把她和霍斯衍描述成了什么样子，只记得，被通知要请家长来学校时，她觉得天都塌了。

妈妈换了新单位，忙得跟陀螺似的，连休息都是见缝插针，而且依照她强势的性子，淼淼哪里敢让她知道这件事？再加上如果霍斯衍的父母也被请过来，双方一见面，那得多尴尬。

淼淼愁得一夜没睡好，第二天她去了当地的劳务市场，花五十块零花钱雇了个农民工叔叔，让他冒充她爸爸去和班主任见面，成功躲过一劫。

回忆起往事，淼淼唏嘘不已，她又点开一条语音。

“还有，你收到的那封所谓的霍斯衍的回信，其实是假的。你也知道，因为经常要冒充家长在试卷上签字，我很擅长模仿字迹。不过那封信的内容是书敏提供的，她的原话很恶毒，我没有全部用，修改了一部分……”

淼淼脸上的表情瞬间退了个干净，两行眼泪齐齐流下来，她用力擦掉，眼睛像打开的水龙头，泪怎么也擦不干。

假的？那封回信是……假的！

霍斯衍压根没有给她回过信，是戴晚好和书敏联合起来开的玩笑，或者更准确地说，是恶作剧。

那么，这些年的分离，她的耿耿于怀，那些只能深埋心底只有夜深人静才敢拿出来晾晒的痛楚，也全是假的吗？她们怎么可以这样过分？怎么可以啊……

像是有把钝刀在心尖上磨，疼得淼淼只能蜷起身体，头顶上的灯，如同一束束银针，刺进她眼里。太疼了，真的太疼了，只能用滚烫的泪水去稀释。

淼淼想到什么，爬起来，跌跌撞撞跑出门外去，拼命按霍斯衍家的门铃。用尽全身力气去砸门，没有人应答，门缝里也没有灯光透出来。

他不在家。她又从五楼冲到一楼，连鞋子跑掉一只都没察觉。

唯一的念头是，找到他，找到他。

今晚月色很美，晚风送来阵阵清凉。

淼淼刚跑下十几级阶梯，就看到霍斯衍修长的身影从夜幕中出现，她的所有情绪都到达了临界值。正要冲出去，却发现他身边还有一个女人，她飞快躲到柱子后。

霍斯衍和那女人走了过来，正好停在柱子前，淼淼把他们的对话听得一清二楚。

"Moly，我心意已决，你不用再劝说了。"

淼淼猛地打了个冷战，Moly，莫莉莉。她这么快就回国了？

"我觉得这样真的很可惜。"女人的声音似乎在哽咽，"如果不是为了救我，你的手也不会受伤……"

淼淼记得龙赢赢说过，在那次医闹事故中，有个华裔女医生受了轻伤，现在联想起来，应该就是莫莉莉了。原来他是为了救女朋友才伤了手。

英雄救美。呵，淼淼轻轻地笑了，心情平静得如同一潭死水。

这么急匆匆来找他，想跟他解释清楚当年的误会，可有什么意义呢？他们再也没有办法回到过去了，不是吗？

什么都无法挽回了，他已经是别的女人的了。

淼淼紧咬住下唇，抬起头，蒙眬的视野中，星星像一盏盏闪动的小灯笼，美得不像真实的。

"你回去吧。"她听到霍斯衍说。

高跟鞋的声音慢慢走远，另一种频率的脚步声也往不远处的楼里走去，淼淼把自己更深地藏进黑暗中。

霍斯衍跨上台阶，面色沉静。

半个小时前，莫莉莉在电话里说她回国了，人就在产业园门外，希望能跟他见一面。

不出意料，她是想劝他回美国重新开始。据说有个著名的医药研制公司，向他抛出了橄榄枝，她认为这是极好的机会。

莫莉莉错了，她还错在——以为是他救了她。

实际上，那场医闹是有预谋的，完全是冲着他来的，她只不过是受了牵连的无辜之人。

这次，又是霍家的谁？三叔，还是五堂弟？

霍斯衍脸色彻底冷下来，走完最后一级阶梯，忽然耳尖地捕捉到一丝奇异的声音，像极了猫儿的呜咽。这里怎么会有猫？他四处看了看，终于发现了柱子下的一团影子，看不太真切，他眯了眯眼，看到一只熟悉的鞋子。

他疾步走过去，裤脚掠风："淼淼。"

女孩子坐在地上，哭得很伤心，双肩发抖，霍斯衍不知所措，轻拍她的后背，柔声问她怎么了。

她没有反应。

"淼淼。"霍斯衍又唤她，"是我。发生什么事了？"

淼淼这才茫然地从双膝间露出淌满泪水的脸来，鼻尖眼眶都是红的，等看清眼前的人是霍斯衍，而且他还用很亲密的姿势拥着她，她像被毒蛇咬到一样，立即把他推开："离我远点！"

霍斯衍没有防备，被她推得一个踉跄，往后退了两步。

"霍斯衍你到底想干什么？"

前一秒还和莫莉莉花前月下，转眼就这么暧昧地和她抱在一起，淼淼不打算忍了，她用一双浸满水光毫无威慑力的眼睛瞪他，把知道的所有骂人的话都吼了出来，语无伦次，因为失控，音色也变了："你这个道德败坏的斯文败类，人面兽心、衣冠禽兽，你、你就是个大写的渣男……"

这么多莫须有的指控全砸在霍斯衍身上，他困惑不已，又无从辩驳，因为他一点都听不懂淼淼的话："我做什么了？"

淼淼大嚷回去："做了什么你自己心里清楚！"混着哽咽，她的声调其实不高，整个人看起来格外楚楚可怜。

霍斯衍的心都要被她哭碎了，他想去碰触她，她不让。

"淼淼。"他只好在离她更近些的地方，蹲下身，和她平视，语气涩涩的，"你这样对我不公平，我不知道发生了什么事……"

淼淼躲开他的视线，低声道："你明明都有女朋友了，为什么还要来招惹我？你难道看不出来……"

我还喜欢着你吗？那么卑微，那么无望，明知道前面可能是万丈深渊，还不怕死地在危险的边缘徘徊。

我千百遍告诉自己，不要再喜欢你了。因为你，我变成了自己最讨厌的样子，可你偏偏又来招惹我！

霍斯衍急急地打断："什么女朋友？"

“霍斯衍，你不要装傻。”大家都是成年人了，非要她把话说那么明白吗?

“我没有。”

凉风从两人中间穿过，带走了长久的沉默。

淼淼抹掉眼泪，直视他：“我刚刚都看到了。”

霍斯衍反应迅速：“莫莉莉？”一口否决，“她不是！”

他的漆黑深眸中映着她，又定定地重复一遍：“我没有女朋友。”语气带着几分惆怅，更多的是甜蜜——

“从始至终，我喜欢的人，只有你。”

五分甜

近水楼台先得月

淼淼呆若木鸡，连眼睛都一眨不眨，她在做梦吗？霍斯衍说莫莉莉不是他女朋友，他没有女朋友，他喜欢的人，是她！

从始至终，意思是说，从高中那时算起，一直到现在，他都只喜欢她。

就算在梦里，她也没想过这么好的事啊。

难道是哭得太伤心产生了自我安慰的幻觉吗？

淼淼不敢相信地伸出手去，捏了捏霍斯衍的脸，软软的质感，还有温度，她飞速把手缩回来。霍斯衍比她更快，将她的手握进手心，另一只大手也裹上来，像怕她逃掉一样。

随之，独属于他的清冽气息无比靠近：“淼淼。”

淼淼听得心都要化了，心情分明犹如千树万树的花开，脸上却是泪流不止，快看不清他的样子了，她泣不成声：“霍斯衍，你，呜……你是……真的吗？”

唇瓣有温软的触感覆上来，淼淼睁大了眼，乱透的呼吸和他的气息交缠，不分你我，彼此的唇只是安静贴着。她耳朵里震耳欲聋全是心跳声，好像也有他的。

确定了，他是真的。她吸吸鼻子：“莫莉莉……真不是你女朋友？”

霍斯衍斩钉截铁地说：“不是。”他又拧眉问，“你怎么会以为我和她是那种关系？”

淼淼之前哭得太厉害，嗓子沙沙的："我听我哥说，你高中时谈过女朋友，刚好你们班的班花莫莉莉也去了美国，我就以为……"你被近水楼台先得月了。

现在想想真是好傻，也不知道去求证一下，就自己制造了个假想情敌出来。可能也是因为，她潜意识里不想去面对吧。

"你哥转述不当。"

霍斯衍无奈地告诉她当时的原话。

原来真有初恋啊？

可是，淼淼不解，初恋和谈女朋友，有什么区别吗？该不会是……还没追到手的单恋？不是说，从始至终，只喜欢她？

电光石火间，像两盏串联的小灯泡接上电，齐齐亮了起来，淼淼惊呼出声："是我？！"

全世界都觉得她和霍斯衍在谈恋爱，他也是这么觉得，就只有身为另一个当事人的她，全然在状况外……

到头来，那个无比羡慕，也曾为之黯然神伤的假想情敌，竟然是她自己。

"你从来都没有跟我说过！"

霍斯衍低下头："是我的错。"

像周逢玉说的那样，女孩子心思细腻敏感，尤其是在对待感情上，很多想法都和他截然不同。正是由于这方面的偏差，再加上其他的外界因素，两人无端蹉跎了多年时光。

"地上凉，先起来。"

淼淼后知后觉自己还坐在地上，鞋子也不知丢哪里了，霍斯衍表白的冲击力太大，她这才想起跑来这里哭的缘由，拉住他的手站起来："我有件事要跟你说。"

"什么？"

"昨晚在旋转餐厅遇到的那个女生，就是戴晚好，她跟我说，她和另外一个女生伪造了你给我的回信。你还记得吗？那次，我们好像是在去植物园的路上，我跟你说，给你写了那么多封情书，你好歹给我个回应啊。说了好久，你才答应的。刚好那时，戴晚好和书敏跟在我们身后，听到我们的对话，她们将计就计，模仿你的笔迹给我写了回信……"

霍斯衍捕捉到关键字："伪造回信？"

他那么聪明，抓住个引子，很快把事情大概的来龙去脉推理出来。

"你转学，就是因为那封信？"

淼淼沉默了，霍斯衍清楚地记得，那天傍晚，她来找他，说了一些奇怪的话。他来不及问清楚，她就跑走了。一定和那封信有关。

他又追问："信上写的什么？"

写了一些很难听的话。

说她根本配不起他，说他们在一起不会有结果，还说如果她愿意的话，他可以陪她谈一场恋爱。不过只有几个月的时间，因为他已经决定要去斯坦福大学了。

寥寥数字，对那么喜欢他的她来说，无异于是刚冒出的花苞遇上了风雪交加的寒冬，自尊心被一丝不剩地碾轧在地，隐藏的月亮背面全露了出来，理智全无，几近崩溃。

有谁会想到单纯的高中时代，居然有人那么坏心，知道霍斯衍答应要给她写回信，掐准时机伪造出一封假的，一下击中了她的死穴。

何况，当时她无意中在霍斯衍课桌上看到斯坦福大学的offer。后来，再有他消息的时候，他确实也是去了那个地方，所以她就对那封回信深信不疑了。

淼淼摇摇头："我、我不记得了。"

既然是一场误会，就没有必要让他知道了，而且信也在大二那年被她弄丢了。她知道不是他写的，这就足够了。

"她们真的太坏了！"

如果因为书敏和戴晚好的从中作梗，她和霍斯衍之间留下一辈子的遗憾，无法想象……

迟到许多年的心酸和委屈一下爆发，淼淼的眼泪又落下来，霍斯衍搂住她的肩膀，带入怀里。

她抱住他的腰，哭得难以自已，任他怎么哄都停不下来。

痛痛快快哭过一场，所有郁积在胸口的闷气随之烟消云散了，情绪来得快，去得也快。淼淼抬起头，眸底水光潋滟，看着被自己哭得一塌糊涂的衬衫，又有些不好意思了。

霍斯衍倒是丝毫不介意，抬手帮她擦去眼角的泪，神色前所未有地认真：“淼淼，我们以后在一起，好不好？”

淼淼睫毛轻轻一颤，心跳“怦怦怦”加快。

她抿唇安静等着，以为会等到更多告白的话，霍斯衍却不再说了。

他还和以前一样，不擅长言语表达，总是默默做得多，说出“从始至终，我喜欢的人，只有你”这种近乎肉麻的话，恐怕是他的极限了吧？

霍斯衍还在等她的答案，心里没底，手心后背全是汗，连呼吸都是急促的。

淼淼感觉到了他的紧张，不知道为什么他越紧张，她就越轻松。沐浴在如水月色里，甚至能闻到清香的植物气息，全身的每一处毛孔都舒展开，她笑得眉眼弯弯，眸底仿佛缀满了星辰。

“我妈妈说，最好不要在深夜做决定，所以——”淼淼往后退开，“我明天给你答案，可以吗？”

就一夜。其实她心里已经答应了，没有丝毫犹豫。

霍斯衍笑着点头：“好。”他牵起她的手，在无名指上落下虔诚的一吻。

学医的人都知道，无名指上有一根血管是直通心脏的，结婚戒指也是戴在这里。寓意心灵相通，两颗心永远在一起。

亲吻虽轻，承诺却重。

霍师兄果然是霍师兄，撩人的段数非一般人能比，虽然她还没答应和他在一起，可他亲她两次了。而且，那是她的初吻啊！尽管只是贴着没有深入什么的……

深入？在想些什么啊！

淼淼的脸“轰”一下烧起来了，在和霍斯衍回楼上的途中一直保持着惊人热度，因为她的鞋子找不到了，是他扶着她走的。

在门口互相道过晚安，淼淼用钥匙开了门，脚下像踩着云朵一样，晕乎乎地飘进了屋里。

出门前是天崩地裂的，不到半个小时，就像得到了全世界般满心欢喜。

又是跌落低谷，又是跃上云端，大落大起，比坐过山车还刺激。

淼淼倒在沙发上，第一时间和小乔分享好消息。

“霍斯衍他跟我表白了！”

“他说，他也喜欢我，高中时就喜欢了！”

“他没有女朋友。他的初恋，你知道是谁吗？是我！哈哈哈哈哈哈……”

小乔：“天啊！”

小乔：“怎么回事，从实招来！”

淼淼用语音简单把今晚的事说了一遍。

小乔：“你们这又是误会又是坏心女作梗，你身为女主角还不知道自己谈过恋爱的，也算是前无古人后无来者了。小说也不敢这么写吧。”

淼淼：“我好开心啊好开心！”

淼淼：“我打算明天就答应他。”

小乔：“别别别！”

淼淼：“为什么？”

小乔：“你想想啊，依照你的性子，用一个晚上就答应他的追求，以后肯定会被吃得死死的。你当初追他用尽了浑身解数，难道就不想体验一下被他追的感觉吗？”

一语惊醒梦中人，淼淼被她说得心动极了。

军师小乔再次发来锦囊妙计：“话糙理不糙，轻易得来的东西，一般都不会好好珍惜。这样吧，你先吊着他，能吊多久吊多久。”

淼淼：“好！”

小乔：“现在是他要、追、你！记住，主动权在你手上。”

淼淼拿小本本记下来：“嗯嗯！还有别的需要注意的吗？”

小乔：“还有一点，千万不能为色所迷。”

她和霍斯衍虽说只有一面之缘，但也从男朋友童放那儿侧面了解过，这是一个相貌、气质和能力同样出色的男人，身材好得没话说，又长了一双勾人的桃花眼，试问有多少女人能抵挡得住这样的诱惑？

淼淼无语。

她和小乔聊到凌晨三点半才结束，大脑皮层异常亢奋，在床上翻来覆去，还是酝酿不出睡意。生怕睡过去以后，醒来发现是一场梦境。

这恋爱还没开始正式谈呢，她就患得患失了。

这样自我折腾到快天亮才睡去，没睡多久，淼淼又被闹钟吵醒。年轻就是好，短暂一觉，爬起来还是精神奕奕的。她打开落地窗走出去，清晨新鲜的空气扑面而来，沁入肺腑间。

时间很早，整座城市还在沉睡，东边只有一团朦胧的亮光，四周铺叠着鱼鳞状的粉红色朝霞，均匀澄澈。慢慢地，粉霞变成了浅红色、橘红色、深红色，像一幅瑰丽宏大的画卷。

远山隐约在淡淡的晨雾中，山前的海湾里，星罗棋布地停泊着叶叶白色帆影，一切静谧而美好。

淼淼心情平和，与天边的朝霞，拂面的清风，一起等待日出。

忽然察觉到什么，她侧头看去，男人微微弯腰，倚在他家阳台上，正好整以暇地看着她。

眉目清秀，风姿绰约，又是另一幅胜景。

淼淼稳住心神。小乔说得对，一定不能为色所迷。

“早上好。”

“早。”

两人很默契地同时打招呼。

淼淼身上还穿着睡衣，关键是没穿内衣，于是她只能微微含着胸，谁能想到只是出来看个日出，也会成为他眼中的风景啊？

他也醒这么早吗？

“昨晚睡得好吗？”霍斯衍问。

淼淼耸耸肩，诚实地说：“不太好。”

他笑了：“我也睡不着。”

失眠的原因，彼此心照不宣。

“我想好答案了。”淼淼迎上他的目光，清丽的小脸在晨光中格外动人，她的红唇微嘟起来，“以前我追了你好久的，情书写了三十封，如果很容易就答应和你在一起，我会觉得不甘心。”

一人追一次才公平嘛。

太阳出来了，铺天盖地都是和煦的光，映着霍斯衍轮廓分明的侧脸，他缓缓扬起嘴角：“好，这次换我来追你。”

原来冷情的人真正温柔起来是这个样子的。

淼淼看得舍不得移开视线……再次体会到了初见时怦然心动的感觉。

纵然世易时移，两人在人海中各自转身，奔赴两个不同的方向，可再次重逢，他还是他，她也还是她。

淼淼眼眶阵阵发热，绽开大大的笑颜：“你要做好心理准备，我很难追的哦。”

假话，我很好追的。

只要你现在再说一次：“淼淼，我们在一起吧。”

我就会立刻答应了。

七点整，淼淼准备去实验室。一开门，就看到门边放着她昨晚丢的那只拖鞋，还能是谁送回来的？她把鞋放回鞋柜，蹲在地上，笑得像个傻瓜。

来到办公室时，连侯舫都感觉到了她的好心情，可他一个字没问。反而是淼淼，抓肝挠肺，犹豫着还是问了出来：“侯师兄，你是怎么看出来，霍斯衍对我有意思的？”

像他这样两耳不闻窗外事，一心只会敲代码的理工生，也会留意到这些吗？

侯舫嚼着口香糖：“他看你的眼神不对，还有，那晚聚餐，他是最后一个走的。”

淼淼呆愣住了。

这么说，她家客厅是霍斯衍整理的？很有可能，也是他把她从沙发抱到了床上，以及她握在手里的化妆蛋……

很多事情会随着关系不同，而有不同的解读。

淼淼又想起入住宿舍那天摆在桌子上的粉色玫瑰，那时还以为是侯舸准备的，现在推敲起来，这么准确知道她喜欢粉玫瑰的人，只有霍斯衍。

那天她去送蓝莓，提起花时，他说的是：“你喜欢就好。”

继续往前推，她“一波两折”地来到PC实验室，也是因为他。

淼淼想着想着，趴在桌上笑了出来。

办公室外，人来人往，脚步声说话声交织。窗台上，她从家里带来的一盆多肉，肉嘟嘟的叶端染了小团的羞红，在阳光下，生机勃勃地生长。

她拿起手机，给霍斯衍发了条微信。

“原来你千方百计让我来实验室，是为了近水楼台先得月。”

几分钟后，霍斯衍的回复来了。

hsy：“近水楼台？”

隔壁的侯师兄在认真工作，淼淼不敢笑出声，捂着嘴巴，笑意全涌上了眼。

居然不承认？鄙视你哦。

正想着怎么调侃回去，霍斯衍又来一条新信息，她点开来看。

hsy：“不，是为了方便潜规则。”

淼淼又把他的回复看一遍，她这是被反撩了吗？！就因为她今天早上对他开放了追求通道，他这么快就激活了男人的七情六欲，肆无忌惮地跟她隔空调情了？

这角色转换得也太自如了吧？

这些话，他当着她的面敢说吗？说得出口吗？哼哼。

淼淼决定反攻回去，她握着手机慢悠悠地打字：“刚刚不小心把和你对话的截图发到家庭微信群了，不知道我爸妈有没有看到，超过两分钟不能撤回了，怎么办？”

她想象着霍斯衍的各种反应，就是没料到，他居然是这一种。

hsy：“方便的话，我可以亲自登门，向伯父伯母解释并道歉。”

他还名不正言不顺呢，这就要登门拜访了？

想得美！看这气定神闲的回复，淼淼猜测，霍斯衍应该是看出她在开玩笑了。

她觉得自己不是他的对手，主动败下阵来：“你怎么发现的？”

hsy：“距离我们的那两次对话，时间还不到两分钟。”

淼淼检查一遍，还真的是，而她居然说超过两分钟不能撤回消息？原来得意忘形起来，智商也会跟着变负数。

第一回合。淼淼，败。

偷偷瞄过去一眼，侯师兄的屏幕爬满了代码，她却连电脑都没开，反正老板也在消极怠工，她干脆把疑惑一次性问清楚。

淼淼：“粉玫瑰和绿植都是你准备的？”

hsy：“嗯。”

淼淼：“那前天晚上，你带我去旋转餐厅吃饭，是打算……表白吗？”

霍斯衍没有正面回答：“烛光晚餐、红酒和玫瑰花，你们女孩子不是都喜欢这样的浪漫吗？”

信息发出去没多久，淼淼的回复出现在对话框——

“知道吗？！如果你当时真的跟我表白了，我会毫不犹豫地把那半杯红酒泼到你身上去。”

霍斯衍颇无奈地揉了揉眉心。

不过，换到淼淼的角度来想，在她以为他有女朋友的前提下，自己再把“我喜欢你，和我在一起”这样的话说出口，她泼红酒都算是修养好的了。

他低笑出声，难怪她昨晚一口一个什么衣冠禽兽、斯文败类、渣男……

手机又接连振了两下。

淼淼：“你还准备了玫瑰花？啊啊啊，我怎么没看到？还有，那些好吃的菜我一口都没吃……”

淼淼：“弱弱地问，能不能补回来？”

霍斯衍回：“很遗憾，不能。”

淼淼无力地趴在桌上，天啊，人生中的第一次浪漫告白，就这样被她弄没了！

霍斯衍又来了新信息：“为了我的人身安全。”

淼淼很诚恳地表示：“我保证，绝对不会泼红酒。”

或许是在忙，那边没有回应了，淼淼也收了心，专注地写起程序来。

时间悄然流逝，栖在窗台上的阳光渐渐移到别的地方去了，淼淼眨了眨酸涩的眼睛，拿起杯子准备去茶水间倒点温水。

淼淼接完水出来，看到一身正装的霍斯衍站在不远处，正低头整理袖扣。他旁边的童放也穿了正式的西装，她想起他们今天要去和仁川医院签合作协议。

衣架子果然穿什么都好看。但这样的他，似乎又变回了那个清冷疏淡的霍总，谁能想到两个小时前，他们还在微信里“打情骂俏”呢？

果然需要时间慢慢去适应。

淼淼捧着杯子，转身的刹那，眼角余光恰好瞥到霍斯衍看了过来。他这一眼，像给她施了定身魔法，她站在原地，隔着办公桌和他四目相对。

周围那么多人，蹲在地上摆弄仪器的，坐在椅子上测试数据的，低声交谈的，可他们的眼中，只有对方一个人，眼神交流着彼此才懂的信息。

那双本来无波无澜的黑眸，忽然间浮现一丝笑意，就像流星点亮了暗夜。

这叫什么，秒杀？淼淼心跳如擂鼓，可心底的某个角落，安然无比。

不管他在别人面前是什么样，对她来说，他只是霍斯衍，而她……喜欢他。

那些不愉快的过往，曾在她心中刻下一道深痕，如今正被一丝丝的温暖修补着。若注定和他相逢陌路，便余生不再念起，把那个秘密带入黄土之下。可命运又将他指回了她身边，而她，只想抓住这失而复得的幸福。

这一道，不是对错题，是选择题。

淼淼微红着脸向他笑笑，他也点头扬唇一笑。

其他人竟没有发觉两人间的暧昧，侯舸还来到霍斯衍跟前，阻断了他们相交的视线。

办公室恋情什么的，好像有点刺激啊。

她回去继续工作，桌上手机亮着，屏幕上挂着三条戴晚好发来的信息。

“昨晚心情不好喝醉了，没想到把藏了那么多年的秘密全吐出来了。呵呵，这样也好，免得我一直心怀愧疚。”

“如果可以的话，希望能得到你的原谅。毕竟你现在都和霍斯衍在一起了，过去的事一笔勾销吧。恭喜啊淼淼，得偿所愿了。”

“对不起。”

一笔勾销？淼淼看完就把手机反扣好，不打算回复，她没有那么宽容大度。

由于和霍斯衍聊天耽误了时间，上午的任务没完成，去外面吃完饭，淼淼自觉回到办公室加班。

她刚进门，见工作狂侯师兄揉着脖子从椅子上站起来，说是趁着老板不在，下午旷工去外面放风。

淼淼好奇地问：“你要去做什么？”

侯舫面无表情地说：“做坏事。”

他把食指竖在唇边，露出令人毛骨悚然的微笑：“别去打小报告，否则，你的电脑一写代码就死机。”

好狠的威胁哦。淼淼故作害怕，紧闭双唇，还做了个拉拉链的动作。

侯舫满意地走了。

淼淼拉开椅子坐下来，刚输入密码开了电脑，谢南徵的电话就打过来了。

前天两人虽说见过面，可话才说了几句，算算日子，也是时候该联络一下塑料兄妹情了。

如果不是这位八哥情报不靠谱，自己也不至于情路这般曲折，想到这点，淼淼在半空中挥了两下拳头，才接通来电。

“淼淼，在实验室待得怎么样？同事还好相处吗？”

淼淼一一回答后，礼尚往来地问道：“八哥，有位似乎很想当我八嫂的美女，托我跟你打听一下，你目前还单身吗？”

谢南徵轻叹一口气：“请你帮忙转告，本人醉心医学，暂时不打算谈恋爱。”

“哥，你该不会还惦记你心头那位白月光吧？”淼淼知道他本科时谈过一个女朋友，美术系的系花，长得漂亮，性格也温柔，说话都是娇滴滴的，后来不知怎么分了。

谢南徵皱眉，白月光？

“谁啊？”

淼淼撇嘴：“当我没问。”原来白月光在他心里，连姓名都没有了吗？真是薄情啊！

是啊，这世上又有多少个像霍斯衍那样的男人呢？

“好了。”谢南徵看看时间，“不跟你聊了，我还有事要忙。”

“嗯嗯，我也很忙的好吗？拜拜。”

通话结束。谢南徵把手机放回口袋，沿着走廊走了十几米远，看到树下的长椅上坐着两个人，恰巧他都认识。一个是他的病人，今年才五岁的白血病患者冬冬，另一个——孟临星。

“哇！”孟临星摸着小朋友光溜溜的脑袋，“你这样很酷哦！”

冬冬笑得很腼腆：“真的吗？”

“当然。你看，好像还会发光呢。”

冬冬也摸了摸，笑出一口整齐的白牙：“刺刺的。”

他的身体太瘦了，显得病号服特别宽大，仿佛风能从中间穿过去，小小的手背上满是针痕。

“姐姐，昨天小勇的爸爸把他接回家去了。不过我们约好，以后等我病好了就去找他玩。”

从小在城市长大的冬冬，格外向往小勇的老家，那个有清清溪流，有金黄色稻田，还有萤火虫的美丽地方。

孟临星听得心里很不是滋味，她抬头去看天空，乌云层层叠叠，连一丝阳光都看不见，她笑了笑：“我也好想去，到时我们一起去吧。”

“好啊好啊！”冬冬的小脸上洋溢着单纯的快乐，“我要把我的变形金刚也一起带过去，小勇说他还没见过变形金刚呢，他一定会喜欢的！”

“谢医生叔叔。”冬冬偏转身子，看到了站在走廊的谢南徵，扬起小手打招呼。

孟临星回头，看到一身白大褂的男人朝这边走过来，她面露惊讶之色。

谢南徵来到他们跟前：“冬冬小朋友，你该回病房去了。”

“知道了。”冬冬乖乖地点头，牵着他的手站起来，“姐姐，再见。”

“再见，下次再来找你玩。”孟临星又看向谢南徵，“原来你是这家医院的医生。”又评价说，“还挺有眼光。”

谢南徵问道：“你怎么会在这里？”

孟临星疑惑地挑起两道秀气的眉：“医院应该没有规定，我不能在这里吧？”

谢南徵没空和她瞎扯，礼貌一笑，带冬冬回病房了。

等一高一矮的身影消失在视野中，孟临星穿过几条回廊，钻进医院的行政楼。坐电梯来到三楼，连门都没敲，径直走进董事长办公室。

迎面而来的冷气让她打了个哆嗦。

孟临星抄起桌上的遥控器，直接把空调关了，她坐在老板椅上，用内线拨了个电话出去。不等那边说话，劈头盖脸就是一顿骂：“说过多少遍了，董事长办公室的空调只能设定二十八度，多一度少一度都不行！你们是把我的话当耳边风了？”

“不敢？呵！你们的套路我都见识过了，这次换点新的行吗？”

“别想拿孟董来压我，今晚孟董回家还要跪榴梿。”

“少废话，做不到就别做了，我让别的人来做。”

孟临星“啪”一下把听筒挂回去。

她把睡眠中的电脑唤醒，用董事长的权限进入医院职工系统，成功找到了谢南徵的个人资料。

刚点开，门外传来说话声。

“老张，这PC实验室的霍总，真是不容小觑啊。”

“是啊，后生可畏。”

“长得一表人才不说，谈吐得宜，手腕也够，在他这个年纪实属难得。不知道他有没有女朋友，看着和我家宝贝闺女倒是相配。”

孟新城边说边推门进去。

“哪个青年才俊入了您老人家的法眼啊？”幽幽一道声音从办公桌后传来。

跟在孟新城身后准备进门的张主任脚步一顿，赶紧转身溜了。

孟新城摸了摸脑门上的汗，脸上堆满了笑：“闺女，你来了。”

孟临星没好气地“哼”一声，几天没见，她爸好像又胖了。

本来就胖得跟球似的，一个人身子能有她三个大，脸更是圆得成了个糯米丸子，连眼睛都只剩下一条细缝了。好歹年轻时也英俊过啊，怎么就变成了这副样子？

说了多少次让他少吹空调，适量出出汗，嘴皮子都磨薄了，也不见他听进去。

没眼看了。

“热不热？渴不渴？饿不饿啊？”

孟新城充分展现了自己女儿奴的一面，只敢幽怨地看一眼被关掉的空调，一个字都不敢提。

“不热不渴不饿。”

孟临星心不在焉地答，移动鼠标，注意力都在电脑屏幕上，原来谢南徵是这个“徵”，肿瘤科室，海归博士，二十九岁，未婚，联系方式139××××2386，住址……

“闺女。”孟新城站在一旁，热得衬衫湿了大半，委委屈屈地擦着汗，想跟她打个商量把空调开了。谁知女儿一个眼神过来，他立刻没骨气地说，“咱能把窗开一下透透风吗？”

孟临星挥挥手，让他自便，她用鼠标点着谢南徵的证件照，眼里浮现一丝坏笑。

等着接招吧，谢医生。

下午六点半，淼淼回到宿舍，从工作群里得知，实验室和仁川医院的合同签得很顺利。

欢呼声后，群里的画风是这样的。

童放：预祝合作顺利！

侯舸：PC大展宏图，独领风骚！

谈今天：开创医疗机器人的新局面！

吴非：Fighting！

淼淼：红包红包！

童放：淼淼，霍总在群里。

侯舸：淼淼同学，霍总在群里。

淼淼在空调吹出的冷风中凌乱了。呃，发红包不是默认的庆祝方式吗？

大家不约而同地为敢于说出心里话的淼淼“默哀”时，发现群里突然下起了红包雨。一阵哄抢后，更震惊地发现发红包的竟然是霍总，没有什么良心上的挣扎，抢得更欢了！

霍斯衍连着发了二十个两百块的红包，他可能不是很熟悉规则，以为是一人一个，其实发的是系统默认的拼手气红包，而且设定个数是一个。

淼淼运气背，一个都没抢到，好气呀！

她私戳霍斯衍，发了个撇嘴的表情。

霍斯衍知道原委后，单独给她发了一个红包。

淼淼喜滋滋地领了：“谢谢老板！”

霍斯衍给她发来语音。

hsy：“合作方盛情难却，今晚要和他们吃饭。”

这是在跟她交代行程？淼淼：“嗯，你不要喝太多酒。”

hsy：“好，听你的。”

后面三个字他压得很低，像贴着耳边低语，淼淼成功地被撩到了，双颊发热。

霍斯衍接着去忙了，淼淼点了外卖，吃完后，被小乔拖进了王者峡谷。

可能心情好的原因，游戏玩得很顺，人品在这里补了回来。匹配到的队友技术都不错，加上对面不是内讧就是有人挂机，连着五把都赢了。淼淼乐不可支地倒在沙发上，截战绩发朋友圈。

然而，物极必反，五连胜后，她迎来了……七连跪，还倒贴了两颗星星。

淼淼郁闷地跑到阳台透气，看到隔壁还是一片黑暗，都十点半了，霍斯衍还没回来，她发微信给他。

霍斯衍回得很快："在路上了。"

淼淼于是放下心来，打了个哈欠，累了一天，困意浓重，她打算去洗澡睡觉了。

她回："我准备睡了，晚安。"

想了想，又害羞地发了个亲亲的表情。

hsy："晚安。"

看着男人一本正经的回复，再想象他此时的神情，估计如出一辙，淼淼忽然起了调戏他的心思——

"我给你发了亲亲，你怎么不回亲我？"

淼淼非常期待他的回复，等了几分钟，微信安静极了。她正要放下手机，就听到了不紧不慢的敲门声，一下，两下……沉甸甸的，像敲在她心上。

她大步流星地冲到门边，从猫眼里看出去，看到了门外站着的，一脸正色、玉树临风的霍斯衍。

叫你一时心血来潮，叫你胆大包天捻老虎须，叫你好死不死喊他回亲，这下真把人招来了，可怎么收场啊？

果然是调戏一时爽……

淼淼把额头磕在门板上，内心那叫一个跌宕起伏，不管怎么纠结，门总是要开的。只是，开了以后，怎么面对他？

像是感应到她就在门后，敲门声停了，取而代之的是男人的一声低笑："淼淼。"

连装作已经上床睡觉，什么都不知道的唯一后路都被堵死了。

淼淼以一副视死如归的姿态拉开了门，抢先开口："你不是说，还在路上吗？"

橘色灯光照在霍斯衍身上，乌黑短发，浓墨般的眼眸，挺直的鼻梁，微扬起的薄唇，全染了一层柔光，给人一种水中望月的虚幻感。可他的声音是真实的，听起来格外温和："刚刚在电梯里。"

淼淼觉得自己真的需要万分警醒，才能抵御这种随时来到眼前的美色诱惑，然而，可能吗？

他上前一步，她在心里刚建筑起来的薄弱防火墙“轰”一下全塌了，接着，她感觉到一只大手轻握住肩膀，耳边拂过他的声音：“听你的，没有喝酒。”

淼淼茫茫然眨眼，睫毛轻颤，碎影抖落雪肤，正想着，他这话是什么意思呢？一个温热濡湿的吻印在了额头上，蜻蜓点水般，一触即离。唇离开了，触感还在上面，她瞬间面红耳赤。

淼淼明白了两点。

一，他真的是特地过来回亲她的。

二，他说，听你的，没有喝酒。证明的方式是，他亲上来时，她闻到他的气息很干净，没有烟味，也没有酒气。

她之前明明说的是，让他少喝酒呀。

这是不是小乔说的，原本以为他是青铜（游戏最低段位），没想到是个深藏不露的王者？

淼淼根本不敢和他眼神交汇，面带羞色地“嗯”了一声。

妈呀！难道她只是白白增长了年纪，少女心还在蓬勃地，甚至逆龄生长吗？怎么感觉这不说清不点破，但恰到好处的暧昧，让她更加心动？

和他待在一起，时间仿佛被一寸寸拉长，每一秒都涂抹了甜意和悸动。

“晚安。”霍斯衍松开她，呼吸若有似无地擦过她颊边。

于是，淼淼再一次飘飘欲仙地回到房间，抱着枕头在床上打了几个滚。脑海中挥之不去的，是他的脸，他的笑，和他特地过来给的晚安吻……

交手的第二回合，淼淼再败。

次日，淼淼带着惺忪睡眼来到办公室，灌了大半杯咖啡提神，刚放下杯子，听到身后传来脚步声，她回头一看：“哇！”

侯舫顶着一头炫酷的彩虹发进来，再配上那副面瘫样，简直酷得没边了。大街上一走，回头率肯定超高！关键是，他外表看起来像无恶不作的不良少年，实际上却是个计算机天才，有真材实料，家里摆了各种国家级别和国际级别镀金证书的那种。

情窦初开的小女生最喜欢这种类型了。不过，淼淼没想到，这位高冷的侯师兄也会有这么……嗯，酷炫的一面。

“侯师兄，原来你昨天说的做坏事，就是去染头发啊？”

侯舫摸了摸头发：“可还行？”

淼淼称赞道：“不能再行了。在哪里染的？”染得真不错，颜色都是严格按赤橙黄绿青蓝紫排列的，分界线很清晰，没有一丝混色。

“四季发廊。”

淼淼又问：“托尼老师？”据她了解，这家发廊，只有他才有这样的水准。

侯舫哪里知道那些人是托尼还是“托我”，只笼统地说：“这是集体智慧的结晶。”

“现在去染的话有优惠吗？”淼淼有几分心动，她一直想染栗色头发来着，不过她爸妈说染发剂很伤头发。她发量多，染一次没关系的吧？而且现在又不住家里了，就算他们知道了顶多被念叨几句。

“有。”侯舫不假思索，“报我名字，打骨折。”

淼淼险些一口咖啡喷出来，她连忙拿了纸巾擦嘴角，哎，这个笑话太老太冷了好吗？

侯舫说的却是实情。

经过一个下午和一个晚上的折腾，以及那必须精确到每根头发丝的变态要求，他非常确定，发廊的那些人以后都不会再想看到他了。

两人插科打诨地聊了几分钟，就各自进入状态认真工作了。

淼淼往电脑里录入第十九份处方时，侯舸风风火火地过来了，说是外面有热闹看，问她去不去看。

别扰乱军心啊，还有几千份处方要录呢，淼淼毫不犹豫地说：“当然——去！”

侯舫依然坐在椅子上，安稳如山，仿佛什么都没听到似的。

侯舸看了看双胞胎弟弟那颗出类拔萃的脑袋，心情有些复杂，和淼淼一起出去后，他忍不住跟她透露了一个秘密。

原来侯舫的心上人是个严重的脸盲症患者，一直分不清他们两兄弟，前天她还喊错了名字，甚至差点扑到他身上，还好他反应快，闪开了。侯舫一气之下，去染了彩虹头。

想起那会儿弟弟看自己的眼神，侯舸觉得背脊发凉。

淼淼惊叹：“想不到侯舫师兄这么浪漫。”而且居然不动声色就有女朋友了。

侯舸眼角一抽，淼淼同学，你好像重点偏了吧？难道重点不应该是，他弟很生气吗？气得都心理扭曲了，竟然把绿色往自己头上染。

说话间，淼淼看到前面的办公桌前围了十几个人，她好奇地走过去。

霍斯衍站在中间，正调试着一台四四方方的机器，从正面看像是成品，但从背面看去，电线交错、零件裸露，应该是刚安装好的。

“这是什么？”淼淼走到他旁边，轻声问。

霍斯衍看她一眼，手上的动作没停：“药品机器人。”

这是清远科技之前生产的机器人，他拿回来进行重组，并进行了优化，准备测测效果怎么样。

霍斯衍按亮一个绿色按钮，然后输入：偏头痛。

机器人“嘀”的一声，好几秒后才传出没有什么起伏的机械音：“偏头痛。”

“半夏9克。”它有些僵硬地挥动机械臂，抓了一小撮桌上的半夏，放到小盒子里，“当归10克，炒白术13克……”

几分钟后，药品机器人才完成偏头痛中药处方里所需药材的抓取，恢复到待机状态。不等霍斯衍说话，童放眼明手快地把药材拿出来，用中药专用的小杆秤一一称过，并在本子上记录各项数据。

“半夏8克，当归12克，炒白术17克……全出现了误差，而且随着中药重量的增加而增大。”

侯舸也指着掉落在盒子外的药材说：“机械臂自由度不够，反应迟钝，就算抓取上来，也无法准确投放到指定位置。”

其他人纷纷提出了别的问题。

淼淼摸了摸盒子里安装“大脑”，也就是芯片组的部位，说出自己的看法：“温度过高，超过散热片的承载范围，数据的传输和处理过程需要简化。”

霍斯衍沉思半晌后才说：“手动输入病症名这点也要改进，最好是能变成智能识别，并在抓取完药品后，生成并打印出药单，以便药房的工作人员核查。”

“吴非，你去通知一下，十分钟后开会。”

会议上，大家集思广益，把药品机器人的样品拆卸开来，从硬件讨论到软件，最终得出一套可行的方案。

各小组领到霍斯衍分配的任务后，互相加油打气一番，就散会了。

淼淼磨蹭到最后，等其他人出去了，她才慢慢挪到霍斯衍那儿，问他：“接下来，实验室是不是也要做静脉药物配置机器人的项目啊？”

霍斯衍喝了两口水，俊颜含着淡淡的笑意，他点点头：“是有这个计划。”

淼淼激动得原地跳起来，有种想冲过去抱他的冲动，可这里是会议室，门也没有关，想了想还是作罢，她丝毫不掩饰自己的开心：“太好了！”

他坐姿变得随意几分：“有没有什么奖励？”

淼淼愣了愣才反应过来他的意思，脸又是一热，迅速说：“没有！我回去做事了。”

她回到座位，大大地呼了一口气。

要是高中那会儿，霍斯衍物理考了满分跟她要奖励，她会精心挑选一份礼物送他。可现在不同了，他要的奖励，还有看她的眼神，写满了成人世界里的暗示和不单纯……

有个挖空心思想潜规则下属的上司，真的让淼淼很分心。下午的任务只完成了三分之二，晚上她又要留下来加班了。

实验室其他留下来加班的人也不少。七点出头，天色擦黑，童放问过众人意见，准备统一叫外卖，问到淼淼时，她刚好收到霍斯衍的信息。

hsy：“过来吃饭。”

她立刻笑眯眯地对童放说：“我不用了。”

童放问：“你要出去吃？”

“不是。”淼淼拿起包，“我回宿舍。”隔壁的老板大人要给她开小灶啦！

三分钟后，淼淼从五楼的电梯出来，霍斯衍家的门开着，她直接走进去，发现鞋柜上多了一双新的女式拖鞋，便知道这是特意为她准备的。她弯腰换上，尺寸很合适，穿起来也舒服。

客厅没有人，霍斯衍还在厨房忙碌，淼淼探头进去：“要帮忙吗？”

霍斯衍身上还穿着正式的衬衫西裤，左边袖子卷起一半，露出精瘦的手臂。如果不是亲眼所见，难以想象前一刻还办公室精英范的人，转眼就在厨房里洗手做羹汤。

嗯，淼淼在心里默默评价，宜室宜家。

“不用，你先出去坐着。”

霍斯衍拿出两块下午刚空运过来的牛肉，事先已经解冻好，他用厨房纸吸着上面的水分。淼淼的注意力先放在肉上，精肉和脂肪均匀相间，形成了大理石般的斑纹，很是漂亮，这应该就是很有名的霜降牛肉了。

很快，她的目光又被那双修长而骨节分明的手吸引。它们曾经是外科医生的手，如今，被他用来为她在厨房……煎牛排。

火开到最大，锅里开始冒烟了，霍斯衍把牛排放入，立即听到“嗞嗞嗞”的声响，高温单面煎十五秒，再翻到另一面，动作娴熟，时间也把握得分毫不差。

淼淼站在旁边，欣赏着一帧帧赏心悦目的画面。

牛排煎好后被摆上铁板，霍斯衍又把切好的番茄和西蓝花放到一边做装饰：“可以洗手吃饭了。”他端着牛排走出去。

淼淼打开水龙头，挤了洗手液，把手洗得干干净净，闻了闻，还有淡淡的柠檬香味。她擦干手出来，客厅的灯关了，室内只有外面透进来的暗淡灯光。

她心念一动。

这时，霍斯衍从卧室出来，缓步走到她面前，淼淼闻到花香，下一秒，怀里接了一束玫瑰花，刻意压低的嗓音几乎贴着她的耳根：“补给你的。”

烛光晚餐。

他从裤兜里掏出打火机，点燃了桌边的蜡烛。

柔光一点点地点亮四周，渐渐变清晰的视野中，男人如炭笔勾画的侧脸近在眼前，淼淼的心脏不受控制地“咚咚咚”跳起来……

霍斯衍拉开椅子，轻按着失神的她坐下，随之，他在对面落座。

桌上除了牛排，还有意粉和红酒。比起那晚在旋转餐厅，淼淼更喜欢此刻的氛围，因为只有她和他。

她把玫瑰放在一边，霍斯衍在牛排上撒下黑椒汁，花香、肉香、调料香和淡淡酒香，各种香气混在空气里，却不显得混浊，反而产生了非常美妙的化学作用。

酒还没有喝上一口，淼淼觉得自己有些醉了。酒不醉人，人自醉。

霍斯衍把刀叉递给她：“先吃东西吧。”

牛排煎得外焦里嫩，淼淼切了一小块蘸上酱送进嘴里，眼睛倏地亮起来：“好好吃！”鲜嫩肥美又多汁，却不会觉得腻味。

连向来不怎么吃牛排的她，都觉得这不是一般水准：“你在美国时经常做吗？”

“只是偶尔。”闲下来的时候会做，但也要看人看心情。

“我妈妈一定会很喜欢吃的！牛排是她的最爱，有时候她还会特地飞到国外去吃。”

“淼淼。”霍斯衍笑了笑，眸色愈深，“我可以理解为……你在暗示我什么吗？”

淼淼慢了半拍，才想起来刚刚说了什么，顿时窘了。

她真的没有要他用牛排去讨好她妈妈的意思啊。

为了缓解微微不自然的气氛，淼淼拿起红酒，和他的杯子碰了碰，然后低头浅抿一口。

“淼淼。”

“嗯？”她抬眸看过去，和他深邃的视线撞上，又不争气地酥软了半边心房。

他这是……要告白了吗？

霍斯衍倾身过去，很有绅士风度地问她：“我可以吻你吗？”

啊？这种话……就不用问了吧。反正这次，她又不会把红酒泼到他身上去。

男人凑过来，淼淼慢慢地闭上了眼。

感觉到他的手抚上她的脸，清冽的男性气息萦绕在鼻间，她紧张得几乎快窒息了。他的唇终于轻轻地压了上来，从唇心到唇角，辗转研磨，她的唇渐渐被濡湿，脑子像缺氧似的，一片空白。

迷糊间，淼淼又察觉到什么不对，接着，她感觉浑身如同过了一道电流——

是他的舌尖突破她的唇齿闯进来了。

彼此都没有经验，完全凭借着本能在摸索，或许男人在这件事上有着与生俱来的天分，渐渐地，霍斯衍掌握了主动权。

淼淼感觉全部力气仿佛被吸走了，连呼吸都忘了是怎么一回事。她眸底浮现一层湿漉漉的水光，双手紧揪着他的袖口，声音细碎：“霍、霍斯衍。”

停……再继续，她好像真的要窒息了。

霍斯衍也好不到哪里去，他总算停了下来，呼吸沉而乱，拂得她颊边几缕发丝飘起来，心尖上似乎也有一根羽毛在轻轻地挠。

一时间，安静的室内只有他们此起彼伏的喘气声。

淼淼不知怎么有点想笑，有谁见过接吻把两人都弄得透不过气的吗？也算是很新鲜的体验了。

靠烛光撑起的一角明亮中，淼淼的脸变成了小番茄，红得如此彻底，快熟透了。

许久后，霍斯衍平复了气息，轻咳一声，淼淼以为他要说什么，腰背挺了起来。谁知他只是看着她，俊脸藏在半明半暗中，看不清上面是什么表情。

霍斯衍暗自懊恼，原本打算浅尝辄止的，不料一亲上去，根本控制不住。加上又是第一次，表现得太糟糕了，不知道她会不会觉得唐突？

几分钟前还亲密无比的两个人，面对面坐着，默默无言了。

粉色象形蜡烛仍旖旎地烧着，微微晃动的烛光将一双影子映在墙壁上。

将近十点钟，淼淼晕乎乎地回到隔壁宿舍。在浴室放水洗澡时，看到镜子里傻笑的人，竟像不认识似的，她轻抚唇瓣，回忆着之前覆在上面的另一种温度和质感。

上次的不算，这才是真正的初吻。

她从前那会儿幻想过的，想象力有限，天真地以为唇贴唇就是吻。后来无意中在后山凉亭里看到那些情侣，如同打开了新世界的大门。

不过，她只是偷偷想，实践是绝对不敢的。

淼淼情不自禁地笑了出来。

泡完澡，头发用风筒吹个半干，她躺在床上，长发黑色瀑布般垂在床沿，举着手机给小乔发微信。

“怎么办怎么办？我好像撑不住了。”

小乔连游戏都顾不上玩了，恨铁不成钢地给她发了一把小刀，痛心疾首：“这才一天啊一天！”

淼淼弱弱地纠正她：“两天。”

小乔："有区别吗？！"

淼淼："他今晚补了我烛光晚餐。"

小乔嗅觉格外灵敏，一问问到了关键："亲了？"

淼淼："呃……"

小乔："所以你就被迷得心神荡漾、晕头转向了？"

差不多是这个程度吧。

小乔："色令智昏啊！我还以为你能撑上一个月的，再不济也半个月吧。"

淼淼："我也没有说现在就答应他啦。"

小乔："其实感情这种事，如人饮水冷暖自知，按理说我不该插手的。不过我太了解你了，你过于重情，我怕你会受到伤害。"

她又举了个例子："你看啊，我和童放在一起五年了。如果，我是说如果，将来有一天我们分手了，我会很难过，可也只是难过一段时日，总会从感情阴霾里走出来去寻找第二春的。"

"可你呢？淼淼，你给我的感觉，是一旦深陷就无可自拔的那种。只要认定了，就非那个人不可，哪怕阴阳相隔……呸呸呸，我在说什么！这句晦气的话收回。"

"也许是你成长的家庭环境很单纯，叔叔阿姨又恩爱和美，你的爱情观和绝大部分女人不一样。面包你自己有了，你想要的只是一段，嗯，怎么说呢？两情相悦，一生一世一双人那种，只存在电视剧或者言情小说中的爱情。"

"我也不是说这样不好，如果可以，这种凤毛麟角的感情，哪个女人不想？我担心的是，他……能回报你同样的爱情吗？"

高中语文课本上有段警醒的话是写给后世痴情女子的："于嗟女兮，无与士耽！士之耽兮，犹可说也。女之耽兮，不可说也。"

真不愧是相知相惜的好闺密啊。

淼淼被小乔这番掏心窝的话感动了，她望着天花板，又想到那双幽深柔和的眼睛，唇边缓缓漾开一抹笑："我相信他。"

不试试看，怎么知道结果？

小乔："哈哈哈，我就知道是这个答案。"

如果迟疑，徘徊不定，那就不是她认识的谢安淼淼了。

小乔："那么，还是那句老话，遵循你的心意吧。"

淼淼："嘿嘿嘿，我会让他追久一点的。"

以后如果有了孩子，讲起这段，只能这样说："当初你爸爸用了两天就把妈妈追到手了。"她多没面子呀。

在小乔的开导下，淼淼心里有了章程，安稳入睡。次日是周六，她睡到七点出头，被妈妈一个电话吵醒。

安榕贞知道女儿今天休息，问她回不回家。

淼淼不假思索地说："回啊。"

"那跟你哥说一声，让他中午来家里吃饭。"

"知道了。"结束和妈妈的通话，淼淼给谢南徵发了一条信息，他回了个"好"。

她把手机丢到一边，爬起来洗漱。

早餐用两片抹了草莓酱的吐司面包和一杯热牛奶潦草对付过去，去阳台给绿植浇了水，再听听隔壁的动静，猜测霍斯衍应该还在睡，淼淼就没去打扰。她拿了车钥匙，坐电梯来到地下车库。

这个时间路上堵得一塌糊涂，淼淼开了交通广播，听到前方因车祸造成了大面积拥堵，她仗着熟悉地形，七拐八弯，成功避开了拥堵路段。同行的还有一些年纪较大的出租车司机，看她一个小姑娘这么老练，纷纷给她竖起大拇指。

淼淼谦虚地回以一笑，接下来一路畅通，她用了一个半小时回到家。

谢南徵就没有这么幸运了。

他昨晚值夜班，收到淼淼信息，打算先回公寓洗个澡，换套衣服，没想到半路上出了点意外。

十字路口，直行的绿灯刚亮，谢南徵松开刹车，刚提速，开出人行道，一辆闯红灯的蓝色帕萨特从右边蹿了出来，直直往他旁边车道的一辆红色宝马撞去。宝马主人反应迅速，拼命往左打方向盘，"砰"的一声，车头直接撞上他的副驾驶位车门……

无妄之灾。

谢南徵下车一看，车门被撞凹了一大片，太阳穴"突突"地跳。他看向宝马车的主驾，惊讶地发现坐在上面的人竟然是孟临星，而且……她似乎把自己撞晕了。

他走过去，敲了几下车窗，孟临星偏头，看到是他，眼前像有无数星星在闪，好一会儿才明白他在说什么。

锁一解开，谢南徵拉开车门，解开安全带，把她从车上抱了下来："头会晕吗？"

孟临星身体悬空，下意识地抱住他："嗯。"

谢南徵皱起眉头，又问："恶心？"

她还有心情和他开玩笑："之前还有点，看到你就不会了。"

谢南徵怀疑她有轻微的脑震荡，随手在路边叫了一辆出租车，把她送到仁川医院。

神经外科的黄医生给孟临星做了CT检查，没有发现颅内血肿和颅脑损伤的症状，情况不严重，只需要卧床静养就可以。

"一周？"孟临星不干了，"凭什么那王八羔子闯的红灯，结果被撞车的是我，躺医院的也是我？！"

黄医生一瞅她那样就直皱眉："孟大小姐，千万别激动。"

孟临星朝天翻了个大大的白眼："我脑壳疼！"

黄医生建议道："那给你打一针镇痛剂？"

孟临星瞪他一眼，有气没处撒，她头顶快冒烟了。

谢南徵适时出声："她这种情况，不需要用镇痛剂吧。"

黄医生收起戏谑笑意："跟她开个玩笑。"

这丫头是他从小看着长大的，闹腾又不安分，隔三岔五地摔两下，她爸爸担心得不得了，有事没事都往他这儿送，生怕女儿把脑子摔坏了。

一旁的护士悄声问谢南徵："谢医生，你怎么和小魔女一起过来了？"

谢南徵面露疑惑之色，护士说："你刚来不久，不知道这位是我们医院有名的小魔女。喏，就是孟董事长的千金，可宝贝着呢……"

说曹操，曹操到。

一个三百多斤的中年男人驼着满身肥肉从门外进来，满脸忧虑地说："闺女啊！小星儿，我都跟你说多少遍了，车技不熟咱就不上路，爸爸给你专门雇个司机行不？"

他握着女儿的小手，眼泛泪光，自导自演了一出苦情戏："你妈走得早，要是你再有个三长两短，留下爸爸一个人孤零零在这人世，你说，我还有什么活头？"

“爸！”那么多人看着呢，孟临星虽然不觉得难为情，可也不想被外人看热闹，“你这话我从小听到大，咱能不能像个男人一样，别动不动就哭哭啼啼的。而且这次真的不是我的错，我这是受了池鱼之殃，遵规守纪在路上好好开着，是别人先开车来撞我的。你不信的话，谢医生可以为我做证……咦？”

谢医生呢？她手指过去的地方，哪里还有谢南徵的身影？

在他们父女情深时，谢南徵就悄然离开了。

他还要去处理车祸的后续，赶不及赴约了，他打了个电话给淼淼，让他们不用等了，下次再过去吃饭。

淼淼担忧地问：“那你人没事吧？”

“没事。”

“那就好。”

淼淼把他的话转告给爸妈，安榕贞第一句话也是问人有没有事，听说只是车门被撞，才放下心来，又忍不住提醒女儿：“你开车一定要小心。”

淼淼接上去：“知道知道，宁等三分，不争一秒嘛。”

不过，像她哥这种情况，只能说是……挺倒霉的吧。

一家三口吃完饭，坐在客厅聊天。

淼淼不时去盯手机，她到家后给霍斯衍发了条微信，也算是交代行程，他到现在还没回复，不会是没醒吧？

“淼淼。”谢戚明帮妻子揉着肩膀，“听说你们实验室是做医疗机器人的？”

“是啊是啊。”淼淼心底陡然生出一种荣誉感，正想着怎么把实验室好好夸一遍，就听到她爸说：“你们实验室的那位霍总实在太客气了。”

淼淼的耳朵立即竖了起来，什么情况？！

谢戚明娓娓道来：“那天他不是来仁川医院签合同吗？本来是和我们骨科八竿子打不着的关系吧，可他亲自送了下午茶和水果过来，打听了一通，全医院只有我们科室有这个待遇，你说怪不怪？”

淼淼心中响起一个清脆的“咯噔”。

所以，在她无知无觉的时候，霍斯衍已经在她爸那儿露过面，还刷了一波好感度？可以啊霍先生。

“会不会是他认识你们科室的什么人？”在复杂的官场和生意场打

磨数十年的安榕贞一下看破关键，“不然无缘无故的，说不通啊。”

“这个年轻人，仪表堂堂，谦逊有礼。”谢戚明赞赏不已地说，“看那通身气度，不像是我们科室的同事平时能接触到的那类人。他们实验室做的医疗机器人项目，那可不得了！就目前国内现状，用于临床的主流医疗机器人都由国外引进，知道为什么吗？因为技术壁垒太高，资金投入也像个无底洞，做这种项目的公司屈指可数。一旦他们实验室研制成功，那就是打破了垄断局面……”

淼淼不知道老谢同志对医疗机器人居然了解这么深，听得都想为他鼓掌了。谢戚明说到最后，不忘鼓励女儿：“做这行不错，好好努力，前途无限。”

淼淼点头如捣蒜，心中好不骄傲。老爸你说的这个很厉害很有眼光的男人，他在追我呢。

桌面手机屏幕一亮，淼淼看过去，她家老板大人终于回微信了。

hsy：“刚醒。”

淼淼：“昨晚熬夜了？”

hsy：“嗯。”

很奇妙的感觉，在有过亲密接触以后，她以为多少会有些别扭的。女孩子嘛，面皮薄，心思也细，总喜欢想些有的没的。可能也是因为真人不在面前，所以对话很自然地展开了。

hsy：“周末都待在家？”

淼淼：“明天下午回去。”

hsy：“我先去洗个澡，待会儿视频可以吗？”

淼淼心虚地看了爸妈一眼，回他两个字：“可以。”

她握着手机站起来：“我去午休啦。”

“去吧。”谢戚明笑着说，“你上班也累坏了，好好休息。”

等女儿上楼后，夫妻俩交换了个意味深长的眼神，安榕贞先开口：“谈恋爱了？”

谢戚明沉思几秒：“很有可能。”

他们都是过来人，还有什么看不出来的？何况女儿又是藏不住心事的，就差把“我恋爱了”四个字写在脸上了。

两人再次对视，眼神里含着一模一样的内容：吾家有女初长成的欣慰感，以及好不容易养大的一棵水灵灵的白菜不知被哪个男人拱了的哀愁。

淼淼不知道小心思早已被爸妈看破，她回到卧室，趴在床上，双腿在半空晃来晃去，不由自主地想着，几十公里外的霍斯衍。

等了十分钟左右，霍斯衍的视频邀请发过来了，淼淼赶紧点了接通。

画面一闪，出现在她眼前的是他还沾着水珠的喉结，往下，还有两道斜上着的，线条流畅的锁骨，再往下……

淼淼完全没有防备，感觉鼻尖涌上一股温热，接着，什么液体掉了下来，她慌张地用手心去接——

啊，流鼻血了！

六分甜

今晚月色真美啊

这可就尴尬了，淼淼手忙脚乱地去拿纸巾。

霍斯衍刚调整好手机角度，就看到她那边发生的情况，远程指导：“坐直身体，捏住鼻翼，持续压紧。”

淼淼照做。

“去找条毛巾或手帕，湿冷水，敷上去。”

淼淼“哦哦哦”叫着进了浴室，折腾几分钟后，鼻血总算止住了，她对着镜子整理了一番才走出去。

“好了？”

“嗯。”淼淼觉得很有必要解释一下，“可能是最近上火了，中午还喝了我妈熬的鸡汤，补过头了。”绝对不是因为看到什么不该看的而流鼻血！

“夏天饮食还是以清淡为主比较好。”

淼淼颇为认同，可她有时懒得做饭，就叫外卖，而外面好吃的东西大多都热气，她也很无奈啊。

“淼淼。”霍斯衍趁机提出筹谋已久的计划，“我们以后一起吃饭吧。”

“好啊。”淼淼很自然地应下来。

“对了。”

“你……”

两人同时开口。

“你先说。”两道声音又是交叠的。

淼淼把颊边的碎发夹到耳后：“我听我爸爸说，那天你给他们科室送了下午茶和水果。”

“是。”霍斯衍直接承认了，“顺便过去打声招呼。”

淼淼怎么觉得并没有这么简单。

他似乎在甄选合适的词：“或许也是为将来……未雨绸缪？”

淼淼怎么会听不懂他的言下之意，心湖犹如丢进了一粒小石子，泛起阵阵甜意：“我爸爸对你印象很好呢。”

“对了，你之前让我带回来的雨前龙井，他也很喜欢。”她恍然大悟，“原来那时你就……”开始筹谋了！

霍斯衍微扬起眉，眼角带着几分愉悦，循循善诱：“时间还得往前推。”

淼淼继续想，灵光一闪，过去很多被忽略掉的细节，经他提醒，如数浮现了：“北城那次，故人也是我？你是特地来找我的？”

她记得那晚他们在船屋餐厅吃饭，她下定决心只和他做朋友，结果他居然是怀着那种心思？还有，回去路上，她的头发缠住他的衬衫扣子，解开过程中他近乎拥抱的动作，正是导致王姨脑补他们是一对闹了别扭的情侣的铁证，接着连奶奶也以为她真的谈了男朋友……

在仙女庙，他们的姻缘签解出一样的结果，他当时说的是什么？

“我觉得挺准的。”

还有，回程飞机上和他的偶遇。不，现在想想，或许并不是偶遇。

以及这些年来，他一直保留着她的号码。

这么多的迹象，她竟到此刻才一一梳理清楚：“为什么？”

从花语咖啡馆的重逢开始，再到他一步步接近自己，中间是有时间差的。

霍斯衍无声叹息：“之前我以为你有男朋友。”

什么？！淼淼又被惊到了：“谁告诉你的？”

“你哥。”

霍斯衍记得那是一个雪夜，他从实验室出来，碰巧撞到谢南徵站在电梯前讲电话，无意中听到这句话：“好了淼淼，我待会儿还要去忙，先这样吧。”

他本不以为意，晚上还要留下来做病例分析，在这之前，得随便找个地方解决晚餐。电梯门开了，他和谢南徵一同进去，忽然听到一道并不陌生的清软嗓音从对方手机里传来："行吧，你去忙，我找我男朋友玩去。"

当时就觉得眼前天昏地暗了。

病例分析自然没有心情去做，回到公寓，他喝光了周逢玉存下的好酒，一夜醉到天明。

淼淼了解了误会的过程，趴在桌子上笑得眼泪都出来了："那个，我哥没说错，我、我确实……有个……'男朋友'。"

霍斯衍眼神微黯，随即正色道："我不介意你有过男朋友。"

并不是介怀，只是多少感到遗憾，她的那段过去是和别的男人有关。

淼淼本想解释清楚所谓的"前男友"是怎么回事，可见霍斯衍一副认真郑重的模样，又生生地忍住了。他撩人的段数太高，她兵败如山倒，干脆把这个小秘密当撒手锏，给他一个惊喜好了。

或许，可以考虑找个合适的机会约"前男友"回国叙叙旧?

聊了半个多小时，淼淼担心霍斯衍的胃受不了，催他赶紧去吃点东西。视频挂断后，她又检查一遍，鼻子没有再出血了，重新爬回床上躺好，准备午休。

在家的日子很是惬意，时间过得格外快。周日下午，淼淼就要回高新区产业园了，由于她开回来的那部奥迪跑够了里程数，要送回4S店保养，所以是安榕贞送她过去的。

将暮未暮时分，母女俩大包小包地上了五楼，淼淼刚从包里掏出钥匙，隔壁的门就打开了。霍斯衍走出来，看到安榕贞，他似乎有些意外，不过很快神色恢复如常。

淼淼留意到妈妈若有似无的打量目光，暗叫不妙，她硬着头皮出声："妈妈，这是我们实验室的霍总。"她又看向他，"这是我妈妈。"

"伯母，您好。"霍斯衍从容地打招呼，"我是霍斯衍。"

"你好。"安榕贞全然是一副面对年轻小辈的语气，瞥一眼低头看地面的女儿，"淼淼一定给你添了不少麻烦吧?"

"没有的事。"霍斯衍笑着说，"淼淼帮了我很多忙。"

安榕贞也笑了一下，没有再说什么。

淼淼像只架在火上烤的蚂蚁，急得不行，她修为太浅，完全没注意到这简单几句对话中，藏着暗潮汹涌。两个高手在不动声色地过招，她一心只想翻钥匙，终于找到了，一气呵成地开了门，将妈妈推进去。

然后，对着门外的霍斯衍抱歉地笑笑，关上门。

"妈妈你先坐，我去给你倒杯水。"

安榕贞在屋里四处看了看："你这住宿环境还不错。"

"是啊。"淼淼答非所问，"右边还住着另一个师兄，也是A大计算机系的。"

安榕贞喝了一口水，好笑道："我又不好奇你隔壁还住着谁。"

淼淼："呃……"她这是此地无银三百两了？

安榕贞不再继续那个话题了，她放下水杯，开始帮女儿整理包里的东西，食物放进冰箱，衣服送进衣柜。淼淼小尾巴似的跟在她身后："我又不是小孩子了，这些事可以自己做。"

"你长再大，在我眼里也是小孩子。"

淼淼鼓起脸颊，无从反驳。

安榕贞关掉衣柜门："好了，我该回去了。"

"我送你下去。"

"不用。"安榕贞走到门口，又回过头来，幽幽地朝她看过去一眼，"记得做好防护措施啊，别还没毕业就弄出人命。"

气血瞬间逆行全冲上了脸，淼淼臊得要跺脚了："妈妈！"

这说的什么跟什么呀？

"我走了。"

淼淼追了几步出去："到家给我发条信息。"

安榕贞朝她挥挥手，进了电梯。

淼淼回屋，去浴室洗了把脸，用化妆棉擦干，轻拍两下。刚走出来，就听到门外的敲门声，她以为是妈妈落下什么东西回来拿，结果门一打开，站在外面的是霍斯衍。

"煮了绿豆糖水，要尝尝吗？"

虽然他没明说，可淼淼知道，这糖水是特地为她煮的，用来清凉败火的。

一番心意当然不能辜负。

淼淼再次没有经受住诱惑，坐在了霍斯衍家的客厅，他从厨房端了两碗绿豆糖水出来。她捧起来尝了一口，绿豆熬得糯糯的，绵软可口，很快喝掉了大半碗。

“味道怎么样？”霍斯衍问。

“好喝。”淼淼笑意盈盈，“很甜。”

霍斯衍一愣，他并没有放太多糖，怎么会很甜？捕捉住她眸底那抹潋滟柔波，立刻心领神会了：“我也觉得很甜。”又问，“还要来一碗吗？”

“好啊。”

喝完糖水，淼淼又顺理成章地留下来吃晚饭，吃完后和霍斯衍一起去楼下散步。九点多她才回到宿舍，甜滋滋地洗完澡，小乔发来微信，邀她一同去大战王者峡谷。

三胜三败，平局。

不知不觉夜深了，淼淼明天还要早起上班，跟小乔说不打了。

她消息刚发出去，手机振了一下，是霍斯衍发的微信。

hsy：“早点休息。”

淼淼回了个“晚安”。

那边小乔战红了眼，说还要打最后一把，她只能舍命陪君子。

刚选完英雄，霍斯衍的信息又来一条——

“这次没有亲亲了？”

不敢了，惹不起。万一这次他翻阳台过来亲她怎么办？

她发了个月亮过去。

游戏开始。

淼淼这把玩的是“奶妈”辅助蔡文姬，一个萌萌的小萝莉，上中下路都不需要她，一靠近对方就用系统语音“开始撤退”赶人。小乔拿的是打野李白，手速太快她跟不上，于是只好委屈巴巴地躲在草丛里玩泥巴。

对方打野孙悟空发育到四级，有了大招，悄悄摸进草丛，看也不看她一眼，从她身上穿过，举着棍子去敲清兵的小鲁班了。

鲁班用闪现技能慌忙逃窜，最后还是被敲死在自家塔下，光荣送出一血，愤而发消息：“蔡文姬你眼瞎吗？！”

可爱淼淼（蔡文姬）：怪我啰？

猴子速度快得像龙卷风，她哪里挡得住？

游戏进行到七分钟，败局已定，小乔的李白哪怕发育得最好，也难以力挽狂澜。

敌人带着兵线即将攻上水晶了，淼淼的蔡文姬刚从泉水复活，她又收到霍斯衍发的第三条消息。

hsy：“不要熬夜玩游戏，快去睡觉。”

淼淼环顾四周，疑心霍斯衍在她这边装了针孔摄像头，不然怎么会连她在玩游戏都知道？

她赶紧回复：“就睡了！”游戏不用看，也知道肯定是输了。

睡前，淼淼去刷了一下朋友圈，看到谢南徵发的他那辆无辜受了牵连的黑色奔驰照片，给他点了个赞。又戳进对话框，敲了一行字进去：“明天你怎么去上班？”

谢鹦鹉：“打车去呗。”

淼淼：“本来可以把我车借给你的，不过送去保养了。”

谢鹦鹉：“这么晚，你还不睡？”

淼淼：“你好，我是淼淼的男朋友，她已经睡着了。”

谢南徵看得哭笑不得：“小戏精一个。”

他把看了一半的医学书合上，也打算熄灯睡觉了。

次日清晨，天色才蒙蒙亮，谢南徵就起了。吃过早餐，他刚走出小区门口，一辆嚣张的全球限量款火红色玛莎拉蒂开过来，停在路边，车窗缓缓摇下，孟临星那张充满朝气的脸出现在他视野中。

“谢医生，早啊。”

谢南徵觉得他们最近遇见的次数频繁得有些超乎寻常了：“你来这里做什么？”

孟临星理所当然道：“我来接你上班啊。”

她的理由顺口拈来：“我不是撞坏了你的车，一直心怀愧疚，整夜没睡好吗？你没了车，上班多不方便，要是迟到了，万一病人突然出了什么意外……人命关天啊谢医生！”

“快上来啊，这里不能停车的。”她双手合十，可怜兮兮的，“再吃一张罚单，我这个月就没钱吃饭啦。黄医生也说，我情绪不能激动的……”

信她的话才有鬼。

鬼使神差地，谢南徵拉开副驾驶位的门坐了进去：“麻烦你了。”

“好说好说。”孟临星启动车子，“应该的嘛。”

开出一段路，谢南徵眸色复杂地看着从窗外“呼啦”一下超过去的电瓶车，实在不忍心让这部以速度出名的跑车受到这种侮辱。开过一个路口，他让孟临星靠边停车，然后自己换到主驾驶位。

孟临星松了一口气：“你看我手心都出汗了。”

谢南徵并不想跟她说话，怕刺激她情绪。

两人一路相安无事到了仁川医院。

谢南徵道谢后，不忘提醒一句：“以后不要独自开车上路。”

孟临星耸耸肩，表情挺委屈：“你是第一百零一个这么跟我说的人了。”

谢南徵心想：我该回一句，在下很荣幸吗？就你这车技，开到路上，那就是害人害己，报复社会！

她又说：“我特地一大早起床来接你上班，你晚上请我吃顿饭不过分吧？谢医生，谢医生，可以吗？”

谢南徵：“可以。”

“那这么说定了哦。”

谢南徵来不及说什么，兜里的手机响了，他拿出来一看，屏幕上浮现一串陌生的本市号码。

孟临星笑得像只小狐狸：“这是我号码，你存一下，随时联系哦。”她又凑过来，“名字的话你可以存小星儿，或者我的小名梦梦也行。”

谢南徵存了她的全名，孟临星看了挺失望的样子：“等你忙完了给我回电话。”

她说完走了。

谢南徵笑了笑。

在去办公室的路上，他回想着早上的事，迟钝地发现，自己好像……被那个小魔女套路了。

黄昏时分，谢南徵和孟临星在医院附近的餐厅吃了饭，谁知她中途说要去洗手间，结果偷偷去结了账，回来厚着脸皮理直气壮地通知他：“你这下欠我两顿饭了。”

谢南微无话可说，只能任凭她宰割。

另一边，淼淼的晚饭也是和霍斯衍一起吃的，吃完后他们从饭馆出来，天色已黑，星星拱着一轮满月遥遥出现在夜空。

花前月下，正适合谈情说爱。

走着走着，淼淼想起阳台的灯坏掉了，要去买新的灯泡来换。她和霍斯衍进了一家超市，挑好同型号的灯泡，还多买了一个粉色的灯罩。

买完东西出来，两人并肩而走，地下跟随的一双影子亲密极了。

淼淼感觉到他微凉的手碰了碰自己的手背，紧接着，轻轻地握了上来……

她的手指滑入他指间，变成了十指相扣。

明明连深吻都有过的成年男女，却会为牵手这种小事而脸红耳热，毕竟这是在外面，大庭广众之下，意义是完全不一样的。

一路牵手回到宿舍。

淼淼搬来一张木椅，扶着椅把手，霍斯衍脱掉拖鞋，放在一边，站了上去，她仰头问："你多高啊？"

霍斯衍想了想："一米八六。"

"比我高二十一厘米。"

这个高度差，如果要站着接吻的话，总有一方要迁就另一方，淼淼下意识地摸了摸脖子。

霍斯衍没察觉到她的小动作，他抬手把坏掉的灯泡换下来，装了新的上去。灯没有亮，他怀疑应该是线路出了问题，回到隔壁拿了一个工具箱过来，捣鼓了几分钟，再重新装上，灯扑闪一下，总算亮了。

灯光倾泻下来，在粉色灯罩的映衬下，比之前柔软了几分。

淼淼的脸、脖子和手臂等裸露在外的部位，被打上了一层象牙般的色泽，她笑容清浅，如春日枝头迎风绽开的一朵花，偏偏美得清丽生动而不自知。

霍斯衍站在这盏灯下，望着她："淼淼，要不要把这项也记入你的考察里去？"

淼淼不是很明白："什么？"

男人那双清凌凌的桃花眼里映着她，抿起唇角："会做饭，会做家务，会换灯泡……"

她听得“扑哧”一乐，他这是在推销自己吗？

这种奇妙的感觉怎么形容呢？

就像那朵大家都只能远观而不可折下私有的高岭之花，有一天忽然主动从高山之巅千里迢迢来到你身边，并诚心诚意地恳求你，请把我养在你家花园吧。

通俗点说，就是，请你占有我吧。

淼淼非常争气地抵制住了诱惑：“好啊，期待你的更多表现。”

见霍斯衍无奈地笑了一下，淼淼心中萌生出一股翻身农奴把歌唱的快感，知道她当初追他有多辛苦了吧？连着做完数学物理化学卷子，脑细胞伤得七七八八，还要打着手电筒躲被窝里挖空心思给他写情书。整整三十封啊，虽然内容有的是抄歌词，有些是抄诗歌，可每个字都是她亲手写上去的！

“对了。”她轻声问，“我写给你的情书还留着吗？”

“嗯。”不知看了多少遍，滚瓜烂熟，倒背如流了。

“真的？！”

霍斯衍从椅子上下来，从口袋里拿出蓝灰色的格子手帕擦了擦椅面，尽管他是穿着袜子踩上去的，上面并不脏。可医生当得久了，骨子里还是有洁癖的。

淼淼脸上的惊讶未退，听到他轻描淡写地说：“霍斯衍师兄，你好。你还记得我吗？九月二号那天早上，我走错教室，并坐在了你的座位上。好巧，我们的座位在同一层楼同一个方位同样是第四组第六张桌……”

这不是……她写给他的第一封情书吗？

淼淼记得后面写得那叫一个热情大胆又肉麻兮兮，连忙叫停，霍斯衍淡淡瞥她一眼，还要继续背下去，她羞恼地上前去捂他的嘴巴。

没想到正中了他的下怀。

掌心印吻，那处微痒，一直痒进了心底。

淼淼瞬间连接下来想说什么话，全抛到九霄云外去了。

又被套路了？坏人！

淼淼板起脸故作生气地瞪他，他有些紧张：“生气了？”马上道歉，“是我错了。”

这才是正确的追求姿势嘛。不要翻黑历史，将来才能好好地做男女朋友。

谁知道，接着，霍斯衍一本正经地压低声音问：“给你亲回来？”

双方的频道完全对不上，她指的是情书，他说的则是刚刚吻她手心。

淼淼才不中他的计：“霍斯衍，你变了。”

亏她还在妈妈面前说他是正人君子，实际上是大野狼一只才对。

霍斯衍也觉得自己变了不少，尤其是在花心大萝卜周逢玉的指点下，对男女之间很多事情都开窍了。主要是过去的经验太深刻，吃一堑长一智，然而沉闷内敛的性格摆在那里，某些话，听起来像甜言蜜语，不如说它们是发自内心的倾诉。

“变成什么样了？”

淼淼轻轻地说：“不像霍斯衍了。”他以前不会这么温柔地看她，对她笑，还当着她的面说调情的话。总之，她觉得很陌生。

他欺身上前：“霍斯衍是什么样的？”

“淼淼。”霍斯衍伸手把她抱住，搂在怀中，“这才是真的霍斯衍。”

不管他过去是怎样的人，在爱情中，在她面前，他只是一个普通男人。

淼淼听着那有力的心跳声，还有他身上贴过来的温度，耳朵红了半边：“我没有变太多。”她还是那么那么喜欢他。

霍斯衍把她抱得更紧了，他还有一个很明显的变化——

以前如履薄冰，不敢对模糊的未来抱有半分期待，现在它渐渐地有了清晰的指向——谢安淼淼。

未来想和她有关。

晚上十点多。

实验室的私人群里出现一串诡异对话。

侯舸：“密斯密斯！”

童放：“密斯密斯。”

侯舸：“密斯？”

童放：“密斯！”

吴非：“啊？”

吴非：“你们在打什么哑谜啊？”

侯舸："我看到霍总和淼淼同学一起手牵手从外面回来了，而且两人进了淼淼的宿舍，三分钟前，霍总刚回了隔壁他家！"

童放："我也看到了！"

侯舸："有奸情？"

童放："绝对有！"

吴非："我天，你们说真的？！"

侯舸："淼淼同学不得了啊不得了。"

童放："霍总近水楼台先得月啊先得月。"

侯舸："请叫我媒人！"

吴非总结性发言："这么说，我们实验室即将迎来老板娘了？"

侯舸："实验室一枝花，有主了！"

技术部陈笑："晴天霹雳啊！我也想追淼淼来着。"

侯舸："算了吧兄弟。"

童放："真追了，可能要改名叫陈哭了。"

侯舸："哈哈哈有道理！"

侯舫突然冒泡："恕在下直言，在座各位的反射弧加起来绕银河系一圈还绰绰有余。"

吴非："怎么，有料？快说！"

侯舫却存心吊他们胃口似的，默默潜水去了。

群里的人，包括侯舸在内，都恨不得冲上楼去把他揪出来痛打一顿。

几个技术宅单身汉一直八卦到半夜，几乎刨根问底地把霍斯衍和淼淼之间所有可能的暧昧细节扒了出来。比如当初介绍的时候说"这是我高中师妹"，潜台词就是"我们关系不一般"。再比如，刚来第一天就顺老板的好茶、抢他笔记本电脑什么的，不是女朋友能有这个待遇？

难怪侯舫鄙视他们了。

侯舸打着哈欠翻了个身，猛地想起淼淼入住那天，她宿舍里凭空多出来的粉色玫瑰和几盆绿植，当时他还纳闷呢，现在想想，一定是霍总的杰作！

他陷入了无限循环的纠结中。

究竟是他们郎有情，妹有意，早就暗通款曲，还是他把一只单纯无辜的小白兔送到了狼窝隔壁？

细细思考起来真是恐怖至极。

夜阑人静，月明星稀，两层楼的人各怀心事睡去。

淼淼一夜好眠，天色刚放亮就醒过来了。她躺在床上，回忆起和霍斯衍重逢以来的点点滴滴，又幻想着，如果他们从前就在一起了，那么现在会是什么模样呢？

或许因为各种原因分手了？这个可能性不去深想。

也有可能连孩子都有了。说到孩子，她是不是还取了个名字来着？

叫霍点点。

淼淼把枕头揉进怀里，按照这个趋势下去，霍点点真的会有来到这个世上的机会呢。

天马行空地任思绪纷飞，淼淼吃完早餐到实验室时，其他人早开始工作了。见她出现，纷纷投来目光，童放还贼兮兮地朝她挤了挤眼睛。

淼淼一头雾水地往办公室走去，路上遇到的同事都笑得意味深长，发生了什么事？怎么一夜之间，大家对待她的态度好像都变了？

这个疑惑，一直到晚上在霍斯衍家吃饭时才得到了解答。

霍斯衍盛了苦瓜排骨汤放到她前面，漫不经心地笑起来：“现在全实验室的人都知道我们在谈恋爱了，你什么时候才给我一个正式的名分？”

后半句语气颇为幽怨。

淼淼听得目瞪口呆，怪不得，怪不得。他们怎么会知道的？会不会是昨晚她和霍斯衍牵手回来，被看到了……

她使劲埋头喝汤。

幸好霍斯衍不再继续这个话题步步紧逼，淼淼天真地以为“要名分”这件事算告一段落了。谁知吃完饭后，他从卧室拿了一个银色小箱子出来。

“这是什么？”

霍斯衍输入密码，箱子打开，映入淼淼眼中的是一片五颜六色的信封，浅粉的、浅绿的、淡蓝色的……唯一相同的是，它们看起来略陈旧，像是经历过一段很长的岁月了。

这该不会是，她之前给他写的那三十封情书吧？！他真的留着，还保存得这么好。

淼淼心里的感动溢于言表，她想笑着调侃他一下，可做不到，眼眶热热的，想哭。一个生性清冷的男人，时隔九年，跨过了一个大洲和大洋的距离，把一份沉甸甸的心意送回她面前。

告诉她，当初她捧出去的一颗真心，是被他轻柔接住，妥善安放的。

淼淼翻了翻信封，每一封上面都有被频繁翻动的痕迹，可封口连小小的折痕都没有，可见他有多么小心翼翼。

她猛地又发现，一片花花绿绿的信封底下，还有一个白色信封，估计也是放很久了，已微微泛黄，还胀鼓鼓的。

淼淼心神一颤，她大概猜到里面是什么，飞快打开封口，抽出一沓纸张。是那种标准的300格稿纸，感觉一下厚度，应该不止十张。

霍斯衍在顶格称呼她为“淼淼师妹”。

内容大概是，他觉得她是一个热情开朗又善良的女生，肯定了她所有的发光点，还强调她的这份喜欢对他来说很珍贵。

接着分析他暂时不能回应这份喜欢的原因。其一，他家庭成分复杂，担心无形中会给她带来伤害；其二，目前正值高中的重要阶段，建议先以学习为重；其三……

最后，他隐晦地表达，如果可以的话，希望将来和她一起走下去。

通篇回信三千多字，霍斯衍没有说过“我喜欢你”，可字里行间都流露出了这种意思，他甚至还考虑到那么长远的未来。

淼淼的眼泪“啪”一下掉到泛黄的纸上。

不知何时在她旁边坐下的霍斯衍，搂住了她肩膀。淼淼顺势倾靠过去，微微哽咽着：“原来你……真的写了回信啊？”

霍斯衍但笑不语，濡湿气息掠过她颊边。

她双眸含着湿漉漉的水光，重新坐直身子，去寻找他的视线。

他眼底似深潭，浮动着细碎光泽，深处仿佛藏着一个个旋涡，将她全副心神吸了进去。

淼淼心潮汹涌，凑过去，想亲他。

霍斯衍很配合地向后仰，手扶着她的腰，低沉的声音满是蛊惑：“淼淼，亲下去，你就是我女朋友了。”

亲，还是不亲，这是个问题，淼淼用了零点一秒想出答案。

因为误会错过那么多年，她再也不想浪费哪怕一分一秒的时间了，她喜欢他，想和他在一起。

犹如电影里的慢镜头，淼淼一点点地缩短他们之间的距离，仿佛执行某种神圣的仪式般，轻轻贴上他的唇。就在那一瞬间，她感觉到握在自己腰间的那双修长有力的手一紧。

他抱得那么用力，彼此的身体严丝合缝，急剧升温。

淼淼唇干口燥，不仅仅是纯粹的生理反应，她一直在心底藏着一个破洞，谁也没有告诉，现在，有另一颗心来替她缝补。

现在的她，是完整的。

跨越九年时光，辗转千山万水，她终于寻回了完整的自己。

那些过去的，无可挽回的，不要留住它，让它随风随雨而去吧。

她不贪心，只想要这触手可及的幸福。

“确定了？”霍斯衍和她额头相抵，声音低哑地问。

是询问的语气，但他的手牢牢地扣着她的纤腰，让她无处可逃。

淼淼几乎大半身子都压着他，她退开些距离，重新望入他的眼，惊讶地发现他竟然脸红了。天，这是什么稀奇事啊！她正要惊呼出声，他已低头，薄唇压上来，把她的声音堵了回去。

她的笑意全浮上了黑眸，像暗夜中的繁星点点，眉眼弯成了一道新月。

“专心点，嗯？”尾音轻扬，竟是带着情愫的。

淼淼羞得两只耳朵红扑扑的：“哦。”

能想象吗？这个之前还像门外汉一样的男人，在短短的时间里，进步可谓神速，现在都可以教、她、了！领悟力和学习能力要不要这么惊人？

淼淼的悲愤仅是一闪而逝，她几乎无意识地跟着他的节奏。

终于结束……

霍斯衍呼吸急促，但不显得乱，不像她，要是跟前有头牛，估计被她吹到半空中了。

“霍斯衍，你怎么这么……”

淼淼握拳，说不出口了。

霍斯衍却和她心灵相通，秒懂她的言下之意，他心情大好地扬起眉峰：“多谢夸奖。”清冽气息再次靠近，“女朋友。”

淼淼的耳朵和心同时不争气地酥了，太犯规了啊！

霍斯衍又低声问：“淼淼，要再来点饭后甜品吗？”

这么好？淼淼忍不住吞了吞口水："有什么？"

"要杧果西米露，还是杨枝甘露？"

淼淼晚餐本来就吃不多，经过方才也消化得差不多了，他给了两个选项，她的选择困难症又犯了，犹豫来犹豫去，最后选了杧果西米露。

霍斯衍从沙发上起身，准备进厨房给女朋友做甜品。

淼淼疑惑地问："之前怎么没有饭后甜品？"

"哦。"他头也不回地说，"这是女朋友才有的待遇。"

淼淼捂住脸，发现热度惊人。她惆怅又甜蜜地叹气，这才第一天啊第一天，以后要怎么办哟。

霍斯衍来到厨房，卷起袖子，先清洗刚买的牛奶锅，加水煮热，放入一把西米，然后把火转成小火。

他又从刀具栏中挑了一把水果刀，手心托着杧果，沿着边缘线切出果肉，划十字刀，果肉切下来，单独放入碗中。

拿惯手术刀的人，手法自然是熟练又流畅，果皮被刮成薄薄一层，准确无误地进了垃圾桶。他洗净水果刀，放回原处。

修长的两指捻起一颗果肉，尝了尝，酸酸甜甜的，她应该会喜欢。

西米熟了，呈透明状，霍斯衍关上火，捞起来，过一遍凉水，接着，倒入牛奶，和西米一起搅拌均匀。

等待的过程中，他拿出手机，回了两封邮件。

西米和牛奶这时融合得差不多了，霍斯衍再把杧果肉粒倒进去，加上两勺蜂蜜，这道甜品就算做好了。

淼淼在客厅嗷嗷待哺。

其实她趁霍斯衍不在，翻看了几封情书，那幼稚的文笔和小学生字体，真是不忍直视，黑历史是妥妥跑不掉的了。她刚动了把箱子偷回隔壁去的念头，霍斯衍就端着杧果西米露出来了。

淼淼伸出去的手只能收回来撩头发。

霍斯衍看一眼就知道女朋友心里的小九九，把甜品和勺子交给她后，他把信封整齐叠好，重新放回箱子里。

"等一下。"淼淼喊住他，"回信可以给我吧？"

霍斯衍很爽快地将白色信封抽出来给她。

淼淼如获至宝地接过来，轻压在心口："一封抵三十封哦。"

霍斯衍摇头失笑，摸了摸她头发："本来就是给你的。"

"那就是物归原主啰。"

淼淼吃了一口甜品，奶香很浓，西米糯糯的，杧果也酸甜得正好，还尝到一丝丝别的甜味，他是加了蜜糖吗？

她不由得又想，现在是夏天，如果放冰箱里冰镇半个小时，那简直是完美了！

"女孩子不要吃太多生冷食物。"霍斯衍像是窥见她心思，"对身体不好。"

记得那次过来送蓝莓，他给她喝的就是常温矿泉水。

淼淼受教地点点头，唉，在家里被爸妈管，在外面被男朋友管，什么时候，她也能管管别人呢？

因为在家的时候，饭后都是淼淼洗碗的，吃完甜品，她很自觉地要把碗拿进厨房去洗。霍斯衍说不用，让她放着，待会儿他会洗。

这样千依百顺的体贴男友在这个年代，可谓是打着灯笼也难找了。

淼淼有次听本科时的室友抱怨，说男朋友明面上把活都抢着做，私底下却跟朋友吐槽说女朋友好吃懒做，一点都不体谅他的辛苦。室友气得要死，把人狠狠揍了一顿，分手前还诅咒那男的不孕不育，儿孙满堂什么的……

她不会怀疑霍斯衍只是嘴上说说，内心有别的想法之类，他这个人光明磊落，表里如一，于是心安理得地看起电视来。

晚饭后惯例是加班时间，淼淼和霍斯衍并肩坐在沙发上，一人一部电脑，心无旁骛地投入到工作中。

淼淼生性活泼，做大部分事情都三分钟热度，没有什么耐心。但在他身边总是很容易就能集中注意力，工作效率无形中也跟着提高了。

不知不觉，时间来到晚上十点，淼淼准备回自己宿舍了，进门前，她还被新上任的男朋友讨走了一个牛奶味的晚安吻。

从今天起，她也是有男朋友的人了！真想立刻让所有人知道啊。

淼淼心情荡漾，拎着裙摆转圈，看到月光照进阳台，忽然想起那晚某人给她发的微信："今晚月色真美。"

那时她还以为他不懂这句话是用来表白的，结果，会错意的人居然是她！

她回了什么来着？

“好的，我出去看看。”天啊天啊，随便来一道闪电劈劈这么不解风情的她吧！

淼淼懊恼好一会儿，觉得今天这么重大的日子，应该发朋友圈庆祝并纪念一下。可她微信里有好多亲戚，恋情刚开始，还不想昭告天下，所以只能隐晦隐晦再隐晦。

可爱淼淼：“今晚的月色也真美啊。”

一来暗指淼淼我终于脱单，有了共赏月色谈情说爱的对象啦；二来也是回应霍斯衍的那条微信朋友圈。

一箭双雕有没有？她真是太聪明了！

淼淼发完朋友圈就丢掉手机去洗澡了，等她洗漱好回来一看，点赞几十个，评论十几条。

小乔：“啧啧啧，隔着屏幕都闻到了一股恋爱的酸臭味。”

男朋友（龙赢赢）：“有情况啦？”

真不愧是火眼金睛真闺密啊。

淼淼回复小乔：“啧啧啧，狗鼻子。”

淼淼回复男朋友：“害羞。”

其他人的评论就比较平淡了，有说在外地阴天看不到月亮的，有在她底下粘贴诗歌，什么“海上生明月，天涯共此时”的……也有像谢南徵和她爸爸这么骨骼清奇的评论。

谢鹦鹉：“这么晚了还赏什么月？赶紧回去睡觉。”

老爸：“外面凉，记得加件外套。”

淼淼回复老爸：“知道啦爸爸，晚安。”

淼淼回复谢鹦鹉：“八哥你这种思想很危险的。”小心真找不到女朋友一辈子打光棍哦。

谢鹦鹉回复淼淼：“什么鬼？”

淼淼回道：“哼哼哼……”

手机接连振动，小乔的微信来了好几条。

“三天！”

“才、三、天！”

“你就被拿下了！你让我说你什么好！”

淼淼委屈，弱弱反驳：“好歹也撑过了三天不是？”

小乔：“哇，听起来好像很厉害的样子呢！”

淼淼内心流下两道宽面条泪，明明是霍斯衍太令人难以抗拒了。就算是铁石心肠的女人，在那样温柔的攻势下，肯定也会早早缴械投降的吧？

小乔画风突然一变。

“啊啊啊！恭喜我们淼淼脱单了！鼓掌撒花！”

“从此开启幸福之旅！”

“别害羞呀，我跟你说，你家那位的身材真是好得没话说。当然我也没有特意观察过啦，主要是身材好得太明显了，而且他以前还是医生，嗯嗯嗯，你懂的。”

“总之好好享用吧。相信我，你不会失望的！”

淼淼：“呃……”亲爱的你能喘口气吗？

淼淼被调侃得双颊染粉，为了转移她的注意力：“来玩游戏吗？”

小乔很警醒：“不了不了。才不要跟情场正得意的你玩呢，肯定会跪得连爹妈都不认识的。”

淼淼：“好吧。”

聊了几分钟后，小乔说要找她家放放去鬼混，啊不，赏月了。

淼淼退出私聊页面，朋友圈有了十五条动态提醒，她点开来看，最新一条评论来自霍斯衍。

hsy：“不及你万分之一。”

嗯？淼淼初时还微微发蒙，很快反应过来。

她：“今晚的月色也真美啊。”

他：“不及你万分之一。”

完了。淼淼觉得自己今晚估计要失眠了，很想问问他，你以前真的没有谈过恋爱？她怎么那么不信呢。

淼淼侧着身子，看着映在飘窗上的光影，精神异常兴奋。他说，月色不及我万分之一，意思就是我很美很美啰？

真有这么美吗？会不会是情人眼里出西施？

淼淼爬起来，光脚跑到梳妆台前去照镜子，鹅蛋脸，肌肤吹弹可破，眉形长得也好，眼睛又黑又大又亮，不笑时也会微微上翘的唇，据说是很适合亲吻的形状。两排雪白又齐整的牙齿，弧线优美的脖颈，精致的锁骨线，胸前虽不傲人，但也是很有料的，还有细腰和长腿……

她双手合十，诚心感谢爸妈的好基因，也感谢自己这么会长，长这么漂亮。

然后心满意足地去睡觉了。

是夜，月明如水，照耀夜空，也照拂着她的甜美梦乡。

淼淼翌日早上醒来只有一个感觉——累。做梦比敲代码写程序还累。

以前大部分的梦吧，都是醒来就忘，某些较深刻的也只是记个大概。不像昨夜那场，清醒后，还会在脑内自动重播旖旎画面，根本找不到暂停键。

要命，真要命。她翻个身趴着，打算赖会儿床，默背圆周率："3.141592653……"

淼淼长长地叹气，开始数绵羊，数到第十三只，手机闹铃响了："淼淼起床啦起床啦起床啦！"

因为经历过一段漫长又痛苦的复健生活，淼淼从大三时养成了慢跑的习惯，就算天气不好或环境不允许，哪怕在屋里走来走去，也要完成日走一万步的任务。她爸妈可以通过手环App监控她有没有达标，一贯的规则是，多几千步不表扬，少一步就会有惩罚。

这些年，她被罚扫的地，洗的碗，拔的草，还少吗？

六点半，淼淼换好一身淡粉色运动衣准备下楼跑步，谁知一出门就看到隔壁的男人出现在家门口："早。"

霍斯衍走过来，看她装扮，笑问："去晨跑？"

"嗯。"淼淼莫名心虚，不敢跟他对视，担心他会从自己眼中看出那场梦的痕迹，只好盯着他的衬衫扣子看，知道他向来衣着精细，没想到连小小的扣子都这么讲究。

贝壳质地，浅色，薄度适中，细致地看，上面还有微型雕刻。一排看下来，每个扣子的图案都不相同，好像，还可以连成一个小故事？

再继续研究，可能得趴在他胸口，拿个放大镜才能看清了。

"我先下去了。"淼淼说着，从霍斯衍身旁擦肩而过，不料被他扣住手腕，她惊诧回头。

霍斯衍唇边噙着淡淡笑意："月相表，是不是可以重新戴上了？"

当初为了避嫌，淼淼特地把手表摘下来，后面再也没有戴过。现在他们都已经是男女朋友的关系了，戴上又是另一种意味了。

昨晚刚要了名分，今早就要公开宣告主权，霍师兄你的野心似乎有点大哦。

其实吧，淼淼不介意公开，恋爱又不是硝酸银，见不得光，遮遮掩掩算什么事？不过，家里那边她有自己的考虑，毕竟她谈恋爱这件事，是要在整个谢家引发地震的。

算一算，上至爷爷奶奶，七个伯公叔公，五个伯伯和叔叔，下至八个堂哥，四个侄子，嗯，刚牙牙学语的小侄子不算，加上她爸她妈，王姨也要算上一个，还有那些看着她长大的左邻右里……一人说上一句，耳朵估计要听得长茧子。

想想就觉得头疼。恋爱而已，又不是结婚，随性开心就好啦，弄那么复杂做什么？

于是淼淼在心中做了个决定，家里那边暂时先瞒着，顺其自然，水到渠成好了。

霍斯衍还在等她的回答。

淼淼脸上闪过一丝坏笑，吞吞吐吐地说："手表，放在家里了。"

适当打击男朋友如日中天的气势，也是情趣的一种嘛。

果然，霍斯衍神色现出些许失望："下次你回家记得戴上。"

淼淼心里简直乐开了花："好的。"

他终于肯松手放人。

淼淼下了楼，沿着东南边的林荫小路，跑到尽头，进了一个小公园。几圈跑下来后大汗淋漓，浑身畅快。

看看微信运动统计的步数，超过一万步了，收工。她回宿舍冲个澡，换上裙子，涂点隔离霜，来到实验室上班。

实验室的私人群又炸开锅了。

陈笑："大家看到了吗？"

侯舸："嗯！"

童放："嗯嗯！"

只有吴非在状况外："看到什么了？"

陈笑：“嗯，流行说法就是——官宣。”

侯舸：“单身的我是如此弱小可怜无助，只能任由狗粮往嘴里一口口地塞。我只是一个孩子啊，为什么要这样对我？！”

吴非：“那啥，咱都是理工生，说话能别拐弯抹角的吗？”

侯舸：“难道小非非你没看到淼淼刚刚进来时，手上戴着和霍总同款的月相表吗？”

吴非：“啊？！”

童放：“如果我没记错的话，淼淼的手表应该是去年就开始戴了。”

陈笑：“嗯，难道……”

侯舸：“哦，莫非……”

吴非：“他们去年就好上了？！”

陈笑：“很有可能。”

侯舸：“两人相识于高中，熬过了跨国异地，终于修成正果。妈妈，我好像又相信爱情了。”

陈笑通报最新消息：“大家注意！前方高能预警，霍总把淼淼叫进办公室了！”

童放做沉思状，手指却在手机屏幕上动得飞快：“墙咚？桌咚？还是……”

侯舸适时地接上去：“嘿嘿嘿……”

十分钟后。

吴非：“淼淼出来了！面色不红不羞，未见异常。”

他这条消息发出去，立即听到四周围观群众失望的叹息声，站在办公室门口的淼淼也听到了，举目看过去，几双灼灼视线鸟兽般四散，她一脸蒙，这都是怎么了？

侯舸笑眯眯地抱着账单走过来，别有深意地问：“淼淼同学，霍总现在心情应该很好吧？”

淼淼多聪明，话都暗示到这个份儿上了，她能反应不过来吗？霍斯衍叫她进去确实是为了公事，只是后面，不知怎么说到了她早上骗他月相表放在家里的事。她撒谎的证据在手上戴着呢，无从抵赖，听他意思，是要放到晚上再一起算账。

那些思想不纯洁的人啊，以为他们在办公室发生了什么吗？霍总看起来像是会在办公地方做不正经事的人吗？他不仅公私分明，而且自制力很好的。

这些话淼淼自己都觉得没什么说服力，毕竟某人前些天还亲口说过潜规则什么的……

不过，面对侯舸的调侃，淼淼怎么会轻易示弱，她歪头甜甜一笑："你进去不就知道了？"

侯舸幼稚地扮了个鬼脸，敲开霍斯衍办公室的门进去了。

霍斯衍在办公桌后看一本厚厚的医学书，姿态挺直，眉宇间满是专注严肃，他头也没抬："什么事？"

"霍总。"进门前还存着打听花边新闻小心思的侯舸秒速切换到公事频道，"这里有份账单需要您签字。"

"先放那儿吧。"霍斯衍指了指桌面。

侯舸把账单放上去，正要转身出去，又听他说："你去通知一下，下午提前下班，大家一起去聚个餐。"

"好的，霍总。"

侯舸怀着万分雀跃的心情把办公室门关上，握着拳头一跃三尺高，其他人的注意力全被吸引过来，他重重地清了清喉咙："咳咳！"

嫌声音不够大，他把手环在嘴边做喇叭："同志们，有个好消息。"

等所有人翘首以盼，连空气也安静下来，他才扔出重磅炸弹："今天晚上，霍总邀请我们出席他和淼淼的定情宴！"

"哇！"吴非激动地吹起口哨。

动静自然传到了霍斯衍耳中，他翻过一页书，一目十行地扫视，心神却偏了，他抬手抵了抵额，轻笑出声。

定情宴，这个名头不错，虽然不是他的初衷，但也达到了某种目的。

定情宴？！消息传到淼淼那儿时，她险些从椅子上跳起来："霍斯衍说的？"

侯舸拍着胸口坦荡荡地答："是我自己意会的。"

"怎么了？"他笑得人畜无害，"有什么问题吗？"

"淼淼同学你就认了吧，整个实验室，可是只有你敢直呼霍总大名。何况你们情侣表都戴上了，这么高调，也不考虑一下我们这群单身狗的感受。"

单身的悲哀，你不会懂的。侯舸摸了一把脸上并不存在的泪，走了。

留下和他一个模子般印出来的侯舫和淼淼面面相对，她觉得侯舫师兄不是八卦的人。事实证明，他确实不怎么八卦，他最擅长的是切中要害。

“淼淼师妹，你和霍总的定情宴可以带家属吗？”

淼淼直接“扑通”一声倒在了桌上。

下午四点半，实验室的人提前下班，精心把自己捯饬了一番，穿得人模人样地去白象楼赴他们霍总的定情宴。

霍斯衍直接包下一个牡丹厅，点的自然都是好酒好菜，在物质上，他从未亏待过手底下的这帮人。

核心技术人员安排在主桌，众人不约而同地把上首两个相邻的位置留给了霍斯衍和淼淼。

淼淼见旁边的男人气定神闲地落座，她也变得淡定许多，在他旁边坐下。

服务员陆续上着菜，侯舸率先站起来：“来，我们一起敬霍总一杯。”

淼淼也举起酒杯，霍斯衍在桌下握住她的手，倾身过去：“回去你要开车，别喝酒。”

“没关系。”现在叫代驾很方便啊。

“待会儿我可能会醉。”他又低声在她耳边说，“你要随时照顾我。”

还有一个原因，不想别人看到她的醉态。

那她责任很重大呢，淼淼放下红酒，乖乖地换了一杯橙汁。

霍斯衍猜得不错，接着，几个男生就像约好了般，轮流过来给他敬酒。

开玩笑，千载难逢的好机会，他们怎么可能错过？

最先喝倒的是吴非，才两杯下肚就醉得不省人事了。这个不争气的家伙，趴在桌上，还打起了呼噜。

童放摇摇头，继续吆喝着大家去给霍斯衍敬酒。

霍斯衍心情好，通通来者不拒，淼淼见他一杯接一杯地喝，担心得不行，他却并不在意：“没事，今天开心。”

他眼中隐约可见醉意了，眼角晕开小片的红，仿佛染了薄薄的胭脂，春意横生。

这样的霍斯衍难得一见，淼淼看得眼睛一眨不眨。

喝到最后，童放、吴非、侯舸等人全趴桌上了，侯舫在一旁和女朋友说悄悄话，霍斯衍叫他过来，让他把侯舸领走。

童放是小乔过来接的，吴非安排其他同事帮忙带回去了。

霍斯衍是淼淼亲自送回去的，好在他喝了很多酒，但醉得不算深，一路还挺配合，只是坐在副驾驶位上安静地闭目养神。

就是回到宿舍，从他裤兜里掏钥匙开门时遇到了小麻烦……

他又醉着，怕碰到什么不该碰的。

淼淼试了好几遍也没把钥匙拿出来，急得鼻尖冒汗。

男人本来就比她高出一截，又很重，她扶着他几乎用尽全身力气了。权衡之下，她从包里拿出钥匙开了自己宿舍的门，慢慢地把他扶进去。

他手长脚长的，沙发肯定躺不下，淼淼只好把他扶到房间，安置在床上。

听他呼吸略沉，她松开他衬衫的最上面两粒扣子，又把鞋子脱掉。

然后，她进浴室打了一盆热水，回到床边时，看到霍斯衍睁开了眼，正看着天花板。

淼淼分不清他此时到底是醉，还是醒着，她试探性地喊了一声：“霍斯衍？”

霍斯衍没有反应，倒是他的手机响了起来，默认的铃声欢快地在房间里回荡。

对方很有耐心，电话响了一遍又一遍。

淼淼担心对方有急事，连忙拿起手机，划开屏幕接通，通话时间显示两秒，她才注意到来电人是莫莉莉。

莫莉莉的第一句话就是：“霍斯衍，我准备回美国了，走之前能不能再和你见一面？”听不到回应，她又，“喂？”

对这个曾经的假想情敌，且如今还似乎对她男朋友存有觊觎心的女人，淼淼心情复杂到了极点：“他现在不方便接电话……”

莫莉莉的尖叫打断了她接下来的话：“是你？！”

从来没有过交集的人，一下准确叫出她的名字：“谢安淼淼！”

“是我。”淼淼声音平静。

“你们在一起了？”

淼淼没有回答，默认了。

莫莉莉又急切地说："我能和你谈谈吗？关于霍斯衍在美国的事，非常重要的事，关系到他的前途和人生！"

这么严重？淼淼蹙眉。

莫莉莉单方面定下见面的时间和地点："明天下午两点，就在产业园附近的茶室，我们见一面。"

大概是担心她不愿意来，莫莉莉说完直接挂断了电话。

淼淼把手机重新放回床头桌，真是莫名其妙。

她拧了毛巾，准备去擦霍斯衍的脸，没想到被他拍开了，他的语气还挺凶："别碰我！"

就碰。

淼淼恶作剧似的在他脸上又捏又掐，手感真好，原来男人的皮肤也这么光滑有弹性，睫毛好长好密……她玩得爱不释手。

霍斯衍不悦地拧眉，用英文骂了句脏话。

他居然还讲脏话！别欺负她英文不好听不懂好吗？怎么说也是过了六级的。

一会儿后，淼淼明白过来，他估计是把她当成别的女人了。

"霍师兄？"

"霍斯衍？"

"阿衍？"

"男朋友？"

大概嫌她聒噪个不停，霍斯衍闭上了眼。

"你的银行卡密码是多少，告诉我好不好？"

"不说的话，我要脱你衣服啰。"她有贼心没贼胆地伸出魔爪。

霍斯衍的气息渐渐平顺，理也不理她，将她当成透明的空气了。

淼淼再问："你最喜欢的人是谁？"

"淼淼。"他突然出声。

毫无防备，她的心跳漏跳一拍："你说什么？"

霍斯衍的手盖在额头上，薄唇轻启，又无意识地呢喃了句什么，嗓音太轻太模糊了，淼淼没听清楚，凑过去，终于听到四个字。

"我很想你。"

连起来，完整的一句话是："淼淼，我很想你。"

确定他是喝醉了，不然，不会这样吐露深藏的心声。

淼淼怔了许久，一颗心如同泡在春日湖水中，柔软得一塌糊涂。

原来远在美国的那些日日夜夜，他也曾想起过她吗？

原来，这从来不是一场她自以为的单相思。

深夜将所有的敏感情绪放到最大，淼淼鼻尖发酸，眼眶透红，朦胧视野中，床上的男人似乎已经睡熟了，眉心仍皱着，她伸手过去把那处抚平，又握住他的手，慢慢送到唇边，学他曾做过的，在那修长的无名指上吻了一下。

这一刻，她觉得自己这辈子大概要栽在他手上了，而且是心甘情愿地栽。

淼淼用热毛巾帮霍斯衍擦了脸和脖子，又在他腰间搭一条凉被，空调调到合适温度，等他呼吸渐渐变得均匀后，她才拿了睡衣进浴室。

洗着头发，淼淼忽然想起来，床被霍斯衍占了，那今晚她睡哪里？

第一念头是，肯定不能睡床上。他们虽然确定了男女朋友关系，但没有亲密到可以同床共枕的地步。

思维逆向过去，他睡了她的床，她也可以去隔壁睡他的床啊。

然而，这个想法很快被否决了。

万一霍斯衍睡到一半，口渴要喝水怎么办？又或者，他不小心踢了被子，着凉了？

思来想去，淼淼还是决定去睡客厅的沙发。她洗完头发，泡澡时，又开始纠结了，要不要穿内衣？穿的话睡觉很不舒服，如果不穿的话……霍斯衍和她同一屋子呢，万一明天早上撞见，多尴尬是不是？

舒服和尴尬之间，淼淼侥幸地选择了前者。她一般五点多钟就醒了，而霍斯衍向来起得晚，在他醒来之前再把内衣穿上不就得了？

完美。

淼淼洗完澡回到卧室，床上的霍斯衍保留着之前的睡姿，连手的位置都没变，她在他眉心亲了一口："晚安啦，男朋友。"然后她关掉灯，轻手轻脚地出去。

夏季的深夜，空气里沁着丝丝凉意，淼淼把落地窗开了一半，裹着薄被躺在沙发上。大概是卧室里那人的存在太让人安心，她刚合上眼，睡意如潮水般席卷而来，很快跌入黑甜的梦乡。

凌晨三点半，月光皎洁，阳台上的绿植在凉风中肆意摆动叶子。

霍斯衍因头疼醒了过来，打量着四周陌生的摆设，在黑暗中沉思几秒才反应过来这里应该是淼淼的卧室。他翻身下床，找不到拖鞋，只好光脚走到客厅，一眼看到蜷在沙发上睡着的淼淼。

桌上开着一盏小夜灯。

女孩子的肌肤沁着柔光，如同上等美玉的质地，一条细长的腿从被单里伸出来，睡得太熟，嘴巴微微张着，胸前有着徐徐的起伏。

她身上沐浴露的淡香，随着呼吸弥漫开来，侵占了霍斯衍所有的感官。那深邃的眸底映着光，看着她，以自己也难以想象的温柔。

自从右手受伤后，接踵而至的是夜夜失眠，后来发展到只能靠安眠药或酒精入睡的地步。

人生将近三分之一的时间扑在医学上，可笑的是，最后他连一把手术刀都拿不稳了。

表面上再怎么故作轻松，无所谓，但心底终究意气难平。

漫长的夜，对那时的霍斯衍来说，似乎是没有尽头的。他甚至不知道，不能从医，以后自己还能做什么？

直到回国，在那个乌云蔽空的午后，她像一道光，再次闯进了他灰蒙蒙的生命中。

没有人知道，甚至连霍斯衍自己也难以断定，淼淼对他而言，到底意味着什么。

半晌后，霍斯衍从绵长的思绪中回神，俊脸隐在半明半暗中，表情看不真切。他安静地站了一会儿，走到沙发前，眼神已悄然变温和。

他弯下腰，连人带被一起抱了起来，步子很稳地进卧室，把她轻放在床上。

淼淼闻到熟悉的气息，蹭了蹭枕头，继续迷糊睡去。

霍斯衍站在床前，虚拢着右手手指，先前抱起她时的感觉……太软了。

眼前是他喜欢的女生，是他的女朋友，作为一个正常男人，他不可能心如止水。

食与色，是人的本性。

在霍斯衍即将跨过危险线时，残余的理智阻止了他，他深吸一口气，等身体从紧绷状态转向缓和，这才蹲下身来，重新帮她把被角细细地掖好。

等了几分钟，淼淼安分地睡着，没有别的动作，霍斯衍这才走出去，拿起她放在客厅桌上的钥匙，回了隔壁屋。

身上的衬衫皱巴巴的，酒气不算太重，但也不好闻。

半个小时后。

霍斯衍冲了凉水澡，体内的燥热得以平息，他换了一身深蓝色菱形格睡衣，再次回到淼淼卧室。

不出意料，这次她换了个趴着的姿势，把被单压在身下，大片后背露了出来。肌肤牛奶似的白，大概是平时喜欢运动的原因，骨和肉格外匀称，蝴蝶骨线条优美，连脊骨珠都清晰可见。

且不说经受这样的诱惑是多么大的考验，霍斯衍作为医生的习惯又犯了。这个睡姿不仅会对心脏形成压迫，也有可能加重脑部缺血，还会造成眼压过高，导致醒来后出现短暂性的视力模糊。

霍斯衍伸手把她身子调整回正面，哪怕再小心，还是不可避免地产生了亲密的碰触。他的动作显得十分僵硬，指尖像燃着一团火，烧得手心起了一层薄汗。

做完这些，他又拖了把木椅坐下来。

短短的时间里，淼淼改变了好几次睡姿，伸腿伸胳膊转身，总想着把被单弄掉，最严重的一次是半边身子几乎悬空，侧个身就会掉到床下。

霍斯衍无奈地把她弄回里面去，她还要再翻出来，他只好在她旁边躺下。

感知到外边有阻碍，淼淼非但不安分，反而像激起斗志一样，想要翻山越岭，先是一条腿搭上去，接着是胳膊，后来整个人贴在了霍斯衍身上……

他隐忍得厉害，额上青筋隐隐出现，气息产生了微妙变化。谁知淼淼趴了不到三十秒，又嫌弃他身上睡得不舒服，草草收兵回城了。

霍斯衍平躺着，望着天花板，既轻又缓地呼出一口闷气。

接下来，淼淼倒是一觉安分地睡到了天亮。

窗外，太阳还只是一团亮光，淼淼的意识回笼，感觉到头下枕着的东西怪怪的。她睁开眼，看到一条不属于自己的手臂，立刻吓了一大跳，缓缓侧过头，一张放大的俊脸近在咫尺间。

她捂住嘴巴才没有尖叫出声，霍斯衍？！他怎么……

不对，她怎么睡床上来了，还枕在他肩上？

完全没有记忆，她昨晚滴酒未沾，难道是工作压力太大，梦游了？

“醒了？”闭着眼的男人哑声问道。

醒着的？！淼淼感觉头皮阵阵发麻，刚冒出想装作什么事都没发生悄悄跑出去的念头，顷刻间烟消云散了。她干脆坐起来，被单滑落，堆到膝盖，垂眸一看，瞬间涨红了脸，又火速把被单扯起来，将自己裹得严严实实。

霍斯衍有些不自然地轻咳一声，显然是看到了什么。

两个明明清白得不能再清白的成年人，像失足男女一样沉默相对，彼此的眼神若有似无地对上，又匆忙避开。

淼淼抱着被单，小声问：“你抱我进来的？”

霍斯衍“嗯”一声。

淼淼心想，要不要解释一下他为什么会在她这边？如果解释的话，势必跳不过拿不到他家钥匙这个环节，她真的很努力尝试过，可他的西装裤口袋太紧了……

嗯，换个安全的话题好了。

“我昨晚给你擦脸时，你不仅拍掉了我的手，还骂了脏话。”

听着女朋友的控诉，霍斯衍微微怔愣：“抱歉，我可能以为还在国外……”

那个时候，他身边没有她，却有很多凑上来打算春风一度的女人。

他没说下去的话，淼淼听懂了，她很大度地说：“这次原谅你啦。”

她被他眉间闪过的一丝落寞，勾得心里发酸：“以后，我会一直在你身边的。”

“嗯。”霍斯衍深深地凝视着她，“以后就麻烦你多照顾我了。”

明明大多数时候都是他在照顾她，可这种略显脆弱的语气，又让淼淼的心软得不行。她抬眸，刚好霍斯衍低下头来，下一秒，唇角印上他嘴唇的温度。

很温柔的早安吻。

不知不觉，和煦的阳光浮满了室内。

淼淼的早餐和午餐都是和霍斯衍一起吃的。她回到宿舍，墙壁上的时钟正指着“1”的位置，“嘀嗒嘀嗒”每一下响动，让她的情绪产生了接连起伏的波动。

莫莉莉在电话里说两点钟会在茶室等她，还说要告诉她关系到霍斯衍前途的大事。

要不要去？淼淼摇摆不定，直觉对方肯定是有备而来的。

然而，事关霍斯衍，她不可能做到无动于衷。何况也不是怕事的性子，大不了水来土掩呗。

淼淼决定赴约，外面太阳大，她取了一把伞出门。

等她来到茶室，莫莉莉早等在里面了，从淼淼进门，视线就一直紧紧盯着她，细究她这些年的变化，越看脸色越冷。

这就是霍斯衍所说的初恋，除了脸蛋长得漂亮，其他地方大概一无是处。莫莉莉记得淼淼高中时成绩很一般，哪怕有霍斯衍帮忙补习，也是扶不起的阿斗。估计后来读的也是不入流的大学，心底的不平之气化作冷笑溢了出来。

她凭什么？凭什么得到霍斯衍的喜欢，还让他念念不忘这么多年？

可当淼淼来到跟前，莫莉莉又恢复了一贯的优雅大方模样，笑着说：“坐吧。”

淼淼在她对面坐下。

莫莉莉开门见山地问：“你知道霍斯衍为什么突然回国吗？”

她脑中忽然闪过那晚他们在月下牵手散步的画面，桌子下，镶着碎钻的指尖掐进了手心，可想到接着要说的话，又浮现一丝快意。

“他的右手受了很严重的伤。”

淼淼睫毛往上一颤，猜到她后面要说什么了。

莫莉莉很满意她的反应：“你知道吗？霍斯衍是为了救我，才受伤的。”

“如果不是因为我，他不会断送职业生涯。他真的很喜欢当医生，你一定没看过他穿手术服的样子吧？那么英俊迷人，而且加州医院的华人医生中，他的手术成功率是最高的。”

“出事后，我一直很自责，日夜睡不着觉。我想尽一切办法，动用了所有能动用的关系……在听说了霍斯衍的不幸后，有家研发肿瘤药物的重点实验室盛情邀请他去做研究员。”

“你可能不知道这意味着什么，一进去就年薪百万。”莫莉莉冷冷地看着她，眼神带上了讽刺，“如果他愿意，他同样可以在医学领域再次崭露头角，开创出新局面。”

“他却选择回到了国内，不管我怎么劝说，也不愿意回美国，去接受一份能让他前途敞亮，实现人生价值的工作……”

莫莉莉的嘲讽之色更甚了：“国家花了那么多心血才能培养出一个合格的医生，你算算，从第一起医闹事故，直到今天，有多少个医生死在了那些畜生手上？

“很荒谬是吧？他们本着一颗治病救人的心，却落得这样悲惨的下场，怕是死不瞑目。”

淼淼淡淡地反击：“美国不是也有医闹吗？”

莫莉莉被她的话一噎，无可反驳，毕竟自己亲自经历过一起医闹事件。

“再说了，至少在中国，你不必担心走在街上会被别人枪杀，也不必害怕半夜三更熟睡时有人持枪闯入你的屋子。”淼淼耸耸肩继续说，“如果你硬是要拿这些并不能代表大多数的例子来胡搅蛮缠的话，那我没有办法。”

“你刚刚说，有个什么重点实验室邀请霍斯衍去做研究员，被他拒绝了。拜托莫小姐，他的智商估计比你和我的加起来都要高，什么样的选择才是最好、最正确的，他难道不比你我更清楚吗？”

淼淼纯属就事论事，莫莉莉却解读出了另一层意思——你和霍斯衍同学、共事了好些年，他如果看得上你，你们早在一起了，可事实是，他选择的人是我。

所以，我才是他最好最正确的选择。

莫莉莉不由得恼羞成怒道：“谢安淼淼，你别太过分了！”

淼淼无辜地眨眨眼：“我说的是事实。”霍斯衍的智商确实比她们都高，这有什么疑问吗，她把自己也贬进去了好不好？

“听你的意思，好像那个实验室是在听你讲了霍斯衍的遭遇后，才决定给他这样一个机会，似乎……带有同情的成分？”淼淼的手指不紧不慢地敲着桌面，轻描淡写问，“年薪百万，是人民币，还是美金啊？”

莫莉莉的脸色变得一下青一下白，她前后奔波找各种各样的关系，并不否认有“卖惨”的成分才让实验室松口，答应让他过来一试。

可霍斯衍是什么人？拥有医学天赋，又心高气傲，如果被他知道背后还有这么一出，更不可能接受这份工作了。

“你根本不了解他。”淼淼笑吟吟地说，“他在乎的从来不是钱，或者所谓的前途。”

PC实验室，就这半个月，光是器械消耗的钱以数十万计。霍斯衍签账单时眼睛都不眨一下，还告诉大家不用顾虑钱的问题，鼓励他们勇敢尝试，尽最大的努力，做出最好的产品。

金钱或许能收买一时的人心，但绝对换不到真心。

侯舸、童放、吴非、陈笑和侯舫，这些机械、电子和计算机领域的尖端人才，拥有恃才傲物的资格，为什么他们偏偏心甘情愿留在实验室，哪怕上下班时间没有限制，也兢兢业业，每天早出晚归，经常自觉地留下来加班？

因为霍斯衍给予了他们最大的尊重，对技术的尊重，对人格的尊重。因为实验室那个引领前行的人，和他们有着同样的信念，他们从心底里敬重他，信任他，愿意把前程和后背都交给他。

从最初疏离的霍先生，到高高在上的霍总，再到私底下、明面上叫开的衍哥……

他们不再是上下级的关系，而是变成了志同道合的朋友。

淼淼有信心，她将和大家一起见证PC实验室的崛起和辉煌。

她重新看向莫莉莉：“我们回到最开始的话题，你说，霍斯衍是为了救你才受的伤。”

“对！”莫莉莉找回了场子，高抬下巴，“我负有不可推卸的责任。”

淼淼不客气地“哗啦啦”一盆冷水浇下去：“如果一个男人，在那种紧急情况下视而不见，袖手旁观，任由施暴者在他面前伤害一个手无寸铁的女人，你会怎么想他？”

莫莉莉的脸瞬间褪去了血色，眼睛不可思议地瞪大着。

“虽然很遗憾在他身上发生了那种事……”淼淼回想着当时的场面，心尖上仿佛有一把钝刀在割，她短暂地顿了顿，“不过，还是谢谢你告诉我，我的男朋友是一个多么有责任心和担当的人，他值得我去爱。”

话说到这里，再没有别的可说了，淼淼起身准备离开。

刚走出几步，身后砸来一串莫莉莉歇斯底里的叫声："谢安淼淼！你别得意得太早，你真以为自己配得上他吗？"

这边闹出的动静吸引了其他喝茶的客人，纵然是在茶室，但有热闹不看，是划不来的，十几道视线齐齐聚集在莫莉莉身上。

淼淼无意成为他人眼中的笑话，头也不回："至少，比你配。"

她很快走出了门口。

莫莉莉呆坐在椅子上，精致的妆容也遮盖不了满脸的狰狞，她始终压不下胸口的怒气，一把将桌上的茶杯扫到地上。

杯子清脆碎裂，茶水在古色古香的木质板上，淋漓似泼墨。

淼淼从茶室出来，在路边的小店铺买了一瓶蜂蜜柚子茶，老板问她："不要冰冻的？味道更好呢。"

"不用了。"说了半天的话，连半口茶水都没喝，她付过钱，拧开瓶盖，不一会儿喝掉了大半。

其实，心里还是有那么一点点介意的。为什么偏偏就是莫莉莉呢？

如果霍斯衍心里不是有她，有了这层渊源，岂不是顺理成章地和莫莉莉修成正果了？

淼淼摇摇头，她觉得这个想法太荒谬了，可就是感觉如鲠在喉，不吐不快，她的性格不适合伤春悲秋，心里也藏不住事。以前看谍战片，谢星繁说如果她去当卧底，肯定还没潜入敌方内部就被消灭了，因为她把什么都写在脸上，而且看起来一点不像坏人。

这评价还是很中肯的。

淼淼撑着伞回到实验室，时间已经有些晚了，她加快步伐，一进门，险些和里面走出来的人撞了个满怀。

霍斯衍握住她手臂："怎么走这么急？"又问，"刚刚去哪里了？"

淼淼实话实说："莫莉莉找我了。"

霍斯衍语气一沉："她找你做什么？"

淼淼简单把事情的经过告诉了他。

他的眸色幽深异常："她说得不对。"

什么不对？淼淼听得云里雾里，他却不再往下说，而是牵起她的手："淼淼，和我去一个地方。"

要去哪里啊？

霍斯衍带她去的是A市最有名的私人山庄，她之前从没来过。据说这里实行的是高级会员制，接待的都是金字塔顶端的政要名流，非富即贵的大人物。

不久前看到过一个新闻，说是东南亚的某国王子私下来访，他的朋友就是在这个山庄设宴款待他的。

此处占地面积太广，处处透着奢华，淼淼开着的奥迪，进了那道雕花的金色大门后，被衬得跟Smart没两样。

远处是一栋高大的欧式建筑，鸦青色的尖顶在太阳下闪闪发光。

开了十几分钟，一路畅通无阻。

真奇怪，不是说因为客人性质特殊，里面实行的是民间最严格的放行和监管程序吗？

淼淼慢半拍地意识到，坐她旁边的这个男人，或许就是最好的通行证？

果然如此。

他们下车后，训练有素的泊车小弟过来取走了淼淼的车钥匙。接着，一个五十多岁、两鬓发白的男人迎上前来，恭敬地打招呼："霍先生。"

霍斯衍点点头，算是回应。

"这边请。"中年男人在前面引路。

几分钟后，淼淼和霍斯衍兜兜转转来到六楼一间隐秘的包厢。

男人关上门出去了。

淼淼疑惑地问："我们来这里做什么？"

"等一下就知道了。"霍斯衍卖了个关子。

这么神秘？反正待会儿揭晓，淼淼不费心神去探究，她饶有兴致地打量起四周来，惊叹不已。她以为盛安公馆在A市算是顶级富贵了，没想到……一山还比一山高。

每一样物事都是用金钱堆起来的，是平常人一辈子都无法想象的奢侈。

等等，淼淼指着正面墙上挂着的一幅画："这是斯蒂芬缪尔德的遗作，水仙花？"她不敢相信，"是真品吗？"

霍斯衍也看了一眼："恐怕是的。"据他所知，那个人没有收藏赝品的癖好。

在他们讨论水仙花时，有人推门进来了。

地毯完美地吸收了他的脚步声，直到他出现在包厢里，淼淼才留意到他的存在。

她记得，从楼下来到包厢的路上，见到最多的东西，就是挂在墙上的标志，上面写着醒目的四个大字：禁止吸烟。

然而，这个陌生男人是咬着一支烟进来的，那张俊美无俦的脸隐藏在袅袅的白色烟雾后，格外引人注目的，是他那双微眯起来的幽深黑眸，里面充满了……

第一时间浮现在淼淼心中的是这两个字——

危险。

七分甜
不及你万分之一

他是谁?

淼淼莫名感到紧张，她下意识看向霍斯衍，他接收到她的目光，安抚似的点点头。

眨眼工夫，男人无声来到她跟前。他两指间夹的烟已不知所终，烟雾散去，露出了清晰的脸部轮廓，细看之下，竟与霍斯衍有几分相似。

但他们的气质是截然不同的。

霍斯衍外表清冷内心温柔，行事作风偏正派，可眼前的男人，他身上多了几分邪性和玩世不恭的味道。就如此刻，他拿那双和霍斯衍一模一样的桃花眼看她，眼神是漫不经心的，可她无法分辨其中是否暗藏着某种算计。

像一条毒蛇，它有着漂亮的外表，“咝咝”地吐着芯子，极尽耐心。你会天真地以为它在示好，其实它是在判断周围的环境条件，然后趁你不注意时跳起来咬你一口。

淼淼的直觉向来很准，这是一个非常危险的男人。

一道低冷的嗓音打断了她的沉思：“这位就是弟妹吧。”

霍斯衡说着，朝霍斯衍看过去一眼，然后收回视线，微弯下腰，做了个绅士的见面礼，对着淼淼微微一笑：“霍斯衡。”

淼淼被他那句“弟妹”轰得反射弧短路，好几秒才反应过来他在做自我介绍。霍斯衡？难道他和霍斯衍一样，都是“斯”字辈的霍家人？

她稳了稳心神：“你好，我是谢安淼淼。”

“恕我孤陋寡闻。”霍斯衡又恢复了那种闲散的神情，“谢安是复姓？”

“不是。”淼淼摇头，“我爸爸姓谢，我妈妈姓安。”

隔得近，灯光又亮，她发现他右眼角下有一粒泪痣，淡淡的。

这种面相的人，命理学有两种说法。一是今世注定为情所困，不得善终；二是，靠着这个印记寻回前世的命定之人，再续情缘，婚姻甜蜜美满。

却不知，他会是哪一种？

“原来如此。”霍斯衡点点头，“六水淼淼？”

“是的。”

“那你们倒是天生一对。”

几句话交谈下来，淼淼不自觉放下了心防：“怎么说？”

霍斯衡难得有耐性跟她解释：“衍，原意水流入海，水（氵）裹在行中，大水奔流之意。而你取名双淼，便是命中五行极度缺水。物极必反，水多则易泛滥成灾，唯有……引流入海。”

淼淼没想到他会对命理有这么深的研究，而且分析得头头是道，更没想到的是，她和霍斯衍，光是名字就有这么深的渊源。

她绽开笑颜：“说得很对，你好厉害。”

霍斯衍见女朋友这么轻易就被别的男人哄得心花怒放，眉间露出些许无奈。可见她笑得那么开心，清澈眸子亮晶晶的，他受到了她的感染，心情跟着愉悦起来。

霍斯衡把他们的反应看在眼里，飘了个“你老婆很有趣”的眼神过去，霍斯衍也以眼神回道：那当然，你羡慕不来的。

霍斯衡无谓地笑笑。

小插曲后，两个男人开始进入正题。

淼淼被霍斯衍拉去旁听，起初以为他们是寻常的兄弟叙旧，可听着听着，谈的内容全是不为外人道的家族秘密。这些私密的话被她听去，真的合适吗？

霍斯衡轻描淡写地说：“那起医闹的幕后策划者，我已经揪出来了，是霍刚。”

霍刚是他们的三伯父。

淼淼震惊极了，医闹是人为策划的？！

“他买通了两个华人混混，假装是患者家属，制造了一场医闹。从头到尾，他们的目标只有你一个，至于那位女医生，不过是个被选中的无辜受害者。”

霍斯衍搂住淼淼轻颤的肩膀：“我的手受伤，并不是为了救莫莉莉，反而是她，受了我的牵连。”

淼淼眼中起了一层水雾，心口一下下地揪疼着。

她现在哪里还在乎那些啊？她在乎的只有他，原本以为只是一场意外，没想到竟是他的亲人千方百计想毁掉他。为什么呢？

霍斯衍沉吟道：“他们想逼我回霍家。”

淼淼还是不懂。

霍斯衡点破关键点：“你知道霍家，是哪个霍家吗？”

她满脸茫然。

“富春城的霍家，应该听过吧？”

淼淼猛地抬头，不敢置信地盯着霍斯衍：“你……”

“没错。”霍斯衡肯定了她的猜测，“你的男人正是那个霍家的第三代嫡长子，也是现在的掌权者，霍老太爷唯一认可的家族继承人。”

淼淼更不明白了，嫡长子，现在还有这么奇怪的说法？记得霍斯衡先前是喊她“弟妹”，照理来说他应该年纪比霍斯衍大，难道他们不是同一个辈分？不是同辈的话，为什么会叫弟妹？

“遗憾的是，他无心做继承人，甚至为了摆脱这个身份，一家三口不惜与霍家决裂。如果他愿意，这座私人山庄就会到他名下，甚至，整个霍家都是他的……”

霍斯衡知道这些话霍斯衍肯定不会跟女朋友说，他不介意费点心神去做这个中间人，他要让她更清楚地知道霍斯衍到底是一个什么样的人，知道他为了这份看起来平静的生活曾放弃过什么。

“觉得很不可思议吧，这世上居然会有对名利权势毫不心动的男人。”他面笑眼不笑，“恭喜你，你很幸运地遇到了。”

淼淼紧握住旁边男人的手：“我并不感到意外。”

这的确是霍斯衍会做出来的事，名利权势又如何，过眼云烟罢了，总有别的东西比它们更重要。

霍斯衍在她手心轻挠两下，亲密的小动作，让她的心慢慢平静了下来。

霍斯衡轻笑：“我现在也不意外，他为什么会选择你了。”

淼淼赧然地回以一笑，问霍斯衍：“你刚刚说，那些人为了逼你回霍家，故意借医闹伤了你的手，让你无法再做医生。这对他们有什么好处呢？”

回答她的是霍斯衡：“都是我的错。”

“怪我风头太盛，让那些老家伙感受到了威胁。”霍斯衡心不在焉地把玩着打火机，“霍家年轻一代里也就我和霍斯衍最为出类拔萃，担得起家族大任，其他全是草包。这样的百年老家族，腌臜事多了去。”他的语气染上了一丝嘲讽，“何况家规又森严，他们怎么可能容许一个私生子去当继承人？”

私生子，说的是他自己？

霍斯衡浑不在意：“逼你回来，是为了牵制和打压我。”

霍斯衍显然早就想到了这层，沉默不语。

“可是……”淼淼问出心中疑惑，“他们用这种极端方式逼你回国，一旦将来你真的接管了霍家，难道不会顾忌……”

她想说的是他夹私报复，可又觉得霍斯衍不会做出这样的事。

“霍家内部关系错综复杂。”霍斯衍沉声说，“这种事肯定不可能只是一个人的主意，如果要深究下去，必然伤其根本。何况就算成了霍家一把手，也需要得到他们的支持，位置才能坐得安稳。”

他们就是看准了这点，所以才肆无忌惮。

淼淼心生不平：“难道就这样算了吗？”就算那两个肇事者进了监狱，并在服刑期满后被永久驱逐出境，可幕后的主谋呢？他们不用受到法律的制裁吗？

霍斯衍和霍斯衡交换了个眼神。

自然是不能跟淼淼说，等待那两人的惩罚比她所知的要严重百倍，那些阴暗的东西，霍斯衍根本不想她去碰触。

他轻声安慰：“一切都过去了。”

淼淼“嗯”了一声。

这时，霍斯衡的手机响了起来。初时他是不耐烦的，当看到屏幕上浮动的名字，他毫不犹豫地指尖一划接通了：“到了？606包厢，直接上来。”

还有谁要来，难道是另一个霍家的人？

就算给淼淼一千次机会，她也猜不中几分钟后从门外进来的人，居然是前段时间刚拿下金花奖的影后木鹤。

这里的隐秘性很好，大概是习惯了，木鹤出现得尤为低调，她摘掉口罩和墨镜露出全脸时，淼淼惊得目瞪口呆：“啊，你是木鹤！”

淼淼平时并不怎么关注娱乐圈，是在北城老家陪奶奶看电视剧时，听她把一个演公主的女演员夸得天花乱坠，于是多留意了两眼。

女演员就是木鹤，一个很有气质的古典美人，美得张扬，美得惊艳，美得让人移不开目光。淼淼还记得某个镜头，公主站在高高的城墙上，一袭红衣似火，因她心中另有所爱，不愿远赴千里和亲，于是以死抗争。

她从城墙一跃而下，以死向生，裙摆如烈焰，烧尽城下枯草。

连连告捷从远方战场归来的年轻将军，惊闻心上人噩耗，自刎于城墙前。

那晚邺城的护城河边，满地鲜红，被月光温柔照亮。

木鹤是淼淼见过最适合古代装扮的女演员，没有之一。就如此时，她身姿娉婷地站在眼前，淼淼恍惚中有种错觉，她是从千年前的时光里跨越而来的。

“你好。”木鹤笑着打招呼，声音柔软而动听。

淼淼伸出手去和她握了握：“我奶奶是你的忠实粉丝，我也很喜欢你……能麻烦你帮我签个名吗？”

“当然可以呀。”

霍斯衡走过来，占有性地搂住木鹤的腰：“弟妹，给你介绍一下，我未婚妻，木鹤。”

木鹤推他，推不动，反而被搂得更紧了，她的脸变红了。

原来他们是一对啊！

难怪淼淼这么惊讶，之前无意中在微博上看到一条木鹤的花边新闻，说她被深城的某个富商包养了，淼淼直觉木鹤不是那种女孩子。可内幕消息传得有板有眼，娱乐圈本来水就深，真真假假，复杂难辨。

如果不是亲眼所见，淼淼也不敢相信，木鹤竟是霍斯衡的未婚妻，有他这样的珠玉在侧，谣言自然不攻自破。

淼淼和木鹤一见如故，一个热情活泼，一个温婉娴静，坐在一块儿，气场说不出地契合，聊起来没个停。

木鹤也很喜欢淼淼，提议道："要不我们加个微信吧，以后有空可以继续聊。"

"好啊好啊。"

女孩子们的笑声传到两个男人耳中，他们短暂地停止了交谈，纷纷侧目看向自家的女朋友。霍斯衡姿态慵懒地靠在真皮沙发上，手里的打火机亮起淡蓝色火焰，又暗下去，他弯唇笑道："她们还挺聊得来。"

霍斯衍看到淼淼端起一杯水果酒喝了两口，笑得梨涡甜甜的，他的眼梢也弯起愉悦的弧度，视线就不再挪开了。

"你打算要怎么处理？"

霍斯衍轻轻地笑了："你觉得呢？"

"行。"霍斯衡会意，"按照你的意思，法律能解决的，就让法律去解决。至于法律之外的，便按照霍家的规矩来。"

"还有，你母亲的事，我也会给你一个交代的。"

"谢了。"霍斯衍举起酒杯，仰头一饮而尽。

如果不是霍斯衡以一己之力把所有的黑暗和不堪挡在前面，他不会这么轻易从霍家剥离出来，并拥有如今安稳的生活。

"客气。"霍斯衍淡笑着，干完了一杯伏特加。他也得到了自己想要的东西。

淼淼和霍斯衍在私人山庄待到吃过晚饭才回去，由于两人都喝了酒，霍斯衡安排了一个司机送他们。

车子从空旷的郊区开入繁华市区，开到高新区产业园附近时，淼淼有点胸闷，霍斯衍陪她下来走走。

夜色被灯光驱逐得四处散开，树间草地上时不时传来虫儿的鸣叫。

淼淼没有喝多少酒，谈不上醉，她挽着霍斯衍的手臂，慢悠悠地在湖边散步。大多时候是她在说话，他在听，偶尔应一两句。

"奶奶要是知道我和木鹤做了朋友，她一定会很高兴的。嘿嘿，我还拿到了签名。"她宝贝地拍了拍包包，讲出自己的秘密计划，"要是能把木鹤带回去，她肯定笑得假牙都掉下来。"

淼淼想象那个画面就乐不可支。

"咦，我们怎么走到这儿来了？"越走越远了。

想到还有那么长的路，淼淼就双腿发软，今天的一万步任务还没完成呢，她眼睛骨碌碌转了两圈，有了主意，戳戳他手臂："霍斯衍，你体力好不好啊？"

"淼淼。"霍斯衍清冽的气息贴上她耳根，"不要和男人讨论体力好不好这种问题。"

说着，他蹲下身："上来吧。"

淼淼喜滋滋地趴到他背上："你怎么知道我在想什么？"

难道她的眼神有那么赤裸裸吗？

我当然知道。知道你说轻松的话让我开心，也知道你软声软语跟我撒娇，是为了不让我分神去想别的事。

霍斯衍稳稳地把她背了起来。

淼淼搂住他脖子，脸贴在他颈边，扬起手发号施令："走啰。"

走出一段路，有个坐在石椅上休息的小男孩看到他们经过，小手扯了扯旁边妈妈的衣服："为什么那个姐姐可以不用走路？"

他妈妈不知道说了什么，小男孩羡慕地叹气："我也好想找个男朋友背我回去啊。"

淼淼回头，对着他得意地笑，眉眼弯弯的样子，格外动人。

走了二十分钟左右，PC实验室所在的大楼就近在眼前了。

霍斯衍背着淼淼走上前面的阶梯，头顶明月高照，两边灯光晕黄，他们缓慢穿行其中。

她在他心口写他的名字，一笔一画，忽然心念一动，以几不可闻的声音说了四个字："我爱你哦。"

"什么？"霍斯衍回头，不确定地问。

淼淼第一次说这种话，羞得双颊泛红。其实她只是一时心血来潮，没听到就算了。

走上最后一级阶梯，淼淼听到男人字字清楚地说——

"我也是。"

"哦？"淼淼装作什么都听不懂的样子，"你也是什么？"

霍斯衍的面部线条，以高挺的鼻梁为界，半边映着光，半边印着影。闻言，他微抿的唇线渐渐舒展，笑意溢出，好看极了。

夏目漱石以"今晚月色真美"暗指"我喜欢你"之意，霍斯衍一路背着她走来，前尘过往——从身畔如风掠去，只剩内心无比安宁。他觉得往后余生，大概再也没有今晚这么美的月色。

久久没有听到他的回复，淼淼的心被勾得痒痒的，像有小猫的爪子在挠来挠去。她怕他的右手吃不消，悄悄调整了个姿势：“怎么不说话？”

霍斯衍偏过头，侧脸正好贴上她的唇，呼吸间都是水果酒的淡香，淼淼一动不动，保持着亲他的动作，又听到他轻笑一声：“上去再告诉你。”

淼淼的脸红心跳都准备好了，满怀期待会等来爱的告白，没承想，她终究道行太浅。回到宿舍，男人把她放在沙发上，先是揉了揉右手手腕，然后慢条斯理地解开宝蓝色的袖扣，再接着，黑色衬衫最上面的两粒扣子也被他扯开了。

这是要干什么？

接着，淼淼感觉整个人像被抛上云端，许久后，她才真实地回到了霍斯衍怀中，呼吸被他夺去大半，心口处凝滞得难受，忍不住轻咳出声。

“这么久了，还没学会换气？”霍斯衍低声戏谑道。

淼淼气喘吁吁地瞪他一眼，节奏太快，她根本跟不上好吗？！

霍斯衍不再逗她，换了个话题：“早上一般去哪里跑步？”

“就在附近的小公园。”

“明天一起去？”

“你能起那么早？”

霍斯衍最近在调整作息，经年累月的整夜失眠成了瘾，不是一时能调回来的。不过，能在工作之外，多陪陪女朋友，再大的困难他也是能克服的。

霍斯衍认真思考几秒：“如果有什么奖励的话，应该可以的。”

少来，又想套路她。淼淼不接他的话茬：“那明天拭目以待啰。”

她坐起来，发现内衣肩带松了，滑了下去，当着霍斯衍的面肯定不能去弄，她只好高举左手，看表：“啊，十点半了。”肩带顺势回到原处。

霍斯衍也觉得时间比较晚，自己该回隔壁了。他站起来，想到什么，又弯下腰，手肘搭在沙发靠背上，向她讨要了一个晚安吻。

一下热情如火，一下又温柔似水。

真受不住。

霍斯衍离开后，淼淼继续呆坐着，脸颊有不停升温的趋势，她感觉快要自燃了。

淼淼为今晚的表白和两个吻，失眠到午夜十二点。次日她起得有些晚了，等洗漱完换好衣服，门外响起了不疾不徐的敲门声，是霍斯衍独有的节奏。

她冲过去打开门。

门外，霍斯衍穿着一身休闲的蓝色运动服，俨然和她身上穿的那套是情侣款。他站在晨光里，面容清隽，身形颀长而挺拔，原本还有些清淡的神情，在看到她时，换成了温柔的笑："早。"

"早啊。"淼淼有些晕头转向，怀疑自己是没休息好，血糖太低了，总之，一定不是别的原因。

片刻后，他们一起来到楼下，沿着小道跑向了淼淼说的小公园，远远听到激情洋溢的歌声："你是我天边最美的云彩，让我用心把你留下来，悠悠地唱着最炫的民族风……"

淼淼昨晚忘了提起这茬："呃，这里有一群阿姨晨练的，也就是俗称的跳广场舞。"

她才意识到霍斯衍的气质和这种地方严重不符，他在国外待的时间长，应该不是很了解，这种放诸国内皆准的，只要一群妇女和一个音响就能组织起来的"大型"晨练活动。

霍斯衍只是淡淡地评价了三个字："挺热闹。"

"是啊。"淼淼点点头，"不过不碍事啦。我们跑我们的，她们跳她们的。"

话是这么说，可只要在公园范围内，处处抵挡不了魔音穿耳。

霍斯衍一直配合淼淼的节奏，跟在她身边跑，十圈下来，她面色绯红，呼吸急促，他则是除了出汗，看不出一丝别的异样，连气息都是平稳的。

淼淼纳闷了，没道理啊，算起来她也慢跑了四年多，妥妥的耐力型种子选手。他整天坐办公室，也没见他怎么运动，怎么身体素质这么好？

难道是男女之间天生的体力悬殊？

又跑过两圈，淼淼跑不动了，霍斯衍也停下来，从口袋里掏出手帕替她擦额头鼻尖上的汗。

跑步结束，接下来是慢走，调息并缓解小腿肌肉的紧绷。

阳光被繁密的枝叶筛下来，成了一道道金线。

不远处，有对头发苍白的爷爷奶奶互相搀扶着散步，他们的脚步放得很慢，轻声细语地交谈，周遭洋溢着平和与幸福。

他们身后，有个扎着羊角辫的小女孩在学走路，跌跌撞撞，一下扑进了妈妈怀中。

妈妈亲她的小脸："宝宝好棒哦。"小女孩咧嘴开心地笑了。

随处可见平凡人间的快乐。

淼淼靠过去，牵住了霍斯衍的手，提议道："我们来拍张合照吧。"

他们走到一棵树下，光线好，怎么拍都好看，虽然霍斯衍对着镜头表情还是稍显不自然，可谁让他长得帅呢，淼淼举着手机"咔嚓咔嚓"连续拍了几张。

粉红和浅蓝运动服果然是绝配，看起来情侣得不行。

淼淼又对着地面的影子拍了一张，发现光影效果棒极了，身高差，姿势亲密，又不露脸，她选了这张神秘照片发到微博，配上文字——

"我和我的他。"带一个爱心的表情。

她微博只有七十六个粉丝，每次发消息除了小乔、赢赢、花柔和其他三个本科舍友会点赞评论外，剩下的七十个粉丝通通安静如死水，估计是微博硬塞的僵尸粉。

小乔很快占了这条微博的沙发："这波恩爱秀得我给满分。"

舍长姚春晓的评论紧接其后："什么情况？六水你的春天来了？"

淼淼回复舍长："喵喵。"

回复小乔一个狗头表情。

她收好手机，和霍斯衍沿着来时的路回去了。

两人回到宿舍准备早餐时，谢南徵正开着车从小区出来，他踩着刹车过了减速带，拐出门后，一眼看到立在树下的火红色身影。

他在路边停车，摇下副驾驶位车窗："我的车修好了，不用麻烦你来接了。"

孟临星顺手解锁，开了车门坐进去："我知道啊。"

她拉了安全带系上，整理好裙摆，巧笑倩兮地说："这次是我麻烦你送我去医院。"

谢南徵没有接话，她总是有自己的道理，经验告诉他不能迎头而上，因为不管如何，最后总会被她牵着鼻子走。这些天他们几乎一天两顿饭都是在一块儿吃的，也不知道她怎么办到的，他欠下的饭和人情越来越多。

之前是觉得心里过意不去，现在则是债多不愁了。

谢南徵重新启动车子，专注前方路况。

孟临星拉下遮光板，又从小包包里翻出一管口红往唇上涂："谢医生，你吃早餐了吗？"

谢南徵昨晚看国外关于肿瘤方面的论文，看得太入神，没注意时间，凌晨四点多才上床，睡了个囫囵觉就起了，自然是没有时间做早餐。

好在今天没有安排手术，只是下午有个重要的医学讲座要参加，他打算去到医院再随便吃点。

孟临星从他的沉默里听出了答案："我知道有一家很好吃的灌汤小笼包早餐店，要不要去吃？就在医院附近哦。"

谢南徵不知道她还有什么套路等着自己，不为所动。

孟临星诚心诚意地保证："这次我绝对不会偷偷去结账，去啦去啦！"

谢南徵就这样被她拐了过去，说是医院附近，可也绕了不少的小巷子才到。这里是一片老住宅区，位置较偏，路又坑坑洼洼的，平日里除了居民出入外，外面的人基本不会过来。

两米宽的街道上，连做生意的小贩也很少见到。

它像一粒灰尘，依附在华丽的城市一角，没有什么存在感。

出乎谢南徵的意料，那家灌汤包店生意却很好，店内坐满客人，门口还排起了长队，除了夹着拖鞋、摇着凉扇、打着哈欠的附近居民外，还有不少衣着光鲜的上班族。

"孟小姐。"有个穿着红色格子围裙的老妇人迎上来，笑得眼角皱纹深深，"你来了。"

孟临星笑着说："美浓婶，您再叫我孟小姐，我以后真不过来了啊。"

美浓婶不好意思地搓着手，鬓间的几缕碎发染着白霜，看着很是淳朴厚道，她绷紧声音中气十足地喊道："小孟！"

孟临星这才欢欢喜喜地上前去："昨晚我梦见来吃您家的灌汤小笼包了，谁知道还没吃上一口呢，就醒了。今天我一定要好好吃个够。"

美浓婶看她身后跟着的帅小伙，轻声问："男朋友？"

孟临星笑嘻嘻地答："快是了。"

"小伙长得挺精神，做什么的？"

"医生。"

"医生好，医生好啊……"

店里没有空位了，美浓婶直接把他俩带进后院，正中摆着张老旧圆木桌，一条桌腿瘸了，底下用砖头垫着，应该是他们平时用来吃饭的桌子。

美浓婶擦了四五遍桌面，想着孟临星第一次带男朋友过来，就让他看到这么寒酸的场面，听说医生都是有洁癖的，也不知道会不会丢了她的脸。这还没在一起呢，要是因此让他们生了嫌隙……她顿时深感不安起来。

"美浓婶。"孟临星用开玩笑的语气说，"您再擦下去，这桌子可比我的脸还干净了。"

"没事，他不会介意的。"说着，她瞟了对面的谢南徵一眼。

谢南徵会意，客气地笑着："小孟说您这儿的灌汤包很好吃，我就过来尝尝。"

美浓婶受宠若惊地摆摆手，忠厚老实之人的诚恳如数展露："如果不是小孟，店里的生意也不会这么好。我和我家老头做了半辈子的灌汤包，赚的钱也仅仅是勉强度日。去年老头子出了车祸，乌漆墨黑的，又在监控死角，肇事者逃了，他在医院躺了三个月，掏空了家里的积蓄，日子眼看是过不下去了。"

"有一天我带着灌汤包去医院看老头子，刚好遇到了小孟，她听说我们的遭遇后，就在网上发了条微博，当晚就拿了三万块钱过来，说是热心网友的捐款。我用这笔钱付清医药费，还重新把店开起来了。"

当晚？就算走最快的捐款程序也不可能这么快，应该是她自己掏的钱吧。

谢南徵看向孟临星，她耸耸肩。

美浓婶没什么文化，也不会说漂亮话，都是有一句说一句："小孟可厉害了，她帮我们店也发了条微博，第二天早上我开店门，真的是被吓坏了！外面来了好多男娃子女娃子，说是要来吃什么网红灌汤包，后来生意越做越红火了……"

谢南徵笑了：“看来小孟的微博号召力还挺大呢。”

孟临星忍不住撇嘴，这还一口一个小孟叫上了？

美浓婶说完出去了，没多久给他们送来两笼灌汤包，还搭了白粥和一碟自家腌的双黄流心咸鸭蛋。

谢南徵分别尝了尝。

孟临星问：“味道不错吧？”

他点点头。关于她的故事更不错，今天又有幸看到了小魔女的另一面。

孟临星得意极了：“那当然，我介绍的，绝对靠谱。”

谢南徵很快吃完了自己那笼灌汤包，眼看她的还剩好几个，他的手蠢蠢欲动。

“喂！”孟临星用筷子把他伸过来夹她小笼包的筷子挑开，“过分了啊！”

谢南徵眼明手快还是夹走了一个。

她不满地嚷道：“谢猪蹄子！”

谢南徵不知道猪蹄子有什么深意，总之从小魔女嘴里出来，肯定不是什么正经的猪蹄子，他回敬了一句：“孟小气。”

两个人就这样幼稚地用筷子打起架来，你来我往，进到里屋准备给他们送茶水的美浓婶看到这一幕，脚步顿住，转身又出去了。

孟临星说到做到，这顿早餐是谢南徵付的钱，美浓婶怎么也不肯收，孟临星只好跟她说：“等他成了我男朋友，我再带他过来吃，不仅吃，还要带着走。”

美浓婶这才把钱收下了。

吃完早餐，谢南徵和孟临星来到医院，在门口分开了。他回到肿瘤科办公室，查房，准备资料，一直忙碌到中午，孟临星的骚扰信息和电话都没来，人也不知踪影，他的午饭是和同科室的同事吃的。

吃完饭回去办公室午休。

谢南徵想起美浓婶的话，拿起手机下了个微博App，摸索了几分钟才找到搜索栏，他输入：孟临星。

没有找到想要的搜索结果，于是变换关键词：网红灌汤包。

页面转换，最上面的就是一个微博用户，头像是一片星空，ID叫一闪一闪小星星。谢南徵点进去，粉丝有五百多万，置顶微博是关于抽奖的，抽一对新婚夫妻提供一周的普罗旺斯蜜月之旅，衣食住行样样全包，还帮忙买保险。

这条微博有五十多万的转发，两百多万的点赞。

谢南徵继续翻下去，内容大都是抽旅行奖的，直到他翻到这条——

一闪一闪亮晶晶："和同一个男人三次偶遇，怎么办？好想追他！"

底下一大堆评论鼓励她去追。

"怕什么，勇敢去追！"

"追到手了一定要来微博说声啊！"

谢南徵眉心猛地一跳，看看日期，正是他在医院楼下遇见孟临星和冬冬坐在一起聊天的那天。

小魔女想追的男人，不会是他吧？

淼淼的这一天过得尤为充实，工作效率格外高，她一共录入一百份处方，找到并修复了一个潜藏已久的程序Bug，下班后又摇着尾巴去男朋友家蹭吃蹭喝。

晚饭后照例可以点一份甜品。

好在她不是易胖体质，加上用脑多，能量消耗快，不然照这样下去，早给他养得白白胖胖的了。

霍斯衍在客厅用笔记本电脑处理公事，淼淼吃完甜品，漱了口，也抱一部电脑坐他旁边，捣鼓各种有趣的小软件。有时候侧头看看他，一看就是几分钟，都说认真工作的男人最迷人，她觉得这话说得太对了！

霍斯衍也会在不经意间看向她，她思考时喜欢轻咬下唇，雪齿红唇，他看得眼热，就会趁机把她抱过来……

"嗡"的一声，桌上，淼淼的手机屏幕亮了起来。

霍斯衍下意识地看过去，看到手机屏幕上挂着一条新微信，来自——男朋友。

他脸色微变。

淼淼完全没留意他的反应，点开来看，眸底涌出欣喜之色。

她仰头乐了一阵，手舞足蹈的，又带着耐人寻味的笑意，慢慢地爬过去，爬到霍斯衍身上，亲了他下巴一口："霍先生，我的'前男友'要从加拿大回来啦，明天你陪我去接机好不好？"

见霍斯衍露出一脸复杂神色，连唇边的笑意都僵了几分还不自知，淼淼又大大方方地明知故问："你，应该不介意吧？"

天知道她有多艰难才忍住笑意，不让他看出一丝端倪，如果他不在跟前的话，她一定满屋子乱窜，床上打滚，笑声掀破屋顶了。

霍斯衍犹豫几秒，很艰难地摇了摇头，语气不咸不淡地说出违心话："不介意。"

其实心底的那根弦绷得快断了，还要装出极好的风度。只能安慰自己，前男友什么的都是过去时，他才是现在进行时和未来时，可那股陡然生出的心浮气躁又怎么都压不下去。

淼淼憋笑憋得眼角都红了，双手搭在他肩上，和他对视，继续在危险边缘试探："我的'前男友'虽然成了过去，但她是一个对我非常重要的人，我们有过一段非常美好又刻骨铭心的时光。"

她想说"希望你能爱屋及乌"，又觉得这话听起来不伦不类，只好临时改成："我知道很难，可是发自内心地希望你们能像朋友一样好好相处。"

这个恐怕不行。

"淼淼。"霍斯衍握住她的腰，把她往上抱了抱，彼此间的距离拉得更近，他喉中发涩，"我可以接受你们保持着朋友间的正常交往，但作为你的男朋友，我做不到和曾经的情敌和谐相处。"

他很隐晦地表达了这层意思：我会吃醋。

淼淼得到了想要的效果，心里美滋滋，面上却现出为难之色，长叹一声："好吧，我也知道这很强人所难。"

霍斯衍最见不得她这副失落的样子，不免慌神，有些不知所措。周逢玉说得没错，前男友的存在就是一颗不定时炸弹，眼见他和淼淼的感情渐入佳境，那个男人偏偏要横插一脚进来……

"你放心，就算她再好，我也不会跟她'旧情复燃'的。"淼淼又平静地放了一把火。

话声刚落，她感觉到扣在腰间的力度猛然加大，男人的大手紧紧按压着她后背，像是要把她揉进怀里："你是我的。"

淼淼伸手搂住他脖子，在他唇上以吻盖章："你也是我的。"

情侣间需要暧昧的调情以保持新鲜感，可对他们来说，因误会错失的时光是前车之鉴，坦诚以待才是最好的相处方式。

至于，明天那个惊喜，或者说惊吓，是淼淼筹谋已久的。大水淹了A市都不可能更改的计划，谁让他老是套路她，她套回去一次，应该不过分吧？

而且，吃醋的霍先生，实在是难得一见。

以后或许不会有这样的机会了，淼淼心安理得地把某个秘密又捂了一夜。

第二天上午霍斯衍要去仁川医院，肿瘤科主任也就是他大学时的老师周立贤，邀请他去参加一个关于休眠癌细胞的医学研讨会。行程是半个月前定下的，他开车不怎么方便，于是把淼淼叫过来当司机。

在路上，淼淼和他约法三章，千万、千万、千万不能让谢南徵知道他们在谈恋爱。

淼淼的本意是想捉弄一下堂哥，谁让他曾经“从中作梗”呢。虽是无心，但让他们多走了一段冤枉路，想象着他知道真相时的反应，她的内心就大为畅快。

霍斯衍不知道这层因素，感到颇无奈，又是见不得光的地下恋情，又是接机前男友，心理素质稍微差点的男人都受不了。

只能往好的方向想，看来他的女朋友对他很有信心。

到了仁川医院，淼淼把车开进地下停车场，霍斯衍坐电梯上去，她则是跑去另一栋楼的骨科科室找老爸。

谢戚明是副主任医师，拥有自己的独立办公室，淼淼来到的时候他不在里面，他带的实习生，一个戴黑框眼镜的男生告诉她：“谢主任去大办公室了。”

又问她找他有什么事。

淼淼说没事，她本来想走的，实习生热情地让她先坐，还倒了一杯温水放在桌上。她道过谢，捧起来喝了两口。

那个大办公室，淼淼并不陌生。

初中时每次放学过来，她爸在办公椅后拉起一道浅蓝色的隔帘，她就躲在帘子后面写作业。一开始很容易被外面接受正骨的病人的惨叫声惊扰，后面渐渐习惯了，还随手在小本本上记录病人的声音分贝。

等天黑了，外面亮起灯，她爸差不多忙完了，他就会洗干净手，拉开帘子，一手提书包，一手牵着她往外走。

父女俩在夜色中挤12路公交车回家。

淼淼记得有一次，她累得不行趴桌子上睡着了，她爸倒好，把她忘了个一干二净，自己一个人回去了。

到家后，她妈听到开门声，从厨房探出头："淼淼呢？"

她爸才像回魂一样一拍脑袋："糟糕，我把她忘在医院了！"

夫妇俩匆匆赶到医院把女儿领了回来。

淼淼无知无觉自己被爸爸"抛弃"过，还疑惑怎么妈妈也来了？直到有一年春节，她爸喝高说漏嘴了，然而隔了那么久，她想气也气不起来。

反正也没别的地方可去，她干脆坐下来玩手机。

实习生在整理档案，时不时会看过来，淼淼发现了，回视过去，对方又避开她的视线，还手忙脚乱地弄倒了一堆资料。

"要帮忙吗？"淼淼考虑到有些重要资料是不能外泄的，所以多问了一句。

"不用！"

她继续低头刷微博。

心想着，霍斯衍那边不知道怎么样了？他这次演示用的Flash动画，还是她帮忙做出来的呢。

三楼的多媒体会议室里。

霍斯衍站在最前面的位置，简单的细条纹衬衫搭黑色西装长裤，勾勒出修长的身形，站姿挺拔，举手投足间尽显清俊气质。他背后是大屏幕，上面映着一张PPT，主题是休眠癌细胞。

他右手边的下方坐着的，分别是国内人体捐献委员会的主任委员章之和，肿瘤科主任周立贤、医师谢南徵，泌尿外科主任秦名正，在场的还有器官移植中心的六位骨干医师。

仁川医院器官移植中心主要进行肾脏、肝脏、心脏、胰腺和骨髓移植，近七年来，一共成功完成一千零三十六起肾移植、六百九十三起肝移植，以及一百一十一起心脏移植手术。其中，患者年龄最小六个月，最大年龄是七十八岁，两者皆突破了亚洲纪录，可谓是成果颇丰。

与会的大都是行业中的翘楚，经验老到，活了大半辈子，也是第一次听说还有休眠癌细胞这种稀奇事。

这要追溯到一个月前，医院肿瘤科接手了一个情况特殊的病人。在没有家族遗传史和术前多次体检各项都达标的前提下，她突然患上了恶性肿瘤，经过基因测序，震惊地发现她体内的癌细胞是来源于半年前接受的一个车祸去世者捐赠的肾脏。

霍斯衍俯身点了点鼠标，静止的画面变成了动态，他解释道："请大家看一下，癌细胞在器官捐献者的肾脏内是处于休眠状态的，它们正是因此多次躲过了术前的一系列检查，然后和肾脏一起被移植到这位女患者体内。"

"为什么休眠癌细胞在原主人体内并没有被激活呢？我们人体有强大的免疫系统，暂时将它们压制住了。患者在接受移植手术后，为了降低排异反应，一般都会服用降免疫药物，这等于把免疫系统的内在平衡打破了。"

其他人听得格外专注。

会议室里回荡着霍斯衍清朗有力的声音："免疫系统中的T细胞无法识别异己，休眠中的癌细胞于是成了漏网之鱼。"

"根据这份女患者的病历，它们是在潜藏了半年后才被激活的。经过多次的检查验证，基本可以确定激活条件。"霍斯衍又点了一下鼠标，动画转换，嗜中性粒细胞在执行杀菌功能的过程中，经过休眠癌细胞附近，并和周围的基质发生反应，从而激活了癌细胞。

他说出最后结论："休眠癌细胞会实现异体转移，并会在一定条件下被激活。当然这是非常小概率的事件，但如果接受器官移植的患者基数大了，很难保证这是国内的唯一一例。"

空调的运作声中，夹杂着几丝倒吸冷气声。

大家心里都清楚霍斯衍的话绝对不是危言耸听，毕竟连癌细胞会传染这种百年难得一见的事件都变成了现实，思想也是要跟着与时俱进的。

谢南徵站起来接下去说："顺着这条线索，我们查到了当初那位车祸去世的女士，除了肾脏外，她还捐献了心脏、肝脏、肺、胰脏和角膜，我尽可能地和进行移植手术的其他几个大医院取得了联系，发现其中有一位接受了肝脏移植的患者在三个月后去世，尸检报告表明他是死于癌症，可当时谁都没有想到罪魁祸首很可能就是休眠癌细胞。"

章委员神色凝重："这意思是说，所有接受了她的器官移植的患者都有罹患恶性肿瘤的风险，病发时间的长短取决于休眠癌细胞什么时候被激活。”

霍斯衍补充道：“也不排除捐献的器官中并不存在休眠癌细胞的可能性。”

章委员点点头，看向谢南徵：“你把名单给我一份，这件事我会组织专门人员负责跟进。”

众人又围绕休眠细胞的激活条件进行了热烈讨论，章委员决定由他牵头建立起近三年来国内所有接受器官移植的患者体系，并开放优先渠道对他们进行详细的身体检查，防患于未然，最大限度地保护患者们的生命健康。

这是一项庞杂的工程，需要耗费大量的人力和物力，可它已迫在眉睫，随时都可能有人因为先前医学上的认知盲区而失去生命。

章委员进行了总结性发言，对医学的前景寄予期望，鼓励大家任重道远，会议就结束了。

周立贤看看时间：“我们一起吃个饭吧。”

正好瞅见霍斯衍在低头看手机，估计是给女朋友发信息，周立贤慈祥地笑了笑：“听说这栩栩如生的动画是小谢制作的，手可真巧，我还准备拿去当宣传片呢。”

前情铺垫好，他很自然地提出让淼淼一起去吃饭。

淼淼接到霍斯衍电话那会儿，刚从她爸办公室出来：“这样不太好吧？”

她一个外行人，坐在一堆医生中，他们聊的话题她又不懂，难道一直埋头苦吃？

“没事，只是吃个便饭。”

“那好吧。”淼淼来到电梯前，“你等我两分钟。”

电梯每层都停，费了点时间，淼淼赶到约好的地点，一群人都在等她了。她有些不好意思地打过招呼，站到霍斯衍旁边。

章委员和其他几位主任医师、教授都是过来人，早眼尖地看出这两人是一对，男才女貌倒是相衬，只有状况外的谢南徵在和淼淼大眼瞪小眼。

让谢南徵跌破眼镜的还在后面。

不和他站一起也就罢了，吃饭时，淼淼居然坐到了霍斯衍旁边，任凭他怎么轻咳、眼神暗示都不为所动。这算怎么回事，上司能有堂哥亲？

从小到大，白疼她了！

服务生陆续上齐了十道菜，不愧都是医生，酒水点的都是养生类的，霍斯衍特地为淼淼要了一杯百香果柠檬茶，并交代说不要加冰。

章委员笑道："老周，你这得意门生不仅年轻有为，照顾人也很周到啊。"

几双视线齐齐落到淼淼身上，很善意的打量，她并不怯场，落落大方地露出笑容。

"那可不！"周立贤想起了陈年往事，"大学时有几个女生为他转到医学院，平时上课，教室的门槛差点被他的追求者们踏破。这不是故意夸张啊，我任教这么多年，也是第一次遇到教室挤得水泄不通，连走廊窗边都趴满人的空前状况……"

其他人哈哈大笑起来，饭桌上气氛轻松而愉悦。

桌下。淼淼悄悄捏了一下旁边男人的手，他侧头，她眼神询问：真的吗？

霍斯衍端着茶杯，微微挑眉，但笑不语。

斜对面的谢南徵密切关注他们的一举一动，总感觉哪里怪怪的，可又说不上来，这到底是什么情况？

霍斯衍的人品他信得过，淼淼的性子他更清楚，他们都不像是会胡来的人，谢南徵自然不会往那方面想。

"小谢啊。"章委员问，"那位女患者目前情况怎么样了？"

谢南徵想了想，说："不是很乐观。"

她家经济条件本来就一般，找亲戚七拼八凑才凑够了肾移植手术的费用，家中负债累累，又出了这样的事，无疑是雪上加霜。她老公是跑长途运输的，为了照顾她，工作也停了，而且某些抗癌药又不在医保范围内……

经济压力像一座大山重重压在身上，身体和精神经受了双重折磨，女患者整日愁苦，以泪洗面，并没有太强烈的求生意志。

在国内，被癌症毁掉的普通家庭，数不胜数，这是无奈又残酷的现实。

周立贤说："我们科室内部发起了捐款，同时也在尽力地帮她争取各种社会慈善捐款和医疗补贴。公众的力量是强大的，目前已经筹到了十多万善款，将全部用于该患者的救治。她是国内发现的第一起休眠癌细胞异体转移并激活的案例，这不仅仅是她和她家庭的事，更是我们整个医学界的事。”

“老周这话说得好！”章委员语重心长地说，“医者，就该有一颗仁义之心。医生患者换位思考，互相体贴，哪里还会出现什么乱七八糟的医闹？”

周立贤担忧地看了一眼霍斯衍，生怕某些敏感字眼触碰到他的伤痛。见他依然淡淡笑着，仿佛事不关己似的，周立贤喝了两口酒水，喉咙、心中泛起一丝苦涩。

淼淼也发现了，在这些医生面前，霍斯衍是格外轻松的，是那种从内到外的放开。俊颜舒展，笑容如沐春风，被问到专业问题时，他几乎不用思考就能从容准确地回答出来。

她的手还被他握着，他极有兴致地一根根去捏她的手指，淼淼喝着酸甜的百香果柠檬茶，眼角堆满了亮晶晶的笑意。

一顿饭吃了将近两个小时。

午休时间结束了，章委员和几位主任医师一同回仁川医院商讨后续细节，谢南徵下午有一台手术，大家在饭馆门口分别了。

淼淼拉着霍斯衍赶去A市国际机场，好在没有堵车，他们踩着点来到机场到达厅。

厅内冷气森森，人流如织。

似乎还有明星后援会的粉丝过来接机，淼淼留意到几张荧光牌上写着木鹤的名字，看来她的粉丝挺有纪律的，不喧闹，不乱闯，不扰乱公共秩序。

淼淼边走边四处张望，在人群中寻找某个熟悉身影。原本并肩走着的霍斯衍被落在了后面，他追上去，想牵她的手，没牵上，她加快脚步往前了。

霍斯衍不自然地收回手，插进裤兜，虚握成拳。

接着，他看到自己的女朋友激动地张开双手朝前面跑去，和一个迎面走来的年轻男生紧紧抱在了一起。男生戴着鸭舌帽，穿黑色T恤和浅色牛仔裤，身材高挑瘦削，他隔着黑色口罩贴了贴淼淼的双颊，还去摸她头发……

霍斯衍把这一幕尽收眼中，眸色渐渐发冷，浑身散发着凛然气息。

有几个女生，虽然从十几步外就留意到这个丰神俊朗的男人，以为他可能是某个不太出名的明星，跃跃欲试想和他搭讪，可经过他身边时都不约而同地闪远了些。

她们窃窃私语："好高冷哦。"

"感觉如果我上去和他讲话，会被他打哎。"

"我也这么觉得。"

霍斯衍竭力克制着，尽量不让真实情绪外露，他缓缓地吸了一口气。

前方，淼淼和她的前男友正手牵手亲密无间地走过来，霍斯衍幽深眼底映着他们不断走近的身影，沉郁之色堪比暗夜，太阳穴跟着一抽一抽地跳起来。

一向淡定、不露山水的霍斯衍，在此情此景下，不知道该拿什么表情去应对。眼中寒星未散，"他们"已来到近前。

身边人来人往，笑语声渐近又渐远。

那"男生"在霍斯衍前面站定，大半张脸都藏得严严实实，两道英气的眉毛下，一双炯炯有神的栗色大眼睛盯着他。看眼角微弯起来的弧度，应该是在笑。

霍斯衍稍稍冷静下来，目光无波无澜地和"他"对视，一时之间，谁也没有先开口说话。

一场无声的博弈。

在霍斯衍强大气场的镇压下，龙赢赢终于绷不住了，她主动打招呼："嗨，妹夫，你好啊。"

从黑色口罩里传出来的竟是一道女声，虽然音质偏低，但没有刻意伪装的痕迹，毫无疑问，对方是一个女人。

龙赢赢摘掉口罩，露出全脸，朝他微笑，唇色淡得几乎看不见。

她一头极短的黑发，不是很浓密，鬓角位置别出心裁地设计出了一个"Y"的图案。脸庞也并不女性化，衬着那样的眼睛，加上随性的动作，反而给人一种帅气潇洒的感觉。

如果她不出声，不显露脖颈处，绝大部分人应该看不出她是一个女生。

霍斯衍的思维严重打结了，根本没办法思考。

怎么会？不是说来接……前男友吗？！

他诧异地看向淼淼。

淼淼非常荣幸地目睹了自家男朋友面露难以置信之色，震惊外，又有几分迷茫，随后又退去所有表情，呆愣得像一座石像的样子，真是平生难得一见啊。真想用手机拍下来留证，不过也只是想想而已。

她跳过去，抱住他的腰："Surprise！"

男人的身体线条仍然绷得很僵硬，淼淼抬头一看，只觉他神色中闪过某种说不出的酸楚和受伤。太快了，就像错觉，她欲深究时，他躲开了她的视线。

"这都是我的主意。"龙赢赢察言观色，"很抱歉，和你开了这样一个玩笑。"

霍斯衍轻拍两下淼淼的后背，安慰道："我没事。"

他这才看向龙赢赢，尽显修养地露出笑意："很印象深刻的见面。"

"我是龙赢赢。"她伸出手来，"输赢的赢，双赢。"

霍斯衍也报上姓名，和她礼貌地握了握，她的手比他的更凉，几乎没有什么温度。

两人简单握手后松开了。

霍斯衍帮忙推着行李，两个许久未见的女生有说有笑地走在前面，他看着她们的背影，脚步沉甸甸的，心头也似乎有什么东西压着。他说不清楚那是什么，只是并没有知道她所谓的"前男友"只是一场玩笑后的轻松。

淼淼回过头，见他一副若有所思的样子，不禁反省起来，难道这次的玩笑开得太过分了？

他那样一本正经又严肃的人……

回去路上，淼淼开车，霍斯衍坐副驾驶位，龙赢赢则是坐在后座。她以前只是从淼淼口中"认识"过他，能被淼淼看中且主动倒追的人，肯定有过人之处，好的皮相看起来赏心悦目，这一点他绝对可以拿高分。

可几句话攀谈下来，龙赢赢才发现这个男人不简单。她这些年满世界遍地走，护照盖了满满的戳，也算是见多识广的了。加上对生命看得太透彻，思考问题的角度也刁钻得不行，结识的朋友中，如果她有意刁难，能接住三招的人屈指可数。

今日才总算见识到什么是人外有人，山外有山。

龙赢赢和他聊撒哈拉沙漠的神秘飞船，哈苏威每年固定一次爆发的火山，南美洲森林沼泽中的森蚺以及第四次工业革命。霍斯衍对她提出的每个问题都对答如流，甚至还能举一反三，态度上又不会让人感觉他傲慢。

外在与内涵俱有，难怪淼淼会对他这么着迷了。

可淼淼心里还是有些不安，她总觉得谈笑风生的霍斯衍，好像藏住了某些真实情绪，捉摸不透，她很不喜欢这种感觉。

回到宿舍，霍斯衍帮忙把行李送进屋就回他那边去了，淼淼下意识想叫住他，张了张嘴，没发出声音，门就关上了。

“喵喵，有没有新毛巾？”龙赢赢从浴室探出头，“我想先洗个澡。”

“有的，我去找给你。”

毛巾和其他洗漱用品都找好了，浴室里传来“哗啦啦”的水声，淼淼坐在沙发上，任思绪疯长，霍斯衍这是怎么了？

生气了？又不像。可她觉得他的反应很奇怪。

如果时光可以逆流的话，她会选择提前把真相告诉他，而不是弄得像现在这样。

忐忑，一颗心七上八下的。

恋爱中的人就是这样，一个风吹草动都会被放得很大，杯弓蛇影，草木皆兵。

龙赢赢坐了将近十五个小时的飞机，又累又困，洗完澡就去睡觉调时差了。淼淼进去帮她掖好被子，直接坐下来，抱着膝盖继续发呆。

前几天霍斯衍拿了一块羊绒地毯过来，说是她睡觉不安分，防止她掉到床下受伤。

枕头也是他买的，她原来的那个太高，会改变颈椎正常的生理弯曲，加重韧带牵拉劳损，很容易落枕和头晕。

还有，昨天她的空调制冷系统出了问题，也是霍斯衍修好的。

房间里多了很多和他有关的痕迹。

不知不觉，外面已是黄昏光景，阳光变成了蜂蜜般的颜色。靠着床边不小心睡过去的淼淼醒来，看看手表，五点半了。龙赢赢睡得很沉，听着她规律的呼吸声，淼淼感到很心安。

龙赢赢情况特殊，不能在外面吃饭，淼淼打算去附近超市买些蔬菜和水果。拿了钥匙和手机出门，看到隔壁大门紧闭，不知道里面的人在做什么，她默默站了一会儿，转身下楼了。

她平时很少买菜，就算过来也是霍斯衍负责挑选，她在一旁看。这次挑挑拣拣很久，才买了一些新鲜的玫瑰香葡萄、哈密瓜、番茄、丝瓜、苦瓜和茭白，又到肉类区买了一斤牛肉。

哈密瓜很重，淼淼一路提回去，手腕酸极了。搭电梯上到五楼，正好撞上霍斯衍从他家出来，看到她手里提着的大包小包，他连忙接了过来："怎么不叫上我一起去？"

"我……"淼淼小声地说，"我怕你在忙。"

霍斯衍幽幽地看她一眼："再忙，也不可能连陪女朋友的时间都没有。"语气变得戏谑，"而且你的'前男友'千里迢迢回国，总得给身为现任男友的我一个表现机会吧？"

然后他重新开了门，把她带进去。

听到他在开玩笑，淼淼的心瞬间宽了一半："我想做饭，借用一下你家厨房。"

霍斯衍把袋子打开来看了看："怎么买这么多蔬菜？"

"给赢赢吃的。"淼淼跟在他身后进了厨房。

霍斯衍取出食材，在料理台上放好，卷起袖子："我来吧，你去外面坐着。"

虽然有油烟机，但不能百分百吸掉油烟，对女孩子的皮肤和身体不好。

"不要。"淼淼闷闷地说，猫儿一样蹭到霍斯衍旁边，不想出去，想跟他待一块儿，哪怕什么都不做也好。

霍斯衍没再坚持："还有一块牛肉，想怎么吃？"

"要不包饺子？"

女朋友的要求怎么能不满足？霍斯衍挑了一把菜刀，准备剁牛肉馅。

淼淼点了两下他手臂："要剁很碎哦，嫩筋也要挑出来。"

当了几年医生，霍斯衍有着异常敏感的职业直觉，饮食以植物性食物为主，辅食的肉类要泥状。他动作一顿，好半晌才问："她这种情况，多久了？"

果然什么都瞒不过他。

淼淼鼻尖一酸，低垂视线，掰着手指头数了数："五年多了。"

"她很坚强。"霍斯衍太清楚，这五年来龙赢赢过得有多么不容易，可从她的脸上全然看不出一丝痛楚的痕迹。

"是啊，赢赢一直都很乐观坚强，从没把自己当过病人。"

"我刚认识她的时候，她还叫龙吟，后来就自己改名叫赢赢了……"

那时淼淼从植物人状态苏醒过来，躺在床上一年，身体各个机能都退化了，连路都没办法走。接下来她面临的是极为痛苦的复健，是龙赢赢在身边陪伴她，不断鼓励她。

龙赢赢因为化疗掉了不少头发，干脆推成板寸，她又爱好中性打扮，护士每每看到她出现，就会和淼淼开玩笑："你男朋友又来啦！"

渐渐地，这个传闻传到了谢戚明和安榕贞耳中。他们了解到真相后，先是哭笑不得，又觉得欣慰不已，后面干脆收了龙赢赢当干女儿。

自那以后，两人就戏称对方为男朋友和女朋友，从来不聊生离死别，只聊梦想和未来。

大概命运真的会眷顾那些不愿放弃希望的人吧，淼淼从摔了无数次跟头，到重新一步步稳健地走路，再到后来活蹦乱跳，龙赢赢功不可没。不久后，她的病情也得到了有效控制。

那晚，两个女生互相抱着哭成了泪人。

龙吟正式改名龙赢赢，其中有一个赢，是给淼淼的。她并不贪心，其他的都不争，只要能一次次地跑赢死神就可以了。

两人的这份生死交情，刻骨铭心，此生难忘。

回忆到此为止，淼淼笑了笑："赢赢不喜欢我们把她当病人的，自然地对待她就好。"

霍斯衍低低地"嗯"一声。

她从后面抱住他，鼻尖蹭了蹭他柔软的衬衫布料，贪恋地闻着上面的清冽气息。

"怎么了？"他偏头问。

"你是不是生气了？"

霍斯衍不解，生什么气？

"就……"淼淼吞吞吐吐地开口，"我骗你赢赢是我前男友的事啊。"

霍斯衍用干净的手握住她环在腰间的手，柔声说："我没有生气。”

就算是生气，也是生自己的气，更多的是感到深深的无力和挫败。

因为一个他自以为的“男朋友”，他们浪费了那么多年的时间，如果他没有回国呢，他们是不是这辈子都要错过了？

如果他那个时候回来找她，当面问清楚……

没有这样的如果。无论怎么样，那已经注定是永远的遗憾，再也无法弥补了。

好在，他们还有长久的将来。

“其实，我觉得，命运这样安排是有它的道理的。”淼淼有理有据地分析起来，“你想啊，如果我高中和你在一起了，肯定整天无心学习，成绩一落千丈了。你别反驳，过去给我补习了那么多，我物理有哪次及格了？”

他是她的目标，是她的动力。

她的成长，都是和他分离以后的事。

高三一年吃了太多苦头，除了埋头做题别的什么都不在意，后来奋起直追，成绩像颗小炮弹不断往上冲。皇天不负有心人，她终于考上了重点大学，后来又保送A大的研究生。

她很努力地变成像他一样好的人。

连她爸妈都感到惊奇无比，女儿居然从班级倒数的学渣一跃成了闪闪发光的学霸。

淼淼从来没有告诉任何人，她追逐的，那个有光的方向，是他。

想到这里，她嘟起红唇：“说不定那时和你谈恋爱的话，我连个二本都考不上。”

她把他想象成个负心汉的形象，语气酸酸的：“你在A大，各种美女才女围着打转，周主任说有几个女生特地为你转到医学院。她们近水楼台了，我却要在专科院校里望穿秋水，久而久之我们的差距越来越大，你会为有个这么低学历的女朋友感到丢脸……”

“我不会。”霍斯衍忍不住为自己辩驳。

淼淼不讲理了，硬往他头上扣帽子：“你就会！”

“好，”他不得不低下头来，“我会。”

“你真的会？”她扬高声音问，在他腰上掐了一把，你敢？！

霍斯衍无奈地摇头失笑，是谁逼他说“我会”，转眼忘了，还反咬一口的？

怪不得周逢玉总说不能和女人讲道理，因为她们就是道理。

淼淼继续假设下去：“然后你会一脚把我踢开。”

霍斯衍很聪明地接话：“我不敢。”

算你识相。淼淼正得意着，又听他说：“我怕前脚刚把你踢开，接着双腿就要被你爸妈打断了。”

她想象着那喜感的画面，“扑哧”笑了出来。

“不要再耿耿于怀啦。”淼淼靠在他背上，“我们走散了又重逢，现在变成了最适合彼此的那个人，不是吗？”

失而复得，才会格外珍惜。

她无须像过去一样，那么遥远地仰望他，如同抬头看天边最亮的那颗星。如今她有了足够的资本和他比肩而立，甚至能在他身边增加光芒，而不是靠沾他的光。

他们在感情和人格上是平等的。

她总是有办法让原本心情沉重的他变得高兴起来。

霍斯衍沉默半晌：“以后，都不想和你分开了。”

“放心。”淼淼真心实意地保证，“我不会始乱终弃的。”

“嗯。你要说到做到，不然……”

“不然怎样？”

不怎样。如果那是你发自内心的选择，我会尊重它。

淼淼又追问了一句。

霍斯衍清了清喉咙：“不然就把你炒鱿鱼。”

好怕怕哦。

说话间，他将牛肉馅剁得差不多了。

淼淼自告奋勇去擀饺子皮，她从橱柜里找了面粉，加温水和好揉成面团，静置十分钟后，把面团搓成长条，再用刀切成均匀的小块。

“霍斯衍，你这儿没有擀面杖吗？”

“你去找个酒瓶来。”

淼淼跑出去找了个红酒瓶，用水洗干净，厨房纸擦过一遍，充当临时的擀面杖。

她擀面皮在行，包饺子就不太行了，这种精细活还得霍斯衍亲自来。面皮平摊手心，加上调好的馅料，两边的皮包起来，修长的手指从左到右捏紧，顺便捏出漂亮的花边。

他包出来的每个饺子仿佛都成了艺术品。

淼淼学着包了两个，前一个扁平如没发育好的豌豆，后一个吸取教训，塞得胀鼓鼓的，中间还破了个洞。她趁霍斯衍不注意，偷偷捻了点面皮补上了。

然后厚着脸皮放到瓷碟上，撒一把面粉，装作卧底潜伏在霍斯衍包的美人饺中。

等到出锅后就原形毕露了，尤其是那个打了补丁的，肉馅露了出来，汁水横流，不忍直视。

淼淼看着想毁尸灭迹，霍斯衍转过头，抿着唇角轻哼一声："去叫你前男友过来吃饭。"

前男友什么的，之前他还在吃飞醋，现在学会拿来反击了？

她默默把伸出去的手缩了回来，到隔壁叫人了。

几分钟后，龙赢赢过来了，她刚在饭桌边落座，一眼看出那两个饺子是淼淼的杰作，又感受到他们之间的微妙气流，心中立刻有底了。

霍斯衍给她们各倒了一碗苦瓜黄豆汤。

龙赢赢看着桌上清淡的菜式，夹起饺子送进嘴里，咬了第一口，汁液香浓，馅料烂如泥，全是一片不动声色的心意，她笑起来："我很久没吃过这么好吃的饺子了，真怀念。"

"喜欢就多吃点。"淼淼又夹了两个饺子放进她碗里。

真的好好吃呢。肉是她挑的，皮是她擀的，淼淼生出满满的成就感。

笼里的饺子在一个个减少，最后只剩下那两个丑丑的"卧底"无人问津，这绝对是赤裸裸的歧视！

淼淼已经吃不动了，目光在闺密和男朋友身上转来转去，龙赢赢干脆先下手为强。她放下筷子，把蒸笼推到霍斯衍那边，理所当然地说："谁的女朋友，谁负责善后。"

霍斯衍对这个说法还挺满意，全盘接收了过来。

吃完饭后，霍斯衍照例收拾碗筷进厨房清洗，淼淼和龙赢赢坐在客厅沙发上聊天。

“你的眼光很不错。”龙赢赢看一眼厨房的方向，“居家好男人，还有颜有才。”

她又问：“你们和好了？”

“不是啦，他没有因为我们开的那个玩笑生气。”

淼淼简单把前因后果讲了一遍，龙赢赢听得目瞪口呆：“这么说，我差点阻断了一桩好姻缘？”

没想到戏称的“男朋友”会导致这样的误会，简直不可思议！

两人好一阵感慨唏嘘。

霍斯衍擦干手走出来，看到她们凑在一块儿说悄悄话，他又重新开了厨房的灯，准备把葡萄洗一洗。

等他再次回到客厅，龙赢赢已经不见身影了，淼淼解释：“她有点累，先回去休息了。”

其实龙赢赢的原话是不想打扰他们的二人世界。

霍斯衍把洗好的葡萄放桌上，在她旁边坐下，淼淼顺势趴上他半边肩膀，吹耳边风：“霍总，明天我想请假。”她又补充道，“我爸妈知道赢赢回国了，让她回家里住几天。”

霍斯衍故意曲解女朋友的意思，她带前男友回家见爸妈，而他这个正牌男友在两老那儿还没个正式名分。

于是，霍总很是无情地拒绝了：“不批。”

淼淼殷勤地帮他按摩肩膀：“真的没有商量余地了吗？”

“嗯。”霍总享受着温香软玉在后背，低吟道，“或许吃个葡萄就会改变主意也不一定。”

这还不简单？淼淼挑了个水灵灵的大葡萄，递到他唇边，可他就是不张嘴吃，她立即明白吃着醋故意不批假的霍总想要的是什么了。

这是要她……用别的方式喂啊。

片刻后，她的脸涨得红通通的，像只鸵鸟一样紧紧埋在他胸口。

只有这个角度，不用和他眼神交汇。

“鸵鸟小姐。”上方传来男人的一声叹息，接着倾泻而下的是他喑哑的声音，“你惹出来的祸，好好想想该怎么善后，嗯？”

八分甜
水果味的晚安吻

她惹出来的祸？这么一大顶黑帽凭空盖下来，淼淼彻底蒙了，要她想办法善后？

去外面楼道里找灭火器吗？

霍斯衍身为男人，且将近而立之年，即便性格清冷，也会有普通人的七情六欲，当然想和女朋友有更多身体上的亲密接触。

淼淼感觉到他濡湿的气息来到耳边，瞬间红晕过面，双耳红得像玛瑙。

热吻随之落下，密密麻麻的。

头顶的橘色灯光像天上落下的星星，一颗颗掉入淼淼泛起水雾的眸中，又朦胧晕开，如同栖在水面的月影。

她的心跳声如雷，全在男人的掌控中，整个人被烧得快融化了。

许久，霍斯衍才把她松开，和她鼻尖相抵，眸子里仍聚满了化不开的情愫：“有点麻烦，我先去处理一下。”

淼淼的心神早在九霄之外了，晕乎乎的，哪里听得清楚他在说什么，只是凭着本能点了点头。

霍斯衍进了浴室，她坐在沙发上，大口喘气，好一会儿后才想到什么，手忙脚乱地把衣服整理好，又是脸红又是耳热。听到浴室隐约传出的水声，她一个激灵地弹跳起来，逃也似的往门边跑去。

马上又跑回来把落下的拖鞋穿走，纵使穿反了左右脚，她也顾不上了，总觉得后面有什么隐形的怪物在追，轻而快地关上门，回了自己宿舍。

淼淼靠在门板上，双手环胸，脑子里循环播放的是刚刚的画面……

不行了！再想下去要爆血管了！

冷静冷静。淼淼连连拍着脸穿过客厅进卧室，龙赢赢已经在床上睡着了，她轻手轻脚找了睡衣，准备去洗澡。

接下来的半个小时，淼淼坐在浴缸里，除了发呆，还是发呆。直到整缸的水渐渐变凉，她才如梦初醒般站了起来，不知道是羞的，还是被水泡出来的，全身染了一层浅浅的红色。

洗完澡，吹干头发，淼淼躺在床上，怕打扰旁边的龙赢赢，克制住不翻身。她枕着手臂，轻咬粉唇，如同怀春少女一样安静想心事到半夜。

翌日上午八点，淼淼和龙赢赢收拾好东西准备回家，霍斯衍像掐准时间一样去上班，三人在门口打了个照面。淼淼故意避开他的目光，倒是龙赢赢，似乎不经意地透露："我家喵喵要带我回家见她爸妈了，妹夫你是不是很羡慕？"

虽然睡得不多，但心情极好的霍斯衍听到这话，扬起唇角笑了笑："还好。"

其实心里是很羡慕的。不过，慢慢来吧。

龙赢赢见他气定神闲的模样，有种重拳出击却打进一团棉花中的落空感，真不得劲儿。她"咔咔咔"按压着手指关节，示威性地将淼淼的腰身一搂："走啰，回家见咱爸妈去！"

"晚上记得和我视频。"霍斯衍一句话挽回劣势。

每次周末回家，淼淼每晚都会和他视频聊天，风雨不改雷打不动，这是他们之间的默契。

淼淼红着脸点点头，被龙赢赢带走了。

那边，安榕贞听说女儿和一年多未见的干女儿要回来，特地把今天的行程都推了。谢戚明刚好白天轮休在家，夫妻俩一大早起来忙碌，准备早餐，以及午餐要用的食材。

淼淼和龙赢赢到家时，谢戚明正在前院摘青菜。家里祖上是务农的，他从小在前院池塘后院菜园的环境下长大，哪怕现在生活条件好了很多，骨子里还是有着田园情怀，加上现在外面卖的蔬菜普遍农药超标，还是自己种的比较绿色健康。

“爸爸。”

“干爹。”

两道声音齐齐喊道。

谢戚明回头一看，两个闺女从门外进来，他把手里的小葱一放，喜笑颜开地迎上去：“回来啦。”

他顺手接过淼淼手里的行李箱，边走边碎碎念：“你们妈从昨晚就开始念叨，说赢赢怎么不直接回家呢，两人挤那张一米五的床能睡得舒服？淼淼再忙也是可以请假的嘛……”

淼淼和龙赢赢对视一眼，笑嘻嘻的。

龙赢赢走到小菜园，看到竹架上挂了好几根深绿水灵的青瓜。她随手摘下一根，在水龙头下冲了冲，徒手掰断，另一半递给了淼淼。

谢戚明快走到门口才发觉她们没有跟上来，转过身，好家伙，两只小馋猫，正嘎嘣脆地啃着他种的青瓜呢。

“爸爸，这青瓜好好吃！”

“那当然！也不看看是谁种的。”

听到动静，安榕贞走出来，朝她们招手：“外面太阳大，进来说话。”

两杯榨好的果汁放在桌上，旁边还有一大盘切好的水果，都是龙赢赢爱吃的。

干爹干妈从没把她当外人看，和亲闺女没啥区别，她跟回到了自己家一样。

“这次回来准备待多少天？”安榕贞亲切地拉着龙赢赢的手问。

“半个月左右吧。”龙赢赢想了想，要看她这次带回来的药能吃到什么时候，吃得差不多的话就得返回加拿大了。

她以前每次回国跟点灯一样，有时连面都见不上就又离开了，这次算是待得比较久了。

安榕贞又问：“身体怎么样？”

“还不错。有在吃药控制，近来还算稳定。”所以她的私人医生才格外开恩，准许她回国探亲。

“那就好。”安榕贞点点头，“现在医学越来越发达，一定可以把这个难关攻克的。”

“随缘吧。”这种事龙赢赢看得很开，五年都这么过来了，每一天都像赢回来的。只要能活，就好好活，活不动就不活了呗，反正没有人能活着离开这个世界。

“妈妈。”淼淼插话进来，“今天中午有什么好吃的？”

安榕贞轻戳她脑门：“回来就只想着吃。”

她顺着女儿递过来的台阶，结束了之前略微感伤的话题：“你们聊，厨房熬着鸡汤，我先去看看。”

不久后，谢戚明摘好菜回来了，龙赢赢一看到他就摩拳擦掌，话没说上两句，提议接着上把的棋局继续下。

谢戚明下得一手好棋，自己没当成围棋大师为国争光，就想着把女儿培养起来，可惜淼淼对下棋不怎么感兴趣。一个很偶然的机会，他发现了龙赢赢在下棋方面的天赋，教了两次，就能和他对局一盘了，不禁大喜。

遗憾的是身体原因，她只能把下棋当作兴趣和消遣。

这几年也没荒废，如今水平已和他旗鼓相当。

淼淼主动去书房把还没下完的残棋请下来，谢戚明和龙赢赢面对面而坐，各执黑子白子，你来我往，对弈得如痴如醉。

淼淼起初耐心地在旁边看，这是一门博大精深的学问，她小时候就领教过它的厉害。然而隔了那么多年，嗯，还是看不怎么懂。算了，玩手机吧。

她好一阵没登录游戏了，听说貂蝉出了新皮肤，虽然她玩不好这个英雄。但女孩子嘛，技术不重要，重要的是玩得开心。她进商城买好皮肤，看了一遍对战视频，成功被惊艳到了。

新皮肤的特效简直美翻！她默默欣赏了好几分钟，退出主页面，留意到左侧好友排行榜，小乔已经超过06130902变成第一了。

淼淼点开数字小妹妹的头像，是灰暗的，人并不在线。这么久了，不知道她有没有追到喜欢的那个男生？

大概是有着相同的经历吧，淼淼对这个素不相识的女生，总有一种柔软的情感，希望她能和那个他有圆满的结局。

她亲自尝试过那种感觉，单恋一个人的滋味太不好受了。她对待感情可能比别的女孩子要直白得多，喜欢就去追，不存在戳破那层窗户纸连朋友都没的做的情况。

那句话怎么说来着？

看一眼就想拥有的人，又怎么甘心只做朋友？

淼淼玩了两盘游戏，听到厨房里妈妈喊自己帮忙端菜。她放下手机，应道："就来。"

她端完菜，顺便摆好碗筷，舀了汤放桌上，再去请在棋盘上无声厮杀的两人。饭没吃上两口，他们又讨论起国际围棋大赛。

安榕贞好笑地摇摇头："棋迷。"

吃完饭，下棋的下棋，休息的休息，淼淼自觉收拾碗筷。这时候格外体会到霍斯衍的好处了，要是他在的话，这些活哪里轮得到她干？

唉，她叹一声，认命地洗洗刷刷起来。

外边客厅，棋局切磋进行得如火如荼。龙赢赢遇到了难关，单手托腮，举棋不定，淼淼擦着手走过去，提醒道："你的吃药时间到了，吃完药该午休了。"

正合龙赢赢的意，她笑道："干爹，那下次再讨教啦。"

谢戚明也是太沉醉其中才忘了时间，他让龙赢赢赶紧回房休息，自己换到她的位置，苦思冥想解局之法。

龙赢赢在谢家有单独的房间，在淼淼隔壁，一进去她就发现行李箱里的东西都被归置好了。那一大盒子药被放在最显眼的位置，旁边有个装了大半杯水的玻璃杯，摸了摸，还有温度。

淼淼跟进来，皱眉看着龙赢赢将一大把花花绿绿的药片抛进嘴里，然后连着喝了几口水才全部服下。整个过程她面不改色，可见对这种事早已习以为常了。

"怎么一次要吃这么多？"是药三分毒，再好的药也是有副作用的。

"这是北美那边新研制出来的药。"龙赢赢指了指自己，"小白鼠本鼠试过了，效果还不错，就要靠它们保住小命了。"

察觉到淼淼神色凝重，龙赢赢扮了林黛玉的柔弱样逗她笑："奴家打小药不离口，估计吃的药比饭还要多。”

她故作轻佻地抬起淼淼的下巴，眨眨眼：“我就是那多愁多病身，妹妹就是那倾国倾城貌……”

淼淼哭笑不得，见她打了个哈欠，神色满是掩不住的疲惫：“好了好了，你快去睡觉吧。”

龙赢赢确实累了，而且药里有安眠减痛的成分，她爬上床，刚沾上枕头，意识很快涣散了。

这一觉直接睡到日头偏西，刚好到了吃饭时间，晚餐照例是迁就她的口味做得很清淡，她安然地享受着这份久违的家庭温暖。

晚饭后，谢戚明要回医院值夜班，安榕贞也有一个重要的跨国视频会议要开，家里只剩下闲人淼淼和龙赢赢。两人到外面走了一圈回来，龙赢赢提议说出去逛街，她那个二十寸行李箱三分之二装了药，换洗衣物带得不多，何况A市的气温比想象中高，她需要去买两套轻薄的衣服。

这些年来龙赢赢每次远途出行，行李一贯是能少则少，大部分必需品都是去到目的地再买。走的时候也不会带上，能丢就丢，实在丢不了就走快递托运。

来去如风，自由自在。

淼淼给霍斯衍打了个电话，告诉他今晚不能视频聊天了，他听说她们要去逛街，打算一起去。

龙赢赢在旁怂恿：“让他来！”她们缺个拎包的。

就这样，两人行变成了三人行。

他们来到市中心最繁华的星月广场，购物大厦的二楼整一层都是服装区，各种国际知名服装品牌的专卖店琳琅满目，安榕贞的工作室也在这里开设了店铺。

淼淼平时穿的衣服都是妈妈工作室专门量身定制的，鲜少在外面买衣服。可此刻，她停留在D家的橱柜前，注意力被里面展示的一条粉色连衣裙吸引了过去。

很奇妙的感觉，第一眼，感觉它就应该是属于她的。

龙赢赢推推她后腰：“喜欢就进去试试啊。”

霍斯衍直接牵着她的手进去，跟笑容满面迎过来的导购小姐说：“麻烦你拿一下那条裙子。”

“好的，先生，请稍等。”

那条漂亮裙子转眼从橱柜里来到了淼淼手中，她摸着那柔软的布料，眉眼像是瞬间被点亮，满是欢喜之意。

“快去换上！”龙赢赢迫不及待地催她，“一定很好看。”

淼淼进了试衣间，几分钟后，她一袭粉裙，裙摆盈盈，面含羞色地出来了。

浅粉很挑人的肤色，如果压得住，便是锦上添花。

淼淼拥有吹弹可破的肌肤，双颊白里又透着微红，粉白两色相得益彰，娉婷而立，如同一朵清晨湖边盛开的荷花。

裙子仿佛是为她而做，尺寸贴合，勾勒出不足一握的纤细腰身，V字领口，露出精致的锁骨，还有一条若隐若现的峰线。

甜美与性感，就这样完美地融合在淼淼身上。

龙赢赢打了个响指：“宝贝！Wonderful！”

霍斯衍眼中闪过惊艳之色，一旁的导购小姐见这对俊男美女含情脉脉四目相对，一时间忘记把背得滚瓜烂熟的夸辞说出来。

淼淼受不住那灼灼视线，何况这裙子胸口真的有点低，不免又勾起了昨晚的某些旖旎回忆，她立刻转身又进了试衣间。

霍斯衍跟着导购小姐去刷卡买单，淼淼换回原来的裙子，走到龙赢赢身边：“你要不要和我买一条同样的裙子，当姐妹装？”

龙赢赢像受到惊吓似的，做了个往后退的动作，又连忙摆摆手，一脸的不自在：“才不要！穿得花枝招展娘们儿兮兮的！”

淼淼听得满头黑线，真把自己当男人了？！

她看过龙赢赢小时候的照片，穿着蕾丝裙，手里抱着个洋娃娃，可爱地歪头笑着，还露出缺了两颗的门牙。

幸福得像受尽宠爱的小公主。

可惜后来遇到了那样的不幸……变成了如今这个刀枪不入的龙赢赢。

龙赢赢身高一米七六，对男士服装情有独钟，也有固定的牌子，她买衣服的速度像打闪电战一样，三分钟不到就提着四个纸袋出来了。

买完衣服，时间还早，三个人又当闲逛地来到生活区。

“还是国内的超市比较有人情味。”龙赢赢评价道。

“是啊。”淼淼说，“生活气息很浓。”

霍斯衍跟在她们身后，眼角余光留意着货架上的商品。淼淼走了一圈，没有什么要买的，结果出去时，霍斯衍让她们在外面等一下，然后走到结账处排队付款。

淼淼好奇地凑过去一眼，发现他手里拿着的是一个针线盒，要用来……做什么？

这个疑惑直到次日中午，淼淼下班后来到霍斯衍家才得到解答。她直接用钥匙开门进去，发现他正坐在沙发上，腿上堆着那条她昨晚买的，被他以清洗为由拿走的裙子。只见他骨节分明的手捏着领口，娴熟地在布料上穿针引线。

她惊喜地跑过去：“你怎么会缝衣服？！也太厉害了吧！”

听着女朋友的赞美，霍斯衍没控制住，唇角扬起了弧度。

作为外科医生，缝合的伤口可谓不计其数，这点小事能难得倒他？

淼淼笑意嫣然，眼波荡漾，楚楚动人，她靠坐在沙发边缘，手肘搭在他肩上：“唉，霍先生，话说这世上有你不会的事吗？”

“不对，有一件事你就做不到。”她得意地亮出答案，“怀孕生孩子。”

“哦？”霍斯衍淡定地挑起眉，赞同地点点头，“这件事我确实做不到。”

他凑到她耳边，说了句男女间不太正经的话——

“不过，我能做到……”语气微顿，薄唇贴着她的耳朵，低沉的声音一记记敲入，“让你生孩子。”

淼淼听得面红耳赤，恶向胆边生，没有经过酝酿的“那你来啊来啊”从心头一跃而起，奔向喉咙，被残余的一丁点理智拦截在唇边，生生刹住了车。她鼓起脸颊，这么多回合交手下来算是摸清他的套路了。

像她，顶多只会嘴上撩撩，俗话说的有贼心没贼胆。可霍斯衍就不一样了，他要么不反击，任她调戏，但动起真格来，绝对不是她能招架住的。就像前天晚上那样，主动权在他手中，他步步侵占，她连连失守，溃不成军。

以为他该是“春风得意马蹄疾，一日看尽长安花”，一派潇洒风流，可他偏偏也乱了呼吸，还红着耳根。

怎么抵挡得住？

一个在外人眼中高冷禁欲的男人，他将所有从不示人的那面展现在你面前，他的一呼一吸，他的心跳，他的脸红耳热，全由你主宰，全因你乱了节奏……

淼淼深信，就算没有九年前青葱懵懂岁月里的那场初遇，九年后，她同样会在第一眼，就喜欢上他。

她心生甜蜜，靠上他的肩：“你还记得，我以前给……嗯，取过的名字吗？”

她的话隐藏了最重要的信息，霍斯衍却反应极快：“霍点点？”

居然还记得！淼淼心尖尖上最软的那块又被他戳到了。大概是因为，她之前随口开的玩笑，他还帮她记得吧，而且记得这么牢。

那段酸酸甜甜的记忆，是共同属于他们的。

霍斯衍捻着银针穿到背面，粉线绕了几圈，打出个漂亮又稳固的结。他用剪刀剪掉多余的线头，侧过来，对上她的眸光，微微一笑。

淼淼越发羞赧，他偏不收敛，笑意更深，深邃的桃花眼中似有千树万树的花开。

不知道是不是刻意，他的声音压得很低，像回旋的旋涡，充满了诱惑：“和你有关的事，我都记得很清楚。”

淼淼红唇微张，眸子睁大。

“第一次见面，是在九月二日的清晨，六点十三分。你穿着淡紫色短袖T恤，正中印着一朵蘑菇，旁边点缀了花草。”霍斯衍回忆起来，“搭的是浅色牛仔裤，脚下穿着白色凉鞋，还背着阿迪达斯的书包……”

“我的天！”淼淼倒吸一口冷气，“这些我自己都不记得了，还有吗还有吗？”

“第二次见面，我在田径场跑步，你突然从足球场穿过来……”

“这个我记得，当时我是为了追一只蝴蝶。”

“哦？”霍斯衍拖长尾音，故作惊讶，“我还以为是你特意制造的偶遇。”

那时他没收住脚步，两人撞了个满怀。

“才不是！我对天发誓，真的不知道那是你。”她赶紧把话题支开，“第三次见面呢？”

霍斯衍抵唇轻笑：“在图书馆。”

“我在做奥数卷子，你拿了一道不知从哪里找来的物理题问我。我跟你说，这道题要用‘楞次定律’来解。”他至今还能一字不漏地把内容背出来，“感应电流的磁场总是阻碍引起感应电流的磁通量的变化，即来拒去留。”

打个通俗的比方，就是你要来，我拒绝让你来，你要走，我偏不让你走。

“我在草稿纸上写出详细的解题思路，你看得连连点头，我以为你真的听懂了，结果你问，觉不觉得楞次定律很像爱情？”

“哈哈哈……”淼淼笑倒在他怀里，“这道题严重超纲了。”

“所以……”霍斯衍重新把话题扭了回来，“谢小姐打算什么时候和我生霍点点？”

又……来了。

淼淼的小心脏“怦怦”乱跳，脑子乱乱的：“等结婚后？”她要是奉子成婚的话，肯定会被爸妈联合双打的吧？

霍斯衍好整以暇地搂住她的腰：“那，谢小姐打算什么时候和我结婚？”

完蛋，又不小心掉进他的圈套里了。

虽然确定要和他走下去，但淼淼还未准备好过婚姻生活。恋爱可以随心所欲，可结婚是一辈子的大事，两者有着本质的不同。

无论说什么最后坑的都是自己，她干脆抿紧双唇。

霍斯衍不再逗她，趁机在她唇上偷了个香：“去试试裙子，看看效果怎么样，不行我再改。”

“遵命！”淼淼进浴室换上，对镜自照，发现裙子的领子被改高，也没有第一次上身时那种曲线毕露的感觉了，她脚步轻快地跑出去。

霍斯衍正站在落地窗边，手捧着杯子，淼淼走近，闻到淡淡的茶香，她提起裙摆，转了个圈：“好看吗？”又道，“我不换了，直接穿去上班吧。”

他细致地从头到脚看了一遍，皱眉，好像还有点低？近点的角度，春光依然遮不住，考虑到实验室其他人全是男生……

"可能不行。"霍斯衍随手将茶杯放在窗台上，氤氲的白色热气很快将玻璃熏得模糊了小片。

啊，为什么？淼淼不解。

他忽然伸手扶住她的双肩，低头在她心口处，虔诚而专注地落下一吻。

喂，太犯规了吧。

淼淼看着那个新多出来的吻印，又是懊恼，又是止不住地甜蜜。轻捶他胸口几下，这样一来，她今天还真穿不了这条裙子出去了。

霍斯衍将她拥入怀中，两人安静地抱了一会儿。

"你是故意的？"

他不否认："还得再改改。"

其实还好啦。想不到霍先生竟然这么保守。

下午去实验室，淼淼穿回了白色棉裙，在门口遇见侯舸。两人打过招呼，他见她面若桃花，推测出霍斯衍的心情很好，忍不住吹了一记口哨，转身回办公室拿报账单去了。

最近他们机械组又报废了一大堆机械臂和零件，再加上电子组那边的损耗，加起来有几十万。尽管每次签字霍斯衍都告诉他不用担心钱的问题，放开手脚去干，可流走的是真金白银啊。挑个老板心情好的时候去谈钱的事，对双方都好不是？

淼淼跟在侯舸身后，回了自己办公室。

侯舫早就驻守在电脑前了，淼淼打开电脑，开始测试之前写的程序，中间除了倒水和上洗手间，他们几乎没挪过位置。

淼淼把程序打包发给了侯舫，让他帮忙做最后的检测，她揉两下酸疼的脖子，桌上手机亮了，霍斯衍发来信息，问她今晚想吃什么。

淼淼一本正经地回复："请霍总不要在上班时间随意干扰下属。"

刚发出去，又进来一条龙赢赢的微信。

"喵喵，我们今晚去看电影吧。"

淼淼秒回："好啊好啊！想看什么电影，我来买票。"

龙赢赢把电影名字发了过来，又提议："让你家霍先生也一起来啊，我要正儿八经地当一回电灯泡！"

淼淼想象着某人心塞的样子，愉快地答应了。

手机又是一振。

hsy：“现在是下班时间。”

淼淼：“霍总，能有这个荣幸邀请你今晚去看电影吗？”

向来沉稳谨慎的霍总隔了好几分钟才回：“只有我和你？”

淼淼：“嗯，可能还要带上一个电灯泡。”

她家霍总直接丢了一串省略号过来。

霍斯衍并没有明确表态要不要去，直到吃过晚饭后，淼淼到产业园门口接了龙赢赢，回来看到他已经换上一身偏休闲的衣服，看样子是做好出门的准备了。

龙赢赢没有国内的驾照，照例还是由淼淼开车。只不过副驾驶位被龙赢赢率先抢走了，霍斯衍只能坐到后座。

车子爬过晚高峰，蜗牛似的载着他们来到星月广场。

电影院在三楼，淼淼先去取了票，离放映时间还有二十分钟。霍斯衍去买爆米花和饮料了，龙赢赢坐在等待区的单人沙发上，帅气地跷着二郎腿，神情漠然地目视前方，引得旁边两个女生频频侧目。

淼淼拉了张椅子坐下，电影票叠好摆桌上，用手机拍了张照片，把微信通讯录里所有该屏蔽的人拉进了分组，设置他们不可见后才放心地发了朋友圈——

“和前男友与现任一起看电影，刺激。”

小乔的评论五秒内到达：“啧啧，左拥右抱，享尽齐人之福。”

接着是花柔：“淼啊，你都谈俩男朋友了，我咋还是单身呢？果然这是一个看脸的世界吗？”

漏网之鱼谢鹦鹉：“现任？交男朋友了？”

淼淼回复谢鹦鹉：“是啊。”

谢鹦鹉回复淼淼：“之前在你宿舍楼下摆爱心蜡烛表白那个？”

“还是连着给你送了一个星期玫瑰和巧克力那个？”

“又或者是你跟着导师做项目时，合作公司的那位科技新贵？”

淼淼心想，猜吧猜吧，要是猜中了我跟你姓。

霍斯衍买好东西回来，坐淼淼旁边，看她不知和谁聊天，嘴角不停地翘起，他也拿出手机点进了朋友圈。

淼淼完胜堂哥，还没来得及嘚瑟，察觉到危险气息逼近。侧过头，只见霍斯衍的手搭在她椅子上，形成一个把她圈在臂弯里的姿势。

“爱心蜡烛？玫瑰和巧克力？科技新贵？”他弯唇笑道，“谢小姐，是不是有些前情提要没交代清楚啊？”

谢鹦鹉你个大嘴巴子！

目睹经过的龙赢赢自然是站在闺密这边，她拍拍腿站起来：“走吧，电影开始检票了。”

淼淼松一口气，暂时逃过一劫。

电影上座率挺高，因为是动画片，有不少家长带着孩子来看。淼淼挑的是第六排的位置，她坐中间，左边是霍斯衍，右边是龙赢赢。

灯光暗下来，广告后，电影正式开场。

它讲的是一个怀有音乐梦想的小男孩，不顾家人反对，在追寻梦想的过程中，不小心碰到一把吉他，来到了一个神秘的亡灵世界。

淼淼的内心被其中的两句台词深深触动了。

“死亡不是生命的终点，遗忘才是。”

“在爱的记忆消失以前，请记住我。”

为什么会觉得那么难过？淼淼紧紧地握住了龙赢赢的手，她回握，仍是面带淡笑地盯着屏幕，脸庞在屏幕的反光中，显得那么苍白，又透着几分坚毅。藏在她那副瘦弱躯壳中的，是一个从不屈服的倔强灵魂。

死亡不过是脱掉躯壳，而灵魂是可以永恒的。

他们后面一排，坐着的是两个大学生模样的女孩子，其中一个惊奇地捂住了嘴巴，拼命用眼神示意同伴去看前排。

女生和右边那位她们在等待厅就留意到的酷酷男生十指相扣，头却靠在左边那个英俊稳重的男人肩上，天啊，这是什么乱七八糟的关系，三角恋吗？！

三个人居然能和谐共处，还一起看电影。三观要被震碎了好吗？她们兴奋又激动地拿出手机想发微博和朋友圈。

这时，龙赢赢回过头，面无表情地轻声说：“你们打扰到我了。”

“对不起。”两个女生涨红了脸，“是我们误会了。”

原来是女的啊。

淼淼没留意到这个小插曲，她靠着霍斯衍的肩膀，哭得眼眶红红的。

龙赢赢给她递纸巾："没出息。"

淼淼吸吸鼻子，反驳道："又不止我一个人在哭。"

仿佛响应她般，周围传来低低的啜泣声。有个中年男人难以自已，哽咽着喊了一声"妈"。

"呜呜呜……"有人哭出声音来。

芸芸众生，每个人都有自己的故事与过往，平日里为生计疲于奔波，只能把它们千层万层地封存好。谁也不让碰触，只有在夜深人静时才舍得拿出来晾晒。

借着抒情电影的契机，通通发泄出来，谁又会笑话谁？

今晚的这场电影让淼淼永生难忘。

电影历时一百零五分钟结束，走出电影院那刻，她牵着龙赢赢，挽着霍斯衍的手，在心底默默许下愿望。

愿长乐未央。

愿和所有我爱的人一直一直在一起。

托新研发的抗癌药的福，加上心情轻松，龙赢赢的病情并没有什么反复。她在A市待了足足一个月才回加拿大，那里即将迎来她最喜欢的枫叶的季节，她的私人医生也催她回去做个全身检查。

龙赢赢离开那天，是淼淼和霍斯衍送她去的机场，这一次她干脆连行李箱也不要了，只背了个黑色包包。

淼淼拉着她的手不肯放，眼眸像迎来了回南天，潮湿潮湿的，眨一下就视野朦胧。一颗心如同浸满了水的海绵，沉甸甸，涨得难受。

龙赢赢好笑地看着她，捏了捏她脸颊："好啦，别苦着脸。咱又不是再也见不上了。"

"别说这种话。"

"行吧。"龙赢赢拍着她的背，洒脱地笑着说，"青山不改，绿水长流，后会有期！"

广播在催促登机了："前往多伦多的旅客请注意，您乘坐的AC012航班很快就要起飞了，请您抓紧时间携带好随身行李物品，出示登机牌……"

龙赢赢用力抱住了她："喵喵，有件事想跟你说。"

“你知道的，我爸妈去世，给我留下了一大笔遗产。我现在和爷爷奶奶一起生活，他们将来的遗产大部分也是我的，加起来足够很好地过完这辈子了。”

而我并不知道，能不能像大多数人一样平平安安地走到终点。

别人觉得漫长的一生，于我而言，日升月落，每天都在轮回朝生暮死，尽管它注定短暂，可我已不再害怕。

我只希望这盏灯熄灭以前，能有余光照拂你，有余热温暖你，我生死与共的挚友，我的姐妹，我在这世上最重要的亲人。

“那些人在我爸妈出事时，不闻不问，我一分钱都不想留给他们。这次回国前，我找律师立了遗嘱……”

“我不要！”淼淼的抵抗情绪很激烈，“我什么都不要！”

我只想要你好好的。

“不要也得要。”龙赢赢没有任何商量余地地说，她那双总是有着光的眼睛干干净净的，并无半点泪水，“这是我给你的嫁妆。”

“好啦。别把我衣服哭湿了。”催促广播换成英文，龙赢赢笑得更大声，“我只是以防万一，做好万全准备嘛，又不是真的要生离死别什么的。”

“我的情况你也看到了不是？在好转啦，你相信我，一定会超长待机到你结婚的。嗯，到时记得把伴娘的位置给我留着……”

亲爱的女孩，我会在你的婚礼上，穿回漂漂亮亮的女装，当你一直想要的姐妹花。

“你听清楚了吗？是伴娘不是伴郎，我都牺牲这么大了，你是不是该笑一笑？”

“那一言为定。”

龙赢赢和她击掌：“一言为定！”

又看向一旁的霍斯衍，在半空中挥起拳头，恶狠狠地威胁道：“别欺负我家喵喵啊，她要是受了一丁点委屈，千里迢迢我都会飞回来找你拼命！”

“放心。”霍斯衍笑着点头，“不会给你这样的机会。”

龙赢赢“哼哼”两声：“那最好。”

他看她的眼神平静又悠远：“保重。”

龙赢赢比了个“OK”的手势：“好啦，我真的该走了。”

淼淼下意识抱紧她，又一点点地松开了手。

“再见。”龙赢赢笑容大大地朝他们挥挥手，转过身的一瞬，一滴泪猝不及防地从眼底蹦出来。她没有去擦，继续往前走，不回头，怎么也不回头，笑得越发灿烂。

淼淼追了几步，湿漉漉的目光追随着那道高瘦的背影，霍斯衍拉住她，按在胸口。

在民航成为普遍的出行选择，每天飞跃天际，跨过山川湖泊、大洲和大洋，将三百多万旅客送来送往。人们对离别的伤感看得淡了许多，所以他们无法理解那个年轻女孩为什么会哭得这么伤心，他们也永远不会知道，她在以一种什么样的心情送别。

这趟飞行历经了十六个小时。

龙赢赢一落地就给淼淼发了报平安的信息，又过一天，她发来视频邀请。淼淼接通后，那位有着大胡子的私人医生表情不自然地出现在镜头里，手中拿着一份检查报告，用英文缓慢而清晰地念着各个体检项目。

合格，合格，合格……

那边换成了龙赢赢的脸：“看到了吧，看到了吧？我超厉害的！”

“嗯！”淼淼这才真正把心落了回去，“那你记得要按时吃药，好好吃饭。”

龙赢赢又把镜头移向左边，对着严肃的私人医生：“看到了吗？介绍一下，这位是加强版的淼淼九十九号。”

“什么意思？”

“意思就是，你念叨一句，他会念叨九十九句。”这个啰唆的老头，她耳朵快被他念得快长茧子了。

龙赢赢用中文说了他一句：“啰啰唆唆跟个娘们儿一样。”

斯蒂芬医生疑惑。

龙赢赢轻弹他的大脑门：“My sister praised you for being handsome.（我妹妹夸你长得帅。）”

斯蒂芬摸着胡子对淼淼笑：“Thank you!”

淼淼“扑哧”一声笑出来。

两人一直聊到手机滚烫才结束视频通话。

知道龙赢赢在那边一切都好，淼淼收起担忧，全心投入到工作中去。药品机器人的改良进行到重要阶段，整个实验室的人一周无休，个个熬成了熊猫，霍斯衍更是一天有十八个小时待在实验室，人看着也清减了几分。

她担心这样下去他身体会出问题，总要想方设法地拉他出去散散步。

这天黄昏，红霞如洗。

淼淼和霍斯衍从小公园散步回来，牵着手走到实验楼附近，暮色渐深，路灯一盏盏地亮起来。

气氛太好，他们恍然不觉，身后远远地走来了两道身影。

正是谢戚明和安榕贞，这个周末女儿加班没有回家，他们特地熬了鸡汤送过来给她补身子。

谢戚明"哎"道，指着前面："老婆，你看那个女孩，像不像咱家淼淼？"

安榕贞有些近视，没戴眼镜，她眯眼看了看："不是吧。"

女儿的衣服都是她工作室出品，这条粉色裙子见都没见过。

谢戚明还是心存怀疑："我们跟上去看看。"

跟着跟着，令他们吃惊的一幕发生了，只见女孩子站在台阶上，搂着男人的腰，主动去亲他，一下又一下……

谢戚明还欲细看时，视线突然被身形颀长挺拔的男人挡住。

围观年轻情侣亲热，饶是安榕贞也有些难为情，她扯了扯丈夫的袖子："我们走吧，赶紧把鸡汤给女儿送上去。"

谢戚明不肯，走得更近了些，尽管月色朦胧，他还是将那女生的脸看了个清楚，全身气血要逆流了，他大喊一声："谢安淼淼！"

昏黄路灯下，正抱着男朋友偷香窃玉的淼淼被熟悉的喊声震得发丝纷飞，所有旖旎的气氛纷纷鸟兽散。她震惊地抬眼看去，她家老谢同志正大步流星地走过来。谢安淼淼吓得险些丢了七魂六魄，慌里慌张地推开霍斯衍，第一念头竟是想拔腿就跑。

然而她又像被施了定身魔法似的，双脚挪不动分毫。

拜托了，随便来个黑洞把她吸进去吧。这世上还有比跟男朋友亲热却被爸妈撞见更尴尬的事吗？天啊，为什么要这样对她？！

淼淼欲哭无泪，心里把认定的罪魁祸首谢鹦鹉的羽毛拔了个遍。

事情是这样的。

前段时间实验室事务繁杂，霍斯衍忙起来把某些事忘记了，今晚散步时他不知怎么想了起来，打算秋后算账了。

所谓的蜡烛表白，那晚天色太暗了，她连那个男生长什么样都没看清楚。还有那送花的，也只是图一时新鲜，这不才坚持了一个星期吗？倒是那位科技新贵，穷追猛打好几回，打着富二代的旗号，说只要嫁给他就能当豪门少奶奶云云，后来不知哪里打听到她家的情况，就再也没有出现过了。

她这不是为了让事情翻篇，才会一时冲动……

转眼间，谢戚明三两步跨到他们跟前。虽然之前有种种迹象表明女儿在谈恋爱，可亲眼撞破，冲击力还是巨大的，他心里……那个翻江倒海啊！

倒要好好看看是哪个男人将他的宝贝女儿拐了去！

这一看不打紧，看清了那男人的模样，谢戚明猛地倒吸气，这不是PC实验室那位亲自给他们科室送下午茶和水果的……他冥思苦想，叫什么名字来着？

淡定如霍斯衍，面对未来岳父的打量，隐隐有些绷不住了。偏偏又是在这样的情形下，真是一个棘手难题，该怎么处理，能不能处理好，说实话，他并没有多少把握。

淼淼心虚地垂落视线，谁也不敢看，只能盯着地面。

安榕贞也过来了，她之前在女儿宿舍门口见过霍斯衍一面，察觉出了他们间的暧昧，心中是有底的。因而情绪并没有太明显的波动，她露出得体的微笑："霍先生。"

"对！"谢戚明灵光一闪，"你姓霍。"

霍斯衍礼貌地颔首："伯父伯母，你们好，我是霍斯衍，淼淼的男朋友。"他又诚恳地致歉，"很抱歉，让你们和我的第一次见面是以这样的方式，我应该正式登门拜访的。"

安榕贞看一眼头快垂到地上的女儿，真是又好气又好笑，面上却不动声色："有什么话，上去再说吧。"

淼淼心里一个清脆的“咯噔”，这是要三堂会审的节奏啊。

作为主刑犯的她，被爸妈左右夹击着，提审走了。

电梯到了五楼，一行人走出来。

霍斯衍本来打算请两老去他那屋的，空间大，比较方便冲茶倒水和谈事。可安榕贞径直地往淼淼宿舍走去，他这才意识到自己方才想法不妥，就算不是正式见面，也应该到女方家里的，这是礼仪与尊重。

进了屋，谢戚明和安榕贞在布艺沙发上落座，淼淼本来也想坐过去的，被她妈妈两把眼刀“咻咻”飞过来，立刻乖乖地搬了张木椅在霍斯衍旁边坐下。

乍一看，还真有三堂会审的架势。

谢戚明作为女方家长，掌控权自然交由他手，不过家里的大事向来是妻子抓主意，他帮人正骨还在行些。回想起来，在撞见那幕的一瞬间，他真的有种上前将那男人打骨折的冲动，反正折了他当场能接回来，可当知道女儿的男朋友竟是那个自己赏识有加的年轻人，又下不了手了。

他虚张声势地重重咳了两声：“说说吧，你们什么情况？”

淼淼摸不着头脑，说什么？难道要说他们情难自禁，所以在外面就亲上了？

这个问题虽然没有指明要谁来答，但实际上，当它出来的时候，便已经是一个对霍斯衍的考验了。

考验作为男人，他是否有担当。

霍斯衍深知在两位长辈面前，城府和算计那套用不上，他们需要的是他的真心实意，他紧张的心情缓了几分：“是这样的，伯父伯母，我和淼淼高中时就认识了。”

谢戚明难以置信，张着嘴，却没有发出声音。

安榕贞有些意外：“你们早恋了？”

“才没有！”淼淼急道，“我们很纯洁的，就是做做题，没别的什么。”

很显然，安榕贞对女儿的话并不全信，她看向对面的霍斯衍。

“没有。”霍斯衍摇摇头，“当时我们只是互相有好感，后来因为某些遗憾的误会，我去了美国，留在加州工作，直到今年春节才回国……”

他说得很详细，包括怎么和淼淼在咖啡馆重逢，又是怎么和她走到一起。

谢戚明和安榕贞很容易能从他的表情和描述的细节中，看出他对待这段感情的认真与郑重。

淼淼听得深受触动，在桌下握住他的手。

霍斯衍和她十指相扣，交代起自己的家庭情况：“我母亲早逝，父亲尚健在，目前在挪威定居。”

淼淼惊愕，他妈妈已经不在了？

“我今年二十七岁，身体健康，没有不良嗜好。之前是加州医院的外科医生，因为出了点意外，转行成立了一个实验室，主要是做医疗机器人方向的项目……”

隔行如隔山，安榕贞对人工智能方面的高新技术了解甚少，她先前听丈夫提起过，大致知道那是一条困难重重又前途无限的路。别的不说，光是这份魄力和胆量，这个年轻人就很了不起。

谢戚明脸上故意堆起来的严肃保持不住了，他心思细，擅长剖析细节，比如霍斯衍轻描淡写说的“出了点意外”，肯定没有那么简单，不然怎么会被迫转行？

而且他留意到之前倒茶时，霍斯衍用的是左手，左撇子吗？有没有可能是右手受了伤？

他太清楚，对外科医生来说，手是多么地重要。

安榕贞见丈夫走神，手肘碰了碰他，谢戚明重新收回注意力：“什么？”

霍斯衍又问一遍：“伯父，您还有什么想知道的吗？”

他把该交代的全交代了，家底都兜出来了，还有什么可问的？谢戚明实在想不出来了。

何况这又不是嫁女儿，没必要跟查户口似的。

安榕贞到底在生意场上多年，见多识广，一问问到了关键点：“听你说祖籍富春城，不知你和当地有名的大家族霍家是什么关系？”

这气度和修养，怎么可能是寻常人家养得出来的？她不免留了个心眼。

他们算不上大富大贵之家，却也比上不足，比下有余。淼淼是他们从小捧在手心里呵护大的宝贝，心思单纯，作为父母，没想着她这辈子能有多大出息，只求她平安健康快乐。

万一真要卷入那样复杂的大家族，不管从做母亲的私心和理智层面，安榕贞都是不同意的。

“我是霍家的第三代长孙。”霍斯衍并没有半分隐瞒，“爷爷一直把我当作继承人培养，不过我无心接手霍家，以及某些不太方便透露的原因，几年前父亲母亲带着我，与霍家脱离了关系。”

安榕贞脸色骤变。

谢戚明无法理解妻子为什么反应这么大。

正如安榕贞也无法理解霍斯衍的选择，她是个俗人，半辈子都在和权势金钱打交道。霍家的继承人意味着什么？那是普通人绝对想象不到的财富，以及滔天的权势……

和霍家脱离关系，意味着将这些拱手让人。

安榕贞扪心自问，自己哪怕活上十辈子，都到达不了这样豁达的境界。

回到母亲身份，她的担忧又显现出来。血脉亲情是断不了的，何况他曾经还是继承人的身份，偌大的霍家，据说内斗严重，如果淼淼将来嫁给他，会不会受到波及？

霍斯衍是聪明人，眼明心亮，安榕贞一个皱眉，他就猜到了她心中所想：“这点您放心，我不会让淼淼受到伤害的。”顿了顿，“我有信心和把握，能护她周全。”

他眉眼中的坚毅打动了安榕贞，许久后她点头说：“我相信你。”

霍斯衍露出如释重负的笑容，郑重表态：“伯父伯母，我和淼淼是以结婚为前提交往的，希望你们能给我一个照顾她的机会。”

“嗯！”淼淼和男朋友站到统一战线，“我们很认真的。”

感觉话题继续深入下去就要当场嫁女儿了，谢戚明很有危机感地以轻咳声打断，他向霍斯衍提出假设：“如果我不同意你们在一起呢，你打算怎么办？”

霍斯衍迂回地问：“伯父是对我哪里不满意吗？”

谢戚明脱口而出：“没有。”对他的各方面都挺满意，谦逊有礼，不卑不亢，年轻有为，又有责任心，关键是和女儿互相喜欢。

“所以……”霍斯衍的疑惑也表现得很真诚，“伯父为什么不同意我和淼淼在一起？”

谢戚明自己也糊涂了，是啊，我为什么不同意呢？

哈哈哈！淼淼在心里乐开了花，她捏一下霍斯衍的手心，居然连我爸都套路，胆大包天啊你。

连安榕贞看得都忍俊不禁。

“我同意你们在一起。”安榕贞表态，自己生的女儿她不清楚吗？人缘好，几乎和谁都处得来，可这么多年只对这个男人动过心，骨子里像她爸，特别重情，认定一个人就是一辈子的事，八头牛都拉不回来。

淼淼和霍斯衍对视一眼，他眸底笑意泛滥，她抑制不住激动，起身扑到安榕贞身上：“妈妈我爱你！”

“爸爸我也爱你哦！”

谢戚明心酸极了，就知道说甜言蜜语哄人开心，以后爸爸还是不是世上你最爱的男人了？

霍斯衍则是悄悄松了一口气。

会审结束，时间差不多了，谢戚明和安榕贞准备回去，他拍拍桌上的保温盒，嘱咐女儿：“鸡汤还热着，你们赶紧喝了吧。”

“知道了爸爸。”淼淼甜甜地应着，和霍斯衍一起送他们到楼下。

夫妻俩重新走入夜色中。

谢戚明感觉像在做梦一样，和妻子确认：“咱家淼淼真有男朋友了？”

转眼从一个小姑娘变这么大了？到谈恋爱的年纪了？他看着自己中年发福的身材，又长叹道：“老了老了，我们都老了。”

“可不是。”安榕贞也颇有感慨。

谢戚明搂住妻子的肩膀：“你的直觉是正确的。”

他就说霍斯衍那天为什么无缘无故给他们科室送东西，好家伙，原来是先礼后兵啊。

“平心而论……”安榕贞客观评价，“淼淼的眼光真是不错。”

“确实。”谢戚明点头，本来就对霍斯衍很欣赏，现在他成了女儿的男朋友，看他们的态度，将来准跑不了要结婚，那就是未来女婿了。

“是吗？”安榕贞反问，“之前不知道是谁冲得那么快，一副喊打喊杀的样子。”

谢戚明讪讪地摸了摸鼻尖：“我不是受了大刺激吗？”

他的小棉袄要变成别的男人的了，还不准他发泄一下怎么的？

经过霍斯衍那番推心置腹的话刷了好感度后，谢戚明也换了角度去思考问题，无奈叹气：“你也看见了，是咱女儿主动亲上去的。”

值得欣慰的，是霍斯衍主动追求的他家淼淼，光是这份好眼光，就得往上加分。

“花前月下的，总是很容易冲动嘛，咱们年轻那会儿，又不是没做过这种事……”

安榕贞老脸一热，打他的手臂。

说话声渐渐远去。明月高悬，群星闪烁。

楼上。淼淼和霍斯衍一人喝着一碗养生鸡汤，他举起碗：“来，庆祝一下。”

她问：“庆祝什么？”

柔和灯光下，男人眉梢眼角晕着无边春意：“庆祝我终于在你爸妈那里有了正式的名分。”

听这语气，似乎藏着莫名的委屈？

淼淼拿着碗和他的碰了碰，笑眯眯地说：“恭喜霍先生守得云开见月明。”

他是属于寡言内敛型的，她没有见过他在工作之外这么侃侃而谈的样子，而且还不动声色地把老谢同志套路了。

“淼淼。”他忽然喊她名字，“回来的时候，门有没有关好？”

“关好了啊。”问这个做什么？

“只是想确认一下。”

确认什么？淼淼一头雾水。

他倾靠过来，很温柔地吻住她。

是接着那个未完的吻，是他被正名后的执念与心底无法控制的欢喜，全通过这个亲密的方式，渡给了她。

彼此双唇相缠，淼淼分心地想，早知道他会这么开心，她应该早点把恋爱的事告诉爸妈的。

他的舌尖长驱直入，不遗余力地教会了她，全新意义上的——

口若悬河，舌灿莲花。

墙上的钟，时针正正指着八点，这场唇舌交战才偃旗息鼓。

淼淼胸脯剧烈起伏，靠在霍斯衍怀里大口喘着气。现在真的相信接吻可以减肥的说法了，客厅空调二十五度，她后背还是起了一层薄汗，头发也湿了，软软地贴在脸颊，有些不舒服，她轻轻拨起来夹到耳后。

“别动。”男人的气息是滚烫的，也是危险的。

察觉到什么，淼淼果然一动不敢动了。

今晚的失控在霍斯衍的意料之外，他尽力克制着，她爸妈前脚刚走，他后面就对她做那种事，那他成什么人了？

何况，他不想彼此的第一次这么草率地进行，也不想吓到她。

“霍斯衍。”淼淼声如蚊蚋，“你……不去处理一下吗？”像上次那样。

他不正经地笑了笑，在她耳根旁呵热气：“怎么解决？”

居然还有心思逗她。

淼淼撇撇嘴角。谁知道呢，随后想开了，反正难受的又不是她。

“我抱一下就好了。”他轻叹一声，双臂用力，把她抱得更紧。

分不清谁身上更热，不知道谁的心跳更快，总之，在这一刻，他们几乎是一体的。

九点半了，月亮挂在窗外树梢。

保温盒里剩下的鸡汤彻底失去了温度，淡黄的油浮到上面，铺了浅浅一层。

淼淼亲自经历了一场活火山从濒临爆发状态到冷却平静的过程，她脸颊泛红，眸子含着春水般的温柔，透着些许懵懂与茫然。

好了？

霍斯衍把她重新放回沙发，侧头在她羞答答的脸上亲了一下，嗓音三分低哑七分温润：“晚饭想吃什么，我去做。”

他的语气很自然，像刚刚什么事都没发生一样。

淼淼干脆配合着装傻，开始报菜名：“番茄炒蛋，蒜蓉虾，还要椒盐排骨。”

“还要喝汤吗？”

“不、不要了吧。”她好像满肚子都是水了。

霍斯衍的厨艺很好，基本上淼淼想吃的都会做，而且味道挺不错。遇到不会的，就去找菜谱研究，试做两遍下来，成品也是有模有样。

他的学习能力太惊人了。

医学本来就是霍斯衍的专业，寻常人都会惯性地认为，他在这个领域出类拔萃是理所当然的。淼淼以前就发现，他不仅擅长医学，对机械、电子和计算机都有所涉猎，她以为仅仅是涉猎而已。

直到，她听到他对侯舸、童放和吴非提出的专业问题应答如流……

她第一次去他办公室，书柜还空了一半，后来放上去的全是机械电子相关的书籍和资料，大部分都是原文版。它们摆在那儿不是用来充场面的，她翻看过，每本书里面都用不同颜色的笔做了密密麻麻的笔记。

别人只看到他表面的荣光，却不知道他暗地里付出了多少努力。

怎么办？越靠近他，越无法自拔了。

淼淼就这样搂着抱枕魂游天外，半个小时后霍斯衍过来叫她吃饭。她跟在他身后进去他家，看到桌上摆着除了她点的菜，还多了一道凉拌青瓜。

青瓜是她爸连同鸡汤一起带过来的，没想到被他用上了。淼淼夹起一块尝了尝，青瓜的清新很好地中和了小米椒的辣味，蒜蓉炸过，香味十足，还加了蚝油提鲜，吃起来清脆可口，又不发腻。

霍斯衍打开电饭煲准备舀饭，拿着勺子的手停在半空，淼淼好奇地凑过去一看，差点把刚塞进嘴里的青瓜笑出来。

电饭煲里哪有什么饭，有的是泾渭分明的水和米。很显然，他忘记按下煮饭开关了。

原来淡定是装出来的啊。淼淼心里总算平衡了。

“我去下点面条。”等饭好了，菜都凉了。

“不用预我的份，我吃不了那么多。”

霍斯衍进厨房后，淼淼对着电饭锅和凉拌青瓜拍了照片，发到微博上。

可爱淼淼：“男朋友今晚煮的饭，第一次见他这么粗心，不过青瓜很好吃。对了，今天见家长啦，虽然一开始有点意外，但幸好结局很圆满！”

小乔永远是第一个评论的："这是在暗示霍总没有把生米煮成熟饭吗？"

淼淼只是单纯地就事论事，还真没想到可以解读成小乔理解的那种意思，不过她说得倒是没错，自己这是无意中一语双关了。

她回复小乔："我的重点明明在后面！"

小乔回复可爱淼淼："好吧，你好看说什么都对。"

她和小乔在微博上聊了一会儿，霍斯衍的面也煮好了，他分给她一小碗："不能只吃菜，对胃不好。"

好吧。淼淼乖乖地吃起了面条。

这顿饭吃得比平时晚，饭后照例是加班时间，淼淼今晚的心情像坐过山车，想偷个懒，她连连打着哈欠："好困，我先回去了。"

"嗯。"霍斯衍从笔电屏幕后抬起头，"早点休息。"

"晚安。"淼淼走到门口又回头，"明天是七点钟去仁川医院对吧？"

据说那位传染了休眠癌细胞的女患者情况比较不稳定，近期可能要做手术，周主任特地让他过去商量手术方案。

霍斯衍给了肯定答复，她挥挥手开门出去了。

真的是累，洗漱完躺床上，淼淼还想回忆一下误入雷区的整个过程，没想到刚闭上眼就睡了过去。

次日清晨是霍斯衍的电话把她叫醒的，还好他们吃过早餐，还是准时赶到了仁川医院。

淼淼跟着霍斯衍直接来到了肿瘤科主任的办公室，周立贤早在那儿等着他们了，他拿起桌上的电子病历："我们先去病房看看吧。"

淼淼对癌症病人并不陌生，可当看到那个中年女患者时还是吓了一跳，女人弓着身子，脸色发白，神情写满了绝望。

这种绝望，她只在那些瘦得如同一把枯骨，受不了疼痛只一心想求死的病人脸上看到过。

淼淼不知道怎么安慰她，原本以为迎来了新生，谁知等待她的竟是另一个更大的不幸，这微乎其微的可能性，偏偏选中了她。

语言在这种时候是苍白的。

周立贤拿出一个信封，里面装的是一张银行卡："这是社会慈善捐款，全在卡里了，一共十三万，希望多少能帮到你们。”

这时，那个木雕似的站在角落的男人，挪着僵硬的双腿走了过来。

淼淼看过去。

他个子不高，很瘦，头发花白，面色黧黑，胡子凌乱不堪，双肩是垮掉的，衣服皱巴巴，不知多久没洗过澡了，身上散发着发馊的味道。

周立贤把信封交给他，又拍着他的肩膀，温言安慰说：“千万别放弃希望，我们医院的所有医护人员都会尽最大努力……”

“周主任。”中年男人泣不成声，“大恩……大德，实在无以为报，我、我给你跪下了！”

病床上的女人抬了一下眼皮，泪如雨下。

男人猛地双膝跪地，骨头砸地的声音听得一清二楚，周立贤连忙把他拉起来，他不肯，死死地抱着周立贤的腿，如同抱着最后一根救命稻草，一个大男人将尊严全丢了，哭得天崩地裂：“求求你一定要救我老婆！我……我不能没有她，几个娃儿还等着他们妈回家……”

从男人眼中落下的泪，分量和女人的是不一样的。

淼淼不忍心再看下去，她轻拉了拉霍斯衍的袖子，他看懂了她的眼神，点点头，她转身出了病房。

一路走到了谢南徵所在的办公室，门没关，淼淼听到里面传来一个女人的声音。

“现在全医院都知道我在追你了，到底答不答应，你给个准话行不行？”

淼淼听到自家八哥无奈地回道：“我目前并不准备谈恋爱。”

“借口！谢南徵，给你透个底啊，我和别的女生不一样，最喜欢不顺着我的人了。如果你答应当我男朋友呢，说不定三天不到我就失去新鲜感，然后一脚把你踹开了。要是你不依我，哼，越是得不到我就越想得到……”

“我不跟未成年女生谈恋爱。”

“你什么意思？”孟临星气得挺起胸，“我今年二十二岁了！”

“是吗？”谢南徵疑惑极了，很快又恍然大悟，“那看来孟小姐的叛逆心发育得有些迟缓啊。”

这是在暗讽她骄纵蛮横吗？“你在讽刺我？”

谢南徵双手环胸：“很难听出来吗？我以为已经很明显了。”

这是连智商都被鄙视了？

孟临星瞬间奓毛，平日里张口就来的骂人粗话一句想不起来，只好用力瞪他：“你个大猪蹄子！”

“别闹了。”谢南徵正色道，“我待会儿还有个重要的手术会议。”

孟家小魔女从小被她爸毫无原则毫无底线地宠爱大，刁蛮任性惯了，胆子又大，没半分女生的矜持，真正发作起来威力堪比原子弹，谁见谁愁，但在正事上多少还是有分寸的。她从谢南徵的办公桌上跳下来，整理好裙摆，再抬起头来时，脸上笑意盈盈的，还掸了掸他的白大褂：“你先忙，咱们来、日、方、长。”

她扭着小细腰出去了，一出门遇到了淼淼，孟临星对她的名字印象深刻：“喵喵？”

淼淼因为听到他们的对话，有些尴尬：“孟小姐。”

叫什么孟小姐，多生分不是？

孟临星本来就对淼淼很有好感，长相甜美，眼眸干净，说话声软软的，加上还有谢南徵这一层关系滤镜加持，这个将来很可能成为小姑子的女生，在她眼里跟小仙女没什么区别。

“孟小姐听着怪别扭的，叫我临星吧。”

淼淼也不扭捏，笑意清浅：“临星。”她很早就想认识孟临星了。

这是她们的第四次见面。

第一次在花语咖啡馆的停车场，两人险些撞车。

第二次在街上，孟临星被小流氓跟踪，淼淼和谢南徵担心她的安全，跟上去，却撞见她把人教训得服服帖帖。

第三次在商场，孟临星帮小朋友们出气，清空了娃娃机，气得老板七窍生烟，又不能拿她怎么样。

“佛说，前世的五百次回眸，才换来今生的擦肩而过。”孟临星撩谢南徵是横冲直撞的，怎么直接怎么上，可面对软妹子淼淼，连说话都不敢太大声，为了铺垫，还文绉绉地搬出了佛祖他老人家。

“我们连车都差点撞上了，说明这缘分势不可挡啊。”

“既然这么有缘……”孟临星从兜里摸出手机，“咱俩加个微信呗。”

淼淼还没理清话题是怎么一下从佛祖跳到添加微信的，她的目光被孟临星锁骨上的一星一月吸引住了，默默想着，是真的文身还是贴纸？

孟临星又问：“你扫我，还是我扫你？”

淼淼点了点头：“都行。”

添加朋友成功。

“有空一起玩哦。”孟临星晃晃手机，“我先走了，再见。”

她的身影很快在转角处消失，淼淼走进了谢南徵的办公室。

谢南徵看到她并不意外，他放下水杯：“来了。”

“哥。”淼淼掩盖不了八卦之心，“你和临星现在是怎么回事呀？”

临星？谢南徵皱眉：“你和她什么时候这么熟了？”

“就刚刚，在门口啊。”女孩子的友谊说来就来，你们男人不懂的啦。

谢南徵不答反问：“你的男朋友又是怎么回事？”

淼淼耸耸肩：“就是那么一回事啰。”她又说，“对了，还得谢谢八哥你牵线呢。”

这些场景对话淼淼事先演练过，连谢南徵的反应都算好了。

果然不出所料。他眉头皱得更紧：“说清楚点，什么意思？”

“我男朋友，你也认识的。”

谢南徵的太阳穴狠狠一跳，他抬手按下去，克制着声音：“谁？”

“你不是已经猜到了吗？”

谢南徵更头疼了：“谢安淼淼，你……”忍不下去了，他咬牙切齿道，“你知不知道他已经有女朋友了？！”

“知道。”淼淼坦然得不行，“他女朋友，是他高中时的初恋嘛。”就是我啊。

“知道你还和他……”

“不是有句话说，只要锄头挥得快，世上没有挖不来的墙脚吗？而且，是他主动追我的。”

“他追你……”谢南徵深深吸气，努力控制情绪，“你就答应了？”

“不答应，他现在能是我男朋友吗？”

谢南徵的脑子快炸了，今天什么日子，怎么一个两个都跑来气他？

“要是你爸妈知道你做出这种事……你想好后果没有？！”

“我爸妈知道了。”淼淼又丢了一枚小地雷出来，“他们亲口同意我和他在一起的。”

谢南徵好一会儿没说话。

“你是不是没跟他们交代明白？”

淼淼知道堂哥性子，正直磊落，眼里容不得一粒沙子，她打算到此为止了，正要开口解释清楚，门外匆匆跑进来一个护士：“谢医生你怎么还在这儿，周主任他们已经在会议室，只差你了。”

“我就来，很快。”

谢南徵捞起会议记录本和一沓资料，走出几步，又回头对淼淼说：“中午一起吃饭，把霍斯衍也叫上。”

两分钟后，谢南徵来到会议室。推门进去，周主任正在分析手术方案的可行性，他没有惊扰众人，轻手轻脚地拉了张椅子坐下，对面坐着的是霍斯衍。

他的神色顿时变得复杂万分。

这边会议在进行着，另一边，淼淼在谢南徵办公室等得无聊，她准备去找老谢同志。乘电梯来到一楼，走出大门，拐进连接两栋楼的林荫小道，迎面走来一男一女拦住去路，她往旁边让了让。

身穿黑色西装的女人上前，气势压人：“谢小姐，我们老爷想和你见一面，麻烦你跟我们走一趟。”

尽管不明白什么情况，可淼淼心里有种不好的预感，身体比脑子反应更快，她转身拔腿就跑。

女人眨眼间跑到了淼淼前面。

淼淼撞上一堵硬邦邦的肉墙，鼻尖生疼，她揉了揉，光天化日的，还在医院，他们不会这么明目张胆地绑架她吧？

“别这么粗暴。”男人开口，“把人吓到了你负得起责任吗？”

女人迅速松了手：“抱歉。”

“谢小姐。”男人又诚恳地说，“我们并没有恶意，只是想请您走一趟。”

“你们是谁？”淼淼没那么紧张了，心中默念三遍这是法治社会。

“我们是富春城霍家的人。”男人表明身份。

“你们说的老爷，是霍斯衍的爷爷？”淼淼还有印象，之前在这家医院见过他，一个很严肃，不苟言笑，感觉脾气很坏的老人。

“是。”

“我不去。”

淼淼心下警醒，霍斯衍已经和霍家脱离关系了，现在他爷爷要见她，怎么想怎么觉得蹊跷，其中牵扯到多少错综复杂的事是她想不透的。唯一能做的，就是不掺和进去。

“既然如此……”女人冷笑着说，“那我们只有硬请了。”

会议结束后，霍斯衍给淼淼发了条信息，问她在哪儿。

没有回复，他拨她的电话，响了很久，也无人接听。

霍斯衍来到地下停车场，见她那部白色奥迪还在，那么人应该也还在医院，她不会不说一声就离开的。他又划开通话页面，还没拨出去，警觉地留意到一道人影从墙上闪过。

“出来吧。”

黑西装的男人从车后走出，恭敬地喊了声：“衍少。”

霍斯衍眸色转冷，面无表情地看着他。

“老爷让我来请您过去一聚。”骤觉四周温度几乎降到冰点，男人又飞快补充说，“他把谢小姐也请过去了。”

九分甜
想和你共度余生

“喂，你们这样强行掳人，是犯法的知不知道？！”

淼淼看着车窗外闪过的陌生景物，心里慌慌的。意识到不对劲那会儿，她就想给霍斯衍打电话了，没想到那女人居然把她手机抢了过去，还说等到了目的地会还回来。

“我们一不为求财勒索绑架，二不为夹私报复伤害你的人身安全，只是请你过去做客。”女人瞥淼淼一眼，公事公办地说道。

“做客？”淼淼板着脸，声调冷冰冰的，“这就是你们的待客之道？而且，你们现在就是在非法限制我的人身自由！”

“抱歉，请谢小姐体谅我们的难处。”

她一个做坏事的人还要人体谅，这是非黑白颠倒得也太理直气壮了吧？

淼淼无语地靠在座位上：“到底要带我去哪里？”

“到了就知道了。”

“手机还给我。”

“到了一定还。”

无论淼淼说什么，女人总是会以各种理由推回来，她懒得说话了。车子下了高速后，往郊区的方向开去。

霍斯衍的电话是在这个时候打进来的，听到熟悉的铃声，淼淼眼睛一亮，她朝女人摊出手心：“手机还我，我要接电话！”她特地强调，“是霍斯衍打来的！”

甭管怎么软硬兼施，女人还是油盐不进：“到了就还给你。”

铃声响了又停，停了又响……

淼淼气得红了眼角，向来不太擅长和人吵架的她，此刻连打人的心都有了。可她知道自己有多少斤两，别说打架，估计招式还没出呢，就被放倒了。

“谢小姐，你不用担心。”

淼淼长长地吐出一口闷气：“这位不知道名字的姐姐，如果是你走在路上，突然被掳走，手机又被没收，也不知道会被带去什么地方。请你教教我，要有多么强大的内心才能做到不担心？”

女人被她一番话呛得不吭声了，好半晌后才说：“其实我们老爷真正想见的人，是衍少。”

霍斯衍？淼淼心中不禁警铃大作。

她听霍斯衍说过，他爷爷是把他当家族继承人培养的，可后来他们一家人和霍家脱离了关系，这对那位霍老爷子来说无疑是响亮的一耳光。俗话说爱之深责之切，那老头该不会恼羞成怒，迁怒霍斯衍吧？

而且奇怪的是，为什么要通过她一个外人来见自己的孙子？这不合常理。

淼淼回忆着在老家陪奶奶和王姨看过的家庭伦理电视剧，顺理成章地推理下去：该不会要用她来威胁霍斯衍，以达到某种不可告人的目的？比如，逼他回去当继承人……

又或者，霍老爷子是调查到她的背景，觉得她配不上霍斯衍，准备棒打鸳鸯来了。说不定他会像小说里写的那样丢给她一张五百万的支票，让她和霍斯衍分手。

淼淼出了一身冷汗：“停车！我要上洗手间。”她打定主意，无论怎么样，先下车再说。

“再忍一下，还有几分钟就到了。”

司机收到女人的眼色，踩下油门，车子像离弦的箭飞出去，也就喝半杯茶的工夫，目的地到了。

下车后，不等淼淼开口，女人主动把手机还给她。

淼淼接过来，迫不及待地解开屏幕锁，正准备打个电话给霍斯衍让他千万不要过来，却惊讶地发现右上角一格信号都没有。

很明显，这个地方的通信讯号是被屏蔽的。

淼淼气得反而笑了出来，既来之则安之，再说她也差不多是死过一回的人了，还会怕一个连走路都要拄拐的老人家？

淼淼慢慢平复好心情，决定去会一会这位霍家老爷子。

展现在她眼前的是一栋民国风格的建筑，老旧木门上的雕刻早已被时光磨损得失去原来的颜色，倒是挂着的一把黄铜锁，油光锃亮，上面刻着“辛亥年制”字样。

门被女人轻轻推开，院内的一草一木仿佛沉睡百年后突然被激活了般，轻快地随风摆动，发出“沙沙沙”的声音。

淼淼进去看到了一个天井，她的视线落在右边，双眸映粉，只见青白的墙根下，用木栅栏圈着，粉红蔷薇花开得正盛，不是一盆盆地栽着，是一大片，几乎铺满了整面墙。

花朵有满开的，也有含苞欲放的，有些还只是花骨朵，姿态各异，在清幽寂静的院内，暗吐淡香。

“这些花，是谁种的？”

女人答：“是张管家。”

淼淼暗忖，会不会就是那位看起来比较和善的山羊胡老人？

“这边请。”女人在前面引路。

淼淼跟着她走过回廊，跨过爬满绿藤植物的圆拱门，再穿过一间平房客厅，终于来到主屋前。这是一栋坐北朝南的三层楼房，是她在外面看到的民国风建筑，主屋在中央，两侧有楼梯相连，不知道通向什么地方。

淼淼走进了主客厅，视野一下变得宽敞明亮起来。最引人注目的是头顶上吊着的八角形琉璃灯，哪怕擦得透亮，也遮掩不了它来自那个久远年代的事实。

三面墙没有刷白漆，裸露着青色的砖，沧桑的岁月感扑面而来，正前方挂着一幅巨大的领袖人像，底下用烫金的大字规整地印着字。

东面的墙边筑了个壁炉，由于现在是夏末，还闲置着，上面分别摆了银色烛台、金色压边的相框和长颈花瓶，里面斜插着一枝鲜活的白鹤芋。

女人请淼淼在深红色的檀木沙发落座，便出去了。

接着，有个用人模样的妇人送来茶水、点心和水果，她放下东西，冲淼淼一笑后，捧着托盘走了。

淼淼早上吃的东西早在一路担惊受怕中消化光了，她觉得堂堂大家族的掌权者，总不至于大费周章地把她弄来，然后连面都没见上就直接毒死吧？她慢悠悠地给自己倒了一杯茶，就着点心吃了起来。

浑然不察，一举一动都在别人的眼中。

霍老爷子看着屏幕里非但不害怕，还悠然自得喝茶的年轻女孩子，神色不辨喜怒。那双苍老却依然如鹰般锐利的眼突然眯了起来，这是什么饮法？那可是上好的特供茶叶，她当白开水喝了？真是暴殄天物！

旁边的张管家适时出声："这女娃子倒是胆识过人。"要换了普通女孩，估计早吓得哭哭啼啼，花容失色了吧，看她样子，倒像是回到了家里一样自在。

霍老爷子重重地"哼"一声，不置可否，紧紧盯着淼淼看。

淼淼弯腰去挑水果吃，她拿了一个苹果，又放回去，因为装有收音设备，他能清晰地听到她嘀咕："居然没有水果刀，不知道现在的苹果又打药又打蜡的吗？"

"让人给她送把水果刀。"

"是。"

淼淼吃着葡萄，没找到纸巾，只好把籽吐在手心里，妇人再次推门进来，恭敬地在桌上放了把水果刀，微躬着背："请问谢小姐还需要别的东西吗？"

"不用了。"淼淼一下反应过来，客厅装了摄像头，说不定那位霍老爷子就躲在镜头后窥视她呢。

淼淼不知道怎么称呼他，所以挑了个比较顺口的："这样就没什么意思了吧，老爷子？"

"您说您大老远把我请过来……"她掷地有声，尤其咬重了"请"字，"不会只是想看我给您表演吃葡萄不吐葡萄皮吧？"

说完，淼淼仰起头，抛在半空的葡萄不偏不歪地掉进嘴里，她咬破果肉，甜甜一笑。

霍老爷子握紧拐杖上的龙头木雕，吹胡子瞪眼道："好个伶牙俐齿的丫头。"

淼淼像是猜到他会有什么反应，接得可准了："多谢您老人家夸奖啦。"

老爷子面色一僵。张管家忍住笑意。

"您这儿没有梨子吗？"淼淼自问自答，"看来是没有了。"

"梨子有润肺、凉心、降火的功效，我看您啊，平时应该多吃点。"

看着老爷子的反应，张管家再忍不住了，笑得山羊胡一颤一颤的，真不愧是衍少的女朋友呢。

"这个葡萄挺甜的，以前没吃过，是新品种吗？"淼淼笑得格外真诚，"待会儿能不能给我带一些回去？"

霍老爷子用力地闭了闭眼。

张管家这次笑出了声音，又不免担心起来，老爷子两个多月前刚动完心脏手术，医生千叮咛万嘱咐情绪不能有太大波动，可别把他刺激得又病发了。

好在淼淼不再说话，继续安静地吃起东西来，手机上不了网，老爷子又不肯露面，她没别的事可做。

正啃着一个苹果，淼淼听到门外传来脚步声，以为是霍老爷子，没想到进来的人竟然是霍斯衍。

看到他出现，她非但不惊喜，倒像是受了莫大的惊吓，直接从沙发跳起来，跑过去推他："快走，快走！"

霍斯衍把她从头到脚检查过一遍，语气掩不住的担忧："没事吧？"

"我没事。"淼淼不停地把他往外面推，"有事的是你啊。"

"我能有什么事？"

"你爷爷他……"

说曹操曹操到。

晾了她那么久的霍老爷子终于出现了，淼淼听到咳嗽声回过头，吓得又把霍斯衍往屋里推，自己挡在前面，将他护在身后。

霍老爷子没有在意她的动作，他定定地凝视着霍斯衍，眼底有万千情绪翻滚上来。九年了，爷孙俩整整九年没见了啊，当年那个眉眼透着些许青涩的少年，转眼间变成了沉稳成熟的男人。

他颤颤巍巍地伸出手去，像要确认什么，摸到的只是一把空气："回来了啊。"

霍斯衍无声地点点头。

这场景和淼淼想象的很不一样，她终于意识到什么不对，看看身后的男人，他脸上还是波澜不兴的。可她太了解他了，表面越是平静，内心的波动越是大。

“要见你一面，真是难啊。”霍老爷子想起动手术那次，在鬼门关走了一回，苏醒后听老张说他来过，那时便以为他准备和解了。可等了一日又一日，始终不见他来看自己。

一辈子身居高位、高傲惯了的人，是不会轻易主动低头的。山中静养的这些日子，老爷子也想透了。黄土埋到脖子的人了，再等下去，恐怕连最后一面都见不上了。

霍斯衍性子硬，霍老爷子怕他不来，于是只能用这样的方式先把他女朋友请过来。

“进去吧，有些话我想和你单独聊聊。”

淼淼如临大敌，她先前预料的某些事果然要发生了吗？

“不要去！”

“别担心。”霍斯衍握了握她的手，“没事的，等我。”他跟在老爷子后面进了内室。

淼淼焦虑地在屋里走来走去，等她好不容易停下来，时间已过去了半个小时。

再过十分钟，如果他们的谈话还没结束，她会不顾一切地闯进去……

霍老爷子并没有给淼淼这个机会，她刚做出决定，他和霍斯衍一前一后出来了。

淼淼密切留意着他们的神态和动作，并未发现什么异样，没有剑拔弩张，也没有暗潮汹涌，看起来就是一场心平气和的谈话。

她立即站到霍斯衍旁边去。

霍老爷子开口了：“留下来吃过饭再走吧。”

淼淼只想快点离开这个地方，一秒不想多待。

霍斯衍安抚性地看她一眼：“不了，我带淼淼回去吃。”

霍老爷子似乎有些失望，但他是隐藏情绪的老手：“那我就不留你们了。”

淼淼如同卸下心头大石，霍斯衍牵着她往外走，到门口时，他停下脚步，声音清清淡淡的："爷爷，下次如果想见我们，打个电话就行，不必用这样的方式，会吓到您未来的孙媳妇。"

孙媳妇？猝不及防地，淼淼面颊一热。

霍老爷子则是听得老泪纵横，两人的身影看不见了，他才从怀里掏出一方手帕擦了擦眼角："老张啊，你听到了吗？他刚刚叫我什么？"

"听到了！衍少，他叫您……爷爷！"

"爷爷……"老爷子摸着白胡子，哽咽道，"他终于愿意重新叫我爷爷了。"

被"孙媳妇"三个字勾得心神荡漾的淼淼不知道，从霍斯衍口中喊出的那声"爷爷"意味着什么。那次等在手术室外，老爷子生死未卜，他就在心里对自己说，如果这次爷爷挺过了难关，那么，过去的一切一笔勾销吧。

掠面的风轻轻柔柔，送来清脆的鸟鸣。

淼淼和霍斯衍沿着来时的路走出去，大门外停着那辆送她来这里的蓝色宝马，司机在旁边负手而站："衍少，我送你们。"

淼淼想到他也是掳她过来的帮凶之一，立刻拒绝道："不用，钥匙给我，我来开就行。"

"这……"司机为难了，霍斯衍一个眼神递过去，他痛快地把钥匙交给了淼淼。

淼淼以前没来过这里，不认识回市中心的路，还是由霍斯衍做她的口头导航。

两人独处，她身心轻松，把车开得又快又好。

快上高速时，淼淼才想起要紧事："你爷爷没逼你做什么事吧？比如，让你回霍家当继承人之类的。"

"没有。"霍斯衍摇摇头，"你怎么会这么想？"

淼淼松一口气，"嘿嘿"笑道："我可能是电视剧看太多了吧，以为他会用我威胁你去做什么你不愿意做的事……"

哎？她抿紧双唇，怎么把这荒唐的猜测说出来了？

霍斯衍扬起嘴角："嗯，如果他真的用你威胁我的话……"

淼淼心跳加速，握着方向盘的手收紧了，静静地等着，等着，听到男人说——

“不管他让我做什么事，我都会去做的。”

所以，你要好好的，知不知道。

或许是久未喝水的缘故，他的声音听起来稍显沙哑，略沉的质感，像在耳边低语。

淼淼忍不住又飘起来了。

一路飘回仁川医院，她把车开进停车场，下车，车门落锁，车钥匙递给霍斯衍，让他保管。

霍斯衍没有接：“你留着吧。”

淼淼指着那辆据说是限量款的宝马M3CS，犹豫着说：“这车……”

“车不用还回去，就当是给你的赔罪礼吧。”霍斯衍轻描淡写地说，“见面礼也行。”

淼淼来不及纠结那么多，她看到了放在旁边的另一部黑色宝马，那是谢南徵的车。一道惊雷在她脑中炸开，他好像说要一起吃午饭来着?

她的手机因为被屏蔽了信号，收不到信息，电话也打不进来，恢复通讯后，也没听到什么提示音。淼淼急忙划开一看，屏幕上干干净净的……

完了完了！这次事大发了。才刚爬完一座险峰，又有一汪深潭等着她去跳，貌似这坑还是她自己挖出来的。

淼淼拖着霍斯衍飞也似的赶到上次吃饭的中餐厅。因为过了饭点，客人稀稀疏疏散落各处，音响里出来的也是轻缓慵懒的歌曲，她一眼看到了角落里的谢南徵。

察觉到什么，他抬头望过来。

看到淼淼和霍斯衍亲密地牵着手一起出现，这一幕深深地刺痛了谢南徵的眼，他紧捏着茶水凉透的杯子，隐忍得太阳穴发胀，几乎要将茶杯捏碎。

见谢南徵腾地一下起身，动作之大，带歪了木桌子，上面的茶杯像个酒鬼般摇摇晃晃，茶水飞溅。那严肃的俊脸上颇有黑云压城的气势，淼淼的战斗力在霍老爷子那儿消耗了大半，接不住那道几欲喷火的目光，“嗖”地躲到了霍斯衍身后。

“怎么了？”霍斯衍疑惑地问，他不知道淼淼之前摆了谢南徵一道的事，以为她反应这么激烈是因为临时放了她哥鸽子，安慰道，“事出有因，解释清楚就好了。”

淼淼三言两语把事情交代完，后悔不迭："我哥他就是个钢铁直男啊。"她平时经常和他开些无伤大雅的玩笑，不过这次好像玩得太过火了，把他气得连理智都没了。但凡还有三分清醒，也该想到她绝对做不出撬别人墙脚的事啊。

"我哥会不会打我啊？"

"嗯……"霍斯衍抬手抵了抵额头，低笑声中带着些许无奈，"难道该担心这个问题的人，不应该是我吗？"

"对哦。"经这么一提醒，淼淼从他身后探出头来，她记得有跟八哥说是霍斯衍主动追求，然后她禁不住诱惑就答应和他在一起了。

在淼淼自导自演的剧本里，霍斯衍被塑造成了一个始乱终弃，甚至可能脚踏两只船的渣男形象，而她只是受他甜言蜜语蛊惑的无知少女，罪行孰轻孰重，八哥的拳头该挥向谁，这不是一目了然吗，她担心个什么劲儿？

淼淼不自觉地挺直腰杆。

"你哥还在气头上。"霍斯衍建议，"要不，我们先让他冷静冷静？"

淼淼坏笑："你怕打不过他？"

"打是打得过。"霍斯衍认真思索了几秒后，沉吟道，"不过不想在未来大舅子那儿留下不好的印象。"

又是未来孙媳妇，又是未来大舅子的，这是在暗示什么吗？

淼淼清清嗓子，配合地说："那我数到三，我们就跑吧。"她轻声数起来，"一、二……"

"三"还没说出口，只见霍斯衍缓缓弯起唇角，然后握紧她的手，带着她朝谢南徵的方向走去。

六月的天，男朋友的脸，说变就变！

两人来到谢南徵跟前。

不等淼淼说话，谢南徵率先一串连珠炮砸过去："谢安淼淼你给我过来！"

"哥。"淼淼露出明媚的笑脸示好，"误会，一场误会。你别激动，千万别激动啊！"

她一口气全说出来："霍斯衍没有始乱终弃，也没有脚踏两船，他的初恋和女朋友，都是我。"

谢南徵反应平淡，怒容未散，点点头：“挺合逻辑的，你继续编。”

这人……怎么假话一套套地信，真话反而不信呢？！编？编你个大头鬼哦。淼淼急得团团转，求助地看向霍斯衍。

谢南徵无情地打破她的希望：“你以为他说的我就会信？说不定你们私底下早串好话了。”

你这个谢鹦鹉，钻牛角尖倒是学得挺会。淼淼气结，一句话说不出来。

谢南徵替她说下去：“接下来你是不是要说，你们本来两情相悦，差点就在一起了，后来因为某些误会，他远赴美国，你在国内刻苦向学，先考上211大学，再保送A大研究生。六月份在咖啡馆那次是你们重逢后见的第一面……”

说的内容完全能对上。淼淼惊叹不已，都想要为他鼓掌了，她小鸡啄米似的点头：“对，就是你说的这样。”

谢南徵没好气地说：“我编的。”

霍斯衍听出他话中的真意，微微失笑，拉了张椅子，轻按着淼淼坐下。

淼淼交叠着双手搭在桌边，敷衍又无力地笑了一下，终于体会到有口难言是什么样的滋味了：“我再最后强调一遍，你信最好，不信我也没有办法。在我之前，霍斯衍没有交过女朋友，他的初恋是我，我们是在虹城中学认识的……”

霍斯衍轻敲桌面，语气淡淡：“到此为止吧。”

“没办法。”谢南徵摊手，神情中还有些余兴未尽，“我只是以牙还牙。”

淼淼彻底蒙了，到底是怎么回事？

她的视线在他们之间流转，霍斯衍似笑非笑，谢南徵则是一副大仇得报，大快人心的模样。电光石火间，淼淼想通了紧要脉络，用力一拍桌子：“好啊谢南徵，你在耍我！”

原来谢南徵在联系不上淼淼时，急得冒火，真怕她一时情迷做了错事，不肯见他，连电话都不接。他火急火燎地打给了谢戚明，才把来龙去脉摸了个一清二楚。

说来说去，原来是自己闹了大乌龙，不过他怎么能想得到，霍斯衍所谓的初恋居然是淼淼呢？

怪不得她会兜着圈子捉弄他，于是干脆来了个将计就计，以报整个上午坐立不安，肝火上攻之仇。

天知道他憋得有多难受，好几次险些笑场，好在淼淼一心扑在解释上，并没有注意到。

淼淼对堂哥的演技却有很高的评价："如果你去当演员的话，奥斯卡小金人非你莫属！"

谢南徵把"多谢夸奖"四个字忍在唇边，看她咬牙切齿的样子，估计真说了，扑过来就是一顿暴打，她现在可是有男朋友撑腰的人，惹不起还躲不起吗？他一把捞起桌上的菜单："饿死了，点菜吧。"

两个男人饥肠辘辘，这顿迟来的午饭吃得格外丰盛。谢南徵是比较不讲究的人，加上要赶着回医院上班，几乎是狼吞虎咽。霍斯衍吃得也快，不过动作要优雅很多，淼淼则是在霍家老宅吃了不少水果点心，喝完一碗汤，夹了几筷子的菜，差不多吃饱了。

饭后，各自回去上班。

淼淼和霍斯衍来到医院的地下停车场取车，不免又想起那部从山里开回来的宝马。虽然霍斯衍说当赔罪礼或者见面礼，可她哪里能收这么贵重的礼物？而且她自己的车开得好好的，有很深的感情了。

她把心事写在脸上，霍斯衍很体贴地说："下午让人过来把车开走。"

淼淼的心一松，展露笑颜："嗯嗯。"她系上安全带，缓缓地把车子开了出去。

回到实验室已经是下午三点多，淼淼一进办公室，就看到桌面摆着两大篮子葡萄，正是她在霍老爷子那儿吃过的。想不到她的玩笑话他居然当真了，还特地让人把葡萄送过来。

老爷子的性格似乎没有传闻中的可怕，反正她是不怕他的。

侯舫一旦坐上电脑椅，轻易不肯移动身子，淼淼不敢差使这位高冷师兄，她去另一个办公室叫来童放和侯舸，吴非一听说有好吃的，手中的机械臂一放，跟着过来了。

两篮葡萄全洗干净，人人有份。实验室的工作氛围很轻松，考勤是不计的，办公桌椅可以私人定制，全凭个人喜好。下午茶和夜宵更是少不了，累了的话直接在躺椅上睡觉，也是被允许的。

童放表演起花式吃葡萄，其他人边吃边围观，发出大笑声。

淼淼拎着一串葡萄进了霍斯衍办公室，半个月后实验室研发的药品机器人就要正式被验收了，他需要准备很多的材料。没办法，实验室的成员们百分之九十九都是做技术的，文字组织能力和初中生有得一拼，至于她嘛，写情书在行，写材料的话……放过她吧，加上又涉及核心的技术机密，一时半会儿找不到可靠的人，这份重任只能落在霍总肩上了。

“霍斯衍，要吃葡萄吗？你爷爷让人送过来的哦。”

霍斯衍眸底似乎闪过一丝意外之色，随后被笑意覆盖过去，他“嗯”一声，双手却没有停止敲击键盘的动作。淼淼捻了颗肉嘟嘟的葡萄送到他唇边，他吃了进去。

“好吃吗？”

对霍斯衍来说，这葡萄的甜度过于高了。不过是女朋友亲手喂的，吃什么并不重要，重要的是享受过程，他又吃了第二颗。

淼淼看一眼他手边的项目计划书，光是厚度就让她咋舌，还是继续喂葡萄吧。送第三颗过去时，霍斯衍不知是有意还是无意，竟将她手指一起含了进去，还轻咬一下。

后者带着明显的刻意成分，淼淼不免又想起之前龙赢赢回国时，她为了请假，被他骗着喂了葡萄，还被吃尽豆腐的事。前车之鉴，她非但没吸取教训，居然主动再次送上门来。

转念一想，这里是办公室，比不得家里，他肯定不会胡来的。

淼淼红着脸迅速缩回手，他果然没有进一步的动作，只是脸上笑意更深，清隽眉眼也舒展开，看起来很愉悦的样子。

记不清是第几次被这种毫无抵抗的美色勾得晕头转向，再待下去估计下午要无心工作了，有个当上司的男朋友真的是……随时随地身心都要经受巨大的考验。淼淼把手里的葡萄往桌上一放，随便找个理由溜回办公室去了。

其他人早已回到各自的座位认真做事。淼淼迅速收了心，投入到程序优化的工作中。

进入九月份，暮色来得比往常早，天还没黑，侯舫就不见人影了。除了和女朋友约会，他还能去哪儿？

淼淼伸着懒腰笑了笑，收拾好东西，准备去找她家霍先生吃饭了。

晚餐照例是三菜一汤，都是她喜欢吃的。吃完饭后，淼淼抱着电脑准备工作，霍斯衍洗了一盘葡萄出来，放到桌上，抽了纸巾慢条斯理地擦手。

淼淼看到葡萄，条件反射性吞了吞口水，脑中浮现某些亲密喂食的画面……

似乎是她会错意了，霍斯衍准确无误地把纸巾丢进垃圾桶，然后打开面前的笔记本电脑，淼淼看到他输的密码还是334759，忍不住问道：“这串数字有什么深意吗？”

他瞥过来，墨色眼眸闪着微动光华：“你忘记了吗？这是你高二第一学期的第一次、第二次和第三次物理月考成绩。”

33分，47分，59分，没有一次及格的。

淼淼窘得不行，这种黑历史干吗记得这么清楚，这下别说面子，她连里子都没有了。

趁霍斯衍不注意，淼淼将他的电脑抢过来。修改密码需要权限，这难不倒她，她胜券在握，却没想到霍斯衍留有后招，因为非法访问，电脑系统启动自保程序自动关机了……

淼淼打算重启再试一遍，却忽然发现腰间多了一只温热的手。接着，膝上的笔记本被霍斯衍搬开，独属于他的清冽气息凑近，她下意识地闭上眼，等着承受他的吻。

吻没有如愿落在唇上，落在了她颈间、锁骨边，一寸寸地往下挪动，每过一处，便像点了一把火。

“淼淼。”他喊她名字，一遍又一遍。

她意识涣散，好半晌才有反应：“嗯？”

他的呼吸乱糟糟的，嗓音哑得厉害：“给我，好不好？”

淼淼有那么一瞬间的慌乱。她知道答应后会发生什么事，来得太突然了，她还没有做好心理准备。可这种事，哪里需要什么准备呢？

情之所至，水到渠成。她愿意把自己交给他。

淼淼搂住他脖子，害羞地说：“不要在这里。”

霍斯衍心领神会，把她抱起来，进了卧室，放在床上。

他全身线条绷紧，温度也是滚烫的，没有经验，只是凭着本能想亲近她。

不是一时心血来潮，是在漫长岁月中堆积的，藏在心底深处的渴望。

这个如阳光般照亮他灰暗生命的女孩，她教会他什么是喜欢和心动，偶尔也会和月光一起闯入他的梦境。年少时对男女秘事的窥探，所有不着边际又美好的想象，全和她有关。

他们之间没有真正开始，便在茫茫人海中走散。

历经波折重重后，终于失而复得。

今天，面对以为会对他造成威胁的爷爷，她毫不犹豫以柔弱之姿将他护在身后……

从前作为霍家的继承人，霍斯衍被教导最多的便是责任。当他走上那个位置，他就不再属于自己，身后是整个家族，他永远是站在最前面的那个人，孑然一身，高处不胜寒。

他从来不知道，原来被人保护是这样的感觉，没有半分羞愧，有的只是热泪盈眶的感动。从今以后，他有了独属于自己的盔甲。

前路充满未知。霍斯衍唯一知道的是，余生都不会再放开她的手。

淼淼被他亲得有点疼，忍不住轻吟一声："阿衍。"

霍斯衍倏然停下所有的动作，她疑惑不已，睁开眼看他。

他握手为拳砸在床头上，语气有说不出的挫败和懊恼："忘了买套。"

这……淼淼知道不合时宜，但还是没忍住，闷在他怀里"咯咯"笑了出来。

见他隐忍得那么难受，她小声提议："要不，你现在出去买？"产业园附近有药店和超市，要买那个很方便的。

好不容易营造出来的旖旎浪漫氛围因为他的疏漏被打消，女朋友还笑了场，这都是什么事？霍斯衍又想起周逢玉说过的，女孩子很重视仪式感，难道以后让她回想起第一次，印象最深的是他猴急跑去买套的画面？

霍斯衍紧咬住牙根。

时间一点点流逝，他保持着平躺的姿势，淼淼从被单里伸出手，碰碰他，被他一把握住，带过去……

她的双颊密布羞红，黑眸湿漉漉的，水光一层层浮起来。

次日，淼淼和往常一样来到办公室，敲键盘时总有一种力不从心的感觉。尤其是右手，又酸又疼，她揉了几下，察觉到侯舫的眼神冷空气似的飘过来，她赶紧做托腮沉思状。

某些画面又从脑中闯出来，淼淼拍拍脸，强制性地给它们按下暂停键，生怕侯师兄看出什么异样。她拿着杯子出去打水，瞥见霍斯衍办公室的门紧闭着。

霍斯衍一大早打车去了仁川医院，今天上午那位患癌的女患者要进行手术，他被特批进入手术室，从旁协助。淼淼起床后没看到他，倒是桌上留了早餐，种类和分量都很多，她以为他没吃就走了，结果发信息过去，他回的是已经吃过了。

她又问："那怎么剩这么多？"

hsy："昨晚的加班费。"

加、班、费。

加……班。

淼淼成功被他远程撩得面红耳赤。

等了好一会儿没有回复，霍斯衍想象着她的反应，微抿的薄唇一松，变成了浅浅的笑。在晨光里，侧脸线条柔和得不可思议。

司机把车稳稳停在路边，提醒他仁川医院到了。

霍斯衍收好手机，道谢，付过钱后下车，径直来到手术准备室。

周立贤、谢南徵、麻醉科的副主任医师、泌尿外科的主任医师都在，霍斯衍和他们打过招呼，加入术前的讨论中。

由于病人情况复杂，加上又是国内癌细胞异体转移、激活的首个病例，并没有过往经验可以参照，手术存在一定的风险性。经过数次多部门的联合会议，最终决定实施手术。

据统计，肾肿瘤百分之九十五以上都是恶性的，放疗、化疗对该病敏感性较弱，作用不大，一经检查确诊，一般都会采取根治性的外科手术。

或许有人仍对"根治性"三个字存在误解，认为只要把癌变部位切掉，便可一劳永逸。事实上，切除肿块并不能从根本上消除癌症病源，也无法改变肿瘤患者的体质，就算根治手术成功，三年内也会有很大的概率复发。

另外，手术还潜藏着这样的风险：切除人体组织的过程中，很可能会出现某种组织损伤，导致肿瘤细胞从癌变部位"外逃"扩散；也有可能切除不干净，留下微小病灶，从而为肿瘤的转移和复发埋下隐患。

病人家属冉玉田事先签了手术同意书，对手术风险表示理解，并对医生表达了充分的信任。

九点整，手术正式开始。

身穿无菌服的霍斯衍站在手术台旁，口罩下，表情凝肃，这是他第一次以既不是病人，也算不上外科医生的身份来到手术室。隔了将近一年，那种久违的熟悉感如数回归。

这是一台具有重大意义的手术，经过患者同意，整个手术过程会被记录下来，在场的全体医护人员严阵以待。

达到军用标准的高清摄像头运作着，麻醉科副主任医师亲自实施麻醉后，摄像头切换到了主刀视野。该切除手术范围很大，周立贤眉目沉稳，握着手术刀在病人腰部和腹部切开了两个口，为了避免癌细胞通过血流扩散，他先把肾蒂血管分离出来并进行钳夹，结扎所有通向肾部的血管，然后切断输尿管。

护士动作极轻地把他额头上的汗擦掉。

周立贤将肾周围筋膜和肾周围脂肪切除，分离出整个肾脏，接着，肾旁的淋巴结，全长输尿管以及管口两厘米以内的部分膀胱也一并做了切除……

手术历时将近五个小时，长时间的精神集中和站立让周立贤精疲力竭，身上的浅绿色手术服几乎湿了个透彻。接下来的缝合将交由谢南徵做，周立贤和他交换了位置，坚持到手术全部结束，才脚步极慢地走出去。刚出门口，就因体力不支，扶着墙坐了下去。

霍斯衍随后也出来了，周立贤看到他，摘掉口罩，自嘲地笑了笑："老了，比不得当年了。"

霍斯衍在他旁边坐下，心有感触，以前没有机会和老师一同站上手术台，刚才虽然同在一个手术室，却没办法真正地并肩作战。

"周老师，时隔多年，学生依然从您身上受益匪浅。"

不仅仅是医术，是医德，是仁心。

周立贤没有力气说更多的话，只是抬起手按在他肩上，按了很久，很久。

霍斯衍一直在医院待到晚上十一点才回到公寓。这个时间点淼淼应该已经入睡了，他没去打扰她，进浴室冲了个澡，洗完后穿着深灰色睡衣，顶着一头湿发出来，他到阳台拿毛巾，发现淼淼那边亮着灯。

还没睡？

他把头发擦了个半干，回到客厅，从桌上捞起手机，发了一条信息给她。

回来的路上，霍斯衍在想一件事，他答应淼淼父母会护她周全，可昨天她就在医院，在他不知情时被霍家的人强制带走。幸好最后有惊无险，可万一，掳走她的是那些心存歹意的人呢？

手机信号很容易被屏蔽，市面上的追踪定位器对他们来说也是小儿科。能不能有这样的一款智能机器人，霍斯衍在纸上写下要求——

一，体积小，方便携带。

二，具有追踪定位功能，哪怕在偏远地区也能实现数据传输。

三，自动感应周围的危险。

写完第六条，手机还没有一丝动静，霍斯衍点进游戏，果然在王者峡谷里逮到了女朋友。

淼淼也不想熬夜的，她等不到霍斯衍回来，都准备要去睡了，结果小乔发来游戏邀请，她小小地挣扎一下，就点进去了。

貂蝉新买的漂亮皮肤还没用过一次，淼淼心痒得厉害，能不能上分是次要的，重要的是游戏既能放松身心，还能和小乔语音聊天。

小乔这次玩的是打野孙尚香，她操控拎着弩炮的大小姐，在自家野区霸气地翻来翻去，嘴里没闲着：“你们实验室是真的忙啊，比我这个做外贸的还忙，我半个月没见到童放真人了你信吗？！”

对面的法师诸葛亮大概看出貂蝉是徒有虚表的菜鸟，来势汹汹，步步紧逼，轻轻松松地把她单杀在河道里。

系统播报，貂蝉光荣送出一血。

小乔还在继续抱怨：“男朋友只能在视频里看见，抱不到，也亲不着，身体和心灵极度空虚，连工作都提不起劲儿了……”

淼淼默默地装作听不懂的样子，顾左右而言他：“我们的第一个项目快要被验收了，大家都在加班加点，等结束后应该会好很多了。”

除了侯舫和童放，实验室的其他人目前都是单身，无牵无挂。她和霍斯衍嘛，情况稍微特殊，就算再怎么忙，挤出来的空闲时间都待在一块儿，像昨晚那样失控的情形，之前从未发生过。他们一般吃过饭后就会打开电脑做各自的事，等时间差不多，他会送她回隔壁，当然，晚安吻是必不可少的。

“没人替我纾解，最近我的火气变大了不少，前天还和一个脾气糟糕的法国佬大吵一架。”小乔说着“哈哈哈”大笑起来，“他也很生气，接着我们就用八国语言的粗口对骂，没办法我就是这么厉害，在公司别的没学会，倒是各国粗话学到了精髓，骂出来不带喘气的。结果你猜怎么着，对骂完，我们反而能心平气和地谈正事了。谈成了这笔单子，月底能拿五位数的提成呢。”

因为美貂蝉又被放倒了，淼淼捧场地鼓起掌来：“真厉害。”

“那是必须的！”

小乔笑得不知多嘚瑟，游戏里，香香高喊着“大小姐驾到，通通闪开”翻滚上敌方高地，带着小兵两三秒推爆了对面水晶。

今晚的第一颗星星成功摘下。

开第二把时，淼淼看到许久未出现的数字小妹妹也在线，顺手邀请了她。

对方很爽快地进入了匹配行列。

进入BP环节，淼淼没注意到06130902打开了组队语音，她还在想这把该玩什么英雄，小乔刻意压低，听起来贼兮兮的声音又出现：“话说，这么久了，你家霍总还没拿下一血？”

一血？淼淼开始还没反应过来什么意思，照着字面猜了猜，瞬间面染红霞，她轻咬着粉唇，其实，昨晚只差那么一点点……

这时，她听到了男人低低的咳嗽声，像是被水呛到发出来的。关键是，这声音……听着怎么那么像霍斯衍的？

淼淼惊得四处张望，此刻卧室里只有她一个人，门关得紧紧的，隔音再不好，不至于听得这么清楚吧？

她把手机丢到床上，耳朵贴着和霍斯衍家隔开的那面墙，听了又听，没有什么动静。

难道是她出现了幻听？

“不说话，我就当作默认了哦。啧啧，你男人效率真够低的……”

小乔大概意识到还有数字小妹妹在，不想带坏小朋友，就不再继续这个话题了。

淼淼在墙上趴了会儿，安静如初。她想着，刚刚的低咳声应该是听错了吧。

床上有女人的声音在喊：“欢迎来到王者荣耀！敌军还有五秒到达

战场……”

淼淼赶紧捞起手机，发现系统自动帮她挑选了“奶妈”蔡文姬，这算是她玩得最顺手的英雄了。这个小萝莉长得可爱，声音萌萌的不说，还可以自己“奶”自己。有一次敌方庄周追着残血的她跑了大半个野区，她边跑边加血，看到自家打野在打红Buff，就把庄周引了过去。他果然中计，被无情击杀。

因为这个成就，淼淼私心里对蔡文姬又多了几分偏爱。总之，游戏技术可以渣，不主动送人头是她最后的尊严。

然而，其他英雄似乎都很嫌弃这个“奶妈”，生怕她吃了兵线，蹭掉经验。小乔的李白她又跟不上，屁颠屁颠跑去下路，百里守约叫她“开始撤退”，她又灰溜溜跑到上路去，吕布很客气地说：“不好意思，上单。”

于是，淼淼只能去中路跟着数字小妹妹的貂蝉混了。好在对方并没有嫌弃她，她主动躲进草丛去探视野，看到敌方孙悟空正在打蓝Buff，她激动地给貂蝉发信号“请求集合”。

貂蝉身姿曼妙地舞过去，长袖一挥，将对面蓝Buff（增益效果）抢了过来，还跳进去，顺手收走了猴子的人头。

系统宣告：“First Blood!（第一滴血！）”

淼淼欢呼：“干得漂亮！”

由于前期发育得好，貂蝉率先到达四级，有了大招，她击杀对方法师，成功收入第二个人头，又飘去支援上路。蔡文姬迈着小短腿在她身后拼命追，没追上，她已经又带着对面射手和辅助的人头回来了。

小乔（李白）：“这个貂蝉有点厉害哦。”

她的李白被压得一点风头都不剩了。

我爱你哦（百里守约）：“大神求带飞！”

卖火柴的小男孩（吕布）：“这把可以躺了。”

数字小妹妹没有任何回应，光明正大地越入敌方野区拿蓝，猴子拿着金箍棒气势汹汹地要来敲人，看到是她，转身灰溜溜地走了。

蔡文姬没事可干，在中间河道散步。

对面刘禅欺负她是最弱的，和王昭君联手把她杀掉了，于是，蔡文姬光荣地送出全队唯一的人头。

可爱淼淼（蔡文姬）：“大哭。”

接着，淼淼就发现男友力Max的数字小妹妹各种花式击杀刘禅和王昭君，逼得他们躲在塔里不敢出来。貂蝉强势地用现实告诉他们，自家塔下也并非安全区域，这世上还有一种残酷叫越塔强杀。

最后，连他们过来支援的队友也惨遭连累，五个人在塔下躺成一堆。

淼淼压根没看清貂蝉是怎么操作的，只看到她跳进对面防御塔，然后放了个大招，眼花缭乱，一团混战后，就把对面整整齐齐地送走了。

系统播报：“……Double Kill（双杀）……Penta Kill(五杀）！”

小坏蛋（刘禅）：“怎么会遇见你这样的貂蝉？委屈巴巴，嘤嘤嘤……”

丸子小樱桃（王昭君）：“呵呵，玩个游戏至于这么搞针对吗？”

防御塔：“人家不要面子的吗？”

小乔（李白）：“话说貂蝉你真的是小妹妹吗？”

小乔（李白）：“怕不是个小哥哥吧？这手速，没单身个三十年绝对练不出来啊。”

经过昨晚亲自体验后，淼淼不再是单纯的小女孩了，她几乎秒懂单身三十年练出来的手速是什么意思，“扑哧”一声笑了。

06130902依然沉默不语，不回复任何消息。

很快，对面三座高地全破，他们像是商量好了，连水晶都不管了，只顾着围攻貂蝉。

游戏可以输，貂蝉必须死！

淼淼、小乔以及其他两位玩家站在一边看热闹，只有勤劳的小兵们吭哧吭哧地推水晶。

遗憾的是，对面又前赴后继地给貂蝉送了人头，并在系统几乎破音的五杀播报声中，敌方水晶爆炸了：“Victory!”

淼淼给每个队友点了赞，数字小妹妹的貂蝉玩得这么厉害，居然没有皮肤，干脆送她一个好了。

小乔问：“还来吗？”

几乎同一时间，06130902的消息弹了出来：“淼淼，去睡觉。”

这透着莫名熟稔的语气……

淼淼把枕头搂在怀里，奇怪了，数字小妹妹怎么会知道淼淼是她真名，而且她们没有熟到这个地步吧？

她直接问出心中疑惑。下一秒，手机响了起来，屏幕上显示的是霍斯衍的名字。

淼淼接通后，那边第一句话就是："是我。"

我当然知道是你，有备注呢，何况号码背得滚瓜烂熟了。

"淼淼，我的意思是……"男人如大提琴般动听的声音清晰分明地传过来，仿佛贴着她耳边低语，"刚刚的貂蝉，是我。"

啊？！

淼淼这下不可能怀疑是自己幻听了，她如遭雷击，又像根弹簧似的弹坐起来，枕头掉到地毯上，思绪缠绕成一团乱麻，最先挣脱出来的居然是——

一血。

你家霍总还没拿下一血？

原来当时听到的低咳声是真的。小乔还有没有说其他出格的话来着？

对了，单身三十年才能练出来的手速，她当时是什么反应？

她、笑、出、声、了！

要死哦。

淼淼把滚烫的脸埋进膝盖，内心哭天喊地，这什么世道啊，霍斯衍竟然也会玩《王者荣耀》？而且，她还记得他最初用的ID叫玉女掌门人，看起来就是很女性化的名字……

能想象它背后的玩家是霍斯衍吗？！要是童放侯舸他们知道这件事，肯定会跌破眼镜吧，谁会想到他们那位清冷自持的霍总在游戏里这么，这么地……

霍斯衍大概是嗓子不舒服，清了清喉咙，解释道："那是我朋友周逢玉的号。"

淼淼没有应声，玉面小狐狸？就是那次在医院遇见的，还给她塞了张名片的帅哥。

她的思绪渐渐理清了。

后来霍斯衍把游戏ID改成了06130902，说是和喜欢的人初遇的时间，她正是因为这个少女心的举动越发肯定"他"是小妹妹，淼淼瞪大眼睛，再把那串数字看一遍。

之前以为是按照月日时分的排列，如今按照他的说法，再结合现实，应该就是九月二日六时十三分。

九月二日，正是她初到虹城中学走错教室的那天。

没想到他把时间记得这么详细。

霍斯衍简单把几个关键信息一同告诉了她。

“所以……”淼淼觉得不可思议，“你是听到了我和侄子的谈话，才知道我单身，没有男朋友？”

“嗯。”

“那你当晚连夜赶到北城，说是来见一个故人……”

他声音带着笑：“故人是你。”

淼淼仰面躺回床上，眼眶微红，她抬手盖住，心里软绵绵、甜滋滋的，像浸满了蜜糖，唇角怎么都无法控制，不停地往上弯。

唉，又不由得生出几分忧伤，高中时写了三十封情书都追不上的男神，玩个游戏就把他勾过来了，要不要这么虐呀？

“淼淼。”霍斯衍问她，“你还记得那次在游戏里，你叫我什么吗？”

当然……记得！

她玩的貂蝉，被吕布接连追杀，狼狈逃窜，因为这两个英雄是官方配对，加上那时以为玉女掌门人是女性玩家，淼淼没什么心理压力地调戏道：“老公，别打我！”

他想让她喊老公？想得……美哟！

淼淼握着手机侧过身，打了个哈欠：“好困，我要睡了，晚安啦，男朋友。”

隔着一道墙，霍斯衍坐在床边，听着“嘟嘟嘟”的忙音，抵唇失笑，眼神柔得几乎能滴出水来，衬得硬挺的脸部轮廓也柔和了几分。

迟早有一天会让你叫出来。

淼淼不知道她家霍先生正在隔壁筹谋某个计划，她睡前许了个心愿，希望他把一血和手速什么的全忘掉，然后准备入睡。眼皮分明已黏在一块儿，难分难舍，睡意却迟迟不来将她淹没。

她从霍斯衍的角度，又把事情顺了一遍。

越发感慨命运的神奇，好像冥冥中真的有一根无形的线将两人牵在一起，原来仙女庙那位庙祝先生解的签文是正确的，久雨初明之兆，守得云开，便可见月明。

夜阑人静，淼淼终于睡去。

一夜好眠到天明。

她起床洗漱完，换好运动服去找霍斯衍，两人一起出门去附近公园跑步。四十分钟后回来吃个早餐，休息片刻，就可以到实验室上班了。

药品机器人目前在机械臂的调试阶段，负责组装“大脑”的软件组，除了部分程序需要优化升级外，别的基本确定没有什么问题。淼淼接下来的任务比较轻松，她开始试着去看从霍斯衍那儿拿来的关于静脉药物配置机器人的资料。

手机里弹出一条来自特别关注分组的微博通知。

淼淼点开来，是仁川医院官方微博几分钟前新发的消息，通报国内首例罕见的癌细胞异体转移、激活病例，手术取得了圆满成功的喜讯，配图用的是一张照片。

病人家属，也就是那位她之前在病房见过的矮瘦中年男人，手捧着锦旗，笑容满面，眼角褶子深深地看着镜头，扶着锦旗另一端的是手术主刀医生周立贤主任，他也在笑，满脸的和蔼慈爱。

锦旗上最醒目的是八个大字：医德高尚，仁心仁术。

官博粉丝并不多，底下只是寥寥无几的评论和点赞，淼淼是第一个转发的粉丝：“祝贺手术成功，医护人员们辛苦了，希望病人平安健康。”

她放下手机，继续看资料。

十点半，霍斯衍过来办公室找她，说是要带她一起去参加庆功宴。

手术大获成功，仁川医院的董事长孟新城要开庆功宴，除了参加手术的医护人员外，霍斯衍也在邀请之列，淼淼是作为他的家属过去的。等到了饭店她才发现，饭桌上还有一个也是“编外人员”。

孟临星是跟着她爸爸来的，淼淼看得出她其实醉翁之意不在酒，察觉到淼淼的目光，她俏皮地挤了挤眉：是啊，你猜得没错，我就是冲你堂哥来的。

谢南徵正和一个男医生说着话，看着像全神贯注，目不斜视，但余光怎么都撇不开某个身影，听到她说了句“我喜欢吃这家的蟹黄豆腐”，那位爱女如命的孟董事长便被哄得心花怒放：“那打包一份，给你晚上回去吃？”

听那语气，像是恨不得将那位做蟹黄豆腐的厨师也一并打包回去，专门为他女儿做这道菜。

“谢医生？”

“哦。”谢南徵回过神，“刚刚说到哪儿了？”

男医生告诉他：“说到癌细胞异体激活的条件。”

谢南徵正要说“我不是这方面的专家，专家另有其人”，可他看过去，坐在对面的霍斯衍正体贴地为女朋友服务着。用热茶烫过碗筷，湿巾打开来让她擦手，他又收回视线：“激活条件，目前认为是免疫系统中的嗜中性粒细胞……”

孟新城是活跃气氛的一把好手，一顿饭吃下来宾主尽欢。

饭后，服务员进来收拾了桌面的杯盘狼藉，重新送了酒、茶水、点心和水果。

男人们有聊不完的话题。

孟临星并不感兴趣，拉着淼淼出去逛街。出了酒店，往南走三百米左右，就是星月广场，那里是A市最繁华的商业区。

后天就是霍斯衍生日了，淼淼想着给他送礼物，在衬衫、领带、袖扣和钢笔之间犹豫了很久，最后决定买袖扣。

她很快在专柜挑好一对深蓝色的宝石袖扣。

导购小姐微笑着问她：“请问袖扣是要送给男朋友吗？”

淼淼点头。

导购小姐又拿出一个黑绒质地的首饰盒：“这款耳环是和袖扣配对的，是我们店唯一的真爱系列哦，小姐你可以试一下，感觉和你脸型肤色都很衬呢。”

淼淼耳根软，被导购小姐说得很是心动，她试戴上耳环，问孟临星意见：“好看吗？”

孟临星托着下巴看了又看：“要我说实话吗？”

“嗯嗯。”

导购小姐仍保持着笑容，试戴效果是有目共睹的，她相信自己的职业目光，也有预感，这个年轻女生会买下耳环。

淼淼对着镜子照了照，耳环坠着的宝石切割得很漂亮，闪闪的，又不会显得太高调。深蓝中透着空灵，像藏进了小片星空，最重要的是它和袖扣是情侣款。

孟临星又说："我觉得你比耳环好看。"

没想到她会说这种话，淼淼不好意思地笑笑，取下耳环交给导购小姐："麻烦帮我一起包起来吧。"

"好的，请稍等。"

淼淼从包里拿出卡结完账，提着精美的小纸袋和孟临星走出去。

恋爱的，尤其是热恋中的女生，一颦一笑一举一动都表露着无法掩饰的甜蜜。回想着吃饭时淼淼和霍斯衍你侬我侬的画面，真是羡煞旁人，孟临星感慨地叹气："我也好想要一个男朋友啊。"

"嗯，我哥他……确实不太好追。"好像自身格外优秀且自信的男人，对未来伴侣的要求也会相应地水涨船高。

不知撞了多少次南墙的孟临星对此深有体会，积极讨教："谢南徵喜欢什么样的女生？"

不知道堂哥在美国有没有交过女朋友，不过他是个比较专一，连小葱拌豆腐都可以连吃三个月的人。一叶知秋，淼淼根据他初恋女友给出大致的答案："性格温柔体贴，身上带着艺术气质，说话温声软语……"

听到这里，孟临星绝望地捶了两下胸口，怪不得至今还没把人追到手，因为她完美地避开了谢南徵所有的择偶条件！老天爷啊，为什么要这样捉弄她这个除了美貌和金钱外，其他一无是处的少女？！

"呃，其实也不一定是这样的标准。"从淼淼角度，她觉得谢南徵那样的闷葫芦、钢铁直男，和孟临星这种性格独特的女生更配，但爱情这回事不能强求的，她不好多说什么。

孟临星表示自己的心灵受到了伤害，拉着淼淼去血拼，她们去的第一家就是安榕贞服装工作室旗下的专卖店，Anmil。

店内装修简约大气，给人很舒服的感觉，旁边专门设立了一个休闲区，用山水画的屏风隔开，里面提供茶水、咖啡和杂志，供那些陪老婆、女朋友过来的男士打发时间。

这个点客人不多，迎面走过来的是一个年轻女孩，淼淼之前没见过她，估计是新招进来的员工。

淼淼随口问了一句："你们店长呢？"

女孩礼貌地答："店长带着媚姐她们去仓库点货了。"又问，"请问有什么能为你们服务的吗？”

孟临星摆摆手：“不用了，我们自己看看就行。”

“好的。”她去招呼别的客人了。

“喵喵，这家店的衣服很不错。”孟临星算是Anmil的老客户了，她并不追求什么名牌服饰，衣服嘛，身外之物，穿得舒适就行。

Anmil早年是做平价服装出名的，布料、做工和款式在同等档次的服装里都属上等，高性价比让它迅速收获了一大批忠实客户。创下极好的口碑后，又在合适时机成立了工作室，不仅打开了国内市场，后来产品更是远销海外，这两年开始走精品路线了。

“我的衣柜三分之二都是这家的衣服。”孟临星指了指身上，“喏，刚好这件也是。”

听到她的评价，淼淼有一种很荣幸的感觉。

“快来看！”孟临星兴奋地朝她招手。

淼淼走过去，孟临星毫不掩饰自己的喜欢：“这条裙子看起来很特别哦。”

女孩快步走过来：“这位小姐真有眼光，这是我们店刚推出的秋季新款，星渺系列的主打产品，也是我们工作室知名设计师Valin的作品，设计灵感来自星空。你们看，上面点缀的若隐若现的星星，全是最好的绣娘亲手用银线缝制的，从开始到完工一共耗费一百五十六个小时……”

她说话间，有一男一女从外面进来，那女人不知看到什么，脚步略微停顿，然后径直地朝她们这边走过来，保养得极好的纤纤细手在裙子上摸了摸：“这裙子我要了。”

“这……”女孩显然第一次遇到这种情况，不知所措全写在了脸上，“不好意思，是这位客人先看上的。”她很委婉地提醒这位新来的顾客先来后到的道理。

“是吗？”戴晚好不以为意地“哼”一声，“小妹妹，她先看上，可先说要买的人是我呀，这又是什么说法？”

女孩没有经验，被堵得哑口无言，只能抱歉地看向淼淼和孟临星。

“哟！”戴晚好顺着她视线过去，像才看到淼淼似的，露出非常惊讶的神情，笑吟吟地问，“淼淼你也来买衣服啊？”

“对不住啦，可能要请你割爱了。”戴晚好松开旁边中年男人的手，“我也是为你好，裙子要好几万呢，你刚出社会，工资肯定不高，还是省着点花吧。”她话锋一转，语气泛酸，意有所指，“不过，如果你是用霍斯衍的卡，那就……另当别论了。”

她以为谁都像她一样只能靠男人吗？直到今天，真的是连最后一丝曾经的同桌情谊都不剩了。

淼淼正要说话，孟临星率先抢在前面，她“哟”得更大声，更理直气壮：“这位大姐恐怕弄错了吧，要买裙子的人是我。您刚刚的话听起来好大的口气呢，不过，区区几万块钱很多吗？”

快奔三的戴晚好最听不得和年龄有关的话题，孟临星的“大姐”两字轻易把她激怒了。她看着眼前这个小女生，素面朝天，身穿洗得发白的牛仔裤，脚下是夜市地摊才卖的帆布鞋，全身只有那件上衣比较值钱，还区区几万块？呵呵，不知道是谁口气更大，和她斗，怕是嫩了些。

孟临星笑眯眯地直接表态：“这裙子我要定了。”

“真巧……”戴晚好不甘示弱，“我也要定了！”

别说她还挺喜欢这种风格，就算不喜欢，为了这口气，也绝对要买下。

第一天上班就遇上这样的事，导购小妹几乎要哭出来了，她不停地伸长脖子往门外看，盼望店长能早点回来。

“大姐，你说你活了一大把年纪，总不会连先来后到的道理都不懂吧？”

“先来后到？”戴晚好气极反笑，“小妹妹你的思想跟不上时代了，没听过后来者居上吗？何况裙子上又没写你的名字，凭什么我不能买？真是笑话。”

听到这里，淼淼心里乐了，她看着戴晚好，将霍斯衍轻描淡写的语气学了个十足十：“可能你要失望了，裙子上面真的有我的名字。”

话声一落，不只戴晚好和导购小妹，连孟临星都惊讶得不行。

淼淼翻开裙子的吊牌标签，指尖轻点着上面的两个字母：“MM，是我名字首字母的缩写。”

孟临星最先反应过来：“喵喵，你和Anmil工作室的安总是什么关系？”

淼淼赧然地笑道：“她是我妈妈。”

什么？！导购小妹要疯了！安总的女儿……这是微服私访来了

吗？！她刚才没有说错什么话，做出什么出格的举动吧？

戴晚好面色发白，直接往后退了两步，不敢置信地指着淼淼：“你？”摇头，“不可能！怎么可能……”

孟临星惊喜地搭上淼淼肩膀：“以后是不是可以走后门，直接找你妈妈的工作室帮我定制衣服？”

“可以啊。”

“太棒了！”

没过多久，清点完货物的店长回来了，她抱着一摞图册走入，边走边和小媚说话，看到淼淼在店里，略微吃惊：“淼淼小姐，你怎么亲自过来了？”

“我和朋友过来逛逛。”

店长又问：“有看中的衣服吗？”

淼淼和孟临星交换了一个眼神：“我朋友很喜欢星渺，可是，似乎……”她欲言又止。

导购小妹立刻很有眼色地把事情经过告诉了店长。

“淼淼小姐的朋友，自然是我们店的 VVVIP 客户。”店长立场明确。

戴晚好的脸色难看到了极点。

店长也是会做人：“这位小姐，您再看看我们店内的其他衣服，如果有合适的，我可以帮您打八折。”

“不用！”戴晚好想也不想地拒绝。

孟临星扬高声音问道：“店长，请问这款星渺的裙子一共有多少条啊？我这个人呢，喜好独特，什么东西都不喜欢和别人撞。”

“星渺是我们名设计师的作品，也是工作室成立六周年的纪念品，国内一共才限量上市六条。由于设计繁复，又全是手工制作，目前其他五条还没上市……”

孟临星财大气粗地递过去银行卡：“这六条，我全要了。”

余光留意到戴晚好气急败坏，头也不回地走了，她靠在淼淼肩上哈哈大笑，好解气！

淼淼甘拜下风，土豪，失敬失敬。

她想，以后就算再碰见，戴晚好也不会主动凑到跟前了吧？

孟临星大获全胜，鸣金收兵，淼淼心情愉悦地回去找霍斯衍了，她把送他的礼物放进了包包，准备到时给他一个惊喜。

两人高中相识，经历了分离、重聚，中间一共是九年的时光，她一次都没有为他庆贺过生日。没关系，以后每年生日她都陪他过。

霍斯衍的生日是九月九日，在这天，淼淼特意提前两个小时下班，来到霍斯衍家里，等做好蛋糕放进冰箱，他差不多回来了。她准备回隔壁换身衣服，身上出了汗，顺便洗了个澡，换上那条不知被他改过多少次的粉色裙子。

又进到他家厨房，把过了凉水的面条放进碗里，撒一把碎葱花，加入几勺高汤，长寿面算好了。

做完这些，淼淼坐在客厅沙发上等，不多会儿，门外传来脚步声，她一个箭步冲到门边，屏气凝神地等着。

霍斯衍用钥匙开了门，走进来，她扑上去抱住他："生日快乐！"

"砰"的一声，彩带礼花炸开，浇了他满身。愣神几秒后，他直接把淼淼抱了起来。

不知道是谁主动开始的，从客厅一路亲到卧室。

仿佛走过一个世纪那么漫长。

正值初秋傍晚，天光蒙昧，屋内窗帘稠密。黑暗的卧室里，淼淼躺在床上，紧张得额头后背全是汗，视觉受限，其余的感官似乎被放大了无数倍。

正进行到一半，疾风暴雨忽然停了下来。淼淼睁开眼，眼神带着疑惑，难道又像上次那样……

"不是。"霍斯衍的声音暗哑极了，"我先去洗个澡。"

"哦，哦！"

好像不到十分钟，浴室的门就开了，身穿浴袍的霍斯衍带着一身水汽走出来，淼淼立刻缩进被子里，只剩下一双漆黑水亮的眼睛露在外面。

他再次抱住了她。

有了前面的铺垫，真正开始的时候就没那么困难了，淼淼把他搂得更紧，脑子一片空白，只记得一声声叫他："阿衍，阿衍……"

她眸底映着头顶上的床头灯，灯光被撞得支离破碎，如同一颗颗星辰坠落。

村上春树先生作品中的十三个字，常常被引用来形容这件事——

非常简单，非常亲密，也非常正确。

淼淼只领略到其二，深入骨子里的亲密，以及拥有这个男人，也被他拥有，是她做过的最正确的决定。至于简单……事实上，还真的不是那么简单的一件事。

两人在这方面都是白纸一张，初涉爱情的幽谷密林，慌慌张张，跌跌撞撞，好不容易爬过山涉了水，终于得以窥见天光。

他们生涩地窥探并感受彼此身体的秘密，陌生又兴奋。

这种感觉很奇妙。从前只能仰望的男神走下高台，变成了她的……男人。

而她，也完成了一场正式的成人礼，从女孩变成了女人。

女孩子最珍贵的东西，给了最好最值得的他。

淼淼甜甜地浅笑着，精致的眉眼弯了起来。

水声停了。

霍斯衍扯过挂在一旁的毛巾擦干水珠，察觉到背后的注视，他继续系着腰带，回头看一眼。

淼淼被他捉了个正着，下意识避开他视线，转念一想，看的是自己男朋友啊，有什么好害羞的？于是又大大方方地看回去。

霍斯衍不小心把腰带多系了一个结，又松开，唇边弯起一个若有似无的弧度："泡好了喊我。"

他走出去了，几分钟后又送了她的睡衣进来。

或许是热水加精油效果很好，淼淼感觉没那么难受了，她穿上睡衣，出去时看到霍斯衍正弯着腰往床上铺新的床单，她面颊又是一热。

他拍拍床："上来再躺会儿。"

她没有丝毫抵抗力，爬到床上去了。

他抱着换下的床单、被单和其他衣物又进了浴室。

淼淼拿起丢在床头的手机，按亮一看，妈呀！八点了，居然折腾了两个多小时，她感觉似乎还有什么重要的事被忘记了。

望着天花板，冥思苦想，啊，长寿面！

不出意料，淼淼来到饭厅，摆在桌上的那碗长寿面已经糊得不忍直视了。她正要把它倒进垃圾桶，刚好霍斯衍从卧室走出来，阻止了她："还能吃。"

能吃是能吃，可味道和口感一定很糟糕。

霍斯衍从她手里接过碗，放进微波炉加热后，坐在桌前一口口地吃了起来。

“很难吃吧？”

“不。”他摇摇头，眼神如湖水般温和，语气格外认真，“很好吃。”

骗人。淼淼撇撇嘴，又听他说：“因为是你做的。”

世上最动听的情话是不需要精心去设计的，如果出自真心，那么很自然地就能说出口。

只有真心才能交换真心。

霍斯衍自幼亲情淡薄，作为霍家继承人那会儿，每年生日都会大肆操办，谁的面上不是一片喜乐？连互相设计坑害过对方的仇人也能面带微笑地交谈，唯有真正过生日的他像个局外人。那时连这个重要的日子，都是不属于他的。

母亲去世后，他便没有再过过生日了，仅把它当作怀念、感恩母亲的日子。

至于父亲，每年这天固定一条信息，亘古不变的四个字：平安喜乐。内容虽然简单，却是他付出了失去妻子的代价也换不来的，是一个对儿子深感歉意的无能父亲最真挚的祝福。

“那你要全部吃完哦。”

霍斯衍“嗯”了声，情绪透出某些异样，他并不在她跟前掩饰。

淼淼心想，他大概是想起了母亲吧，还有那远在挪威的父亲，如果不是她记得他的生日，他岂不是要孤零零度过了？

她走过去，趴在他肩上：“以后每年都陪你过生日好不好？”

霍斯衍偏头，蹭了蹭她脸颊：“怎么办，你把我的生日愿望说出来了。”

她的心更软了：“这个不算愿望，你再许别的。”

桌子上的蛋糕之前在冰箱里冷藏过，依然能很好地维持丑丑的外表，淼淼没有准备蜡烛，用葡萄摆了个数字“28”，正中间用切片番茄层层叠出了一个心形，她轻拍双手，清唱着：“祝你生日快乐……”

温馨的旋律中，霍斯衍无声默念：“但愿余生，与你共度，白头到老。”

“生日快乐！”淼淼用力地亲上去，把他英俊的侧脸亲得变了形，她捧腹大笑，鼻尖一凉，他点了一块奶油上来，她回敬他半边的白色胡子，腰身被他一搂，整个人跌坐到他身上。

他直接喂了一口蛋糕给她。

甜味被味蕾迅速捕捉，还没扩散开，又被他舌头勾着一点点要了回去。

两人就这样，你一口我一口地分吃了大半个蛋糕。

桌上的狼藉自然是霍斯衍去收拾，淼淼在他擦完桌子后才想起来生日礼物没送，赶紧拿了出来，满怀期待地递给他："看看喜不喜欢。"

霍斯衍打开黑绒盒子，一对深蓝色袖扣展现在眼前，他盯着似乎出了神，它们的款式和色泽，像极了当年母亲送给父亲的那对。

妈，您的儿媳妇，眼光像您一样好，如果您还在世，一定会很喜欢她的。

淼淼还在等他的回答。

"袖扣很好。"霍斯衍深深地看入她的眼，"不过今晚，我已经收到了有生以来最好的生日礼物。"

她绽开笑颜，白净脸蛋明媚得如同三月桃花，双颊浅红带羞，含情脉脉地和他四目相对。

既然突破了最后一层关系，淼淼自然而然地留在了霍斯衍这边过夜。

两人面对面躺着，轻声说话。

窗外，下起了A市今年的第一场秋雨，淅淅沥沥，让这个美好的夜晚显得更加静谧缠绵了。

"下雨了。"淼淼说。

回答她的是男人温热濡湿的气息，流连在她唇边。

直到深夜他们才疲倦地相拥着，听外面雨声和彼此的心跳声入眠。

【未完待续】

图书在版编目（CIP）数据

情话微微甜：全 2 册 / 临渊鱼儿著 .— 南京：江
苏凤凰文艺出版社，2020.7
ISBN 978-7-5594-4927-6

Ⅰ . ①情… Ⅱ . ①临… Ⅲ . ①长篇小说 – 中国 – 当代
Ⅳ . ① I247.5

中国版本图书馆 CIP 数据核字 (2020) 第 092079 号

情话微微甜：全2册

临渊鱼儿 著

选题策划　北京记忆坊文化
特约策划　朱　雀
特约编辑　朱　雀
责任编辑　白　涵
封面绘图　陶　然
封面设计　80 零 · 小贾
版式设计　天　缈
出版发行　江苏凤凰文艺出版社
　　　　　南京市中央路 165 号，邮编：210009
网　　址　http://www.jswenyi.com
印　　刷　三河市国新印装有限公司
开　　本　880 毫米 ×1230 毫米 1/32
字　　数　611 千字
印　　张　19
版　　次　2020 年 7 月第 1 版
版　　次　2020 年 7 月第 1 次印刷
书　　号　ISBN 978-7-5594-4927-6
定　　价　62.00 元（全二册）

MEMORY HOUSE
记忆坊文化

临渊鱼儿 著

情话微微甜

THE BEAUTIFUL LOVE LETTER

（全二册）

下

江苏凤凰文艺出版社
JIANGSU PHOENIX LITERATURE AND ART PUBLISHING, LTD

目录

CONTENTS

十分甜

相思写不成书 ✧ 001

十一分甜

她是明亮灯塔 ✧ 030

十二分甜

归来仍是少年 ✧ 068

十三分甜

他如星辰耀眼 ✧ 104

十四分甜

爱在初雪之夜 ✧ 138

十五分甜
所谓一见钟情 ✧ 165

十六分甜
并非见色起意 ✧ 198

十七分甜
最动听的情话 ✧ 230

番外 ✧ 289

十分甜

相思写不成书

雨下到清晨都还没停，天亮得较晚，手机闹钟响起时，睡得正香的淼淼皱了皱眉。恼人的铃声停了，她翻个身继续睡。

霍斯衍把手机放回床头桌，重新把身侧的人搂入怀中，寻找到热源，她贴得更紧。

昨晚的画面一帧帧在他脑内闪过。

孤寂荒凉了二十八年的生命，因为她，前所未有地圆满了。

他曾经以为自己没有资格拥有这种寻常的幸福，走出的每一步都是被安排好的，像日升月落，春去秋来，全都不由他意志。

被无数人羡慕，甚至不惜付出惨痛代价的权势与名利，于他而言只是过眼云烟。

他想过干脆就这样妥协着，背负所谓的家族使命过完漫长一生，可是后来，他遇见了她，像命中注定一样。

他站在十字路口，迷茫张望，不知该去往何处，她走过来，告诉他，往前走，他便再没有回头。

淼淼轻声嘟囔了句什么，霍斯衍从沉思中回神，发现被子被她蹬掉了一半，露出大片肌肤，雪上落红梅，是他昨夜失控的证据。

霍斯衍喉咙一紧，深呼吸后，拉好被单，连重新燃起的火一并压下去。

淼淼迷迷糊糊睁开眼，睡意骤消，一动不动。

霍斯衍安抚地拍着她后背，让她放心，保证不会再乱来。

淼淼却怎么也睡不着了，拿过手机，解锁屏幕，九点多了，还好今天是周六。她拨了拨贴在颈边的头发，查看各种新消息。

指尖一顿，戴晚好怎么会给她发信息？她点开一看。

"谢安淼淼你藏得真够深啊，明明是千金小姐还装出一副穷人样，要着我玩你一定很开心吧？你和书敏那样的人有什么区别呢？不对，还是有区别的，至少她坏得真，你却是虚伪至极。如果霍斯衍知道你是这样一个人，还会喜欢你吗？"

淼淼的内心毫无波动，戴晚好有什么立场来指责她，还以一副被欺骗感情的受害者姿态？

高中时淼淼确实家境一般，说不上太好，但也不差。爸爸是县医院的骨科医生，为人光明磊落，红包回扣什么的一律不收不拿。相应的，因为不合群，处事不圆滑，五年没有加过工资，更别提晋升了。妈妈呢，是市政府卫计局的公务员，知世故而不逢迎，一心为群众办实事，每个月也是拿固定的工资。

夫妻俩上有老下有小，孝顺父母自是不必说，他们又舍得在淼淼身上花钱，从来没有在物质上亏待过她。除此之外，两人还资助了贫困山区的几个孩子，今年六月，有两个女生很争气地考上了A大，真正做到了用知识改变命运。

谢家的改变，源于淼淼高二那年，妈妈辞掉体制内的工作下海经商。那是国内经济迎来蓬勃发展的年代，妈妈眼光长远独到，又肯吃苦，硬是从一人做到了一个团队，再后来成立工作室，开服装厂，一步步地建起Anmil品牌的王国。

淼淼确实是沾了父母的光才有今天这样富足的生活，不必背负各种贷款，不必放低尊严地去讨好上司，更不必周旋于各种复杂的社会人际关系中。

她可以选择喜欢的职业，也可以选择不被面包绑架的爱情，不会因年龄渐长被逼婚，像商品一样，包装得光鲜亮丽，摆在一个个橱窗里任男人们评头论足，也不会有超过三十岁，被戳着脊梁骨指指点点没男人要的烦恼。甚至如果她愿意，就算一辈子独身不婚，很多年后，也是个有钱的老姑娘。

曾经那个只是有些虚荣但心地还算善良的戴桂芬，变成了如今面孔焕然一新的戴晚好，真是令人唏嘘。

时间才是最大的魔法师。

淼淼回了一条信息：“如果不麻烦的话，请你去查一下Anmil工作室成立的时间。”

发送成功后，她把戴晚好拉进了黑名单，并删除号码。

刚退出通讯录，妈妈的电话来了，淼淼接通。

“淼淼，这周要加班吗？”

“不用，我双休。”

“那回来吃饭吧，刚好你大堂哥带着小星繁来了。”

“好啊。”通话结束，淼淼把手机放回桌上，侧头看向旁边的男人，“我妈说让我回去吃饭。”

前阵子实验室太忙，所有人周末都留下来加班，她有半个月没回家了，挺想爸妈的。

不过，面对霍斯衍的沉默，淼淼莫名有种春风一度占了他便宜却不认人的感觉，她赶紧说出补偿：“等我回来给你带我妈熬的鸡汤。”

“哦？”他若有所思地问，“是要给我补身体吗？”

鸡汤是用来补身体的没错，不过怎么被他一说，总觉得哪里怪怪的？

淼淼还在琢磨，只见他慢条斯理地揉了揉肩膀，像在自言自语：“确实该好好补补，昨晚的损耗比预想中的多。”

“喂！”淼淼恼得不行，一个枕头砸过去，他接住，放在一边：“想回就回，我没关系的。”

他总是这么细心体贴，淼淼“嗯”一声：“那鸡汤还要不要了？”

“要。”他轻笑着说，“要的。”

淼淼抬眸迎上他的目光，窗外还下着小雨，天空阴沉沉的，光线朦胧，唯有彼此的眼神，清亮明媚如春。

十五分钟后，淼淼洗漱好，和霍斯衍吃过早餐，简单收拾完，便乳燕投林般奔回家去了。

车子刚拐进大门，从窗里看到她的谢星繁小朋友兴奋地朝她挥手，还冒雨跑到门口接她：“小姑姑。”

小家伙穿着幼儿园的制服，白白嫩嫩跟糯米团子似的，淼淼把他抱起来，他有些害羞地扭来扭去："我今年读大班了，不再是小朋友了。"

淼淼哈哈大笑，抱着他进屋，和堂哥谢南星打招呼。

谢星繁被放到沙发上，立刻去翻书包："当当当，小姑姑你看！"

"哇！"淼淼好惊喜地看着他手里的奖状，"幼儿组英语口语比赛市一等奖，你好厉害哦！"

谢星繁笑出整齐的白牙，谦虚地摆摆手："一般般啦。主要是我的对手们都太菜了……"

谢南星轻咳一声，小家伙收到爸爸的"警告"，黑色大眼睛转来转去，压低声音："有个小女孩，没了两颗门牙，说话漏风，笑死我了。我上台领奖时，看到她哭得好伤心，所以把奖牌送给她了。"

"做得真棒，男孩子应该从小有这样的绅士风度。"

谢星繁被姑姑夸得不好意思，挠了挠头。

淼淼又问："那后面她有没有跟你说谢谢呀？"

"没有。"小家伙皱了皱眉，"她扑过来抱住我。"他做了个呼吸困难的动作，"我都快被勒断气了，她还把眼泪鼻涕全抹我衣服上……"

淼淼不厚道地笑了，谢南星也忍俊不禁。

他们聊着天，厨房里，谢戚明和安榕贞差不多把饭菜做好了，安榕贞出来喊吃饭，谢南星应着带儿子去洗手，她趁机把淼淼拉到一边："怎么不把斯衍带回来？"

斯衍？淼淼目瞪口呆，不是，妈，你们什么时候这么熟了？

安榕贞轻点女儿脑门："你啊你。"

这段时间，哪怕再忙，霍斯衍隔三岔五会打电话过来，一开始聊的都是家常事，慢慢地话题变多了。几天前他还帮她出主意解决了生意上的难题，这不前天又打来电话，提醒他们入秋天气转凉，要多注意身体，比儿子还贴心。

人心都是肉做的，他们的心就算是石头，也被软化了。活了大半辈子，是真心相待，还是虚情假意，一眼能看分明，更何况他们之前对霍斯衍的印象就很不错，心不知不觉地偏过去了。

淼淼不知道霍斯衍瞒着她做了这么多事，在亲情淡漠的霍家长大，不到二十岁就失去了母亲，父亲又独自定居挪威，就算不显露出来，他心底一定也是渴望家庭温暖的吧。

淼淼想起说要回家时，他短暂的沉默不语，那时他在想什么？她的心像被丢进了柠檬水里，又酸又涩，越发不是滋味。

“好了，先吃饭吧。”安榕贞拍拍她的手，“下次记得啊。”

淼淼点点头。

谢星繁小朋友的到来，让饭桌上热闹很多，奶声奶气的童言稚语，随便一个动作，都会逗得谢戚明和安榕贞大笑。淼淼的心情也因为听他讲幼儿园里的趣事，变得没那么低落了。

记不得是谁说的了，人长大以后，要多跟孩子在一起，因为他们身上才有真正的快乐。

吃完饭，谢戚明、安榕贞和谢南星转移阵地去客厅聊天，谢星繁这根小尾巴则跟着淼淼进了厨房，眼巴巴地看她洗碗，捋起袖子想帮忙，淼淼连忙说不用，他个子还没料理台高呢。

堂哥和堂嫂把他教养得真好，聪明有礼貌，小小年纪就懂得为人着想。虽然有时候调皮起来很让人头疼，不过那是小孩子的天性，只要不太过分，大人是不必管的。

等淼淼把洗好的碗筷放到架子上晾干，准备洗水果时，谢星繁拉了拉她衣摆：“小姑姑，等一下你可不可以悄悄把我偷到你房间去啊？”

淼淼一眼看穿他心里的小九九，这是想逃离他爸眼皮底下，偷偷去做坏事呢。

谁让他是她和霍斯衍的小媒人呢，她当然是有求必应。

淼淼切好水果端出去，听到堂哥和爸妈在聊公司的事，她将水果盘放桌上，坐着听了一会儿，趁他们聊天的间隙，插话进去：“星繁坐了那么久的车，应该累了，我带他上去休息。”

谢星繁很配合地打了个哈欠，朝小姑姑挤挤眼。

“去吧。”谢南星不疑有他。

“客房衣柜里有刚晒好的被子。”谢戚明提醒道。

安榕贞接着说：“这几天降温，小星繁睡觉你在旁边看着点，别让他着凉了。”

淼淼点头：“知道了。”她牵着谢星繁上了楼。

刚进房间，小家伙跟解放了似的，一蹦三尺高：“小姑姑我爱你！”

他跳到床上打了几个滚，从兜里摸出手机，喜滋滋地玩起了游戏。

淼淼从隔壁房间拿了笔记本电脑，盘膝坐在地毯上，开始埋头敲敲写写。

渐渐地，游戏声没有了，取而代之的是均匀悠长的呼吸声。淼淼抬头一看，谢星繁睡着了，她起身过去帮他盖好被子，把他握在手里的手机抽出来。

这款游戏启动了健康系统，十二周岁以下的玩家每天限玩一个小时，不过谢星繁这个小机灵，不知道想了什么法子躲过校验，照样可以在线八个小时。

游戏可以用来放松身心，但要适可而止，耽误学习就不好了，加上长时间专注屏幕，对眼睛和颈椎会有伤害。

淼淼把刚刚写的程序植入谢星繁手机，以后他玩游戏，最多在线两个小时，超出时间就会被强制下线，重启也没用，等待他的将会是一次又一次闪退。

嘿嘿，道高一尺，魔高一丈。

谢星繁是真的累坏了，一觉睡到太阳偏西，迷迷糊糊醒来，喝了杯热牛奶后，被他爸带回家去了。

淼淼回到卧室，细雨又纷纷扬扬地下起来。从飘窗望出去，远山被一层白雾笼罩，依稀只剩下朦胧的轮廓，西子江的水深如绿绸，曲折而柔软地环绕着一座座青山。

她给霍斯衍发微信："在做什么？"

hsy："在想你。"

嗯，淼淼的血槽瞬间被清空，那种从内到外酥麻的感觉重新被唤醒，他又发来视频邀请，她点进去。

男人的俊脸出现在屏幕上，眼底含笑，眼角微微往上扬起，淼淼觉得很不可思议。明明才分开了几个小时，却像几个月没见，思念如春草般肆意生长。

她伸手去摸屏幕里的他："我也想你了。"

霍斯衍低笑："有多想？"

淼淼张开手比画着："大概有这么多。"想穿过屏幕去拥抱你这么多。

霍斯衍看懂了，眉眼越发柔和，他的食指和拇指间留着一条细缝：

“那我大概比你多一点点。”

那是将亲未亲的距离。他在说，想亲她。

淼淼凑过去，微嘟起唇：“收到了？”

他道：“嗯。”

“等我回去。”

“好。”

淼淼在家里待了两天，周日下午，安榕贞给她准备了大包小包，其中一部分还是给霍斯衍的。整个车尾箱塞满不说，后座还放了一箱牛奶和一大袋水果。

每次回宿舍，都像要把家里搬空了一样。

安榕贞又拿了个保温盒过来：“鸡汤没放盐，等到宿舍了，热一下再喝。”

淼淼连连应着。

正是学生返校高峰期，安榕贞担心路上堵车，催她赶紧出发。

果然堵了。淼淼回到产业园，天色已是擦黑，东西太多，她打电话给霍斯衍，打算叫他下来帮忙。两次电话拨出去都没有人接听，难道是手机不在身边？

淼淼推开车门下车，刚好遇上从电梯出来的童放，他是准备去和小乔约会的，看她东西这么多，很有风度地帮忙提了上去，没等她道谢，他一溜烟走了。

淼淼累得倒在沙发上，手机“叮”的一声，是龙赢赢发的微信。是一张照片，她戴着帽子蹲在地上，背景是一树又一树火红的枫叶，她手里举着两片，淡淡地对着镜头笑着。

淼淼按下保存。

两人聊了一会儿，龙赢赢忽然说：“喵喵，你快看咱爸刚发的朋友圈。”

淼淼点开一看，最上方是她爸爸两分钟前新发的动态，一排蜡烛，后面写着：“老周，一路走好。”

淼淼颤着手点进下面的链接，页面跳到仁川医院的官方公众号，上面显示的是一则讣告，支离破碎的字眼不停地往她眼里冒——

患者家属冉玉田情绪失控……水果刀……周立贤主任……重伤不治

身亡……

淼淼跌跌撞撞地跑去隔壁敲霍斯衍的门，没有人应。她不停地拨他的电话，终于在响到快自动挂断时，他接通了，声音里满是疲惫，像抽了整夜的烟一样沙哑不堪：“我在医院。”

霍斯衍是在周日下午三点接到谢南徵的电话，被告知，之前做了肾脏切除手术的女患者尤丽珍因术后特殊并发症，引发了恶性高热，血压疯狂飙升，数次突发性晕厥、休克，肾功能、心功能等多器官衰竭，于凌晨两点五十八分抢救无效，宣布死亡。

这是A市目前已知且被临床确认的第一例癌细胞异体转移、异体激活病例，由于病情复杂且罕见，医院多次召开多部门的联合专家会诊，手术方案也是慎之又慎。遗憾的是，在对癌症患者实施根治性的切除手术后，也没能成功挽救她的生命。

这是医学界暂时无法逾越的鸿沟，令人悲痛，沮丧，无奈又无力。

其中，受打击最大的无疑是肿瘤科主任周立贤。

女患者家里经济条件本就不好，因接受肾脏移植手术，欠了亲戚朋友不少钱，后来又被确诊罹患恶性肿瘤，无疑是雪上加霜，她态度消极，甚至打算放弃治疗。

周立贤四处奔走，发动捐款，为她申请社会慈善救助，总共筹集到十三万块，全部交到了她丈夫冉玉田手上。

经过反复商量，确定好手术方案，周立贤亲自主刀为她做了肾切除手术。手术很顺利，观察期内，他几乎不眠不休地守在病房，生怕出一点意外，饶是如此，最终也没能阻止一个生命的逝去。

下午四点半，面容憔悴的周立贤拖着沉重的脚步从医院楼里出来，他已经有整整二十七个小时没有合眼了，准备回家洗个澡，好好休息一下。

他穿过走廊，走到一片空地上，还在思索着明明手术很成功，观察期情况也稳定，为什么一夜之间就引发了来势汹汹的特殊并发症？有没有可能是转移激活后的癌细胞，发生了某种目前医学还无法解释的变异？

一定要把这些都弄清楚，申请尸检的话需要家属签名，周立贤又想到冉玉田，知道妻子死讯后，这个沉默寡言的男人情绪失控，哭得撕心裂肺，让他看了心酸不已。

处理完后续后，冉玉田就消失了，不知道去了哪里。

周立贤重重地叹了口气，继续往前走，这时，左前方突然冲出来一个矮瘦的男人，疾步朝他走来。

周立贤定睛一看，正是冉玉田。正要喊他，只见他露出阴冷一笑，周立贤还未来得及做出反应，冰凉的水果刀已捅进了腹部。

这一幕发生得猝不及防。

周立贤听到有人发出尖叫，他才感觉到腹部血流不止，人的求生本能让他挣扎起来，可连日来的心力交瘁，几乎耗尽了他的体力。发疯般的冉玉田更是狠狠地捏住他肩膀，咬牙切齿："都怪你！"

握着水果刀的右手使力，周立贤"啊"一声，痛苦地扭曲着身体，冉玉田又抽出刀，往他的颈边用力划上去……

这一切发生在短短四五秒的时间里。

"杀人了！"路过的患者家属失声叫道。

霍斯衍的身影刚从林荫路里拐出来，听到这边的动静，他飞快跑过去，正好看到满身是血的周立贤快速倒向地面，触目惊心的一幕，几乎让他心搏骤停。

"周老师！"

冉玉田像是受到了某种惊吓，手猛地一颤，沾血的水果刀落地，他转身就跑。没跑出几步，被闻声而至的孟临星一脚踹了回来，弓着身子呻吟不已。

四周聚集的人越来越多，谁都没有上前，只是观望着，议论纷纷，又有人嚷道："医生来了！"

周立贤倒在血泊里，霍斯衍跪在他旁边，他伤势严重，明显可见的有腹部和颈部两道伤口，最严重的是颈部。

霍斯衍强制着让自己冷静下来，他双手按着伤口，仍是止不住血流如注，鲜红的液体从他指间渗出来，铺天盖地，眸底全是一片血红。

"周老师，坚持住……"

抬着担架的医护人员已走到十米开外。

周立贤望着天空，神色不悲不哀，平平静静，双眼干净得没有半滴泪水，他似乎看到了很远的地方，失去血色的唇微微发抖着，发不出声音，他连抬手的力气都没了，只能曲起手指，在地面上，轻轻敲了两下。

就像，就像手术成功的那天，他累到脱力，走出手术室，撑不住地坐在地上，累得说不出话，抬手在霍斯衍肩上按了很久很久。

这两个动作的意义是一样的。

霍斯衍懂得它们的深意，也知道周老师想告诉他什么——

永远不要失去医者信念，永远不要对医学失望。

医护人员来到近前了，周立贤的手无力地垂下去，很快，他被抬上担架，送进了抢救室。

行凶者冉玉田被第一时间赶来的警察控制。

两个小时后，仁川医院发出一则沉重的讣告。

“我院肿瘤科主任周立贤主任医师，因遇袭身受重伤，抢救无效，于201×年9月11日17时58分不幸辞世，享年58岁……”

看到讣告，和霍斯衍通过电话的淼淼迅速赶到了医院。此时夜色深如稠墨，她慌慌张张地冲过一重又一重，四处找不到那道熟悉身影，她拉住一个路过的人。

对方被她眼眶发红、头发凌乱的模样吓得不轻：“就、就在前面空地出的事。”

他以为淼淼是受害医师的亲属，又安慰道：“节哀啊，姑娘。”

淼淼匆忙地点头，转身往前跑过去，兜了一圈，终于在一棵榕树后发现了坐在石椅上的霍斯衍。

只有一盏昏黄的路灯陪着他。

他的白色衬衫上染了许多暗红的血迹，后腰处有一截衣摆露了出来，在风里翻飞着。他垂手弯腰，侧脸安静而线条冷硬，整个人看起来像一座石雕。

风吹着树叶发出“沙沙”声，而他的难过是没有声音的。

淼淼的视野立刻模糊了。

他本来就是医闹的受害者，甚至因此付出了惨重的代价，今天又亲眼看见悲剧在他的恩师身上重演……

淼淼无法想象，霍斯衍是以一种什么样的心情守在这儿，她无声地走过去，在他旁边坐下。

肩膀上有他的重量靠上来，淼淼坐直身体，让他能靠得更舒服些。

很长的时间里，两人都没有说一句话。

月亮出来了，是上弦月，散发着冷清的光，夜空上繁星如织。

霍斯衍手上的血迹还没洗，淼淼拆开湿巾，握着他的手，一点点擦掉。白色湿巾变成了红色，血很多，用了一包湿巾才擦干净，她没丢掉，重新装回袋子里。

那是周主任的血。

淼淼的脑海中又浮现那张慈爱温和的脸，忍不住悲从中来，生命太无常，好好的一个人，说没就没了。她没有去擦滑落脸颊的泪，任凭风将它们干透。

霍斯衍抱紧了她的腰，头埋在她胸口，仍是沉默着不发一语。

风从四面八方吹来，空气里沁着凉意，他却感觉不到任何的冷，只是觉得难以呼吸，心脏像被无形的什么东西攥住，稍微动一下就抽疼起来。

周老师没有留下任何话语，没能和他的家人见上最后一面，直到真正临别的时刻他也没有合上眼，但他的眼神里并无怨恨，只有遗憾和不舍。

他在抢救室全体医护人员的含泪静默中，平静地走完了这一生。

霍斯衍缓缓闭上了眼睛，淼淼轻抚他的头发，不知道该怎么安慰，语言在这种时候显得太无力了，她唯一能做的，就是陪在他身边。

凄婉的旋律哀哀地飘了过来，是有人在演奏李叔同的《送别》，没有歌词，只有小提琴在轻吟浅唱："长亭外，古道边，芳草碧连天……"

淼淼循声回头看去，只见不远处的空地上，不知何时摆了一大片白色蜡烛，烛光摇曳，映着一张张肃穆的脸。他们正排着长队，一个接一个地将点燃的蜡烛和鲜花轻轻放下。

他们有的是周立贤的同事，有的是惊闻噩耗从其他医院赶来的医生护士，有的是周立贤任教大学的学生，也有他曾经的病人，更多的是素不相识，从各个地方前来悼念他的陌生人。

几个年轻女孩子相拥着泣不成声："周老师，我们……来送……您了。"

小提琴唱道："一觚浊酒尽余欢，今宵别梦寒。"

她们异口同声："愿天堂没有疼痛，没有医闹。"

"周老师您放心，您未完成的事，我们替您接着去完成……"

来的人越来越多，却不显得拥挤，所有人都自觉地排好队，献上花和蜡烛后退到一边。

有个拄着拐杖的中年女人跪在地上，双手交叠压在额前，"呜呜"痛哭："周主任，您一路……走好。"

小提琴也哭泣着："人生难得是欢聚，唯有别离多。"

情绪被调到高潮处，人群里发出此起彼伏的啜泣声。

今夜，他们只为悼念一个人而来。

这个人是他们志同道合、温良和善的同事，这个人是给予他们谆谆教导的良师，这个人是他们情深义重的挚友，这个人是他们并不认识但内心敬重的医生。

时间来到午夜十二点，人们陆续地散了，空地上摆满了蜡烛和花。

满地烛光，满地哀伤。

渐渐地，连最后一个人都离开了，周围又恢复了安静，静得能听见心跳声。

又过了好一会儿，忽然有脚步声出现，这次来的是一个西装革履的中年男人。他还推着轮椅，上面坐着一个头发全白的老妇人，快接近空地时，她拍了拍男人的手，男人俯身和她说了什么，她摇摇头。接着轮椅停下了，她艰难地站起来，颤颤巍巍地朝前走去。

男人一直担忧地跟随在她身侧，一副怕她随时会倒下的紧张样子。

等老人走近了，淼淼才看清她怀里抱着的是一瓶酒，她把酒放下，又从口袋里摸出两个小酒杯，颤着手倒了半满，自己拿起一杯喝下。

风吹得她雪白发丝纷飞，她仰天笑一声："好你个狠心的周立贤啊，竟敢让老师白发人送你这个黑发人。"

淼淼的泪"唰"一下又掉出来。

"你数数看，说了多少次啦，每次你都说没时间，现在老师拖着这把老骨头亲自来看你，来送你最后一程。"

"你是我这辈子教过的最优秀的学生，老师以你为傲。"她又重复一遍，"以你为傲。"

"来，干了这杯，忘了前尘过往，接下来的路，好好地走……"

男人背过身去抹泪。

蜡烛燃到了尽头，顺势熄灭。头顶上，星空越发璀璨。

"妈，夜深了，您身体不好，回去吧。"

男人搀扶着母亲起来，片刻后，一人一轮椅的背影渐行渐远。

"我们也回吧。"

听到男人嘶哑的嗓音，淼淼愣了一瞬，他牵着她起身，替她戴上外套帽子，摸摸她脸上残留的泪痕，额头轻抵额头："陪我走回去，好不好？"

"好。"

他们走在深夜的街道，走过一盏盏路灯，绕近路穿过老城区，路上遇到执勤的交警，收摊回家的老人，开着空车满脸疲惫的出租车司机，还有一只在垃圾桶里翻找食物的流浪猫。

世间的芸芸众生，哪怕再艰难，只要活着，总还有一丝希望。

花是香的，风是凉的，太阳照在身上暖融融，这是活着的馈赠。

地球还在转动，有些人生命里的太阳却永远不会再升起了，不管他活着时是伟大还是平凡。逃不了的，谁都逃不了这一天。

以第二次生命活着的淼淼更深刻地懂得，前路茫茫，且行且珍惜，她握紧了霍斯衍的手，他用力回握住，汲取她手心里的温暖。

他们的身后，整座城市都在睡去。

而另一个网络世界，仍灯火通明，躁动不安。

这起因病人家属情绪失控，致主任医师重伤身亡的事件在各大社交网络上刷屏，迅速在全国范围内引起一片哗然和热议。

仁川医院的官方微博下，不到几分钟就多了几百条评论。

前排阵容很整齐，点着蜡烛表情："一路走好。"

网友们不约而同地对周立贤主任表示深切悼念。

小迷糊："哭了一个晚上。家里有人是医生，每天过得提心吊胆，生怕会出什么事。每一个医护人员都应该被尊重被善待，希望家属好好的，节哀顺变。"

招财猫："救死扶伤是医生的天职，可他们连自己的命都保不住，可笑可悲！"

别再睡去好吗："一个医学生要用十二年才能成为合格的医生，希望国家能出台相关的政策，保障医生的生命安全，继续这样下去，还有人给我们治病救命吗？"

待到春暖花开时："一命偿一命！"

凌天琴："我曾经是周主任的病人，他待人温和，总是设身处地为病人着想。没想到好人没好报，竟落得这样一个结局，大概老天是真的瞎了眼吧。"

也有异样的声音。

励志少年：“只有我一个人觉得这老头是活该吗？呵呵，你们居然会去同情一个医生，现在的医生哪里还有什么医德？一个小病开一大堆药，生个大病得家庭破碎，他们眼里只有钱，平时红包少收了，回扣少拿了？既然做得出来，就应该知道会有今天！”

转发锦鲤好运回复励志少年：“你确实不是一个人，你连人渣都算不上。”

天天天蓝回复励志少年：“积点口德吧，小心明天出门就被车撞死了。”

小叮当回复励志少年：“回家去找你的狗链子重新拴好，别出来丢人现眼了。我呸！”

看到励志少年被网友们口诛笔伐，某十八流杂志社会版的记者小刘也发了这样两条评论。

社会良知刘先生：“为什么大家一致地站到了医生这边？就因为他是受害者，所以更值得同情？有没有人去想过那位所谓的杀人凶手，他也失去了他的妻子，在某种层面上不也是受害者吗？他难道不知道杀人是犯法的，可能这辈子就毁掉了，他没为家中老小考虑过？”

“可他还是决绝地去做了，这不禁让我们感到疑惑，医院的手术方案和救援方案是不是存在什么漏洞，这位周主任又在其中充当了什么角色，才会让病人家属对他深恶痛绝到要置他于死地？”

这条评论很快被顶上热评第一。

淼淼和霍斯衍并不知道网上的舆论风波，他们走了三个多小时，凌晨四点半才回到宿舍。

“先去睡吧。”霍斯衍摩挲着她手背，语调轻柔，“我没事，不用担心。”

他这个样子怎么可能没事，她又怎么可能不担心？他需要休息，而不是独自待着黯然神伤。

“陪我一起睡，好不好？”

半晌后，霍斯衍才说：“我去换身衣服。”

淼淼精疲力竭，强撑着等他，终于，他从浴室走出来，掀开被子躺到她身侧，她立即伸手抱住他。

柔软而温暖的手环在腰间，霍斯衍感受到了她的不安，安抚性地亲亲她额头。久未喝水，他的唇干得厉害，能清晰地感觉到上面的纹路。

淼淼把他抱得更紧，想告诉他，一切都会过去的，不管是快乐，还是痛苦。

可这样的道理，他又何尝不知道？

对霍斯衍来说，如今他已经能做到坦然面对过去，可正如多年后重逢的第一面，周立贤为霍斯衍的遭遇深感痛惜而湿了眼睛，但在自己生命的最后一刻，他眼里分明没有半点泪水。

他们是一样的人，不以己悲，从容释怀，然而，却对对方的伤痛感同身受，刻骨铭心。

黑夜里蛰伏着伤，伤口在流血，空气里仿佛能闻到很淡的血腥味。

霍斯衍拂开她颊边的碎发："睡吧，乖。"

淼淼起初还有意识地保持清醒，可实在太累了，她撑了没一阵就沉沉睡了过去。

霍斯衍等到她呼吸平和，缓缓松开她的手，翻身下床，打来热水，脱掉她的衣服，从上到下帮她把身子擦了一遍。

他又给她换上干净睡衣，掖好被子，轻掩上卧室门出去了。

他来到客厅，藏身黑暗中，独坐，静默。

淼淼睡得不是很安稳，梦很凌乱，好像一直在逃命，身后不知道是谁在追，跑过一条条街道，藏进垃圾堆旁的一个破衣柜里。以为安全了，谁知正前面突然有一把锃亮的水果刀刺过来，惊得她从床上坐起。

冷汗涔涔。

淼淼一睁开眼下意识去找霍斯衍，发现他不在床上，属于他的另外半边是没有温度的，那种刺骨冰凉，从手心一直蔓延到心底，她连鞋都顾不上穿，光脚跑出去。

客厅没有他的身影，书房也没有人，他去了哪里？

淼淼捂住脸蹲了下去，有淡淡的烟味飘到鼻间，她猛地一个激灵，手忙脚乱冲到阳台。

男人坐在地板上，后背靠着墙，长腿交叠着，姿态说不出地颓然，修长的指间夹着一点猩红，旁边散乱着几个烟头。

他的脸藏在烟雾后，那双漆黑的眼，如清冷的潭水，深不可测。

看到她，霍斯衍按掉了手里的烟："怎么不穿鞋就出来了？"

"我、我到处都找不到你。"淼淼语无伦次地说着，"我很担心……"

霍斯衍走过去把她拦腰抱起，重新抱回卧室，放到床上。

应该是在外面待了很久，他身上很冷，淼淼手脚并用地缠上去，两人的身体严丝合缝地贴着，呼吸相融。很快，他被她的体温焐得暖了起来。

“淼淼。”霍斯衍低低地说，“我没有你想的那么脆弱。”

“只是，这里……”他握着她的手，按到胸口处，底下是沉稳有力的跳动，“很难受。”

“无论发生什么……”淼淼深深地看进他眼睛，声音轻而坚定地说，“我都会一直陪在你身边的。”

霍斯衍握着她的手，送到唇边，如同烙印般重重一吻：“嗯。”

“天还没亮。”他轻抚她后背，嗓音低哑得像钝刀在割她耳朵，“再睡会儿。”

淼淼知道他是不可能再睡着的了，为了不增加他的负担，她闭上了眼。

许久后，听到他沉重的一声叹息，长而缓地呼出的热气顺着她脸颊而下，她也被传染了，眼眶又涌上一层热意。但忍着，拼命忍着，不让他发现她醒着。

她知道的。男人的眼泪，和女人的眼泪有着不一样的分量。

从不轻易哭，一哭便是悲恸到了极点，他在以自己的方式送别敬重的周老师。

窗外，天蒙蒙亮了，太阳还没出来。

一直坚持着没有入睡的淼淼察觉到身旁的男人有了动静，立刻睁开眼睛，四目相对，她看到他眼里密布红色血丝，脸色也稍显苍白，心忽然揪疼了一下，脱口而出问道：“去哪儿？”

霍斯衍低下头，额前短发滑落，遮住了大部分的眉眼：“我去周老师家看看有没有能帮忙的。”

淼淼连忙坐起：“我也去。”

霍斯衍没有拒绝：“我去洗个澡。”

他想以一副体面的模样，去见周老师的家人。

霍斯衍进浴室后，淼淼也回隔壁宿舍洗漱，身上清爽干净，应该是他昨夜帮她擦过了。她从衣柜深处找出一条黑色裙子换上，对着镜子梳好头发，绑成个丸子。

她这里没有黑色鞋子，只能挑了一双深色的平底鞋。

等她来到霍斯衍那边，他已经洗好澡出来了，黑色衬衫搭黑色长裤，衬得身形越发颀长瘦削，连面部线条都跟着冷峻了几分。

他走过来牵她的手："我们走吧。"

淼淼的车还放在仁川医院地下停车场，他们是打车过去的。路上很堵，尤其是在距周老师家大概两公里的地方，车子堵得水泄不通，十分钟不见移动半米。

司机回头问："你们也是去周主任家的吧？"

他指着前面大排长龙的车子："这些都是，昨天夜里来了好多人，一直守到天亮还不肯走。"

"周主任，好人啊。我老婆就是他给治好的。"司机比了个数字，"整整八年了，没有复发过。昨晚听说他去世的消息，硬是自己拄着拐杖跑到医院去，听说那里有追悼会，我去接她时，两眼都哭肿了……"

司机又摇摇头："你们说，这都是什么世道？好人不长命，祸害留千年。"他激动地骂了句脏话，"我现在就盼着那个王八羔子能被判死刑！"

霍斯衍和淼淼没有应声。

车子依然原地一动不动，淼淼从窗外收回视线："要不，我们走过去吧。"

霍斯衍点点头："好。"

下车前出了小意外，司机怎么都不肯收车费："咳！你们有这份心去周主任家，我还收什么钱。这几天只要是拉到和你们一样的客人，我全都免单，周主任是我们家的大恩人！"

淼淼谢过他的善意，但还是在副驾驶位上放了两张一百块的现金，她和霍斯衍下了车，踏着落叶零星的小路，朝前方走去。

周立贤住在城北一栋老旧的家属楼里，是当年工作的第一家医院分配的房子，他在这里一住就是将近三十年。

围墙外摆了一层又一层的鲜花，人也是莲花般的重重叠叠，并不喧闹，个个垂眸默哀。墙上贴着一张黑字白底的横幅，上面写着：周主任，我们深切地悼念您！

淼淼霍斯衍穿过人群走进去，老式房子没有电梯，只能走楼梯上去。

接下来的一幕让淼淼停下了脚步，不算宽敞的楼梯间，每一节阶梯上，左边摆一束花，右边站着一个身穿黑衣的人，男女老少都有，神情皆是说不出的哀伤。

鲜花铺道，敬送逝者。

霍斯衍和淼淼一前一后从花与人中间走过，五层楼，十个楼梯段，一模一样的情景。走上最后一级阶梯，周老师的家近在眼前，大门开着，一眼能看到里面人头攒动的场景。

周立贤父母早逝，婚后与妻子只生了一个女儿，前些年嫁了人，家中平时只有夫妻俩，日子虽然过得平淡，但也算安稳。

直到昨晚，这间只有五十平方米左右的房子，第一次迎来了彻夜不眠和痛哭。

屋里处处挤满了前来吊唁的人，他们是周立贤生前的亲人朋友，其中有不少是他的学生。这些曾受过他师恩，如今在医学及其他岗位上发光发热的桃李，不远千里连夜从全国各地赶来。

周立贤的女儿在房里陪着伤心欲绝的母亲，女婿和其他几个小辈在客厅忙前忙后。淼淼进了屋，发现谢南徵也在，他满身疲倦，眼下一片青黑，看样子也是一宿未睡。

霍斯衍拍拍淼淼的手："我去看看师母。"

"嗯。"

接着，他走到房间前，轻轻敲门，周老师女儿周雪欢来开了门，看到是他，门拉得更开："进来吧。"

房里没有开灯，格外昏暗，师母坐在床边，怀中抱着一家三口合照的相框，脸上淌满了泪，旧痕未干，新泪又来。

真不可思议，原来人的眼泪有那么多，流了整整一夜还没流尽。

霍斯衍在一张木椅上坐下，轻声喊她："师母。"

师母反应很慢地扭过头，看清眼前的人，未语泪先流，多年未见，她一眼认出了他："斯衍……"

她紧紧地握住他的手，豆大的泪一颗颗砸在他手背上："你周老师……没了啊……"

霍斯衍环住她哭得发颤的肩，低声抚慰。

这个亦师亦母的女人，靠在他肩上哭得像个被丢弃的孩子。

记得大一时，每每下课后，别的同学散去，他继续留下来和周老师在实验室探讨医学难题，往往太投入，连天黑了都不知道。做好饭菜在家中等候已久的师母打电话来催，周老师意犹未尽，索性把他一起带回家，师母嘴上抱怨“你忙起来连老婆都忘了，干脆和工作结婚去吧”，说着自己笑了，转身去厨房给他们热饭。

往事一幕幕……

客厅里，凭吊的人又换了一批，淼淼忙着给他们送上一杯热茶，暂时忙完后，看到谢南徵站在小阳台，她走到他旁边：“哥。”

谢南徵直视着前面，对面家属楼四楼的楼道窗户里，挂着一个红色塑料袋，正随风飘动。淼淼目光垂落，楼下，依然密密麻麻地站满了人。

兄妹俩没有说话，只是安静地站着。

阴天，整片天空呈现出鸽灰色，落下来的光线也很不均匀。

谢南徵抬手按在淼淼肩上：“好好陪着霍斯衍。”

“嗯。”她点头，“我知道。”

“进去吧，外面风大。”

淼淼重新回到客厅，又转头看一眼，阳台上仍站立着那道挺直的背影，她无声叹息，去煮热水泡茶了。

时间来到中午十二点，人们陆续离去，屋里恢复安静，周老师的女婿给留下来帮忙的人订了午餐。

淼淼昨天夜里只睡了不到两小时，早餐路上随便吃了点面包，加上站了一个上午，腰和腿都酸，可能是低血糖，站起来眼前一花，身子摇摇欲坠，有人从后面扶住她：“没事吧？”

霍斯衍搂着她坐下，揉了揉她的太阳穴。

“我没事。”

“吃完饭，我先送你回去。”

“我不……”

“听话。”他的声音低下来，“你需要休息，不要让我担心。”

淼淼妥协了：“我自己回去，不用你送。”

“好，到了给我个电话。”

“师母怎么样了？”

“不太好。”霍斯衍不自觉地皱起眉心，“刚睡下。”

又是一阵无言。

霍斯衍打开饭盒盖，把饭和筷子一起递给她：“吃饭吧。”

淼淼接过来，潦草吃了两口，见他只是坐着，没有别的动作，似乎是不打算吃了。

她送了一口饭到他唇边："没胃口也多少吃点，好不好？"

霍斯衍把饭吃了进去，她准备又喂第二口……

手机响了，霍斯衍接通："抱歉，昨晚关机了。好的，我下午会过去。"

"怎么了？"

"要去警察局做笔录。"

另一边，实验室的私人群又开始活跃了。

吴非："大家发现没，衍哥和他老婆一个上午没出现了，是不是去哪儿约会了？"

谈今天："嘿嘿嘿，说不定是春宵苦短日高起，从此君王不早朝……"

侯舸："昨晚出事的那位周主任，是霍总的老师。"

吴非和谈今天马上撤回消息，换上了一排默哀的蜡烛。

侯舸截了两张图放上来，是仁川医院官博下的热评。第一张图是励志少年的评论，底下一边倒全是骂声，另一张图上的评论来自一个认证为记者，ID叫社会良知小刘的男人。他站在行凶者的角度，向医院和周主任表示了质疑，下面评论有支持他的，有反对他的，也有谴责他消费死者博热度的。

令人寒心的是，评论中支持这个记者言论的网友竟不在少数。

一则当今医患矛盾日益激烈，传统认知里，患者才是属于弱势的一方；二来该记者粉丝有二十来万，有着不算小的影响力，他又很擅长引领风向，不明内情的网友们自然被牵着鼻子走；三来是那些现实生活不如意，靠着嘴炮宣泄情绪的键盘侠，尽管他们不清楚事情的真相如何，更不清楚受害医生的生平为人，但完全不妨碍他们占据道德制高点，长嘴长舌喷来喷去，在网络世界尽情地展现丑陋嘴脸。

"世上没有无缘无故的恨，肯定是这个医生做了什么事，把人逼急了，这才狗急跳墙豁出去的。"

"呵呵，不是说手术过程全录下来了吗？仁川医院敢不敢公开出来？不公开的话就是默认有猫腻了呗。"

"那男人老婆没了，自己也要坐牢，家里的孩子真是可怜啊。好好的一个家就这样散了，有没有好心人众筹给他请个好点的律师，争取少判几年吧，我听说杀医案最多也就判个十来年。”

童放看得心头冒火，这都是些什么人渣，周主任尸骨未寒，平白无故遭受这么多侮蔑，他气得一拳砸在桌上。

群里，侯舸又发了新消息：“侯舫，这个满嘴喷粪的励志少年，把他账号黑了吧。”

侯舫很快回：“早黑了。”

至于那位社会良知小刘，考虑到他粉丝不少，如果贸然黑掉账号的话，可能会落人把柄，于是暂时先观望着。

吴非：“同志们，我们把喷子和黑子一个个呛回去吧。”

童放：“这个不现实。”

谈今天：“哎！你们快看，有个微博大V发了个视频。”后面附了个链接。

同一时间，坐出租车回宿舍路上的淼淼也看到了视频，是小乔发来的。小乔早上还发了两张评论截图，当时她没心思也没时间，直到几分钟前上了车才拿出手机查看。

那两条恶意满满的评论气得淼淼眼角发红，身子发抖，她好不容易控制住情绪，小乔又发了一个视频过来。她点开，映入眼中的是满地摇曳的烛光，旁边配了文字：人们自发前来，悼念周立贤主任。

画面一转，变成了全黑。

很快，第二张照片出现：病房里，冉玉田哭着跪在地上，周立贤正弯腰把他扶起来。

博主配文：女患者家庭困难，周主任费心费力为她筹集到了十三万块捐款，图为周主任将款项交到患者丈夫手中，对方跪地感谢。

第三张照片：连着做了五个小时手术的周主任体力不支，坐在手术室外地上休息，身前手术服湿了大半。P.S.这是周主任最后一次上手术台。

淼淼留意到周主任旁边坐了一个人，脸部被虚化了，不过她认出来是霍斯衍。

第四张照片：手术取得圆满成功，患者家属冉玉田送锦旗致谢周主任。

第五张照片：手术后的两天，周主任不眠不休守在病房，累得撑不住，在办公室伏桌小睡。

第六张照片也做了处理，周主任倒在血泊里。

配文是：据护士说，周主任已经有二十七个小时没有合眼了，他打算先回家休息，晚上再回医院加班。他没想到的是，还没走出医院，就在这片空地上遭到了袭击。

第七张照片：全体参与抢救的医护人员集体为周主任默哀。

视频到此戛然而止。

博主的ID叫一闪一闪小星星，淼淼直觉应该是孟临星，只有她才能拿到这么珍贵齐全的照片资料。

淼淼点开评论。

“从头到尾没有激烈的语言，却直击内心深处，让人泪流不止。”

“这么好的一个医生，怎么会……唉！”

“那些键盘侠睁大眼睛好好看看吧，不要再落井下石了。”

“周主任一生高风亮节，兢兢业业，他是真的有一颗医者仁心啊，为什么却落得这么凄凉的下场。”

“这就是升米恩，斗米仇。其实我觉得吧，像医生这个特殊行业，最好就要做到铁石心肠，除了治病救人外，不要对患者抱有太多的同情心，也不要有太多接触。”

“话是这么说，可医生也是人啊，他怎么可能没有感情？如果将来医生和病人之间是那种冷冰冰的关系，这个社会该是多么悲哀，归根结底，是别的方面出了问题……”

孟临星的微博发出的半个小时内，仁川医院官博也发了一条微博，表明经过上级部门专家的验证，整个手术过程不存在任何不合理之处，最后表示会对造谣者保留依法追究法律责任的权利。

这样一来，键盘侠们不约而同地㞞了，转移目标，将全部怒火喷向社会良知小刘。

网络上关于周主任的负面评论，慢慢消失了。

另外，由于案件性质特殊，且造成了巨大的社会影响，公安部门在案发当晚立即启动重大刑事案件应急预案，随后成立专案组，对犯罪嫌疑人冉玉田进行刑事拘留。

今日下午，经最高人民检察院的批准和指示，A市人民检察院提前介入侦察取证，以涉嫌故意杀人罪正式批捕冉玉田。

案件还待公安机关进一步侦察。

接下来两天，霍斯衍白天在师母家帮忙，晚上回实验室通宵处理公务，淼淼天没亮去他家，没找到人，来到实验室，果然看到他办公室的灯亮着。

再这样下去身体怎么受得了？然而不管怎么劝，他都不肯回去休息。

淼淼没有办法，只好和他一起熬夜。他也拿她没办法，收拾了文件带她上楼，到家继续处理公事。她看时间已经很晚了，拖着他上床睡觉，醒来发现他躺在身侧，手里拿着资料在看。

看样子又是一夜没合眼。

第三天晚上，淼淼早早过来监督他睡觉。

霍斯衍倒是自觉，收了电脑，进卧室，到床上躺好，拍拍床边："上来。"

淼淼脱掉外套窝进他怀里，能明显感觉到短短几日来他的消瘦，连脸都微微凹陷了下去。她心疼得不行，这人照顾她照顾得那么好，怎么这么不爱惜自己的身体？

逝者已矣，活着的人在哀伤过后，还是要好好地活下去，不是吗？

淼淼摸摸他的脸，指尖从眉心到鼻尖再到冒着胡楂的下巴，他紧紧地抱住她，几乎要把她揉进身体里。

许久后，男人的情绪从激烈渐渐回复到平缓，彼此鼻尖碰鼻尖，他温热的气息吻着她，声音暗哑极了："淼淼，搬过来，照顾我吧。"

人生短暂，意外随时会发生，霍斯衍失去母亲时年纪尚浅，她去世那晚，在病床前连着守候一个多月的父亲刚好回家休息。大概是心里预料到这天迟早会到来，他冷静地处理完了后续，怕心脏不好的父亲接受不了现实，于是带着医生一同回去，准备好急救措施后才去叫醒父亲。

后来送母亲的骨灰回归故土，返程飞机上，他才意识到自己从此没有母亲了。巨大的失落和悲哀席卷过来，他戴上眼罩，在黑暗中放任自己沉入悲伤。

第二次是失去亦父亦友的恩师，来得太突然，心中的痛积压着无处发泄。如果不是淼淼陪在身边，霍斯衍大概又要自我封闭很长一段时间才能走出来。

直到现在才懂得，痛苦是可以找人分担的，他身边就有这么一个人。

霍斯衍心底涌现出一个前所未有的强烈念头：想与她共度每一个清晨与黄昏，每晚入睡前她在怀中，醒来第一眼看到的还是她，她不在身边的每分每秒，在某种意义上都是对生命的浪费。

如果没有被仅剩的理智克制住，那么他冲动说出口的话应该是：“淼淼，我们结婚吧。”

周老师生前曾说过要当他们婚礼的主婚人，这注定要成为永远的遗憾了，他和她之间，不想再有任何的遗憾。

然而，目前来说，结婚还不现实。

“我可以搬过来。”淼淼看着他，缓声说，“不过，有一个条件。”

“嗯，你说。”无论她要什么，他都会答应。

淼淼的条件很简单：“以后你要听我的话。”

霍斯衍毫不犹豫：“好。”

她强调：“是全部的话都要听。”

他再次说“好”。淼淼摸摸他清瘦的脸：“那么，现在睡觉吧。还有，不能趁我睡了偷偷起来看文件。”

霍斯衍帮她调整了个更舒适的睡姿，关掉大灯：“晚安。”

“晚安。”

这一夜，霍斯衍难得睡了三个小时。半夜醒来，听到外面淅淅沥沥下着雨，怀里，淼淼呼吸均匀，团团温热落在他胸口，他的心很平静，清醒地听着雨声，看着未拉好的窗帘外，天色一点点亮起来。

六点半，淼淼醒了，感觉到脸颊贴着的温度，她暗暗松了一口气。

“早餐想吃什么？”

淼淼想了想：“蛋花瘦肉粥，还要一杯热牛奶。”

霍斯衍翻身下床，身后的人抱了上来，静静地抱了一会儿，没有说什么，可她想表达的他都懂了。

“放心。”

她这才松开了手。

霍斯衍出去做早餐了，淼淼回隔壁去，把洗漱用品先拿过来，洗漱好后继续搬其他东西。来来回回一趟趟，等她全部弄好，早餐也准备得差不多了。

霍斯衍把粥和牛奶端出来，淼淼已经在桌旁等着了，两人面对面落座，中间隔着热腾腾的早餐。

淼淼问他：“今天还去师母家吗？”

“上午要去一趟警察局，结束了再过去。”

她又问：“周老师什么时候……”

“明天。到时我们一起过去。”

“嗯。”淼淼应道，“好。”

吃完早餐，霍斯衍进卧室换衣服。他拉开衣柜，看到里面的女性衣物，愣了一下，转过身，发现床上多了一个枕头，桌上摆着她的粉色小闹钟。他又去浴室，洗手台多了她的牙刷，架子上，一蓝一白的毛巾并排挂着。

属于她的痕迹就这么和谐地融入了他的私密空间里。

霍斯衍站在镜子前，看着里面那个脸色憔悴、眼神黯淡的男人，几分钟后，他捧起冷水洗了把脸，从上方的置物柜中找到刮胡刀，一点点地把自己收拾干净。

淼淼见他去换衣服久久没出来，不免担心，正打算去看看怎么回事，刚好这时霍斯衍拉开门，带起的风扑过来，她闻到了淡淡须后水的味道。再定睛看他，眸底有光闪过去，不由分说上前抱住。

因为这个小插曲，时间上有些来不及了，淼淼只好松开他，送他出门：“等你回来。”

霍斯衍摸摸她头发，说了几句话后，走了。

淼淼也准备去上班了。

她来到实验室，刚进门就听到童放、侯舸和吴非几人在聊天。

侯舸把指关节按得“咔咔”响：“那个社会良知小刘写长微博置顶道歉了，那叫一个言辞恳切声泪俱下。唉，早知今日何必当初呢，端起键盘前怎么不懂得先摸摸自己的良心。”

网瘾青年吴非对这个套路摸得很深：“他们这一类人，自以为是伸张正义替弱势群体发声讨公道，实则颠倒是非黑白，浑水摸鱼。而且他道歉不见得是真心悔过，很可能是迫于舆论压力。”

“你猜对了。”谈今天打了个响指，“我朋友也是做他们那行的，听他说是有人向杂志社施加了压力，如果这个记者不夹着尾巴道歉，估计要饭碗不保了。”

童放不以为然地轻哼：“这种虚伪的道歉，看着心里硌硬。说不定他这边道歉完，等风头一过，键盘又要耍得飞起了。”

“那也总比不道歉好。”侯舸接道，“被强按着低头也是低头，多按几次，人就老实了。”

童放换了话题：“前天国家医师协会和A市医师协会不是发表了强烈谴责暴力伤医行为，并希望能依法从严从快严惩凶手的声明吗？不过，它们都只是行业协会，还是得由卫健委发话才有实际作用。”

“卫健委昨天就表态了，对暴力伤医行为零容忍，也下发了通知，要求各医疗机构增设警务室，增加安保人员和全方位监控的摄像头。”侯舸叹气，“可是，要真正地处理好医患矛盾，还路漫漫啊。”

吴非：“除了个别医生医德有缺之外，绝大多数医生还是很好的，你说哪个行业没有坏一锅粥的老鼠屎呢？为什么偏偏医疗行业屡出伤医致死事件？我觉得吧，医患矛盾之所以越来越激烈，是因为对医闹者的处罚太轻了！”

谈今天问：“猴哥，你觉得这凶手能判死刑吗？”

侯舸摊手：“‘我觉得’要是有用的话，要法院做什么？不过从私人角度，我当然是希望他被判死刑。”

吴非又说：“三年前，我们县医院有一个儿科医生也是在医闹中死了，后来那个凶手被判了六年，知道为什么吗？因为行凶者用刀刺入他的心脏，但这一刀并不是致命伤，他的死因是在受伤倒地的过程中，脑部不小心撞上锐物……”

“法院考虑到犯罪嫌疑人认罪态度良好，酌情予以减刑。”

“宣判那天，凶手知道自己只被判了六年，当场笑了出来，而且他还故意面对着起诉他的检察官们笑。”

童放和谈今天齐齐爆了粗口：“这太过分了吧！”

吴非继续说：“后来检方认为对他的量刑畸轻，再次向省高院提起诉讼，你们猜结果怎么着？”

侯舸：“维持原判？”

童放：“追加刑期了？”

“都不是。”吴非笑道，“改判死刑了。”

“为什么？！”这太出乎人意料了。

“因为，他曾肇事逃逸，手上早有了一条人命，数罪并罚，所以就判死刑了。”

侯舸感慨："真是天网恢恢，疏而不漏。"

这时，童放看到了门口的淼淼，朝她招手："怎么呆站着不进来？"

淼淼走入，跟他们打招呼。

众人问起霍斯衍的情况，她统一答："比之前好多了。"

吴非拍胸脯保证："你让他放心去忙，实验室有我们帮忙守着！"

淼淼真诚地说："谢谢你们。"

她这么郑重，这帮大小伙子反而不好意思了。侯舸摸着脑袋说："太见外了，实验室是我们的第二个家，守自己的家有什么好谢的？"

"年底你让衍哥给我们多发点奖金不就得了？"

"就是就是！"

淼淼点点头："没问题。"

侯舸拍手："散会，干活去！"

"收到！"几人一哄而散。

淼淼来到办公室，认真投入到工作中。

那边，霍斯衍从警察局出来，又打车去了师母家，刚好遇上相关部门的专员过来慰问家属。他始终是个外人，不方便进去打扰。于是转身下楼，来到周老师生前闲暇时喜欢去的小篮球场，在那儿坐着看几个孩子打了一下午的球。

日落月升，又是一日匆匆过去。

第二天，周立贤的遗体告别仪式在A市殡仪馆举行。

门口挂着大大的悼词牌：周立贤先生千古。

省里领导前来送别，并送了花圈和挽联，市领导也来了，到现场的还有人体捐赠委员会的章之和主任、仁川医院的孟新城董事长及部分医护人员，其他大都是周立贤的生前亲友和学生。

淼淼在领白花的地方遇到了谢戚明和谢南徵："爸爸，哥。"

霍斯衍微颔首："伯父。"

谢戚明点头回应。

四人在胸前别好悼念的白花，两两前后进去。

整个大厅庄严、肃穆。人们排得整整齐齐，七点五十分，周雪欢抱着父亲遗照，旁边丈夫搀扶着她母亲，三人面容悲痛地走了进来。

殡仪馆的工作人员宣布告别仪式开始，哀乐随之奏起。

全体默哀，赠花圈。

周立贤的女婿致完悼词，接着是领导讲话：“周立贤医生从医三十四载，医德高尚，鞠躬尽瘁，敬业奉献，奋战在救死扶伤的第一线，是全省医务工作者的学习楷模……省委省政府高度重视暴力伤医事件……将竭尽全力维护全体医护人员的职业尊严和人身安全。”

接下来是家属发言，周雪欢站到了正中间：“我母亲体力不支，所以由我作为家属代表来说几句。首先，非常感谢大家来参加我父亲的告别仪式。”她弯腰，深深地朝众人鞠了一躬，“真的非常感谢。”

“我的父亲严格来说，不算是一个好的父亲，也不是合格的丈夫，但他是一个好医生。

“我以前一直很不理解，为什么对父亲而言，病人会比家人更重要？他几乎没有记得过一次我和母亲的生日，他与母亲结婚三十三年，结婚纪念日只过过三次。

“我怨过他，也怂恿过母亲和他离婚。我不理解为什么他心里永远把病人排第一位，直到后来我和他一样，也成了一名医生。

“我父亲做到了，将他短暂但完整的一生奉献给了医学，奉献给了他最敬爱的岗位……

“父亲去的那晚，女儿问我，妈妈你为什么在哭？我跟她说，因为妈妈从此以后再也没有爸爸了。她才三岁，听不懂我的话，又问我，为什么没有了呢？我说，因为外公去了很远的地方。她很天真地安慰我，去找回来就好啊。

“找不回来了。

“没关系，妈妈，你还有我。”

“这也是我想对我的父亲和母亲说的话。”周雪欢说到这里哽咽了，“爸爸，您放心地去，不必牵挂，妈妈有我照顾。妈妈，您还有我……”

淼淼眼角余光飞快地瞥了旁边的爸爸一眼，他也看过来，她一下泪流满面。

“最后，我想为我的父亲念一段誓言。”周雪欢转过身面对父亲遗照，“当我步入神圣医学学府的时刻，谨庄严宣誓……”

底下的医护人员们跟着念起来：“我志愿献身医学，热爱祖国，忠于人民，恪守医德……救死扶伤，不辞艰辛，执着追求，为祖国医药卫生事业的发展和人类身心健康奋斗终生。”

周雪欢倒地痛哭，告别仪式在成片的哭声里结束。

淼淼和霍斯衍走出来，路的两旁，仍然围满了人。他们走着走着，阴沉了几日的天空，竟悄然放明了。太阳出现在灰云后，光芒耀眼，照在每个人身上，暖洋洋的。

“周老师，在天上哦。”

霍斯衍露出了几日以来第一个真心实意的笑容，清冷的轮廓线条被日光晕得柔和起来，连幽深眸底也有明亮的光，他牵起她的手：“走吧。”

和那晚一样，他们一路走回了家。

不同的是，这次是走在和煦阳光下，每一步都迈得那么坚定，那十指相扣的手，有着同样的温暖。

据统计，这天一共有一千多人过来送别周立贤主任。

当晚，半座城市为他暗灯，整整三分钟。

霍斯衍屋里的灯暗了就再没有亮过，他和淼淼早早上床休息，这一觉奢侈地睡了十一个小时。

床头桌上的手机“嗡嗡嗡”振动起来，淼淼睡得正香，把头缩进被子里，一只修长的手臂从她身上越过去，捞起手机。

霍斯衍眯眼适应光亮，看到屏幕上显示来电人“小安安啊”，以为是她闺密乔以桉打来的，接通后，他礼貌地先打了声招呼。

那边的人似乎很微妙地停了足足三秒才开口：“斯衍。”

这声音……

霍斯衍顿时睡意全消，他坐起来，腰背挺得笔直：“伯母，早上好。”

淼淼迷迷糊糊间听到他不知在和谁说话：“好，我会跟她说的。”

她的思绪困顿着，习惯性地挪过去，抱住他的腰，蹭了蹭，轻声嘟囔：“谁啊？”

霍斯衍等安榕贞挂断才把手机放回去，揉了揉她睡得乱糟糟的头发，低声说：“你妈妈。”

十一分甜
她是明亮灯塔

谁？我妈妈？！

淼淼惊得花容失色，猛地支起身子，动作太大，不小心撞上霍斯衍下巴。那处立刻红起来一片，她抱歉地又是抚摸又是吹气：“是不是很疼？”

男人哪有女孩子娇气，霍斯衍轻抚她头顶：“没事吧？”

淼淼摇头，又跟他确认一遍：“刚刚是我妈妈的电话？”

霍斯衍的心情其实还没完全平复下来，不过他面上看不出一丝异样，镇定地回答她：“是。”

淼淼顿感浑身无力，软绵绵地倒在他身上。

她是不是该去海角论坛发个帖子：刚和男朋友同居就被妈妈一个电话抓包了，怎么办？在线等，挺急的。

不对啊。淼淼瞥一眼桌上的小闹钟，六点四十分，渐渐理清思绪，这个时间能说明什么呢？

说明她六点钟起床，梳洗完毕，过来找霍斯衍一起去跑步，刚好内急，借用他家洗手间。这时刚好电话响了，她还没完事，让他帮忙接听。

简直天衣无缝。目前难办的是，要怎么样才能很自然地把整个过程透露给她妈。

淼淼绞尽脑汁想啊想，如果回电话会不会显得太刻意了？说不定她越解释，妈妈越以为她在掩饰些什么，最好的办法就是——不心虚，不解释。

就这么决定了。

霍斯衍不知道她的心思千回百转，有个问题他很想弄清楚：“为什么你给你妈妈的备注是……”他略微停顿，发现自己说不出那四个字。

“小安安啊？”淼淼顺口接上，“现在不是有很多电话诈骗吗？为了安全，通讯录里的亲属名单，尤其是父母兄弟姐妹这类，最好不要备注爸妈哥姐，这等于给那些诈骗犯设了一道迷雾墙。”

原来如此。霍斯衍明白了：“那，你给你爸的备注是？”

不能在同一个地方栽倒两次，还是心里有底比较好。

淼淼卖关子：“你猜？”

他直接放弃：“猜不到。”

淼淼点开通讯录，找到目标，再点进去，霍斯衍一眼看到醒目的四个大字“大谢谢呀”，和“小安安啊”还挺衬的。

“我给谢南徵的备注是谢鹦鹉，因为他在我们这辈里排行老八。”

霍斯衍很好奇自己会被她备注成什么，长指往下一划，H栏下除了“好一朵茉莉花”之外，其他都是正常名字，又从右侧点进字母S，还是没有，难道只备注了单字衍？

依然没有。他极有耐心地一个个翻找起来，终于，在Q栏找到了。

“你在看什么？”淼淼见他那么专注，凑过来，“亲亲阿衍”四字映入眼中，她的第一反应竟是去捂他的眼睛。当然没得逞，最后人和手机都落在了霍斯衍手上。

“能解释一下吗？”

这不就是那天晚上她给他发了个晚安亲亲，接着他真的来敲她的门，送上了晚安吻，她由此得来的灵感吗？

“我也要看你给我的备注。”淼淼伸手去拿他的手机，遇到了小难题，解锁屏幕需要密码。

她先试了自己的生日，又试了霍斯衍生日和初次见面的时间，都解不开。她托腮思索几秒，输入了屈辱的三次物理月考成绩：334759。

果然成功解锁。

淼淼顺利进入通讯录，他备注的全是很正式的全名，夹杂着不少英文名。一溜看下来，也没看出什么名堂，指尖忽然一顿，她无论如何都想不到会在H栏找到自己。

霍太太。

淼淼不敢相信，特意点进去看，确实是她的号码。

好像也不那么意外，毕竟他是一个有风流资本，骨子里却传统又正经的男人。之前小乔还说她这么软会被他吃得死死的，如今看来，谁吃谁还不一定呢。

这对霍斯衍来说是理所当然的事，他们已经那么亲密，虽然没走结婚登记这道程序，但在他心里，是将淼淼当作妻子来对待的。

短暂的沉默里，那种心有灵犀，你不解释可我全懂的默契又来了，这大概就是心心相印吧。淼淼面颊微热，清了清嗓子："那我是不是也要把你的备注改成霍先生？"

"不用。"男人短发微乱，垂在额前，深色睡衣被她蹭得褶皱丛生，看起来有些不修边幅，倒是那双桃花眼又恢复了往日的清亮，目光紧锁着她，不错过她脸上羞赧的表情，"你这个就很好。"

亲亲阿衍。

话声刚落，他低下来，清冽气息逼近，淼淼瞪他，扭头要躲，还没刷牙呢！谁知下巴被他两指捏住，然后，他的唇压在了她嘴角，蜻蜓点水，一触即离，又正式得像某种仪式。

这是……亲亲淼淼？还是那么闷骚啊。

两人难得赖了会儿床，在温暖被窝里相拥着，有一搭没一搭地说话，淼淼忽然问道："我妈妈在电话里有说什么事吗？"

霍斯衍这才想起正事："她说让你别忘了今天上午要去体检。"

淼淼真忘了，体检是上周预约好的，这几天发生太多的事，她忘得一干二净，还好妈妈打电话过来提醒。

有些检查项目是要求空腹的，跳过早餐这个环节，时间勉强能赶得上。淼淼洗漱好从浴室出来，霍斯衍帮她把要穿的衣服准备好了，他很细心体贴，找的都是保暖又方便检查的衣服。

淼淼换好衣服，怕路上会堵车，准备出门了。

霍斯衍送她到地下停车场，叮嘱几句让她开车不用急，就算迟到一时半会儿也没太大的关系。淼淼连连点头，又过去抱了抱他：“我走了。”

“嗯，结束了给我电话。”

“好。”

再腻歪下去真的来不及了，淼淼只好松开手，打开车门坐进去，启动车子，平稳地开了出去。

霍斯衍站在原地，直到车子一闪一闪的尾灯消失在转角处，他才上楼直接来到实验室。

童放、侯舸、吴非等人看到他的身影重新出现在办公室，相视一笑，面上露出终于找回主心骨的轻松之色，工作起来更加有劲头了。

临近药品机器人的验收时间，办公桌上各种文件堆积如山，好在被人分门别类地整理好了，还按照时间和紧急程度做了标记。霍斯衍默默站着看了几分钟，不由得扬唇笑了笑。

他们的心意，他收到了。

整个实验室，里里外外，每个座位上的人都在埋头认真做着手上的事。

时间来到十点半，淼淼结束体检，她之前在如意楼下了单，按照各人的口味点了午餐，应该能赶在饭点前送到。

回到实验室已是两个小时后了，一进门就闻到饭菜的香味，几张桌子拼成了一张大桌，大家围绕而坐，看到她，不约而同地露出了笑：“谢谢老板娘！”

童放是知道行情的，如意楼的私房菜，单这一桌，估计这个月三分之一的工资没了。

淼淼早习惯了他们的调侃，也能淡定以对：“不用谢，反正可以报销嘛。”

其实她是开玩笑的。众人意味深长地“哦”了一声，童放问：“不知道老板娘跟老板报销，走的是公账，还是私账呢？”

公账好理解，可私账就不如字面上那么简单了，侯舫是最先听出当中深意的，拆着一次性筷子，无声轻笑。

淼淼有些招架不住，童放好整以暇地双手环胸，又递过去一个暗示性的眼神，她慢半拍地回过头，看到了不知什么时候站在门口的……霍斯衍，耳根悄悄爬上一抹嫣红。

一物降一物。

童放喊道："衍哥也一起来吧。"

吴非很自觉地往旁边挪了挪，空出两个连着的位置留给老板和老板娘，笑嘻嘻地和童放碰了碰肩膀：兄弟，干得漂亮！

童放挤眉回应：那当然，坑老板娘我可是专业的！

霍斯衍走了过来，淼淼飞快看他一眼，他微微点头，拉着她一起坐下。

有气场强大的老板帮脸皮薄的老板娘撑腰，童放和吴非自然收敛不少，他们找了别的有趣话题，照样把气氛炒得热烘烘的。

吃过午饭，霍斯衍顺便开了个简短的工作会议，大家收起嘻哈样，严肃以待。

"机械组还有没有问题？"

侯舸："没问题。"

霍斯衍沉吟半晌："再做一遍测试，一定要保证机械臂的灵活性和准确性。"

"是。"

霍斯衍又将之前发现的几个小问题一一列举了出来，他并不擅长说那些容易使人情绪高昂的激励话语，最后只是说："这两天大家再辛苦点，实验室的第一款产品，我们尽力把它做到最好。"

童放握起拳头："要么不做，要做就做最好！"

侯舸也说："一定要拿个开门红！"

淼淼看着他们充满斗志的脸，内心备受鼓舞，她握着霍斯衍的手伸出去，他起初不明所以，其他人也呆了一瞬。然后，一只只手叠了上来，用力往下一按："加油加油！"

在实验室全体成员的共同努力下，第一代药品机器人终于等来了验收的重要时刻。

周三这天，大家一大早起来，换上了簇新的正装，激动又紧张地等待着。霍斯衍倒是气定神闲，慢悠悠地和淼淼吃过早餐，提前半个小时下来实验室。

九点整，仁川医院的孟新城董事长，中医院的程教授，以及医疗器械检测单位的工作人员陆续到达，简单的接待过后，便直入正题。

展示在众人面前的是一个人参形状的机器人，它之前还是一台四四方方盒子状的机器，经过设计改造后，几乎改头换面，变得憨厚可亲起来。

身体正中有个小屏幕，两侧各分布六根参须，也就是机械臂，这是最重要的硬件部分。

侯舸边讲解边演示，他打开开关，白胖人参机器人的眼睛亮起绿光，原本垂下的机械臂灵活地张开。

“启动时间，两秒。”

这是一款中药医师开出药方后，根据药方抓取药物的辅助型智能机器人。

侯舸将生成的偏头痛药方的二维码往机器人肚子上的小屏幕一扫，它反应很快地说：“偏头痛，半夏9克，当归10克……”

确认完方子上记录的八种药物，它的八根机械臂开始有规律地动起来，几乎同时伸下去抓取相应的药物，并准确无误地投放到指定地方。药物抓取完成后，它又收回机械臂，眼睛再次闪过绿光，听到“嘀”的一声，屏幕下方吐了一张纸质药方出来后，便恢复到待机状态，整个过程花了不到一分钟。

中医师亲自称过每种药品的重量，大为惊叹，竖起拇指：“分毫不差！”

孟新城戏谑道：“老程你看，现在机器人都会抓药了，说不定将来还能把你这中医师都取代啰。”

“是啊。”程教授感慨道，“科技的发展让未来充满希望啊。”

一旁的童放巧妙地接上话：“机器人始终是机器人，要真正治病救人，还是得靠医生。”

程教授听得哈哈大笑：“那我饭碗可算保住了。”

侯舸又展示了几个常见病症的药物抓取过程，效果同样让人满意。

接着，检测单位的工作人员打开机器人内部，查看各种软件硬件设施，电子元件整齐有序，芯片也在正常的温度范围内。他连连点头，和旁边另一个负责记录各项数据的同事讨论起来。

见状，侯舸悄悄松了口气。

淼淼密切留意两个工作人员的神色，她旁侧的霍斯衍，面色沉静，不见一丝一毫心浮气躁。

一个上午过去，经过专业人员的检测，以及比对各项技术分析，药品机器人被证实达到了验收标准，等相关部门许可后，就可以投入市场了。

童放和侯舸兴奋得当场拥抱在一起。

淼淼开心地碰了碰霍斯衍的手，他侧头一笑，轻握住她的手。

刚好到了午饭时间，由霍斯衍做东请大家去金叶酒店吃饭。饭桌上，觥筹交错，谈笑风生，一顿饭下来，宾主尽欢。

等孟新城等人离开，包厢里只剩下实验室的人，心情极好的霍总宣布："下午全体放假，晚上庆功宴。"

"啊啊啊！"欢呼声震天。

童放和侯舸异口同声地表示："回去一定要关手机，睡个天昏地暗！"

多少天没有好好睡过觉了，连做梦都是和机械臂打交道，太虐了！

反应最平淡的侯舫只是揉了揉脖子，冷眼看着这些只想睡觉的单身狗，心里盘算着下午要怎么给女朋友一个惊喜。

第一个项目圆满取得成功，连日来压在背上的大山被搬开，淼淼浑身轻松得几乎要飘飘然。路上就哈欠连天了，她和霍斯衍回到家，立即换上睡衣，爬上床补眠。

不一会儿，霍斯衍也上来了，她靠过去，窝进他怀里。

一番痴缠后，慢慢地，昏暗的室内，两道均匀的呼吸声交缠起来。

直到日暮时分，淼淼才醒过来，一睁开眼看到了身侧的男人，他还在睡，黑长的睫毛安静地垂着，俊颜看起来温润清和。她又发现他耳根处红晕未散，觉得有趣，忍不住轻捏了捏。

他没什么反应，连眉头都不皱一下。

淼淼探出手去拿桌上的手机，点开照相机，调整好角度，对着他的脸来了一张自拍。他五官长得好，纯天然无滤镜，随便拍出来都显得赏心悦目，她把照片发到了微博。

可爱淼淼："男朋友的睫毛也太好看了吧，好想抢过来。"

为了不暴露隐私，淼淼只放了霍斯衍的眼部特写，真的太完美了，又默默点开来欣赏一番。屏幕上不停弹出消息提醒，她划开，发现是来自陌生粉丝的评论。

蚊香不打圈："啊啊啊！来看连女神都点赞评论的黄金狗粮！"

芳心纵火犯："微博翻了个底朝天，只找到两三条秀恩爱的，不开心，求博主投喂更多狗粮。"

枸杞泡红酒："感觉这只男朋友帅得有点过分啊，擦鼻血。"

新消息还在不停增加，淼淼惊呆了，她平时的微博评论数，巅峰时期也不过三条，这种盛况还是第一次见，到底是怎么回事？

她往下翻到了第一条评论，来自一闪一闪小星星："抢是不可能的了，唯有和他生个女儿可解。"

疑问解开了，拥有五百多万粉丝的孟临星评论了她的微博，结果被粉丝发现，一窝蜂涌了过来。

淼淼又有了新的疑惑，孟临星怎么会评论她的微博？

她正百思不得其解，消息页面多了一条孟临星的私信："喵喵，对不起啊，我忘记切换小号了，没想到粉丝会这么热情，希望不会给你造成太大的困扰。"

可爱淼淼："你怎么知道是我？"

一闪一闪小星星："首先是你的ID，再来是你转发了仁川医院官博和我之前的小视频微博，我就确认你的身份啦。"

紧接着一条："我把评论删掉了。"

尽管如此，还是没能阻止涌入的粉丝，她们大都是跟了孟临星几年的死忠粉、真爱粉，黏度很高。孟临星为人低调，网上几乎找不到她的真实信息，好不容易暴露出来一个缺口，粉丝们怎么可能会错过？

她们把铲子锄头什么的都准备好了，想着能不能从可爱淼淼这里挖到女神的底，不料居然栽进一个巨大的狗粮坑，隔着屏幕都能闻到的甜香，当然是先吃为敬了！

评论都很友好，淼淼不觉得困扰，反而有点受宠若惊。这种心情像三餐只有白米饭果腹的人，突然被带到了一桌满汉全席前。

半个小时内，新发的微博下，评论数突破了一百，比她之前所有微博收到的评论还要多。

淼淼庆幸没有把霍斯衍的全脸放上去，她正犹豫着要不要把微博删掉，手机响了起来，是童放的来电，她接通。

“老板娘，时间差不多了，你和衍哥准备好没？”

淼淼看了一眼还在睡的男人：“你们先过去，我们稍后就到。”

“嗯嗯，好。”

挂断后，淼淼把手机丢在一边，轻声喊道：“霍先生，起床啦。”

她晃晃他的手臂：“阿衍，阿衍？”

霍斯衍这几天一直睡得很少，睡着了也是浅眠，难得深睡，淼淼不舍得叫醒他。可晚上的庆功宴，他不出席的话，说不过去吧。

怎么办好呢？淼淼左右为难。

她打算先去洗漱，女生出门比男人要准备得多，刚挪动身子，霍斯衍就幽幽转醒了，蒙眬的视线在黑暗里寻到她，伸手重新搂回怀里：“几点了？”

淼淼按亮手机：“五点半了。”

他“嗯”一声，和她耳鬓厮磨一会儿后，才起床换衣服。

两人六点钟出门，一个半小时后抵达酒店。

还是和上次一样包下了整个牡丹厅，实验室的人已经在里面等着了。经过一个下午的休息，疲累一扫而空，个个换上了休闲衣服，姿态放松，满脸笑意地聊着天。

霍斯衍带着淼淼来到主桌，先为自己的迟到自罚一杯，侯舸给淼淼递了一杯红酒，笑眯眯地说：“老板娘也要一视同仁吧。”

淼淼大大方方地接过来，喝了两口，霍斯衍轻按住她手腕：“可以了。”

他抬起她的手，红色酒液沿着杯口流入他的两片薄唇中，喉结耸动，一饮而尽。

童放和吴非等人吹着口哨鼓起掌来。

也许是酒精作用，淼淼的脸泛起红晕，私底下不管怎么亲密都只有他和她知道，鲜少会在人前外露，大概他今晚的心情是真的好到了极点吧。

“嘿嘿嘿！”侯舸乘胜追击，“不如再喝个交杯酒吧！”

他的建议得到了其他人的热烈附和：“交杯，交杯！”

淼淼的脸更红了，因为她觉得霍斯衍会一口应下的，主要是气氛这么好，大家都很开心，他又是那种表面清冷，但内心温柔的人，只要不是过分的要求，一般都会有求必应的。

侯舸肯定也是看准了这点，才会提出这样的要求。

霍斯衍放下酒杯，摇了摇头。见状，侯舸以为没戏了，做了个夸张的心碎表情，其余人也纷纷坐下。谁知霍斯衍又抿唇笑了笑：“交杯酒，当然要留到婚礼上喝。”

这帮单身汉的情绪又“轰”一下被点燃了，看那样子比自己结婚还要激动，“叽叽喳喳”地问着，说着——

“啊啊啊要结婚了？！”

“恭喜恭喜！早生贵子，白头偕老。”

“衍哥，到时给我留个伴郎位置吧！”

谈今天问出了最关键的问题：“什么时候结婚？”

“这个……”霍斯衍余光里尽是那片映粉的脸颊，他思索两秒，“要看我什么时候能求婚成功。”

这下，所有人的视线都齐刷刷聚到了淼淼身上，她局促又害羞地低下头，看我做什么啊，他……他又还没求婚。

如果说出来的话，这些人说不定会起哄着让他当场求婚。

见她实在羞得不行，霍斯衍及时止住话题，刚好服务生进来送菜，这一页就算翻篇了。

大家吃吃喝喝，靠着美食来安抚几个月来为药品机器人的项目熬得千疮百孔的心。

他们跟一群饿狼似的，进食速度飞快，没多久桌面上就杯盘狼藉，霍斯衍预定的菜式和分量放在平时绝对是够的，可禁不住他们这个吃法，于是又喊来服务生，加了不少的菜。

服务生进进出出，送菜，收空盘子。

终于，清盘行动来到尾声，最先放下筷子的侯舸摸着肚子打了个饱嗝：“好久没有吃过这么饱了。”

谈今天心满意足道：“是啊，食物果然是最治愈的，感觉又满血复活了！”

侯舫面无表情地瞥过去，肤浅。呵呵，等你们以后脱单了，就会知道女朋友才是最治愈的。

吴非的嗝打个不停，喝了半杯茶水才压下去：“好好的五星级酒店，被我们吃出了农村流水席的感觉。”

说着，他忍不住哈哈大笑起来，笑声一片片，潮水般接连起伏。

酒足饭饱，大家又商量接下来要怎么安排，吃得太饱了，得找个地方消食不是？最后，没有太大的争议，唱K几乎全票通过。

“衍哥和嫂子一起来嘛。”

这声嫂子叫得可真顺口啊。淼淼心想，他们是打算抓着这个点不放了是吧？

“要去吗？”霍斯衍问。

“去吧。”临阵脱逃的话，以后他们指不定怎么打趣她呢。

一行人直接坐电梯来到三楼的KTV，要了一个大包间，啤酒零食什么的全叫上了，大有不唱通宵不罢休的架势。

灯光被调得很柔和很浪漫，童放和吴非在对唱情歌《我对你有一点动心》。

淼淼陪着霍斯衍坐在角落，他之前在饭桌上喝了不少酒，似乎有些醉了，她帮他解开衬衫最上面的两粒扣子，让他能舒服些。

“我和你，男和女，都逃不过爱情，谁愿意，有勇气，不顾一切付出真心……”

歌声环绕在四周，侯舫仿佛局外人，握着手机，神情专注地和女朋友发信息。

一曲终了，他连头都没有抬。

侯舸和谈今天等人轮番上场又下场，放飞自我唱《死了都要爱》《青藏高原》，吼得青筋毕露。侯舸嗓子受不了，率先退下来，开了一罐啤酒喝，见弟弟在旁边事不关己地玩手机，踢了踢他的脚：“来一首？”

侯舫想也不想拒绝掉了，附送一个白眼过去。

侯舸捂嘴笑倒在沙发上，他知道这个弟弟是天生的音痴，唱歌从来不在调上，成年后天王老子都没办法让他开尊口。当然，他女朋友应该除外。

哼哼，重色轻哥的家伙。

请不动侯舫，侯舸转移目标，打起了霍斯衍的主意。

一石激起千层浪，众人极力起哄着，声响把乐声都盖了过去，童放直接对着麦克风喊："交杯酒可以等到婚礼喝，这歌今晚就得唱啊！"

"就是就是！"

淼淼从来没有听过霍斯衍唱歌，眼睛瞬间变得亮晶晶的，霍斯衍侧头看她，凑过来，以只有她能听见的声音问："想听吗？"

"想！"

他几乎贴着她的耳朵，热气呵入，酥麻酥麻的："这首歌，只送给你。"

淼淼的心早化成一团春水了，呆呆地点头。

霍斯衍要唱的是一首英文歌，*With You All The Time*。

I live beneath the heart（我在心的底部住着）.

I watch you from the dark（我从黑暗中凝望你）.

所有人不约而同地安静下来。

淼淼痴痴地看着前面，觉得四周一切都消失了，她的眼中只剩下他一个人。

醉意让霍斯衍的眼神染上了迷离，他就这样看着她，目光从未偏移，用时而低哑，时而激烈的声调，深情款款地唱着——

That I'm with you all the time（我一直和你在一起）.

这世上大概很少女生能抗拒这样的男人吧，哪怕身处人群中，你也是他眼里的唯一。他不善言语，却当着众人的面以歌向你表白示爱。

他唱的是只有他们才懂的离别："只要你回头，就可以看得到，我一直站在那里。"

淼淼绽放欢喜的笑容，梨涡闪闪，眼眶却慢慢地红了。

一曲终了，掌声雷动。

霍斯衍重新回到她身边，两人十指相扣着，久久不放。

夜渐渐地深了，嗨歌还在继续。

淼淼跟他们打过招呼后，和霍斯衍一起回去了。

回到家正好十二点整，她把霍斯衍扶到沙发上坐着，进厨房给他泡蜂蜜水。

等她出来，见霍斯衍半躺着，双眼紧闭，她把杯子放在桌上，坐在他旁边：“别在这儿睡，会着凉。”

等了十几秒，没动静，看样子应该是睡着了。

淼淼打算把他搬进卧室去，谁知刚伸出手，就被他拉住，她一个重心不稳，倒在他身上，还没来得及反应，他双手双脚缠了上来。

离得那么近，能清晰闻到他呼吸间的淡淡酒气，还有那一起一伏的胸膛，热度惊人，淼淼确定他是真醉了，不然怎么会……这么黏人？

他望着天花板，长长地呼出一口气，掠得她颊边发丝纷飞。

淼淼听到他轻声呢喃：“老婆。”

她彻底愣住了，又是面红耳赤，又是心跳加速，好半晌才应了一声。

得到她的回应，他似乎又无意识地问了一句：“什么时候带我回家见家长？”

霍斯衍说完这句话没有别的动静了，弄得淼淼分不清楚他到底是清醒着，还是在说醉话。听他气息渐重，觉得后者的可能性更大，就像他上次喝醉吐露心声说“淼淼我很想你”一样。之前只顾着惊讶，现在她才细细品味过来“老婆”二字，尤其是被他用那种带着宠溺的语气说出来……

又想到他说的在婚礼上喝交杯酒，还有在KTV里唱的那首*With You All The Time*，接连的柔情暴击，直抵她心底最柔软那处。

其实，淼淼是计划等所有事情告一段落，再带霍斯衍回家见父母的。她太清楚这段日子他承受了多大的压力，有好几次就算被她强拉上床睡觉，他也是一夜睁眼到天亮，不想打扰到她，连翻身都克制着。

她清楚他从不示人的孤独和脆弱。

这是她之前不认识的霍斯衍，但这样的他，她同样深爱。

淼淼沉浸在思绪中，感觉到他的大手覆上来，从头顶顺着发丝一梳到底，卷了一缕在白皙指间：“怎么不理我？”

醒、醒着的？！淼淼猛地抬头，他仍合着眼帘，眉心微皱，她试探性地喊了声：“霍斯衍？”

又不应声了。她越发糊涂：“你醉了吗？”

“嗯。”

淼淼和他打商量：“那你先松开我，喝一点蜂蜜水，然后我扶你去床上睡好不好？”

不说话就是默认了。淼淼费了大力气才从霍斯衍怀里挣脱出来，顺带把他拉起来，喂了几口蜂蜜水后，他扯着领子说：“想洗澡。”

带着一身酒气入睡确实不好，可他醉得厉害，能不能自己洗是个问题，何况，醉酒的人最好不要洗澡吧？

淼淼嘴上应着好，却阳奉阴违地直接把他扶进卧室，他看起来清瘦，实际上重得很，她的小身板都快被压弯了。好不容易把人放到床上，他像是察觉到什么不对劲，又要坐起身，还一粒粒地把衬衫扣子全解了。

淼淼趁着间隙去关好窗，开空调，调到热风模式，又飞奔进浴室打来一盆热水，准备给他擦身体。

霍斯衍去参加宴会前简单冲了澡，没出汗，只要去去酒气就行。

还好他挺配合，淼淼顺利地擦完了上半身，接着脱掉长裤，尽量目不斜视，从大腿擦到小腿再到脚底，最后给他换上睡衣，被子一盖，完美，收工。

淼淼端着水去倒掉，顺便洗了个澡，洗完才发现睡衣忘带了。她从架子上找到一件他的干净衬衫，穿上，又摘下浴帽，黑绸似的长发铺满腰背，随着她的走动，轻盈摇晃。

懒得再去衣帽间换睡衣，睡意袭来，淼淼困得眼都睁不开了，打着哈欠爬到床上，掀开被子躺进去，伸手要去关灯——

“先别关。”

嗯嗯嗯？！

一只手搂上她的腰：“你穿这个很好看。”

我晕！

“你不是醉了吗？！”

“嗯。身体醉得不能动，意识是清醒的。”

可能和之前长期酗酒的习惯有关吧，这种情况说明醉得不彻底，如果真醉了，会意识全无，醒后相关记忆也是空白一片。

恕她孤陋寡闻，还有……这种醉法的吗？既然如此，那句“老婆”，还有见家长的事……

淼淼想了想，主动开口：“我爸妈可能要等到周六才有空，我明天跟他们说一下。”

他蹭蹭她鼻尖，用很低的声音诱惑她：“淼淼，想不想结婚？”

淼淼对他是毫无抵抗力的，不自觉陷进去了：“结婚？”

“对，和我。”

等等！这是在求婚吗？淼淼又想到另一个关键的问题，他说的见家长，该不会是打算上门提亲吧？！

“不算是正式的求婚。”霍斯衍解释，“去见你爸妈只是想透露一下结婚的意向，听听他们的意见。”同时也是表明诚意，让两老能更放心地把女儿交给他。

“怎么办？”他轻声叹气，“有一种强烈的预感，他们不舍得这么早把你嫁出去。”

“不过没关系，我可以等。”他说出自己的计划，“三十岁之前，一定要把你娶回家。如果他们不肯，就算是抢也要抢回来……”

喝醉酒的霍先生好像话有点多啊，莫名可爱怎么回事？淼淼闷在他怀里笑。

他又摇头：“还是不要了。”

她好笑地问：“不要什么？”

霍斯衍沉默半晌后才说：“他们只有你一个女儿。”

“所以……”淼淼轻戳他胸口，“你不打算抢我啦？”

“嗯，不抢了。”

淼淼故作失望：“唉，这么容易就放弃，说明你不是真的爱我。”

“没放弃。”他轻轻地笑出声来，真的是那种会让人心口酥软的笑，还带着一丝得意，“我住到你们家去。”

这是要当上门女婿的意思？淼淼没忍住“扑哧”一下，连忙把喷在他脸上的口水擦掉，转过身去，弓着身子笑个不停，笑得眼泪都出来了。

他从背后贴上来：“我是认真的。”

“嗯嗯嗯！”可她还是很想笑啊，不行，要严肃，严肃。

“我爸妈应该……”

会在你三十岁之前松口答应？

会很开心多了一个儿子？

一串笑声先蹦了出来：“哈哈哈！”

结果可想而知，她被狠狠地修理了一顿。

次日，两人自然睡到中午才醒，霍斯衍大方地给实验室的技术人员们放了小长假。难得无事一身轻，淼淼惬意地躺在床上玩手机，顺便等某人的午餐。

一夜之间，微博粉丝涨到五千了。

淼淼翻看新的评论，一溜下来都在求更多的狗粮，有提醒她的：“想当初我男朋友也有很好看的睫毛，都怪我一时手贱帮他‘修’了一下，后来变得好矬，血泪教训啊血泪教训！”

也有和她分享相关经验的：“让你男朋友的睫毛贴着你的脸，不停地眨啊眨，很好玩哦！”

淼淼不由得想起了那次在咖啡馆，她捂住霍斯衍的眼让他猜猜她是谁，当时她的手心也感觉到了他睫毛在动，痒痒的。

网络世界里，纵然充斥着各种抬杠者和键盘侠，但毕竟只是少数，更多的是这些充满善意和友好的网友。她们可能和她年龄相近，也有可能只是小妹妹，即使大家在生活中素不相识，在这里却能像朋友一样聊天。

淼淼决定不删微博了，她回复了那条分享经验的评论：“好的，待会儿去试试。”

“淼淼。”霍斯衍在外面喊她，“可以吃饭了。”

淼淼放下手机：“来了。”

她来到厨房，给他一个拥抱：“霍先生，辛苦啦。”

霍斯衍低头亲她脸颊，她趁机踮起脚尖，贴着他的脸，长睫眨啊眨，像蝴蝶扇动着翅膀，邀功似的问：“是不是很舒服？”

他抿着唇但笑不语，覆在她耳边说了句荤话，她羞得跳起来，控诉他教坏人。

他见好就收：“快去洗手。”

淼淼洗干净手，问他有没有要帮忙的。汤太烫，他向来是不让她碰的，她只好端了一盘西蓝花出去，顺便摆好碗筷。

落地窗大开着，室内盈满阳光，两人坐在一片温暖明亮中吃午饭。

桌下，淼淼不安分地去踩他的脚，他当然不会和她计较，夹了几筷子菜放她碗里：“多吃点。”

淼淼是真的饿坏了，比平时多吃了半碗饭才放下筷子。霍斯衍还在吃，她就陪他聊天，说起微博上的事，问他怎么看，会不会介意被外人知道他们的事？

他了解她的性子，倒是不怎么介意，提醒道：“网络很复杂，注意保护好个人信息。”

“知道！”

吃过饭，霍斯衍洗好碗筷，擦干后放进消毒柜，按下开关，走出客厅，看到淼淼在阳台给绿植浇水。他看了好几分钟，拿起桌上的手机，找到周逢玉的号码拨了出去。

那边很快接起来，张口就问：“又遇到恋爱难题啦？”

霍斯衍：“见家长要准备什么礼物？”

“Excuse me！”周逢玉几乎要破音，“你竟然问我这个花名远扬的情场浪子这种事？什么？！你都要见家长了，速度是不是太快了……”

霍斯衍似乎也意识到问错人了。

“嘟嘟嘟……”

周逢玉：“喂！”

闷骚了二十多年的男人，开窍后速度跟坐了火箭一样，这才两个月就要见家长了，还学会挂人电话了，真是教会徒弟饿死师父啊！

他气急败坏又拨回去，机械女音提示对方在通话中。

霍斯衍正给父亲打电话，A市和挪威有近七个小时的时差，不过他想父亲一向起得早，这时候应该醒了。

手机铃声响起的时候，霍远正在院子里打太极，他小跑回屋，看到是儿子的来电，还以为出了什么大事，急急忙忙接通。

“爸。”那端传来的声音带着笑意，“您别担心，没出什么事。”

霍远的身子瞬间僵硬如雪松，记忆恍惚着飘远了，有多久没听他这样笑过了？

好像从他母亲去世后？

“什么？”霍远抬手擦了擦眼里的水雾，又问一遍，“你说什么？”

“我遇见了一个很好很好的女孩，嗯，也是高中时的师妹，当中经历了几重波折，她现在是我女朋友，后天我准备去见她爸妈。”

“真的？”霍远难掩激动，忽然又手足无措起来，在屋子里走来走去，“需要我做些什么？对，要先回国，我看看最近的航班是什么时候……”

“爸，您别急。我是确定要和她结婚的，只是这次见她父母，还不算是真正地商量婚事。”

霍斯衍考虑到父亲身体不好，长期飞行奔波劳累，打算等事情定下来后再通知他回国，到时双方家长正式见上一面。

“爸，您还记得我曾经跟您谈过，打算这辈子独身的事吗？”

怎么可能不记得？这是霍远最痛心最无奈的事，作为父亲，他已为无法给儿子一个正常的成长环境而深感自责，又怎么忍心看他一个人孤独终老？

可如果这是儿子的心愿，他只能选择接受。

霍斯衍定定地看着阳台外，被丰盛阳光笼罩着的那道纤细身影：“现在，我要收回之前说的话，我想和她结婚，想和她拥有一个家……”

“淼淼。”

淼淼浇着水，听见霍斯衍喊她，立刻放下水壶，蹦蹦跳跳地跑过去：“什么事呀？”

霍斯衍把还在通话中的手机交给她：“爸想和你说几句话。”

淼淼很自然地把手机接过来，很顺口地喊道：“爸爸。”

旁边的霍斯衍偏过头去，如同画笔勾勒出来的俊挺面部线条，因嘴角的微微扬起而变得柔和几分，深眸也是笑意点点。

那端安静得连呼吸声都听不见，淼淼纳闷怎么没有声音，就在她准备把手机拿远些看看通话是不是断了时，一个念头流星赶月似的划过她脑海。不对啊，她爸爸怎么会把电话打到霍斯衍手机上？

她没关机啊，除非……此爸非彼爸！

遥隔七千多公里的两人，不约而同地沉默了。

霍远真是没想到啊，这个准儿媳太热情了，一张口就喊爸爸。声音那么软那么甜，他和妻子做梦都想再生个女儿，没想到竟以这样的方式实现了，顿时老泪纵横。

一头栽进深坑的淼淼，则是窘得恨不得把眼前的男人一脚踢飞。踢不动啊，算了，还是拨点土把自己埋了吧。听到那边欢欢喜喜应了一声“哎”，她的紧张和无措又神奇地消失了大半，但舌头还是像打了结，说出来的话磕磕巴巴的：“伯父，您、您好，抱歉，我不知道是您……”

“是的，我是淼淼。”她握着烫手山芋，拼命用眼神向霍斯衍求助，要说什么啊？太突然了，她真的一点准备都没有。

霍斯衍比了个手势让她淡定，他脸上的笑意不仅没退，反而比外面阳光还要璀璨。

淼淼鼓起面颊，此时的内心大概就是，好气呀，可还是要保持微笑：“我也很高兴和您通话。”

“我可以叫你淼淼吗？”

“可以，可以的。”

“淼淼，真是太谢谢你了。”

谢谢你和他在一起，谢谢你让他想有一个家，谢谢你做到了连我这个父亲都无能为力的事……

他这么郑重地道谢，淼淼有些摸不着头脑，想了想，可能是感谢她帮忙照顾霍斯衍？

她不好意思极了，莫名心虚地摸了摸鼻尖：“伯父，其实都是阿衍照顾我比较多。”

“这都是他应该做的……”

霍远又说了什么，淼淼接连点头：“好的，那等您回国，我和阿衍去接您。”

“嗯，伯父再见。”

等到那边先挂断，通话时间显示七分零六秒，淼淼手心和后背出了汗，她长呼一口气，把手机丢到一边，张牙舞爪地跳到霍斯衍身上，双手捧住他的脸又是揉又是捏，还用额头去撞他额头：“居然又套路我！”

她那点小力度，不痛不痒的，霍斯衍把她抱到沙发，接着，以成熟男人的方式，以牙还牙，以暴制暴。

半个小时后，淼淼愤愤不平地发了条微博——

“我在阳台浇花，听到某人在屋里喊我，我屁颠屁颠跑过去，他塞了手机给我，说，爸想和我说几句话。我太天真了，欢快地叫了声爸爸后，才发现那边……是他爸！之前我和他爸没见过面，这是第一次通话。啊啊啊，土拨鼠尖叫！”

很快，底下出现了十几条粉丝评论。

“哈哈哈，感觉你男朋友好腹黑啊！”

“套路玩得好溜，心机Boy无疑了！”

“感觉博主蠢萌蠢萌的哎。”

“腹黑配蠢萌，啊，我好像听到少女心复苏的声音了！”

工作好累求撒糖：“想象着那画面，忍不住露出姨母笑。”

小荷尖尖角：“小可爱，我教你个办法，以其人之道还治其人之身。”

小乔：“发生了什么事？宝贝儿，难道我已经不是你唯一爱的人了吗？”

可爱淼淼回复小荷尖尖角：“貌似坑过了，但他没上当。”

淼淼回复小乔一个可爱的表情。

两人转战微信去了。

小乔：“你买粉了？怎么一下涨了这么多？”

淼淼简单把事情说一遍。

小乔：“懂了，来自网红大V的实力宠爱。”

“这个博主我听说过的，就一个字，豪！两个字，土豪！四个字，豪气冲天！她每个月都会弄一次抽奖，奖品不是化妆品也不是名牌包包，而是国外旅游！”

“比如这个月她抽的是‘迪拜–阿布扎比–沙伽–阿治曼’双人半月游，所有旅行费用全包，当然如果要购物的话是自费的啦……总之，她是我见过最土豪的网红，没有之一！”

小乔一说起八卦就停不下来：“网上都在猜她是首富何振天的女儿，是不是啊？”

淼淼：“不是。”

不过也快接近了，听说孟家的产业很多，仁川医院只是其中之一，由于它是孟临星父母联手创立的，所以父女俩对这家医院很有感情。

淼淼和小乔在这边聊着天，霍斯衍接通了周逢玉的电话。主要吧，他父亲娶母亲那会儿走的程序比较特殊，所以对第一次登门拜访女方家长没什么经验，更别说提什么建议了。

还是要问一下周逢玉。

“那必须得问我呀！”周逢玉还是那句老话，“小爷我没吃过猪肉也见过猪跑不是？不就上门见家长吗，小意思啦！”

他翻看着iPad浏览器页面上的搜索结果，有一条标题叫作“教你如何攻略未来丈母娘”，嗯，这个指向性很强，估计最实用，点进去一看。

一行亮瞎眼的红色大字写着：要想搞定丈母娘，必须先买房！山水园林别墅，今天买，明天住，丈母娘马上从大灰狼变成暖羊羊！

周逢玉嘴角抽搐，我真是信了你的邪，靠这些乱七八糟的还不如靠自己，他清了清喉咙：“礼物的话，老人家嘛，送保健品和按摩椅之类的绝对保险，送出去一样，基本分就算拿到手了。”

“想加分的话，肯定要投其所好。跟你老婆打听一下他们有什么兴趣爱好。爱喝酒送好酒，爱喝茶送好茶，丈母娘如果喜欢跳广场舞的话，给她整套飞仙流云袖绸缎裙，在一群大妈里多拉风……”

“这个可以跳过。”霍斯衍轻咳打断，“她妈妈……应该不跳广场舞。”

周逢玉被他这么一打断，脑子空了两秒：“对了，适度的殷勤是必须有的，到了他们家，最好什么脏活累活全抢着干，吃饭时记得给你老婆夹菜，饭后给她削水果，三百六十度照顾到位，就算你岳父岳母想挑剔，也找不出错处来。他们只会觉得这小伙子真不错，懂得照顾人，可以放心把女儿交给他了。”

要是有这么容易就好了，霍斯衍食指轻抵眉心：“行，那先这样。”

周逢玉摇旗呐喊为他加油鼓气，“噼里啪啦”连着说了两分多钟不喘一口气，霍斯衍听得实在头疼，以一句“承你吉言”结束了通话。

他进卧室去找淼淼。

淼淼穿着他那件白衬衫，猫儿似的趴在床上，两条白皙笔直的腿立在半空，有一下没一下地晃着，神情说不出地慵懒。

床头的小音箱里流泻出和缓的音乐，淼淼跟着轻轻哼唱，感觉到床边的塌陷，她睁开眼睛：“你讲完电话了？”

“嗯。”他不动声色地按下某个开关，窗帘悄悄合拢。

淼淼浑然不觉，直到属于男人的重量压上后背……

她在情海中又浮又沉，循环往复，终于风平浪静，霍斯衍温柔地亲她泛红的眼皮：“还好吗？”

淼淼精疲力竭，喉咙也哑了，没有回答，在他怀里沉沉地睡了过去。

她直接睡到天色擦黑才醒过来。

霍斯衍摸摸她的脸：“要不要喝水？”

淼淼点头：“要。”

他出去倒了杯温水给她。

淼淼两口就喝了见底，像枯干的植物得到清水的润泽重获生机，她重新找回了活力，面孔明艳如三月桃花，黑眸含水，楚楚动人。

就是这种并不刻意，可一举一动，甚至连眼神都散发着某种致命诱惑的感觉，让霍斯衍引以为傲的自制力屡屡溃堤。

他慢慢地调整好呼吸，从旖旎气氛中，找回了下午的正题。

淼淼知道他有求于自己，不自觉有了底气，这男人坑她不说，居然还学得那么坏，不给他点颜色瞧瞧真把她当Hello Kitty了？

趁霍斯衍不注意，淼淼一脚踢过去，她全身软绵绵的使不上多大力气，他却很配合地倒了下来，正好倒在她身侧。

这这这……她遇上碰瓷的了？

还不解气，淼淼又去掐他的腰，他由着她去。玩闹一阵，她先累了，喘息着靠在他肩上：“我爸爸喜欢喝茶、下棋，还有爬山，妈妈的话工作比较忙，闲暇时她喜欢喝点红酒，顺便让我爸爸给她按摩。”

她顺便帮忙分析起来：“上次你让我带回去的雨前龙井我爸很喜欢，不过再送茶的话是不是没什么新意？”

这点霍斯衍不担心：“我这里还有几种别的好茶。”有些还是特供的，市面上买不到。红酒的话更没有问题了，他也算这方面的行家，收藏了不少好酒。

“你知道的。”淼淼又说，“我妈妈对牛排情有独钟。”

不过，第一次登门用牛排作为礼品，似乎有点怪怪的？

“还是别了吧，等以后再说。”

霍斯衍也是这么想的，结合淼淼和周逢玉的建议，他心里大概有个底了，在手机备忘录里列了个清单出来，准备明天出去买齐礼物。

次日，霍斯衍和淼淼一天都在外面买上门礼，本来一个上午能买完的，可他太挑剔了，每一样都要精益求精，导致回到家天都黑了，吃过饭，他又进了卧室。

淼淼好奇地跟进去，看到他走入衣帽间，挑选明天要穿的衣物。

不能穿得太正式，但也不要太休闲。

霍斯衍按照这个标准搭配了三套衣服让淼淼选，她选了蓝色细条纹衬衫和黑色长裤，正好是之前在花语咖啡馆重逢时他穿的那身。

他点点头，拿起之前她送的蓝色宝石袖扣，笑道："刚好和这个搭。"

"嗯嗯！"

一切准备就绪。

周六早上八点，两人吃过早餐后出发，一路上没有太阳，阴阴沉沉的，好在交通顺畅。淼淼把车子开进小区，侧头看了一眼，男人直视着前方，看似眉目沉静，可稍微紧绷的身体线条还是泄露了他的真实心情。

弄得……淼淼也有些紧张了，不自觉地握紧了方向盘，转念一想，见家长的又不是她，有什么好紧张的？

浅灰色的别墅近在眼前，车子进了大门，在院子里停下。听到动静的谢戚明和安榕贞走出来。淼淼松开安全带，推开车门，跳下去："爸爸，妈妈，我们回来了！"

霍斯衍从车上下来，将手里提着的几大盒礼品递过去："伯父，伯母。"

淼淼把后备厢打开，里面满满堆着的也是礼物。

夫妻俩一人接了一半，安榕贞说："人来了就好，怎么带这么多东西？"

谢戚明说："进屋坐吧。"

两老都是体面人，在待客礼仪上绝无半分让人感到不舒服的地方，霍斯衍坐在沙发上，心情渐渐平定。

谢戚明拿出自己珍藏已久的茶叶，热水冲下去，香气浮了上来，第一遍茶水过掉，又冲进热水，静待两三秒，迅速倒入杯内。

茶水色泽清透，茶香氤氲。

霍斯衍先闻香，后浅抿一口茶：“伯父，这是凤凰水仙？”

谢戚明如遇知己般朗声大笑：“不错，正是凤凰水仙！”

安榕贞把洗好的水果端出来，放在桌上，听到丈夫正兴致勃勃地和霍斯衍聊茶，笑着摇了摇头。

淼淼坐到她旁边去，软声撒娇：“妈妈。”

安榕贞拍拍女儿的手，欣慰之情溢于言表。

不知不觉，时间来到十点半，谢戚明意犹未尽地收住话题，起身进厨房准备午饭。

霍斯衍卷起袖子打算去帮忙，被安榕贞再三拦住了，只得又坐下来。

客厅里只剩他和淼淼，彼此对看一眼，都笑了。

淼淼邀请他：“要不要去外面看看，我爸种了好多青菜。”

“好。”

院子的左边种了花和树，右边是一片菜园。

淼淼惊喜地指着前方：“看，我之前种的月季，开花了！”

她拉着他过去，蹲下身，凑过去闻了闻：“是不是很漂亮？”

霍斯衍想起高中时她种在生物园的那株玫瑰，如果她知道玫瑰开花了，一定也是这般欢喜的心情吧。他点点头：“很漂亮。”

她得意地仰头看他：“我种的哦！”

天空是深灰色的，风很轻地拂过。

霍斯衍漆黑眸底倒映着女孩子明媚的笑颜，他笑起来，垂落视线，和她清亮的目光相对：“很厉害。”

“那当然！”

厨房里，谢戚明从窗户看出去，女儿笑眯眯地坐在秋千上，霍斯衍站在后面推秋千，表情温柔地说着什么，他忍不住感慨道：“好想回到年轻那会儿啊。”

也是这样的风华正茂，和自己喜欢的女孩子待在一起，哪怕不说话，也觉得是最美好的时光。

安榕贞看着他中年发福的身材，忍不住打击道：“老谢，你现在已经是一个二十四岁孩子的爸了。”

“是啊，时间怎么过得这么快，好像眨眼间，咱们淼淼从小小一团长这么大，一下长到了嫁人的年纪。”谢戚明更加惆怅，“唉，我的小棉袄要属于别的男人了。”

安榕贞失笑不已：“好了，别多愁善感了，去叫孩子们进来吃饭吧。”

午饭准备得很丰盛，四人两两面对面落座。

安榕贞开了一支霍斯衍带过来的红酒，碰杯后，由她打开话题，大家有说有笑，气氛轻松而愉悦。

霍斯衍很细心地留意到饭菜大都以清淡为主，坐他对面的谢戚明却是朝一盘口味偏辣的菜动筷子最多，心下立时了然，这一餐应该是迁就他的口味做出来的。

吃过饭，淼淼自觉地收拾碗筷进厨房，霍斯衍帮忙端着盘子进去，谢戚明刚要阻止他，安榕贞意味深长地说：“让他去吧。”

今天要洗的碗盘太多，淼淼正发愁呢，幸好有霍斯衍帮忙，两人分工合作，不一会儿就洗完了。

霍斯衍又把洗碗池周边擦干净，这才和淼淼一起走出来，谢戚明和安榕贞已经坐在客厅等着了，他敏感地察觉到氛围发生了某种微妙的变化。

这是要谈正事了。

等霍斯衍和淼淼坐下后，安榕贞先开口：“斯衍，我和你伯父都认为你是一个可靠而且值得信任的人，作为父母，我们很放心将来把淼淼交给你。”

谢戚明颇为赞同地点点头。

这些话淼淼之前没有听爸妈说过，她屏气凝神，像等着台上老师发卷子的小学生，乖巧地端正坐好，心里暗藏着几分期待，几分忐忑，不知道领到手的分数是合格还是不合格，这个结果很重要，可以决定周末是去游乐园还是上补习班。

霍斯衍面带微笑，等着更重要的后文。

“不过，我觉得……”安榕贞开门见山地说，“这时候提结婚是不是早了些？”

这个年轻人沉稳谨慎，又周到细致，为了不让他们感到措手不及，先前就在电话里简单透露过结婚的意愿，就这一点便足以证明他对淼淼的爱意——

他不仅爱她，也发自内心地尊重她的父母。

然而，根据霍斯衍之前所说，他和淼淼是从前互生情意，中间有过长达九年的分离。重逢至今也不过三个多月的时间，他们确定好对方就是要携手共度余生的那个人了吗？

谢戚明也语重心长地说："婚姻并非儿戏，它不是只靠爱情就能维系的，需要双方用心慢慢经营，这是一个非常漫长的过程。"

他们是过来人，太清楚热恋期情侣的心境。情人眼里出西施，觉得彼此都是完美的，往往会因为某种冲动而做出走入婚姻的决定。当真正地进入到烟火生活，有了更进一步的接触和牵绊，浪漫的风花雪月不再，爱情还没来得及转变成亲情，热度又渐渐减退，最后会走向一个什么样的结局呢？

这是谢戚明和安榕贞最担心的问题，霍斯衍确实很好很好，好到无可挑剔，但扪心自问，他们更在意的是，女儿能否得到真正的幸福。

安榕贞目光温和地看向霍斯衍和淼淼："我的建议是，你们可以共同生活一段时间，就像夫妻那样相处，看看是否适应这种生活方式。如果以后你们觉得可以继续这样把日子过下去，那……就结婚。"

她不是那种思想封建老旧、冥顽不化之人，现在年轻人中很流行的试婚，证明着男女平等观念的深入人心和时代思潮的进步，对此安榕贞是持肯定态度的。

多简单，成则结婚，不成，和平分手。

淼淼险些被一口茶水呛到，连忙放下杯子，妈妈的意思是，同意她和霍斯衍婚前同居？！

再瞅瞅爸爸的反应，似乎也被做通了思想工作，看来他们是真的经过一番深思熟虑和讨论后才做出这个决定的。

霍斯衍在来谢家之前预想过这个结果，所以并不感到太大的失望。他感到意外的是，淼淼爸妈和国内大部分家长不一样，他们思想开明，冷静处事，是设身处地地为两人的将来着想。他真诚表态："伯父伯母，你们考虑得很全面，谢谢你们愿意给我和淼淼相互照顾的机会。"

谢戚明松一口气，忍不住默默地在心里给他鼓掌。

安榕贞也会心地笑了出来，如果之前对霍斯衍的好感度可以打九十八分，那么在他说完这句话后，他当之无愧可以拿满分。

因为霍斯衍是真正领会到了他们的意思，他感谢的不是给他照顾淼淼的机会，而是相互照顾，这是婚姻的真谛，也是他们的初衷。

相互交底后，气氛重新恢复正常。

淼淼殷勤地倒了两杯茶："爸爸妈妈，润润嗓子。"

安榕贞接过来："给斯衍也倒一杯。"

淼淼顺口接道："他喝茶晚上会失眠的。"

嗯，是不是暴露了什么？她眼睛骨碌碌转了一圈："爸爸，您的这个凤凰水仙茶我觉得好好喝哦，明天给我带一些回宿舍吧。"

"行啊！"谢戚明向来神经比较大条，"这有什么问题，你要就拿去。"

淼淼笑得甜丝丝的："谢谢爸爸。"

除了当事人外，在场的只有安榕贞眼明心亮了，而且她早就知道两人之前同居的事，也不点破，低头喝茶。

淼淼暗暗偷笑，真聪明啊，就这么遮盖过去了。她把桌上的柚子抱过来，放到霍斯衍前面："我想吃这个。"

霍斯衍拿起水果刀，动作利落地剥开了柚子皮，掰成一瓣瓣，果肉细细地分离出来，放到干净的水果盘里。

淼淼端起盘子："爸爸妈妈，你们先吃。"

谢戚明和安榕贞各拿了一块。

淼淼挑了最大那块柚子肉，吃进去，水分充足，酸酸甜甜的："好好吃。"她顺手把剩下的一半递给霍斯衍，"你也尝尝。"

最怕空气突然安静……

淼淼不敢看爸妈的眼神，迅速缩回手，果肉塞进自己嘴里，边嚼边咕哝："好甜啊，怎么会这么甜呢？"

霍斯衍知道淼淼没有饭后吃水果的习惯，此举不过是转移目标，也给了他在她父母面前一个"表现"的机会。他低下头，眼角眉梢染上不易察觉的笑意。

"斯衍。"谢戚明问，"你会下围棋吗？"

霍斯衍谦虚道："略懂一二。"

霍家继承人的教育是全方位的，棋艺也偶有涉及，但他兴趣不大，算不上精通。加上隔了好些年，连基本的规则都忘得差不多了，昨天夜里特地花时间研究了一通。

谢戚明兴奋地搓手："那待会儿陪我来几局？"

"还请伯父手下留情。"

上把和龙赢赢下的残局还在，谢戚明找了一副新的棋子，兴致勃勃地和霍斯衍切磋起来。

淼淼则是被安榕贞拉上了楼，有些话只能母女俩私底下说。

二楼客厅，窗明几净，地板上斜斜印着两道人影。

淼淼从后面抱了上去："妈妈，谢谢你和爸爸。"

安榕贞停下脚步，心里百感交集，轻轻地说了句："傻丫头。"

淼淼把她抱得更紧，不知怎么哽咽得说不出话来了。

"事先声明，我有一个要求。"安榕贞换上严肃的表情，"婚前绝对不能闹出人命。你们是成年人了，必须要为自己的行为负责。"

活了大半辈子，她看过太多，有些女孩子尚且懵懂，还不知道怎么成为一个母亲就成了母亲，直到新婚之日还不确定是不是真的要和这个男人走下去。也有的女人，尝过一时蜜果，有了爱情结晶后，却发现婚姻并不尽如人意，丈夫变心，甚至出轨，为了孩子，只能委曲求全，日复一日地煎熬着，把青春熬完了才追悔莫及。当然也有绝不奉子成婚的烈性女子，为防泥足深陷，果断干脆地将小生命扼杀，一来大伤身体，二来孩子何其无辜？大人做的错事，不该由他们来承担后果。

这是安榕贞的底线。

"嗯。"淼淼吸吸鼻子，"我知道。"

"要真出了事，信不信打断你的腿。"

淼淼疑惑道："难道你不应该去打断霍斯衍的腿吗？"

安榕无奈又宠溺地轻点她眉心："你啊！"

风把阳台上的风铃撞得丁零作响，母女两人前后拥着，脸上有温柔似暖阳的笑容。

此时，楼下的两个男人已结束了第一局对弈，毫无疑问，霍斯衍是输的一方，而且兵败如山倒。

谢戚明琢磨着，霍斯衍是不是深藏不露，为了不杀他面子，所以刻意在让棋？可看样子又不像，这放水也放得太蹩脚明显了吧。

霍斯衍看出他心中所想，据实相告："伯父，我确实不通棋艺，而且很久没下过棋了。"

原来是这样。谢戚明大手一挥："没关系，多下几遍就会了。"

熟能生巧的道理确实没错，但要想成为真正的围棋大师，还得要有天分，光靠练习是远远不够的。

"来，我们继续。"

有了第一局作为前车之鉴，霍斯衍下第二局时稳了不少。渐渐地，甚至从保守之姿，变成了进攻之势，谢戚明惊喜地发现了他惊人的领悟力和学习能力，到底是经验丰富的老棋手，不费吹灰之力就一步步化解掉他的围攻。

霍斯衍再败。

谢戚明："再来！"

第三局开始不到五分钟，谢戚明隐隐感到有些吃力了，进行到一半已露出败势，好在力挽狂澜，最后险险取胜。

第四局，霍斯衍的眉宇间又恢复了自信沉着之色，他以守为攻，步步设陷。表面上谢戚明占了上风，不料却在不知不觉中被引入圈套，等明白过来时已经迟了，使尽浑身解数也没能挽回败局。

谢戚明一拍桌子，手边棋盒里的棋子跳起："妙！真妙！"

最难得的便是棋逢敌手，而且这个对手是自己培养起来的，这种成就感让谢戚明劲头更足了："继续。"

霍斯衍自然乐意奉陪。

棋盘上的无声厮杀进行得如火如荼，屋外，天空纷纷扬扬洒落细雨。

天色渐晚，暮色笼罩。

安榕贞和淼淼从楼上下来，见他们还在如痴如醉地下棋，安榕贞开了灯，盛情地留霍斯衍吃晚饭。

谢戚明神情仍意犹未尽，提议道："要不留下来住一晚，明天再和淼淼一块儿走？"

安榕贞看了看窗外渐密的雨，又考虑到霍斯衍不能开车："也好，我去收拾一下客房。”

“妈妈。”淼淼自告奋勇，“我去吧。”

“行，那我去做饭。”

“伯母。”霍斯衍起身，“您和伯父聊会儿天，晚饭我去准备。”

这次安榕贞没有拒绝，笑道：“我也一起吧。”

谢戚明看着霍斯衍和妻子走进厨房，不禁扼腕叹息，这么好的棋艺天分，这么出色的一根苗子……真是太可惜了，唉！

转念又一想。他自己也算是有天赋的，可惜没遗传给女儿，可能作为隐性基因了。如果以后女儿和霍斯衍生了孩子，岂不是……

谢戚明激动地站起来，未来的外孙或外孙女，很大概率是个围棋天才啊！他握紧拳头，这一次绝对不会错失良机，一定要从小培养，谢家出个围棋大师指日可待啊！

他怀着这种热切的心情吃完了晚饭，又将霍斯衍拉到书房：“我和赢赢有一局棋下了很多次都没出结果，你帮我看看要怎么解。”

这局棋的难度确实很大。

霍斯衍花了近两个小时才想出解局之法，他演示了一遍，谢戚明看得啧啧惊奇，拍他肩膀：“妙极了！这就叫置之死地而后生，我以前怎么没想到？！”

又拿出手机：“再重来一次，我要把过程拍下来，发给赢赢看。”

淼淼进来给他们送了茶水和点心，听他们说话跟听天书似的，她干脆在旁边坐着玩游戏。今天周六，谢星繁小朋友也在线，姑侄俩携手大战王者峡谷，一跪就是六把。

谢星繁哭着下了线，淼淼怀着一点点愧疚感退出游戏，打算上楼洗澡。

十点半了，书房里依然灯火通明，话语声不断，安榕贞不得不亲自过来催他们去休息。

谢戚明这才肯放人。

霍斯衍出了书房，径直来到楼上，淼淼的卧室门开着，他走进去，看到她穿着睡衣躺在床上，开着扩音和龙赢赢讲电话：“是啊，他做什么都很厉害的……”

“真是绝了，我想破脑袋都想不出来，他一个晚上不到就解开了？”

“准确地来说，是不到两个小时。”

龙赢赢轻哼道：“这样一来，干爹的心肯定被他收买了。”

“是吧。”淼淼咯咯笑起来，她和龙赢赢说话一向是没什么顾忌的，“他们下午晚上都在下棋，身为女儿和女朋友的我，忽然有一种失宠的感觉。”

霍斯衍缓步走近，见床尾的地毯上丢着一本书，他弯腰捡起来，随手翻看了几页。

“嗯嗯，那就这样啦，下次再聊。”

淼淼收好手机，一抬头看到站在眼前的男人，橘色灯光安静倾泻下来，衬得他的身形越发颀长，棱角分明的脸上含着淡淡笑意，熠熠生辉。察觉到她的视线，他也看过来，温润地笑开了。

她坐起来，戏谑道：“我爸爸终于舍得放人啦？”

他眸色深深，并不说什么。

淼淼后知后觉地发现他手里拿着一本书，定睛一看，不就是那本之前她看的言情小说吗？

她的面颊瞬间滚烫不已，侥幸地想着，应该不会那么巧，刚好看到那些内容吧？

淡定淡定。

霍斯衍在床边坐下：“淼淼。”

危险的气息逼近，他压低声音：“浴室？”

淼淼浑身一颤。

“落地窗？”

“以前真是孤陋寡闻，不知道原来还有这么多的学问，”他一副虚心向学的态度，偏偏语气透着几分不正经，“什么时候，我们也把这些落下的课程补修回来？”

重修课程什么的，别以为说得那么隐晦她听不懂，淼淼羞红脸踢他一脚：“流氓。”

霍斯衍握住她脚踝，顺着柔软的线条而下。她的脚很小，脚指甲涂成了漂亮的粉红色，昨晚之前还没有的，他问：“刚弄的？”

“嗯。”这不是洗完澡没什么事做嘛，他的大手裹住了她的脚背脚心，接触面似有电流乱窜，淼淼缩了一下脚，“痒。”

她挺怕痒的。之前有一两次吧，还没进入正题，她没忍住……笑场了。当时他的表情不知多郁闷，她笑得更欢了，当然，也为此付出了格外惨烈的代价。

霍斯衍大概觉得继续任由暧昧发酵会一发不可收拾，他强迫自己的视线从她身上移开，同时松了手，拉了旁边的被子给她盖上。做完这些，他退到安全的距离。

“我先去洗澡。”

“客房就在隔壁，带有浴室的，干净的毛巾和浴袍也准备好了。”淼淼想了想说，“你洗完后把换下来的衣服拿来我这边一起用洗衣机洗，应该明天就能干了。”

她说完，打了个哈欠。

“你先睡。”霍斯衍抬手看一眼手表，快十一点了，洗衣机的噪声大，他决定衣服不洗了，拿到阳台晾一夜就行，明天再想别的办法。

淼淼也是困了：“晚安。”

“晚安。”霍斯衍关掉卧室里的大灯，轻掩上门出去。

霍斯衍离开没多久，淼淼跌入梦乡，梦见和他带着两个小孩子去野餐，她牵着一个小男孩，他抱着一个小女孩，四人安静地穿过铺满金色落叶的小路，向森林深处走去。

梦是没有声音的，一家四口幸福的模样却那么清晰，那么明亮。

来到一片草地，粉雕玉琢的小女孩张开双手跑过来要抱抱，淼淼也伸手去抱，抱到的却是一团虚空。她惊醒过来，在安静的黑暗里发呆，卷入周公梦蝶的迷茫中，一时之间，分不清哪个是现实，哪个是梦境。

终究还是清醒了，小男孩和小女孩从现实里消失了。

淼淼把枕头揉进怀中，怎么也抱不出熟悉的形状，她翻来覆去，没有办法再重新入睡。两米宽的床显得那么空旷，室内温度不算低，她却觉得凉意丝丝缕缕地从脚心爬了上来，密布全身。

按亮手机，正好半夜两点钟，不知道他有没有睡？

她给霍斯衍发了条微信：“睡了？”

hsy：“没。”

等了一会儿，淼淼没有回复，霍斯衍敏锐地注意到房间里的光线发生了变化，又捕捉到很轻微的脚步声，不断地朝床边靠近。他微微怔愣，眨眼间，一道黑影迅速钻进被子，在他怀中拱啊拱，露出头来，“嘿嘿”轻笑：“有没有吓到？”

霍斯衍微勾唇角，嗓音低沉：“不知谢小姐深夜造访，是打算劫财，还是劫色？”

这是回敬她先前那句“流氓”？淼淼学他腔调：“劫财如何，劫色又如何？”

“劫财，可能会空手而归，劫色的话……”他顿了顿。

她自动脑补，满载而返？

霍斯衍握住她的腰，往上提了提，他头一偏，嘴唇贴上了她颊边：“欢迎来劫。”

淼淼立刻𡒄了：不敢不敢。

这里是她家，爸妈还在楼下呢，相信他有分寸不会乱来的。她从他身上翻下来，窝进他臂弯里，余光无意间瞥到落地窗外晾的衣物，眼眸瞪大，除了衬衫和西裤外，还有一条黑色的平角内裤。

浴袍里边，什么都没穿？她刚刚贴得那么紧，居然没发现。

霍斯衍无法忍受贴身衣物一夜不洗次日照穿，所以洗完澡后顺便洗了，没料到淼淼半夜会搞突袭，一上来就压到了关键处，他只能把她挪开点，尽力摒除内心的杂念。

“我要睡了。”淼淼小声地说。

他在她额头上落下一吻：“嗯。”

一夜相安无事。

由于睡得晚，淼淼八点才醒来，发现自己还在客房，霍斯衍则是不见人影，她摸了摸床的另一边，没什么温度，估计是很早就起来了。

该不会又被她爸拖去下棋了吧？

淼淼回卧室洗漱好下楼。

安榕贞在厨房准备早餐，淼淼进去要了一个白水煮蛋，一圈圈地剥着壳。她从窗户往外看，小菜园里，她爸和霍斯衍正蹲在地上拔草，两人不知聊到了什么，她爸开怀大笑起来。

爸爸鲜少在外人面前笑得这么欢快，看来是真的对霍斯衍很满意呢。

“老谢。”安榕贞喊道，“给我摘把小葱。”

“好嘞！”

几分钟后，霍斯衍将一把洗干净的青绿小葱从窗外递进来，淼淼接的，趁妈妈不注意，把不喜欢吃的蛋黄塞到他嘴里，立刻转过身：“妈妈，您要的葱。”

“先放在那儿，淼淼，你帮我搅一下蛋液。”

“好的妈妈。”

安榕贞之前弄好了白粥、白水蛋、紫薯馒头、冰花煎饺、清蒸米粉，只待葱花鸡蛋饼出炉了。

谢戚明闻到蛋香迫不及待地吞了吞口水，他笑呵呵地跟霍斯衍说：“走，吃早餐了。”

他们洗完手进屋，早餐已摆好在桌上了，谢戚明一筷子夹起鸡蛋饼，边吃边称赞：“真香！斯衍你也快尝尝你伯母的手艺。”

霍斯衍点点头，他给每人盛好粥后，这才坐下来，这么家常又热闹的早餐，对他来说是无比新鲜的体验。多年后，那种久违的家庭温暖，又回归到了他身边。

“煎饺也很好吃。”淼淼夹了一个放进他碗里，一视同仁地给爸妈也夹了。

霍斯衍在桌下悄悄握住她的手。

淼淼先是一怔，回握住，尾指在他手心来回地挠了几下。

欢迎来和我共享家庭温暖哦，霍先生。

四人用完早餐，淼淼和霍斯衍负责善后，安榕贞有重要的会议要开，休息片刻就出门了。谢戚明则是趁休息在家，昨天又下了一场雨，天时地利人和，他从杂物间找了把锄头出来，准备给菜地翻土。

霍斯衍自然去帮忙了。

淼淼坐在秋千上看他们忙碌，偷偷拍了视频，蓝天白云微风，还有她生命中最重要的两个男人，一切都那么美好。

谢谢你啊，谢安淼淼，谢谢你当初那么坚强地从沉睡中苏醒过来，哪怕你稍微软弱一点点，你都不会拥有这份新生的馈赠，更不会明白它们是多么珍贵。

等菜地弄好，种下新的菜种，又浇了水，霍斯衍和淼淼差不多要走了。安榕贞特地从公司赶回来，收拾了大包小包的物品，包括给霍斯衍的回礼、淼淼的衣服、水果零食，还有新鲜蔬菜，以及北城特产，塞了整整一个后备厢。

回到公寓，两人来回搬了三趟才把东西全部搬完，霍斯衍忙里忙外地收拾，淼淼累得没形象地躺在沙发上，给家里打电话报平安。

更累的还在后面，她九点钟爬上床，折腾到十二点才算真正睡去。

感觉才闭上眼天就亮了，淼淼按掉闹钟，这两天睡眠严重不足，气色想也知道不会太好看。她打算化个淡妆盖一下疲色，顶着一头乱发进浴室梳洗，看到镜子里的人，吓了一跳。

不敢相信地凑过去看了又看，眸子乌黑水亮，面色白皙中透着红，黑眼圈是有，但很淡，几乎可以忽略不计。

她摸了摸脸，惊喜地发现滑嫩得跟剥壳荔枝似的，这也太神奇了吧！

霍斯衍一进来看到女朋友站在洗手台前傻乐："什么事这么开心？"

淼淼转身抱住他，送上一个薄荷味的吻："霍先生，你好厉害啊！"

说完，她愉快地哼着歌跑出去了，留下霍斯衍在原地一头雾水。

她又探进头来问："昨晚的鸡汤还有剩，我们早餐吃鸡汤米粉怎么样？嗯，除了放牛肉片和青菜，再来个煎蛋？"

"好。"

"那我去煮。"

清晨的忙碌里，满屋的阳光中，经过家长批准的同居生活正式拉开序幕。

吃过早餐后，霍斯衍和淼淼下楼来到实验室。

经过小长假的休养，大家都换了一副新的精神面貌，个个朝气蓬勃，连说话都中气十足的。

侯舸愤愤不平地控诉道："你们知道我弟多过分吗？消失了整整四天啊，作为亲哥的我，从庆功宴后就没见过他一面，真的是……待会儿你们看看他那纵欲过度的样子就知道了！"

正说着呢，彩虹头的侯舫喝着一盒牛奶进来了，一贯高冷面瘫的他，罕见地打了声招呼："早。"

吃瓜群众纷纷揉了揉眼，纵欲过度，顾名思义，不应该是被榨干，眼眶发黑，走路双腿无力吗？这春风满面的模样算怎么回事？十几道视线齐齐对准了侯舸，你在和我开玩笑吧？

侯舸无辜耸肩：我单身，我乱说的，我什么都不知道。

他眼尖地发现了门口的霍斯衍和淼淼："哟，衍哥和嫂子来了。"

淼淼对嫂子两字免疫了，笑着打招呼："早上好。"

说笑一阵后，霍斯衍问："人都到齐了吧？"

侯舸："没来的举个手我看看。"

童放配合地捧起一团空气，吹散："我是猴哥的智商，它不要我了。"

反应过来的人哄堂大笑，侯舫朝天翻了个白眼，这冷笑话连初中生都不讲了，他怎么会和这么幼稚的一群人一起共事？

侯舸清点完人数："齐了。"

霍斯衍点头："集合开会。"

众人响应着走入会议室。

吴非打开多媒体设备，谈今天负责给每人发水，淼淼在会议记录本上写下日期。

侯舸清了清喉咙："我先来汇报一个好消息，药品机器人成功通过医疗器械单位的检测和仁川医院的验收后，经过各大媒体的报道和宣传，目前已有二十三家医疗机构进入意向采购流程，我们市场部的工作人员……"

掌声和欢呼雀跃声接连响起。

童放高举起手，扬声问道："问一下，我们实验室什么时候有市场部了？"

"是啊。"其他人也疑惑极了，怎么凭空多出了一个部门？

侯舸压了压手，示意他们安静："先听我说完。"

"市场部统计出，目前药品机器人在国内医疗器械市场大概有六到八个亿的发展空间，我们实验室不是一家独大，还有三个上市公司同样在做。所以跟首富说的那样，先定个小目标，赚它一个亿就差不多了。"

侯舸是开玩笑的，实验室还在起步阶段，一切要靠摸索，怎么拗得过老资历的三巨头？事实上，整个项目到最后市场份额能达到两千万已经是最理想的情况了。

吴非：“一个亿会不会太少了？怎么也得赚两个亿吧。”

谈今天附和说：“没错，咱们的眼光要放长远点嘛！”

他们“叽叽喳喳”地畅所欲言，侯舸该汇报的也汇报完了，正要走下来，童放逮住他：“还没把市场部的问题说清楚呢。”

“哦，对！”侯舸指了指自己，“重新认识一下，我，侯舸，临时担任市场部的部长。”

这几天技术人员都放假了，侯舸孤家寡人，又是个终极大宅男，也没什么地方好去，于是留守实验室，应酬接待一下前来参观和咨询的客人什么的。

“哈哈哈，光杆司令吗这是？”

还真的是。侯舸看向霍斯衍：“衍哥，实验室是不是该招兵买马了？”

“我！”吴非率先发言，“我想要一个甜美软萌的前台小妹，给我们订外卖，收发快递……”

没说完，头上挨了童放一记爆栗：“想得美哟，这招的是市场部，不是行政部！”

侯舸一本正经地说：“我觉得这个提议可以有。”

谈今天深以为然：“有了前台小妹，我们工作起来会更有动力，男女搭配，干活不累！”

实验室唯一的一朵花已经被老板摘去了，总得给他们闻闻别的花香吧？不然，躁动不安的荷尔蒙该何处安放？

霍斯衍是个大度的上司，自然准了他们的请求，一群年轻人激动得双眼冒光，商量着临时成立了人力资源部，争先恐后地要去当面试官。

侯舫再次无语。

最后，霍斯衍又分配了新的任务，吴非和谈今天负责在网上发布招聘信息并面试新员工，侯舸暂时负责处理产品订单的相关事项，机械组要派两个人进驻到合作的器材生产企业，负责盯整个制作流程，至于软件组则是被授予建立起实验室门户网站的重任。

会议结束后，大家各自分头行动了。

对淼淼来说，白天，霍斯衍相当于整个实验室的CPU（中央处理器），工作时沉稳专注，一丝不苟。晚上回到家，他西装外套一脱，衬衫扣子一解，就会变身为“诲人不倦”的霍老师，身体力行地带领她遨游“知识的海洋”。

比如，今晚，他把她抱到了身上：“我们来学习第一课。”

讲解完关键的知识点，他鼓励她学以致用。

一叶扁舟，在茫茫大海中风雨飘摇，被汹涌的巨浪撞过来撞过去。

淼淼双眸湿漉漉的，抬头看到了繁星满天，明月沉入深蓝色大海，一座灯塔遥遥可见。

那是从未有过的，极致快乐。

她亲自体会到了这门学问的精深。

十二分甜

归来仍是少年

实验室进入新项目阶段，个个又开始忙碌起来。淼淼和侯舫负责新网站的建设，设计、建模、编程，看似简单，其实过程很复杂烦琐枯燥。

侯舫又和椅子长在一起了，办公桌下堆着矿泉水，口渴了随手能拿到，他的眼睛基本不离电脑屏幕，十根手指跟永动机似的，敲个不停。

男生一般活得比较糙，天冷了喝凉水也不怕胃受不了，淼淼看不下去，去茶水间时顺便帮他打热水。

茶水间一向是聚众聊天、打听八卦的最佳之地，有时听到感兴趣的话题，淼淼会留下来坐一会儿，当忙里偷闲，劳逸结合了。

精致男孩吴非在磨咖啡，嘴巴没闲着："唉，我就奇怪了，这招聘启事发出去三天了，怎么还没人投简历呢？"

谈今天手里捧着杯子，伸长脖子盯着磨粉机看，吴非开他玩笑："是不是你的猥琐气质穿过屏幕，把美女们吓坏了？"

"去你的！"

侯舸问："你们招聘启事怎么写的？"

"就网上下载的模板啊。"吴非答，"结合我们实验室的实际情况修改了一下。"

谈今天直接拿出手机点开页面给侯舸看，淼淼凑过去，看了半天没看出问题出在哪儿，就是一份很普通的招聘启事啊。

侯舸一眼看破了真相，捂着肚子笑得不能自已："人才！不，天才啊你们！"

"怎么了？"吴非和谈今天异口同声问。

"你们看看，这薪资标准写的，试用期六千块，转正后八千。"

那两人面面相觑："有什么问题吗？"

侯舸捶胸顿足："两位不食人间烟火的少爷，拜托！你们要招的是前台小妹啊，你知道这类性质的行政人员在A市的工资水平是什么样的吗？"

看他们迷茫的表情，他不抱任何指望了，公布答案："试用期三千到三千五，转正后最多能拿四千五。"

"你们要招的是年龄在二十二至二十五周岁，形象好，性格开朗，声音甜美的年轻女孩子，又把薪资定得那么高，生怕别人不知道你们是骗子吧？"侯舸被气笑了，但凡有点智商也不会上赶着来跳坑啊。

吴非恍然大悟："难怪了！"

谈今天把杯子一放："我这就去改掉。"

这个神奇的错误操作被纠正，效果是立竿见影的。两天后，淼淼一进实验室，就看到前台多了一个苹果脸齐刘海的可爱女生，侯舸吴非几人围着她说话，淼淼不由得感叹，这招人的速度可真快。

新来的同事叫封筝，今年六月刚大学毕业，还是一枚职场新人，面容青涩，眼神犹带着一丝怯意。

"风筝？"谈今天故意逗她，"你是不是有个双胞胎妹妹叫纸鸢？"

封筝红了脸皮，小声地回答："没有呢。"

谈今天哈哈大笑，这妹子太有趣了。

侯舸拍他肩膀："收敛点啊，别人刚来报到就被你吓跑了。"又笑着跟封筝说，"别理他，皮惯了。"

童放："打一顿就老实了。"

封筝抿出一个很浅的笑。

侯舸介绍大家给她认识，轮到淼淼时，他说："这位呢，是我们的老板娘。”

封筝先是愣了一下，笑容绽开，显得不那么自然，态度变得恭谨起来。

淼淼跺脚：“喂——”

侯舸发现好像吓到新同事了，自觉闭上了嘴。

“你好，我是谢安淼淼，也是实验室的员工，我在软件组。”

“你好。”

淼淼热情地说：“欢迎你成为实验室仅有的两个女生之一。”

封筝惊讶：“只有我们两个女生？”她应该不是误入了什么传销组织吧？

“是啊。”淼淼笑眯眯地点头。

封筝心潮起伏。说来整个过程也太顺利了，她那天在网上看到PC实验室招聘前台的信息，觉得自己挺符合条件的，抱着试一试的心态投了简历。不到十分钟，就有男人打电话过来让她去面试。

面试问的问题也和别的公司很不一样，就问了一些基本信息，聊了几分钟就说她被录取了，还当场签下合同……

侯舸又说：“你放心，大家都很好相处的，不用这么拘谨啦。”

吴非笑得像个傻白甜：“是啊，我们不是坏人，不过就是集体荷尔蒙失衡……”

侯舸在他后背拍了一下，他立刻不往下说了，还特夸张地做了个似乎说错什么话的表情。

封筝后背阵阵发凉，难道不是传销组织，而是贩卖妇女的？

侯舸：“好了，别磨嘴皮子了，快去干活吧。”

众人四散，各自回办公室。

封筝依然惊疑不定，她用手机搜了搜PC实验室的资料，发现它是四个月前成立的，负责人是周逢玉，除此之外找不到别的有用信息了。

她有一种不祥的预感，要不辞职算了？

封筝打开文档，刚敲下“辞职”两个字，眼前光线一晃，她下意识抬头看去，一个穿着白衣黑裤的男人不疾不徐地朝这边走来。他身材修长挺拔，长相英俊，风姿绰约，第一眼她以为是哪个明星，脑子变成了一片空白，好半晌才回过神。

“你、你好，这位先生，请问你找谁？”

霍斯衍看她一眼，淡淡笑道：“你好。”

封筝作为一个刚出校门没多久的单纯女生，重度颜控，对长得帅的男人压根没有一丝抵抗力，别看表面平静，其实内心早炸开了。妈耶，他在对我笑！怎么可以笑得这么好看！我快要昏过去了啦！

霍斯衍礼貌颔首，走了进去。

进……去了？

封筝心想，难道也是实验室的员工？她连忙跟上，差几步就要追到时，侯舸拿着一沓文件出现，阻止了她。

“那位是我们实验室的霍总。”

啊？封筝蒙了：“负责人不是姓周吗？”

“那只是对外挂名的。”侯舸解释，“实际负责人是霍总。”

“哦，哦！”封筝慢慢挪步出去了，回到前台，她迅速将文档删掉，有这么帅的上司，还辞什么职啊，就算被骗也是心甘情愿好吗？！而且他一身光风霁月的卓然气质，看起来也不像什么团伙首脑啊。

等等！之前是不是说，那个漂亮女孩是老板娘来着？难道……

名草有主又怎样？她又不打算挖墙脚，能每天看到帅哥也是一种享受嘛。

封筝打定主意，不辞职了。

刚坐下，又有三个穿着正装，一看就是精英的人士过来了，封筝还没来得及开口，他们直接越过她走过去了，空气里多了一丝很淡的香水味。

同一时间，霍斯衍在办公室里嘱咐侯舸：“今天市场部的几位同事会过来，晚上的接风宴……”

“笃笃笃。”门外响起敲门声。

“请进。”

门开了，三个人走进来，为首的是一个身穿黑色西装身材高挑的女人，妆容精致，气场强大，哪怕在霍斯衍面前也不输一分气势：“霍总，我是艾书，带着我的手下过来报到。”

侯舸悄悄地往旁边退了退。

艾书和她身后的两个中年男人，是周逢玉从他家公司总部精挑细选出来给霍斯衍当得力膀臂的。别看她年纪不大，但在商界也是有名号的人物，有她坐镇市场部，是绝对可以放心的。

霍斯衍和他们一一握过手。

艾书连必要的寒暄都省了：“我们的办公室在哪儿？”

侯舸得到霍斯衍的授意：“我带你们过去吧。”

办公室外围观的人纷纷鸟兽散，转战茶水间。

“哇，美艳御姐啊！”

“市场部的？”

“废话，你没看猴哥带他们进了新收拾出来的市场部办公室？”

“一个面瘫，一个冰山美男，现在又来了一个冰山美人。”

“衍哥有淼淼暖，现在没那么冷了。”

“说得也是。”

谈今天拗得指关节“咔咔”作响：“各位，潜伏了这么久，今天终于要公布我的另一层身份了。你们别被我长得着急的外表蒙骗了，其实我高中时有个绰号叫小太阳。所以，御姐就交给我来暖吧。”

童放：“好冷。”

吴非：“喊，做你的春秋大梦去吧！”

谈今天幽幽地问：“简称春梦吗？”

童放托腮深思：“话说你们不好奇她是什么来路吗？直接空降了。”

吴非：“哎，侯舸出来了，赶紧拉他过来问问。”

侯舸忙得分身乏术，中途被劫进茶水间，丢下一句“她叫艾书，你们自己上网去查”，就脚踩西瓜皮溜掉了。

网络没有秘密，一分钟不到，搜索结果就出来了。

“艾书，海归，金融和市场营销双博士，从业三年，成绩斐然。”童放直接跳过那些金光闪闪的介绍，“上面说她最辉煌的业绩，是让十五个男人下跪。”

谈今天问：“求婚？”

“不。”童放面有难色地说，“是被她打压的对手，跪地求饶。”

吴非抱住双臂：“所以我们该庆幸她不是对手，而是自己人吗？”

想想也是，他们霍总找来的人，能是善茬吗？

“各位。”谈今天抱拳，“刚刚就当在下放了个屁。”

“咦！”集体嫌弃并鄙视他两分钟。

吴非：“我们来打个赌吧，晚上不是有接风宴吗？谁先跟这位御姐说上话，那么其他人各给他五百块怎么样？”

“成交！”

结果他们都失望了，因为艾书根本没出席宴会，中途还把霍斯衍叫回去了。本来信心十足，连赢来的钱都想好怎么花的吴非，忍不住到淼淼跟前煽风点火：“嫂子，得管好你老公啊，孤男寡女共处一室，很容易出事的。”

谈今天猛点头：“这是下马威啊。”

封筝听得手一抖，夹的甜酸排骨又掉回去了。

淼淼笑意清浅：“没事，我对他有信心。”而且哪里是孤男寡女啊，霍斯衍走之前跟她报备过了，是周逢玉过来了，他回去是谈公事的。

吴非败北，灰溜溜地回到座位，果汁一杯接一杯地喝，心里那叫一个郁闷，眼看快到手的鸭子就这样飞走了！不行，他今晚必须敞开肚皮吃个回本。

等众人吃得差不多了，侯舸准备起身去结账，刚好淼淼也站起来，两人交换了一个眼神，侯舸说自己这是奉霍总大人的命，淼淼说我的钱和他的钱有什么区别？

侯舸想了想确实是这个道理，所以最后淼淼抢赢了，她刷卡结了账，顺便给霍斯衍他们带了夜宵。

回到实验室，周逢玉已经离开了，霍斯衍回了他办公室，淼淼推门进去，他听到动静抬起头，笑道：“回来了。”

淼淼把蟹黄小笼包放在桌上，拆了筷子递给他：“趁热吃。”

霍总没接筷子，清了清喉咙，压低声音：“喂我。”

真的是……

淼淼耳根莫名发烫，夹起一个小笼包送到他唇边，他很配合地吃进去。

她总觉得不会这么简单，安静等待着，终于，他吃完了最后一个小笼包，慢条斯理地抽了纸巾擦嘴，揉成一团，准确无误地丢进垃圾篓，又拿起杯子喝了几口水。四周太安静了，她能清晰地听到细微的吞咽声，不自觉看向了他的喉结，那处微微耸动着，一下下地撩拨她的心。

“侯舸说，你抢着结账了？”

“嗯。”侯舸该不会添油加醋说了什么吧？

“那，你希望我怎么偿还？”

“不……不用。”

霍斯衍坚持：“一定要还。”

淼淼心想，早知道不抢了，肠子都悔青了。

“还没想好吗？要不要我帮你想？”

“不要！”淼淼想了个最简单安全的方式，“你把钱转回给我吧，一共是三千九百……”

霍总明确地表示：要钱没有，要人一个。

所以，兜来兜去，还不是要……

淼淼正腹诽着，他两指轻捏住她脸，偏转角度，接着，他的吻落了下来。

许久之后，霍斯衍平复了喘息，看她黑眸湿漉漉的，忍不住又亲了亲她眼角，声音带着一丝餍足笑意：“先付利息。”

按照他的作风，肯定不会在办公室做出那种荒唐事，后面他真的只是单纯抱着她，继续处理起公事来。

淼淼陪着他加班到晚上十点，收拾好东西出门后，她看到市场部办公室还亮着灯，隐约能从玻璃窗看到里面忙碌的人影，她问：“他们都是周逢玉那边的人？”

“嗯。”

淼淼从童放那儿听说过艾书的背景，用半开玩笑的语气说：“以后市场方面，霍总是不是可以高枕无忧啦？”

他偏头，凑过来：“只有你，才能让我高枕无忧。”

再聊下去不知又会被带偏到什么奇怪的方向，淼淼没有接话，往前走了几步，霍斯衍站在原地，抵着额头微微失笑，长腿一迈，很快追上了她。

回到家，门刚关上，连灯都没开，他就把她抵在门后，开始偿还本金了。

对淼淼来说，今夜格外漫长——

又当员工又当女朋友什么的真是太辛苦了。

白天认真上班，晚上还要加班加点，年近三十的男人不好惹，表面看着是清冷禁欲的正人君子，私底下放开来真是不知节制。不过也有一个好处，两人的睡眠质量都大大提高了，基本上沾枕就睡。

晨跑的习惯是一直保持下来的，有助于让体检报告上的各项指标都在正常范围内，医生还建议可以适度地增加运动量，可工作实在太忙，淼淼很乐观地想，夜里额外加的班应该也算在内吧？

忙起来就察觉不到时间的流逝，转眼间又过了将近一个月。在侯舫和淼淼的共同努力下，实验室的门户网站终于正式建立起来了，目前在试运行阶段。另外，有艾书和她的两个得力助手坐镇市场部，药品机器人的销量也取得了比预期更好的成绩，而且用户普遍反馈不错。

第一仗就打得这么漂亮，技术人员们纷纷按捺不住了，从市场部办公室出来，一窝蜂地涌到前台去，你一言我一语地跟封筝吹嘘起来。封筝哪里能理解这群技术帝澎湃的心情，他们吹得天花乱坠，她听得眼前直冒金光。

迟到的淼淼被他们当场捉住，吴非坏笑着撺掇她去给霍斯衍吹枕边风，好让他同意让大家集体出去放风，啊不，是团建。

童放掌握了更多内幕，一针见血地说："虹城近年来旅游业发展得不错，有座落霞峰格外出名，峰顶不仅可以看到最美落日，还有一座彩虹桥，据说情侣一起走过去就能白头到老。"

谈今天接道："虹城近海，咱们也可以去海边露营、烧烤、狂欢啊。"

吴非拍板定案："那这次团建去虹城吧，就这么愉快地决定了！"

淼淼："呃……"

封筝举手："弱弱地问一下，团建能捎上我吗？"

她是慢热的性子，这段时间和大家相处下来，发现他们都是些简单热忱的人，也喜欢上了实验室的氛围。上班时间宽松，不用打卡，迟到早退不罚工资，各种补贴丰厚，食补包住，水电全免，茶水间饮料零食不限量高质量供应，谈笑聊八卦不必担心会被传话筒传到老板耳朵。更重要的是，没有钩心斗角，也没有尔虞我诈，只需把手上的工作做好就行。在A市能找着这么一份工作，真是做梦都会笑醒过来。

“这个嘛。”童放笑得意味深长，“得看老板娘的枕边风吹得够不够强了。”

封筝是多聪明伶俐的姑娘啊，立刻双手合十，歪着脑袋拼命眨眼卖萌：“老板娘，拜托拜托。”

淼淼：“好吧，那我去试试。”

虹城，是她和霍斯衍初遇的地方呢，想想她也有好多年没回去了。

身负重任的淼淼在众人期待的眼神中进了霍斯衍办公室。

霍斯衍背对着门，在办公桌前不知道摆弄什么，她走过去，看到他拿着一条类似玩具蛇的东西，拇指大小，大概十厘米长，全身是粉红色的，头上还长着犄角，看起来很可爱，她疑惑地问：“这是什么？”

“定位追踪器。”上次淼淼被霍老爷子强制性请去做客，霍斯衍就打算做这么一款定位追踪器了，和童放侯舸他们商量后，又增加了不少新功能。

淼淼瞪大了双眸：“我可以摸摸它吗？”

霍斯衍直接把小粉蛇放到她手心，刚触碰到她的皮肤，它的眼睛就亮了，接着身体部分也一节一节亮起来，仿佛一条荧光棒，通身呈现出透明的质地。

“它装有驱动系统和传感器？”这就不是一个简单的定位追踪器了啊。

淼淼又问：“它会说话吗？”

“不会。”

“那它除了定位，还会什么？”

霍斯衍沉吟道：“其实大体上来说，它也属于医疗机器人的一类。”

“怎么说？”

“它对有害气体很敏感，比如检测到吸入性的麻醉药（氧化亚氮），它的尾巴上会出现一根银针，刺入人体相应的刺激穴位，并通过犄角处的摄像头拍下周围环境，建立起三维地图，转换成数据传输到终端。”

“咦！”淼淼发现它的腹部还有一个长方形的小孔，“这又是什么？”

霍斯衍在上面按了一下，一把小型的军工刀从小孔里出来，刀光锃亮。

“如果感知到危险还没有消除，就会进入攻击状态。”

“我懂了。”淼淼瞬间会意，“其实它也是一根电击棒。”

“对。它还能感应生命体征，并做出简单的判断。”霍斯衍拆开小蛇靠近尾部那节，里面分有两个小格子，“这是高单位的维生素B片和压缩能量饼干。”

他又陆续打开其他部分给她看，每节里装有少量的急救药品。

淼淼边听边细致地观察着，一靠近，影子覆盖住了小蛇，它脑门上立刻有一束光照出来，她啧啧惊奇道：“咦，还有照明功能，所以带着它去荒野求生也没问题啰？”

霍斯衍低笑道：“可能带上我会更有用。”哪怕他设想得再周到，如果不在她身边，照样没办法帮她挡住外界的危险。

淼淼笑了，这个是为她量身定制的吧，怪不得前阵子霍斯衍经常跑去机械组和电子组，他是担心上次的事重演？

侯舸、侯舫、吴非他们之前做过定位追踪机器人的项目，倒是和霍斯衍的初衷不谋而合，有他们帮忙，事半功倍，精益求精之下，最终做出这么一款集定位防身急救于一身的小型机器人。

霍斯衍把小粉蛇搭在淼淼手腕上，它张开嘴巴，将尾巴吞了进去，合拢成一个圈。淼淼晃了晃手，惊喜极了：“和手镯一样啊。”

他倚在桌前，侧头一笑，眼含宠溺地看她：“喜欢吗？”

淼淼用力点头：“嗯！”她踮起脚尖在他唇上飞快亲了一口。

“就这样？”

不然呢，你还想怎样？

霍斯衍用实际行动告诉了她，他想要怎样。

门外的脚步声刻意地来来回回，像是在提醒着什么，心神荡漾的淼淼想起了正事，揪住他的衬衫袖子，微微喘息着问：“高中毕业后，你有回过虹城吗？”

“没有，怎么了？”

“我们有时间一起回去看看？”

对于女朋友的提议，霍斯衍毫不犹豫答应了下来，何况虹城于他们而言，意义独特。

“药品机器人的项目结束了，趁着新项目还没正式开始，大家挺想出去放松一下的……”

她话只说了一半，霍斯衍就明白全部意思了：“没问题。”

这么简单？真的不用……考虑一下吗？

霍斯衍把她散乱在颊边的发丝拢好，声音带着不太正经的笑：“反正，总有办法讨回来的。”

片刻后，淼淼是红着脸出去的，她刚一现身，几个大男生围了上来：“怎么样怎么样？”

“周六八点，实验室楼下集合。”

“哇！”吴非欢呼着一跃而起，和谈今天来了个击掌。

童放并不意外这个结果：“可以带家属吗？”

这个当然没问题，出去玩就是图个开心嘛，淼淼也好久没和小乔一起去外面旅游了。

吴非揽住谈今天的肩膀：“老谈，我们亏了。”

谈今天：“可不是，亏大发了！”

他又嬉皮笑脸朝淼淼道：“老板娘一出手就知道有没有！我宣布，以后由你罩着啦，保证随叫随到，鞍前马后，任劳任怨。”

吴非马上扬高音量表态：“算我一个！”

童放使了个眼色，吴非没发现，他只好将食指竖在唇边：“嘘。”

吴非不明所以，感觉到身后射来一道冷光，诧异地回头看去，只见高冷御姐艾书站在她办公室门口，眼神冷得跟冰棍似的。他冷不防打了个哆嗦，很没有志气地躲到淼淼后面去了。

凭什么啊，明明这么多人在大声说话，就只盯他一个？柿子挑软的捏吗？

“淼淼老大。”吴非小声地说，“我觉得这次团建最好不要带市场部的人去。”

到了出发这天，市场部的人果然一个都没出现，吴非心里松了一口气的同时，又觉得莫名愧疚，还反思起来，自己一个大男人，是不是太小肚鸡肠了？事实证明他想太多了，技术人员们是放假了，市场部却是最忙的时候。这个节骨眼，就算他们想参加团建，霍斯衍考虑到大局肯定也不会批。

侯舫迁就女朋友的时间，脱离大部队，两人下午会自行前往虹城。

童放带了小乔过来，加上淼淼和封筝，此行一共有四个女生。

从A市到虹城，走高速不塞车的话大约需要四个半小时。侯舸安排了一部豪华大巴车，空间足够大，等全部人上了车，座位还剩下不少。车还没开，吴非就拿出扑克，和谈今天他们玩起了斗地主。

淼淼担心会晕车，于是和霍斯衍坐在前面的位置。

今天是大晴天，秋高气爽，风轻云淡。好像又回到了初中那会儿，和同学们一起去秋游，每个人包包里都装着零食和饮料，一路欢声笑语地奔向目的地。

真怀念啊。

蓝白色大巴车平稳地穿行在秋日的朝阳中。

年轻人精力旺盛，朝气蓬勃，路上笑声不断。

“吴非你小子居然要炸……猴哥真是深藏不露啊……小筝筝帮我拿瓶水……”

被窗外懒洋洋的阳光笼罩着，淼淼困意又上来了，掩口打了个哈欠，昏昏欲睡的她靠到霍斯衍肩上。他拿起膝上的外套裹住她，她闻到熟悉的气息，蹭了蹭他的衣领，安心陷入沉睡中。

睫毛如同小刷子般安静垂下，清影映在白皙的肌肤上，她的长发铺在他胸口，洗发水的淡香随着均匀的呼吸弥漫开，若有似无地飘到霍斯衍鼻间。

很少见她化妆，香水更是没有，明明用的是同个系列的洗漱品，他身上就不会有这种味道。香香的，还带着一丝甜，或许是女孩子体质比较特殊的缘故？

后面那帮斗地主的人不知来了多少个回合，吴非战况惨烈，脸上贴满了小纸片，像个童颜老头子。侯舸倒是只多了八字须和山羊胡，而退出战局的童放和小乔则是旁若无人地甜蜜喂食。

小乔吃着酸奶和薯片，心情大好地朝车窗外看去，晴空万里，远山成群，绿得耀眼。

虹城，似乎还停留在夏末秋初呢。

大巴下了虹城高速，淼淼才醒过来，她坐直身体，伸了个懒腰：“这么快就到了？”

一看时间，哦，是她睡太久了。

霍斯衍拧开保温杯，递过去，淼淼抿抿唇，喝了一小口花旗参片水，润湿嘴巴内部后，才低头又多喝了几口，杯子推回去：“剩下的你喝。”

他喝完合好盖子放回去：“大概还有四十分钟才到，要吃点东西吗？”

“不用了。”她还不饿。

“虹城变化好大。”淼淼看着窗外一闪而逝的陌生风景，感慨道，“这条路我以前每次周末都要来回走的，现在完全不认识了。”

九年多了，什么都变了。

流年辗转，时过境迁，她所遇的，不是物是人非，却恰恰相反。

淼淼找到他的手，十指相扣：“没想到有一天会和你一起回虹城。”可能对她来说，这里曾经是个伤心之地吧，即使从邻市路过，潜意识里也不想进来和过往重逢。

“以后只要你想，我就陪你回来。”

淼淼展露笑颜：“那一言为定哦。”

在国家政策的支持和当地政府的努力下，虹城变成了有名的旅游城市，市政建设非常完善，路面扩宽，道数增加，满目绿树红花，挂着全国各省市牌照的车子自由穿梭，只在市中心拥堵过一段，后面的路就很顺了。

一行人来虹城的第一站是海边的度假山庄。

侯舸按照霍斯衍的吩咐，早已订好酒店，他们抵达时刚好是午饭时间，吃过饭，领了门卡各自散了。

淼淼和霍斯衍住一间。

进门后，霍斯衍先里里外外检查过一遍，确认没什么问题后，他从行李箱里找出干净床单，铺到床上，淼淼则是把两人的衣服和洗漱用品拿出来分别放进衣柜和浴室。

做完这些，她走出阳台，眼前出现一片蔚蓝色的大海，在丰沛日光的照射下，一层层涌过来的浪花显得晶莹而温暖。

这一排都是情侣套间，左边住的是小乔和童放，右边则是侯舫和他女朋友，他们可能要傍晚才到。

刚好小乔出来了，淼淼倚在栏杆上和她聊天。

小乔促狭地笑了："你家那位还在忙？"

淼淼拨弄着手边盆栽上的叶子，点点头："嗯。"

"好贤惠。"

"童放不也是吗？"

"指望他？"小乔嫌弃脸，"早倒在床上呼呼大睡了。"

她也懒得收拾东西，干脆先到阳台透透气再说。

"这酒店环境还不错，空气很新鲜。"小乔贪恋地深呼吸，"我说自己是第一次看到海，你相信吗？"

淼淼记得小乔是在西北地区长大的，大学才考到了A市，本科加研究生六年了，去的地方也不少，不至于没见过海吧？她怀疑地问："真的？"

"骗你的话，我就是小狗。"

淼淼"扑哧"一乐，打趣她："别侮辱小狗了，明明是藏獒。"

小乔哈哈大笑起来，意识到这是休息时间，又连忙捂住嘴巴："还是你懂我。"

"大海真美，可惜我是只旱鸭子，不然真想跳进去游一圈。"

淼淼建议："让童放手把手教学，他一定会很乐意的。"

小乔眯着眼看她："淼淼同学，你这么快就被你家霍先生带坏了？"

淼淼不小心把叶子揪下来一片，藏进手里，心虚地耸耸肩："咳咳，很纯洁的字面意思好吧。"

小乔："我有说它不是字面意思吗？"

没办法愉快地聊天了。

小乔昨晚加班到很晚，又起得早，车上只是眯了会儿眼，哈欠连天，打得眼泪都出来了，淼淼让她回房休息。

霍斯衍没有午休的习惯，整理完行李坐在床边，垂眸沉思，她爬上他后背，搂住他脖子："下午我们怎么安排？"

"想回学校去看看吗？"

“好啊好啊！”淼淼正有此意。

两人拿了手机和钱包，说走就走。

山庄里有专车直达市中心，到了那儿就只能换乘别的交通工具了。淼淼路上和司机聊天，人美声甜，又会说虹城话，司机破例直接把他们送到虹城中学门口。

淼淼再三道谢，司机自豪地再次强调：“我女儿也在这里念书，年年考全级第一，奖状贴满了整面墙。”

淼淼心想，我男朋友当年也是学霸呢，还考了省理科状元，轰动整个虹城，她真诚地夸道：“你女儿真的好棒！”不像她，以前成绩在班上都是垫底的。

司机被哄得眉开眼笑：“希望她将来能有出息吧。”

“一定会的。”

“你们好好玩，回去不要太晚了。”

“知道了。”淼淼挥手，“师傅，再见。”

司机开着中巴车，缓缓汇入车流。

淼淼和霍斯衍往门口走，脚下踩到一张花花绿绿的传单，她低头一看，是医院的无痛人流广告。巧的是，印在上面的女人她竟然认识，虽然照片有些失真，妆容也很浓，但旁边明明白白写着书敏两个字。

戴晚好不是说书敏嫁给了澳大利亚的富商，目前跟丈夫定居国外吗？

淼淼只是奇怪了一下，并没有真正往心里去，虹城中学近在眼前，此刻她满心充盈着故地重游的喜悦。

门卫处值岗的还是那位爱听戏曲的大叔，背依然挺直，鬓发却添了几许白霜，老旧的收音机开着，他跷着二郎腿，惬意地坐在椅子上摇头晃脑。

霍斯衍礼貌地在门上敲了敲。

大叔听到声响睁开眼睛，看到有访客，公事公办地去拿来访登记簿，顺手将搁在桌上折了一只腿的老花镜戴上，单手扶着，盯着霍斯衍瞅了又瞅，感觉这年轻人有些面熟，可又说不上来，到底是谁呢？

人老了，脑子越发不好使了。

霍斯衍签下淼淼和自己的名字，将圆珠笔和登记簿一起还给门卫大叔后，牵起她的手走了进去。

大叔认真研究起那龙凤飞舞的草字签名，竟忘了查看他们的身份证。

两人走在校园主道上，由于今天是周六，除了高三要补课外，其他学生大都放假回家了，又刚好在上课时间，所以周围格外地安静。

“不知道这里的老师还记不记得你？”毕竟当年霍斯衍给虹城中学带来了有史以来的荣光，而且这个记录至今没有被师弟师妹们打破。

她自说自答：“我觉得你的班主任和科任老师肯定记得的，对了，你还记得他们吗？”

霍斯衍扬起唇角笑了笑。

淼淼站在教师风采栏前，喊他：“快来。”

“哇，我高二的班主任现在变成年级主任了。”她仿佛发现新大陆似的，惊喜得眼睛都亮了，“这副校长不是你的班主任吗？哈哈哈，以前他还有点帅的，现在中年发福了，你看，脸都胖了两圈。”

霍斯衍被这描述弄得忍俊不禁，忍不住摸了摸她的头发。

这些年间来了好多新老师，曾教过她的那些老师大部分已不知去往何方，淼淼每找到一个熟面孔，便如获至宝。学生流水一样一波波地过，原本以为老师会等在原来的地方，其实不然，时间是推着人往前走的，没有谁会一直等在原地。

倒是斜坡前的那棵老榕树还在，日复一日年复一年地站立着，守护着，见证一个又一个青春的故事。

“我以前一直盼望着这棵树被台风刮倒，或者被砍掉。这里是我们班上的包干区，秋天时它掉的叶子特别多，而且怎么也掉不完。有一次我们扫得干干净净，前脚一走，后脚就落叶满地，刚好上面有领导下来检查……结果，我们小组被罚扫了整整一个月。”

霍斯衍对这事有印象。他当时就奇怪为什么总能看到她在扫地，有时散乱着头发，有时背着书包，扶着扫把漫不经心地将落叶扫过来扫过去，他还以为又是偶遇的新方式，毕竟这里是他每天的必经之地，没想到当中是这样的渊源。

“不过，虽然被罚，早上不能睡懒觉，不过我还是好开心的，因为每天又可以多见你一次呀。”

暗恋一个人的滋味，只有尝过的人才懂。目光像装了定位器，总能在人群里第一眼找到他，他穿什么样的衣服鞋子，手里拿着什么书，说了什么话，当天的天气是晴是阴还是雨，通通记得一清二楚。

如果有眼神的交汇，心跳会“怦怦怦”加速，小鹿乱撞，和他对视后，双眼如同自动带着滤镜，秋天看成了春天，落叶看成金子，整座校园也变成了童话般的梦幻城堡。

对家长和老师来说，早恋并不可取，可这种懵懂的、欢喜的、纯粹的、无法克制的情感，萌生于最美好的青春时代，它不是一种错误，而是自然天性。

但大多数少年少女并未领悟其中真谛，将朦胧的喜欢变成了放肆，不顾后果地沉迷其中，耽误学业，甚至走上歧途，令它被盖上早恋的标签，变成了大人们深恶痛绝的东西。

大人们的愤怒与恐惧，让他们忘记了曾经自己也对那么一个人怦然心动过。

直到，少年长成了男人，少女长成了女人，同样的事继续在孩子们的身上重演。

两人走下斜坡。

映入淼淼眼帘的是一个小超市，规模扩大了不少，商品琳琅满目：“还记得吗？以前这里是小卖部。”

霍斯衍“嗯”了一声。

“那次收到你的假回信，我很难过嘛，跑来买奶茶喝。”她卖了个关子，“后面你猜怎么着？”

他猜了几个都没中，淼淼公布答案：“我连续中了六次再来一瓶。”

兑换了第一瓶奶茶后，旁边的同学让她再打开看看，结果又是再来一瓶，她喝完再兑，意外地又中了。遇上空前的好运气，居然连着中了四次，围观的人越来越多，羡慕着，大笑起哄着，看她一瓶接一瓶地中，比自己中奖还要激动。

她那时一颗心像泡在冰水里，眼眶还红着呢，看到大家笑得这么开心，想到自己的暗恋就这样结束了，反而更想哭了。

她真的哭了出来。

“怎么哭了啊？”

淼淼清楚地记得有个女生说：“换我我也哭啊，这也太幸运了吧！得积攒多少人品啊，锦鲤本鲤没错了！”

“就是，你们懂什么？这叫喜极而泣。”

不知是谁先开的头，女生们排着队来和她握手，说是想沾好运气，淼淼傻傻地站在那儿任她们握。有个霍斯衍班上的师姐还抱了抱她，说：“加油，看好你哦。”

其实现在回想起来觉得好傻，她竟然连着把六瓶奶茶喝光了，最后全变成眼泪流了出来，而所有人都以为她是开心过度，喜极而泣。

淼淼说着说着笑了，霍斯衍握紧她的手，她轻轻地说：“我们去买奶茶吧。”

小超市里找不到那个牌子的奶茶了，当然也没有中再来一瓶，味道甜得发腻，淼淼喝了两口，不怎么喜欢，不喜甜食的霍斯衍却把剩下的喝完了。

不远处是田径场，空无一人，草地还残余着绿意，两人沿着红色橡胶跑道慢走。

淼淼再次重申：“那次你跑步，我从足球场穿过来，真的不是故意撞上你的。”追蝴蝶是她胡诌出来的，记不清是为什么了。

“我知道。”

啊？

霍斯衍看向远处，微微一笑：“你知道我为什么固定下午跑步吗？”

淼淼蒙了：“不是为了锻炼身体？”

见他笑意更深，她追问：“为什么？”

“为了让某人偶遇我。”

“啊啊啊！”淼淼原地跳脚，“原来你那时就对我……心怀不轨了！”

霍斯衍对此供认不讳。

淼淼还有个很有趣的发现，同一件事，不仅彼此有不同的解读，连记忆也会出现偏差。比如她记得摆放体育器械的地方是教学楼隔壁的一栋小屋子，霍斯衍却坚持是在体育馆里。

争辩几番都没有得出结果。

说起体育馆，淼淼想起霍斯衍打过的两场篮球比赛，为了给他加油，她还混进了啦啦队，喊得声嘶力竭，第二天早读都发不出声音。

刚好上午有她最害怕的八百米考试，那种双腿灌铅，难以呼吸接近窒息的感觉至今难忘："我就在想啊，如果这次能合格，我就要去亲霍斯衍。"

当然没亲成……

至于后面补考的事，淼淼不想再提了。

"是这样吗？"霍斯衍低头，在她唇上亲了一口，一触即离。

淼淼心满意足了，这也算是迟到的美梦成真吧。

从田径场下来，他们沿着林荫小路继续走，左手边是三栋挺拔的教学楼，隐约能听到琅琅读书声，走廊上有老师走动的身影。淼淼指着第三栋四楼的方向："那是你的教室。"手指一偏，指向隔壁栋，"那是我的。"

楼层、方位和座位一模一样，所以当初她才会闹出走错教室的乌龙。

他们的故事，就是从那个美丽错误开始的。

"我带你去一个地方。"那里是她和很多同学的……秘密基地。

淼淼带着霍斯衍来到教学楼后面的实验楼，没有电梯，一路走楼梯上去，来到三楼时，听到一阵凌乱的脚步声逼近，她抬头看去，两个穿着校服的男生从走廊尽头追赶着跑过来。

不知道是逃课的高三学生，还是高一或高二没回家的住宿生？

淼淼说了一句："别跑这么急，小心摔倒。"

男生们硬生生刹住脚步，运动鞋和地面发出刮擦的声音，看到淼淼和霍斯衍，其中一个男生反应迅速："老师好。"

另一个也低眉垂目喊老师。

淼淼忍住笑，清了清喉咙："你们哪个班的？怎么不上课跑来这里玩闹。"

面面相觑后，稍微胆大的男生回道："我们是高一的，不用上课。"

"走廊追逐很危险的。"淼淼很快代入了老师的身份，"以后不要再这样了。”

两个男生齐齐应声：“老师，我们知道了。”

说完，你推我搡地走了，老远还能听到他们的说话声。

“谁啊，你认识？”

“你傻吧，肯定是别的年级的老师啊。”

“长得这么好看，我猜不是音乐老师就是美术老师。”

“你不觉得那男的好像在哪儿见过吗？像不像我们班女生考试前去拜的那位学神，就是考了省状元那个，叫什么来着？”

“我记得好像是姓霍？”

拜学神吗？这是不是就是所谓的我不在江湖，但江湖仍有我的传说？

淼淼笑得不能自已，靠在霍斯衍肩上，被他半拖着来到顶楼。

她想带他来看的是一面涂鸦墙，没想到它真的还在：“我在上面写过你和我的名字，现在应该没有了。”

蹲下来找了一遍，果然没了。

墙上用各种颜色的笔写了密密麻麻表白的话，有指名道姓说×××我喜欢你的，也有以情诗倾诉暗恋的，少女情怀总是诗嘛，淼淼用手机拍了下来当作纪念。

她偏过头，看到霍斯衍在墙上写字，不由得惊讶地问：“你哪里找来的笔？”

他指了指她的包。

淼淼凑过去看清楚了他手里的笔，又是一阵止不住的笑意：“那是我的眼线笔啊哈哈哈！”

霍斯衍露出奇异的神情，他也觉得笔头太软了些，清俊眉眼舒展开，轻声笑道：“抱歉，我以为是笔。”

“那你知道这是什么吗？”淼淼晃了晃手里的东西。

霍斯衍打开来看了看，里面是红色的液体，他闻过味道：“是什么？”

“唇釉。”淼淼倒了一些在手心，用指尖沾着画了个红心，把他刚刚写的名字圈起来，又拉起他的手，按了个头靠头的指印。

这面墙承载了数百份的年少喜欢与爱恋，然而，又有多少对和他们一样是修成正果的？

淼淼在名字下方补了一串数字：5201314。

问他："要不要再写点什么？"

霍斯衍认真思索几秒："334759？"

"喂——"这个梗是永远过不去了对吧？

他取过眼线笔，在她写的数字旁加了四个字，用括号裹住。

行云流水，潇洒飘逸——生生世世。

她想要他的一生一世，他要的，是……生生世世。

淼淼眼眶微热，心底漾开甜蜜，她假设根本不知道会不会有下辈子："如果那时我们不认识对方了怎么办？"

"我会认出你。"他动作轻柔地抚摸她的脸，靠近，低沉的声音吻进她唇间，"这一次，我先动心。"

淼淼，如果有下辈子，换我来追求你。

"丁零零……"下课铃声由远及近。

意乱情迷的淼淼恍惚中有种时光交错的感觉，好像又回到了高中那时，不是没有幻想过和他在顶楼，或在后山的某个隐秘地方，抱在一起偷偷地亲，但也仅仅是幻想而已。

当它有朝一日变成现实，她又觉得仿佛置身梦境。

铃声响彻，吻也到此结束，前半段激烈，后半段柔情四溢，淼淼适应了他的节奏，呼吸不算太乱。

楼下一片喧闹声，穿着统一校服的学生们陆续从教室出来，成群结队地跑到田径场上。从高处远远看去，像镶着红色花边的草地上长出了一朵朵白花，随风纵情摇曳。

风吹过了身姿勃发的少年们，又跑上来吹他们，吹得淼淼裙摆、发丝纷飞，阳光下，她的笑容越发绚烂。

网络上曾流行过这样一句话——

出走半生，归来仍是少年。

说的不正是他和她吗？

真好啊，年少时所有的喜欢都和你有关。分别后，独自穿行过茫茫人海，跨过生与死的界限，最后双手拥抱住的那个人，还是你。

我只有你，而你也只有我。我们是彼此生命里的唯一。

“在想什么？”

“我在想……”淼淼眸色如雨后初洗的晴空，笑意浅浅，“会不会有年级主任跳出来，然后把我们抓住，罚写三千字检讨，周一升旗时当着全校师生的面念？”

“没关系，检讨我来写，我来念。”

她想象了一下那个画面，他站在台上，表情，嗯，应该酷酷的，可能不会有什么表情，语气淡淡的，跟之前作为学生代表上台讲话一样：“大家早上好，我是高三16班的霍斯衍。”

就在大家以为后文是千篇一律的获奖感言时，他突然来了一句：“我今天站在这儿，是因为和高二年级的谢安淼淼同学产生了超越同学之间的情感，嗯，就是俗称的早恋……”

这里要停一会儿了，因为底下的尖叫声会响破天际，男生们目瞪口呆，跌破眼镜，女生们捂胸口，芳心碎了一地。

老师们的心情肯定也很复杂。

所有人都不会想到，虹城中学数一数二的尖子生霍斯衍居然有一天会为早恋上台做检讨，从那以后，她谢安淼淼变成了全校女生的公敌。

光是想想就觉得好刺激。

篮球场上，意气风发的少年们欢呼着吹口哨，是谁完成了漂亮的灌篮绝杀，还是进了一个三分的好球？

淼淼站直身体：“我们等他们上课再下去吧。”

等了一会儿，上课铃还没响，难道是大课间？淼淼俏皮地眨眨眼：“再亲一下吧，希望待会儿会有年级主任跳出来抓我们。”

笑声被他以吻封缄。

这次吻了很久很久，可惜的是，到最后年级主任也没有出现。

学生们被铃声召唤回教室了，四周恢复寂静。两人悄悄离开实验楼，往后山的方向走去，路过图书馆，淼淼眼尖地发现旁边立着的宣传栏上贴着霍斯衍的照片。

高中时的红底证件照，那时相机像素不太好，也没有美颜，尽管如此，还是难掩他俊朗的轮廓和出众气质。

正中间一行醒目的大字：热烈庆贺我校霍斯衍同学勇夺201×年高考

A省理科状元桂冠。

后面是他每科目的高考成绩，以及高中时获得的各个奖项。

淼淼看到底下放着棒棒糖和苏打饼，看来这里就是师妹们拜学神的地方了。她推开玻璃，挑了一颗菠萝味的糖，心中默念，我是你们学神的女朋友，他不吃糖，我先帮忙收下啦，愿你们心想事成哦。

她把糖放进包里，问他："你还有这种照片吗？"

霍斯衍摇头。

"好想把照片也偷走。"

偷是不可能的了，淼淼拿出手机，点开照相机，对着证件照"咔嚓"了几下，重新挽上他的手："我们走吧。"

走出一段距离，淼淼想着，学校专门给他设了个宣传栏，给师弟师妹们做学习榜样，又想到考试前女生们过来送糖果饼干祈求保佑的盛况……她拼命忍住笑意："霍先生，采访一下，你现在是什么心情？"

"能让女朋友这么开心，是我的荣幸。"

甜言蜜语。她问的又不是这个。

"怪不得之前门卫大叔一直盯着你看，万一被认出来，会不会连学校领导都惊动了？"

淼淼深知男朋友性子低调，又不擅应酬，于是拉着他从后门出去。

前面就是最受学生欢迎的小吃街，似乎每个学校都有这么一条神奇的街道，百来米，不算宽，两边缀着整齐有序的小吃店，汤粉、烧烤、麻辣烫、臭豆腐……应有尽有。

淼淼来到一家以前很喜欢光顾的手抓饼店前，没想到老板娘还是原来那个，腿和胳膊依然细，上身却胖了，加上穿的紧身衣，腰间堆得游泳圈似的，头发也染成酒红色，烫了个大卷，看起来时髦多了。

"老板娘，我要一个藤椒鸡排手抓饼，加番茄酱。"

"好嘞。"老板娘应着，手脚麻利地开始摊饼，不到五分钟，一个香气扑鼻的手抓饼新鲜出炉了。

"多少钱？"

"八块。"

淼淼只有五块零钱，伸手去霍斯衍外套口袋掏他钱夹，打开来找到三块钱，一起给了老板娘，顺手把饼接过来。

一口咬下去，外层酥脆，内层柔软，鸡排香辣，混着生菜和番茄，荤素搭配得宜，加上微酸的番茄酱，炒得喷香的白芝麻粒，真是美味至极。

淼淼没几口吃完了，她想打包回去给其他三个女生，又犯起愁来：“冷掉就不好吃了。”

只能作罢。

和意料中一样，霍斯衍对小吃街的东西并没有太大兴趣，淼淼吃完饼，没禁住诱惑又买了一碗酒酿汤圆，他提醒她不要吃太饱，留着晚上吃大餐。

对哦，她差点忘了，还有海滩烧烤！她从背后推他：“快走快走。”

回到度假山庄大约五点，淼淼先去浴室洗澡，洗完后，用吹风机吹头发时，霍斯衍进来了，淋浴间的门也不关，打开花洒，直接冲澡。即使亲密过数回了，但这样大白天直面美色对她来说也是不小的冲击，一边害羞，一边一丝不落地看。

男人冲澡很简单，十分钟就搞定了。

霍斯衍拿过旁边的干净毛巾，擦干身上的水珠，裹上浴袍，转过身，见她还在看，他把系好的腰带松了，忽然来了一句：“他们应该不会介意我们迟到吧？”

淼淼迅速拔掉吹风机插头，飞快跑出去了。

半个小时后，他们来到海滩，侯舸童放等人把帐篷和烧烤食材、用具都准备好了，男生们负责搭帐篷，两个女生则是在料理食材，淼淼松开霍斯衍的手走到小乔旁边：“还有什么要弄的？”

小乔丢给她一袋大蒜：“剁蒜蓉。”

淼淼接过来，盘膝坐在野餐垫上，开始剥蒜皮。

正值黄昏，红霞满天，夕阳仿佛被融化了一样，从天边流到海里，海鸟在橘红色的海面上掠过。远处，渔船和白帆正返航，像一片片竖起的羽毛，由远及近，逐起鳞浪层层。

落日熔金，沙滩被照成了蜂蜜般的颜色，触感温暖而细腻。

吴非直接坐在沙子上，扶着帐篷一角：“我就纳闷了，为什么这山庄只肯出租帐篷，而防潮垫一定要我们买下来呢？”

谈今天和童放交换了个心照不宣的眼神。

吴非又问："猴哥，你知道为什么吗？"

侯舸压着他肩膀起身，语焉不详："呃……应该是有原因的吧。"

陈笑"坏心眼"地给吴非挖坑跳："要不，你去问问衍哥，他肯定知道。"

吴非这单纯的傻小子还真的要去问，被童放一把拽了回来，他好气又好笑："搭你的帐篷吧。"

吴非挠着脑袋，联系前后想了一通，脸突然涨红了，气鼓鼓地瞪着陈笑，陈笑戏谑小朋友开窍了，吴非恼羞成怒用支撑杆打了他的腿两下。

关于防潮垫为什么要买的问题，淼淼和小乔……是懂的。至于封筝，虽然没谈过恋爱，可这么多年言情小说是白看的吗，她几乎秒懂好吗？！

今晚要单独睡一个帐篷，为什么她没有男朋友啊！算了，还是串虾吧。

她们把食材处理得差不多，那边帐篷也搭起来了，童放和侯舸过来帮忙弄烧烤架，淼淼将剁好的蒜蓉放到简易小木桌上，又抱来矿泉水给每人发了一瓶。

喝过水后，女生们歇息，男生们继续干活。

烤鱿鱼的香气弥漫开来，太阳消失在海平线上，暮色四合时分，侯舫和他女朋友岑薇才姗姗来迟。

他们穿着情侣装，手牵手走过来，看得一帮单身汉眼热，等侯舫走到近前，侯舸先发制人，不动声色地伸出腿去。侯舫心情荡漾万分，一个不防被他哥绊倒在沙滩上，其他人趁机七手八脚地挖沙子往他身上招呼，最后把他下半身埋在了沙里。

身为女朋友的岑薇一开始有些受惊，后面觉得有趣，也掺一脚进去，给侯舫做了一条美人鱼的尾巴。

侯舫之前还一副生无可恋的表情，看到女朋友兴奋地拿手机对着自己拍了又拍，于是很配合地比了个胜利的手势。

围观群众受到了惊吓……面瘫被爱情变成了一个二傻子。

暮色渐深，温度降了不少，帐篷中间燃起篝火。

烧烤好的食物一盘盘端上来：烤鱿鱼、烤大虾、蒜蓉扇贝、生蚝、蛏子、象拔蚌。全是虹城有名的海产，纯天然养殖，腥味不重，肉质鲜美肥嫩，搭配着啤酒，别有一番风味。

侯舸还点了三大份的麻辣小龙虾外卖，送来时热气腾腾，香味诱人，吴非猛吞口水，率先对小龙虾动起了手。

淼淼刚举起筷子，旁边的男人就将她最喜欢的蒜蓉粉丝生蚝夹到了碗里，她为这份默契笑得眉眼弯弯，也给他夹了一个象拔蚌。

侯舫很周到地照顾着女朋友，自己反倒没怎么吃，岑薇的脸微微红着，不知道是害羞还是火光映照。

小乔和童放这对更是过分，公然喂食起来。

吴非只顾埋头苦吃："啊，这个好吃，啊啊，这个也好好吃……"

陈笑举着啤酒罐和谈今天、侯舸碰了碰："祝我们早日脱单。"

月上中天，漫天星辉，潮涨又潮退。

大家姿态放松地围坐成圈，吃着聊着，吃得差不多了，自然少不了饭后活动。

童放摸出六副扑克："斗地主，还是升级？"

吴非上午在车上吃尽了斗地主的苦："升级升级，衍哥和淼淼也来吧。"

淼淼扯了扯霍斯衍的衣袖："你会玩吗？"

"规则是什么？"

侯舸一听，有戏哦，很热心地给他讲了一遍，又怂恿道："衍哥，很简单的。"

见霍斯衍应下，谈今天立刻说："为了增强游戏体验感，我们来定个处罚机制吧。"

陈笑和他一唱一和："怎么说？"

"女生们应该有带口红吧？"

四个女生点了点头。

谈今天继续说："赢的人，可以用口红在输的人脸上画一笔。"

侯舸鼓掌："这个好！"他跃跃欲试，"我们开始吧。"

"公平起见，衍哥和淼淼一组，猴哥你……跟小筝筝一组吧。"

正打算当局外人看热闹的封筝被点到名，犹豫着说："我不是很会玩呢。”

侯舸笑呵呵的：“没事，这不有我吗？”

封筝：“好吧……”

侯舸在她耳边说了什么，她激动地捂住嘴巴，连连点头。

想看衍哥被口红涂满脸吗？想想想！

侯舸是扑克牌高手，封筝和淼淼水平相当，霍斯衍几分钟前才摸清规则，第一局的胜败毫无悬念。

淼淼拿出口红：“要画哪里？”

这才第一把，时间长着呢，侯舸、封筝和众人商量后决定先意思意思，让他们在眉心涂个圈。

淼淼先画了自己的，再顺手把霍斯衍额前的短发拨上去，口红转两圈：“画好了。”

对面，封筝微张着嘴，目光难掩惊艳，太神奇了吧，只是额发做了改动，怎么感觉整个人的气质都好像变了？唇边若有似无的笑意，深邃望不到底的眼眸，再衬着眉心的红，从沉稳严肃变得……她脑海中闪过两个字：妖冶。

也有可能是夜色太迷离了，她才会有这样的想法，封筝拍了拍脸，进入第二局。

侯舸的计划是这样的：先点眉心，再画红唇，点鼻尖，画胡子，圈眼睛……

他没想到的是，这些招数全反弹了回来，霍斯衍一扫前面的颓势，带着淼淼连赢六把，反转太大，别的人连牌都不玩了，纷纷跑过来围观，在哄笑声中，花着脸的侯舸和封筝黯然退场。

童放和小乔顶上，霍斯衍牌技越发娴熟，淼淼配合得好，两人再次横扫牌桌。

侯舫和岑薇在角落里你侬我侬，童放和侯舸去拉他们入战场，岑薇禁不住盛情邀请，有些动摇了。侯舫从后面用力抱住她，很不要脸地说：“扑克牌哪有男朋友好玩？”

岑薇羞得捶他胸口。

厚颜无耻！

升级没办法玩下去了，陈笑提议玩真心话大冒险，得到一致响应，这个纯属靠“运气”而不靠技术的游戏，还怕坑不到想坑的人吗？

吴非负责洗牌，和其他三个还单着的达成默契：专挑情侣下手。

侯舸眼神重点强调：尤其是侯舫这对。

吴非：没问题。

这一闹闹到了半夜两点多。

淼淼听着各种不为人知的真心话，看着各种刺激的大冒险，大脑皮层极其兴奋，没有睡意。霍斯衍考虑到明天还有活动，带她先回帐篷休息了。

“刚刚陈笑在后面一推，侯舸好像真的亲到封筝了啊。肯定亲到了，我看她的耳朵都红了。”

霍斯衍脱掉她外套，把她塞进双人睡袋里去，她还在兴致勃勃地说着：“想不到吴非的初吻在幼儿园就没了……”

他也躺进去，她抱上来，暖融融的呼吸喷在他颈侧。

帐篷外，篝火熄灭，其他人渐渐散了。

四下无声，淼淼的声音被他堵了回去。

霍斯衍分神去把滚到一边的手电筒摸回来，关掉，整个帐篷只剩下月光、星光，和他们深情又缱绻对视的目光。

“别……”淼淼伸手去挡，会被听到的。

他的食指轻压在她唇上，那种不正经的笑又出现了：“别出声就行。”

又翻个身，把她从睡袋里抱出来，扯过外套垫在她身下，毛毯拉过来，盖住。

他低下去。

她浑身发颤。

帐篷的顶部是透明的，像一面梳妆镜，映着小片亮晶晶的星星，落在淼淼水光潋滟的眼中，朦胧而昏黄。

星星又仿佛变成了团团小火焰，纷纷掉下来，烧得淼淼全身发烫，意识全无。

除了风声浪声，海边的夜此时是真的安静下去了，霍斯衍用毛毯裹住她，抱回睡袋里去。外套不方便收拾，也整齐叠好，装进包里。

他在她旁边躺下，亲她泛红的眼皮：“睡吧。”

他怀里很暖，有气无力的淼淼猫儿般“嗯”了声，身心一松，陷入沉睡中。

睡了三个多小时，天就蒙蒙亮了。

淼淼睡得迷迷糊糊，听到周围有人走动的声音，翻了个身，捂住耳朵，她以为还在家里，轻声嘟囔：“阿衍，你别吵。”

“想多睡会儿……”霍斯衍柔声问她，“还是去看日出？”

几分清醒意识回归，淼淼仍闭着眼：“日出？”对哦，他们昨晚在海边露营了。

她披头散发坐起来：“要看。”

霍斯衍帮她穿上外套：“不用出去，就在这里看。”帐篷对着海面。

他又把她抱到身前，用毯子裹得严严实实，拉下右边的拉链，帘子撩起来固定好。

海滩上聚集了一群人，有些是从帐篷出来的，有些是特地起早从山庄里赶过来的，大多手里举着手机，也有脖子上挂单反的，还有的估计是专业摄影师，三脚架也立起来了，人声鼎沸。

淼淼揉了揉眼，只见东方鱼肚白的天空上出现粉色朝霞。忽然间，不知从哪儿窜出一丝火星，点燃了朝霞，它们变成一片鲜亮的火红色，霞光万丈。旁边堆着一团巨大的云朵，呈现出灰蓝的颜色，镶着金边，宛如一座瑰丽辉煌的空中宫殿。

渐渐地，水天相接的地方，出现一道金色细线。

有人惊喜地喊道：“太阳出来了！”

话声刚落，太阳便整个跃出海面，光芒夺目，照亮了整片天空，海面温柔似少女，染着娇羞的嫣红，柔波微漾。

那是文字无法形容出来的美与奇妙。

就像，它的光芒，若你生命黯淡，便予你光亮，若你前路辉煌，便予你更大光辉，它慷慨给予的温暖，足够平复所有的缺憾，哪怕只是一刹那。

和煦的阳光沐浴在每一个人身上。

淼淼靠在霍斯衍胸口，两人都没有说话，只是安静地听着彼此的心跳声。

愿此生能有你陪着去看更多的风景。

看日出的人陆续散了，小乔和童放这才睡眼惺忪地从帐篷里爬出来，她抱怨着：“都怪你，睡得跟猪一样！”害她错过了人生中的第一次海上日出啊！

“怪我啰，这不是太累了嘛。而且你不也没醒？”

小乔叉腰：“你还敢反驳？”

“乔乔我错了。”

小乔没真生气，就是跟他闹着玩的，俩人的相处模式跟欢喜冤家没两样，一天不斗嘴浑身不舒服。

淼淼晃了晃霍斯衍的手：“我们什么时候也吵一次架吧？”她想了想，“感觉吵不起来，如果你真生气了，肯定会使用冷暴力，然后等着我来和好。”

“不会。”

“嗯？”

“不是有句话说，夫妻床头吵架床尾和？”总之，不会让她第二天还生气的，男人嘛，老婆就得宠着疼着，什么错先应下来，等她消了气再来讲理。

淼淼摇头：“不是。”

霍斯衍会意，笑了一下：“只要你想，随时都可以是。”

他轻捏她脸颊：“嗯，霍太太？”

跟她说又没用，得她爸妈同意啊。

这时，和童放打情骂俏的小乔看到了他们：“淼淼和淼淼家的，早上好！”

“早。”

小乔跑过来：“你们看了日出？”

淼淼点头：“嗯。”

“有拍照片吗？”

“忘了。”

小乔叹气：“只能明天再早起过来看了。”她很快又兴奋起来，“上午我们是不是要出海钓鱼？”

淼淼不太清楚行程安排，看向霍斯衍，他说：“是的。”

小乔摩拳擦掌："我大展身手的时候到了。淼淼你那是什么表情，不相信我的钓鱼技术？"

淼淼只知道她某款钓鱼游戏玩得特别好，至于技术到底怎么样，船上见真章呗。

今天的天气不错，适合出海，回酒店吃过早餐，休息四十分钟后，一行人出发了。

封筝和岑薇担心会晕船，连水都没喝一口，淼淼和小乔倒是吃了一点燕麦牛奶。

上船前，码头管理处的工作人员给每人分发了救生衣，吴非刚拿到手就穿到身上去了，像穿马甲一样扣上卡扣就算了事，小乔也是一样的穿法。另一边，霍斯衍等淼淼穿上后，又帮她把绑腿的织带系上了。

童放也帮女朋友弄好织带，对吴非说："记住了，这才是穿救生衣的正确姿势。"

吴非摸着脑袋，看了一圈，除了被纠正过来的小乔，只有他一个人穿错了，他震惊了："你们怎么都知道要这样穿？"显得他好没有见识啊！

侯舸笑眯眯的："这是常识好吧。"

小乔和吴非心想，我们没有常识，我们骄傲了吗？

小插曲后，大家说笑着登上船。

海钓和淡水钓有很大的区别，海里的鱼受潮汛影响，如果没有掐准时机和位置，很可能出海一天空手而归。幸运的是，船主是个经验丰富的老渔民，他把船开到一片海域，探鱼雷达发出密集的轰鸣声，这意味着此处鱼儿甚多，非常适合垂钓。

众人的钓竿已蓄势待发，等船一停稳，小乔迫不及待地行动了。鱼饵一入海里，十几秒就有了动静，她激动地又喊又叫："上钩了上钩了！"

结果钓上来一条巴掌大的小红鱼。

士气大振。其他人陆续有了不小的收获。

吴非钓起了一条大鱼，把船主都吸引了过去，他帮忙用网兜把鱼弄起来："好家伙，是条石斑。"掂量一下，"得有三斤重，运气不错啊小伙子！"

吴非被夸得尾巴快摇上天，嘚瑟地抱着装了战利品的水桶在船上走来走去，向所有人炫耀一遍："啊，我真是太厉害了！"

淼淼给他比了个大拇指，浮标一动，她连忙把钓竿拉起来，根本没有鱼，连鱼饵也没了，简直是赔了夫人又折兵。

霍斯衍那边情况也好不到哪里去，准确地说，是毫无动静。淼淼凑过去看一眼，他脚边的水桶空空如也，想到他做什么事都很厉害，却唯独败在钓鱼上，她不厚道地笑了。

倒是侯舸那边，鱼儿频频咬钩，淼淼看着他一条又一条地收鱼，心里无比郁闷，鱼啊鱼，为什么偏偏不上我和霍斯衍的钩呢？

一个上午过去，论鱼的数量，侯舸是收获最大的，封筝次之，谈今天第三，陈笑第四。比重量的话，吴非当之无愧排第一，至于小乔，她拿了个开门红后就没有再开张了，童放也是战绩平平。

至于侯舫和岑薇这对，一上船就躲到角落去看海，顺便谈情说爱，哪里有心钓鱼？不过无心插柳柳成荫，侯舫随便把钓竿往那儿一放，却有傻乎乎的鱼主动上钩，还不知挣脱，最后他们也收获了两条鱼，一大一小。

垫底的当属淼淼和霍斯衍。

淼淼本来有机会钓上大鱼的，当时钓竿都被压弯了，可惜她连真面目都没见上，就被它咬断鱼线逃跑了。

霍斯衍并非一无所获，临回去前，他终于钓上了一条两指宽的小鱼，淼淼跑过去，开心地捧在手心里。它活蹦乱跳的，挣扎着掉到了甲板上，最后，这条鱼因为太小被放回海里了。

总体来说，这次海钓算是满载而归。

回程路上，吴非的笑脸没收过，他宝贝地抱着水桶，计划着把石斑鱼拿回去当宠物养。侯舸无情地提醒他，海鱼是很难养活的。谈今天搓着手建议说要不还是吃了吧。

吴非嘴角抽搐："滚……"

中午，餐桌上最美味的一道菜当属清蒸石斑鱼。

嘴上说着不要的吴非吃得比谁都欢，满嘴流油，连汤汁都不放过，全倒进碗里和着米饭吃光了。

谈今天面无表情地敲着筷子评价："大型真香现场。"

众人哈哈大笑。

吃过午饭，各自回房休息。

酒店给住情侣套房的情侣发了邀请，下午会在沙滩举行负重跑步比赛，通俗来说，就是背女朋友跑步比赛。奖品丰厚，第一名可以直接免掉房费，免费泡温泉以及获得高级定制的情侣手办一套。

吴非摸着浑圆的肚子，愤愤不平道："这是赤裸裸的歧视啊！"

陈笑："谁让你单着呢，有本事找个女朋友啊。"

吴非眼睛骨碌碌转了一圈，把主意打到封筝身上："又没说是真情侣对不对？"

"走走走，我们找小筝筝去。"

英雄所见略同。他们刚出门碰上侯舸和谈今天，四人凭着三寸不烂之舌，成功地把封筝拖下水，不由得又犯愁了，为啥？僧多粥少啊，又不是接力赛！

"猜拳吧。"

"行。"三人不约而同出了剪刀，侯舸一拳定输赢。

吴非心痛地往胸口插刀，吐血，搞了半天，居然为他人做了嫁衣。

人生赢家侯舸又问："还有谁要去参加？"

童放走过来说："我和小乔也去，衍哥和淼淼呢？"

"不知道。"

房间里，淼淼正趴在霍斯衍身上给他吹枕边风："我好想要情侣手办。"

霍斯衍享受着温香软玉在怀，神情慵懒，二话不说答应了。

"你的手……"

"没事。"

"也不是一定要赢的，参加活动图个开心而已，量力而行就好。"

"嗯，我会注意。"她想要的，他一定会把它赢回来。

他们确定好，就只剩下侯舫和岑薇了。侯舫向来的态度都是："你想去就去，不想去就不去。"

岑薇："想。"

"那就去吧。"

下午四点，三对情侣，一对临时情侣准时出现在比赛场地。

霍斯衍和淼淼这对俊男美女组合吸引了最多的目光。

“我都说不来的啦，你非要拉我来。”有个微胖的女生撇嘴跟男朋友抱怨，“你看，那位女生好漂亮，身材又好，刚刚登记时，我站她旁边跟丑小鸭似的。”

她那戴厚底黑框眼镜的男朋友说：“这有啥，人家男朋友也长得比我帅啊，所以我们才注定是天生一对。”

好像是这个道理。女生笑了：“也只有我不嫌弃你丑了。”

她男朋友拱手：“谢老婆不嫌弃之恩。”

又来了几对情侣，在酒店工作人员那儿做好登记后，男士们加入做热身运动的队伍。

淼淼和小乔聊着天，看到有个身材魁梧的中年女人走向工作人员，问道：“比赛规则是一定要男背女吗？”

工作人员说是。

女人又指了指身后一个矮瘦的男人说：“我老公他背不动我，能不能通融一下？”

“这……”工作人员犹豫了几秒，“如果其他选手没意见的话，可以的。”

当然没意见。

几分钟后，工作人员宣布比赛开始。

沙滩跑道一共两百米长，背着老公的女人最先冲到前面，而且一直保持领先的优势。侯舸和侯舫体能不相上下，主要就是封筝和岑薇体重的区别，兄弟俩牢牢霸占了倒一倒二的位置。

跟跑的吴非起先还恨铁不成钢地说几句，猴哥你不是吧，这么好的机会你竟然垫底，把男人的面子丢光了！侯舸有气出没气进，说我也没办法啊，对手太强了。

封筝安慰说：“没关系的，能坚持到终点就算赢了。”

受到成吨伤害的吴非朝天翻了个大大的白眼，不跑了，干脆蹲下来玩沙子。

离终点还有五十米左右的距离，赛况越来越激烈，女背男那对始终跑在第一，微胖女生和男朋友排第二，霍斯衍和淼淼紧追其后，有几次快要超过去了，又被他们拉开更大的距离。

终点就在眼前。

淼淼微微收紧搂着他脖子的手，白净的脸上染着红晕，她轻咬下唇，凑近他耳边说了句："老公，加油哦。"

刚挖起一捧沙子的吴非瞪大了眼睛，看着霍斯衍突然一个加速，脚下生风般，以迅雷不及掩耳之势冲过了终点，他猛地跳起来，"啊啊啊，赢了！"

淼淼觉得不可思议，居然赢了？！她从霍斯衍背上跳下来，抱住他，踮起脚亲了他下巴一口。

其他到达的选手纷纷上前祝贺。

海上，雪浪一波波地汹涌而来，与沙滩上的热闹相和。

淼淼把这个意外之喜发到了微博上。

"昨天和他一起回了高中，在秘密基地的表白墙上补回了我们的名字。晚上在海边露营，看到了很美的日出，然后坐船出海钓鱼，战利品如下图。下午参加了酒店举办的背女朋友跑步比赛，他好厉害的，我们拿了第一名哦。"

几天时间里，粉丝从五千涨到两万了。

一刷新就有十几条评论。

"原来你们高中就认识了？"

"午饭没吃，跑来吃黄金狗粮。"

"恕我直言，小可爱你这条鱼还没鱼钩大啊！"

"海边露营呀，有没有和男朋友做坏事？"

淼淼看着看着，联想到某些回忆，脸红了个透彻，她退出微博，手机塞回口袋。

小乔从后面拍她肩膀："怎么了，脸这么红？"

"天……太热了。"

小乔也觉得热，松了松领子："嘿嘿，你老公说今晚请吃饭。"

早上还"淼淼家的"，现在就"你老公"了，还说得这么顺口。

淼淼心想，最后关头能赢，应该是因为她说的那句话吧？之前他哄了很多次她都没说出口，想不到威力这么大，可以想见的是，今晚的下场……嗯，他不会轻易放过她的。

果然，吃过晚饭后，霍斯衍带着她在海边散步，月色正美，两人赤脚走在柔软的沙子上，凉凉的海风拂面，格外舒服。

走了一圈又一圈，没有要停下来的迹象。淼淼心里打起了小鼓，他该不会打算在这个地方……

“在想什么？”

她身后的脚步深浅不一，歪歪斜斜的，霍斯衍看出她心不在焉了。

“我、我想回去了。”

“嗯，也好，风大了。”他搂着她的腰往回走。

回到酒店房间，淼淼第一件事就是去洗澡，洗着洗着，总有一种门会被打开，然后他走进来的错觉。然而并没有，她洗完穿好睡衣出去，看到霍斯衍站在落地窗下讲电话，似乎是工作上的事。

她爬到床上。

霍斯衍结束通话，看她一眼，径直进了浴室。

不一会儿，水声淅淅沥沥地传来。

淼淼累了一天，困意袭来，不知不觉睡了过去，依稀间，感觉到有属于他的气息流连在脖颈间……

明天还要去爬落霞峰，淼淼推他：“不要。”

霍斯衍停下来，搂着她入睡。

窗外，一轮圆月躲进厚云后，连风也似乎静止了。

半夜，淼淼被一阵剧烈的颤动惊醒，她睁开眼看到头顶上的灯不停地晃，还没反应过来是怎么一回事，霍斯衍动作极快地把她连人带被抱起来，鞋都顾不上穿就往门口跑。

整栋楼房都在摇晃，像要倒下去一样。

走廊里乱糟糟的，到处都是人：“地震了！”

十三分甜

他如星辰耀眼

走廊的灯“啪”掉下来，碎了一地，有人歇斯底里地尖叫，人们越发恐慌了，争先恐后地往逃生楼梯的方向跑，仿佛身后有什么洪水猛兽在追。

震颤还在继续。

淼淼和霍斯衍住的是三楼，从地震开始到冲出房间的几秒时间里，她整个人都是木然的。到了楼梯口的位置，她才有了反应，跳下来自己跑，心脏“咚咚咚”砸得胸口生疼，耳朵自动忽略了周围的人和声音。她紧紧地握住霍斯衍的手，脑中只有一个念头是清晰的——跑出去。

酒店前面的空地上已聚集了不少人，个个穿着睡衣，惊魂未定，或吵闹着找亲人朋友，或安静地恐惧着，在寒风中搂着双臂瑟瑟发抖。

有个年轻女生坐在地上哭得上气不接下气：“呜呜呜，妈妈我好怕……”

还有人弄不清楚状况：“这是怎么了啊？”

“地震！”中年女人心有余悸地拍着心口，“我活了大半辈子还是第一次遇到地震啊！”

“知道哪儿震吗？”

“还不清楚，待会儿网上应该就会有了。”

地震似乎停了，但谁都不知道会不会有余震，只能继续待在原地。酒店的负责人和几位工作人员在维持秩序和清点人数。

淼淼裹着被子微微发抖，霍斯衍站在她旁边，正给侯舸他们打电话。手机信号断断续续，自动断开了，他又继续拨。

童放带着小乔过来会合了，小乔“嗖”一下钻进淼淼被子里：“好冷。”

“小乔！”淼淼用力抱住了她，“你们没事吧？”

“没事没事。”

淼淼又问：“侯舸侯舫他们呢？”

“在这儿呢！”侯舫和岑薇、封筝跟侯舸、谈今天、陈笑六人走了过来。

霍斯衍暗暗松一口气。

还好大家都平安无事，余悸未消，七嘴八舌地说起之前的惊险经历，淼淼忽然失声叫道：“吴非呢？！”

“是啊！”侯舸四处张望，语气紧张起来，“吴非这小子呢？”

陈笑猜测：“不会还没跑出来吧？”

之前他们本来住一间的，可吴非嫌弃他夜里睡觉呼噜打得太响，另外开了个单人间。

同一时间，封筝也说：“不会是受伤了跑不出来吧？”

说完，两人面面相觑。

谈今天急红了眼：“那我们赶紧回去找啊！”

侯舸：“走走走。”

霍斯衍跟上去，走出几步，回头给了淼淼一个安抚的眼神，就在这时，电话接通了，那边传来一个模糊的声音：“喂？”

“吴非，你现在在哪儿？”

“我在房间啊。衍哥你怎么半夜打电话给我，出什么事了吗？”

霍斯衍表情凝肃：“马上下来！”

吴非从床上爬起来，跑到阳台一看，底下乌压压都是人，顿时吓得睡意全无，抄起外套冲了下去。

门外的景象让他惊呆了，满地狼藉，玻璃碎裂，墙面出现裂缝，头顶上的灯只剩一根电线吊着，摇摇欲坠。他猛吞口水，这才感到阵阵后怕。

吴非拖着发软的双腿来到空地，侯舸跳过去，抓着他肩膀用力摇了两下：“地震来了你小子还在睡觉，心也真够大的啊！”

吴非张了张嘴，喃喃自语道：“地震了？”他当时真的一点感觉都没有。

童放上前：“人没事就好，刚刚真把我吓出一身冷汗。”

吴非无力地瘫坐在地上：“如果来的是强震，估计我连怎么死的都不知道。”

“呸！”陈笑唾了一口，“小孩子家家说什么晦气话。”

吴非摸了一把脑门上的汗：“不是有句话说，小震不用跑，大震跑不了吗？”

霍斯衍也是首次面对这样的状况，不过他是所有人中最沉稳的：“虹城不是震中，所以强度不算大。”

其他人沉默了。那震中地区岂不是……

东南角突然传来一声凄厉的哭声，是酒店的工作人员，一个二十岁出头的女生，她泪流满面地握着手机：“是我家那边地震了！”

她同事抱住她，不停安慰。

紧绷着神经的人们心急如焚：“哪里？”

“金银县。”

“我老家！”又有个哭号的男声加入，哭声此起彼伏。

金银县距离虹城大约三十公里，地震发生后十分钟不到，国家地震局就发布A省金银县突发6.5级地震的消息，由于是深夜，这个消息并未在网上扩散开来，对许多人来说，这是寻常又平静的一夜，和往日并无不同。

另一边，收到上级命令后，公安、消防、武警和医疗人员在第一时间连夜赶往灾区救援。

天慢慢地亮了，空地上的人少了一大半，有的收拾行李离开了，有些胆子大的回到房间继续补眠，该咋的还咋的。

淼淼霍斯衍等人还在原地。

金银县有几座周家的矿山，周逢玉早几年被他爸丢到那儿磨炼过，地形摸得烂熟。霍斯衍和他取得了联系，得知他正在去金银县的路上：

“好，等见面了再说。”

通话结束，霍斯衍看向淼淼，还没开口，她就知道他想说什么了：“我也要一起去。”

她怎么会不知道？虽然他没办法再做医生了，可骨子里坚守的信念从没变过，那颗心还是火热的。这种危急时刻，他是不可能袖手旁观的。

“做好事又怎么能少得了我们呢？”以陈笑为首的五个年轻男生齐齐站了出来。

吴非捋起袖子：“人多力量大，咱们能帮一点是一点吧！”

“也算我一个！”小乔不甘示弱地举手，大西北滚滚黄沙里长大的姑娘，打小没怕过啥。

岑薇和封筝异口同声：“还有我。”

小乔又说：“别拿危险啥的来当借口，我们有手有脚也有自保能力，难道就准你们男人冲在前头，我们女生就不能顶半边天了？”

岑薇温柔地接道：“我在红十字会当过志愿者，会简单的包扎和清理伤口，也跟着医疗团队参加过应急救援。”

封筝举手：“我，大学时选修过创伤心理学……”

太阳升起来了，晨光熹微。霍斯衍看着每一张年轻而坚毅的面孔，漆黑眸底隐隐有光泽浮动，半晌后，他点点头：“好，我们一起去。”

大家立刻回酒店房间简单收拾好东西，下楼，坐上等待在外面的大巴，前往金银县。

高速路上，他们遇到了同样心系灾区自发前去救援的其他社会人士。一百多辆出租车宛如长龙般整齐有序地行驶着，后面跟着白色的“120”医疗车队，私家车辆纷纷避让，收费站也“绿灯”免费放行。

在天灾面前，人心达到了前所未有的一致，团结、凝聚、守望相助。

到了离金银县还有五公里的地方，道路塌方，交通部门全力组织抢通工作，两台大型挖掘机正在作业，临时清理出一条只容小型车辆通行的路，大巴开不进去，只能停下等待。

另一辆运送物资的大货车也停下来了，司机跳下车，拦住了出租车队，请他们帮忙先把物资送进去。

淼淼望向窗外，到处是落石，路面出现巨大的裂缝，左前方有一辆黑色奥迪被巨石砸中，整个车头都瘪了。幸好司机只是手臂受了轻伤，坐在对面的开阔草地上，一位从医疗车里下来的护士正帮他包扎。

口袋里的手机“嗡嗡”振动，淼淼拿出来一看，是妈妈的电话，她接通。

安榕贞急切地问：“淼淼你没事吧？”

她是早上起来看电视新闻才知道的，金银县地震，虹城也有震感，刚好女儿就在虹城，一下急得不行。

“妈妈您别担心，我没事。”

“什么时候回来？”

淼淼支支吾吾：“可能没那么快……”

安榕贞还不了解女儿吗？她拔高音量问：“你们去金银县了？淼淼，这不是闹着玩的事！”

“妈妈，我跟您保证，一定会保护好自己的。”

安榕贞又说了什么，淼淼点头：“嗯，他也在。”

她把手机递给霍斯衍：“我妈妈要和你说话。”

霍斯衍接过来：“伯母。”

讲了几分钟后，安榕贞被他说服了：“我只有一个要求，务必要保证安全。你们每一个人都要好好的！”

“嗯，我们会的。”

挂断电话后，安榕贞跌坐在沙发上，她在体制内工作时参加过地震救援，至今印象深刻。废墟之地上，那一张张脏兮兮却无比鲜活的面孔，一双双明亮的眼睛，还有一声声道谢，她稳了稳心神，又拨了个电话出去：“以工作室的名义向地震灾区捐五百万，另外，准备好三千顶帐篷，还有矿泉水和桶面……”

那边，淼淼用充电宝给手机充上电，又等了十分钟，主道路还是不通，霍斯衍当机立断决定徒步前行。

一行人下了车，山路不好走，一个多小时后才进入金银县。

所有人不约而同地停下脚步，呈现在眼前的是一片废墟，房屋全被夷为平地，处处都是断壁残垣，触目惊心，越往里走，绝望的气息越浓。

有人跪在地上号啕痛哭，有人发了疯般在挖石块，双手流血，声嘶力竭地叫喊着家人的名字。有个头发散乱、神情恍惚的妇人幽魂似的在路上游荡，她在找自己的丈夫和一双儿女。

“真可怜啊，一家人只剩下她了。”有人说。

一个躺在地上衣着破烂的男人掩面哭了起来，旁边安静躺着的，是他已永远沉睡的妻子。

大家看得心情万分沉重。

这场地震，不管是对遇难者、幸存者，还是救援者来说，都是终身难以磨灭的记忆。

霍斯衍脱下外套，盖住了路边一个男孩的身体，他还那么小，一件外套就足以从头到脚地裹住。霍斯衍把他扭曲着的、冰冷的小手小脚摆放好，喉咙像烧了一把木炭，不能言语。

淼淼看得红了眼眶，封筝转过身小声啜泣。

侯舸跪下来，用带着余温的外套把一个女人的脸和上半身盖住，发白的嘴唇抖着：“安息吧……”

其他几人也沉默地脱了外套，给予遇难者们在世间最后的尊严。

地上的生命已在尘土中永远静止，而他们还要继续前行。

随处可见消防员、医疗人员，还有军人，一道道橙红、雪白、军绿交织成废墟上的一抹暖色。

霍斯衍带着几个男生到受灾最严重的幸福街帮忙，淼淼和三个女生则是来到广场上，这里临时安置了不少伤员，也是军方指挥部所在，穿着迷彩服的军人有些在搭建帐篷，有些在搬运空投物资。

她们来到临时医疗点，里面的医生和护士忙得团团转，这边还没忙完，那边又有新的伤者送过来。岑薇表明来意，护士听完就把绷带、消毒水和纱布一股脑塞到她怀里。

四人投入忙碌中。这一忙忙到了晚上，中间连喝口水的时间都没有，淼淼累得腰酸背痛，头晕眼花，坐在地上歇息。有志愿者过来给她发了两包饼干和矿泉水，她道过谢，没有力气更没有胃口，把东西放在脚边，打算眯会儿。

不知道霍斯衍那边怎么样了？

这样想着，隐约好像听到了他的声音，接着是小乔的：“可能在帐篷后面吧，她累坏了。”

淼淼猛地睁开眼：“我在这儿。”

熟悉的脚步声渐渐靠近，她站起身，看到满身疲倦的男人走过来，跑过去要抱他。

霍斯衍往后退了两步：“很脏。”

淼淼哪里管得了这个，张手抱住了他的腰，两人之间一股灰尘升起，他身上的味道说不上好闻，她抱得更紧了。

整件衬衫已经看不出原来的颜色了，淼淼摸到他后腰处，黏黏腻腻的，心瞬间提了起来：“受伤了？”

“没。”那是别人的血。

幸福街是金银县人口最密集，也是受灾最严重的区域，死伤无数。有一栋老居民楼的人全被埋了，无一生还，从外地赶回来的亲属情绪崩溃，死死地拦住救援队的人：“救啊！求求你们了，救救他们吧！”

谁都无能为力去改变现实，只能一遍遍说“节哀”。

想到这里，霍斯衍双手收紧，低下头，嘴唇压着她额角，久久不松，似乎是在消化某些情绪。

他的唇很干，想来应该也一天没喝水了，淼淼松开他，捡起矿泉水，拧开瓶盖：“喝两口。”

“你先喝。”

淼淼刚凑到瓶口，就听到侯舸和童放在焦急地喊她：“淼淼！淼淼呢？”

这是怎么了？

小乔把他们带过来。侯舸健步如飞地冲到淼淼面前，一口气说道：“我们在工厂那边挖人，探测仪发现底下还有生命迹象，可是没有办法确定具体位置，那人的生命体征很弱，耽误下去的话可能就……”

童放直接说出重点：“我们需要用到你的小蛇机器人。”

小乔听得一头雾水。

淼淼晃了晃手，手腕上的小粉蛇眼睛闪了一下，接着，全身亮了起来。

侯舸说的制衣厂就在广场的东北角位置，坐车过去需要二十分钟。厂的规模不算大，员工五百人左右，大部分是当地女性员工，有一百多个是外地人，住在厂里的员工宿舍。

霍斯衍和淼淼几人赶到的时候，倒塌的宿舍楼前还有一队消防人员在用专业器械挖掘，整个白天，他们一共成功救了八十七个人，挖出尸体十二具。伤者全部送往医院或者附近的临时医疗点，及时得到了有效的治疗，没有生命危险。

淼淼的眼睛被地上铺着的一大片白色塑料刺痛，她走到废墟前蹲下来，摊开手心，激活的小粉蛇迅速钻进石块缝隙里，眨眼间消失了踪影。

侯舸和童放加入挖掘队伍中。

霍斯衍拿出手机，连接上小蛇机器人的信号，屏幕上开始出现模糊的画面。

淼淼走过来，看到上面出现一个不断移动的红点，不时闪过裸露的钢筋、笨重的石块，这是小蛇的“眼睛”（摄像头）看到并传输回来的画面。只见它灵活地躲闪着前面的障碍物，往更深处探进。

右上方是不停变动的位置信息。

淼淼目不转睛地看着，小蛇遇到不能穿过去的障碍物，先试探性地上前撞了一下，画面跟着抖动，接着，它偏转角度，找到另一条缝隙又扎进去了。

员工宿舍是一栋四层的楼房，这个时间还埋在底下的基本上是住底层的员工。根据工厂经理所说，一楼住的全是男职工，一共二十八人，其中有两人请假，也不排除部分外宿的，所以他也不清楚具体是多少人。

“队长。”一个满脸污泥的年轻消防员拿着探测仪走过去，神色凝重，大声报告说，“检测不到生命信号了！”

众人搬动碎石块的动作停下，四周陷入死一般的沉寂。

侯舸身形一个不稳，旁边的童放眼明手快地扶住他。

被唤作队长的高壮男人走下来，声音粗糙：“集合！”

消防员们火速排成一列，等待接下来的命令。

既然证实此地已无幸存者，他们就不可能把宝贵的时间浪费在挖掘尸体上，只能做个标记，继续前往下一个地点救援。

队长一声令下：“全体都有，出发！”

“是！”队员们齐齐转过身。

侯舸双眼发红，胸口发闷，支撑不住地弯下腰去吐：“为什么？为什么……不多坚持一会儿？”

消防官兵们的背影在浓浓的夜色中渐行渐远，淼淼突然站起来，用尽全身力气喊道：“等一下！还有人活着！”

她追上去，将刚刚的话重复一遍。

队长沉默了一两秒才说：“姑娘，你也听到了，我们的设备检测到下面已经没有生命迹象了……”

淼淼坚定地说：“有！”可能是他们的设备信号中断了。

“你看。”淼淼把手机递到队长跟前，不算清晰的画面中，隐约能看到一个人的轮廓，她语无伦次，“他的胸口还在动，他有心跳和呼吸，很弱很弱，他的小腿被一块水泥板压住了，还在出血……”

队长眼中迸射出一道雪亮的光芒，他拉住离得最近的一个队员，吼道：“去找医生，快！其他人都跟我来！”

霍斯衍根据小蛇机器人传送回来的三维地图，指出了具体位置，消防员们浑身干劲地开挖，一块块钢筋水泥被搬开，他们的手套磨破了，手指划伤流血也不去管，只顾埋头奋战。

疼是什么？不知道。唯一知道的是，还有一个随时会离去的生命在等着他们。

时间一分一秒地流逝，仿佛炸弹倒计时一样响在现场每个人的心上。不知挖了多久，终于挖出一条通道。消防队长拿着手电筒带头下去，他的身影刚消失在洞口，一个消防员就带着谢南徵和两个穿白大褂的中年医生回来了。

“哥，你怎么也来了？”淼淼冲上去。

谢南徵上午就跟随仁川医院的医疗队过来了，一直在城南那边救人，所以直到此刻兄妹俩才见上面。

“没事吧？”谢南徵把她全身打量一遍。

淼淼摇头：“你赶快下去看看吧。”

消防队长又探出身子，大口喘气：“人还活着，医生来了没？”

“来了来了！”

消防员把探照灯挂在洞口，光路直通底部，谢南徵和同行的医生一起带着急救箱下去。

淼淼跟霍斯衍他们在上面安静等待着，通过手机看底下的画面，他们的面孔被灯光照得发白。

消防队长说："小伙子，好小伙，坚持住，一定坚持住啊！能听到我说话吗？"

那个人的手指动了动。

"好。"消防队长深吸气，努力让语气平静下来，"我跟你说下现在的情况，有一块水泥板压住了你的右腿，它翘起来的另一端正好悬挂在你头上，如果我们搬动水泥板的话，很大概率会造成二次倒塌。"

到时别说他，连下来救他的几个人都会被埋掉。

保住腿，还是保住命。如果只有两个选择的话，其实并不难做出决定。

消防队长轻轻地说："小伙子，人生还很长，活着才最重要是不是？"

医生检查过情况："时间太长了，失血严重，组织也已坏死，必须马上截肢。"

淼淼打了个战栗，霍斯衍搂住她肩膀，画面里，那个年轻男人在无声流泪，她也哭了，哭得霍斯衍衬衫湿了一片。

"救、救我……"

截肢手术进行中，另一个医生和县人民医院联系上，让他们立即派一部救护车过来。挂断通话后，他收好手机，石雕似的站着，仰头看向夜空，月光疏淡，让人不寒而栗。

不由得想起了十多年前支援川城时，自己也是在废墟底下给人做截肢手术，那是一个十七岁的男生，护士在一旁跟他聊天，他很乐观也很懂事，还说等将来长大了要去参加残奥会，可是手术做到一半，他突然没了动静……

远远地，救护车缓缓朝这边驶过来，焦急等候的人也等到了手术顺利结束的好消息。

陷入昏迷的伤者被运了上来，被医生和护士送上救护车，灯光推开厚重的夜色，一闪一闪地远去，所有人提着的心这才略略放了回去。

小粉蛇乖乖回到淼淼手上，她爱怜地摸了摸它的脑袋："辛苦啦。”

消防队长过来跟他们四人一一握过手，他感激地对淼淼和霍斯衍说：“如果不是你们，我们就错过了一条鲜活的生命。”

“我们只是做了最简单的事。”淼淼说，“你们才是最值得感谢的人。”

“这都是我们应该做的。”消防队长盯着她手里蜷缩成一个圈的小蛇，问道，“这是什么？”

“医疗机器人。”淼淼重新给它定义，“或许也可以说是搜救机器人。”

消防队长是亲眼见识过的，它不仅能准确定位，还能做到实时传输画面，如果把这种高科技使用到接下来的救援行动中，将会节省出很多时间，更大程度地去挽救更多的生命，他又急切地问：“你们只有一个这样的机器人吗？”

霍斯衍点点头：“是的。”

“有个不情之请，我刚收到上级命令，即将前往的救援地点现场状况复杂，能不能借用你们的机器人？”

淼淼毫不犹豫：“当然可以。”

终端安装在霍斯衍手机里，另外还涉及专业操作的问题，霍斯衍决定跟他们一起去。

淼淼上前牵住他的手：“注意安全。”

他用力握了一下：“嗯。”

霍斯衍跟着消防队的人匆匆离开了，淼淼、谢南徵几人则是回了广场。伤员太多，附近新送来的轻伤者被安置在帐篷外，痛哼、呻吟声此起彼伏。志愿者忙着给他们送御寒衣物和食品，旁边的过道，军人们安静而有秩序地运送着新补给的急救物品和医疗设备。

临时的手术台上，各种手术在进行中，谢南徵连和淼淼说话的时间都没有，就和其他两个同行的医生进了帐篷。

小乔揉着酸疼的肩膀走近：“人救到了吗？”

淼淼简洁地把惊险过程说了一遍，小乔倒吸一口冷气，冲入肺腑，她背过身去压着声咳起来，好不容易顺过一口气：“你老公真是太牛了！用我阿奶的话来说，这可是大功德啊，将来你们会有福报的！”

淼淼也没想到霍斯衍送给她防身的机器人会在灾区派上用场，她低垂双眸，眸色如深沉的夜："如果能多几个就好了。"

"现在这样也很厉害了。"

两人站着聊了几句，就被护士叫去为伤者包扎了。

不知不觉，午夜悄然来临，繁星满天，空气是混浊而压抑的。

每顶帐篷前有一盏灯，被埋在黑暗地底下的人，在等待救援的过程中，最渴望的便是光明，灯光不算太亮，但能给予他们心理上的温暖和抚慰。

做了两台手术的谢南徵疲累地从手术室出来，由于四处找不到可用的水，他只能用纸巾一遍遍地把手擦干净，武警部队的人还在周围巡逻，隐约能听到狗叫声。

更远处，还有数支救援队在深夜作业。

谢南徵在广场走了一圈，和出口处换岗的军人们聊了会儿天，得知有两个也是北城老乡，部队就驻扎在邻县，是最早赶到金银县的队伍之一，不免聊得深了些。

巡逻的武警又换了一批，谢南徵看看手表，一点半了，他必须立刻回去休息，这样才有充足的体力应对明天的手术。

条件有限，医护人员们也没有安排固定的帐篷，有位置就去睡，睡得很浅，外衣也不脱，要是又有伤者送过来，一睁开眼就能往外跑。

谢南徵进去后，发现里面空无一人，他裹紧外套在角落躺下，闭上眼睛。

依稀听到有人进来了，动作很轻，但夜太静了，他累到极点，手指都不想动，更别提掀眼皮了。

"谢医生。"

他下意识"嗯"了一声，接着感到一双手抱了上来，猛地惊醒，撞入蒙眬视野中的是一双亮晶晶的眼睛。

还以为在做梦，然而相贴的体温是那么真实，谢南徵哑声问："你怎么在这儿？"

他又不觉得意外，只身赴灾区，确实是孟临星能做得出来的事。

孟临星满身尘土，只有脸是干净的，她往他下巴吹了一口热气："怎么，你能在这儿，我就不能了？"

他沉声问："你爸爸知道吗？"

"怎么能让他知道？啰唆起来没完没了，听得耳朵长茧子。"孟临星靠得更紧了，"他以为我在东南亚度假呢。"

这个姿势太不合适，谢南徵试着松了松她的手，她当然不肯放："啊，困死了，我要睡觉。"

他无奈极了："孟临星。"

没有防备，她直接亲上来，谢南徵往后一缩，帐篷颤动起来。

"别说话，我们一起睡。"

孟临星说完睡着了，真正地一秒入睡，人比醒着时不知乖了多少。谢南徵轻轻一动，她的手就松开了，他把她身子放平，留意到她指间有几道伤口，其中一道口子很深，还在渗血丝，翻过来，右手背上不知被什么重物砸到，青紫一片。

他轻叹一声，走出去，两分钟后带着药箱回来。

这女生性格看似强硬，其实有一颗柔软的心，这点谢南徵一早就发现了。他不会认为她是为自己而来，即使没有他，她也一定会出现在这个地方。

这才是孟临星。

谢南徵清洗伤口的动作一顿，为这忽然生出的柔情，心口阵阵发颤。

为什么迟迟不愿接受她几次三番提出的交往请求？因为她的态度太不慎重了，谢南徵害怕她是一时玩心，他却步步深陷，最后她轻飘飘脱离，只留他独自黯然神伤。

他对待一段感情必定是全心全意的，所以对另一半有着同样的要求。

可就在今晚，在见证了无数生离死别后，他生出了一个念头。

要不……和她试试？

凌晨三点半了，淼淼还没入睡，她和小乔、封筝以及岑薇挤一个双人帐篷，连翻身都困难。其他人白天累坏了，睡得很熟，她从外套口袋里摸出手机，给霍斯衍发了条微信："回来了吗？"

他回得很快："回了。"

淼淼："在哪儿？"

霍斯衍又回了一条信息，淼淼裹好毛毯，轻手轻脚地出去。

疲惫的官兵们在帐篷外就地躺着睡了，淼淼小心翼翼地绕过他们，来到广场边缘，在一根柱子下找到了霍斯衍。

她走过去在他旁边坐下："还顺利吗？"

"嗯。"

风"呼呼"地从两人之间的空隙里穿过，淼淼窝进他怀里，毯子刚好能裹住彼此的身体，他身上的寒意被她的体温一点点融化掉。

霍斯衍低声问："晚上吃过东西没？"

"吃了泡面，你呢？"

他吃的是压缩饼干，在赶去一栋居民楼的路上，边走边喝着矿泉水吞下去的，是什么味道都不记得了。

没说的是，后面全吐了个干净。

那是一个三口之家，父亲保护着母亲，母亲保护着年幼的孩子，沉重的水泥板压在男人背上，钢筋从他后背穿入女人的心口，孩子的脸上淌满了父母的血，不哭不闹，可能是嗓子哑了，也可能是吓坏了。

孩子不知道到底发生了什么事，不知道一夜之间永远地失去了生命至亲，消防队长颤抖着手把他从妈妈怀中抱出来时，他本能地放声大哭，那哭声，几乎把在场每个人的心都揉碎……

霍斯衍怔怔地望着这座还未迎来天亮的坍圮之城，废墟之下，还有多少生命奄奄一息，垂死挣扎？

淼淼痴痴地看着他沉静的侧脸。

夜太黑暗了，所以头顶上的星河才显得格外璀璨，光亮总是从生命的缝隙中透进来。

眼前的这个男人，黑发凌乱，面露疲惫，衣衫布满灰尘和褶皱，不复往日衣冠楚楚的体面模样。但她觉得，这样的他，比暗夜星辰还要耀眼。

片刻后，霍斯衍收回心神，找到她的手，十指紧扣："淼淼，我们以后生两个孩子吧。"

等到将来，哪怕最坏的事发生了，他们也可以互相依靠，互相扶持，不至于孤独行走人世。

淼淼想起之前做的那个一家四口去森林里野餐的梦，脱口而出："我们生一个男孩，一个女孩吧。"

转念一想，这种事情很难控制的吧？

"好。"霍斯衍赞同地点头，"我尽量努力。"

努力的前提是，回到A市，是不是该先把婚求了？至于她父母那边……再慢慢来吧。

淼淼刚好打了个哈欠，抬手去擦眼泪，加上他后半句说得既低又哑，她听得不是很清楚。

他的气息让她感到格外安心，那根紧绷许久的心弦跟着一松，几秒钟不到就被睡意淹没。

霍斯衍听着她平缓均匀的呼吸声，心下一片平静。白天右手使用过度，旧疾复发，像有绵绵密密的针在刺，身体是疲倦的，可思绪异常清醒，他强迫自己闭上眼。

然而，直到天色微明时分，也没有酝酿出睡意。

小粉蛇机器人安静地趴在他腿上，它的"皮肤"上密布各种感应器，无须充电，靠吸收热能来提供驱动力。经过几个小时的休整，它又满血复活了。

一批批露天小憩的救援队开始整装出发了。

有三只幸存的公鸡昨晚来广场这边避难，缩在角落担惊受怕了一宿，乍见晨光，便跳上台阶，精神抖擞地伸长脖子"喔喔喔"叫起来。

这个清晨，是从吵闹声里开始的。

淼淼一睁眼看到远处天边挂着红通通的太阳，漫长的夜终于走到尽头了，又迎来新的一天和希望。经夜后的空气里尚带一股冷意，她忍不住打了个哆嗦。

霍斯衍伸手去摸她的额头，是正常的温度："趁现在还没有新伤员送过来，你回帐篷再睡会儿。"

淼淼刚想问"那你呢"，眼角余光捕捉到那位消防队长的身影，她知道他又要出去了，帮他整理好衬衫领子，想到什么："等我一下。"

她跑到后勤处给他拿了一件黑色外套："把这个穿上。"

又问消防队长："你们不吃早餐吗？"

"路上吃。"

小乔挥着筷子："快来，慢了就没的吃了。"

一次性碗用完了，她们和后勤部的人围着两口锅就地蹲下，十几双筷子齐齐出动，时间太久，面条被泡得糊掉了，可大家吃得津津有味。

刚吃完就有救援队把伤者送过来，于是众人又投入到新一轮的忙碌中。

忙起来就感觉不到时间的流逝，黄昏又悄然临近，淼淼终于得了个喘气的机会，钻进SUV里和妈妈说会儿话。

安榕贞正躺在放平的座位上休息，她身体本来就不好，加上连夜赶路，奔波劳碌，脸色苍白如纸。淼淼看得心尖揪疼，轻喊一声："妈妈。"

安榕贞睁开眼："忙完了？"

"您还好吧？"

"没事，就是有点累。"安榕贞清了清喉咙，拉住她的手，"我清楚自己身体什么情况，看到你没事我就放心了。"又补充一句，"别担心，我不逞能，明早就回去了。"

进入金银县后，安榕贞的身体就出现不适，满目疮痍的景象更是让她想起一幕幕往事，心理压力骤增，心力交瘁之下，人自然撑不住了。

"嗯嗯。"淼淼虚搂住她的腰，"妈妈，我想继续留下来。"

从小护在羽翼下长大的女儿，如今能张开双翅去帮别人挡风遮雨了，安榕贞心中是欣慰的："留吧。"

母女俩说着说着提到了霍斯衍。

淼淼说起昨晚用小蛇机器人救人的事，点开手机让妈妈看当时的画面："检测到生命信号消失后，消防队的人都准备要走了……"

她简化了救援过程，安榕贞却听得惊心动魄，连忙问："那人现在怎么样了？"

"听说已经脱离生命危险了。"虽然失去一条腿，但好在保住了命，算是不幸中的万幸。

淼淼继续说："把人救出来后，霍斯衍跟着消防队的人走了，直到半夜才回来，早上天没亮又出去了。"她想了想，"晚上应该会回来。"

然而，一直等到夜里十点多，霍斯衍也没出现，淼淼给他打电话，一开始还能打通，响了几秒机械女音就提示“您所拨打的用户已使用来电提醒功能”，会不会是出了什么事？她担心得不行。

手机一振，进来一条来自陌生号码的短信：“淼淼我手机关机了。无事勿念。”

淼淼电话打来时，霍斯衍正和消防队在学校挖人。一个小时前，队长接到上级消息，说是城中的某所私立小学发现幸存者，让他们立即前去救援。

地震突发时是在深夜，先发救援部队对当地情况不熟悉，除了居住区外，救援力量主要集中在六所寄宿中学，所以这所小学在摸排阶段被忽略过去了，偏偏它也是寄宿制的。

一行人迅速来到现场，目之所及，没有一栋完好的建筑，他们找到宿舍楼的位置，那里已有十几个家长在拼命地挖石块，一个中年女人看到他们，像看到救命稻草一样，哭着跑过来。

“全体都有，行动！”一片橙红色扑向废墟。

小蛇机器人灵活地钻进石头堆里，不到三分钟，它顺利找到了第一个幸存学生的准确位置，四十分钟后，学生被成功地救了出来。

家长们一窝蜂似的涌上去，看到不是自己的孩子，眼中浮现失望之色，互相安慰，加油打气一通，又回去继续挖。

小蛇刚好发回来第二个位置信息，霍斯衍的手机因电量过低自动关机了，他看一眼底端连接的充电宝，也没电了。

接连累了两天的消防员们身体也不是铁打的，几乎到了体能极限，但还是咬牙坚持着，搬开一块巨大的墙面后，里面传来一阵轻轻的、发抖的声音：“有人来救我们了？”

又有一个稚嫩的声音说：“快醒醒，我们得救了！”

更多又哭又笑、叽叽喳喳的声音传出来。

“真的真的，我看到光了！”

“呜呜呜，我要妈妈……”

“别哭，不是说好要一起做男子汉的吗？”

外面的人安静了，眼含热泪地聆听着美妙的天籁之音。

消防队长抹了一把眼睛：“孩子们，你们一共有多少人？”

“六个。”

“我们都活着。”

“好！”消防队长一连说了几个好，伸出沾满泥土的手，“你们真棒，别害怕，叔叔们这就接你们出来。”

“我们不怕。”五道声音齐齐回答。

那个哭鼻子的男生哽咽着说：“我也……不怕！”

四年级的六个孩子手拉手窝身在大三角形的空间里，除了轻微擦伤和因长久缺水、饥饿造成的虚弱外，其他并无大碍。消防员们在通道里排成一行，接力把他们一个个抱出来，每张小脸都脏兮兮的，眼睛却格外明亮。

霍斯衍站在离出口最近的位置，从消防员手中接过孩子，再送上去给外面焦急等待的家长们。

“啊，是我们家小杰！”有个女人欢天喜地地喊道，她冲上前来一把将孩子抱住，不停地去和他脸贴脸，又是哭又是笑，泪水沾湿了两人的脸，“不怕，不怕啊，妈妈在这儿！”

“我们康康和小杰一个宿舍！”她旁边的男人拥着妻子喜极而泣，“老婆，康康没事！”

有人欢喜有人忧。又有一个孩子送出来了，家长们围上去，七手八脚地把他小脸上的脏污抹掉，看了又看，个个都失望地摇头叹气。

小男孩余惧未消，茫然地看着他们转身走开。这些人中既没有爸爸也没有妈妈，他扁着嘴角强忍眼泪，忍不住放声大哭。

“这家长也真是够心大，这种时候了还不见踪影。”

“身在福中不知福啊，如果那是我的孩子，该有多好！”

“不要哭。”有个气质温婉的女士蹲下身，用手帕擦掉男孩的泪水，“要坚强知不知道，爸爸妈妈一定还在来的路上。”

男孩用力地点点头：“他们很爱我的！”

女人轻轻摸了摸他脑袋。

男孩害羞地小声问：“阿姨你可以抱抱我吗？”他的双腿没有力气了。

女人温柔地抱住了他。

“阿姨，你的孩子也在这里吗？”

“是，他叫徐向阳。”

“我知道他，六年级的向阳哥哥，他学习很厉害，篮球也打得很棒！”

女人瞬间泪染双颊：“嗯……”

第三个送出来的孩子是康康，他怕被人认出来自己是之前那个哭鼻子的小男孩，就一直把哭声强压在喉咙。他被一双双粗糙而有力的大手轮流抱出去，来到了霍斯衍怀里。

听着外面嘈杂的人声，想到第一个抱他的那位叔叔说，出去就能看到爸爸妈妈了，康康实在忍不住，“哇”一下哭了出来。

霍斯衍边走边柔声安慰他，没注意脚下踩到了一块石头，他的身体朝左边倾斜，撞上了水泥板，一时间找不到重心，竟不受控地单膝跪下去。

他们头顶上方，有一块挂在钢筋上的、笔记本大小的石块，因为先前的撞击而摇摇欲坠，可从霍斯衍这个角度看不到石块。他稳住康康身子，正要重新站起来，康康惊恐地“啊”了一声，条件反射地捂住头，霍斯衍本能地察觉到危险，把他紧紧抱住。

石块“砰”地掉落，霍斯衍发出压抑的闷哼，再度弯下了腰，他用力闭上眼，深吸一口气：“没事吧？”

康康吓得连话都不会说了，只是哭着拼命摇头，刚刚那一下，肯定很疼吧？

霍斯衍低咳两声，抱着康康继续往外走，他父母早已伸长了手在洞口等着接。康康看到爸妈哭得更伤心了，被他们接过去之前，他扭头搂住了霍斯衍脖子，在他耳边，带着哭腔轻轻地说：“叔叔，谢谢你。”

不等霍斯衍回应，康康就被激动无比的爸妈联手拉上去了，一家三口哭成一团。

接着，第四个……第六个孩子也被救了出来。

找到孩子的家长离开了，走之前，他们抱着孩子齐齐地对着疲惫到极点、坐在地上休息的消防员们鞠了深躬，孩子们异口同声地道谢，一家人被劫后余生的喜悦簇拥着离去。

而等在原地的家长面如死灰，神情恍惚。

夜色中，仿佛处处蛰伏着吃人的巨兽，连寒风吹在身上都不觉得冷。

有个微胖的男人突然吼道："你们耷拉着脸干什么，只要有一口气在，我们就继续挖，孩子还等着呢！"

几个男人响应着，将碍事的外套丢在一旁，齐心协力地把一面断墙搬了出来。女人们捡着石块往外丢，喉咙在白天时喊得嘶哑，现在只能在心底一遍遍地唤孩子的名字。

消防员们休息了几分钟，有些连压缩饼干都没咽下去，胡乱灌了两口水，一抹嘴巴，回去继续挖人了。

霍斯衍则是去附近的临时安置点借了两个充电宝，手机开机后，小蛇机器人又蓄势待发了。

翻起来的石块、瓦砾下，藏着一份份希望，也有可能是绝望。

对金银县的无数人来说，这又是一个不眠之夜。

霍斯衍次日傍晚才回到了广场，而安榕贞上午出发回了A市，所以两人并没有打上照面。

淼淼看到他时，吓了一大跳，面容憔悴，眼底青黑，嘴唇干裂，下巴冒出了胡楂，浑身上下没一处干净的地方。她生怕他脚步迈大些整个人会栽下去，急急忙忙跑过去扶住他。

霍斯衍把部分重量交给她，哑着嗓子说了两个字："睡觉。"

淼淼扶他进了帐篷，他躺下后，很快沉沉入睡。

她从口袋里摸出棉签，沾了矿泉水一遍遍地去润他的唇。

霍斯衍的呼吸很重，淼淼动作极轻地抚平他眉间的皱褶，又拿了湿巾去擦他的脸和手。

原本修长白皙的手粗糙了不少，伤痕密布，她轻握住，用脸颊蹭了两下。

睡了半个小时左右，那位消防队长又过来找霍斯衍了，淼淼舍不得叫醒他，从他外套口袋翻出小蛇机器人、手机和充电宝："我跟你去。"

他之前教过她操作方式。

路上，消防队长一脸凝重地告诉她："离黄金救援时间结束不到九个小时了。"

淼淼知道这意味着什么，心猛地一沉。时间所剩无几，而救援难度逐渐加大，尤其是入夜后。最重要的一点，就算在这个时间段把人救出来，存活率也不高，大概只有百分之二十到三十。

世卫组织的专家指出，错过黄金救援时间，救出的不是尸体，就是奇迹。当然也不是没有在坚持了一周、十天，甚至更长时间后获救的例子，不过那是特例中的特例，奇迹中的奇迹。

暮色渐深，四周萦绕着一层薄薄的白雾，空气里飘着浓浓的消毒水味。

淼淼和消防队来到私立小学，断壁残垣，被数盏大灯照着，悲伤和绝望也被照得那么明亮。与之相反的，是还苦守在现场，挖到双手流血，心底阴霾重得化不开的家长们。

宿舍区一共有三栋呈弧形排列的五层楼房，根据宿管部的记录，住有学生七百三十二人。截至目前，成功获救的有三百五十九人，还剩几十个人，生死未卜。

看到他们出现，家长们互相搀扶着走上前来，齐刷刷地跪倒了一片。

那是淼淼这辈子都不会忘记的画面，他们没有声音，有的是，一双双肿胀泛红的眼睛，写满了生的痛楚。还有那佝偻的腰，弯下去就难以再直起来，他们都是体面的人，这个年纪，经历过大风大浪，攀过峰顶，也曾落至谷底，从未屈服，从未低头。

此刻使他们折腰跪下的，是一份希望，或者说，奇迹。

消防队长把离得最近的一位家长扶起来："你们放心，我们会竭尽全力，决不放弃。"

他身后整齐站着的消防员们，目光炯炯，铿锵有力地喊道："竭尽全力，决不放弃！"

淼淼潸然泪下。

安抚好家长们的情绪，消防队长带领队员们开始挖掘工作，切断钢筋，破拆大型钢板、混凝土，几位振作起来的家长帮着搬运石块。

淼淼耳朵充斥着刺耳的轰鸣声，太阳穴抽疼，她紧紧盯着手机屏幕，小蛇机器人的位置信息不停变动，她看到被压得变形的手、脚，大摊血迹，一只孤零零的鞋子……却唯独没有生命讯息。

有一个孩子被挖出来了，引起了成片的痛哭声。

寒意从脚心蹿起，密布全身，淼淼受不住地蹲下去，有身影靠近过来，接着，她感觉到一阵带着温暖的力度覆上肩膀，回头一看，是霍斯衍。

他把她拉起来，打开外套裹进去。

“没、没有了。”淼淼说得没头没尾，他却听懂了：“一定还有的。”

机器人不是万能的，不过是辅助工具而已，当初设计时也没有专精搜救功能，加上信号偶尔会受到磁场干扰，难免有所疏漏。

“真的吗？”

他坚定地点头：“嗯。”

夜越来越深，温度下降得厉害，救援速度慢了下来。

寒风吹过来，扬起地面的尘土，吹得白色的布，起伏着，又缓缓落下，铺成一具具身体的形状。

天亮了，太阳出来了，温柔的晨光，照耀人间，可它太弱太弱，并不能融化每一个人身上的寒冷。

疲惫不堪的消防队长准备收队，让手下的几个小伙子好好休息一下，忙了三天，合眼的时间不到五个小时，哪怕受过严格的体能训练，也即将到达极限了。

他们在列队，有个穿着棕色风衣的长发女人跌跌撞撞跑过来，揪住消防队长的袖子：“我儿子他还活着！求求你们再试一次，求你们了……”

“他经常打篮球，身体很好，上个月还去市里参加过地震逃生演练，我相信他一定还活着！”

“他住五楼，就在左边靠楼梯口位置那间宿舍……”

“女士，您也看到了，您所指的那片区域，我们进行过重点搜救，通道几乎挖到底了，真的很遗憾……请您节哀。”

女人颤抖着手，手指一根根地松开，像落叶般跌到地面，捂住脸，无声落泪。

按照常理和人的本能推断，地震来时，她儿子很大概率会从最近的楼梯口逃生，就算没逃出去，遇上了最坏的情况，也应该能在楼道附近区域找到尸体。

霍斯衍猜测：“有没有可能换宿舍了？”

女人停止呜咽，指甲掐进手心，她眼底重燃一丝希望之光：“对，对！”她看向消防队长，“一定是换宿舍了！”

消防队长吩咐手下立即去联系宿管部的工作人员。

“你儿子叫什么名字？”

“徐向阳。”

“队长！”二十秒后，手下过来汇报说，学校为了给六年级的学生更好的住宿环境，上周三把他们全体换到东北角的B栋一楼了。

“集合！”

救援刻不容缓。人埋在一楼，深度大，挖掘难度更大，消防队长跟上级请示调用了一台大型起重机过来，跟着来的还有十几个媒体记者。

除了报道灾情和现场救援情况外，记者们的关注点还在小蛇机器人身上。这两天，他们目睹过一道粉红色的“闪电”自由灵活地穿梭于废墟中，传输回数百条有效的定位信息，大大地提高了搜救效率。

直到此刻，他们终于得以看到它的真面目。

新闻台的女记者开了微博直播，向心系灾区的全国人民展示整个救援过程：“现在我们看到的是在学校宿舍楼实施救援的消防队，在现场的还有家长和志愿者……”

淼淼刚启动小蛇机器人，镜头就对了过来，女记者说：“这条看起来像蛇的物体，其实是一款小型的搜救机器人，它在救援中充当了很重要的角色。”

“小蛇钻进石头缝了，我们来看一下它传送回来的画面。”

弹幕飞快增加——

“好清晰。”

“它动作好快。”

“嗯嗯嗯，我看到了一支牙刷？”

几分钟后，画面一闪，静止了。

“我的天！它好像被大石头砸中了！”

“没事吧？”

淼淼和女记者露出焦急神色，霍斯衍面沉如水地看着屏幕，等了一会儿，只见红点又闪烁起来，继续往下移动，画面恢复了。

网友们：这也太耐打了吧！

小蛇机器人一口气扎到废墟底下，头顶的两个犄角左右动了动，接着头尾换了个位置，小心翼翼绕过一根钢管后，发出“吱”的一声。

昏昏沉沉的徐向阳听到动静，以为自己出现了幻听，他的半边身子被床板压着，上面还有巨大的水泥块，动弹不得。黑暗的空间里，氧气在慢慢减少，呼吸变成了一件奢侈的事。

地震来的那晚，徐向阳由于发烧吃了药，睡得很沉。他从地动山摇中醒来，跳下床，门已经推不开了，千钧一发的时刻，他想起参加地震逃生演练时老师说过的话，如果确定无法逃出去，那就躲到桌子等坚固家具下。

他迅速爬进床底，身体紧紧地贴住墙。

起初还能听到外面瘆人的尖叫声，随着震动加剧，他捕捉到了毛骨悚然的感觉。徐向阳抖得跟筛子一样，脑子全然是空白的。就是几秒钟的时间里，他听到接连不断的轰隆巨响，上下床被压缩得只剩木板，背后的墙拦腰截断倒了下来。断墙砸在木板上，压住了他半边身体，幸运的是，断墙也为他撑起了小片生存空间。

不是没有尝试过呼救，但事实证明是徒劳。

从出事到现在，不知道过去了多少时间，有时迷糊着，分不清自己到底是活着还是死了。

渴、饿、冷，这些感觉全部模糊了。大概离死不远了吧。

他真的太累了，累到连眼泪都没有力气流出来。

又听到“吱”的一声。

徐向阳心想，难道是老鼠吗？他最怕的就是老鼠，可现在就算它爬到脸上，也拿它无可奈何了。

咦，有光？！

他猛地睁眼，头晕目眩，又闭上，待适应后，又轻缓地张开来，看到了一条亮着粉色光泽的不知什么东西趴在肚子上，他觉得很温暖，不管是光还是它的温度。

那东西爬到他脖子了，还在往上蠕动，尾巴轻拍着他的嘴。

徐向阳不知道它想做什么，屏气凝神等着。它又沿着他手臂爬下去，趴在他手心里“啪”一下打开了靠近尾部的两个格子，倒了两粒胶囊，各一块指甲大小的巧克力和压缩饼干出来。

做完后，它安静地蜷缩成一团，变成灯圈在一旁陪伴他。

看到这些画面的女记者和无数网友发出了同样的疑问：它真的只是搜救机器人吗?

“我没眼花吧！它倒出来的是什么？”

“目测是维生素胶囊、巧克力和饼干。”

“天啊，这操作也太逆天了吧！”

“拜托了，别发那么多弹幕，都挡住画面了！”

只见屏幕中，徐向阳艰难地抬起僵硬无力的手臂，过程中胶囊和压缩饼干掉了，他只吃到了巧克力，一点点地用唾液融化，很甜，很甜，他从来没吃过这么好吃的巧克力。

身体跟着暖起来，力气似乎在慢慢恢复了，他甚至能伸手去摸一摸那团光。

小家伙，你到底是什么东西啊?

小角落里的温暖和光明，驱赶了阴冷和黑暗，徐向阳又捡起饼干，不管沾了灰土，小口小口地吃起来……

“他吃得好满足哦！”

“我看哭了。”

“做出这种绝世大宝贝的，都是些什么人啊？！活该你们一辈子平安健康顺顺利利！”

“希望消防员叔叔们能快点把这个小弟弟挖出来，加油加油！”

过了很久很久后，又有另一道明亮的光加进来，徐向阳便知道，他得救了。

身上的木板被搬开，然后，他落入一个有力的怀抱，眼中总有一片橙红色在闪动，他贪恋地呼吸着新鲜的空气，欢喜得要落泪，啊，活着真是太好了！那个叔叔捂住他眼睛，很轻柔地告诉他：“我们要出去了。”

他在心里回答：“嗯。”

“阳阳！”徐向阳听到了妈妈的声音，幸福地微笑起来，偏头昏睡过去。

小粉蛇回到淼淼手里，进入休眠模式。

一旁，女记者激动不已地在镜头前说：“成功救援！此刻距离黄金救援时间已经过去了八个小时，这是生命的……奇迹！”

网友们看着她背后忙碌的身影，弹幕一致变成了——

“消防员辛苦了！医生护士辛苦了！向你们致敬！”

十二岁的徐向阳是整个金银县的最后一位幸存者。

国内各大媒体争相报道，网上铺天盖地都是此次地震的正能量消息，奋战在救援前线的军人、公安消防武警官兵和民间专业救援队，守在后方夜以继日抢救、治疗伤者的医护人员……其中，首次来到大众视野，为救援工作贡献了重要力量的小蛇机器人也备受关注。

霍斯衍和淼淼婉拒了记者的采访，他们和童放、侯舸等人在金银县待到第六天才启程回A市，而谢南徵还要多待几天，孟临星自然是留下来陪他。

大家都明显瘦了一圈，尤其是吴非，瘦得连眼眶都掉下去了，其他几个人打趣了他几句，就再没有动静——都坐在座位上睡着了。

淼淼透过车窗看出去，之前裂开的路面已被修复好，像一块突兀而笨重的伤疤，终究还是回不到原来的模样了。一辆辆军车、医疗车、大货车和挂着支援小红旗的社会车辆平稳地从相反方向驶来。

那座被和煦阳光笼罩着的小城，离得越来越远了。

她收回视线，握着霍斯衍的手，闭上双眼。

相信总有一天，这片受过重创的土地上会建立起新的家园。

一行人回到产业园的公寓已是晚上，告别后各自回屋，淼淼和霍斯衍打开门的第一件事就是冲进浴室洗澡，先淋浴，再泡澡。

淼淼花了将近一个小时把自己洗得干干净净，吹干头发出来，看到霍斯衍坐在床上，未着寸缕。

旁边还放着家庭药箱，他正拿了一瓶药往手里倒。淼淼走过去，爬上床，快速把他看一遍。腿上和手臂上有各种不同程度的瘀青，最严重的是后背那块，她两个手掌放上去都盖不住。

“怎么受了伤也不说？”

看样子应该伤了不止一两天，都没提过只言片语，他就是这样的，什么都独自默默承受。

淼淼别提多心疼了，鼻尖泛起一阵酸意：“去医院检查一下吧。”

霍斯衍仰头和水吞了药，水杯放回床头桌，捏了捏她的手：“不用。”看起来严重，其实只是皮外伤，他以前是医生，心中有数。

“我帮你擦药吧。”

也好，那个部位他不是很方便擦。

淼淼挑了去瘀青的药油，先在手心里抹开，再轻抹上他后背：“可能会有点疼。”

对霍斯衍来说，那点疼根本算不了什么：“再大力些，要擦到皮肤发热才会有效。”

淼淼加大力度：“这样行吗？”

“嗯。”

“真不疼？”

“嗯。”他全程连眉头都不皱一下。

淼淼擦完后背，顺便把其他几处瘀青也上了药油。目光闪躲着某处，脸颊浮起一层薄红。他低下头，亲了亲她微抿的红唇。

“你怎么不穿……”

“忘记拿进去了。”

“我去给你拿。”

霍斯衍把医药箱放到一旁，搂住她的腰，双双倒了下去，棉被一盖：“睡觉。”

两人就这样抱着睡了，隔着一层薄衫，能清晰地听到彼此的心跳声，那么令人安心。

卧室里弥漫着一股药油味，这几天最缺乏的就是睡眠。四下暗而静，被窝暖融融的，身侧躺着的又是放在心尖上的人，身心是全然的放松，他们直接睡到了翌日中午。

模糊间，淼淼听到门铃声，她想让霍斯衍多睡会儿，披了件外套出去，穿过客厅时还嘀咕是谁呢，结果来的人是她妈妈。

安榕贞进屋后，把装着汤水的保温盒放到桌上，淼淼闻着诱人的香味，这才感到饥肠辘辘。

“你们这几天饮食清淡，不宜一下吃得太荤腻，我就没熬鸡汤。”

淼淼打开盒盖一看，是玉米莲藕汤，不见油星，但真的很香，她不禁吞了吞口水，可是还没刷牙呢，只能忍着。

安榕贞问了灾区的情况，又和女儿聊了会儿家常，工作室那边还有事，就准备走了。

淼淼还穿着睡衣，只把妈妈送到门口，看她进了电梯才把门关上。

转身回卧室，淼淼看到霍斯衍还在睡，被子落到腰间，上半身露了出来，他眉头紧蹙，呼吸急促，好像在做什么不好的梦，她在床边坐下，把被子重新拉好，晃着他的手臂轻声喊："阿衍。"

喊了好几遍，霍斯衍才醒过来，思绪尚迷糊着，视线准确地找到她，伸手抱住，头埋在她柔软的腰腹间。

淼淼轻抚他头发："没事了，我在啊。"

霍斯衍慢慢地从梦境回到现实中，心情略微平复下来，他把她抱得更紧，声音低低的："我们以后都不要分开，好不好？"

"当然，我们会一直在一起的。"

"淼淼。"

"嗯？"淼淼抬起头，撞入那双漆黑眸子中，那里面映着她小小的影子，他的眼神温柔似水，她的心跟着柔软得一塌糊涂。

"我爱你。"

淼淼完全没有心理准备，彻底呆了。她以为依照他清冷内敛的性子，想听到这三个字，应该要等到婚礼上。除了傻笑，欢喜得不知道说什么好，倒是肚子似乎感染到她的情绪，欢快地叫了起来。

她窘得不行，好好的一个表白，关键时刻居然这么煞风景，太不争气了……

"你不准笑。"

"好。"霍斯衍一本正经地保证，"我不笑。"

别以为她没看到他眼角眉梢堆起的笑意，淼淼鼓起腮帮，在他唇上轻咬一口，下巴被他的胡楂扎得痒痒的。

她干脆把他短发也揉乱，不修边幅的模样，倒是平添了几分居家气息。

胡闹过后，淼淼白净的脸上已然飞满红霞，她催促道："你快去洗漱！"

霍斯衍穿上衣服进了浴室，淼淼拉开窗帘，炽烈阳光一下涌了进来，秋风凉凉拂面，散去她面颊的热意。

风和日丽的大晴天，让人的心情跟着晴朗起来。

家里没有新鲜食物，又饿得厉害，一想到要出门，淼淼就犯懒。还好手机里存了不少外卖电话，她挑了一家粤式餐馆，点单，付款，三分钟搞定。

霍斯衍整理好自己，神清气爽地从卧室出来，看到桌上摆好了饭菜。

淼淼在摆碗筷："菜是外卖，不过汤是我妈妈送过来的。"

他拉出两张椅子，拿起勺子舀汤："你妈什么时候来的？"

"在你醒之前。"淼淼在他旁边坐下，"多给我一些莲藕。"

"玉米也要。"

"装不下了，先喝汤吧。"

"这道鱼香茄子没有你做出来的好吃。"

"晚上给你做。"

"好，我还想吃番茄炖牛腩。"

这对话，怎么有一种老夫老妻的感觉？她挺喜欢的，细水长流的日子，平淡而温馨。

吃过午饭，照例是霍斯衍收拾了碗筷进厨房，淼淼拿了抹布想擦桌子，被他赶去客厅看电视。

午间新闻在报道金银县的灾情："据地震专家分析，由于震源浅，人员密集，房屋抗震能力差，且事发是在深夜……"

"人民解放军、民兵队伍、公安消防武警官兵、医护人员等第一时间奔赴灾区开展生命大营救。"

一幕幕熟悉的救援画面真实呈现，连主持人都动容地眼闪泪光："灾难面前，众志成城，守望相助，这是一个永远不会被打倒的民族！"

很显然，这段话是主持人临时起意的感情抒发，她很快又恢复了沉稳声音："这次地震导致全县百分之七十以上的房屋倒塌，目前确认死亡……"

"下面记者采访到的是本次地震中的最后一位幸存者，金城学校六年级的学生徐向阳。"

屏幕上，小男孩腼腆地笑了笑，还小声地问记者，他这是要上电视了吗？

记者说是。

“那会有很多人看到啰？”

“是的。”

淼淼跟着笑了，这孩子脸色虽然苍白，但看起来恢复得还不错，最重要的是，在经历过那些事后，他依然笑着。

记者采访切入的角度也很温情，充满人性，她是懂得的，孩子纯真而坚强的笑容，胜过一切。

“阳阳长大以后想做什么？”

“我想进国家队打篮球。”

记者真诚地夸了他几句，又问：“还有没有什么话想跟大家说？”

徐向阳认真地看向镜头：“谢谢我的妈妈没有放弃我，谢谢那些救我出来的消防员叔叔，也谢谢那个送我小蛇机器人的漂亮姐姐。”

镜头靠近，他手心里的小粉蛇，眼睛闪了闪，像是在打招呼。

采访到此结束，进入广告，淼淼抱着膝盖发呆，直到霍斯衍走过来，她才回过神：“啊，你说什么？”

霍斯衍又问一遍：“要不要下去走走？”

“好啊。”

秋日午后，天上落金线，地上铺金片，到处都是金灿灿的。

他们牵着手在产业园附近走了一圈，绕到小公园，在长椅上坐着晒了一会儿太阳，霍斯衍提议顺便去超市把今晚的食材买了。

这个点超市人不多，门口有穿着红色马甲的志愿者在为地震灾区募捐，淼淼注意到有个衣衫褴褛的中年男人背着一个破烂的蛇皮袋上前，袋口一开，倒出来一大堆零散的纸币和硬币，大都是五毛、一元，最大面额是十元。

志愿者看得目瞪口呆。

男人对志愿者说：“你们放心，这些钱都是干干净净的。”

“全捐吗？”

“对！”

志愿者肃然起敬：“先生，请您在旁边坐一下，我们清点完数额，再麻烦您签个名字。”

"不用了。"那男人摆摆手，弯下腰去把蛇皮袋捡起来，仔细叠好，转身走了。

反应过来的志愿者连忙拿了一瓶矿泉水追上去，可哪里还找得到人?

门口进进出出看到这一幕的人，纷纷慷慨解囊。

淼淼把自己钱包跟霍斯衍钱夹里的所有现金拿出来，塞进了募捐箱内，志愿者递过本子给她签名，她笑着摇了摇头，和霍斯衍走入超市。

霍斯衍挑好几样食材，淼淼又买了一些水果，拿到收银台去结账。

他长臂一伸，接着，淼淼就看到台面上多了两盒安全套，那么扎眼，后面还有个年轻女孩子在排队呢，她赶紧扯了袋子帮忙遮住。

结完账，霍斯衍提着袋子走在前面，淼淼不经意地回头一看，那女生很坦然地在柜子上挑了一盒水果味的套子，往柜台一丢。

难道只有她这么放不开吗?

霍斯衍见她还站在原地，又回来牵她的手，两人出了超市，沿着来时的路回去。经过小公园时，淼淼看到先前捐款的那个男人正躺在草地上，跷着腿惬意地晒太阳。

"等一下。"淼淼从霍斯衍手里取了一袋脐橙，跑到那人跟前，影子遮住了他身上的阳光，她往旁边挪了挪，"天气不错，吃个橙子吧。"

其实她也不知道两者之间有什么关系，很自然地说出来了，可心里是忐忑的，怕他不会接。

男人睁开眼，看了看她，笑了，他接过袋子："谢谢。"

淼淼绽放笑颜："不客气。"她回到霍斯衍身边，"我们走吧。"

走到林荫小路的尽头，快要拐弯了，淼淼悄悄地回头，看到那男人已经剥好了橙子，掰开一瓣，丢向天空，张嘴接住，吃进去。

一派怡然自得。

芸芸众生，在这世间不管是浮是沉，是光鲜还是潦倒，只要心中那盏向善向好的灯永不熄灭，便是对生命最好的守护了。

回到家，霍斯衍把食材放进冰箱，两盒套塞到口袋，出来客厅看到淼淼懒洋洋地窝在沙发里，昏昏欲睡。

他担心她着凉："回房间睡。"

淼淼迷糊地应了声，趿着拖鞋进了卧室，没几分钟霍斯衍也跟进来，她往床的另一边挪，给他让了位置。

本来是很单纯的睡觉，也不知道是谁先主动的，一亲上就一发不可收拾了。

她还顾忌着："你的伤……"

感觉上来了，他的气息变沉："没关系。"

十四分甜

爱在初雪之夜

这样那样后，两人直接睡到四点钟。霍斯衍先醒过来，他翻身下床，从地板捡起长裤、衬衫穿上，轻掩了门，走出客厅，开始打扫卫生。

离开了近十天，屋子脏乱倒说不上，只是落了尘，灰蒙蒙的，看着很不舒服。

他把客厅和厨房里里外外清理干净，下楼倒了垃圾回来，已是黄昏时分，淼淼从酣睡中清醒，打着哈欠从卧室出来，看到窗明几净，不免想起刚搬来宿舍喝醉那晚，也是他帮忙收拾的客厅。

不是田螺姑娘，而是宜室宜家的田螺先生。

霍斯衍走到她跟前，低声问：“还好吗？”

他不提还好，一提淼淼就觉得双腿有些发软了，她懊恼地瞪过去一眼，面若桃花，眼眸含水，没有丝毫威慑力。

霍斯衍默默欣赏着她的反应，指尖轻抚着她的脸，似乎带着缱绻余味，那种要破不破的暧昧感觉又升腾起来了。淼淼抬眸和他四目相对，他唇角一松，笑了起来，清俊眉眼熠熠生辉，让她止不住怦然心动。

有句话说，所谓的一见钟情，不过是见色起意。

情窦初开，尚且懵懂时，淼淼不否认初遇的第一眼，她就被他出众的相貌吸引，可随着接触加深，她真正喜欢上的，是他这个人。

每多了解一分，便不自觉深陷一分。

所以，在和他分开的漫长时间里，她尝试了各种方式，始终没有办法说服自己放弃这份喜欢。

再对视下去，估计又要擦枪走火，淼淼先移开视线，将几缕碎发拨到耳后："好饿啊，是不是该去做饭了？"

霍斯衍"嗯"了声，却没要走开的意思，他捏了捏她耳朵，轻笑道："红成番茄了。"

她面露赧然，推他："快去啦。"

霍斯衍进厨房后，淼淼窝进沙发里，拿起手机刷实验室工作群的微信消息。

侯舸："刚醒。"

陈笑："同。"

谈今天："+10086。"

童放："困。"

吴非："洗了一浴室的泥水。"

"皮肤不仅黑了，还粗糙不少，摸上去都割手了。哭泣。"

他又发了一张贴面膜的照片上来。

众人纷纷鄙视之，回到宿舍，他们都是简单冲洗过就把自己扔上床，卷着被子从天黑睡到天黑，中间也不觉得饿，醒来跟老鼠似的到处找食物，连桌脚下丢的一颗水果软糖都不放过。谁还有那个心思敷面膜，呵呵，脸有比填饱肚子重要吗?

不过，连地震都叫不醒的人，脑回路和寻常人不太一样，是完全可以理解的。

吴非又问："大家晚餐准备怎么解决？"

谈今天："还是吃外卖吧。"

侯舸："外卖。"

陈笑："早就订好餐了，我现在看到桌子腿都想抱着啃一口。"

吴非："你们不会从回来到现在什么都没吃吧？"

谈今天和侯舸同时："你吃了？"

吴非："我中午就吃了呀！"

陈笑：“非我族类。”

吴非：“当然，你们都属猪的。”

谈今天：“老陈，要不咱们到隔壁揍他一顿吧。”

陈笑：“我看行。”

吴非：“君子动口不动手，咱能文明点交流吗？”

童放：“啊！我们网站怎么了，怎么点不进去？”

陈笑：“不会是被黑了吧？”

侯舸：“侯舫，淼淼。”

淼淼看到这里，退出微信，点进实验室网站，试了好几次，发现网页怎么都打不开。她跑进书房，打算用电脑登入后台看看怎么回事，这时，侯舫在群里冒泡了：“很简单，用户访问数太多，导致服务器崩了。”

侯舫：“啊？”

童放：“啊？”

谈今天：“什么意思？”

侯舫无语，难道他说得还不够明白？

淼淼：“就是说，网站的实际用户访问量远远超过了我们预估的最高访问量。”

她感到疑惑不已，这是为什么呢？

其他人同样一头雾水，连侯舫也难得地陷入了沉思。

吴非：“弱弱地举一下手，貌似这个是我的锅。”

事情是这样的，作为典型的网瘾少年，吴非醒来后第一件事就是刷微博，刚好在热搜里看到女记者直播的那条微博，点进去发现有一条热评嚷着“好想要一个小蛇机器人啊”，底下竟有近万条相同的呼声。

“有了小蛇机器人，妈妈再也不用担心我外出走丢了。”

“别忘了它还随身携带维生素胶囊和压缩饼干，关键时刻真的能救命！”

“不说它强大的功能，就冲这粉粉嫩嫩的外表，用来当装饰品也很棒啊！”

“楼上说的都有道理，可这种东西不是那么容易能买到的吧？”

桃花源的春天：“是啊，我们连它是哪家公司生产出来的都不知道，有钱花不出去真是太憋屈了……”

当时吴非灵光一闪，回复了这条评论，万万没想到后面会引起那么大的反响，竟然把网站的服务器直接搞崩溃了，还连带着把PC实验室给弄上了微博实时热搜。

他将微博截图发到群里。

大家看到图片上显示着，无敌小非侠回复桃花源的春天：指路，附带链接。

那个链接毫无疑问就是实验室网站的地址。这下，来龙去脉弄清楚了。

侯舸问：“淼淼还在线吗？”

淼淼：“在。”

侯舸：“你把这事跟衍哥说一下。”

淼淼：“好的。”

谈今天：“吴非你小子够机灵的啊，居然学会打广告了。”

吴非：“嘿嘿。”这不是无心插柳柳成荫嘛。

群里聊得热火朝天，淼淼听到霍斯衍喊吃饭，她握着手机出去，简单地把事情提了一遍。她知道侯舸暗示的意思，既然市场有这个需要，那么应该抓住机会。

霍斯衍当然明白这个道理：“吃完饭再说。”

“嗯嗯。”

他做的番茄炖牛腩好吃得连舌头都想吞下去，番茄酸甜浓郁，牛腩软糯可口，两者完美地交融在一起，再扒一口米饭，简直是味蕾的极致享受！

鱼香茄子也别有一番风味，淼淼一不小心吃了两碗饭，还想再吃牛腩，筷子伸出去，被霍斯衍半路截住：“晚饭不要吃太饱，下次想吃再给你做。”

可能前几天真的饿坏了，淼淼和他打商量：“我再喝一口汤汁好不好？”

霍斯衍哪里忍心拒绝，她看他点头，喜滋滋地端起锅，直接把剩下的汤汁一口气喝完了。

这下总算心满意足，朝他飞去一个占了大便宜的眼神。

霍斯衍看着她嘴角沾的红汁，眸色渐深，他放下筷子，倾身靠过去，指腹轻点那处：“沾到汁了。”

淼淼没有察觉到危险气息逼近，她伸出舌尖轻舔嘴角，哎，怎么会连汁都这么美味呢？

“哎……”她、中、计、了！

亲起来的味道和霍斯衍想象中一样好，酸酸甜甜的，于是他多亲了几分钟。

淼淼已然面红耳赤，心口“扑通”乱跳，她平复好呼吸，轻戳他手臂，嘟囔道：“饭菜都凉了。”

“没关系。”霍斯衍微扬起唇，一语双关地说，“我吃饱了。”

这得了便宜还卖乖的语气。

淼淼改戳为掐，他的手臂肌理紧实，怎么掐都掐不动，反倒像给他挠痒，她放弃了：“侯舸他们等着你拿主意呢。”

霍斯衍松开她：“通知他们十分钟后开会。”

淼淼比了个OK的手势，点开手机，在群里找了群主童放，童放又通知所有成员：“开会啦开会啦。”

侯舸率先响应：“收到。”

后面队形整齐，突然跳出吴非一个异类：“等等，我换身衣服。”精致男孩的人设绝对不能崩！

童放：“换夜行衣吗？”调侃吴非掉了马甲的微博账号“无敌小非侠”。

吴非：“别说我还真有一套，去年万圣节在网上搞来的。”

童放：“我什么都没说。”

淼淼：“貌似不用去会议室，直接在微信群开会。”

陈笑：“这么爽？！”

侯舸：“鼓掌。”

童放：“我截图了。”

吴非：“已在床上躺好。”

谈今天：“放哥，赶紧把这不要脸的叉出去。”

陈笑：“同意。”

童放：“正有此意。”

吴非："嘤嘤嘤，人家还只是个孩子啊！"

谈今天："没眼看了。"

侯舸把话题掰回正轨："侯舫在吗？开会了。"

侯舫："在修复后台数据。"

淼淼："我也来帮忙吧。"

侯舫："没用。"之前他试着抢修服务器，刚修好又崩了。

侯舫："侯舸方便帮忙去揍一下吴非吗？"

吴非立马求饶："舫哥我错了！"

心里筹划着，前两天一个高中女同学主动加了他微信，既没说借钱，也没说要结婚，那一定是卖保险的了，要不去找她咨询一下，买份人身意外险防身？

侯舸："淼淼，霍总还没来吗？"

淼淼："他在洗碗，再等一下吧。"

侯舸："他在洗碗？！"

童放："在洗碗？！"

陈笑："洗碗？！"

吴非："碗？！"

原来他们那位光风霁月、气质清雅的霍总，私下里不仅要给老婆做饭，吃完饭还要洗碗！

谈今天评价道："衍哥真是贤惠的好男人啊。"

淼淼："难道你们在家都没洗过碗？"

收到一连串的回复："是啊。"

侯舫："看情况。"

淼淼恍然大悟："难怪你们还是单身。"

侯舸："淼淼同学你这话扎心了啊。"

谈今天："明天下班别走！"

淼淼："开会。"

这是怕群起而攻特意放的烟幕弹吗？

吴非调侃："哟，你老公的小碗碗洗好啦？"

陈笑最先反应过来，敲出来的"衍哥"两个字删掉，改成："霍总晚上好。"

真的是霍总？！玩这么大，这么刺激吗？

吴非心里如同有千万只羊驼奔腾而过，手一抖，“啪”一下被手机砸中鼻梁，疼得喊娘，因此错过了撤回消息的黄金两分钟。

淼淼笑倒在霍斯衍怀里：“哈哈哈，为什么不用你自己的手机？”

霍总轻描淡写地说手机在书房充电，太远了，不方便过去拿。

好吧，你长得帅说什么都对。

淼淼：“大家先说一下看法吧。”

侯舸：“吴非一条微博评论引发了实验室网站崩溃，从侧面反映了市场的需求，而且是数量非常可观的需求，我认为我们实验室应该把握住这个机会。”

童放：“我同意侯舸的看法。事实证明，小蛇机器人具有实际意义上的使用价值，大家现在看到的只是它的定位搜救功能，而不知道它还兼具医疗和防身两种功能。如果把它当作一款产品做出来，广义上可以用于灾难救援和公共安全的维护，狭义上，将有助于保障消费者，尤其是女性消费者的人身安全。”

淼淼觉得很有道理，小蛇机器人本来就是为了她的安全而设计制造出来的，她理解霍斯衍的顾虑，如果把这个意料之外的项目抓起来做，势必会影响到新项目静脉药物配置机器人的进度。

在去虹城之前，他已经开始准备计划书了。

霍斯衍问：“淼淼，你怎么看？”

淼淼坐直身子，认真地说：“从长远角度来看，社会效益远大于经济效益，这不正是你成立PC实验室的初衷吗？”

明明知道国内医疗机器人的艰难现状，不仅是无底洞的资金问题，最主要的还是技术，某些发达国家对技术的垄断，造成了如今国内主流医疗机器人依赖进口的局面。

要想打破，谈何容易？

连上市公司都要再三斟酌的项目，他毫不犹豫就拿下了。比如之前因未达到计划中的临床应用和商业化目标，不得不宣告破产的清远科技，收购意味着接手了一个烂摊子，业内的人都在等着看笑话。谁能想到他后来竟把几近流产的药品机器人做出来了，还做得有声有色。

淼淼是懂他的，尽管离开了医院和手术台，但他的心一直都在医疗行业，从未偏离，他的最终目标也不是赚钱，而是想尽一己之力改变这个领域的现状，从独自一人到如今的团队，所有人的目标都是一致的。

所以，这并不是一个很难做出的决定。

霍斯衍不动声色地凝视着她，其实心头轻轻颤动，像被拨动了某根弦，深眸缓缓浮现一丝笑意："那就做吧。"

淼淼用力点头："嗯！"

知道这个消息后，群里又炸锅了，吴非激动地用各种辣眼睛的表情包刷屏，童放喝了两大杯水才压下把他踢出群去的冲动。

淼淼说出了大家的心声："要不把吴非禁言吧。"

这句话一发出去，大家知道是淼淼本人回来了。

侯舸："淼淼同学，微信群暂时没有禁言群成员的功能。"

淼淼："我知道。我可以写个小程序，技术上没什么问题。"

童放："干得漂亮！"

吴非："我先跪下了。"软件组的，惹不起，惹不起。

侯舫忍不住笑了，不免想起淼淼以前捣鼓出来的反美颜软件，好像她总喜欢研究这些稀奇古怪的东西？在他看来，这是杀鸡焉用牛刀，不过现在觉得挺有趣的，岑薇会不会也喜欢呢？

因为接下来霍斯衍要分配各组的工作任务，吴非侥幸逃过一劫，他洗心革面，端正态度，积极地参与到讨论中。

会议开到十点半才结束，淼淼找了睡衣进浴室，洗好出来，客厅不见霍斯衍的身影，倒是书房的灯亮着，她没去打扰他，回卧室睡觉。

正要把手机调成飞行模式，小乔的微信卡着点进来，她发的是一张微博截图："你们实验室上热搜了。"

"网友们都在恳求实验室Boss，也就是你老公，拜托不要那么低调啦，'Ball Ball You'赶紧出来赚钱吧！"小乔快笑岔气了，"真是活久了什么都能见到，居然会有人求着花钱。"

淼淼一时没转过弯："'Ball Ball You'是什么意思。"

小乔："求求你，之前很流行的网络用语。"

她是做外贸的，当然站在市场角度说话："目前这款产品只有你们实验室能做，天时地利人和，这是多么得天独厚的优势，就算你们不做，也会有别的实验室或者公司做。我猜现在应该有人想花高价买徐向阳手上的小蛇机器人回去做研究，接着批量生产，把钱捞了再说。”

小乔说的不无道理。

淼淼：“我相信徐向阳的妈妈，她不会做那种事。”虽然接触不多，但淼淼印象深刻，那是一个知人性明事理的女人，何况她知道小蛇对儿子的意义，那是世俗金钱无法逾越的。

小乔：“我只是打个比方嘛。就算别的公司没拿到技术，也不妨碍他们打着小蛇机器人的旗号捞钱啊，与其让他们粗制滥造，糟蹋了这个好项目，还不如你们自己做。”

淼淼之前真的没想到这方面，小乔又丢了张截图过来：“你看，我没说错吧，在网上搜小蛇机器人的关键词，冒出的全是其他公司，你们实验室……被压在后面了，喏，倒数第二。”

“别惊讶，上面那些都是人民币玩家。没办法，社会就是这么现实。”

小乔明天要早起赶飞德国的航班，又多聊了十几分钟就去睡觉了。淼淼被搅得心潮起伏，翻来覆去，好不容易有了睡意，身边的床忽然一重，原本在书房忙碌的男人不知何时洗漱好，掀开棉被躺了进来……

毫无疑问，这会是一个格外磨人的夜。

次日清早，淼淼揉着酸疼的腰爬起来。为了完成日行一万步的任务，她咬牙下楼跑步，跑一圈走两圈，某人却丝毫不见疲态，几圈下来脸不红气不喘，害她没忍住从后面踢了他一脚，被跳广场舞的领舞大妈当场抓了个正着。

大妈退休前是政府机关妇联办公室的主任，她语重心长地教育了淼淼一番：“姑娘，发生了什么矛盾，双方把话说开就好，你一上来就动手动脚的，要是真伤到了，对谁都不好。”

淼淼别提多郁闷了，别看她出脚重，可实际上只是轻碰了他一下，再说她哪里舍得真踢啊？

这位热心大妈说起话来一套一套的，连珠炮似的没个停，从个人到家庭再到和谐社会的创建，甚至提到了国家的未来……

趁着她喘气的工夫，霍斯衍搂住淼淼的肩膀，忍住笑意：“阿姨，真没什么事，我老婆跟我闹着玩呢。”

大妈露出惊讶神色，这俩人看着这么年轻，以为是情侣，没想到结婚了，再细看，男才女貌，真登对。

既然霍斯衍说没事，又涉及家事，大妈就不好插手了，职业习惯使然，她不忘叮嘱几句，这才回到广场上跳舞去了。

初阳渐暖。两人走在铺满金黄色落叶的小径上，淼淼好笑地耸了耸肩：“要是被她看到你身上的瘀青，说不定会以为是我家暴的。”

霍斯衍但笑不语，只盯着她看。

好吧，她承认，他背上新添的几道抓痕是她的杰作。

男人靠近过来，淼淼偏头，看到他被阳光渲染得无比柔和的英俊侧脸，心跟着跳快一拍。

他薄唇微勾，声音低得如同耳语：“欢迎霍太太今晚继续来‘家暴’。”

在产业园附近的粥铺吃过早餐，他们回到实验室，看到十几个人围成一团。站在中间的是吴非，跟街头卖艺一样，挥舞手机吆喝着：“来来来，走过路过不要错过啊，人人都来个关注啊，点关注，不迷路！”

原来他昨晚睡到半夜，琢磨来琢磨去，既然是在微博引发的轰动，说明市场受众大都是年轻人。这得对着精准部位来啊，于是心血来潮为实验室申请了一个官方微博，名字也不用费心去想，就叫PC实验室。

等粉丝积攒得差不多了，材料准备准备，再去搞个高大上的蓝V，完美！

作为资深网迷，封筝动作是最快的：“我关注好了。”

吴非飞了个吻过去：“爱你哟亲。”

封筝笑了一下，默默走到侯舸身后去了。

“吴非，怎么申请微博账号啊？”

“这个简单，手机拿来，我教你。”

淼淼也拿出手机，找到实验室的微博，看到吴非已经发了一条新博，只有三个表情：“太阳”“可爱”“爱心”。

转发0、评论0、点赞3，分别是吴非、封筝和PC实验室。

她也点了个赞，顺便关注，放入特别关注栏。

“啊！”吴非突然一个暴起，“微博不会给我塞僵尸粉了吧，怎么一下子多了十个粉丝？”

评论也打破0的纪录了。

大王派我来巡山："蹲小可爱的微博好几天了，终于蹲到一条点赞，真不容易，摸过来看看。沙发！"

又补了一条："哇！我的居然是处女评……"

PC实验室回复大王派我来巡山："给你捏捏肩，来了就别走哟！"

随着粉丝不断增加，评论也多了起来。

"啊！这该不会就是那个PC实验室？！"

吴非回复："是的哦，如假包换呢亲！"

淼淼满头黑线，这语气……

这时，谈今天看到了门口处的两人："衍哥，淼淼。"

其他人纷纷打招呼，霍斯衍颔首回应，长腿一迈，进办公室去了。

淼淼准备去工作，刚转过身，吴非举着手机穿过人群跑过来，喊住她："深藏不露啊淼淼，你微博居然有五万个粉丝！"

是他的一百倍，怪不得官博的粉丝涨势惊人。

封筝"哇"了一声："好厉害！"

淼淼好久没登微博了，刚刚没留意粉丝数，一看还真的是破五万了，多少有些受宠若惊。其实都是孟临星的功劳，自己是沾了她的光。

吴非眼中精光一闪："嘿嘿嘿，要不你贡献一条转发呗。"

这有什么不可以的？淼淼不想在网络上暴露身份，转发微博时写的内容是："友情转发。就是那个研发小蛇机器人的实验室，感兴趣的朋友可以关注一下。"

效果是立竿见影的，吴非美滋滋地数着新增粉丝，比数钱还要带劲儿。他计划着，先发动实验室的同事，再让他们转告亲戚朋友，一传十，十传百，还怕粉丝攒不起来？

不过，就算他脸皮再厚，也不好意思到一些媒体官博直播的微博下发宣传消息，这不成那啥了吗？

有了淼淼的带动，PC实验室的粉丝两天不到就突破了三千，可能是没有进行身份验证，也可能是官博画风太……大部分人都还在观望，后期涨速慢了下来，吴非愁得日夜睡不好觉。

饿的饿死，撑的撑死。

侯舫也烦得不行，官网屡修屡崩，他脾气一上来，直接在主页上用黑色加粗字体写道："欲知小蛇机器人相关消息，请移驾微博PC实验室。"

一举两得。流量被引到了微博，官网也平稳运作了。

经过多方努力，一个月下来，吴非管理的官博粉丝也有小十万了。

随之而来的是另一个好消息，改良版的小蛇机器人样品出来了，这意味着可以着手开始一期的宣传工作了。在开会决议后，众人一致通过将微博作为首发的宣传平台。

吴非这么多年的网龄不是白混的，他不仅嗅觉敏感，这段时间也暗暗研究过一些微博大V的宣传手段："我觉得用视频的方式是最直截了当的。"

童放点点头："有道理，视频很直观。"

侯舸："而且能更全面地展示产品的各个功能。"

谈今天："也更有诚意。"

吴非抚着下巴："可是，该找谁来出境呢？"

"喂，你们看着我干吗？"他紧张地环住双臂，往后退了一步，"你们该不会是想……"

谈今天笑道："此等重任，舍你其谁？"

侯舸笑眯眯地说："我可以帮你跟衍哥申请出镜费。"

童放用力地拍了拍吴非肩膀："你说你长这么一张倾国倾城的脸，浑然天成的气质，不上镜多浪费不是？"

吴非擦了擦并不存在的泪，活了这么多年，终于有人肯定他的美貌和气质了，他感动得一脚踏入甜言蜜语的坑："好吧，那我试试。"

说来简单，但操作起来难度很大，尤其大家都是拍视频的门外汉，又力求要做到尽善尽美，这不是强人所难吗？NG了不知多少次后，吴非抓狂："太严肃了，感觉浑身不对劲儿。"

侯舸："怎么轻松怎么来吧。"

"OK！"吴非松一大口气，"那我自由发挥了。"

他到一旁整理好衣服，重新回到镜头前："嗨，你们好，我是PC实验室的小吴。"清了清喉咙，"今天我们从厂商那里拿到了小蛇机器人的样品，第一时间来给大家做个展示。当当当！"他自己配了背景乐，小蛇在他手心里隆重亮相，"宝贝儿，跟小哥哥小姐姐们打声招呼吧。”

小蛇的眼睛和身体依次亮了起来。

“我们先来看它的眼，其实这是两个微型摄像头，在救援时传送回来的画面就是它们拍的。接着是这两个犄角，别看不起眼，作用大着呢，分别是信号接收器和信号发送器，它们负责感受生命体征，并将摄像头拍摄画面形成的位置地图以数据的形式传送到终端，就是大家比较熟悉的定位搜救功能。”

吴非渐渐进入状态，说话自然顺畅许多：“或许有朋友已经看出来了，它并不只是一款简单的定位追踪机器人，我只能说，你们很有眼光。它身上还藏着什么秘密呢，不急，我们一个个揭晓。”

“除了之前你们看到的维生素胶囊、压缩饼干和巧克力外……”吴非陆续打开小蛇身上的格子，细致解释每格里装的急救药品的名字和功效，“这是速效止血粉，用于处理紧急外伤，二十秒之内能止住动脉、静脉出血。当然了，这么少的分量，是控制不住大型出血的，遇到这种情况，请尽快就医……”

吴非入戏了，自导自演：“什么？你们想让我当场试验一下这神奇止血粉的功能？”他捋起袖子，轻哼一声，“想都别想！”

谈今天笑得腰都弯下去了，这是什么戏精啊！

“这个医疗急救功能在平常生活中可能会比较少用到。”吴非继续说下去，“所以我要来重点介绍一下它的防身功能。”

“设置个场景吧。某天晚上，一个妙龄女子走在偏僻街道上，不知道身后有坏人尾随，坏人用吸入性麻药把她迷晕。这时，小蛇机器人感知到危险，尾巴上会出现一根沾着药粉的针，刺入相应穴位，最大限度地让她保持清醒，并向终端发送定位。”

“坏人见阴谋败露，恼羞成怒，可能会采取暴力压制的方式，比如用布条或者绳索捆住她的手脚，限制人身自由，再带到没人的地方为非作歹。”吴非按了一下，一把锋利的军工刀突了出来，“不用担心会误伤，因为这个时候坏人已经倒下了。”

吴非四处看了看：“我找个同事来演示一下吧。”

他挑中了谈今天，招招手：“老谈。”

谈今天带了根绳子过来，按照吴非的指示把他的手绑住，绑得严严实实，还打了个死结。

吴非说：“非礼我。”

谈今天：“啊？”

“假装你是那个坏人，而我是被你捆绑的妙龄女子。”

妙、龄、女、子？谈今天想说，对不起，对着你这张脸，我真的下不去手啊！

围观群众憋笑憋得脸都涨红了。

吴非拼命用眼神暗示，谈今天决定豁出去了。

他上前一步，搂住吴非，欲行轻薄之事，小蛇机器人将头部的位置对准了他，犄角动了动，似乎在判断是什么情况。他的手摸上吴非胸口，小蛇依然只是蓄势待发状态，没有什么行动。

直到吴非剧烈地扭动身体挣扎起来：“救命啊！”

小蛇立即进入攻击状态，一跃而起跳到谈今天后背，他只觉得脑中一道白光闪过，然后失去了意识，软软地倒了下去。

镜头里只剩下吴非一个人：“你们没看错，如果感知到危险还未消除，小蛇机器人会变身为电击棒，快狠准，一招制敌！”

介绍完小蛇的各个功能后，吴非宣布：“成品可能要三个月后再上市，不过，即日起正式接受预订，欢迎有需要的朋友们购买。”

到这里是不是该结束了？

侯舸给他比了个手势，吴非会意：“哦对了，开会时我们老板说了，将从小蛇机器人所获的全部利润中抽取百分之八十，用于金银县灾区的重建工作。”

“好了，这次视频就到这里吧，再见。”吴非赶紧走过去关掉摄像头。

陈笑疑惑道：“老谈怎么还躺在地上？”

吴非露出一脸大事不好的表情，侯舸瞪大眼睛：“不会真的被电晕了吧？”

是的。

众人七手八脚地把谈今天抬到休息室的沙发上，还好电击不会危及人的生命，他两个小时后就醒过来了，追着吴非满实验室暴打，闹得鸡飞狗跳。

吴非的视频发到微博上，引起了不小轰动，大部分翘首以盼的粉丝纷纷表示已经预订好了，期待成品。

“天啦，长知识了。小小的身体，藏着大大的能量！”

“我就知道它没那么简单，原来还是防狼利器啊！”

“简直萌出一脸血，买买买，吃土也要买好吗？”

有些评论重点偏了——

“视频里的小哥哥有点帅哦，单眼皮，白白净净的，是我喜欢的类型。小哥哥单身吗？”

“我觉得这个小哥哥的表现略显浮夸，倒是他那位同事，绝了，尤其是被电击后的反应，演得跟真的一样！”

“演技确实很厉害，被电的小哥哥长得也帅，真不考虑进军演艺圈吗？”

吴非坐在电脑前，不厚道地笑了。

陈笑也笑得很欢乐：“我们要不要去找几个营销号帮忙打打广告之类的？”

“这个倒不用。”吴非有绝对的自信，“产品好，酒香不怕巷子深嘛。”

微博页面一刷新，发现视频浏览量骤升，他看了一会儿，用力一拍桌，连着说了好几个“我天”，声音都变调了：“你们猜谁帮忙转发了？！”

“谁？”

“媒体官博！影后木鹤！还有微博大V一闪一闪小星星！”

一个官方，一个影后，一个大网红，分别代表的是三个领域的强大号召力。

官博可能是本着正能量宣传的目的，可影后和大网红呢，实验室没给她们钱打广告啊，想不通……

“妈呀，视频上热搜了！”

随着热度不断上升，评论里开始出现阴阳怪气的声音。

“找影后和网红花了不少钱吧，能捞得回本吗？”

书敏是我女神呀：“回不回本另说，这算不算是发灾难财？吃相真难看！”

有粉丝看不下去，回道：“我心甘情愿买的，花你口袋里的钱了？抬杠精！”

“楼上是瞎了还是聋了？视频的最后不是说会捐大部分利润帮助灾区重建吗？人家老板能这么慷慨，就说明不是奔着钱去的，少以小人之心度君子之腹了。”

书敏是我女神呀：“才捐百分之八十，怎么不全部捐掉呢，这样才能表示诚心不是吗？”

“快闭上你的臭嘴吧，别再给你家主子招黑了！还嫌她不够黑吗？顺便科普一下，书敏，十八线龙套女演员，靠见不得光的手段上位，就是前段时间深陷‘诈捐门’的那位。”

“原来你主子诈捐哟，亏你有脸出来上蹿下跳！人家捐出去的可是真金白银，你主子是空口套好名声，结果反倒把自己套进去了，吃相不更难看？”

书敏是我女神呀灰溜溜地消失了，评论区恢复平静。

有了三个大V的宣传，加上小蛇机器人先前累积的好感度，预售的消息发出去后，雪花般的订单从全国各地涌来，市场部加班加点，办公室的灯彻夜不灭。

另一边，霍斯衍忙里偷闲地筹备求婚事宜，他找了周逢玉当参谋。

“戒指准备好了吗？”

霍斯衍拉开抽屉，拿出一个精致的黑色丝绒盒：“嗯。”

远在夏威夷的周逢玉远程指导：“还是那句话，一定要浪漫，要有仪式感，这可是一辈子的大事啊！钻戒和玫瑰花是必不可少的，还要穿正装，深情告白后，单膝下跪。另外，准备好摄影机把整个过程拍下来……”又问，“确定什么时候求婚了吗？”

“还没。”

“我看看。”周逢玉查了日历，“明天日子好！诸事皆宜。”再查过天气，拍板定案，“就定明天吧！”

“天气预报说A市明天有雪。今年的第一场雪啊！不是有这么个浪漫说法吗？初雪绽放的那一天，和相恋的人一起慢慢走在街上，走在雪里，一直走到白头。”

“从此以后，陪你看遍余生的每一场冬季飞雪。”

“在这么美好又有意义的日子里收到求婚，你老婆一定会终生难忘的吧。”

霍斯衍犹豫着：“明天真的会下雪？”

周逢玉：“这要看天气预报准不准了。”

似乎不怎么准。

次日，霍斯衍无心处理公事，总忍不住不时地往窗外看，从早上等到傍晚，也没等来一片雪花。

天色擦黑了，淼淼过来找他：“外面好像下雪了。”

闻言，霍斯衍把签字笔一丢，猛地站起来，桌上的一沓文件被带歪，他顾不上管了，隔着布料摸了摸外套口袋里的小盒子，悬了一天的心略略落下一半。

他走过去牵起淼淼的手：“有一份重要文件落在盛安公馆那边了，你陪我回去拿。”

淼淼不疑有他：“好啊。”

“你的手怎么潮潮的？”难道出汗了？没理由啊，办公室的温度没高到能出汗的地步，何况外面那么冷。

“没事。”霍斯衍笑了笑，“走吧。”

他们乘电梯来到一楼，出门后，寒风扑面而来，一片雪花飘到霍斯衍脸上，冰凉冰凉的，他的心却是一片火热，脚步加快，迫不及待。

真恨不得，现在就跪下去——

淼淼，你嫁给我吧。

进电梯后是霍斯衍按的楼层，淼淼没注意，到了才知道是一楼。他继续往前走，走得很快，她跟在后面走了出来。

她听到他喃喃自语：“真的下雪了。”

那双深邃黑眸在灯光映衬下，仿佛倒映着星空。乍一看，原来细细密密全是遮不住的笑意，淼淼不知道为什么下雪会让他这么开心，毕竟他平时鲜少对外物露出这么明显的情绪，她的心跟着欢喜起来：“是啊，A市今年的第一场雪呢。”

“喜欢吗？”

女孩子歪着头看他，面容娇俏而鲜妍，笑得眉眼弯弯，红唇微翘："嗯，喜欢！"

霍斯衍喉结耸动，艰难地克制住想亲她的冲动，淼淼挽上他手臂，靠得更近："我们不开车去吗？"

雪花轻盈飞舞着，落入他和她的发间。

霍斯衍停下脚步，神色似有些懊恼："我忘了。"

淼淼心里浮现一种异样的感觉，可具体又说不上来："你在这儿等我一下，我去开车。"

"一起去吧。"

几分钟后，白色奥迪从地下停车场开出来，淼淼目视前方，熟练地打着方向盘，车往右拐个弯，稳稳地汇入主干道的车流中。

正值晚高峰，路上车流如织。

这条路格外笔直，一眼望不到头，两旁站着挺拔的路灯，仿佛一条通向天边的灯河。而缓缓挪动的各式车子，则如叶叶扁舟，谁也不知谁的终点，只在这初雪的夜色中短暂相逢，便各自散去。

十字路口，红灯亮着。

淼淼踩下刹车，顺便拉了手刹："还记得吗？"她偏头看向坐在副驾驶位一路安静无声的男人，"第一次我送你回盛安公馆，不认识路，是你给我口头导航的。"

当然记得。

"那晚我到家没多久，就收到你的信息，内容是今晚月色很美。"她仰头叹气，"我当时好傻，真的跑出去看月亮了。"

霍斯衍想象着那画面，抵唇微微失笑："好看吗？"

淼淼回忆着，对上他温柔的眸光，笑吟吟地说："是一轮上弦月，很美。"

当时她站在月光下，一点点地红了眼眶。

这么美好的你，看似近在眼前，实际上却远在天边，永远无法被我拥有。

那种无能为力的怅惘和遗憾，清晰如昨，淼淼的心轻轻地疼了一下，笑容越发明媚。

如果这只是幻梦一场，请让她不要再醒来吧，这里有亲爱的家人，有他，也有她。一切都很好。

绿灯了，薄雪轻扑在挡风玻璃上。

淼淼启动车子，开过红绿灯，正要提速，对向的车开着远光，霎时间眼前一片白茫茫。情急之下她按了喇叭，只见那车和她的车隔着护栏飞驰而过，不减速、不开转向灯就猛地变道，直接将另一辆车撞停在路边。

淼淼看得心惊肉跳，希望那辆车上的人不要出什么事才好，遇到这种情况真的是太倒霉了。

霍斯衍猜测："应该是酒驾了。"

淼淼点头："可能性很大。"

因为大二时出过一场很严重的车祸，每次出门，爸妈都会叮嘱她注意开车安全。可现实是，就算自己再怎么小心翼翼，有时也提防不了像这样的无妄之灾。

对向的车流慢了下来，蜗牛似的蠕动，开出近千米后，竟完全停滞不动了。淼淼这边的路倒是很顺畅，一个小时后抵达了盛安公馆，这次她直接把车开进别墅的地下停车场。

淼淼熄火，解开安全带，见他并没有要下车的意思，脸上表情还是气定神闲的，只是手虚握成拳，又松开，似乎在……紧张？

"阿衍？"

霍斯衍被唤回神，轻咳一声，推门下车。

开门，进屋。

"要换鞋吗？"

"不用，直接进来吧。"

淼淼是第一次进他家，简洁大气的装修风格，黑白灰呈现出自然的过渡和融合，难道这就是传说中的冷淡风？应该是有安排钟点工过来打扫，地板家具和窗户一派干净。

"先坐，等我一会儿。"

霍斯衍上楼去了，淼淼坐不住，四处参观，走了一圈，发觉这栋屋子确实处处透着低调的奢华。可太大太空荡了，几乎没有一丝生活气息。她从窗外看出去，只有孤灯、落雪和枯黄的草地，如果是她家，那里应该要有花有树有秋千的啊。

十分钟过去了，霍斯衍还没从楼上下来，淼淼正琢磨着要不要上去看看，听到他的声音："淼淼，上来一下。"

她应了声"好"，沿着弧形的原木楼梯走到二楼："文件是找不……"

剩下的话全吞了回去。

惊喜、激动、难以置信等复杂情绪交织，潮水似的涌来，淼淼双手捂着嘴，禁不住地心花怒放。她的目光沁满了柔情，一眨不眨地看着，一身黑色正装，打着领带的男人缓缓朝自己走来，像电影里的慢镜头，一帧帧地从她眼前过一遍，心里再过一遍，这珍贵的一幕，不舍得错过哪怕一秒。

她的心从怦然到悸动到跳动如雷，耳朵里是振聋发聩的心跳声。

霍斯衍的心也跳得很急，鼓点般砸着胸腔，之前在脑中反复演练过的告白话语一个字也记不起来了，只记得在她面前单膝跪下去，找到她的手，握住，仿佛怕她逃掉，握得很紧，声音微微发颤："淼淼，你愿意嫁给我吗？"

生于亲情浅薄的霍家，自幼便被教导，"情"是世上最廉价脆弱的东西，身为继承人，更不能有情，不能有软肋。他原来以为按着家族期待所划定的轨迹走下去，会结婚，也会生子，却要孤独终老。

生性温和、没有野心的父亲因为执意要和母亲相爱，便被剔除出继承人之列，付出的代价是，将唯一的儿子拱手让出，让他去走自己原本要走的路。这是无奈之选，唯有如此，一家三口才能相守。

然而，即便让步到极限，即便他们已是合法夫妻，可他母亲从始至终没有得到霍家的承认。

十八岁那年，父亲做了人生中最勇敢最反叛的一件事，带着妻子和儿子逃离霍家。那段东躲西藏的日子，回忆起来只剩幸福温馨，可事实并没有那么乐观。爷爷态度强硬步步紧逼，也有某些人暗中谋划着斩草除根，后来是父亲不惜以死相逼，才得以彻底与霍家决裂。

还未来得及喘息，随着母亲因病去世，这个小家又散了，他和父亲一个在美国，另一个定居挪威，一年只见一次。

在情感的世界里，他一直在漫无目的地漂泊，直到遇见淼淼，才结束了这种颠沛流离的生活。

一颗心，终于找到了归宿。

霍斯衍虔诚地在她手背上落下轻吻："我想接下来的每一天都和你在一起，无论晨昏朝暮，一抬头就能看到你近在咫尺。"

就算不得不去远行，也知道家里还有一盏温暖的灯火在等候。

"我想和你有个家，再生两个孩子……"

淼淼已是泪流满面，朦胧的视野中，时光仿佛交错，那个她永远只能仰望和追逐的清俊少年，眨眼间变成了成熟稳重的男人，跪在她身前，恳求她，给他一个家。

"我想过了，只有和你缔结婚姻关系，我才能真正感到安心。"

"淼淼。"霍斯衍低声喊她名字，握着她的手按到心口，抬头，专注而深情地看着她，"我这里很小，只装得下你一个人。"

他极少说这么露骨的情话，耳根和面颊都泛红了："你愿意在里面合情合理合法且永久性定居吗？"

声音压得更低，几乎是在诱惑她了："淼淼，你愿意嫁给我吗？"

淼淼又哭又笑，一边哽咽着，一边又雀跃欢欣着，不停点头："我愿意！"

霍斯衍紧绷的身体线条一松，将钻戒轻轻推入她无名指，起身抱住她，低头亲了下去。

旁边运作中的摄影机把求婚的整个过程记录了下来，这唯美的瞬间也被收了进去。

深吻结束。淼淼这才发现摄影机的存在，也留意到客厅桌上用粉色玫瑰摆了一个巨大的心形，旁边还燃着一对香氛蜡烛："这些你是什么时候准备的？"

"今天上午。"

她想起他听到下雪时的反应："初雪求婚，是周逢玉出的主意？"

霍斯衍没否认："嗯。"

淼淼在他下巴上亲一口："我好喜欢哦。"

他轻啄她的唇："喜欢什么？"

她俏皮一笑："你呀。"

浪漫过后，现实问题来了，他们都没吃饭，冰箱里空空如也，懒得冒着寒风再回产业园，所以只能叫外卖了。

淼淼电话订餐时，那边的工作人员再三确认："请问是燕江区华亭路的盛安公馆吗？"

"是的，麻烦你了。"

通话结束，淼淼好笑道："住这边的有钱人不吃外卖的吗？"

"也许吧。"霍斯衍并不关心那些事，他的全部注意力都在她身上。

淼淼看着手上的钻戒，设计很独特，像一朵花的形状，中间是一颗主钻，四周众星拱月般缀着六颗碎钻，主钻对应唯一挚爱，碎钻则象征她名字里的双淼六水。切割面很完美，无论哪个角度看都亮晶晶的，一看就知道价值不菲。

他的眼光向来很好，她身为女人的小小虚荣心得到了极大满足。

淼淼把戒指取下来，看到铂金圈内印着两个字母——MY。

淼和衍的首字母缩写，他们天生契合。

淼淼又有些想哭了，她靠在他肩上，面带笑意，眼眶发红："阿衍，我觉得好幸福啊。"

霍斯衍轻抚她的脸："我也是。"谢谢你让我这么幸福。

淼淼的性子藏不住开心事，朋友圈那边她是计划着领了证再去丢个红色重磅炸弹，于是把喜讯发到了微博上。没有放张扬的钻戒照上去，只是挑了一张粉玫瑰的照片，配上三行情书：

初雪。

MY。

我愿意啊。

一分钟不到，评论突破了两百。

"啊啊啊，这是被求婚的节奏吗？"

"初雪夜求婚，还有那么多那么美摆成心形的玫瑰，给你男朋友的浪漫打满分！"

"今夜初雪的城市有北岸、南江、W城、A市，不知道小可爱在哪座城市呢？"

"世间有情人终成家属，而我依然在落雪的大街上散发着单身狗的清香，汪汪汪。"

外卖到了，保温措施做得好，摆在桌上还冒着热气。淼淼放下手机，和霍斯衍你喂我一口，我喂你一口地吃完饭。他们坐在沙发上聊天，聊着聊着又亲到一块，从沙发转战浴室，再到大床上。

深蓝色床单开出团团褶皱之花，卧室急剧升温。

正到关键处，霍斯衍发觉自己再次犯了同样的错误："没有套子。"

淼淼小声地说："可以吃药。"

霍斯衍不同意："很伤身体。"

他帮她调整了个舒服的入睡姿势，被子盖好："睡觉吧。"

"可是，今晚很特别呢。"

情到深处可以任性，然而作为成年人，必须要承担起犯错的后果。

自制力已在岌岌可危的崩溃边缘，最终残余的理智险险地占据了上风，霍斯衍不想为了一时贪欢，而让淼淼受到伤害。

浪漫的初雪之夜，完成了女孩子生命中一场重要的仪式，淼淼全然是人生得意须尽欢的心情。她想到什么，爬起来："等我一会儿。"

卧室里开了暖气，淼淼直接把棉被卷走了，她拉开门，趿着过分大的男式拖鞋下楼去。借着壁灯的光，从沙发里找到自己的包，摸索一阵，从隔层里抽出某物，轻轻握住。

楼上，霍斯衍正想着要不要先去浴室处理一下，淼淼就回来了，她张开双臂，连人带被地扑过来，变魔术似的："给！"

他看过去，她手心里躺着一个安全套："之前艾滋病日学校志愿者发的。"当时因为用不到嘛，她顺手丢进了包里，没想到今晚派上了用场。

窗外，路灯昏黄，雪花渐密，仿佛坠落人间的星辰，落到地面，铺成一片莹白。

屋里，春意融融。

两人一夜安睡到天亮。

淼淼被闹铃声吵醒，习惯性探出手去，摸到一把空气，奇怪，床头桌呢。再摸，还是没有，她睁眼一看，四周的摆设都是陌生的，这才反应过来身在何处。

不愧是全A市最高档的别墅区，四周静谧极了，能清晰地听到雪落下的声音，时间流逝的步伐似乎也被寒冷拖得慢了下来。她从窗帘缝隙里看出去，天空阴沉沉的，估计是太阳藏进了云里。

霍斯衍还在睡，呼吸平缓，淼淼慵懒地窝在他温热的怀里，心里想着，如果今天不用上班多好，就可以一直赖床到中午了。

睡意是会传染的，淼淼又迷迷糊糊地睡了过去，不知过了多久，她被一阵微刺的痒意弄醒："嗯……"

"早，霍太太。"

淼淼"嘻嘻"笑着，躲开他的胡楂："痒。"

"几点了？"

霍斯衍按亮手机看了看："九点十五分。"

"这么晚了！"淼淼惊呼一声，要从床上坐起来，霍斯衍搂住她的腰，"不去实验室了，上午偷个懒吧。"

"老板带头旷工，这样要不得哦。"

霍斯衍略微沉思后，往工作群里发了一条通知："今天下雪，全体放假一天。"

群里顿时炸锅了！

侯舸："啊？！"

吴非："下雪放假，这是不是传说中的有钱任性！"

谈今天："谢衍哥，谢初雪！"

陈笑："这样的雪可以多来几场。"

童放："准备准备，回宿舍补眠。"

吴非："一起啊！"

封筝："啊啊啊，太棒了！"

谈今天："小筝筝，你的反射弧也太长了吧。"

封筝："嘿嘿。"

昨晚A市初雪，某人跟她表白了，然后他们顺理成章约了个会。她兴奋到快天亮才睡去，是凭着顽强意志力才从被窝里爬出来的，睡眠不足工作状态自然不好，正担心着呢，老板发话说放假了。

封筝越发庆幸当初自己没有一时冲动辞了职，不然真的血亏好吗？！

其他人欢天喜地地组团回去补眠了，而一直没有吭声的侯舫，他去哪里了？早已经出门找女朋友啦。

而此时还在床上的淼淼，则是心服口服地给她家霍总比了个大拇指。

其实吧，大家这阵子忙小蛇机器人的项目，个个心力交瘁，估计他早有计划给他们放假了吧。这次不过是顺水推舟而已，如果她只是单纯的下属，跟着这么一个通情达理的老板，工作上肯定会更卖力的。

“没有实质点的奖励？”

淼淼下意识捂住嘴：“没刷牙，不许亲。”

霍斯衍亲到了她的手背，低笑：“饿了吧，早餐想吃什么，我去做。”

“嗯？”淼淼不解，她确定冰箱比外边的雪地还干净，巧妇难为无米之炊，难道他能凭空变出早餐？

霍斯衍故意吊她胃口：“反正就是有办法。”

好想打人。淼淼跟在他身后进了浴室，他给她找了新牙刷和干净毛巾：“洗漱杯找不到，先用我的吧。”

她点点头。

两人并排站在洗手台前刷牙，中间放着杯子，明明空间很大，身体却紧靠着，镜子照出一双亲密的身影，她抿唇偷乐，他舒展眉眼。

刷完牙，淼淼捧水洗脸，霍斯衍则是在一旁刮胡子，空气里飘着一股淡淡的薄荷味。他动作娴熟又利落，白沫被毛巾擦掉，光洁的下巴露了出来，又恢复了那副神清气爽的模样。

他打开水龙头，清洗刮胡刀，放回原位。

淼淼赶紧拿毛巾擦干脸，跟在他身后走出去，双腿发酸，她软声撒娇：“阿衍，背我下去吧。”

霍斯衍直接把她打横抱起，两人下到一楼，客厅溢满了阳光。

他把她放到沙发，从桌上捞起遥控器开了空调，调到合适的温度，接着开门走出去，没多久提了一个大袋子回来，里面装的是蔬菜、肉类、水果、牛奶等食物。

淼淼跟进厨房：“你让人送过来的？”

“嗯。”

霍斯衍拿出一盒鸡蛋、两根玉米……淼淼无意中瞥到一个略微熟悉的方形盒子，双眸瞪大，该不会连那种东西都让人一起买了吧？

又松一口气，还好不是。

他顺着她视线看过去，玩味一笑，修长的手指捏着盒子："你以为它是什么？"

淼淼轻咳："水果糖啊。"

"是吗？"

"不然呢。"虽然上面写的不知道是哪国文字，但她确信封面上印的五颜六色的东西是糖没错。

"淼淼。"霍斯衍别有深意地说，"其实，这是一款水果味的……"

她开始动摇了，不会真的是安全套吧？

他继续说下去："糖果。"

她这是又被坑了？！

没办法，日常坑老婆已经成了某人最大的爱好。

淼淼郁闷极了，什么时候她才能赢一次？

吃过早餐后，淼淼想出去看看雪景，霍斯衍给她加了一件自己的黑色外套，裹得严严实实才肯让她出门。

一夜之间，A市变成了一座银装素裹的城市，目之所及，皆是一片晶莹的白。

天下着小雪，地上铺着一层，还没有被人踩过的、蓬松的雪，走在上面会听到轻微的声响。

"真美啊。"淼淼呵出的热气变成了棉絮，轻柔飘飞。

霍斯衍见她的脸冻得红扑扑的，握着她的手，放进大衣口袋："冷吗？"

淼淼摇摇头："不冷。"她眉开眼笑，"我最喜欢下雪天了。"

高中时，女生中流行某个说法，在初雪那天，如果和喜欢的人告白，那么两个人就会走到天长地久。

不巧的是，那年虹城初雪，她发起了高烧，错过了这么一个珍贵的机会。

以致后来很长的一段时间里，她都觉得遗憾，如果和他看了那场雪，结局是不是会不一样？

手心里的温度提醒着，无须再遗憾，她如愿以偿了。

淼淼收回思绪，和他十指紧扣，抬头望着天边的一团亮光，一片雪花落到眉心，她缓缓露出清浅笑容。

就这样，一直走到白头吧，霍先生。

十五分甜
所谓一见钟情

走在雪地上，有一种置身童话世界的感觉。淼淼的脚步跟着轻快起来，嘴里还哼唱着歌。

霍斯衍提醒她：“小心点，别摔着了。”

“没事。”她晃了晃两人牵着的手，“这不是还有你吗？”

霍斯衍唇边噙着一丝笑意，她见着了，心痒痒地想去亲他，可又顾忌着是在外面。谁知他一眼看穿她的心思，低了头下来，轻咬住她软嘟嘟的唇。

半晌后，淼淼靠在他胸前，微喘着问：“我们的事什么时候和我爸妈说？”

她没有这方面的经验，按照常理，似乎接受了他的求婚，接下来应该要商量婚事了？可她爸妈那关还卡着呢……

霍斯衍不想给她太大的心理压力：“顺其自然吧。”两个月前，准岳父岳母才准许了他们婚前同居，婚事的话至少要等到年后。何况他求婚，是为了给自己安全感。

淼淼也是这么想的，实验室很快要开始做新项目了，到时肯定除了忙还是忙。而且她挺享受目前这种状态的。其实日子一样地过，就只差一张结婚证和一个婚礼仪式而已。

霍斯衍却考虑得更长远："婚房的话，你觉得是要另外买一栋，还是就这里？"

"这里就挺好的。"

淼淼觉得自己被他带得连金钱观念都模糊了，居然学会用挺好来形容市价近九位数的房子了，她解释道："我的意思是，不用再浪费钱了。"

霍斯衍点头，寻思着别墅的风格略显沉闷，她应该不喜欢，反正他们平时绝大多数时间住在产业园，这边是不是可以重新着手装修一遍了？

淼淼说出心里的想法："到时可能要换个装修风格。"

这倒是想到一处了。

"嗯，等回去我们再好好研究研究。"

哪用这么急？

"不过……"他面上忽然露出一丝不太正经的笑，"回去前还要买个东西。"

淼淼不用想也知道是什么，他又凑过来，几乎贴着她耳朵，简单提起昨晚的某些记忆，激得她面红耳热，跺脚娇嗔了句："你好坏啊！"

霍斯衍爱极了她害羞的模样，还要再说什么，被她用手捂住了嘴，在他口袋里焐得暖暖的手，小小的，软软的，他忍不住亲了亲。她缩回去，朝前走几步，蓄足力，猛地回身像颗小炮弹似的撞过去。

霍斯衍没有防备，被撞得往后退几步，抱着她顺势倒在了雪地上。

淼淼的身体没有直接碰触地面，她爬起来，伸手拉他："没事吧。"

霍斯衍笑着摇摇头，把右手递给她，大部分力量都用在撑地的左手上，起身后，淼淼拍去他大衣上的雪，看一眼地面，不禁好笑，他的身形印在雪上了。别人摔倒，四仰八叉，千奇百怪的姿势，他的倒好，笔直而修长，不慌不乱，跟摆拍一样。

淼淼拿出手机拍了张照片，看到屏幕上有几条微信消息通知，她点进去。

小乔："你老公跟你求婚了？"这下手速度未免太太太快了吧！

"你微博底下都爆了，我的评论消失于茫茫大海中，也没人帮忙捞一下，弱小可怜无助……”

“身为你的闺密，强烈要求更多细节！”小乔实在充满了好奇，霍斯衍那样一个清冷内敛的男人，到底会怎么求婚？

淼淼：“还在外面，待会儿聊。”

小乔：“OK。”

淼淼将手机放回口袋，挽上霍斯衍的手：“走吧。”

比较麻烦的是，别墅区没有便利店也没有超市，两人绕了一大圈来到外面，终于把想要的东西买到了，等折返家中，已是十一点半。

霍斯衍进厨房做饭，淼淼在客厅和小乔聊微信。

小乔：“妈呀！感觉他真的爱惨你了啊，对了，当时你有没有感动得哭出来？”

淼淼：“哭得稀里哗啦的。”

小乔：“哈哈哈哈！”

又问：“什么时候办喜酒？”

淼淼：“还不知道。”

小乔：“他不是见过你爸妈了吗？”

淼淼：“我爸妈的意思是，先让我们一起生活一段时间，如果觉得彼此合适的话，再来提结婚的事。”

小乔：“所以，你们除了走登记程序，过的日子和真正的夫妻没啥区别？”

淼淼：“是啊。”

小乔：“这个所谓的‘一段时间’也没有明确规定期限啰？”

淼淼：“嗯嗯。”

小乔：“我这么跟你说吧，你爸妈其实很放心把你交给他，但他们太爱你了，一方面给足你选择的余地，另一方面，又不舍得这么早把你嫁出去。”

淼淼心底泛起一缕酸涩，父爱和母爱是这世间最宽广、深沉而无私的爱。当年出了那样的事，她最对不起的人就是爸爸和妈妈，根本不敢去想象，如果自己真的没办法再醒过来，他们会是多么难过。

她之所以那么努力地挣扎着重新回到这个世界，是因为这里有爸爸妈妈，有很多等待她的人，他们是她全部的动力，支撑着她，哪怕再艰难，也要好好地活下去。

终于，在漫长的昏睡后，她在一个黄昏苏醒过来，看着熟悉而又苍老憔悴得有些许陌生的父母，睁眼后的第一件事就是哭。他们也哭，喜极而泣。

她对他们有那么多歉意，他们却用爱宽容了她。

醒来后，记忆是支零破碎的，她甚至想不起来自己是怎么出的事，爸妈生怕她再受到刺激，屡次安慰，让她不要想太多，只要以后好好的就行。

想不起来并不代表那段记忆不存在，它只是暂时被封住了，随着时间的流逝，当它渐渐浮现，有了清晰的轮廓，她却宁愿它永远在心底封存。

手机又是一振，淼淼回神，划开屏幕。

小乔："我相信只要你开口，你爸妈肯定就同意了。因为他们最想看到的，是你过得幸福啊。"

淼淼对着这句话发了很久的呆，她侧头看向在厨房里忙碌的颀长身影，笑着轻轻"嗯"了一声，她现在真的很幸福。

小乔准备下班去吃饭了，淼淼刚放下手机，花柔的信息又轰炸了过来——

肉肉："淼啊，你说，你单身时我也单身，你有男朋友了我还单着，现在你都要结婚了，我还是单身！"

"这公平吗？我体形有你两倍大，怎么就接不住丘比特这小屁孩射过来的爱心之箭呢？"后面附了张用自拍照做的动图。

这个高中同学还和以前一样，自带开心果气质，淼淼莞尔一笑，回道："肉肉你还是这么可爱。"

花柔语气幽怨："可怜没人爱吗？"

她又丢了一条语音过来，先是一连串的笑声："淼淼Baby，恭喜恭喜恭喜你啦！预祝新婚快乐，到时记得给我留个伴娘位置。"

淼淼："这是必须的。"

她在虹城中学就剩花柔这么一个好朋友了，花柔也见证了她和霍斯衍的那段过去，而且是那时唯一真心支持她、鼓励她的人。年少时的情谊是最珍贵难忘的，所以她们哪怕这么多年分隔两地，依然保持着联系。

两人天南地北地聊，花柔不知怎么提起了书敏：“你还记得书敏吗？”

淼淼：“记得。”之前回虹城，还在中学门口看到她代言的广告宣传单。

花柔：“我听人说，她去年跟那个澳大利亚富商离婚了，然后回国发展，好像家里有资源吧，混进娱乐圈去了。”

“不过名声似乎不太好，先是深陷诈捐门，昨晚又因为酒驾上了热搜，被骂得可惨了。”

“不是她酒驾，是司机，她当时也在车上。你知道的，那些狗仔哪里会管什么司机，他们只在乎新闻有没有爆点，拍到照片，一通添油加醋……”

花柔发了张微博截图，淼淼看了一眼底下的附图，惊讶地发现，这不是昨晚对向那辆开远光、将另一辆车撞停的红色兰博基尼吗？

肉肉：“可能是签的小公司吧，事情发酵了这么久，热搜也没撤下去，我猜她经纪人这会儿应该忙得焦头烂额了。不过，有没有给她配经纪人还很难说。”

书敏是有经纪人的，这段时间她帮忙收拾书敏的烂摊子，几次三番冒出想甩手不干的冲动，可都被压下去了。

作为风波中心的女主角书敏，倒是丝毫不见慌乱：“他们要炒就炒呗，只要不炒煳就行。”

“托他们的福，现在热度有了，只要把握好机会，还愁红不起来？”黑红也是一种红嘛。

等风头过了，再发篇洗白的通稿，找营销号推广，买水军，买热搜，又赚一波热度。等将来有名气了，弄几个公益项目做一做，名利双收，粉丝都是健忘的，他们哪里会记得那些黑历史？

像现在炙手可热的某女星，之前不也是靠见不得光的手段爬上来的吗？半年时间不到，摘得干干净净，像一朵清纯小白莲，粉丝们才不在乎她怎么出的名，他们只会说，哇，女神真是人美心善啊！

说白了，在这个圈里，有热度不一定红，但没热度肯定不行，连路边的阿猫阿狗都可以随便欺负你。

书敏深谙其道。

经纪人不是没有想过复制这样的套路，只是考虑到风险太大才再三犹豫，然而现在都是这么个情况了，书敏又不是遇事只会哭哭啼啼的小白花，要不破罐子破摔算了，说不定反其道而行，还真能行得通。

洗白的第一步，便是营造人设。

经纪人说："我最近发现了一个小范围走红的博主，靠秀恩爱来博关注，粉丝有十来万，活跃度很高，反响很不错。或许我们可以借鉴一下。"

单身的白富美人设已经不怎么流行了，粉丝们更关注的是明星们的情感生活，可大部分女明星对此讳莫如深，掩得严严实实，若是让书敏来当第一个吃螃蟹的人，主动在微博上秀恩爱……

如果经营得好，不失为一种有力的圈粉手段。

书敏："呵呵，你不是知道吗？我目前单身。"

经纪人笑了笑："有没有男朋友并不重要，重要的是，你要让粉丝们觉得你有男朋友，而且你们是白富美和高富帅的组合，特别特别恩爱。你看看这个。"

书敏接过她的手机，懒懒地看了一眼："可爱淼淼？"

后面两个字勾起了书敏某些不愉快的回忆。

她高二时，班上来了个叫谢安淼淼的转学生，成绩不算好，就一张脸长得漂亮，一来就把她的风头抢了大半。这女生还自不量力，竟跑去追校草霍斯衍，死缠烂打，甚至闹到了要请家长的地步，真不知羞。

那会儿书敏和霍斯衍住同个小区，她早就芳心暗许，上学总掐着他出门的时间，悄悄跟在后面，感觉他应该是知道她的存在，只是不点破，就像他们之间的小秘密。

本着少女的矜持，她没主动跟他表白，谁知半路杀出一个谢安淼淼，硬是打破了她近水楼台先得月的计划……从那以后，书敏对姓谢，或者名字里带淼的女生都没什么好感。

经纪人继续说："这个可爱淼淼就一定有男朋友吗？不过是日常甜蜜小段子，加上模棱两可的照片，就哄得粉丝嗷嗷叫了。"

书敏翻看着求婚微博下的评论，被说得有些心动了："好吧，那我试试。"

另一边，淼淼和花柔聊得正火热，霍斯衍出来喊她吃饭，她把手机带到饭桌，边吃边聊，等聊得尽兴了，午饭也吃得差不多了。

花柔下午要上班，淼淼让她先去休息，两人约好下次再聊。

霍斯衍收拾好桌子，洗完碗出来，看到淼淼在客厅里走来走去，他问：“怎么了？”

“早上出去忘记戴手环了，手机计步又不准确。”估计是被冻傻了，只计了三千步！按照之前走的路程，早超过一万步了。

霍斯衍忍不住笑道：“我知道有一种办法可以把步数补回来。”

她眼睛一亮：“什么办法？”

“小蛇机器人有带过来吗？”

“有！”

几分钟后，一只绑着手环的小粉蛇灵活地扭动着身体，从门内爬了出去，爬进漫天风雪中……

淼淼看着手机运动App里不断增加的数字，“扑哧”一笑：“想不到它还有这样的作用。”

虽然她完成了今天的任务，但用小蛇来攒步数，还是有点心虚，霍斯衍觉得她的顾虑不无道理，所以他提议，可以用别的方式增加运动量。

就这样，他们在家里待了整个下午。

从盛安公馆回产业园要将近两小时车程，淼淼因为体力透支，开不了车，为了安全，只好找了代驾。

回到公寓，吃饭、洗完澡和头发，淼淼爬上床时刚好十点半，困到了极点，几乎沾枕就睡。迷糊间，感觉到霍斯衍躺上来了，她嘟囔道：“今晚不许再胡闹了，不然我就……”

“就怎样？”他握住她的手，每晚睡前的习惯性动作。

她早想好对策了，得意地回：“把你踢下床。”

“真舍得让我睡地板？”

“嗯！”

霍斯衍作势要起身，她口是心非地抱上来：“晚安，睡啦。”

他刮刮她鼻尖，探手出去关了灯。

凛冬雪夜，最幸福的事，莫过于将爱人拥在怀中，体温交融，沉沉睡去。

回国后，霍斯衍的睡眠一直不怎么好，日夜颠倒，连着两三天不眠不休是常有的事。和淼淼住在一起后，失眠的症状有所缓解，不知从什么时候起，彻底消失了，连他自己都觉得不可思议。

一夜无梦到天明。

尽管温度降得厉害，大家还是早早来到了实验室，淼淼和霍斯衍到得稍晚了些，一进门看到侯舸手里捧着本金光闪闪的证书，其他人围着他，有说有笑的。

淼淼留意到地上摆着两个大纸箱，疑惑问道："这是什么？"

吴非说："特产。"

金银县灾区的重建工作正在有序进行中，县人民政府给PC实验室颁发了集体荣誉奖项，并肯定了他们和小蛇机器人在抗震救灾中所做出的贡献。随证书一起寄来的还有不少特产，腊肉、咸鸭蛋、菜干之类，据说是当地群众的一份心意。

礼轻情意重。

"我长这么大，还是第一次领这样的奖。"吴非无限感慨道，"现在回想起来，真不敢相信自己经历过那些事。"

"是啊。"谈今天说，"虽然过程很辛苦，但幸好是值得的。"

没好意思说出来的是，在金银县那时，他差点被二次坍塌给埋了，还好捡回一条命，只不过右胳膊被水泥板砸中，到现在还隐隐作痛呢。不过，如果要重来一次，他还是会选择去的。

"这一趟绝对值！"

"衍哥。"侯舸郑重地把沉甸甸的荣誉证书交到霍斯衍手上，"交给你保管吧。"

"这是集体荣誉。"霍斯衍看向每一个人，眼含淡笑，"理应共享。"

童放提议道："要不把它挂到我们的文化墙上？"

"这个好！"侯舸赞同道，"上面提到的社会责任感，不正是和实验室的理念不谋而合吗？我说得对吧，衍哥？"

霍斯衍没说什么，只是笑意更深，把证书递回给他。

侯舸接过来，和童放一起去挂了。

吴非兴奋地搓手："接下来是不是该分特产了？"

霍斯衍看他一眼："半个小时后开会。"

吴非收到信号："来来来，见者有份。"

特产分量足，人手一份，淼淼分到了两份，剩下几袋是给市场部的，吴非抓抓脑袋："那个，猴哥，你跟市场部的人走得近，你拿过去给他们吧。"

老好人侯舸当然是应了下来，他正要弯腰提袋子，听得谈今天长长地"哎"一声："奇怪了，艾部长有那么可怕吗？怎么你小子每次见到她跟老鼠见了猫一样。"

真相了。

吴非死鸭子嘴硬："我哪有！"

侯舸停下动作，笑眯眯的："突然想起来还要准备会议资料呢。"他拍拍吴非的肩膀，一点歉意都不带地说，"抱歉啦，还是你自己去送吧。"

他说完回办公室去了。

吴非把最后一丝希望寄托在童放身上："放哥。"

童放露出一副爱莫能助的神色："你知道的，除了我女朋友，我不擅长和别的女性打交道。"顺便鼓励他，"别尿，一个字就是干，去吧。"

吴非吐血三升，做了数次心理建设之后，他提着袋子敲响了市场部办公室的门，里面传来一道没什么温度的女声："进来。"

这门是该推，还是拉来着？不管了，豁出去了！

吴非转了门把手，推开门走进去，一眼看到办公桌后气场强大、不怒自威的艾书，舌头顿时捋不直了："艾、艾……艾部长。"

他暗暗拧大腿，出息，出息啊！

艾书连头都没抬："什么事？"

吴非清了清喉咙："是这样的，上个月我们去虹城团建，刚好遇上金银县地震……"

艾书笔尖一顿，皱眉："说重点。"

"这是他们送过来的特产。"吴非把东西往桌子上一放，"这段时间加班辛苦了，给你补补身子。”

这说的都是什么跟什么啊？！吴非涨红了脸，不等艾书说话，转身冲了出去。

不管怎么说，任务是完成了，过程不重要，重要的是结果。

最令吴非感到不解的是，为什么他会这么怕艾书呢？准确来说，不是怕，而是没来由地紧张。他想不通，也没时间想，因为会议要开始了。

会议的第一个要点就是由市场部做小蛇机器人项目的阶段性总结。

实验室陆续和全国各省市的地震局，以及民间救援组织达成了良好的合作关系，将大大地发挥小蛇机器人在灾难救援和维护公共安全领域的作用。此外，调查数据表明，产品受众除了预期内的年轻、中年女性外，还覆盖了大部分的户外运动爱好者，甚至，连某些位于地震带的国家也抛来了橄榄枝……

这是在场大部分人没想到的意外之喜，谈今天卖力地鼓掌，双手都拍红了，连蔫得像霜打茄子似的吴非也重新振奋了精神：“我们的小蛇这是要走出国门，走向世界了吗？”

侯舸说：“集定位、医疗、防身三种功能于一体的小蛇机器人，实用性强，又方便携带，确实是居家旅行必备。”

吴非跃跃欲试：“我觉得可以在广告宣传上下一番功夫。”当初媒体、影后木鹤和微博大V一闪一闪小星星联手推荐，效果是显而易见的，预售期内，小蛇机器人的销量呈井喷式增长，多么惊人。

“没有这个必要。”艾书说。

吴非弱弱地问：“为什么？”

“因为我们已经有了最好的广告。”

什么意思？吴非一脸蒙地看向侯舸、童放几人，你们听懂了吗？

不懂。

大概高冷美女说话都是高深莫测，不接地气的吧。

封筝边做会议记录边思考着，最好的广告，是什么？

“是口碑。”淼淼说。

“对！”侯舸反应过来，“一传十，十传百，百传千……归根结底是我们产品的质量优势，艾部长的意思是，她对小蛇机器人充满信心，它绝对经得起市场和时间的考验，所以无须投放广告。”

其余的人恍然大悟。吴非腹诽，夸就夸呗，至于绕这么老远吗？

小蛇机器人的后续由市场部负责继续跟进，技术人员们则是要进入新项目——静脉药物配置机器人。和先前在清远科技已有基础上进行改良的药品机器人不同，这将是实验室自主创新的重点项目，可想而知，难度不是一般高。

机械组、电子组和软件组的每个人，当初就是为了挑战高难度才选择来到PC实验室，这一天他们等待已久，摩拳擦掌，蓄势待发。

根据统计，全世界每年大约有八百六十万人被癌症夺去生命，这是个非常庞大的数字。在当今医疗条件下，治疗癌症，除了采取根治性外科手术切除外，临床用药主要采取静脉注射药液的方式。但由于每个病人的患病情况不同，胃癌、肝癌、宫颈癌、肺癌、白血病……用药肯定有很大区别，这就导致静脉药物配置中心的护士们工作量巨大。

众所周知，化疗药物是有毒性的，而人体内的DNA（脱氧核糖核酸）正是某些有毒药物的靶器官，长期接触此类药物会对护士的身体造成损伤，轻则脱发、月经紊乱，重则白细胞数量减少，甚至出现先兆性流产。

另外，由于化疗药物性质特殊，只能用安瓿瓶和西林瓶来盛装，护士配置药物，需要将安瓿瓶从颈部位置掰断，才能用注射器把里面的药液抽出来，然后按照一定的比例和输液袋中的母液进行混合。这个过程中，她们很容易被碎片划伤手指，伤口也会受到药物感染。

人工配置药物还存在两个显而易见的弊端。其一，速度过慢，效率低；其二，极易出现药物二次污染，威胁患者的用药安全。

为了解决以上问题，有几家大型的医院试着从国外引进配药机器人，但效果都不是很理想，原因是药品种类繁多，国外药瓶的规格和国内的并不同，可谓是差之毫厘，失之千里。

干系重大，生搬硬套绝不可取。

目前，研发出一款和我国用药情况相符的静脉药物配置机器人，可以说是时势所趋。侯舸事先做过了调查：“国内一共有三家上市公司在做，一家是老牌的医疗器械公司，华辉科技，它有着研发、生产、销售的成熟链条，实力不容小觑。”

“另一家是中外合资的博美生物公司，这家没什么好说的了，大家都懂的嘛，主要就是技术硬。”

吴非愤愤地挥着拳头：“能硬得过我们？”

侯舸谦虚地保留了余地：“拭目以待吧。”

“最后一家是精诚实业，它是半路出家的，估计也是看中了医疗市场的前景。这家的具体情况不是很清楚，不过，听说最近好像跟A大的实验室和某个科研院所达成了合作……”

精诚实业？淼淼略感惊讶，这不是戴晚好所在的那家公司吗？

霍斯衍察觉到她的失神，眼神询问：怎么了？

她摇摇头。可能是想太多了，戴晚好只是精诚的一名HR，怎么可能会影响到公司的项目决策呢。

简单介绍过三家公司的情况，接着进入了会议正题，霍斯衍给各个小组分配工作：“静脉药物配置机器人主要分四个系统，五个模块。电子组负责视觉测量系统，机械组负责机械系统，软件组负责控制系统和专家系统……”

侯舫面无表情地听着。

等霍斯衍说完，淼淼举起了手：“软件组的人手可能不够。”

霍斯衍早考虑到了这点：“新同事下周三报到。”

原来都事先把人安排好了！淼淼松一口气，就说嘛，他做事一向考虑周全，怎么可能会忽略这种问题？

霍斯衍看着她笑了笑：“如果没有别的问题，就散会吧。”

“没了没了。”众人收拾东西走出会议室，回到各自的办公室备战新项目。

忙碌的时间总是过得很快，不知不觉，又过去了一个多月。

令淼淼郁闷的是，那位说好下周三过来报到的同事，居然至今不见人影。她去问霍斯衍，得到的结果是，再等等吧。于是就这么一天天地等了下来。

侯舫对此反应不大，该怎么忙还是怎么忙。

淼淼翻看着日历，忽然心中一个“咯噔”，又翻到上个月，眼前一黑，完了完了，不会真的……

她连忙拿出手机给远在C市出差的霍斯衍发了条微信：“在忙吗？”

他回得很快："有什么事？"

此时，霍斯衍在和材料供应商开会，对方在价格上始终不肯松口，来来去去都是那一套，艾书是这方面谈判的好手，也被他们暧昧的态度绕得烦了，面上露出些许不耐之色。

霍斯衍依然神色淡淡，手机振动一下，他点开来——

霍太太："我好像怀孕了。"

怀孕？

霍斯衍紧紧地盯着微信页面，像是不认识这两个字似的，怔了好一会儿，他猛地站起身，椅子摩擦地面，发出刺耳的声音，吓了在场的所有人一跳。他微微颔首："抱歉，有点急事，先走了。"

他示意艾书留下来继续谈。

材料供应的老总本来正滔滔不绝地说着公司的优势，见霍斯衍匆匆离开，心里顿时打起小鼓，再看看那个冷若冰霜的女人，这下完全没底了，说话的底气弱了三分。

这正中艾书下怀，她找回主控权，拿出自己惯用的雷厉风行那套，半个字不啰唆，不费吹灰之力谈到了理想价格，并当场签下合同。

霍斯衍走出会议室后，径直来到走廊尽头的楼梯间，给淼淼拨了个电话过去，他的心被两种矛盾的情绪牢牢占据着。一是初为人父的喜悦与激动，想到他和淼淼有了孩子，想到那个将来会叫他爸爸的小生命，心柔软得一塌糊涂，连基本的思考能力都丧失了。二是这个孩子来得太突然了，他感到万分措手不及，甚至连带着打乱了接下来的计划。

得到她父母的首肯，结婚登记，一场完美的婚礼，等不那么忙的时候，再要个孩子，眼下全乱了。

等待接通的过程中，简直是度秒如年，他又恨不得时间再快些，好立刻回到她身边去。

通了。霍斯衍的呼吸跟着一停："淼淼。"

淼淼"嗯"了声，带着鼻音喊他："阿衍。"

彼此好几秒没有说话。

"刚刚翻日历，发现我月事迟来了九天，感觉很大可能是中奖了。"这段时间真的太忙了，她以为是压力太大导致的，以前不是没有过类似情况，可迟了九天……好悬。

可是怎么会呢，他们不是一直都有做防护措施吗？

“措施也不是能百分百做到位的。”如果他没记错的话，安全套的临床试验成功率是百分之九十七，何况除了质量问题，还会出现别的意外。

淼淼推算着日子：“会不会是上个月，你跟我求婚那晚……”唉，果然免费送的东西不靠谱吗？

“我妈之前再三叮嘱，绝对不能闹出人命。”淼淼头皮阵阵发麻，“如果真有了，她肯定会打死我的！”

霍斯衍捕捉到关键字眼，心跳提到了嗓子口：“你之前说的是，好像怀孕了？”

意思是，还没确认？

淼淼预感到要出大事，急得六神无主，第一时间给他发了微信：“是啊。”

霍斯衍又问了一句，她傻乎乎地反问：“自己怎么检测？”下一秒反应过来，“哦，对了，验孕棒。我现在去买。”

霍斯衍柔声抚慰她的情绪：“不用紧张，还有我在。不管是什么结果，我们一起面对。”

沉稳自持如他，在知道她有可能怀孕的消息时，尚且方寸大乱，何况她一个女孩子，第一次经历这种事，心理上难免会更敏感脆弱些，他又不在身边，连个可以商量的人都找不到，她该是多么慌乱无助。

霍斯衍深深地感受到了一种无力感，他想用双手把她紧紧抱在怀里，然而做不到，相隔几百公里的距离，千山万水，在他眼中横亘着，阻隔着……

陌生城市的灯火一盏盏亮起来，把他深不见底的黑眸点燃，光泽浅浅深深地浮动，浅的是涩意，深的是柔情。

保持通话畅通，霍斯衍退出页面，查找回A市最近的航班。

没有什么事比回到她身边重要。

对淼淼来说，他的话总是有这么神奇的魔力，前一刻她还惶恐不安着，觉得天都要塌下来了，根本不知道该怎么办好。和他通了电话后，像找回了主心骨，不紧张是不可能的，但是天如果塌了，她知道会有他顶。

同一件事，两种心境。

产业园附近有药店，淼淼去了比较大型的那家，走了一圈，没找到验孕棒，问他：“一般会放在什么地方啊？”

“哪家药店？”

“永安。”淼淼根据他的指示，终于在角落柜子的底排找到了想要的东西，有三个牌子，不知道哪个比较好，她索性各拿了一只。

付钱时，收银台的中年女人多看了她一眼，目光若有似无地落在她小腹上，淼淼被看得有些不自在，接过找零的钱，随意折起放进口袋，拿着塑料袋转身就走。

地面滑，她不敢走太急，走到拐角处，才想起来要把塑料袋装进包里去，透明的，太显眼了。

一路踏着夜色回到公寓，淼淼把门关上，反锁，靠在门后深吸一口气。

“阿衍，我到家了。”

“嗯，我还在。”

淼淼打算先去喝杯水缓缓，霍斯衍阻止了她：“这样会稀释HCG激素含量，影响检测结果。”

她还真不知道：“那我不喝了。”坐下来，抱着抱枕，认真地看说明书。

霍斯衍正在去机场的路上，刚坐上车没多久，入夜后温度骤降，他的耳朵和手冻得发红，把手机换了另外一边，又听到她说：“阿衍，如果真有了，怎么办？”

他更想知道她的想法。

“要是真有了，我想生下来。”

霍斯衍太清楚她做出这个决定有多艰难，更清楚一个女人愿意为一个男人生孩子意味着什么，他的心底如同有暖流漫过，感动之情溢于言表，抬手去遮住涌上温热的眼睛。

曾经，他的心是一片荒漠，遇上她，如同得到丰沛阳光和源源不断的灌溉，慢慢变成了绿洲，他以为那已是美好的极致，却不知道，自己的生命还可以被这样一种圆满的方式滋养。

他收回思绪，缓声说：“好。”

淼淼看了三遍说明书，步骤牢记于心："我去测了。"

她进洗手间，还是关门，反锁，看了看镜子里的自己，调整呼吸，稳住微微发颤的手，沿着缺口撕开铝箔膜，取出验孕棒……

上面说，怀孕的话，一分钟后就能知道结果了。

"阿衍，我有点害怕。"

越接近结果，她越忐忑不安，像是在悬崖边走路一样。

"没事，一切都有我。"

听着那边低低安慰的话，淼淼胡乱点头，也不知道自己有没有回应，她屏气凝神地看着验孕棒，神经紧绷到了极点。就在这时，门铃声响了起来，她受到极大的惊吓，验孕棒没拿稳，"啪"一下掉到地上，她迅速捡起来。

"怎么了？"

淼淼听着外面的动静，紧张得不行："好像是我妈妈过来了。"

她打开洗手间的门冲出去，把桌上的袋子收好，手忙脚乱间，两个验孕棒掉了出来，又一一捡起，连袋子一同塞进包里，拉上拉链，这才跑去开门。

门外站的果然是安榕贞。

淼淼把门拉得更开，正心慌意乱着呢，勉强扯出一丝笑意："妈妈。"

安榕贞提着两个袋子走进来："怎么这么久？"

"我、我在洗手间。"门外的风吹得淼淼打了个哆嗦，她赶紧关上门，"我爸怎么没一起过来？"

安榕贞把东西放到沙发上："我是顺路经过，上来看看你。"

"斯衍呢？"

"他去C市出差了。"淼淼倒了杯热水给她。

安榕贞喝了两口水："这是工作室新出的冬款大衣，你看看喜不喜欢。"

"肯定喜欢啊。"淼淼在妈妈旁边坐下，想到腹中可能已经有了小生命，又想到妈妈之前的再三叮嘱，越发心虚。刚刚听到门铃声，她吓得魂都快飘出来，那只验孕棒还丢在洗手台上，不知道结果怎么样了？

安榕贞摸摸她的脸："脸色怎么这么白，没休息好？说你多少次了，工作再忙，也要好好照顾身体。”

淼淼鼻尖发酸，爸爸妈妈也是这世上最值得信赖和依靠的人，她却担心受到责备而隐瞒他们，这太不应该了。

“妈妈。”淼淼吸吸鼻子，“上个月，阿衍跟我求婚，我答应了。”

安榕贞似乎并不感到太大的意外，也许真是应了那句话吧，丈母娘看女婿，越看越满意。近三个月的时间考察下来，她和谢戚明觉得霍斯衍确实是一个值得托付的男人。

学识修养气质人品，为人处世的方式，都无可挑剔，尤为打动安榕贞的是他的责任心和担当。亲赴金银县救援，几乎不眠不休地救人，救援结束，回A市路上，明明疲惫至极，还不忘打电话给她报平安，只字不提一身伤。

另外，他拿出小蛇机器人的大部分利润支援灾区重建，一来尊重技术人员的心血结晶，二来最大限度地施以援手，有仁有义，又顾全大局，试问有多少个男人能做到这样？最重要的是，女儿和他在一起，是真的开心和快乐。

昨晚睡前夫妻俩刚好讨论过这件事，谢戚明说：“咱女儿这么好，估计斯衍等不及，私底下早跟她求婚了，说不定年后就要上门提亲，唉，女大不中留啊。”

安榕贞只是笑笑。

“其实他们现在都一起生活了，早点结婚也不是什么坏事，每个周末，有空的话就让他们回家住两天，名正言顺地出双入对，看着多顺心不是？老婆你想啊，四舍五入，咱们这不等于多了一个儿子吗？”

谢戚明的如意算盘打得“哗啦”响：“结婚后，就该生孩子了吧。你要当外婆，我要当外公，嘿嘿嘿，将来这家里可就热闹了。”

“妈妈？”

淼淼晃了晃她手臂，安榕贞回过神，笑了笑：“你们准备什么时候结婚？”

淼淼简直不敢相信自己的耳朵：“您同意我们结婚啦？”

“我有说过不同意吗？”

“没有！”淼淼把头摇得跟拨浪鼓似的。妈妈说的是，如果在共同生活一段时间后，确定要和对方走下去，那么就可以结婚。

压在心头的重石顷刻间消失无踪，她绽开笑颜："妈妈，那我再跟您说件事哦。"

"什么？"

"我这个月的月事推迟了……"

安榕贞陡然变了音调："怀孕了？！"

淼淼打量妈妈的表情，除了惊讶，没有生气，她松一口气："还不确定。"

安榕贞拉起她要往外走："现在去医院检查。"

"不用，我买了验孕棒，您按门铃那会儿，刚好在等结果。"淼淼走进洗手间，把验孕棒拿出来，看到上面只有一条杠，这说明……没有怀孕？

距离读取时间过了挺久，不知道会不会影响结果，不如再去试一下吧。

淼淼从包里拿了一只新的验孕棒进洗手间，安榕贞在门外等，焦急地走来走去，不时去看时间。

五分钟过去了，里面还没有动静。

"淼淼，验孕棒也不一定准的，要不我们还是去一趟医院吧。"

话声刚落，洗手间的门开了，淼淼走出来，靠在门上，神色微微失落，又如释重负一样："大姨妈来了。"

安榕贞的心情和她是相似的。

并不是不欢迎孩子的到来，而是更希望，他能在最合适的时机来。

晚上九点半，霍斯衍抵达C市机场，他办理完登机手续，来到VIP休息室，给手机充上电，刚开机，淼淼的微信跳了出来。

霍太太："阿衍，有一个好消息和一个勉强算好消息，也可能不算好消息的消息，先听哪个？"

看来情况还不坏？他又把每个字默念一遍，她等不及，直接公布答案。

"好消息是，我妈同意我们结婚了！"

"还有就是，霍点点是婚生子哦。"

她妈妈同意结婚？这个消息就足够霍斯衍欣喜若狂了，短短几个小时内，接连经历了两件人生大事，心潮起伏不定，他怔怔地看着婚生子三个字，许久后才领会到她委婉表达的意思——没有怀孕。

淼淼又来了新信息："是不是很失望？"

霍斯衍也说不清楚此刻到底是什么心情。失望肯定是有的，但没有那么多，他们还年轻，身心健康，想要孩子并不是难事。若是可以选择的话，他当然更愿意霍点点可以在自己和淼淼都准备好做父亲母亲的时候来。

hsy："有点。"

霍太太："我也是。"

"跟你说实话哦，如果这次霍点点真的来了，我会很开心。孩子是上天的恩赐嘛，它选择了我们做爸爸妈妈，这便是命定的缘分。"

"当知道这只是一场乌龙，失望之余，我更多的是觉得轻松，也不是说不期待他来啦，就是……我的意思你懂吧？"

hsy："嗯。"

霍太太："我老家那边有些长辈思想比较保守，未婚先孕确实不怎么好，我们还是让霍点点走合法的程序吧。"

记得大一的暑假参加邻居哥哥的喜宴，新娘穿着宽大的婚纱，孕态毕露，虽然当面没人说什么，但暗地里多少还是会有微词。

淼淼当时作为宾客坐在底下，听到同桌的中年女人跟女儿说："看到了吗？女孩子不知检点，将来就会在婚礼上丢人现眼。你可别好的不学坏的学！"

她听得都替那女人感到害臊，没这么严重吧，结婚本来就是一件喜事，有孩子不正好喜上加喜吗？

后面，新郎新娘过来敬酒，女人立马换上满脸笑意，先夸新郎有眼光，找到这么一个如花似玉的媳妇，又夸他们郎才女貌，是菩萨跟前的金童玉女，将来生的孩子肯定是人中龙凤云云。末了，跟新郎母亲说，你好命啰，年底就可以抱上孙子，不像我，儿子女朋友都还找不到影……

淼淼全程目瞪口呆，从那以后，她很少去参加老家那边的婚礼了。

说起婚礼，霍斯衍问："我们的婚礼办两场？北城一场，A市一场。”

淼淼：“不要了吧，很累的。”

hsy：“这个以后再商量。”眼下他更想知道的是，她妈妈为什么会突然松口。

淼淼：“因为我帮你说了很多好话啊。”

假的。她什么都没说，是他以自己的人格魅力打动了妈妈。

hsy：“我还以为是沾了霍点点的光。那，霍太太希望我怎么感谢你？”

每次说感谢、奖励之类的，最后都会奔着某个不可描述的方向去，淼淼才不上当呢。她抱着枕头翻了个身，看看时间，十点多了，想到他在外地，晚上估计会失眠，就催他赶紧去洗澡睡觉。

霍斯衍快要登机了，想给她个惊喜：“睡不着，想你。”

他发的是语音，低沉的嗓音，是淼淼百听不厌的，她按住发微信语音的长栏，轻轻地“嗯”了一声：“我也好想你，等你回来哦。”

“好。”

又换成文字：“晚安，亲亲。”

霍斯衍回：“晚安，好梦。”

他低头，在她的头像上亲了一下，希望你的梦里有我。

几分钟后，等情绪稍微平复，霍斯衍又拨了个国际长途出去，等那边接通，他起身，俊颜含笑：“爸，是我。”

“我和淼淼决定要结婚了……”

淼淼不知道自己即将要和未来公公见面，由于生理期第一天，身体不是很舒服，和霍斯衍结束聊天后，她就准备睡觉了。

白天工作本来够累的了，还经历了一场霍点点的虚惊，加上孤枕难眠，怎么躺都觉得姿势不对。她翻来覆去，躺到霍斯衍的位置，闻着属于他的清冽气息，这才渐渐酝酿出了睡意。

夜深了，月光清冷，四周寂静得只剩下雪落的声音。

凌晨三点多钟，霍斯衍带着一身寒意进屋，他脱下外套丢在沙发上，来到卧室，看到床上拢起一团，走近才发现她整个人缩进了被子里，他在床前蹲下，将被子往下拉了拉，露出她的头发和脸。

手冷得厉害，他没有去碰她，静静地看了好一会儿后，掖好被角，转身出去。

霍斯衍在外边的洗手间简单洗漱完，穿上睡衣，重新回房，轻手轻脚地爬上床。淼淼像是有自动感应一样，伸手抱住了他的腰，鼻尖在他胸口蹭蹭：“阿衍。”

人没醒，是梦中无意识的呢喃。

霍斯衍亲亲她微张的唇，有些干。

他在她眉心落下一吻，她贴得更紧，呼吸变得绵长而均匀。

一路上披星戴月，风尘仆仆，都是值得的。

霍斯衍闭眼沉沉睡去。

次日清晨，他被一道惊呼声吵醒，接着，脸被捧住，啾啾啾，迎来一顿狂亲。

淼淼爬到他身上，这里摸摸，那里捏捏，惊喜极了：“不是说明天才回来吗？！”又道，“哎？该不会是昨晚跟我聊天时你就在机场了吧！”

淼淼猜到他会因为霍点点的乌龙失了平时的沉着冷静，但没想到他这么冲动，竟然放下公事，连夜飞回A市。不过，她心里好开心是怎么回事？

她的双手撑在他肩侧，黑瀑似的长发垂落，四目相对，柔情蜜意，浓得化不开。

“霍先生。”她娇俏地眨了眨眼，“你想要什么奖励啊？”

反正她有大姨妈护身，不怕。

霍斯衍认真想了想：“签份卖身契怎么样？”

难道是要去民政局登记？可淼淼转念一想，她的户口本还在家里呢，基本可以否决这个可能性，她以为他是在开玩笑，应了下来：“好啊。”

万万没想到，是真的有卖身契！

梳洗完毕，吃过早餐，淼淼被霍斯衍带进书房去了，他将一沓厚厚的文件递到她跟前，她疑惑地问：“这是什么？”

“你先看看。”

淼淼翻看起来，原来是他在国内、国外的资产资料，动产、不动产，还有各种投资项目，想不到会涉及这么多方面，同时也对他的身家丰厚程度稍感意外。她以为他脱离霍家后，盛安公馆的那座别墅应该是他名下最大的资产了，实验室前期投入那么多资金，她甚至一度怀疑他是不是拿别墅做了抵押……

现在想想，她果然是太天真了。

霍斯衍没有错过她脸上的每一丝表情，笑着解释道："这些都是以前在美国念书工作时攒下来的。"

周逢玉虽然看起来玩世不恭，但在经商上有着极大的天赋，对商机有着敏锐的嗅觉，又敢冒险，霍斯衍和他联手合作，恰逢好时机，没费什么大力气就拿下第一桶金，后来跟滚雪球一样越做越大了。

"这么多？"淼淼觉得很不可思议。

霍斯衍被她夸张的反应取悦，摸了摸她头发："还好。"

"不过……"淼淼又问，"你给我看这些做什么？"

他从底下抽出一份文件，她一眼看到了上面的一行大字："自动放弃财产协议？"

"对。"

白纸黑字写得明明白白，如果他将来做了什么对不起她的事，如果将来他们结束婚姻关系，那么，她能得到他所有的财产。

淼淼迷茫极了："我不懂……"

"淼淼。"霍斯衍握住她的手，"我让你签这个，没有别的意思。"

一个男人，把除了爱之外的所有诚意捧到他心爱女人的面前，为的无非就是给足她安全感，让她知道自己手上握有能让他一无所有的开关。哪怕以后真的走到没有转圜余地那一步，也要尽他所能把对她的伤害降到最低。

尽管，这种情况发生的可能性为零。

然而，淼淼不是这样想的，要是连他都失去了，要他的财产有什么用？她又不缺钱。

"你将来会做对不起我的事吗？"

"不会。"

"那，你会和我离婚吗？"

"不会。"

“我也不会。”淼淼定定地看进他那双深邃的眼睛里，“所以，这份协议是没有什么意义的。”她目光坚定而明亮，“除了你，我什么都不要。”

霍斯衍盯着她，仿佛出了神，半晌后，他的唇缓缓松开，眼里全是笑意：“好。”

他以两指抬高她下巴，郑重地，像完成某种仪式一样，轻贴上她的唇……

这是承诺。

淼淼的心为此深深悸动着，结束后，她大口喘气，眸子湿漉漉的，水光潋滟。

看得让他更想欺负了。

淼淼靠在他肩上，面色绯红，像涂了胭脂，霍斯衍在她颊边啄吻，随意瞥了一眼墙上的时钟：“晚上和我去机场接个人。”

她微喘着问：“谁啊？”

他轻笑出声：“你未来公公。”

淼淼如遭雷击：“今晚吗？”

霍斯衍弯起食指轻点她额头，微微失笑：“不然呢？”

淼淼鼓起双颊，这也太快了吧，也不给她一点缓冲的时间。

听到儿子要结婚的消息，本来在海湾钓鱼的霍远哪里坐得住，连钓竿都忘了收，匆忙而高兴地踏上了回国之路。几年前，国内还没有直飞挪威的航班，如今日新月异，昭远航空公司开通了首条中挪直飞航线，他无须转机，只需花十一个小时就能直抵A市机场。

“那你爸大概多少点到？”

“如果航班不延误的话，六点二十分。”

淼淼腾地一下站起来往外走，他追上去，拉住她的手：“去哪里？”

“我要去看看穿什么衣服合适。”

愁啊，放在这边的衣服大多以休闲舒适为主，稍微正式点的都没有，也不知道第一次和未来公公见面该穿什么风格的衣服。按照常理，老一辈都喜欢端庄大方的，可妈妈工作室的设计师们为她量身定制的衣物，全是甜美清新风格……

淼淼总算体会到霍斯衍去她家前一晚在衣帽间挑衣服的心情了。

唉，风水轮流转。

“不用换。”霍斯衍从头到脚地把她打量一遍，“这套就不错。”

“真的？没骗我吧？”

他扬起唇角：“你无论穿什么都好看。”

淼淼骄傲地仰起头：“因为我长得好看啊。”捏捏他的脸，笑得眉眼弯弯，“你也很帅就是了。”

他微倾身，凑到她耳边说了句儿童不宜的话，淼淼“呀”了一声：“一大早就要流氓！”

在她面前，某人光风霁月、正人君子、高岭之花的形象早碎成渣渣了。

她再次跟他确认：“穿这身真没问题？”

“嗯。”

“你爸会喜欢我吗？”大概每个女生见家长前都会纠结这个问题吧。

霍斯衍答非所问：“到时我可能会吃醋。”

淼淼一头雾水：“什么意思？”

“其实我跟我爸的关系，比一般父子要疏远很多。”事实上，霍斯衍小时候和父亲并不亲近，甚至觉得很陌生，从记事起，教养他的人就是爷爷。

“我爸一直想生个女儿。”毕竟在霍家那种地方，女孩子的处境相对而言轻松一些，哪怕将来婚姻可能无法自主，至少不会有生命威胁。

“这是他的执念。”

淼淼不明内情：“你爸重女轻男？”

“算是吧。”霍斯衍觉得这样理解也挺好的，“所以你不用担心，他一定会很喜欢你。”

虽然吃下这颗定心丸，但淼淼心里多少还是会紧张啊，幸好今天有成堆的工作等着她，不然干坐着等几个小时，她肯定会疯掉。

她和霍斯衍来到实验室，看到侯舸破天荒地端着杯咖啡在前台和封筝聊天，两人并没有什么亲密动作，可对望的眼神与笑语，无一不显示着，他们并非单纯的同事关系。

他们是什么时候来电的？

淼淼回想着，难道是在虹城度假山庄举办的负重比赛上？或许更早？

霍斯衍自然也看出了端倪，面上却并未显露出来，径直地走进去，侯舸和封筝看到他，略感意外。侯舸问：“衍哥，你怎么提前回来了？”

“有点事。”

侯舸猜测，实验室这边一切顺利，那么应该就是私事了，难道是……好事将近？他看向淼淼，不料淼淼也别有深意地看着他，不禁一愣，摸头笑了笑，算是间接承认了。

封筝满脸羞色，低头不说话。

淼淼身为过来人，没有过多打趣，跟封筝拿了自己的快递就回办公室去了。

今天依然是新同事没来报到的一天。

“侯师兄，早。”

“早。”侯舫一手敲着键盘，另一手揉捏着酸疼的脖子，顺便活动半边肩膀，这阵子太忙，头上新长出的黑发和彩虹发平分秋色，也没空理。白净的娃娃脸上依然没有什么表情，倒是下巴布着胡楂，莫名有一种颓唐的美感。

淼淼拉开椅子坐下，打开电脑，她和侯舫负责的是静脉药物配置机器人的控制系统和专家系统，这是最核心的部分，等于机器人的大脑。它以计算机软件为中枢，智能化地根据药物配置的流程去分配各部位的功能，并通过功率驱动装置和运动控制器，操控机械臂和执行电动机，达到药品视觉模块、开启台模块、机械臂模块、切割消毒模块和注射模块的有序和谐运作。

如果说控制系统是大脑，那么它囊括的专家系统，便类同于大脑的智慧。

有大脑的机器人，能够做到指挥机械臂去完成简单的动作，但还需要人力从旁协助，专家系统很好地解决了这个弊端，它给予了机器人一定的自主解决问题的能力，只要给它处方，它就会根据上面的药品信息，推理、判断出该用什么药具，然后自动生成针对该处方的配药序列，完成整个配药流程。

药品是什么形态，粉状还是液体？输液袋、注射器要用什么规格的？是直接抽取药液，还是要切割后再抽取，抽取的比例又是多少？

淼淼的主要任务就是建立药品数据库、输液袋和注射器数据库，它们具体对应什么属性，几何形状是什么样？她将这些数据编写成代码的形式，再确定运动参数，专家系统会根据需要自行寻找相对应的代码，并进行解码。

表面看起来简单，实际上这是一个非常复杂且庞大的工程。

淼淼心无旁骛地投入进去，紧张感全抛在脑后，对着电脑，纤白的十根手指在键盘上敲啊敲。直到霍斯衍过来，她才意识到已经下午四点半，该去机场接人了。

“等我一下。”

淼淼跑进洗手间，出来后，霍斯衍留意到她唇上涂了一层淡淡的口红，挺难得，不由得多看了几秒，她被他看得不好意思了，推他：“快走啦。”

这次去机场，霍斯衍特地安排了司机，淼淼为他的考虑周到而感到心窝暖暖的，手滑入他温热的手心，指尖刮两下，他笑着握住她的手，放到腿上，一根根地轻捏她手指。

心照不宣的甜蜜。

暮色渐浓，夜空澄净静谧，星子闪烁。

A市国际机场近在眼前了，淼淼轻声说：“丑媳妇终于要见公公啦。”

说着她自己忍不住笑了。

霍斯衍帮她把外套穿上，唇边抿着若有似无的弧度：“我觉得我爸可能会比你紧张。”

见他神色认真，说得煞有其事，淼淼才不信呢，觉得他肯定是在安慰她，直到眼见为实。

国际到达大厅，人来人往。

淼淼翘首以盼，时间一秒秒地过去，她心里的那根弦逐渐绷紧，默默演练着，见面的第一句话要说，伯父好我是淼淼，他会回答，你好淼淼。

伯父您千里迢迢地赶回来，辛苦了。

不辛苦。

接下来呢，要说什么？淼淼完全没有一丝头绪，站在旁边的霍斯衍忽然拍了拍她肩膀："我爸。"

啊？来了来了！淼淼登时站得笔直，抬眸看去，一个中年男人朝这边走来，步子迈得又大又急，他身材高瘦，好像有些驼背，戴金边眼镜，穿米色长款风衣和黑色裤子，浑身透着浓浓的书卷气。

他和淼淼想象的样子很不同。

怎么说呢？就是感觉……他不太像是富春城霍家的人，她接触过霍老爷子和霍斯衡，他没有他们身上那种不动声色却极具侵略性的上位者威严，也不像霍斯衍那样气质清冷疏淡，他更像她生活中认识的那些长辈。

和蔼可亲，平易近人。

他也看到他们了，淼淼笑着朝他挥挥手，一瞬间的事，他步调乱了，最后竟走成了同手同脚。

这……

更出乎淼淼意外的是，他居然把她的开场白给抢了："淼淼你好，我是霍远，斯衍的爸爸。"

淼淼彻底乱了，呆呆地跟着说："您好，爸爸。"

霍远难掩激动地抿紧嘴唇，那双看惯雪山湖泊的明亮眼睛，看看她，又看看儿子，心底百感交集，微哽咽着："好，好！"

听到霍斯衍低低的笑声，淼淼才反应过来自己刚刚喊的竟是爸爸，她窘得耳根发热，又听到霍远说："这么晚还让你过来接我，真是太麻烦了。"

淼淼连忙摆手："不麻烦，不麻烦的。"

求您……别再抢我台词了。

霍远温和地笑笑，没说别的话了，只是，垂在身侧的手握了又松，松了又握。

看来，是真的比她紧张啊。

淼淼则是淡定了许多，她正要开口，兜里的手机响了，抱歉一笑，拿出来看，是谢南徵的来电。

她走到一边去接通："哥。"

"哦，我在机场呢。"

"霍斯衍他爸爸回国了。"

听到这话的谢南徵一怔，脱口问道："你们准备结婚了？"

他从金银县回来后一直忙到现在，没想到他们进展迅速，都要谈婚论嫁了。

"你爸妈同意了？"

"是啊。"淼淼说，"他爸爸这次回来就是商量婚事的。"

谢南徵叹气，自嘲道："你说你，恋爱赶在前头就算了，结婚也是，不能给你八哥留个面子？"

淼淼"扑哧"乐了："不能。"

"对了，哥你找我什么事？"

"你之前说的日化间常用的药品和药具名单，我让人帮忙整理出来了。"

"哇，太好了，改天请你吃饭！"

谢南徵一点没跟她客气："必须的，至少得是如意楼。"

"没问题！"

"没别的事了，就这样吧。"

"好的，拜拜。"

通话结束后，谢南徵仍负手立在窗前，望着天边的冷月出神。

有情人终成眷属，他当然打心底为淼淼感到高兴。

可是，他有一个藏了很久，关于淼淼的秘密，不知道该不该跟霍斯衍说。

霍远独居多年，由于心脏不太好，饮食向来清淡，且诸多禁忌。所以三人并没有在外面吃饭，而是直接回了盛安公馆。

霍斯衍上午就让人把食材准备好了，一到家，他脱下外套，卷起袖子，进厨房忙碌去了。

霍远和淼淼坐在客厅沙发上，长途飞行，他面上的疲态显而易见，她倒了杯温度适中的水给他："伯父，要不您先上楼休息吧。"

"不用，老毛病了。"

从这个角度看去，那瘦削的侧脸轮廓和霍斯衍有几分相似，但如果五官拆分出来，又没有一处是像的。淼淼猜测，霍斯衍可能更像他妈妈些，他长得这么好看，妈妈肯定也是大美人。

霍远从口袋里掏出药瓶，倒了三粒，仰头就着水服下。

看他随身带药，以及吃药的熟练程度，淼淼想到了闺密龙赢赢。她最近又在试新研发出来的抗癌药，听说效果还不错，淼淼替她感到欣慰，医学的进步总是让人满怀希望。

霍远放下水杯，环顾四周一圈："太空了，显得冷清。你们平时不住这边吧？"

"是啊。"淼淼答，"我们住在产业园的公寓，上班比较方便。"

"嗯。"

过了好一会儿，霍远又问："斯衍……他现在在做什么？"父子俩分隔两国，交流并不多，霍斯衍又一向是报喜不报忧，他的手受重伤从加州医院离职的事，霍远还是从周逢玉那儿听说的，打电话问他，得到的永远是那两句话：没事，一切都好。

霍远从来知道自己是个失职的父亲。

呃，淼淼被他问得有些蒙了，不是在厨房做饭吗？片刻后，她才反应过来："在做医疗机器人相关的项目。"

不由得深感震惊，原来他们父子之间的关系竟这么疏远吗？

霍远若有所思，喃喃自语道："也好，他过得比以前开心。"他很清楚，这一切都是淼淼的功劳，看向她的目光不由得带上了感激，"斯衍跟我说过，打算这辈子都不结婚。"

淼淼惊愕得不知道该怎么反应了。

"是你，改变了他的想法。"

霍远从儿子特殊的成长环境，谈到自己和妻子坎坷艰难的婚姻："可能因为这样，他才会对爱情和婚姻失去期待和信心，一直以来，我都对他感到很抱歉。"

不是没有想过修补这道亲情裂缝，然而太晚了……

"不晚。"淼淼语气肯定，"还来得及的。"

霍远迫切地问："怎么说？"

"爸，淼淼。"霍斯衍从厨房走出来，"可以吃饭了。"

“好的。”淼淼收住话头，和霍远交换了一个稍后再聊的眼神后，进去帮忙端菜了。

霍斯衍做的是一些家常菜，四菜一汤，兼顾了霍远和淼淼的口味，他自己倒是无所谓，之前去谢家吃了几次饭，连辣菜也能学着吃了，只是怕胃受不了，每次吃不多。

饭桌上，霍斯衍和淼淼坐一边，霍远坐对面，中间隔着热腾腾的食物，淼淼舀了一碗汤递过去，笑吟吟地说：“伯父，您喝汤。”

霍远双手来接：“谢谢。”

他这么客气，倒显得她才是这个家的主人一样，淼淼有些不自然地摸摸鼻尖，拿了勺子，低头喝汤。

霍斯衍往她碗里夹菜，全是她爱吃的，而且是最好的部分，淼淼平时习惯了，不觉得有什么，可现在……她瞥过去一眼：怎么不给你爸夹？

他只是抿唇笑笑。

一顿饭下来，父子俩全程无交流，淼淼吃得挺压抑的，等霍斯衍收拾了碗筷进厨房后，她问霍远：“伯父，你们之前一起吃饭也是这样子吗？”

霍远不解：“什么？”

“就是……”淼淼斟酌着用词，“你们不说话的吗？”

“哦，这是在霍家时养成的习惯。”食不言寝不语，霍家的餐桌上，是没有一个人说话的，用餐不能发出声音。有些影响是潜移默化、刻在骨子里的，这么多年，这个习惯一直被霍远保留了下来。

原来如此，淼淼轻咬舌尖，她每次吃饭都喜欢跟霍斯衍说话，叽叽喳喳。记得最开始他只是用简单的语气词回应，她以为是他性子沉默寡言的缘故，没太在意，渐渐地，他会说几句话回应，到后来，甚至会主动找话题跟她聊……

吃饭不聊天，多无趣啊。她家吃饭虽然人不多，但总是热热闹闹的。

听到客厅里的说话声，霍斯衍擦干手出来，看到淼淼正眉飞色舞地和他爸说着什么，他爸听得频频点头，他脚步一顿，站在原地，目光深深地看着那温馨又和谐的一幕，侧过头，缓缓上扬嘴角。

她还能给他带来多大的惊喜？

“阿衍。”淼淼见他站着不动，喊他，“快过来。”

霍斯衍走过去，在她旁边坐下：“在聊什么？”

“随便聊聊啰。”

有淼淼在中间调和，找共同的话题，父子俩也能聊上两句了。聊了半小时左右，淼淼看到未来公公从口袋里拿出一样东西，用三层手帕包着，一层层打开后，终于露出了真面目——

一个看起来很有年代感的如意玉锁。

“这是斯衍妈妈留下来的。”霍远把它捧在手心里，充满爱怜地摸了摸，“说是将来要送给儿媳妇的。”

他的表情那么温柔，一定是透过这玉锁，想起了很多和妻子的往事吧，可想而知，玉锁对他意义重大。所以，当他把它递到跟前来时，淼淼没有去接，下意识看向旁边的男人。

霍斯衍也看着她，声音听不出什么情绪：“收着吧。”

“可是……”

“淼淼，这是斯衍妈妈生前的心愿。”霍远说着，心口突然揪疼起来，他抬手按住，玉锁不在身边了，她照样在他心里，直到生命走到尽头的那一天。

不过是身外之物罢了。

淼淼郑重地把玉锁接了过来，上面还有余温，暖暖的质地，她轻轻虚握住：“我会好好保管它的。”

霍远慈爱地拍拍她的手：“好。”

“他妈妈如果泉下有知，一定也会感到很欣慰的。”

淼淼心里对这位素未谋面的婆婆格外好奇，又怕勾起他们的伤心事，还是等以后再问吧。坐着陪聊了一会儿，她上楼去了，体贴地把空间留给父子俩。

关于去谢家提亲的事，霍远没有相关经验，但基本的人情世故还是懂的，他拿出一张银行卡放在桌上：“这些年你给我打的钱，都在里面，我没动。”

霍斯衍要推回来，他按住卡，犹犹豫豫地说：“就当聘礼吧。这么好的女孩子，不能委屈了人家。”

霍远对儿子的经济状况并不是很了解，只知道他每个月汇一大笔钱过来，刚刚听淼淼说他开了一个实验室，估计积蓄被掏得差不多了。虽说聘礼不是以多为好，但也不能太少，总要给女方足够的体面。

霍斯衍收下了卡："爸，聘礼的事您不用担心，我都准备好了……"

霍远听得一愣一愣的，知道聘礼不成问题后，他又有了别的顾虑，欲言又止："也要根据淼淼家里的情况来，要是聘礼太多了，我怕她父母会觉得我们……"

霍斯衍点点头："我有分寸。"

重要的两件事情交代完了，霍远暂时放下心头大石。随后，时差带来的疲惫席卷而来，他忍不住打了个哈欠。霍斯衍看在眼里，把他带到收拾好的客卧，给他放了热水，加入松缓精神的精油，这才转身出去了。

霍斯衍回到主卧，淼淼刚洗完澡，躺在床上玩手机，见他推门进来："聊完了？"

他走到床边坐下，她自觉地躺到他腿上，看着他"嘿嘿"直笑："我听伯父说，你是不打算结婚的？"

他不说话，默认了。

"阿衍，原来你这么爱我啊。"淼淼故意逗他，"非我不可？"

她只是开玩笑，没想到他当真了，低头亲了亲她的唇："是，非你不可。"

年少时的爱情当然没有深到刻骨铭心，分离的时光里，他心里有个角落为她留着，知道她有了"男朋友"后，位置还是她的，只是门锁上了，连他自己都进不去。

钥匙丢了。

从那以后，她只是以一份遗憾的形式存在，连同那美好得让他不敢回想的记忆，一并封存在心底。

婚姻对他来说是可有可无的东西，他身上没有肩负所谓传宗接代的重任，就这样一个人过挺好的，直到平静的生活被再次打破。

他是带着不平、不甘和恨意回国的，在他的计划里，霍家是首要的一环，他不惜以余生的自由，去交换某些曾经拥有过的，可并不想要的东西。

在离那些东西只有一步之遥的时候，宿命一样，他又遇见了她。

那个乌云蔽天、风雨欲来的午后，她像一道光，再次强势地闯入了他灰暗的生命中。

如果那天她没有出现。

他从咖啡馆离开后，会来到仁川医院，等爷爷的手术结束，他会跟他说：“我改变主意了。”

接着，他会回到霍家，正式接任继承人之位。

一念成佛，一念成魔。

真的全在一念之间。

如今回想起来，霍斯衍只觉得万分庆幸，如果当时真的那样做了，失去的又何止自由？

他含住她唇瓣，一字一句地把最真诚的心声喂进去：“淼淼，我只想和你结婚。”

往后余生的所有幸福，只想你来给，也只有你能给。

十六分甜

并非见色起意

翌日，大雪初霁，暖阳融融。

出门前，霍斯衍又仔细地把聘礼清点了一遍，确认无误后，才一一搬上车。

盛安公馆离淼淼家不远，不堵车的话，二十分钟左右就能到。

谢戚明和安榕贞早在家里等着了，谢南徵也特意调休，一大早冒着寒冷过来，三人听到外面的动静，齐齐从屋里走出。

淼淼率先推开车门跳下来：“爸爸妈妈。哥，你怎么也来了？”

谢南徵看着她：“来蹭饭。”

淼淼歪头一笑。

随后下车的霍斯衍和他们打招呼，霍远太久没和陌生人交际了，难免局促拘谨，没想到脚刚落地，一双温厚有力的大手握了上来。他略怔后抬头，看到一张满是笑意的脸，猜测这应该就是淼淼的父亲了。

果然，对方一开口就是：“亲家。”

“大老远回来一趟，辛苦了。”

霍远被谢戚明的热情感染，心情跟着轻松几分。只是，他性子极度慢热，亲家两个字怎么都没办法很自然地说出口，只好握紧了谢戚明的手：“不辛苦的。”

“外边冷，进去吧。”

一行人进了屋，客厅的桌上摆满水果和点心，谢戚明忙着煮水泡茶，安榕贞坐在一旁和他们聊天，聊的话题很家常，每个人都能说上一两句话。气氛底子打好了，等茶香氤氲，便可以直入正题了。

霍斯衍拿出聘礼清单，请未来岳父岳母过目。

夫妻俩接过来，一样一样仔细地看。他们只有这么一个宝贝女儿，自然什么最好的都要给她，嫁妆的丰厚程度是普通人家难以想象的，除了礼金和首饰外，陪嫁的还有公司股份和十六处房产、商铺。

霍斯衍准备的聘礼和嫁妆相比，当然只多不少，但又不会显得过分夸张，安榕贞便知道他在上面是下足了心思，更加满意了。

这个环节顺利过了，接下来要正式商量婚事了。

安榕贞问：“斯衍，淼淼，你们有什么想法？”

淼淼的心已经飘到云端去了，哪里还能思考：“都行啊。”

安榕贞不指望女儿了，看向霍斯衍，他略微沉吟道：“婚房准备重新装修，婚礼的话也需要时间筹备，我打算和淼淼先去把证领了。”

安榕贞和谢戚明交换了个眼神，显然这是符合他们预先设想的，她赞同地点点头：“好，就按你说的办。”

谢戚明接上去说：“关于婚礼，我觉得……”

谢南徵在旁边听他们商量婚礼细节，又看看对面的淼淼和霍斯衍，神色若有所思。手里的茶水一口没喝，已经凉透，他把杯子放回桌上，后知后觉捏得太紧，指节发白，他松动手指。

淼淼察觉到他的异样，眼神询问：怎么了？

谢南徵摇头笑了笑。

淼淼耸耸肩，收回视线，继续听三位长辈和霍斯衍说话，时不时地发表一下自己的意见。

一个上午过去，关于婚礼的话题还没收尾，于是大家吃过饭再继续商量，等商量妥协，双方都满意了，窗外天色已悄悄暗了。禁不住亲家和亲家母的盛情，霍远又留下来吃了晚饭才回盛安公馆。

淼淼跟霍斯衍明天要上班，两人回了产业园的公寓。

她瘫在沙发上，抱着抱枕，长叹一声：“没想到婚礼会这么麻烦。”

“还好。”只是前期准备工作比较烦琐复杂。

“我梦见过和你举行婚礼的场景，就在你回国后我们第一次见面那天。”

淼淼大概描述了一下梦的内容：“现在想想，原来是预知梦呢。”

“不过，在梦里我还没看清你的脸，就被我妈叫醒了。嘿嘿，没关系，以后我有一辈子的时间慢慢看。”还可以又亲又摸。

“对了，你以前有没有做过关于我的梦。”

霍斯衍别有深意地笑了：“有。”

“什么样的？”

半晌没听到他回答，淼淼慢半拍地反应过来了：“你你你……”扑上去就是一顿揍。

霍斯衍稳稳地接住她，抱坐在腿上，额头抵额头，彼此呼吸交融，他压低声音问：“老婆，想哪天去领证？”

也算是新婚之夜呢。淼淼想了想：“等我亲戚走了之后？”

今晚刚好是平安夜，再过两天就是二十六号，她提议：“要不我们三十一号，年末的最后一天去吧。”

霍斯衍亲上她的唇：“好。”

那么，就这么愉快地决定了。

当晚，淼淼早早洗漱好爬上床，本想着跟小乔、龙赢赢分享喜讯，可实在太累了，她刚躺下就失去了意识。

霍斯衍洗完澡出来，看到床上的人已经睡着了，他把卧室大灯关掉，灯光暗掉的那一瞬间，床头桌上，他的手机屏幕亮了起来。走过去一看，是谢南徵发来的微信，问他有没有空出来喝一杯。

以霍斯衍对谢南徵的了解，这么晚找他，肯定不只是喝酒这么简单。

半个小时后，他按照谢南徵发来的定位，来到产业园附近的小公园。

月光下的雪地泛着清冷幽光，坐在长椅上的谢南徵，脸色看起来格外凝重，听到脚步声，他抬起头：“来了。”

霍斯衍接住他丢过来的一罐啤酒：“什么事？”

“先喝酒，暖暖身子。”

谢南徵拿起喝了一半的啤酒隔空和他碰了碰，仰头喝光，手指收紧，将罐子捏扁。他看着前方堆满落雪的树，眉头紧皱，心底一声声地叹息。

他犹豫过很久很久，实在不愿意在这个时候来煞风景，可三番五次的深思熟虑后，他还是觉得很有必要让霍斯衍知道当年的真相。

这个恶人必须由他来做，才能让淼淼真正放下心结，幸福快乐地开始新的生活。

霍斯衍喝了口啤酒，喉中发涩，似乎已有某种不太好的预感，越发面沉如水。

风呼啸着从两人间吹过去，衣摆翻飞，谢南徵交握着发红的双手："七年前，十月十六日，你是不是在A市？"

"是。"霍斯衍很肯定地回答，他清楚记得，那次是送母亲的骨灰回国，处理完后事的第二天飞回美国了。谢南徵说的那天，刚好是他在A市转机的日子。

谢南徵又开了一罐啤酒，"咕咚"灌下，抹抹嘴："那天，淼淼在去A市机场的路上，出了一场很严重的车祸，在病床上躺了一年多才醒过来。"

这些话字字如利刃，捅向霍斯衍心口，几乎是刹那间，月光消失了，树木消失了，只剩下无边无际的浓稠夜色，他的眼睛一下红了，声音低哑得骇人："你说什么？！"

"没有人知道，原本应该在教室里好好上课的她为什么会突然跑去机场，听到她出事的消息，我是第一个赶去医院的，当时她浑身是血……医生从她紧握的手心里取出一团浸满血的纸。"

"上面的字迹大部分模糊了，依稀能辨认的只有几个字，其中一个是……"谢南徵缓缓吐出一口白气，望向头顶上漆黑的夜空，"衍。"

"她是为我去的。"巨大的酸楚和疼痛席卷而来，霍斯衍弯下腰去，手紧紧地捂住胸口，支离破碎地又重复一遍，"她是……为我去的。"

那时事态紧急，谢南徵没往深处想，后来知道淼淼和霍斯衍高中时的过往，那个"衍"字就有了明确的指向，从此便如同一根刺般附着在他心底。

他一直在等，等淼淼主动跟霍斯衍说，可她没有。

谢南徵也希望这一页如她所愿那样，只要不再提起就能翻篇，可那张纸还保留在她妈妈手里，万一将来有一天，纸包不住火呢？

他知道这件事情是没有办法用道理讲清楚的，因为它对牵涉到其中的每一个人来说，都很不公平。

然而，逃避问题并不能使它得到解决，反而可能会变得更糟糕。

夜更深了。

谢南徵已经离去，只留下一行深深浅浅的脚印，霍斯衍独自坐在寒风中，一动不动，像一座没有生命的冰雕。

路灯冷清地照着他孤单的影子。

不知坐了多久后，他拖着僵硬的双腿沿来时的路走回去，整个人是麻木的。一颗心早就被掏出来，在雪地里不知滚了几遭，疼得数次跪下去，又撑着站起来，往前走……

跌跌撞撞，将近一千米的路感觉走了一个世纪那么漫长。

他终于回到了公寓，急急忙忙地开门、关门，进卧室，脱掉满是寒意的外套和长裤，直接把淼淼连着被子一同抱住。他抱得那么用力，双手双脚缠上去，几乎要把她揉进身体里。

淼淼惊醒过来，下意识地推了推他："阿衍，我快透不过气了。"

他松了松手，但还是抱得很紧，头埋在她脖颈间，呼吸濡湿又急促，心跳"咚咚咚"地撞着她手臂。

淼淼睡得熟，不知道他出去和谢南徵见过面又回来了，她疑惑不已，这是怎么了？

想到差点永远失去她，霍斯衍心痛如绞，无法言语，难以想象这些年她到底独自承受了多少，甚至为了维护他，一直守着那个秘密。如果不是谢南徵，他坚信自己这辈子都别想从她那里知道真相。

傻姑娘，这颗心早已满满都是你，你还想让我怎么爱你，怎么心疼你？

淼淼感觉到他身体线条绷得很紧，接着，又感觉到有温热的液体沿着脖子滑落，意识到那是什么，她猛地一惊，往他脸上摸去，失声喊道："阿衍！"

“淼淼。”霍斯衍哑声唤她名字，带着浓浓的鼻音，又透着不容拒绝的意味，“等天亮后，我们去民政局登记。”

他不能再等了，一天都等不了了，他不能接受也不能容许哪怕一丝一毫的变故发生，他必须立刻跟她结婚。

至于她爸妈那边，登记完他会去坦白，要打要骂，要怎么样都行。

总之，他要先和她结婚。

“阿衍，到底发生了什么事？”从来没有见过他这种样子，淼淼担心极了。

霍斯衍仍然紧贴着她颈边，不发一语，像是在压抑着什么情绪，她心慌意乱，伸手想去开灯，他不让，就保持着这样的姿势。

许久后，在满室的安静里，他开口了：“为什么不告诉我？”

他呼出的热气轻缓绵长，像带着无止境的叹息，淼淼一下明白过来他是什么意思，眸底立即有泪光翻涌上来：“你都知道了……”

霍斯衍没有回答，还带着凉意的手指，小心翼翼地，如同触碰易碎珍稀品一样，摸了摸她的脸。从眉心到鼻尖再到嘴唇和下巴，他又贴着她的胸口，听她的心跳声，一下又一下，证明她是真实存在的。

淼淼有些害怕：“阿衍，你抱抱我，好不好？”

霍斯衍松了手，掀开被子躺进去，她急不可待地抱上来，借着窗口透进来的微光，和他黯淡又落寞的眼睛对上，她柔肠百结，眼泪慢慢地把他胸前的布料打湿。

两人静静地拥抱着，谁都没有说话。

一个从不轻易显露真实情绪的男人，他在一个女人面前流的泪，便说明了一切。

他的自责，他的愧疚，他的心疼……

淼淼用力闭了闭眼，好一会儿后又睁开，她以为自己会哽咽着，泪流满面地说起那段噩梦般的过往。然而没有，她现在拥有的幸福，足以把过去的不幸和悲伤抵消，她的声音很平静：“那时我在班群里看到你回国的消息，想着去和你见一面。”

她还带着那封他的回信，想跟他求证某个答案，如果当时两人顺利见上面了，假回信的真相会不戳自破，中间也不必蹉跎那么多岁月，说不定他们早就在一起了。

可世上没有如果的事，淼淼也没有想到，她会在去机场的路上出了那么惨烈的车祸，谁都没有想到，那只是一场意外。

“我从来没有怪过你，真的，从来没有。”

没有丝毫的责怪，更别说怨或恨了。那件事虽然和他有关，但他从头到尾并不知情。

如果它注定是一个错误，那么她也已经为此付出了代价。别人都说大难不死必有后福，上天对她是眷顾的，活着才是最重要的，就让一切到此为止吧。她不再想以前了，她只想要以后。

霍斯衍紧握着她的手，压在唇边，淼淼凑上去亲他下巴，声音低低的，说当初她多么勇敢地战胜了死神，说她沉睡了一年多后，在一个秋日黄昏醒来，苦守的父母是如何喜极而泣，说复健的过程是多么艰难痛苦，说她是怎样跟龙赢赢认识，成为生死之交……

他想知道的，这些年她背负的、无法对人言的秘密，她通通说了出来，没有一丝保留。

不知不觉，窗外的天色悄悄亮了。

朦胧的光，直直地照进淼淼心底最深处，那个从不示人的角落，充盈着一片温暖敞亮，她感到前所未有的轻松自在，弯起唇角笑了笑：“阿衍，那些事都过去了，我们不要再去想它，好不好？”

霍斯衍心中苦涩，嗓音像抽了整夜闷烟似的沙哑：“我不可能当作它没发生过。”

“那……再给你三分钟的时间难过。”

霍斯衍拿她没有办法，听着她一秒一秒地倒计时：“好了，三分钟到啦。”她又捧住他的脸，鼻尖蹭鼻尖，“说好不难过了哦。”

他不给回应，淼淼爬到他身上去：“你不是说今天去领证吗？”

霍斯衍抱着她坐起来：“嗯。”

淼淼探手去开床头的暗格，拿出镜子照了照，和想象中一样，脸色苍白，双眼又红又肿，她又问：“真的要去啊？”

“去。”他直接把她抱进浴室洗漱。

一夜未睡，两人的状态不太好，淼淼临时抱佛脚化了妆，一番捣鼓下来，也算是面若桃花，容光焕发了。

霍斯衍则是简单地洗过脸，刮了胡子，换上衣服，就拉着她出门了。

早餐是在产业园附近的一家粥店解决的。

吃完后打车来到民政局，天气冷，加上时间又早，他们是第一对过来登记的情侣。彼此没有相关经验，还好大厅入口处贴心地放着登记流程的立牌，霍斯衍快速扫过一遍，了然于心，牵着淼淼往左边走："先去照相。"

有他在身边，淼淼基本上不用动太多脑筋，只需要跟着走就行了。

进入一个十五平方米左右的房间，还在摆弄相机的照相师傅听到脚步声回过头，笑呵呵地跟他们打了声招呼，随手一指："那边坐。"

淼淼和霍斯衍并肩而坐，背后是一面铺着红布的墙。

"再坐近一些，这样才显得相亲相爱嘛！"照相师傅做了个两根食指挨近的动作，淼淼往旁边靠了靠，他扬声说，"哎！对了对了，就这样别动啊。"

"太太的下巴再抬高点。"

淼淼配合着照做，照相师傅点点头，正要按下快门，眉头紧皱成了个"川"字："小伙子，结婚是喜事，你不要那么严肃嘛，看你太太笑得多好看。"

淼淼轻扯霍斯衍袖子，他侧头看她，眼底渐渐有了笑意，再次看向镜头时，微抿的唇松开，缓缓露出真心实意的笑容来，照相师傅眼明手快地将这一幕定格。

照片上，霍太太笑颜如花，明媚动人，霍先生是掩不住的丰神俊朗、清隽无双，尤其是那眼中的温柔和情意，仿佛透过镜头流泻出来。

所有看到这张照片的人，都不会怀疑他们深爱着对方。

照相师傅满意地看着自己的作品，俊男美女，真是赏心悦目啊。

淼淼走到他旁边："师傅，麻烦你帮我修一下我老公的黑眼圈。"

"得嘞。"他"嘿嘿"笑着，"这黑眼圈确实有点重，肯定是昨晚兴奋得没睡好觉吧，不过人长得帅，那句话咋说来着？瑕不掩瑜。"

淼淼跟着笑："谢谢师傅。"

照片打印出来，她付了钱，挽着霍斯衍的手回到大厅。

四个结婚登记的窗口前都有人了，等了大约十分钟才轮到他们，淼淼把自己和霍斯衍的身份证、户口本原件和复印件交过去，里面的工作人员递了两份结婚登记声明书出来。

他们认真地填写好各自的资料，签下名字，检查无误后再递回去。

负责给他们登记的工作人员是半个月前上岗的年轻女生，看着证件上的照片，不免对真人感到几分好奇，忍不住多看了两眼，心底惊叹不已，哇，这对颜值真的好高，怪不得证件照都拍得这么好看。

关键是，站在一起，看起来好配啊！就是男的貌似气质偏冷了些……

淼淼见对方一眨不眨地盯着他们看，问道："请问还有什么问题吗？"

工作人员微窘地清了清喉咙，找了个问题缓解尴尬："请问谢安是复姓吗？"

"不是，是我爸妈的姓合在一起。"

"哦，是这样啊。"她核实完资料，打印出结婚证，贴上照片，盖上钢印，"好了。"

两本新鲜出炉的结婚证从窗口内递出来，还有一句祝福："新婚快乐。"

工作人员是朝淼淼的方向递的，没想到接的是她旁边的男人："谢谢。"

霍斯衍捧着微微发热的小红本，打开来仔细地检查一遍，姓名、日期、身份证号和结婚证字号，一一确认无误。

工作人员看他神情专注，不禁露出微笑，她虽然工作时间不长，算下来也接待过不少来登记的新婚夫妇，倒是第一次见到这样的，嗯，怎么说呢？

其他男人拿到结婚证，第一反应是激动、高兴，而他除了这两者外，还给她一种，结婚证对他而言很重要，需要万分珍惜的感觉。

这一对的背后，应该有很浪漫的故事吧。

后面排队的人越来越多，淼淼赶紧把霍斯衍拉走，最后一个环节是结婚宣誓，她想着将来婚礼上也有这环，就不用重复了，可霍斯衍坚持一定要走完流程。

那就去吧。

"我们自愿结为夫妻，从今天开始，我们将共同肩负起婚姻赋予我们的责任和义务……风雨同舟，患难与共，同甘共苦，成为终生的伴侣！”

念完誓词，淼淼才真正懂得了他坚持要来这里宣誓的原因，从今天起，他们就是合法夫妻了，相濡以沫，不离不弃，相守一生。

从民政局出来，暖阳漫天漫地，天空蓝得没有一丝杂质，冷风拂面，两颗心都是火热的。

淼淼脸颊红扑扑的：“霍先生，新婚快乐哦！”

霍斯衍直接低头吻了下来，她搂住他的腰，热情回应。

前方路上，人来人往，车流如织。谁都没有注意这边，他们分享着只有对方才懂的幸福和甜蜜。

风吹过来，积雪“啪”地压断一截枯枝。

淼淼微喘着气靠在他怀里，她从他外套口袋掏出小红本，打开手机照相机，以雪地为背景，拍了两张照片发到朋友圈：“从今天起，正式成为已婚少女！”

底下附照三张，求婚钻戒，结婚证，以及两人的合照，还在上面加了一行字：霍先生和霍太太。中间一颗爱心。

她迫不及待地想和全世界分享自己的幸福，微博上也发了结婚证的照片——

可爱淼淼：“叮，你已领到圣诞公公派送的老公一只。H先生，余生请多指教啦。”

回去路上，淼淼坐在车里，侧头看车窗外不知何时飘落的雪，她轻轻地说了句：“是太阳雪。”

心情好的缘故，看什么都觉得是美的，心间沁着蜜的清甜，总忍不住嘴角上扬。

当初那对懵懂的少年少女，在人海中分离又重逢，终于在今日，正式结为夫妻。

她仿佛又看到了九年前的自己，那么勇敢无畏，单纯而执着地喜欢着一个人，跌跌撞撞地追逐寻觅，穿行过漫漫长夜，终于在晨光熹微时分，被一双有力的手接住，拥入怀中。

从此不必再寻找，一睁开眼，他就在身侧。

阳光从她那端照进来，淼淼身上披了一层柔光，小脸白皙如瓷，又透着淡淡的红晕。那双笑得弯起来的眼睛，有着最动人的弧度，霍斯衍倾靠过去，薄唇轻贴上她眼角。

前面还有司机呢，淼淼有些害羞，不过还是乖乖地任他亲，他很少会在外人面前做出亲密动作，今天已是第二次破例，足以想见他的心情。

她调整姿势，靠在他肩上："阿衍，我们是不是忘了什么事情？"

总觉得漏了什么。

霍斯衍回忆整个登记过程，从开始到结束，没什么遗漏的，不经意间瞥到自己空空如也的手，他想起来了："戒指。"

"哦，对！"淼淼哭笑不得，"对戒还没买。"

刚好前面就是星月广场，两人下了车，来到商场一楼的珠宝专柜。淼淼很快挑好一对素戒，霍斯衍刷卡买单后，她当场戴上了，款式是她喜欢的，尺寸也合适。

霍斯衍握住她的手，把戒指取了下来，淼淼不明所以，只见他低头含笑，重新将戒指轻推入她的无名指。淼淼注意到旁边的导购小姐正目不转睛地盯着他们看，得体的微笑中似乎多了几分兴味。

她微微嘟起红唇，是哦，哪有人像她这么傻自己戴戒指的？

戴完戒指，霍斯衍好整以暇地等着，淼淼也非常有仪式感地拿了属于他的那枚男戒给他戴上，他的手指修长白皙，套上简约的铂金圈，简直是相得益彰，她反复翻看："好好看啊。"

霍斯衍扬唇笑了笑："先戴着，等婚礼再定制新的。"

"不用了吧，这个就很好啊。"要那么多戒指做什么？

他和她十指相扣，低声说："不行，一定要独一无二的。"

淼淼听得脸红了，余光瞥到导购小姐在看热闹，晃晃他的手："走啦。"

广场上的圣诞气氛浓郁，四处挂满了五颜六色的星星灯，音乐放的是*Jingle Bells*，欢快的旋律中，小朋友们围着高大的圣诞树开心地跑来跑去，追逐打闹。

从主题角经过时，一个装扮成圣诞老人的工作人员给淼淼送了一个福袋，里面装的是一张贺卡和几颗糖果，她笑着道谢，接过来："圣诞快乐。”

圣诞老人很可爱地摇头晃脑，摆摆手说不用谢，然后走开了。

淼淼把福袋放进包里，“哎”了一声：“我们是不是也要买一些喜糖回去？”

霍斯衍不是很清楚这些习俗：“喜糖不是要等到婚礼才发的吗？”

“不一定的。”淼淼记得大三时班上有个女生和男朋友去登记了，回来就给全班人发了喜糖。大家把她围在中间，一人说一句祝福的话，连上课时空气里都飘着一股甜味。

喜糖什么时候发不重要，最重要的是分享新婚的喜悦，而且现在发一份，到时婚礼再发一份，好事成双嘛。

于是他们又回商场买了一大袋的喜糖和巧克力。

回到实验室，淼淼看到门口摆着一棵半人高的圣诞树，上面挂了装饰的小礼物和彩灯，前台的桌面也放了一小堆礼盒装着的苹果，封筝正把一个蝴蝶结贴到盒子上，看见他们出现，她笑容满面地打招呼。

淼淼给了她一盒巧克力，封筝起先没觉出什么意味，以为是圣诞礼物，等到一把糖果塞到手中，她才慢半拍地反应过来：“哇！恭喜恭喜！”

这边的动静把童放和侯舸吸引了出来。

童放眼尖，一眼看到淼淼和霍斯衍手上的戒指，他立马转过身，两手搭在嘴边做喇叭状，朝里面喊道：“快出来，吃、喜、糖、啰！”

一群人蜂拥而出，吴非冲得最快，眨眼间来到淼淼跟前，笑得别提多皮了：“祝老板老板娘新婚快乐，早生贵子哟！”

他摊开双手接了糖果，嘴里哼唱着：“春暖的花开，带走冬天的感伤，微风吹来浪漫的气息……”

侯舸也拿了一颗喜糖，剥了包装纸吃进去：“嘿嘿，我也来沾沾喜气。”

陈笑走过来，“不小心”地在侯舸背后推了一把，把他和封筝推成一团，看出门道来的人哈哈大笑，其他人则是一脸蒙。侯舸光明正大地把手搭在女朋友肩上：“不好意思，兄弟们，宣布一下，我先脱单了。”

“叛徒！”

"猴哥你保密工作做得不错啊。"

谈今天评价道："现实版的近水楼台先得月。"

吴非："胡说，明明是猴子捞月。"

啧啧，小筝筝怎么会看上侯舸这张幼稚的娃娃脸呢，明明实验室最帅的人是他好吗？！

谈今天打趣说："小白脸就别笑人家娃娃脸了吧，这不是五十步笑一百步吗？"

陈笑神总结："这是小白脸被黑得最惨的一次。"

"哟，什么事这么热闹呢？"

淼淼循声看去，微微睁大眼睛，咦，他怎么会在这里？

周逢玉一瘸一拐地走过来，他之前在一次攀岩活动中右腿受了伤，养了好一阵才勉强能走路。如果不是某人隔两天就"夺命连环Call"，他现在还在东南亚的某个小岛上，过着阳光沙滩，美女环抱的惬意日子呢。

他瞪霍斯衍一眼，用眼神表达了内心强烈的不满，看向淼淼时又笑得满面春风："嫂子好，你应该还记得我吧。"往后退了两步，拱手，"在下周逢玉，江湖人称小周爷。"

众人在心里想：啧，瞧这装腔的样子。

不过，想笑只能忍着，这位可是实验室挂名的老板，多少要给几分薄面不是？

"记得。"淼淼还对初次见面时，他把房卡当作名片给她这件事印象深刻。据说这位周少爷是只花蝴蝶，花名在外，风流无边，她很好奇霍斯衍怎么会有这样的朋友，气质明显不搭嘛。

"我就知道，像我这么英俊潇洒、风流倜傥的美男子，只要是女人，看上一眼，肯定过目不忘的。"周逢玉做了个摊手的动作，"对此我也很烦恼，长得帅又不是我的错。"

谈今天：突然很想看周二总去艾部长面前装，我是一个人吗？

童放：你不是。

侯舸：你不是。

陈笑：我也……一定很精彩。

吴非：喂，你们鬼鬼祟祟的想干吗呢？

他们笑闹一阵就各自回去干活了。淼淼和霍斯衍去市场部送喜糖，冷面女王艾书难得露出和颜悦色的笑容，对他们道了恭喜，门外经过的吴非看到这一幕，险些闪瞎了眼睛。

原来她会笑啊！

谈今天贼兮兮地在后面推他："什么时候她能这样对你笑呢？"

吴非嘴角抽搐："哥屋恩——滚。"

送完喜糖，淼淼抱着四个苹果回到软件组办公室，看到那张新办公桌上居然放了私人物品，她问侯舫："新同事来报到啦？"

不等侯舫回答，身后传来一道幽幽的声音："是啊。"

淼淼回头一看，周逢玉靠在门边，姿态慵懒，再看看他的腿，她有些不敢相信："你……"

"别说了，嫂子。"周逢玉泫然欲泣，"我命苦。"

他控诉道："你老公简直没有人性啊！我还是个伤患，他就指使我来干活。"

侯舫罕见地停下敲键盘的动作，朝天翻了个大大的白眼。

淼淼只想跟他说，我老公真是干得漂亮，知不知道你缺勤的这两个月，我和侯师兄过的是什么水深火热的生活？！

"侯师兄。"淼淼把苹果放下，微微一笑，"我们欢迎一下新同事吧。"

侯舫心领神会地点头。

"这太客气了吧。"周逢玉臭美地整理起衬衫领子，"怎么还有欢迎仪式呢？我……喂！你们谋杀啊！"

热烈"欢迎"过新同事后，淼淼走回自己座位，桌上手机连续振动起来，她接通："妈妈。"

听了几秒，她点点头："好，我会跟他说的。"

两分钟后，正看着计划书的霍斯衍收到一条来自霍太太的微信——

"我妈让我们晚上回去吃饭。"

hsy："你妈？"

霍太太的求生欲很强："咱妈！"

霍斯衍原本就打算晚上过去一趟，把该交代的都交代了。反正结婚证在手，老婆已经是名正言顺的了。最坏的结果……他还真不知道，唯一确定的是，没有什么人和什么事能把他们分开。

迟则生变，按照霍斯衍沉稳谨慎的性子，应该是先跟岳父岳母交代清楚，再和淼淼去领证。可他等不及了，再多的理智也阻止不了他的冲动，只有他们的婚姻得到法律上的保障，他才能感到安心。

先斩后奏，这事做得确实有失风度，但他并不后悔。

周逢玉一推门进来就看到办公桌后，霍斯衍一副心事重重的模样。他是过来告状的，某人老婆不顾他是伤残人士，合伙侯舫打着欢迎新同事的旗号，用连绵不绝的开心彩带和开心喷雪，对他进行了惨无人道的“凌虐”。他还保留了满头满身的证据，准备添油加醋好好控诉一番，结果让他看到了什么？！

明明是领证的大喜之日，分喜糖时笑得那叫一个春风满面，志得意满，为何私底下竟是这般的神色黯然？其中必有内情，周逢玉不由得被激起了浓浓的八卦欲。

人的心境吧，真是此一时彼一时，之前他还觉得这个闷骚好友开窍太快，爱情之路简直就是水到渠成。这不，半年不到，连老婆都娶上了，估计明年就生孩子了吧。作为恋爱导师，他颇有一种学生出师而自己再无用武之地的荒凉感，好在事实证明，他还是能派上用场的！

在动用三寸不烂之舌后，周逢玉终于简单摸清事情的来龙去脉，他把不安分的爪子缩了回来，俗话说清官难断家务事，事情性质比想象的要严重，他一个外人实在不好掺和进去。

这算什么事啊，简直没有道理可言，他同情地拍了拍霍斯衍的肩膀，兄弟，你只能自求多福了。

霍斯衍眉心皱得更紧，周逢玉给他出主意：“你才刚成了人家女婿，一定要在这风头上去跟你岳父岳母坦白，就不能缓缓？等将来地位稳固了，再生个孩子，他们忙着宝贝金孙儿，哪里还有空跟你计较那么多？”

周逢玉心里有道等式，孩子等于挡箭牌、跑腿的、捡剩饭剩菜吃的，要是没点用，生出来干吗？

他说得有道理，可霍斯衍并不赞成这种做法，多拖一天，心里就多一分不安，伸头一刀，缩头还是一刀，没办法回避，也不能回避，迟早要去面对的。

这下，周逢玉没辙了：“将心比心吧。这不是你的错，但你必须为此负责任。”

他知道这种时候，最好让霍斯衍独自冷静一下，说完这句话关上门出去了。

周逢玉到外面的楼梯间抽了两根烟才回办公室，淼淼在座位上，认真地盯着屏幕，十指翻飞，连他进来都没有察觉，他无声地叹息一声，也开了电脑开始干活。

这两年来只顾着浪荡，不务正业太久了，还以为要花一段时间才能进入状态。然而双手刚放上键盘，那种久违而熟悉的感觉如数回归，想当年他也是个在编程界叱咤风云的高手呢。

临近中午，侯舸在微信群里宣布好消息，霍斯衍要请所有人吃饭，一来是庆贺他和淼淼今日领证大喜，二来顺便为周逢玉接风洗尘。

饭桌上，周逢玉抢尽了新婚夫妇的风头，吐槽一箩筐，一把鼻涕一把泪地说起自己是怎么从万人艳羡的小周总，沦为苦苦的程序员。众人反应不一，霍斯衍和淼淼仿佛什么都没听到，低调而甜蜜地喂食，艾书和侯舫面无表情地冷眼旁观，封筝起先挺同情他的遭遇，经男朋友提醒后，也和其他人一样面露不忍，嘴里安慰，内心窃笑不已。

酒足饭饱后，大家回去午休了。

周逢玉吐完满腹牢骚，神清气爽地给私人司机打电话让对方过来接，他住惯了大房子，产业园的小公寓看不上眼，干脆在附近直接买了一套房，顶层复式，坐北朝南，面江靠山。

等他离开后，霍斯衍和淼淼才打车回公寓。

“原来周逢玉拖了那么久才来报到，是因为腿受伤了啊。”淼淼也是今天才知道周逢玉就是新同事，虽然她还停留在觉得他不怎么靠谱的第一印象，不过他是霍斯衍亲自找来的人，想必是有过人之处的。

霍斯衍进厨房给她煮生姜红糖水：“还记得Brian吗？”

那个销声匿迹好几年的知名黑客？淼淼难以置信：“他……是Brian？！”

“嗯。”

有钱有闲又处于叛逆期的周少爷，什么刺激就玩什么，开始只是玩票性质。后来不知收敛，目无法纪，越玩越大，在美国时曾因此惹上了一桩麻烦的官司，又不想让家里知道，最后是在霍斯衍的帮助下才成功脱身的。

从那以后，他正式收手了。

淼淼摇摇头：“真是看不出来。”

霍斯衍笑了笑，往锅里放入适量的红糖，用勺子搅拌均匀，关火，滤掉姜丝，糖水倒入碗里，端到客厅，放在桌上。

淼淼不是很喜欢姜的味道，每次喝都觉得是酷刑。不过，她之前生理期前两天疼得厉害，有时还要吃布洛芬，近两个月情况缓解了很多，也不知道是不是生姜红糖水的功劳。

可她清楚地记得，霍斯衍说过，它只是起到心理上的安慰作用。

淼淼没按捺住好奇心，喝完糖水后，她摸出手机，上网搜索，出来的答案大大出乎意料：“和谐的夫妻生活对女性来说受益匪浅，不仅可以促进肌肉收缩和血液循环，减缓经前期综合征带来的不适……”

所以说，是他的功劳？

怪不得之前奶奶和王姨在她床边讨论，说什么等生了孩子就好了，原来不仅是经验之谈，还有一定的科学依据。

淼淼退出浏览器，点进微信，不出所料，除了私聊页面被亲戚朋友们的消息轰炸，朋友圈底下又增加了很多评论和点赞，她看不过来了，统一回复：谢谢大家的祝福！

微信这边盛况空前，微博更是不敢想象了，她之前设置了消息免打扰，点开一看，光是新增评论就有两千多条，前排热评第一是一个陌生的ID：“女神秒删，这是又手滑了吗？哈哈哈！”

还带了一张截图，上面是孟临星的评论：“新婚快乐！”

淼淼忍俊不禁，果然，私信里孟临星给她发了一排汗颜：“喵喵抱歉，我一时激动又手滑了……祝你和你家霍先生新婚快乐，白头到老啦！”

她回复：“谢谢！”

孟临星估计不在线，许久没回复。

淼淼继续看评论。

“啊啊啊，从校园到婚纱，妈妈我又相信爱情了！”

“今天是什么好日子呀，光我知道的就有三对领证两对摆酒。祝福小可爱和老公恩爱美满，比心心。”

“H先生，哈哈哈，怎么听着这么欲呢。”

“百家姓里，首字母为‘H’的有何、贺、韩、黄、郝、侯、霍、胡、杭、郝……不知道这位H先生是姓什么呢？”

粉丝们纷纷猜测起来，霍姓可能比较冷门，猜它的人不多。

淼淼一条条看下去，直到霍斯衍过来催她睡觉，她把手机一收，搂住他脖子：“抱我进去。”

哎，有老公以后，好像连路都不会走了。

淼淼睡了个美美的午觉，两点钟准时来到实验室，心无旁骛地埋头工作。等到日暮西斜时分了，东西收拾收拾，跑去霍斯衍办公室找他，准备一起回家挨骂，或者挨打？

回到谢家时，天色已全黑，淼淼和霍斯衍从车上下来，本来是并肩走的，慢慢地淼淼落在后面了。这一路上，越接近家她心里越惴惴不安，甚至还跟他提议要不等把霍点点生出来后再跟爸妈坦白？

没戏。当初祸是她闯的，这种关键时候，自然不可能让霍斯衍独自去面对，她快步追上去，握住他的手。

他偏头看她，眸底有很温柔的光。

两人手牵手进屋，安榕贞和谢威明早把晚饭准备好了，看到小两口浓情蜜意的样子，真是有说不出的欣慰。

谢威明解下围裙：“回来了。”

“爸，妈。”

“爸爸，妈妈。”

夫妻俩不知多开心，齐齐应了一声“哎”。安榕贞说：“赶紧洗手，吃饭了。”

桌上摆着丰盛的八菜一汤，大概是心里藏着事的缘故，淼淼吃得不多，倒是霍斯衍，岳父岳母轮流用公筷给他夹菜，夹什么他吃什么，通通来者不拒。

饭后，霍斯衍自觉地收拾碗筷进厨房，淼淼跟进去帮忙，顺便洗了一盘妈妈最爱吃的草莓。

磨磨蹭蹭，最后的时刻还是到来了。

客厅里，谢威明跟安榕贞坐在沙发上看晚间新闻，淼淼把草莓放桌上，挑了一颗最大最红的，递到妈妈嘴边，极尽所能地撒娇，哄得她喜笑颜开。

安榕贞轻点女儿眉心："都嫁人了，怎么还跟个长不大的孩子似的。"

话是这么说，语气却是纵容的。

氛围铺垫得差不多了，霍斯衍适时开口："爸，妈，我有事和你们说。"

安榕贞笑问："什么事？"

霍斯衍罕见地露出紧张之色，暗暗调整呼吸，眸色随之变得黯淡下来："淼淼大二那年，在去机场的路上出了车祸。"微顿后，"她当时……是为了去见我。"

霍斯衍话声刚落，先前营造的轻松愉悦气氛顷刻间荡然无存，空气仿佛被冻住了，变得格外压抑。淼淼紧张得头皮发麻，手心后背冒冷汗，一眨不眨地盯着妈妈，生怕错过她脸上哪怕一丝的表情。

"什么？！"随之响起的还有巨大的拍桌声，力气之大，几颗小草莓被震得飞了起来，淼淼也发丝纷飞，心弦紧绷，好像快要断了。

谢戚明如遭当头棒喝，眼珠子险些要瞪出来了，他收回手，握成拳头，然后才看向女儿："怎么回事？给我说清楚！"

"爸爸……"

"爸。"

淼淼和霍斯衍同时开口。

谢戚明难以消化这个惊人的消息，仍处在巨大的震惊中，看看快要哭出来的女儿，再看看满脸自责的女婿，只觉得一股说不出的郁结之气密布胸口，怎么也散不去，连呼吸都极为艰难。他捞起桌上微凉的茶水喝了两口："淼淼，你来说。"

其实霍斯衍已经说得很明白了，可他就是无法接受。

"爸爸，那时是我自己跑去找他的，他什么都不知道。"

淼淼说的是事实，却如同火上浇油，让谢戚明更加暴跳如雷，他怒目圆瞪，气得一句话说不出，按住一抽一抽的太阳穴，一秒钟不想再待下去，拂袖起身，大步流星地进了书房，"砰"的一声关上门。

淼淼事先没料到会演变成这个局面，准确地说，她以为在坦白后，妈妈的反应可能会相对激烈些，毕竟爸爸是出了名的性格温厚可亲，不管在外面受了多大的气，回到家里都是乐呵呵的。从小到大，哪怕她闯了祸，他也没有说过一句重话，更别说发脾气了。

她不由得心慌意乱极了，求助地看向妈妈。

安榕贞给了她一个安抚的眼神："没事的，让你爸好好冷静一下。"

淼淼还是担心："我进去看看。"

"去吧。"

淼淼进书房后，客厅里只剩下安榕贞和霍斯衍。

"其实……"安榕贞语气平静地说，"我早就猜到了。"

霍斯衍微微怔愣，又觉得并不是那么意外，从她刚刚的反应就可以看出端倪了。他想说些什么，不是辩解，而是发自内心地对他们两老感到抱歉，可在看得这么通透明白的岳母面前，他的主动坦白，比用千言万语堆砌起来的歉意和愧疚更有力量。

谢南徵的顾虑不无道理。霍斯衍庆幸自己没有逃避，否则，面对早已洞察真相的岳母，他该如何自处？

这个"早"具体到什么时候，他不知道。

一直以来，她看破不说破，或许也在等，等这一天。

"等一下，我去拿个东西。"安榕贞上楼去了。

霍斯衍调整僵硬的坐姿，视线落到书房的门上，不知道里面是什么情况？

情况似乎有些不乐观。谢戚明没消气，淼淼帮他顺着后背，软声软语的："爸爸，您别生气了好不好？"

谢戚明也不知道自己在生谁的气，就是这种找不到发泄口的感觉才让他窝火不已。女儿出事那年，他和妻子受了多少煎熬？日日夜夜守在病房，看着床上不省人事的女儿，心碎了一次又一次。他一个大男人，躲在不为人知的角落，不知偷偷哭过几回。

他从来不信命，从那时起开始相信冥冥之中，或许真的有某种看不见的力量，不停地向它祈求，只要女儿平安无事，那么他愿意付出一切，包括自己的生命。

恨不得出事躺在病床上的人是他，恨不得替她受所有的苦。

女儿蹒跚学步时摔倒了尚且扑他怀里大哭，那条路又黑又长，她独自前行该多害怕，理应由他走在前面的。

现在回想起来，如果不是夫妻俩相互支撑，真的难以想象要怎么熬过那段可怕的日子。

淼淼从后面抱住他，下巴压在他肩上，眼眶红了。

“对不起，爸爸。”她哽咽着道歉，“都是因为我的任性和自私，让您和妈妈受了那么多苦。”

谢戚明内心酸楚难言，听到她这么自责，更不是滋味了：“说什么傻话，我和你妈妈从来没有怪过你。”

谁都没想到会出那场车祸，也没想到后果会那么严重，女儿才是受苦最多的人。她昏迷了一年，各项体征数据都表明苏醒的希望不大，医生说让他们做好心理准备，可最后她硬是坚强地挺了过来。

上天的眷顾也好，生命的奇迹也罢，活着，真的比什么都重要。

淼淼抹掉眼角的泪，吸吸鼻子：“那些事情，都过去了啊……”

同一时间，客厅。

从楼上下来的安榕贞递给霍斯衍一本笔记本，他大概猜到是什么。微颤着手翻开，映入眼帘的是一张巴掌大的纸张，加了塑封，看起来仍皱巴巴的，上面浸满的血迹在岁月中枯干，纸张已经看不出原来的颜色了，他的眼睛一下子被刺痛，心跟着揪疼起来。

“淼淼不知道我保留着这封信，她可能以为它弄丢了。”

就算信不是霍斯衍写的，但淼淼在去见他的路上出了事，这是不争的事实。

他从未想过在这点上为自己辩解。

“过去的事让它过去吧。”有过一段时间的缓冲和思考，安榕贞的心态平和很多，“我只有一个要求，好好待她，不要让她受一分委屈。”

深知女儿骨子里既感性又重情，认定了霍斯衍就是一辈子的事，安榕贞不忍心让她夹在中间左右为难，何况过分纠结往事没什么意义，为人父母，哪里还有什么别的盼望呢？只要他们以后好好过日子就行。

落地钟沉闷地敲了十一下，安榕贞说：“时候不早了，明天还要上班，先去休息吧。”

“妈……”霍斯衍欲言又止。

安榕贞看一眼他手里拿着的笔记本，点点头：“你收着吧。”又加了一句，“别让淼淼知道。”

霍斯衍也是这么想的：“嗯。”

他明白她的意思，那件不愉快的事画下句点，到此为止了。

得到岳母的谅解，没让霍斯衍彻底松一口气，他上到二楼，进了淼淼卧室，没开灯，整个人被黑暗笼罩，陷入沉思中。

不一会儿后，淼淼进来了，轻微的“啪”声后，光亮瞬间盈满室内。她看到他，飞快冲过去，几乎跳到了他身上。霍斯衍往后退了两步才稳住，抱着她放到沙发上。

“怎么样，怎么样？”她迫不及待地问。

霍斯衍省略了过程，只告诉她结果。

淼淼不太敢相信：“我妈妈真这么说的？”

他有意转移她的注意力：“这是第二次了。”又压低声音，“事不过三啊，霍太太。”

见他还有心情和她开玩笑，淼淼的心稍微松了下来：“我跟爸爸聊了好多，不过他好像还没消气，我也不知道该怎么办好了。”

“没关系，明天我再和他好好聊聊。”

淼淼轻声解释：“他不是生你的气。”

“我知道。”

周逢玉的那句话说得没错，将心比心，换到岳父的角度考虑，虽无法感同身受，但大致是能理解他的。

谢戚明确实还堵着心，躺在床上翻来覆去，连连叹息，安榕贞看不下去了，拍他手臂：“老谢，大晚上你不睡觉，做什么呢？”

“老婆，我哪里睡得着啊！”

安榕贞拢好被子：“你觉得，错在斯衍？”

“我没这么想。”

“那你干吗又是拍桌，又是摔门的？”

谢戚明讷讷开口：“我不是失去理智了吗？”不知道该怎么发脾气和骂人，又要让他们知道他的态度和立场。

安榕贞叹气：“斯衍也是昨晚才从南徵那儿，知道淼淼出过车祸这件事的。”

“他做事那么稳重的人，为什么会今天一大早急急忙忙和淼淼去领证，你想过没有？”

谢戚明沉默了。

“老谢啊，凡事换位思考，一切会简单很多。”

安榕贞说完，不一会儿睡着了。

谢戚明想着妻子的话，越想越清醒，过零点了，还没睡意，怕吵到她睡觉，连叹息都只能压进心里。

楼上的霍斯衍好不到哪里去，淼淼在他怀里安然睡着，他望着天花板，一夜睁眼到天亮。

雪停了，天光蒙昧。

霍斯衍敏锐地听到楼下的动静，准备翻身起床，他一动，淼淼就醒了，她在他胸口蹭了蹭，咕哝着问："几点了？"

霍斯衍柔声道："还早，再睡会儿。"

"你要起了？"

"嗯，我下去看看有没有要帮忙的。"

淼淼贪恋被窝的温度，又闭上了眼，他把被角掖好，裹了外套，轻掩上门出去。

来到一楼，大门开着，霍斯衍径直走出，看到院子里谢戚明正弯着腰铲雪，他露出轻笑："爸，早。"

谢戚明回过头，有些不自然地摸了摸鼻尖："早……"

经过整夜的深思，他已经冷静下来了，再看看同样神情拘谨的女婿，以后都是一家人了，何必把关系闹得这么僵？他继续往雪里下了一铲子："愣着做什么，还不快过来帮忙？"

天边出现第一缕初阳。

霍斯衍清俊的眉眼映着微光，显得那么柔和，他应道："来了。"

站在二楼阳台的淼淼把这一幕收入眼中，笑吟吟的一双眼，盛满光亮，她看着楼下并排铲雪的两个男人，眼神柔得几乎要滴出水来。

"早上好哦。"

这是一个美好的冬日清晨。

吃过早餐，淼淼和霍斯衍回实验室上班，在地下停车场等电梯时，他忽然长手一勾，把她带到了柱子后面，抱住。

淼淼靠在他胸口，听着那沉稳有力的跳动，她笑着问：“霍先生，你现在是什么心情？”

霍斯衍沉吟道：“感觉就像，以为会被判缓刑，结果无罪释放。”

他深深地感激岳父岳母的开明与宽容，心里也清楚，除了自己的主动坦诚外，这些更多是建立在他们疼爱女儿的基础上。想到这里，他把怀里的人抱得更紧了。

淼淼猜测爸爸态度转变，应该是妈妈昨晚给他做了思想工作：“我之前以为妈妈那关会比较难过。”没想到完全相反。

“你爸妈很爱你。”

淼淼抿嘴偷笑，所以不是她才会犯这种错误啊，婚姻的结合果然很奇妙，不仅是双方建立长久的合法亲密关系，连亲人也可以共享，她学着他的语气：“第一次。”

霍斯衍跟着笑，低下来蹭她鼻尖：“霍太太想怎么惩罚我？”

“怎么样都可以？”

“嗯……”大概是心情真的好到了极点吧，他认真思考几秒后，眼角染上几分情愫，“一般不建议在床以外的地方执行。”

又不正经了。

“当然，如果你喜欢浴室，或者阳台……”

淼淼直接捂住他嘴巴，他拿开她的手，吻了上来。

温柔缱绻的一个吻，诉尽彼此的心声。

结束后，淼淼脸色微红，双眸含水，她缓了好几分钟才来到办公室。

之前从谢南徵那儿拿到了仁川医院日化间所用的药品和药具信息，她的任务是把它们转化成数据的形式储存在计算机的信息库中，还要完善相对应的配药规则和配药操作信息。除此之外，她还需要认真浏览，研读医院近二十年间的癌症治疗病例，以及医学网站一千多万页的专业论文资料，对不爱看书的她来说，着实是个不小的挑战。

侯舫和周逢玉负责的是控制系统部分，也就是静脉药物配置机器人的“大脑”。以计算机为中枢，通过软件程序，协调和管控各部分硬件设施的操作，控制系统的涉及面更为广泛，过程也更复杂。

投入工作中的周逢玉和平常判若两人，全神贯注，面容严肃，看着还真像那么回事。淼淼现在相信他是那个曾经呼风唤雨的黑客Brian了，她收回视线，喝了两口温水，继续录入安瓿瓶的相关信息。

办公室里安静得只有键盘声和谐交织，紧密追赶。

冬季的白天格外短暂，感觉只是眨眼工夫，暮色就从四面八方笼罩过来了。

淼淼伸伸懒腰，准备去找霍斯衍吃饭，桌上的手机接连振动起来，是一个陌生号码。上面没有显示归属地信息，而且被标记了是诈骗号码，她在这方面向来很谨慎，所以没有接听。

正值年末，电信骗子们也要冲业绩了。

振动停了没几秒，又有新电话进来，这次是A市的固话，淼淼接通："你好。"

"你好，淼淼小姐。"

那边自报家门后，淼淼的脑海中立刻浮现一个山羊胡，慈眉善目的老人形象："您好，张爷爷。"

"淼淼小姐。"对方似乎有点惶恐，"这不合礼数，你还是叫我张管家吧。"

淼淼知道像霍家这种百年大家族，肯定有不少礼数，她不再纠结称呼了："张管家，请问您找我有什么事吗？"

张管家同样很客气地问："请问你和衍少今晚有空回来吃饭吗？"

淼淼明白过来，这通电话是霍老爷子的授意，他老人家大概是拉不下脸面，所以要张管家在中间做传话筒。还真是一个别扭的老头子，不过这种事她要先问过霍斯衍的意见。

张管家对此表示理解："好的，那我等你消息。"

挂断电话前，他又犹豫着提起："听说霍远少爷也回国了，如果可以的话，能不能让他一起来？"

这……

淼淼更拿不定主意了，她来到霍斯衍办公室，简单把通话内容说了一遍，他听后脸色微变，沉默后，只说："我打电话问问爸。"

电话通了，讲了不到一分钟就结束。

淼淼问：“爸怎么说？”

霍斯衍摇摇头：“他说不去。”原话是：没有再见面的必要。

纵然过去了十几年，霍远心底还是对自己的父亲存着怨，至少现在还没有办法原谅，或许这辈子都不会原谅。

连见一面都不愿意，肯定是积怨很深了。

淼淼无意探究其中的内情，可想而知，那必定是一个让人很难过的故事，不然他们父子之间的感情不会淡薄至此。她作为晚辈，没有立场去评判什么，但在私人感情上，她尊重公公做的决定。

“那我们要去吗？”

许久后，霍斯衍才低低地“嗯”了一声。

淼淼给张管家回了电话，他欣喜地说：“好，车子在楼下等着了。老爷子说了，你们只管人来就好，什么都不用带。”

话虽如此，新婚后第一次去见长辈，两手空空的不像话，可老爷子是什么人？估计送一座盛安公馆的别墅，他眼睛都不眨一下。既然如此，那就好办了，淼淼回到公寓，挑了十个又大又红的苹果，用篮子装好，简简单单，寓意又好。

几分钟后，淼淼和霍斯衍来到楼下，估计是担心勾起她某些不愉快的回忆，这次来接他们的是一位没见过的司机，长得较为和善，霍斯衍喊他“琛叔”。

淼淼跟着喊，琛叔连忙摆摆手，笑得很憨厚：“天冷，赶紧上车吧。”

霍琛是霍家的司机，也是霍远从小玩到大的兄弟，比亲兄弟还亲，在他们一家三口脱离霍家时，暗中帮了不少忙。对霍斯衍来说，相对其他有血缘关系的长辈，琛叔显然更为亲近。

琛叔从霍斯衍口中得知霍远回国的消息，感慨万千：“我以为他再也不会回来了。”

老爷子从来不了解这个儿子，看似性子软弱，实际上比谁都倔，想当年事情明明还有回旋余地，可他毅然决然成了百年来从霍家族谱上除名的第一人。

至今未曾后悔过。

琛叔和霍远已有好多年没见，把两人送到霍家位于郊区的老宅院后，他掉转车头，准备去盛安公馆和老友叙旧。

淼淼跟霍斯衍刚下车，等在门口的张管家迎了上来："衍少，少夫人，你们回来了。"

少夫人？淼淼被这个称呼雷了一下，之前不是喊她淼淼小姐吗？

他们昨天登记结婚的消息怎么可能瞒得了霍老爷子和张管家？可在电话里，总不能一张口就是少夫人吧，万一把人吓得不肯来怎么办？张管家深知自己和年轻人之间存在太多代沟，为了顺利完成任务，不免留了个心眼。

从淼淼的反应中，他知道自己这步棋走对了。

三人穿过天井和庭院，来到主屋。

屋里灯火通明，霍老爷子却不见人影，淼淼看了看四周，摄像头还开着，心想，该不会像上次那样……

她这个念头刚冒出来，就听到了不轻不重的脚步声，抬头看去，霍老爷子拄着拐杖从里屋走出，面孔还是生硬地板着，那双苍老的眼睛，仍不失锐利之光。

张管家忍住笑意，不知道谁先前高兴得找不着北，现在人在跟前了，又摆出这么一副严肃样。哎，谁说只有女人心才是海底针呢。

霍斯衍握住淼淼的手，两道声音叠在一起："爷爷。"

"坐吧。"

落座后，用人上前来送茶。

淼淼刚端起茶杯，只觉得一股冷风从门外涌入，忍不住打了个哆嗦，随风而来的还有一道低沉懒散的男性嗓音："这么热闹呢。"

她回过头。

霍斯衡带着一身风雪走入，他只穿了单薄的黑色衬衫，脚下是沾雪的短靴，看起来干净利落。那双桃花眼微微挑着，眼中却没有笑意，漆黑而寒冷，像第一次见面那样，通身写满了危险。

霍斯衡是不请自来的。临近年底。富春城那帮老家伙又开始不安分了，要是换作以前，他早私底下出手解决了。当然现在也不是不可以，就是懒得费劲儿，有那时间还不如回家里多陪陪木鹤。

麻烦始终是要解决的，既然他们要以辈分服人，那他干脆亲自过来A市把老爷子这尊大佛请回去，接下来的戏该怎么演怎么收场，他心中有数。

倒是没想到会这么巧，在这儿遇见霍斯衍和他女朋友，哦不对，现在是老婆了。

霍斯衡目光清淡地从他们戴着戒指的手上扫过，又不动声色地移开，看向老爷子时，懒散的神色并未收敛，声音也没什么温度："爷爷。"

霍老爷子从他一进门就沉了脸。本来吧，老爷子最开始属意的继承人是长孙霍斯衍，从小手把手地培养，可惜命运弄人，几经波折，他从中斡旋，最后落得了个父子离散的下场。如今已是黄土埋到脖子上的人了，很多事情也想通了，要是再继续僵持下去，恐怕连孙子都会失去。

有生之年，能弥补多少算多少吧。

至于霍斯衡，老爷子一直以来都很介意他的出身，堂堂霍家继承人，竟是个私生子，传出去有损百年家族的名声。然而纵观三代，也只有他有手段、有魄力、有格局，能担负起整个霍家的重任。

在此前提下，出身倒显得没那么重要了。

霍斯衡是老爷子力排众议，亲手推上那个位置的。这一年多以来，他也没让他失望过，就是最近有些风言风语传过来，说他和一个戏子搅和到了一块儿，老爷子对此是心生不悦的，见了他自然不会给什么好脸色。

霍斯衡不在意，他在单人沙发落座，下意识地抬起腿，淼淼猜他可能是要搁到桌上，但他没有，又放下去了，姿态和神态仍是随意的，手指在扶手上有一下没一下轻敲着。

察觉到淼淼的注视，他偏头看了过来，勾唇笑了一下，礼貌又疏离。

她微窘地收回视线，心想着，这样捉摸不透的男人，有些好奇木鹤私底下是怎么和他相处的。

还好没过多久，用人过来说饭菜准备好了，淼淼看到依次送进来摆在桌上的菜式，便知道老爷子招待他们的只是一顿普通家宴，她略略松缓了心情。

从公公那儿听说霍家人吃饭是不能发出声音的，所以，尽管美食在前，淼淼也不能吃得快意。霍斯衍给她夹了好多菜，要是平时，她基本能跟得上他的速度，哪里像现在，堆出了碗尖尖。

他低声问她："是不是菜不合胃口？"

淼淼摇头。

一个眼神，霍斯衍看出她心中所想，主动打破饭桌上的沉默："爷爷，您什么时候回富春城？"

霍老爷子还没消化完孙子给淼淼夹菜的惊讶，听他这么一问，难得愣了两秒："还不定。"

这正是霍斯衡前来的目的，他暗暗打量老爷子的神色，漫不经心地接道："不急。"

"您在A市待到新年后都没关系。"他看似波澜不惊的笑容里，藏着一把锃亮的刀，"刚好我可以趁这段时间好好清理一下门户，免得回去碍了您的眼。"

反正那些人是他们霍家的子孙，和他又没什么关系。

霍老爷子怎么可能听不出他话中有话，正要拍筷子，又顾虑淼淼在，怕吓到孙媳妇，只得按捺住，隐忍得白胡子一抖一抖："老张，安排一下，这两天回富春城。"

"是，老爷。"

霍斯衡稍显遗憾地"啧"了一声，安静吃起饭来。

淼淼心思单纯，没那个功力捕捉他们之间的暗潮汹涌，她把霍斯衍夹的菜尝过一遍，没想到看似简单普通的家常菜，居然这么好吃。转念一想，能进老爷子口的，必然是精挑细选的好东西。

她吃得津津有味，一个不小心……吃撑了。

饭后，用人给淼淼送了一杯麦芽茶，她不好意思地笑着道谢，坐她对面的老爷子轻哼一声："上次来也没见你这么客气。"

他拿捏惯了高高在上的语气，尤其是和小辈说话，不自觉摆出了大家长的架子，这话若是落在有心人耳中，大多会解读出嘲讽挖苦的意味，说完他暗忖，是不是说得太重了？

谁知淼淼根本没往心里去，笑眯眯地跟他说："不一样。"

"哦，哪里不一样？"

"上次来……"淼淼眸含羞色，迅速瞥霍斯衍一眼，笑意清浅，"我还不是您孙媳妇呢。"

闻言，霍老爷子目光微闪，又克制住了："这次来，就是了？"

他早已知情，但还是要亲自确认一遍才安心。

淼淼端起桌上的麦芽茶，借花献佛，甜甜地笑道："爷爷，您喝茶。"

霍老爷子接过茶，正低头准备喝，霍斯衍反应极快地阻止了他："爷爷，这杯孙媳妇茶还是留到婚礼上再喝吧。"

很自然很顺手地把茶取走，放回桌上。

旁边满脸紧张的张管家暗暗松一口气，老爷子半年前刚动过心脏手术，饮用麦芽茶是大忌。

淼淼不明内情，觉得霍斯衍说的话挺有道理，她这杯茶敬得是有点早，而且老人家晚上喝茶很可能会失眠，是她思虑不周了。

"那我给您削个苹果吧。"

"行！"

淼淼边削苹果边和老爷子说话，对面的霍斯衡朝外头抬了抬下巴，示意霍斯衍，出去聊。

外面，雪花无声飘落，在灯光的映照下，铺得满地昏黄。

两人挑了个僻静角落。

旁边，一株红梅顶雪傲立，屋檐的青瓦将寒月切得只剩一半。

霍斯衡倚在墙上，弓着腰，从口袋里摸出一盒烟："不介意吧？"

"嗯。"

他抽出一根，娴熟地夹在两指间，轻微的打火机点着声后，幽蓝色火焰跃然而上。他低头咬住烟头，缓缓地吐出烟雾，一片朦胧中，他微眯起眼睛，轻描淡写地说："该处理的，我帮你处理好了。"

霍斯衍垂眸看向那双手，干净，修长而骨节分明，没有人知道它们曾染上了多少血腥，拨开过多少黑暗。眼前这个男人，他亲缘上的堂哥，以一己之力承受了所有原本应该倾袭到他生命中的狂风暴雨，才有了他今日安稳，没有后顾之忧的生活。

"你母亲的事，也查清楚了。"

"和你想的一样，她体内的癌细胞是人工植入的。"霍斯衡猜测他在美国时做癌细胞异体转移的研究，恐怕很大部分的原因是他母亲的死，又幽幽吐出一口烟雾，"背后主导的那个人，我现在还动不了。"

他笑得很淡，年轻的脸庞上有着令人无法直视的残酷："不过，半年内，我会给你母亲一个交代。"

霍斯衍的薄唇紧抿成了一条直线："是谁？"

霍斯衡弹掉一截烟灰，嘲讽地轻嗤："霍琅，你二伯父。"

哪怕如今霍家已掌控在他手中，他也从未承认过自己是霍家人，更从未承认过霍琅是他父亲。

一时间静默无声。

霍斯衡将燃到尽头的烟丢进雪里，踩了两脚，单手插进裤兜里："走了，帮我跟你家老爷子说一声。"又道，"对了，恭喜。"

霍斯衍看着他在夜色中孤寂远去的背影，心潮起伏："谢谢你……哥。"

十六岁之前素未谋面，识于微时，没想过往后会有什么交集，如今蒙他庇护，自己才能和淼淼安然厮守。

这份情义，霍斯衍此生难忘。

"如果以后有什么能帮得上忙的，我一定全力以赴。"

霍斯衡听着了，脚步微顿，没回头，只是挥了挥手，他的身影渐行渐远，很快消失了。

霍斯衍重新回到客厅，淼淼一看到他，如释重负似的："阿衍，快过来。"

霍老爷子吃完苹果，叫张管家去拿了一个档案袋出来，里面装的是一些房产、股票和基金资料，数额之大，和之前霍斯衍给她看的那些资产不相上下。淼淼起初不明白他是什么意思，想着他们果然是爷孙俩，行事作风如出一辙，结果他云淡风轻地来了一句："收着吧，都是给你的。"

她真被吓着了，怎么可能收？！

淼淼绞尽脑汁想婉拒的理由，老爷子见招拆招，还说什么就算她不要，他也有办法转移到她名下，她彻底没招了，恰好这时候霍斯衍回来，她就把难题交给他。

果然，这个决定是明智的。

霍斯衍只用了三言两语，就打消了霍老爷子的念头，他又让张管家进里屋取了一个精致的锦盒。盒盖打开，呈现在淼淼眼前的是一只玉镯，色泽纯澈均匀，青绿灵动，饶是她一个外行人，也知道必定是价值不菲的珍品。

“这个再不收下，我可要生气了。”

淼淼犹豫不决，霍斯衍拍了拍她的手：“还不谢谢爷爷。”

她这才接了过来：“谢谢爷爷。”

霍老爷子满意地点点头。

淼淼和霍斯衍在老宅待到九点出头就准备回去了，除了玉镯，她带走的还有一个厚厚的大红包。在车上时她没忍住拆开来看，红包里装的是一万零一块的现金。

手机支付便捷的时代，淼淼已经很久没有看过这么多现金了，她靠在霍斯衍肩上，笑得眉眼弯弯：“爷爷说我是万里挑一哦。”

“不是。”

嗯？不是什么？淼淼静静地等着后文。

男人温热的气息徐徐拂过她脸颊，落下来的还有低沉的声音：“你是三十亿里挑一。”

也是他生命里的唯一。

十七分甜
最动听的情话

见过孙子孙媳，霍老爷子了却一桩心事，翌日就回富春城本家坐镇去了。几日后，在国内和儿子儿媳共同度过元旦新年的霍远也飞回了挪威。

大事既定，生活平淡而温馨，淼淼跟霍斯衍的重心回归到工作中。

忙碌的时光如白驹过隙，转眼间春节临近。年二十四这天，实验室召开年终会议，周逢玉被他爸火急火燎地召回去处理集团年终事务了，所以只能缺席会议。

霍斯衍例行公事地对药品机器人和小蛇机器人两个项目进行了回顾和总结，并肯定了大家付出的努力，鼓励再接再厉，做好准备迎接明年新的挑战。

他是鲜少外露情绪的人，也不擅长说场面话，字字发自肺腑。一帮大男生都是直肠子热心肺，更喜欢这种直来直去的相处方式，个个听得热血沸腾。

这年头人才天才遍地是，怀才不遇的多了去，能遇上这么一个打从心底尊重技术，尊重员工的老板真是太不容易。不必担心自己一身才学被资本束缚，也不用为了爬高位整天钩心斗角，明争暗斗，只需一心一意做手上的事就好，多舒服不是？

霍斯衍说完之后，由侯舸汇报新项目静脉药物配置机器人的进度，他用了个简单粗暴的比喻，堪如大厦刚起地基，说到后面，娃娃脸上现出昂扬神采，拳头紧握：“任重道远，同志们还需努力！”

“我的发言到此结束。”侯舸像模像样地鞠了个躬，“谢谢大家。”

封筝很给面子地为男朋友鼓掌，吴非兴奋地搓手：“接下来是不是该抽奖了！”

艾书无语，连个眼角余光都懒得分给他。

侯舸最讲义气，兜头给他浇了一盆凉水：“没有抽奖。”

“为什么？！”

“因为……”侯舸拖长了声音，存心吊人胃口，吴非受不了，走过来把他摇得跟筛子似的，他才肯公布答案，“衍哥给我们每个人都准备了一份大礼，所以不用抽，人人有份！”

“哇哦！”谈今天欢呼，对他这个年会上啥也没中过的人来说太友好了吧。

吴非手气背到家，从小到大，凡是抽奖这回事都和他无缘，早上出门前特地用洗手液洗了好几遍手，想着要是这次再空手而归，他就……连玩三天三夜游戏，把自己玩“死”！

这下好了，不用抽就有奖品。

随着奖品发送到每个人手中的，还有丰厚的年终奖金，侯舸、侯舫、童放等参股的技术员拿到了一笔非常可观的分红，个个笑得嘴巴咧到耳后根去了。封筝拿着想买很久却不舍得下手的最新款手机和平板，喜上眉梢，想着自己大学毕业的这几个月以来，不仅找到一份顺心顺意的工作，还有了男朋友，简直就是人生赢家嘛。

淼淼收到的礼物是一套手办，上个月虹城度假山庄给她寄了比赛的奖品，也就是情侣手办，Q版的霍斯衍背着同样小巧玲珑的她，表情栩栩如生，她喜欢得不行。想着要是能多几个就好了，当时她和霍斯衍随口一提，没想到他记在了心里。

他送的手办一共六个，三个是她单人的，剩下三个分别是：她穿着虹城中学的校服，他站在旁边，手里拎着她的书包；她一袭白纱，他黑色正装，彼此对望；铺着金黄色落叶的草地上，一家四口野餐——正是她梦中的场景。

这礼物真是送到了心坎里。

淼淼偏头看向旁边的男人，他正看着她，俊颜含笑，眸光深深，她的脸颊不知怎么忽然一热，浮现浅浅的红晕。明明已经结婚了，在他灼热眼神的注视下，还是娇羞如情窦初开的少女，连心跳都乱了节奏。

“亲一个！”

侯舸俯身和封筝说话，不知谁推了他一把，两人的脸贴到了一块儿。吴非这个看热闹不嫌事大的起哄了，引起谈今天和陈笑等人的热烈附和，侯舫则是好整以暇地双手环胸，冷眼旁观。

侯舸问过女朋友的意见，大大方方地亲了亲她的脸：“满意了？”

回应他的是不约而同的：“嘁！”

会议在欢声笑语中结束，侯舸按照霍斯衍的意思，提前在白象楼订好了大包间，美食加美酒，心情也是美美的。众人轮番上前去给霍斯衍敬酒，喜气洋洋的气氛，像过年一样浓烈。

尽管霍斯衍酒量极好，也架不住这样的攻势，这次他是彻底醉倒了。一回到家，淼淼直接将他扶到床上，打来热水给他擦身体。

擦完后，淼淼帮他穿好睡衣，然后进浴室洗澡。

等她吹干头发出来，看到霍斯衍从被子里探出手，在床上摸来摸去，他在找她。

淼淼把手递过去，他握住后，微蹙的眉心立刻舒展开，她关了灯，在他身侧躺下，抱住他的腰：“晚安，阿衍。”

从明天起实验室正式放年假，两人睡到接近中午才醒，霍斯衍饭也不用做了，直接回老婆娘家蹭，顺便住了下来。

上午和岳父下棋，谈天论地，下午帮岳母打扫卫生，晚上享受温香软玉在怀，日子过得不知有多滋润。

很快到了年二十九，一家四口吃过早餐后，启程回北城老家过年。

下午两点，飞机抵达北城机场，来接他们的是淼淼三堂哥谢南怀。他原本就是话痨，自来熟，初次和堂妹夫见面，更是拿出了满腔的热情，一路上“叽叽喳喳”说个不停，都不带喘气的。

最让淼淼郁闷的是，他还猛爆她小时候的窘事，比如被邻居家的小狗追得满山跑，边跑边哭；再比如摘荔枝时卡在树上下不来，哭得惊天动地，山鸟群飞……

如果谢南怀不是在开车，淼淼真想把围巾塞进他嘴巴里去。

霍斯衍觉得挺有意思："想不到你以前是个小哭包。"

淼淼撇嘴，坚决维护自己的形象："明明是三哥夸大其词了！"

谢南怀扫了一眼车内后视镜："你南璟哥也回来了，待会儿可以找他当面问个清楚，我想——"他笑出了八颗白花花的牙齿，"他肯定对这件事印象深刻吧。"

淼淼心虚地不说话了，那次是二堂哥谢南璟把她从树上抱下来背回家的，她一路大哭不止，哭得他后背都湿了，脱下的衣服能拧出水来……

往事不堪回首。她小时候，好像真的很爱哭呢。

副驾驶位的谢戚明笑呵呵地问："南璟今年怎么回得这么早？"倒是稀奇，以往是要年夜饭才看得到他人的。

"这不是着急见妹夫嘛。"谢南怀说，"南星哥一家今天上午就到了。"

淼淼这才后知后觉地反应过来，她似乎忘记跟霍斯衍提八个堂哥的事了，心里又莫名期待，当他知道自己有八个大舅子时，脸上不知道会是什么表情?

蒙在鼓里的霍斯衍就这样毫无心理准备地到了谢家老宅。

除了两个大舅子，在门口翘首以盼的还有淼淼的爷爷奶奶。看到他们下车，两位老人家精神矍铄，健步如飞地来到跟前。霍斯衍连忙搀扶住老太太，笑着问好："爷爷，奶奶。"

老太太目光慈爱地打量着他，真人看着比视频里的俊俏多了，一表人才，和淼淼站在一块儿，真的是一对天作之合的璧人啊。

她欢天喜地地把小两口迎了进去。

跟在后面的王姨跟见了亲女婿一样激动，天啊，这年轻人不就是当初她在街上遇到的，丢垃圾时还撞见和淼淼抱在一块儿卿卿我我的那个嘛！她当时就觉得两人有情况，结果淼淼死活不肯承认，硬说是普通朋友。

理解的，小姑娘家脸皮薄嘛。

客厅里，茶香袅袅。

一番寒暄后，淼淼开始给霍斯衍介绍家里人："这是大堂哥，大堂嫂。"

霍斯衍一一打招呼。

"还有我！"谢星繁又蹦又跳，宣告强烈的存在感，"小姑姑，还有我！"

淼淼把他抱起来，着重介绍："这位呢，是机灵活泼，人见人爱的谢星繁小朋友。"

霍斯衍和他握了握手："你好。"

谢星繁这会儿笑得很是腼腆："小姑父好。"

爸爸妈妈之前教过的，这位帅气叔叔和小姑姑结婚了，要叫他小姑父。

"这是二堂哥。"

谢南璟是个律师，法庭上能言善辩，私底下却不怎么喜欢说话："谢南璟。"

霍斯衍微笑着颔首："二堂哥。"

简单介绍过后，大家重新落座。

淼淼绽开大大的笑颜，霍斯衍在桌下悄悄捏了一下她的手，轻声问："谢南徵排第几？"

她拐了个弯回答："我给他的备注名是谢鹦鹉。"

鹦鹉？八哥？

淼淼看他表情，就知道他想到了那处，忍不住戏谑道："霍先生，有没有突然感觉压力山大？"

霍斯衍扬起唇角，声音带着笑："还好提前把你骗到手了。"

话虽这么说，但一下得知有八个大舅子，霍斯衍还是感到颇有压力，不过他并没有表现出来。淼淼见他一副气定神闲的样子，挨上他手臂，继续加料："爷爷有七兄弟，自己生了六个儿子，后面又有了八个孙子。"

就差明着告诉他：我就是那唯一的、集万千宠爱于一身的小孙女啦。

霍斯衍捕捉到了关键信息，若有所思后问她："三代里，除了你没别的女生？"

淼淼俏皮地眨眨眼："哈哈哈，被你发现了。"

他抬起食指抚眉一笑，几乎可以预见，将来举行婚礼，自己过来接新娘时会面临多少重难关。

作为第一次上门，而且还是唯一的孙女婿，霍斯衍自然是焦点所在，几乎所有话题都围着他转。淼淼以为依他的性子，会不适应这种谈论家长里短的场合，没想到他适应得很快，甚至连要么不说话，一开口就让别人无话可说的谢南璟抛出的问题，都应对得游刃有余。

爷爷奶奶之前在视频聊天里，简单了解过霍斯衍家里和工作的基本情况，如今人在眼前，真是怎么看怎么满意。淼淼坐到他们那边去，笑着问奶奶："怎么样，是不是比您在电视上看的男主角还要帅？"

别看奶奶八十多了，其实还藏着一颗少女心，喜欢戴着老花镜在电视机前看帅哥，影视圈的大多数男明星她都能记住名字，如数家珍。

奶奶被她逗得合不拢嘴："是啊是啊。"轻捏她的小脸，"我们家淼淼也不差。"

淼淼得意得小尾巴要摇起来了："那当然。"

奶奶问："什么时候摆酒席啊？"

"还没定呢。"

爷爷说："等我去找人算个好日子。"

"对！"奶奶连连点头。

老谢家独独一个的宝贝孙女，一定要挑个好日子，风风光光地出嫁。

"那……"奶奶又问出最关心的问题，"准备什么时候要孩子呢？"

老人家就是这样，孙子孙女单身时盼他们结婚，结婚后又盼他们生孩子，自己好抱上曾孙。人老了以后，没别的心愿了，就想着四代同堂，共享天伦之乐。

淼淼能理解奶奶的心情，可这种事不是能急得来的，她囫囵地说："嗯，等到合适时机吧。"

奶奶没有继续问下去，因为就在这时，她的大儿子、三儿子和小儿子带着儿媳们，提着大包小包的东西回来了，客厅里又增加了新的热闹。淼淼回到霍斯衍身边，按照辈分排序跟他介绍起伯伯伯母和叔叔婶婶。

长辈们和霍斯衍是第一次见面，自然是要好好了解一番，于是又回到了最初的话题，你是做什么工作的，家里有些什么人……霍斯衍逐一耐心地再回答一遍，淼淼听得很想笑，赶紧往他茶杯里添了茶水。

要是长辈们一起回来就好了，这样的话，他就不用一次次，翻来覆去地回答相同的问题。

等聊得差不多，晚饭时间也到了。

家里人多，要两张桌子合并才坐得下，今年淼淼和霍斯衍是主角，破例坐在爷爷奶奶旁边，方便老人家和他们说话。

奶奶一直在招呼霍斯衍吃菜，自己反倒吃得不多，淼淼给她夹了些易消化的菜："这些都要吃完哦。"

"好好好。"奶奶连声应着，笑得皱纹深深。

爷爷瞅着她心情好，趁机提出："老婆子，今天大家伙都开心，就让我喝两口呗。"

他有高血压，老婆子在喝酒方面看管得很严格，私底下偷藏的酒都被她找出来送人了。这人逢喜事，不喝点小酒不带劲儿，闻着酒香，他的心早被勾得痒痒的了。

"什么？"奶奶装作听不清的样子，"你再说一遍。"

爷爷顿时噤声了，心底嘀咕，老婆子不知是真耳背还是装没听清，喝酒的滋味固然好，可是如果要换来她连绵不绝的念叨，念得耳朵都会长茧，那就划不来了。

谢戚明笑呵呵地递了个台阶过来："爸，明晚年夜饭再喝吧。"

"是啊。"淼淼大伯父附和道，"等人都齐了，才喝得尽兴。"

爷爷努努嘴，胡子抖两下："那好吧。"他转过头，"老婆子你听到了啊，别到时又变卦。"

有儿子们帮着说情，奶奶还能怎么样呢，当然是要把这句话听清楚："最多只能喝一小杯。"

爷爷正儿八经地比了个OK的手势："成交。"

淼淼看得忍俊不禁，她戳戳霍斯衍的手臂："等老了，我也这样管着你？"

他唇边噙着一丝笑意："荣幸之至。"

桌上菜肴渐空，话题却越来越密，聊到兴头上，意犹未尽。谢戚明和三个兄弟一年见不上几次面，多的是说不完的话，于是酒瓶一提，拿上各自的酒杯，到客厅继续聊。

淼淼和妈妈、伯母婶婶们坐到了一块儿，聆听她们传授过来人的经验，嘴里花生瓜子草莓甜橙，吃个没停，安榕贞看不下去了："晚饭没吃饱？"

"饱了啊。"只是吃得不多，胃还有余地，伯母婶婶你一言我一语，她一个字插不进去，不吃东西多无聊。

"别吃了，小心积食。"

"哦。"淼淼四周看了一圈，霍斯衍正坐在对面沙发和爷爷奶奶聊天，老人家听力不太好，对新事物的接受能力跟不上年轻人，他就一遍遍地解释，脸上没有丝毫不耐烦。

"淼淼别看了。"三伯母开她玩笑，"你老公又不会跑。"

小婶婶也调侃道："新婚夫妇嘛，如胶似漆，蜜里调油的，这不是很正常吗？"

淼淼红了脸。

关于夫妻相处之道的话题讲到十点多，淼淼才被放回房间。谢家老宅一共有六栋三层的楼房，每个人都有自己的房间。因为她和霍斯衍已经领证了，所以两人顺理成章地睡同个房间。

淼淼洗完澡后，想起妈妈之前的嘱咐，从包里拿出一沓现金，坐在桌前，手机点开跨年晚会的视频，用支架固定好，边看边包红包。

霍斯衍回来的时候，她已经包了三分之二左右，剩下的全丢给他来弄。

"妈妈说，结婚以后就要给小孩子发红包了。"明明去年春节她还喜滋滋地收了不少红包，真是此一时彼一时啊。

这是北城这边的习俗，如果女孩子不结婚的话，就算变成老姑婆，年轻一辈的还是要给她红包。

"我长大了。"淼淼幽幽叹气，不再是个孩子了，以后不仅没红包拿，还要给人发红包，也不好意思再调戏小朋友喊她姐姐了……

惆怅啊。

霍斯衍瞥她一眼，没说什么，只低头专注地给红包封口，任凭她伤春悲秋。

他包好红包后，就熄灯睡觉了，可能是换了陌生环境，辗转到半夜还没睡意，

没办法，只能去折腾自己老婆了。

第二天淼淼很自然地起晚了，身侧已没有人，她梳洗好，裹了外套下楼。

霍斯衍和谢南星、谢南怀、谢南璟在大门外贴春联，四个颜值很高的帅哥站在一块儿，不知多赏心悦目。左邻右舍的女孩子们，有些光明正大在自家阳台看，有些偷偷躲在窗帘后看，还跟家里人打听那个陌生男人是谁，得知是谢家的女婿，不由得捶胸顿足。

淼淼走过去帮忙，谢南星让她先去吃早餐，顺便监督谢星繁吃，她只好来到饭厅。

谢星繁小朋友果然没有好好吃早餐，而是捧着手机玩得不亦乐乎，淼淼在他旁边坐下，刚清了清喉咙，就听到一声“Victory”，谢星繁仰着开满花的小脸蛋，诚挚地邀请她：“小姑姑，开黑吗？”

淼淼好久没玩游戏了，基本没怎么挣扎就被小侄子拖下水了。

“欢迎来到《王者荣耀》！”

她玩的是貂蝉，本就没有什么技术，加上手生得紧，不出意外光荣地送了一血，还连着被对面法师米莱狄单杀了三次。谢星繁对姑姑这只菜鸟已经不抱什么希望了，他玩的鲁班七号没有辅助保护，成了敌方打野兰陵王眼中的美食……

六分钟一到，队友就点了投降。

甜甜的小甜心（项羽）：“投吧，打野废了，别浪费时间。”

yunqian（孙悟空）：“怪我啰？”明明是法师和射手先废的。

木星小王子（鲁班七号）和可爱淼淼（貂蝉）：“稳住，我们能赢！”

水晶可以爆，降绝对不能投！

姑侄俩负隅顽抗，然而根本没法力挽狂澜。刚好这时候，霍斯衍从门外走进来，淼淼像看到救命稻草一样，把手机丢给了他。

霍斯衍接过手机，扫一眼右上方“0-9-0”的战绩，面色不变。他操控的貂蝉翩翩起舞着，与残血还跑到跟前来挑衅的米莱狄周旋了一两

秒，就把她击杀了。

没一会儿，系统又播报："Double Kill（双杀）！"

貂蝉无人能挡！

貂蝉横扫千军！

貂蝉天下无双！

谢星繁瞪大眼睛，惊呼："小姑父好厉害啊！"

淼淼猛点头，想跟着学学怎么玩这个英雄，结果霍斯衍一顿操作快如风，她看得眼花缭乱："太快了。"

他危险地压低了声音："快？"

她点点头："是啊。"

要是慢点就好了，这样她可以看得更清楚些。也是绝了，同一个英雄，怎么他就能玩得这么出神入化，反观她……说多了都是泪。

她靠得近，几缕长发垂落在霍斯衍手臂，他闻着她独有的淡淡幽香，微微挑眉，手上的速度倒是放缓了，但该收的人头一个不落。这种钝刀子折磨人的方式让对面打野感觉受到了侮辱，愤愤不平地发消息："貂蝉给个痛快吧！"

倒在河道里的法师米莱狄问："貂蝉是不是换人了？"

这前后画风变化太大了，如果没有换人，那么前期就是故意逗他们玩呢。米莱狄觉得换人的可能性更大，貂蝉的ID叫可爱淼淼，一看就是女玩家，之前送人头的姿势也是非常娴熟自然，一点看不出是演的。后面画风突变，貂蝉下手可以说是毫不留情，如秋风扫落叶一样，将他们前期积攒的优势打得一分不剩。

推上敌方高地了，霍斯衍只想着尽快结束这把游戏，并未留意到米莱狄的问题，淼淼不想干扰他，让谢星繁回了一句——

木星小王子（鲁班七号）："是啊，现在是我小姑父在玩。"

大吉吉（米莱狄）："什么？"

所以，这是老公替老婆报仇来了？

本来就因为被老妈催婚催得烦躁，想着上游戏解解闷的"米莱狄"，心情更加郁闷了。

木星小王子（鲁班七号）："小哥哥再见。"

消息刚发出去，敌方水晶就爆了。

反败为胜！

谢星繁一个激动，直接扑到霍斯衍背上，一双乌黑大眼睛闪着光：“哇！小姑父真的好厉害呀！求带我赢！”

他把在幼儿园里学到的赞美人的话通通说了一遍，淼淼被他狗腿的小模样逗笑得腰都直不起来。

霍斯衍是第一次这么近距离地和小孩子接触，软软一小团，说话奶声奶气的，他的心瞬间柔软得不可思议，忍不住伸手，摸了摸谢星繁的小脸。

孩子的心思多通透，大人的喜爱是出自真心还是假意，一个动作就能看得出来，谢星繁拿出了自己最擅长的撒娇大法：“小姑父，再来一把吧。”

霍斯衍答应了，不过有条件：“先把早餐吃了。”

“好！”小家伙乖乖地吃起早餐，霍斯衍看自家老婆一眼，她非常自觉地拿起勺子喝粥，他摇头失笑。

十分钟前。

贴着春联的谢南怀看到姑侄两个脑袋凑在一块儿，不像是吃早餐，就随口提了一句。

谢南星想起奶奶八十大寿生日宴那晚，撞见他们躲在凉亭里玩游戏的事，无声叹息，原本还指望淼淼监督谢星繁吃早餐，结果她居然被策反了，顿时觉得无奈又好笑。

于是让霍斯衍赶紧去管管他老婆。

等两人吃了早餐，霍斯衍圆满完成任务，用淼淼的号带着谢星繁玩了一把游戏。他拿的是打野李元芳，节奏控制得超好，不到五分钟战局就结束了，谢星繁目瞪口呆，满脸崇拜：“小姑父再来，再来嘛！”

不等霍斯衍说话，淼淼摸摸小家伙的脑袋：“你小姑父还要去贴春联呢。”老宅楼房多，以往每年贴春联都是个大工程。

谢星繁这个小机灵，眼睛骨碌碌转两圈：“那贴完春联就可以和我玩了吗？”

“可以。”

“太棒了！”他从椅子上跳到地面，拉淼淼的手，“小姑姑我们一起去帮忙吧。”

昨晚累得够呛，淼淼本来想偷懒回房补眠的，被他这么一拉，只好出去了。

春联贴到将近中午才贴完，吃过午饭后，谢星繁拿着手机找上了霍斯衍。趁着他们开黑，淼淼去睡觉，醒来发现谢星繁耷拉着一张小脸，她忙问："怎么了？"

难道是游戏输了？有霍斯衍带着，不至于吧。

谢星繁撇着嘴角："我被系统强制退出来了。"

明明已经想方设法用妈妈的身份证躲过了官方核查，可是不知道为什么每次玩两个小时左右就会闪退，然后再登不进去，连重启手机都没用。

淼淼没有忘记这是自己的杰作，她忍着笑意，叹息一声："怎么会这样子呢？"

"是啊！"谢星繁不死心又试了一遍，"太过分了！"

淼淼余光留意到霍斯衍揉了揉右手腕，她又看看窗外："天气不错，要不要带你小姑父去外面走走啊？"

谢星繁的注意力很快被转移开，欣然应下："好啊！"

三人下楼，出门。外面阳光丰盛，谢星繁蹦蹦跳跳走在中间，霍斯衍和淼淼走两边，从后面看过去，像是温馨的一家三口。

走到路口，远远看到一辆黑色卡宴朝这个方向驶来，谢星繁兴奋地挥手："四叔！"

车子来到近前，停下后，谢南衡降下车窗："小星繁。"

淼淼展露笑颜，喊道："四哥。"她挽着霍斯衍的手，为他们做了介绍。

谢南衡是C大文学院的教授，满身儒雅之气，温润如玉的谦谦君子，这么多堂叔里，谢星繁最喜欢的就是他。因为他从来不生气，而且有求必应，有好多爸妈不肯买的玩具都是他送的。

和他这样的人相处，哪怕一句话不说，也不会觉得尴尬。

"上车吧。"

谢星繁到底是个小朋友，一圈走下来就累了。刚好可以坐四叔的车回去，他当然不会放过这个机会，"噌"一下跳上副驾驶位，拉了安全带系好。淼淼和霍斯衍坐上了后座。

他们到家没多久，淼淼的五堂哥谢南勤、六堂哥谢南思也回来了，三代里只剩下一个谢南徵不见人影了。一家人等啊等，等到快要吃年夜饭时他才风尘仆仆地进门。

他妈妈迎上去："怎么回得这么晚，打你电话又关机了。"

"没电了。"谢南徵把行李箱放到一边，从爷爷奶奶大伯大伯母一直喊到七哥，接着，视线落到新成员霍斯衍身上，心思昭然若揭。

霍斯衍没有让他失望，微微一笑："八哥。"

"哈哈哈！"谢星繁捧着肚子一个爆笑，"八叔，你的身份藏不住啦！"

谢南徵把他抱起来，揉脸，挠他胳肢窝。

谢星繁笑得上气不接下气。

"好了好了，别闹。"老太太出来张罗大家去吃饭。

这回整个谢家的人都齐了，四张大圆桌坐得满满当当，老爷子老太太身穿簇新的大红棉衣，坐在主桌的主位上，看着厅里笑声如云的晚辈们，脸上的神情慈和又欣慰。

霍斯衍生平第一回吃这么热闹和睦的年夜饭，感觉很是新奇。以前在霍家时，春节也是过得很热闹，但和他没有什么关系。后来去了美国，春节都是自己一个人过，要么在医院值班，要么在实验室，这个节日对他来说，和其他日子并没有太大区别。

他没想过自己会有一天，融入一个大家庭里，被他们当作家人看待，一起和乐融融地吃年夜饭。

淼淼察觉他走神，在桌下碰了碰他的腿，霍斯衍回过神，侧头对她笑了笑，幽深眸底还余留某些情绪。

她看懂了，眼眶不禁一热，笑容却格外明媚动人："以后我们每年都回来过。"

他握住她的手："好。"

老爷子一杯小酒下肚，立刻上脸，红光满面的，老太太和儿媳们说笑，时刻留意他的动态，等他喝完，就把酒杯挪到旁边的小桌子上。

难得齐聚一堂，聊天主题当然是围绕两个最关键的，未婚的催婚，已婚的催生，淼淼和霍斯衍这对已经被催过了，长辈们的目标就转移到了还单身的谢南徵身上。

作为每年首位重点关注对象的他抗议道："怎么老是说我，四哥不也单着吗？"

谢南衡不疾不徐地说："可能是因为你的行情比较不好吧。"

在颜值差不多的前提下，忙起来连约会时间都没有的医生和有钱有闲温柔体贴的大学教授，谁更容易找到女朋友，这不是一目了然吗？

"不好意思。"谢南徵笑出一口白牙，"我有女朋友了。"

四周顿时安静下来，几秒后，他妈妈破音嚷道："真的？！"

"嗯。"谢南徵以为这样可以把战火转移到谢南衡那边，很显然，他失策了。

"什么时候交的女朋友啊？"

"叫什么名字，哪里人，做什么工作的？"

"怎么不带回来看看？"

作为饭桌上的知情人，淼淼朝他投过去同情的目光，并打开手机，录了一段他被长辈们"逼供"的视频发给孟临星。

八哥，我只能帮你到这里了。

直到年夜饭吃完，谢南徵也没能从风暴中心出来。而从爷爷奶奶伯母婶婶堂嫂们那儿领了一大堆红包的淼淼，美滋滋地和谢星繁到外面去放烟花了。

爷爷奶奶年纪大，十点一过就回房休息了，伯父们的牌桌、棋局陆续散了，守夜的任务交给了年轻一辈。

临近午夜，客厅仍然灯火通明，电视里播着"春晚"，《难忘今宵》的乐声响起，外边烟花一束束地炸开，照亮了大片夜空。

主持人在倒计时："3、2、1。"

"新年快乐！"

"新年……"淼淼还未说完，就被身侧的男人吻住，"快乐。"

唯愿岁岁年年，与你共度。

半个小时后，烟花声渐渐稀疏。

淼淼躺在床上，为之前说的那句"太快了"付出了巨大的代价，这是她有生以来印象最深刻的一次除夕夜。

空气里仍有挥之不去的旖旎气味，她窝进霍斯衍怀里，呼吸绵长，一觉将黑夜睡成了黎明。

天光乍现，没一会儿，太阳又沉入灰云后。

楼下传来走动、说话声，听不清晰，却更为恼人。淼淼的睡意被赶跑了大半，她刚睁开眼，撞入一双幽深的眸子中，他应该是早醒了，清俊的脸上一派悠然："新年好，霍太太。"

淼淼关于昨夜所有的羞恼在他温柔的眼神和笑语中土崩瓦解，她的目光透着柔软："新年好，霍先生。"

这是他们一起度过的第一个新年，以后还会有很多很多个。

霍斯衍将她的长发撩到后背去，轻捏着软嘟嘟的耳朵，勾唇笑了起来："淼淼，想不想要新年礼物？"

淼淼当然是："想！"

霍斯衍从床头底下拿出一个大红包，她接过来，感受了一下厚度，应该至少是五百块，很可能是六百块，对应六个水嘛。谁知打开后才发现里面装的不是现金，而是信纸。

她展开纸面——

"谢同学，你好，我是霍斯衍。"

接着他写了和她初次见面的经过："你走得太急，把牛奶和三明治忘在我桌上了。由于找不到你，我拿到后山去喂猫了，希望你不会介意……"

往事一幕幕，在他行云流水的字里行间重现，淼淼看了一遍又一遍，眼眶微热。

这算是一封回忆录形式的情书？

淼淼很感动，但很关心这个问题："你打算写多少封？"

她之前可是给他写了足足三十封呢。

她一眨不眨地看着他，心里期待的浪漫回答是：三十一封，因为我的爱永远比你多一点。

霍斯衍单手枕在脑后，薄唇微抿，又缓缓松开："写到写不动为止。"

淼淼心底瞬间似有千万朵烟花齐齐绽开，她欢喜地摇着他手臂："真的？"

这样的话，就算每年一封，等老了，她就有好多好多封情书啦。

霍斯衍轻刮她鼻尖："嗯。"

淼淼在他下巴亲了一口，他哪里满足于此，捧着她的脸，吻了上去。

胡闹一通后，差不多到起床时间了。两人洗漱好，下楼吃过早餐，一大家子在爷爷奶奶的带领下，来到谢家祠堂祭祖。

缅怀先人，场面是肃穆的。

台上供奉着水果、糕饼和鲜花，爷爷奶奶站在最前面，其他人按照辈分排在后面。谢星繁跟在爸妈身边，严肃着小脸，手里拿了三支香，有模有样地弯腰鞠躬。

祭祖环节结束后是祈福，爷爷奶奶各拿一枝松柏枝，沾了清水，点在晚辈们的手心里，松柏枝往外扫为去晦气，往里拉则是聚福气。

大伯父去年刚动过一场手术，奶奶愿他："身体健康，平平安安。"

在医院工作、刚谈了女朋友的谢南徵，奶奶握着他的手说："工作顺利，早日成家。"

轮到淼淼和霍斯衍这对新婚夫妇，他们从爷爷奶奶那儿得到的祝福是："幸福美满，早生贵子。"

最后一个受福的是辈分最小的谢星繁，爷爷奶奶希望他学业进步，快快长高。

"谢谢太爷爷太奶奶。"小家伙仰起头，语气天真，"明年我要长得比小姑姑还高。"

大家被他的童言稚语逗笑，两位老人家顾忌着还在祠堂里，连忙让他们先出去了。

祭过祖先，差不多到了中午，吃过午饭，时间就自由多了。女人们串门的串门，泡温泉的泡温泉，男人们的牌桌也搭起来了，淼淼懒得动，就没出去，和霍斯衍搭了夫妻档打牌。

大年初一这天在吃喝玩乐中度过。

到了初二，淼淼爷爷的兄弟和侄子侄女们过来拜年，她和霍斯衍包的红包终于派上了用场。亲戚们一拨拨地上门，到年初五这天，厚厚一沓红包发得只剩几个，霍斯衍基本上把谢家这边的亲戚见完了。

初六，爷爷亲自拿了孙女孙女婿的生辰八字去请算命先生算，算出六个良辰吉日，结合现实情况，挑了五月二十日和五月二十六日，分别在北城和A市举行婚礼。

淼淼和霍斯衍的工作弹性比较大，不用赶在初七回去，他们多留了三天，初十下午才回到A市。

春假到此结束，收心准备上班。

实验室的人过了个年，身上都有着大大小小的变化，互相打趣几句，熟悉的氛围又回来了。淼淼给他们各发了两个红包，一个是开工利是，另一个嘛，是已婚人士对未婚人士的关爱。

红包领完，众人到实验室开会，由霍斯衍分配各部门的工作任务。

接下来的日子很忙碌，静脉药物配置机器人的项目稳定推进中，私底下淼淼与霍斯衍还要忙着筹备婚礼。大到装修婚房、拍婚纱照、挑酒店，小到选喜糖、喜饼和喜帖的款式……恨不得把一秒钟掰开两半来花。

转眼间，四月只剩下一个尾巴，婚礼也筹备得差不多了，淼淼得以松一口气。刚好她妈妈工作室的设计师发来伴娘礼服的式样，她把照片发到了伴娘群里。

群成员除了她，还有龙赢赢、小乔、花柔和姚春晓。

小乔："美！"

花柔："好美！"

姚春晓："美美美！浅紫色看起来好仙。"

龙赢赢私聊淼淼："我那件胸口改高点。"她没有胸，谢谢。

淼淼："OK。还有别的要改吗？"

龙赢赢："我能申请当伴郎吗？"

淼淼："不行！"当初明明说好要穿女装的。

龙赢赢："没有一点商量的余地了吗？"

淼淼："没有！"

手机又是一振，这次进来的是花柔的私聊信息："淼淼，下周六的同学聚会，你去不去啊？"

淼淼："什么同学聚会？"

肉肉："你没看QQ群消息吗？"

肉肉："我去给老板送份文件，待会儿再聊。"

淼淼："去吧。"

淼淼的QQ几乎搁置不用了，密码都不太想得起来，试了几遍才成功登录。新消息铺天盖地地涌出来，她等了一会儿，手机终于平静了，点进虹城中学高二班级群，简单看了看历史消息。

原来是有两位同学参加同一场婚宴，面对面坐着吃饭，谁都没有认出谁。后面聊了几句，巧了，居然是同个学校出来的，再问哪个班的，双方都蒙了，居然是同一个班啊！

不怪没有认出来，以前的小胖子变成谢了顶的豆芽菜，小豆丁则是变成了大胖子。

“你怎么瘦成这样了？”

“你怎么胖成球了？”

“唉，别提了，都是生活先动的手啊。”

“这不是一不小心吃多了生活喂的猪饲料嘛，哈哈哈！”

令人啼笑皆非的同时，也让人心生怅惘。那些共同度过的青春岁月一去不复返，如今各奔西东，形同陌路，见面不相识。

有人就提议组织一次同学会，引起众人的强烈附议，班长统计了一下，发现班上不少同学都来A市发展了。既然在同一个城市，聚起来更方便，同学会的事就算拍板定案了。

群里通知了一遍，班长又尽心尽力地挨个给其他没冒泡表态要不要来参加同学会的人发私聊消息。淼淼也收到了一条，是前晚发的，看措辞不像是统一消息，他用的倒像是老同学之间叙旧般的语气。

淼淼对班长还有印象，热心肠的老好人一个，很得老师的喜欢，跟班上的同学都处得来，这在高中那会儿是挺罕见的事。班长就是夹心饼干，一边是班主任，另一边是同学，分寸把握不好，各方面都难做，他能做得让两边都满意，也算是管理上的人才了。

她初转学到班上时，得了他不少照顾，很快融入陌生的班集体。

除了学业上的竞争，高中时的感情也是纯粹真挚的，尽管淼淼只和他们当了一个学期的同学，可关于那段时光的酸甜记忆还在。既然有这么好的重聚机会，那么就去见一面吧。

淼淼这么想着，花柔回来了，好一通吐槽：“我老板太不是人了，说话都不带喘气的，被他喷了满脸口水不说，昨晚洗的头发也遭了殃。我们继续原先话题，你去不去啊？”

淼淼：“去吧。”

肉肉：“太好了，我有伴了！”

“你老公呢，也一起？反正都是虹中的嘛。”

“而且，我们班上的人可都是你们爱情萌芽阶段的见证者哦。”

花柔又建议：“顺便把你们的红色炸弹一起带过去！”她想象着那个画面，自己先激动了，“你猜他们如果知道你把高冷男神拿下了，会不会震惊得连下巴都掉下来？”

淼淼：“不太好吧。”这和那些原本断了联系，一加上微信寒暄两句后就说要结婚的人有什么区别？

肉肉：“有什么不好？想想你过去送出的礼金，好不容易有一次机会收回来，不收白不收，你家的钱是大风刮来的啊。”

淼淼还在犹豫，花柔继续有条有理地轰炸过来：“再说了，你前头刚参加完同学会，后头就要结婚了，结果人一个没邀，将来传出去，他们心里能舒服？肯定觉得，这不是看不起人吗？你说是这个道理不？”

淼淼：“那我不去了。”

花柔：“喂？！”

淼淼：“跟你开玩笑呢。”

花柔：“你……唉，无情老板又夺命连环Call了，回聊！”

淼淼：“嗯嗯。”

她收好手机，正要拿杯子去茶水间打水喝，转身一看，霍斯衍进来了，两人的视线对上，自是说不出的浓情蜜意，连空气里仿佛都多了一丝甜味。

这周霍斯衍来软件组办公室好几回了，周逢玉从他一进门就调侃道：“哟，霍总最近来得挺勤啊。”

侯舫仍专注屏幕，连眼都没抬。

霍斯衍是为正事来的，没理会他的调侃，径直走过去：“怎么样了？”

周逢玉收起不正经样，手指在键盘上一敲，屏幕变换，他抬起下巴：“小爷我做事，你放一百个心。”

知道霍斯衍这个学习狂魔不用讲解就能看得懂，他也省事了，从抽屉里摸出一张面膜，撕开封口，取出来贴在脸上。最近忙得上火，皮肤摸起来都刺手，得争分夺秒做保养才行。

周逢玉这段时间都在编写静脉药物配置机器人的回零程序，所谓的回零，就是设定各自由度的参考点。复杂的配药流程被分解成一个个可以完成指定功能的子动作，并由相对应流程动作序列的驱动函数来控制，只需要调用函数就可以实现既定动作，完成任意指定处方药液的配置。

当机器人完成药液的配置，回零程序会控制各机械臂在规定的自由度里沿着既定轨迹收回，并保证在这个过程中不会发生相互碰撞。

霍斯衍细致地看过，提出了几个小问题，周逢玉当场改正，他又走到侯舫那边去："抽吸安瓿瓶的驱动函数可能要修改一下……"

等霍斯衍把所有发现的问题解决完，外面的天都黑了，周逢玉伸伸懒腰："吃饭去啰。"

侯舫当然不想留下来当电灯泡，抄起手机就走。

办公室里只剩下淼淼和霍斯衍，他拉了周逢玉的椅子在她旁边坐下，查看她写的专家系统程序，并进行测试。

都说认真工作的男人最帅，淼淼看着他专注的侧脸，着迷了一样，半天不眨一下眼。

霍斯衍测试完毕，偏过头，露出一抹浅笑。此情此景，不免让他想起高中时，给她讲物理题，讲着讲着，听不到动静，以为她心思都在题目上，一抬头就见她全神贯注地盯着自己看，被抓包还理直气壮地说，你比题目好看。

结果反倒是他被她调戏得红了耳根。

真心喜欢一个人，眼里是有光的。

这么说来，淼淼的眸底大概藏了万千星辰吧，以至让霍斯衍情难自禁地凑过去亲了亲她脸颊，她这会儿倒是害羞了："干吗？"

霍斯衍提起她偷看他的往事，淼淼记不清楚了，因为同样的情形太多，不知道他说的是哪次。如果再重来，她估计还会是同样的答案，没有什么比他更好看了，简直百看不厌。

"对了。"淼淼想起来，"我们班下周六要开同学会，虹城中学的。"

心有灵犀莫过于此了吧。她还没问要不要一起去，他先问她："可以带家属吗？”

淼淼不由得有些意外：“你要一起去啊？”她以为以他的性子，估计连自己班的同学会都不会参加。

霍斯衍“嗯”了一声，当年淼淼转学后，她班上有两个喜欢她却没来得及表白的男生黯然神伤了好几天，没记错的话，其中一个好像还是班长……

淼淼又把同学会和婚礼的顾虑讲给他听，霍斯衍在为人处世方面比她更通透：“不邀请他们来喝喜酒的话，确实情面上说不过去。”

“要不干脆一视同仁，你们班的同学也邀请了吧。”淼淼记得他和他班上的男生女生们关系不错，她又想到一个重要问题，他出国好多年，不知道还和他们有没有联系？

霍斯衍点点头：“有一个。”那是和他一起考上A大医学系的男生，是以前班里的活跃分子，现在留校任教了，因为专业相同，两人一直保持着联系。

“那……我们的老师呢？”淼淼说着，自己忍不住笑了，“要不要也邀请？”

霍斯衍沉吟道：“一起吧。”

她笑倒在他肩上：“好。”

周六这天，淼淼和霍斯衍准时来到聚会的包间，刚到门口，他的手机响了，是艾书打来的电话，说是有一笔订单出了问题，急需他做出决策。

霍斯衍让淼淼先进去，他握着手机走到走廊尽头。

淼淼推开包间门，十几双视线齐刷刷聚在她身上，然后又面面相觑，眼神无声地交流着——

这美女谁啊，是我们班的吗？不会是走错了吧？

淼淼的五官变化不大，就是气质上，和高中时的青涩活泼相比，恬静沉稳不少。加上将近十年没见了，刚打上照面，一时间认不出也是正常的。

气氛莫名尴尬。

“啊，你不是……”有个微胖的男人指着她，皱着眉，叫什么来着？名字是四个字的，挺好记的，就是想不起来。

“你们好。”淼淼落落大方地打招呼，“我是谢安淼淼。”

男同学：“哦，对对对！你好，我是赵子程。”

淼淼说：“我记得你，体育委员。”毕竟八百米什么的是她的噩梦。

赵子程没想到她会记得自己，有点受宠若惊，摸着头笑了。

女同学们把这个名字和记忆里的人对应上，不约而同地瞪大了眼睛，就是那个只待了一学期就转学走的谢安淼淼？那个倒追校草，轰动全校的谢安淼淼？！

怎么看起来这么……年轻，还格外明丽动人，瞧着就跟二十出头似的，哪里像二十七了？

有人轻声提醒：“她比我们小两岁呢。”

想起来了……然而心里还是会有比较，两年的差距竟这么大吗？她们在职场中磨砺打拼，到了这个年纪，眼角或多或少出现了纹路，连笑都不能笑得肆意，哪里像她，一颦一笑都那么自然灵动。

这时，门又开了，班长领着一个女人进来：“我们的大明星来啰！”

淼淼看过去，眸色渐渐冷下来。

来的人是书敏。

那么多人里，书敏也第一眼看到了淼淼，她的表情没有太大变化，只是心里的笑意快撞破胸腔。同学会，说得好听是叙旧，实际上不就是炫耀大会吗？

在场的女人，哪个不是把自己打扮得光鲜亮丽，就算是打肿脸充胖子也要把门面撑起来。唯独这个谢安淼淼是例外，素面朝天不说，穿的也不是什么牌子衣服，更没戴什么能拿得出手的首饰，可见这些年混得不怎么样。

高中时，谢安淼淼一转来班上就抢尽了她的风头，成绩差得一塌糊涂，却很会花言巧语讨同学们的欢心。没多久就被评了班花，最可恨的是还没皮没脸地倒追她暗恋已久的霍斯衍。

这份不甘不平之气，书敏一直记到现在。每每夜深人静回想起来真是恨得牙痒痒，如果当年不是谢安淼淼横插一脚，那么她早就近水楼台先得月，和霍斯衍修成正果了。

幸好上天长眼，终于给她一个可以出出心口恶气的机会。

和前夫离婚后，书敏回国，靠着家里的关系进了娱乐圈。万事开头难，开始也没混出什么水花，只是接一些不入流的广告而已，赚的钱还没有家里帮她打点的多。后来她靠着自己的手段找到后台，尝到甜头，后台换得勤，一个比一个强大，没想到事业刚有起色，就陷入“诈捐门”和“车祸门”的风波中，干脆将计就计，先把热度炒上去再说。

要不怎么说这个圈子水深，粉丝包容度无底线呢？再多的黑历史，洗一洗就干净了，从丑闻中脱身，重新回到大众视野，她又多了一个闪闪发光的头衔：最接地气女神。

不可否认的是，其中有那个秀恩爱博主可爱淼淼的功劳。书敏在经纪人的帮助下，洗白后开始营造新人设，还找来枪手帮忙写白富美和高富帅的爱情故事。然后整理成甜蜜恩爱的小段子发到微博上，甜得粉丝们嗷嗷叫，趁机刷了好感度，狂攒数十万粉丝。

知名度上来了，就有导演向她抛来橄榄枝。这不，书敏年前刚拍了一个古装剧，虽然只是一个小配角，但人设讨巧，太子心头的白月光，最后被恶毒女配残忍杀害，空留唏嘘。

相信等电视剧播出后，又能刷一波关注度。

呵，如今谢安淼淼除了那张脸，还有什么能比得上她？

班上的同学之前隐约听说书敏在娱乐圈混得不错，不过作品倒是在网上搜不到，能搜出来的大多都是丑闻，唯一能值得提的就是那位把她宠上天的高富帅男友了。不过大家都是成年人了嘛，见人说人话见鬼说鬼话的本事早修炼得炉火纯青，顺着班长吹嘘的大明星思路接下去不就得了？

书敏把众人的注意力拉过去了，淼淼倒是乐得轻松，找了个角落的位置坐下，给花柔发信息，问她什么时候到。

花柔：“快了快了，在等红绿灯。”

淼淼：“不急。”

消息刚发出去，淼淼察觉到眼前光线一暗，抬起头看到班长站在旁边，她笑着打招呼：“班长。”

冯远没料到下去接个人的工夫，淼淼就来了，与这个曾经有过好感的女生时隔多年后再见面，欢欣明显写在了脸上，一向能言善道的他，激动得不知道第一句话该说什么好。

好不容易稍微平复心情，话也捋顺了，冯远刚要开口，不经意地瞥见淼淼右手戴的戒指。那一瞬间，他如同被人掐着脖子，往嘴里塞了一整个未熟的青柠檬进来，又酸又涩又苦。

他勉强挤出一丝笑容："你结婚啦。"

"嗯。"淼淼双眸亮晶晶的，"是啊。"

"恭喜……"

"谢谢。"

陆续有人进来，冯远作为组织人要去招待，他和淼淼说了两句话就脚步匆匆地走开了。淼淼没察觉他的异样，她心思都在霍斯衍那儿，不知道事情解决得怎么样了？

淼淼正打算出去看看，听得"嘿"的一声，花柔从后面跳出来，她被吓了一跳，拍着胸口，缓缓吐气："肉肉。"

花柔苦恼地捧着肉嘟嘟的脸："以后请叫我瘦瘦，谢谢。"一定是因为肉肉这个昵称，她这么多年都瘦不下来！

淼淼想起某次霍斯衍说她太瘦了，抱起来没有什么重量，所以他三餐都格外注重营养均衡，还盯着她吃饭。没办法，她无论如何都胖不起来，可能是体质，也可能是因为体力脑力劳动消耗太大。

"胖点才好呢。"

花柔撇嘴："我想送你二十斤肉。"

淼淼说"好啊"，花柔用眼神飞了二十把小刀给她。

"如果不是你事先跟我说过戴晚好的变化，我真的认不出她来。"花柔眯起眼睛说，"谢小姐你貌似眼神不太好啊，她明显整容了好吧。瞧她的额头、鼻子和下巴，说不定还削骨了呢。"

淼淼弱弱地反驳："不是说，女大十八变？"

"天生的底子摆在那儿，自己再怎么变也变不出新花样。"除非动刀子。

花柔四处看了看："哎，你老公呢，不是说他也来的吗？"

淼淼刚要回答，体育委员赵子程浑厚有力的声音插了进来："同学们，让我们欢迎班长大人说两句。"

掌声接连响起来，淼淼和花柔也拍了拍手。

“首先——”冯远说，“非常感谢大家在百忙之中抽空来参加我们的同学会。”

花柔小声嘀咕：“班长还和以前一样啊，话说得一套套的。”可不知怎么就是讨厌不起来，大概是他这个人长了一张真诚面孔吧。

“高中毕业时，班主任说过，班上的同学今日散了，以后就很难再全部聚到一块儿了……”

冯远没有长篇大论，几分钟讲完了：“大家别客气，随意吃喝啊。”

太久没见，可以聊的话题很多，话匣子一打开就不怎么收得住了。作为班里混得最好，又是女明星的书敏最有炫耀的资本，基本是话题中心的人物，不过凡事过犹不及，牛皮吹得太大是要胀开的。

书敏非常不经意地提起自己拍了一部戏的事，有个女同学就“哇”了一下：“我知道这个剧，女主是影后木鹤！这么说你和她认识啰，能不能帮我要个签名？”

又有人接道：“木鹤也是我女神啊，好想要她的签名，老同学，拜托拜托啦。”

就算之前在同个剧组，可书敏哪里接触得了木鹤那样的人物？如果说拿不到签名的话，岂不是很没有面子，干脆先应下来再说，等回去再找经纪人想办法。

“书敏你真是太好了！”

“一定会追你的剧哦！”

书敏拨了拨头发，笑道：“客气什么，举手之劳而已。”

“真没想到我会有个明星同学。”

“是啊是啊，说出去都面上有光呢。”

“好羡慕你，事业那么成功，找的男朋友也那么优秀……”

有几个女同学听不下去这天花乱坠的吹捧，于是跑到角落找淼淼和花柔聊天了。

书敏担心再聊下去会露短，很有心机地把话题转移到淼淼身上，还把人一起带到她那边去。

来的所有同学里，就这个谢安淼淼连正眼都没瞧她一下，既然山不就我，那么我去就山，看你怎么躲。

戴晚好当然不会错过这出好戏。

淼淼来同学会之前就想过很可能会遇上书敏和戴晚好，真正面对面的时候，心情还是不受控制地变得复杂万分。

书敏在她斜对面的沙发坐下：“淼淼，好久不见了。”

读书时两人都讲不上有什么交情，现在就更别说了，淼淼连个敷衍的笑容都没露出来。

书敏也不在意：“听说我们的校草霍斯衍要结婚了，我记得当年那么多女生里就数你追他追得最凶。”

呵呵，那朵高岭之花岂是那么好摘的？

她从师兄那里打听到，霍斯衍现在自己开了一个实验室，专门研发医疗机器人，可谓是前途无量。他那样一个光风霁月的人，岂是谢安淼淼这种徒有美色、华而不实的草包能配得上的？

在座的都记得当年淼淼轰轰烈烈倒追霍斯衍的事，身为局外人，微微嗅到了烟火味，也不好插嘴进去。

知道内情的花柔和戴晚好不约而同地保持了沉默。

花柔纯粹是想看热闹，戴晚好同样也是，不过她更想看的是书敏知道真相后的反应。人的心境真是时时变，从前她和书敏一个阵营，把淼淼当作眼中钉，同仇敌忾。可书敏不过拿她当走狗罢了，利用完就丢，还想把犯下的错全推到她身上。

要是书敏灰溜溜地在澳洲当个弃妇也就罢了，偏偏她靠着家里，靠着男人，在国内娱乐圈混出了名头。

凭什么？！就因为她出了个好世，注定一生高人一等，想要什么都比别人来得容易？自己努力那么久，快三十岁了才爬到不高不低的位置，在书敏眼里，这点成就根本不值得一提，还被她毫不留情地奚落了一番。

你不仁，便别怪我不义。

霍斯衍要结婚的消息是戴晚好“无意中”透漏给书敏的，特地掩盖了某个重要信息，为的是想看书敏像个小丑一样，上蹿下跳地出丑。那张妆容精致的脸蛋，待会儿不知道会震落下多少斤的粉来，还有刚垫不久的鼻子，可别气歪了才好。

见淼淼缄默不语，书敏心里越发得意，又试探道："淼淼，你收到请帖了吗？"

淼淼哪里听不出她语气里的幸灾乐祸，缓缓摇头："没有。"

明明都要结婚了，还给当初苦追自己的女生发请帖？稍微有点脑子的人都不会这样问，这分明是落井下石、雪上加霜来了。

如果淼淼和霍斯衍的故事只停留在高中那时，被她言语这么一激，肯定会当场难过得落下泪来……

这正是书敏意料中的答案，她皮笑肉不笑地说："哈哈，连你这样的大美女也没有啊！"

淼淼将右手叠到左手上，把霍斯衍冷淡的语气和表情学了个十足十："哦，我参加婚礼不用请帖。"

闻言，花柔拼命忍住笑，戴晚好嘲讽地勾起了嘴角，其他人觉得这个说法挺新奇的，紧盯着淼淼，等着她的下文。

书敏听得一头雾水："什、什么意思？"

淼淼看着她，笑意盈盈道："因为我是新娘呀。"

同一时间，赵子程看着从门外走进来的男人，惊讶地瞪大了眼睛："哎？这不是……"

其他人循声看过去，视线直直地，定定地看着门口的男人，反应激烈程度不亚于赵子程。饶是多年未见，然而对方出众的相貌和气质，哪怕在人群里也不容错认，更何况他是站在他们的视野中心。

俨然是当年虹城中学的校草，虹城有史以来唯一的省理科状元，霍斯衍！

简约的黑色大衣和长裤，勾勒出颀长挺拔的身形，大衣下露出一截挺括的衬衫衣领，扣子一丝不苟地扣到了最上面。那张俊脸上并没有什么表情，浑身透着清冷气息，无形中拒人于千里之外。

这点还和高中时一样，相比周围年近三十，不是秃了就是胖了的同学，岁月对他太偏爱了。年少时的青涩褪去，越发显得沉稳持重，彰显着一个成熟男人独有的魅力。

玉树临风，丰神俊朗。

有个女同学不敢相信会在这儿看到霍斯衍，眼睛揉了又揉，我不是在做梦吧？霍斯衍啊，真的是那个霍斯衍？！

可不就是他，如假包换。

男同学们显然也很意外霍斯衍为什么会出现在这儿，个个呆愣着，连最擅长应对突发事件的班长，脑子也好像短路了。

书敏的思绪被淼淼之前那句“因为我是新娘”击打得七零八落，她望着门口的方向，眼珠子快掉出眼眶，厚粉遮盖的抬头纹、眼纹和法令纹齐齐凸显，心底更是如同遭遇了特大地震，无处不坍圮。

霍斯衍……

他要和谢安淼淼结婚了？！

怎么可能？！一定是假的，假的！

戴晚好默默地欣赏着书敏脸上略显狰狞的表情，只觉心中快意汹涌，再也忍不住，无声地笑了起来。

作为焦点的霍斯衍，仿佛没有感觉到聚集在自己身上的数道探究目光，他准确找到淼淼的位置，朝众人微微点头，算是打过招呼，然后不疾不徐地朝她走过去。

前一刻还冷峻疏离的男人，不知看到什么，唇角上扬，俊颜上满是柔色。如果不是亲眼所见，她们绝对不会相信，高冷学神霍斯衍也会笑得这么温柔。

书敏的指甲掐进了手心，几乎要断掉，上面镶嵌的碎钻如利刃割人，她强忍着情绪，眼睁睁地看着霍斯衍走过来。花柔很自觉地让出位置，他在谢安淼淼旁边坐下来，他不知道说了什么，谢安淼淼笑了笑，笑容不知有多扎眼。

书敏目眦欲裂，牙根咬得生疼，她幻想过无数遍和霍斯衍在一起时的情景，脑海中模拟得出动作和话语，独独想象不出他宠溺的表情。

原来竟是这样子的。

成为那双深邃眼睛里的唯一，哪怕是溺死其中，她也心甘情愿。

为什么偏偏是谢安淼淼？为什么……不能是她？

“淼淼。”花柔扫了扫身后那群刚从石化中回过神的人，余光瞥着书敏，清了清喉咙，扬高音量，“不跟大家介绍一下吗？”

有什么可介绍的呢？谁不知道那是霍斯衍？

先前光顾着震惊，女同学们这时才反应过来，霍斯衍要结婚，淼淼参加婚礼不用喜帖，因为她是新娘之间简单到不行的逻辑关系，在她们恍然大悟又暧昧的笑声里，男同学们也觉出什么味来了。

霍斯衍和淼淼之间并没有什么亲密动作，但两人对视的眼神是骗不了人的，他们是一对热恋中的情侣。

又岂止那么简单？知道淼淼已经结婚的冯远神色黯淡下来，心里莫名酸涩地想，不是情侣，是夫妻。

没想到这么多年，她还是和霍斯衍在一起了。如果自己当初像她这么勇敢……冯远不敢再假设下去，因为这世上从来没有如果。

他也曾那样纯粹地喜欢过淼淼，这份感情随着她的转学而变淡，后来看着那么多令人艳羡的班对在各种原因中分手，他说服了自己，年少时的爱恋不过是青春期的迷失，哪里能长久呢？

原来也有例外的，比如眼前这一对。

淼淼面带笑意地看着这些昔日的同学，他们见证过她为了追霍斯衍是如何不撞南墙不回头，也见证了她的黯然和失意，而今日，他们将见证她的志得意满。

她的语调带着明晃晃的甜蜜："同学们！我，谢安淼淼，经过不懈努力，终于把虹中的男神霍斯衍追到手啦！"

掌声雷动，震耳欲聋，还有人吹起口哨。

书敏是唯一没有鼓掌的人，她的一口牙齿快咬碎了。

赵子程感慨道："淼淼同学，你这毅力真是没谁了。真的，老奶奶都不扶，我就服你！"

"我可没忘记当年淼淼写的三十封情书啊，这就是所谓的有志者事竟成吧，真好啊。"

谁没有青春萌动过？谁不想和心里的那个人过一生？可现实里总是诸多磨难，爱意在柴米油盐酱醋茶的算计中慢慢磨掉，最后落得了个分手的下场。蹉跎着就到了这个尴尬的年纪，如今在爱情这回事上又能付出几分真心？

顶不住家里的压力，相亲赴了一场又一场，两个人将自己剥了个精光，面对面坐着，桌上摆着天平，它的左右两端放着各自的家世、学历和收入等，每一项都要精细地称量出来，如果对等，没有其他问题的话，就结婚……

从头到尾，只有爱情是缺席的。

正因为如此，他们才懂得淼淼和霍斯衍这份从纯真的学生时代萌芽，如今开花结果的爱情有多么珍贵，这种久违的、热泪盈眶的感觉，就好像……有人帮忙实现了年少时的心愿。

“纠正一点。”霍斯衍抿唇笑了笑，清隽眉眼中都是柔情，“是我追的她。”

花柔：“哇，一人追一次，很公平嘛！”

其他人纷纷大笑着表示没想到来参加个同学会还能吃上狗粮。

戴晚好见书敏的脸色一时青一时白，精彩得像个调色盘似的，手背上青筋毕露，哪还有刚来时端着大明星架子，趾高气扬的模样？

真是大快人心呢。做梦都想不到吧，你一直以来念念不忘，认为除了自己外没人配得上的男人，最后被你当初最不屑一顾的谢安淼淼得到了，你那比天还高的自尊心，怎么接受得了？

恰恰相反，书敏正是被高贵的自尊心撑着才没有崩溃掉，不过也差不多了，尤其是她听到霍斯衍邀请大家这个月二十六号去参加他和淼淼的婚礼时，一声声的恭喜如同重锤砸入耳朵，连带着神经一条条地断掉，她险些要疯了！

“书敏。”戴晚好非常关切地问道，“你没事吧，怎么脸色这么苍白？”

戴晚好的话把大部分人的注意力引到了书敏身上，她摇摇头，几乎从牙缝里挤出声音：“我没事。”

她悄悄地看向霍斯衍，他还在和淼淼说话，像是根本没注意到这边的动静，她心里仿佛又多了一把刀，一下下地割着……

“要喝点果汁吗？”

淼淼也有些口渴了：“好啊。”

霍斯衍倒了一杯橙汁，她喝了一半，觉得味道很淡，剩下的递给他：“想喝可乐。”

他用另一个干净纸杯倒了半杯冰镇可乐给她，自己喝起橙汁来。

得他破例一回，淼淼喝到心心念念的冰可乐，笑得不知多满足。边上的女同学眼尖地看到她手腕上的粉色带子，看了又看，和自己手上戴的除了颜色并无其他差别，她忍不住问道：“淼淼，你戴的是小蛇机器人吗？”

“是啊。”

又有个女同学心直口快地说：“不可能吧，我记得市面上没有粉色的小蛇机器人啊。淼淼你是不是买到盗版了？”

花柔叹气：“我也想要粉粉嫩嫩的小蛇机器人，可PC实验室的老板存了私心啊，特意将粉色扣下来变成他老婆的专属颜色。”她抓起淼淼的手，“喏，这就是仅此一条的小粉蛇了。”

淼淼心想，其实还有另一条在徐向阳小朋友的手里。

花柔暗示得这么明显，发问的两个女同学想听不明白都不行，原来霍斯衍是PC实验室的老板，小粉蛇是他特地为淼淼留的，世间独独一条。

感觉好浪漫哦。

“恕我孤陋寡闻。”赵子程插话问道，“你们说的小蛇机器人是什么？”

两个女同学你一言我一语地科普起来，从金银县地震搜救到它集定位、医疗和防身于一体的强大功能，赵子程听得一愣一愣的：“牛啊！”

他问淼淼：“我也想买，老同学有没有打折？”

淼淼想起了侯舫说过的冷笑话：“打骨折？”

“哈哈哈……”

“其实价格很优惠的。”女同学又提起，“我记得小蛇机器人的大部分利润都捐给金银县灾区了……”

戴晚好故意重重地咳了一声，女同学的话被打断，在尴尬的沉默里，自然而然地想起书敏陷入诈捐门的丑闻，她想到了，其他人也想到了。两相比较，高下立见，顿时看书敏的眼神都有那么几分微妙了。

书敏的脸皮之厚也是非常人能比，要换了别人，估计恨不得挖个地洞钻进去，可她倒好，面无表情，跟个局外人一样。

不愧是在圈里混的，光是这份强大的心理素质就让人望尘莫及。

渐渐地，聚会来到尾声，赵子程兴致勃勃地提议转换战地去K歌，响应的人不少，淼淼不想去，打算和霍斯衍先离开。

冯远走过来：“一起去吧。”

霍斯衍认出他就是淼淼班上的班长，轻描淡写地说：“真不巧，晚上实验室还有会议要开。”

既然是有公事，冯远不便做过多挽留。

霍斯衍礼貌地和他握手，顺便告知：“账单已经结过了。”

啊，这怎么可以？冯远还没来得及出声，所有的话都被霍斯衍接下来的一句“欢迎来参加我和淼淼的婚礼”给堵了回去，他木讷地点点头：“好……祝你们新婚快乐。”

“谢谢。”霍斯衍的声音一落地，手随之松开，冯远看着他们相携离去的背影，怔怔地发了一会儿呆，很快又被一记巨大的关门声吓得回神。

赵子程疑惑道：“啊，我们的大明星怎么也走了？”

书敏是出来追霍斯衍的：“等一下！”

霍斯衍和淼淼停下脚步，书敏蹬着高跟鞋冲到他们跟前，她发丝微乱，眼眶发红，看着倒是一副楚楚可怜的模样。

淼淼安安静静地看着书敏，心起微澜，霍斯衍握紧她的手，她轻轻回握住。

对当年的恶作剧，她更愿意把它称之为一场恶作剧，至少心理上会好受很多，如果书敏没有出现，那么它就永远是一块已经愈合的伤疤。九年的分离，一场险些天人永隔的车祸，她深知永远不可能得到任何补偿，像书敏这种人，也不可能受到道德和良知的审判，那么，还能怎么样呢？

以淼淼的性子和人生经验，她只能想到这样的解决方式：唯有放下，唯有释怀。

很显然，霍斯衍并不是这样想的。

书敏看着他，神情带着紧张、激动和期待：“霍斯衍，你还记得我吗？”

高中时我们住同个小区，上学放学经常走同一条路，你走前面，我跟在后面……

霍斯衍眸色已然冷到了极点：“书小姐。”

书敏狂喜不已，他是记得她的！这么多年，他还记着她！这说明什么？

“我……”她忽然噤声了，因为她看到霍斯衍嘲讽地勾起唇角，声音几乎接近冰点："我记得。"

她全身不受控制地抖了一下。

霍斯衍目如寒星，轻笑一声："如果没记错的话，当年书小姐假借我的名义给淼淼写了一封回信……"

回信？书敏像被雷劈到了一样，双腿发软，狼狈地跌落在地毯上，再也不敢对上他的视线，语无伦次："我、我没有，我不知道你在说什么。"

淼淼扯了扯身侧男人的袖子，他拍拍她的手，力度虽轻，但透出的坚定是毋庸置疑的——

那件事不可能这么轻易地过去，书敏必须为她以前的所作所为付出相应的代价。

距离同学聚会过去了近半个月，淼淼周旋于实验室工作和婚前准备工作之间，可谓是分身乏术。关于那天最后的记忆，停留在书敏狼狈不堪地坐在地上掩面哭泣的画面，一开始她玩文字游戏，竭力否认写过那样一封信，毕竟她只负责提供内容，抄写上去的是戴晚好。后面被耐心售罄的霍斯衍当场拆穿，下不来台，干脆哭了个梨花带雨。

说实话淼淼并没有什么感觉，也不想把时间浪费在书敏身上，把霍斯衍拉走了。

她早就知道的，如果要书敏认识到自己的错误并真心悔过，那是痴人说梦。她也看开了，从那天后，事情算彻底翻篇，接下来的日子该怎么过就怎么过，没必要因为不相干的人而乱了节奏。

淼淼没想到的是，她还会从花柔那儿听说关于书敏的后续消息，花柔发了一张班级群的截图："哈哈哈，笑死我了，之前同学会不是有人拜托书敏去帮忙要影后木鹤的签名吗？结果你猜怎么着，这段时间书敏跟人间蒸发似的，她们私底下联系不到她，就直接在班群里找她，书敏还是没回应。精彩的来了！"

"戴晚好出来说话了，大意是书敏近来工作不顺，可能去外面散心了，你们别急，再等等吧，她答应要的签名肯定少不了的。"

"你听出来了吗？！这是狗咬狗啊，别看戴晚好表面上是在为书敏说好话，其实她的心思阴暗着呢！"

戴晚好的话一出，同学们肯定会想，先前还意气风发的大明星工作不顺？到底是怎么个不顺法，肯定抵挡不住八卦之心想知道内情，加上这是一有点巴掌大的事就全民狂欢的时代，网络上哪里有什么秘密？关键词一搜，全出来了。

群里跟着炸锅了。

“《绝色皇后》是不是书敏之前说过的她参演的那部电视剧？”

“是的，没错。”

“网上说她在剧里的戏份全删掉了，这到底是怎么回事？”

“谁知道呢，那个圈子水太深，不是我们这些平民老百姓能想象的。”

“看我又挖出什么猛料！”

“快说快说！”

“之前书敏不是靠运营微博积攒了不少粉丝吗？结果被人发现，她那些秀恩爱的段子和某本网络言情小说的情节大面积雷同，不扒不知道，一扒吓一跳，原来她的甜蜜段子都是找枪手写的！”

“这么说，她那所谓的高富帅男友也是编造出来的？”

“秀恩爱都是假的了，男朋友还能是真的？用来捞粉的手段罢了。”

“这……”瓜也太好吃了吧！

“哎，发现没，群成员少了一个。”

“是书敏退群了。”

书敏的退群间接验证了这些爆料的真实性，大家八卦的热情更加高涨了，连出来维持秩序的班长冯远发的消息都被一下子淹没。

“我就说嘛，书敏以前还高调地秀她那个澳大利亚富商老公，怎么眨眼间换了个男朋友。”

“他们早八百年前就离了。”

好几张截图后，花柔又发了一条微信过来：“又是微博翻车，又是戏份被删，这节奏明显是有人要搞她啊。不是说书敏的后台很硬吗？这么久了还没动作，好歹也雇些水军吧。”

“我的天！”花柔发来热搜截图，“被欺骗感情的粉丝们发起‘书敏滚出娱乐圈’的炮轰行动，她微博里一片乌烟瘴气，评论真是不堪入目。”

当初书敏被捧得那么高，如今估计得从高空坠落摔个稀巴烂了。捧也是他们，踩也是他们，真是令人唏嘘。

更绝的是，书敏所在的经纪公司，直接发了一则声明，声称旗下艺人书敏的所作所为皆是个人行为，和公司无关。这是要彻底撇清关系了，换言之，书敏已然成了一颗弃棋。

按理来说，就算没有情分，也不该在面上闹得这么难看。圈子里谁不是人精，都知道事情没那么简单，这浑水还是不要蹚进去好。明哲保身的有，隔岸观火的有，趁着墙倒上去推一把踩一脚的更不是没有。

就这样观望着，等来了《绝色皇后》官博的转发，用语委婉，表达的意思却很明确，德为艺先，德行有亏的艺人，演艺道路总是走不长远。随后，业内最大的娱乐公司官博转发了这条微博，风向标有了，其他公司也纷纷转发。

花柔：“书敏这是被封杀了吧。”

“肯定是得罪了什么大人物。”不然谁吃饱了撑的去搞这么一个十八线小演员。

“会不会是她背后的那些大佬撕起来了？”

淼淼隐隐猜到了原因，不过她不确定，想着待会儿去问一问。

霍斯衍并不在他办公室，而是在机械组办公室，童放、侯舸和吴非几人也在，他们正讨论着药物输液机器人的视觉系统。

所谓视觉系统，即机器人的“眼睛”，就是安装在机械臂上的工业相机，运用图像视觉测量技术，获取药品的轮廓；外形的尺寸，包括瓶高、瓶身直径，瓶颈位置和液面高度等信息，以达到精准提取药液的目的。

淼淼走到霍斯衍身边，看到他指着效果图，说：“工业相机拍的照片，清晰度不理想，图像测量和处理速度也稍显缓慢，还需要再优化。”目前国内大量使用安瓿瓶药液，瓶子的规格也是各种各样，如果视觉系统不能准确快速地将参数信息反馈给控制系统，那么机器人就没有办法正确地进行下一步运作。

“清晰度的话……”吴非说，“我建议可以增加平行光源，提高亮度，减少外部光线的干扰。”

“我们用的工业相机绝对是国内最好的，我觉得图像测量处理速度过慢的问题……”陈笑接道，“是因为清晰度不够。”

看不清楚，自然反应慢。

侯舸点头：“嗯，是这个道理。”

“吴非。”霍斯衍说，“试一下你说的办法。”

“好的。”

童放又提出自己发现的新问题：“安瓿瓶需要用手掰断，所以瓶子用的材质比较脆。我担心万一机械臂力量过大，肯定会直接把它捏碎。”

吴非比画了个动作：“辣手摧花。”

霍斯衍也考虑过这个问题，他思索两秒：“加个力传感器。”

“我也是这么想的。”童放说，“将分辨率很高的力传感器装在机械臂的末端，这样，力度大小的微弱变化都能监测到，并随时反馈。”

“机械臂除了搬运药品和药具到指定位置外，还要配合完成药品的切割、消毒、开启以及抽吸和注射，必须要确保机械臂的十四个自由度……”

他们各抒己见，聊得很投入，隔行如隔山，涉及机械电子专业的问题，淼淼不像霍斯衍那样精通，听得是一知半解，有些名词和原理甚至听都没听过，她就站在一边听，顺便学习。

霍斯衍看她一眼，眼神询问：什么事？

她摇摇头，无关紧要的事，示意他继续。

讨论了大半个小时，得出一套新的优化方案，众人领了新任务后就各自回座位做事了。淼淼和霍斯衍一前一后从机械组办公室走出来，回到他办公室，门关上后，她欲言又止：“书敏的事，是你……”

“嗯。”简单一个字，表明了他的态度。

淼淼不再问下去了。

霍斯衍从抽屉里拿出一串钥匙，过来牵她的手往外走，淼淼问去哪里，他说回盛安公馆。

婚期在即，别墅也重新装修好了。

输入密码开了门，映入淼淼眼中的是左右两边墙下开得烂漫的粉色玫瑰花，迎着阳光肆意绽放。

前院里除了玫瑰，还栽种了她喜欢的玉兰和桂花树，秋千也搭起来了，目之所及，一片欣欣向荣充满生机的景象。

进入屋内，家具全换了新的，先前的暗灰系被温暖轻快的风格替代，视觉上豁然开朗不少，同时充满了居家气息。还有个特别贴心的设计是淼淼想出来的，家里摆放物品的位置特地放在了左边，为的是方便霍斯衍取拿。

不知情的客人来到这里，大概会以为男女主人其中有一个是左撇子吧。

淼淼的个人物品早就陆陆续续搬过来了，也一一归置好。她跟霍斯衍上到二楼，先进了书房，空间开阔，窗明几净，一整面书墙，两张大办公桌，两人可以彼此看见，又互不干扰。

落地窗外有个阳台，养了不少绿植，应淼淼的要求，多加了一个吊篮，工作之余的闲暇时分，她可以在这里远眺和喝下午茶，自有几分悠闲惬意。

霍斯衍从后面扶住她肩膀，柔声笑道："进卧室看看？"

卧室里最引人注目的当属那张水蓝色的大床，床上放着两个白色枕头，亲密依偎。墙上挂着他们的结婚照，这是淼淼最满意的一张照片。她穿着婚纱在铺满金黄色落叶的小道上奔跑，霍斯衍在后面追，他拉住她的手，她回转身，眼中映着他和泼洒的暖阳，两人相拥着深情对视，画面定格。

摄影师把他们脸上的表情和光影都捕捉得非常到位，不用修改，原片跟艺术品一样。

淼淼又默默地欣赏了一番，真是太完美了。

等目光好不容易从婚纱照上面移开，她发现霍斯衍不见了："阿衍。"

回答她的声音是从隔壁传过来的。

主卧旁边原本是客卧，如今打通了一道门，穿过去就是婴儿房。

由于不知道霍点点的性别，在装修风格上，淼淼和霍斯衍花了不少心思。如果是男孩子，那么淡蓝色合适些，若是女孩子，则以浅粉色为首选，那么，该为霍点点准备什么颜色的房间好呢？

商量的结果是淡蓝色，因为霍太太希望第一胎生儿子，将来哥哥保护妹妹，霍先生对此表示有点压力，但会全力以赴。

所以，在检查完婴儿房后，他提议今晚留下来过夜，反正衣服和洗漱用品什么的都在这边。

淼淼丝毫没有察觉到他眼角忽然涌现的春意：“好啊。”

她洗完澡，吹干头发后，某人以试试新床结不结实为由将她骗到了床上，大床的好处尽然显现出来，被面上蓝色浪花荡漾翻滚……

光阴似箭，眨眼间来到五月十九日。婚礼前夜，一切准备就绪，只待明日的正式成礼，两人便是合法合情合理的夫妻了。

这对淼淼来说是个难眠的夜晚。两天前她回到北城老家待嫁，按照这边的习俗，新郎新娘结婚前一天不能见面。她独自躺在空荡荡的大床上，熟悉的怀抱和温度不再，手习惯性伸出去，只搂到一把空气，某些莫名其妙的情绪就上来了。

心底泛出丝丝缕缕柔软的酸楚。

明天就要出嫁了呢，不再只是爸妈唯一的女儿，谢家上下宠爱的宝贝孙女。从此以后她又多了一个新身份，霍太太。作为霍斯衍的妻子，将来还要为人母，责任重大。

也是奇怪，领证时就没有这样的多愁善感，淼淼吸吸鼻子，侧过身，把枕头揉在怀里。

其实，只要想到接下来的路是和霍斯衍一起走，萦绕在心间的忐忑与迷茫就淡了许多。一直以来，她的勇气和动力来源都是他，方向也是他，只不过以前是仰望，现在变成了与他携手前行。

这是她少女时期的梦啊。

淼淼又翻了个身，盯着天花板，回想起他们相识以来的点点滴滴。情窦初开时的心动，分离时的心酸，跨过一场生死的激烈，细水长流的甜蜜，想着想着，像是在心里把前半生又过了一遍。

什么都不用害怕，未来有他。

夜深人静，只有虫儿在不知疲倦地歌唱，月光如水，将窗外一棵高大香樟树的倒影映在窗户上。淼淼还没有睡意，想来霍斯衍应该和她一样辗转反侧，手机在床头放着，她拿起来，按亮屏幕一看，一点二十三分。

犹豫半晌，她拨通了霍斯衍的电话，那边几乎立即接通了。

谁都没有先开口说话。

静默的是语言，彼此的呼吸心跳，早已默契地调到同一个频率，无声地倾诉着。

淼淼长睫微颤，轻声地问："霍斯衍先生，请问你愿意娶谢安淼淼小姐为妻，一生爱护她吗？"

男人低沉的声音回答她："我愿意。"

淼淼欢喜地笑出声音，脸上染了一层薄薄的红晕，耳根跟着热起来，又听到他郑重地问："谢安淼淼小姐，请问你愿意嫁给霍斯衍，一生一世，不离不弃吗？"

她嗓音清软地应："我愿意。"

我愿意啊。只要是你，千万个，亿万个愿意。

这是他们私底下说给对方的誓言，算是提前演练一遍了，淼淼想起之前他在虹城中学实验楼楼顶表白墙上留下的话："不是说生生世世吗？"

又想到，今生她是谢安淼淼，他是霍斯衍，如果真的有来生，谁知道各自又会叫什么名字呢？他的话好像并没有逻辑错误。

那边传来一声低笑，听着宠溺到了极点："一生只说一遍，下一次的誓言，等下辈子再跟你说。"

淼淼眼眶忽然一热："好。"

不过一天没见，想说的话却很多，可时间太晚了，又要早起，白天还有的忙，霍斯衍让她赶紧睡觉。

淼淼若有似无地叹了一口气："你不在旁边，我睡不着。"

"我也是。"

淼淼的心已经软得一塌糊涂，继续聊下去只怕天亮都别想睡，她爬起来把小灯关掉："我要睡啦。"

明天，哦不对，是今天了，她一定要当个美美的新娘。

"晚安。"

"晚安。"淼淼凑过去，嘟起唇，"啵"的一声。

通话结束，她放好手机，闭上眼睛酝酿睡意。

楼下，谢戚明和安榕贞的房间里仍亮着灯，夫妻俩躺在床上说话，谢戚明越想越觉得一颗心空落落的，他哽咽着说：“老婆，我们的女儿要嫁出去了。”

“是啊。”

“我好舍不得她。”谢戚明好像被人挖去了心尖尖上的肉，他抬手遮住湿润的眼睛，“好舍不得啊……”

安榕贞好笑道：“不舍得还能怎样，难道不嫁了？”

其实她心里也颇不是滋味，只怕说出来，两个加起来一百多岁的人只能搂着一起哭了。

谢戚明听妻子这么一打趣，更加郁闷了。

安榕贞安慰他：“想想你之前说的话，周末有空让他们回家住，多个女婿不就等于多了个儿子吗？再想想你的小外孙或小外孙女……”

要不怎么说多年夫妻呢，这话真是说到谢戚明的心坎上了，他“嘿嘿”笑道：“我有预感，咱们家将来一定能出一个围棋大师！”

“是是是。”安榕贞连连应和着，“不早了，睡吧。”

夜越发深，整座谢家宅院沉浸在一片祥和的喜庆中。

天色微明时分，淼淼睡得正熟，依稀听到鸡鸣声，接着，闹钟响了，她披头散发地从床上坐起，按掉闹钟，揉了揉眼睛。

每个房间陆续亮起灯，伴娘团是昨晚就在家里住下了，她们起得比淼淼更早，有条不紊地洗漱，换伴娘礼服，化妆，然后过来淼淼房间围观专业的化妆师给她化妆。

淼淼问：“赢赢呢？”

花柔和姚春晓一个摊手一个耸肩。

小乔神秘地笑了笑：“她啊，还在和礼服斗争呢，说是太多年没穿过女装，怪别扭的。”

花柔重复了龙赢赢的原话：“娘们儿兮兮的，走路都不自在，跟没穿衣服一样。”

淼淼莞尔一笑。

房间里都是女生，说话没那么多顾忌了，小乔说：“我给她找了海绵垫，她不肯用。”

龙赢赢常年病着，身上自然挂不了多少肉，身形瘦削，个子又高，穿起男装来几乎以假乱真。

“还真别说……”花柔接道，“我第一眼看她，以为是个美少年呢。”

芳心忍不住“怦怦”地跳快两下，结果……

“哇！”姚春晓不知看到什么，突然惊叹一声。

花柔也看到了，激动地跳起来尖叫：“哇！”

小乔也捂住嘴巴：“天……啊！”

淼淼按住化妆师帮她贴假睫毛的手，示意对方停一下，她看向门口，黑眸瞪大，笑容绽开。

龙赢赢提着裙摆进来，伴娘礼服本是抹胸的款式，她不知从哪里找到一块白纱披肩，盖住裸露的肩头，一头短发还没梳理，微翘着，反倒有一种凌乱的美感。

她的五官本就长得不错，柔美的浅紫色非但没有折损她身上偏男性化的气质，反而让她看起来既帅气，又英气十足，如果真要用一个词来形容的话，那么就是俊美。

不过，被那么多道目光看着，龙赢赢有些不自在就是了，她拢了拢披肩：“我知道自己长得很帅，不过你们也不至于跟花痴一样吧。”

“简直帅呆了好吗？！”花柔捧住脸，“我沉睡多年的少女心要复活了！”

龙赢赢一撩头发：“我拒绝，谢谢。”

小乔迫不及待地拿出手机：“小哥哥，合个影吧。”

姚春晓举手：“我也要我也要！”

龙赢赢穿这身裙子出现在人前已经是极限了，怎么可能还给她们拍照，四人在房间里笑着、闹着、追逐着……淼淼从镜子里看到龙赢赢朝自己这边疾步走来，站在她身后。

“知道你很感动。”龙赢赢说，“别的话不多说了，我就一个要求，你必须答应我。”

说得这么严肃，淼淼以为是什么重要的事，谁知道她说：“高跟鞋我就不穿了啊。”

化妆师正上着妆，淼淼不好大笑：“好。”

龙赢赢如释重负地松一口气。

这边准备着，霍斯衍那边也开始行动了。

声势浩大的婚车依次从晶叶酒店出发，绕了半座北城，鞭炮从镇口一路响到谢家门前，全镇内外，几乎都知道谢家唯一的孙女今日要出嫁了。

“新郎来接新娘啦！”

霍斯衍走在中间，伴郎周逢玉、童放、吴非和谈今天众星拱月似的跟在他身后，一行人顺利进了屋，迎接他们的是淼淼的八个堂哥。摆出来的架势一看就知道不简单，又是文关又是武关，兜里准备的红包雨撒不出去，伴郎们使尽浑身解数，还是没能过关。

好在时间差不多，八个堂哥没继续为难霍斯衍，每人叮嘱了几句话后给他放行了。

霍斯衍上到二楼，在楼梯口位置又被伴娘们拦住，周逢玉很识趣地把红包递上去，笑嘻嘻地说了不少好话，成功攻克了抵抗能力最弱的姚春晓。

花柔收了红包，依然挡着，她挑了伴郎中最细皮嫩肉的吴非：“你做六十六个俯卧撑。”

吴非二话不说，身子一低，立刻做了起来，谈今天在旁边给他数数：“一……六十五，六十六，好了，做完了！”

花柔这关也过了，接下来是小乔，她还没来得及说话，周逢玉就把童放推到她跟前：“抱住了啊。”

童放手一伸，把女朋友圈在了怀里：“没问题。”

“喂——”花柔嚷道，“哪有你们这样的！”

谈今天递了一叠红包给她，花柔喜滋滋地接过：“这才差不多。”

最后一关是龙赢赢。

周逢玉纵横情场多年，一眼看出这是不好惹的角色，俗称终极大Boss，不错，非常有挑战性，他决定拿出过五关斩六将的气势来和她一较高下，谁想到人家根本没看他一眼，直接看向了霍斯衍。

“作为淼淼的姐姐，我只有一个要求。”龙赢赢说，“从今往后，我希望她所有和你有关的眼泪都是为幸福和快乐而流，你能做到吗？”

四周瞬间安静下来。

霍斯衍满脸正色，郑重其事地点点头：“在有生之年，我能做到。”

“好。”龙赢赢听出“有生之年”背后的深意，她笑了笑，转过身去，亲自给他开了门，“希望你信守承诺。”

霍斯衍长腿一迈，走进房间，其他人呆了好一会儿才有反应，一拥而入。

一袭婚纱的淼淼坐在床上，黑发雪肤，唇红齿白，面露羞色，明丽如灼灼桃花，和他视线相对，她的表情有掩不住的惊艳。

男人一身黑色正装，底下是挺括平整的白衬衫，戴着领结，胸前别着和新娘捧花同款的胸花，她特别注意到他额前的短发都梳了起来，发间沾着亮晶晶的金粉，衬着眸底清亮的笑意，整个人看起来清隽无双。

和煦阳光盈满了整间屋子。他逆着光，一步步地朝她走近。

时光刹那交错，仿佛回到了十年前，那个英俊少年，从教室外，也是这样向她走来。

淼淼笑意嫣然，眸光灿若星辰：“你来了。”

为了说出这句话，她仿佛已经等了半生。

“先亲一个吧。”周逢玉从口袋里掏出手机，点开相机，调到视频模式。

吴非拍掌附和：“亲一个，亲一个！”

平日里老板和老板娘都是无形秀恩爱，如今有这么千载难逢的机会，怎么可能放过？

封筝和侯舸等人兴奋地跟着拍掌起哄。

今天是大喜日子，霍斯衍自然是有求必应，在众人瞩目之下，他微俯身，单手捧着新娘子绯红的脸，低头亲了上去。

新郎英俊，新娘娇俏，彼此的表情那么温柔，画面别提多赏心悦目了。

从一开始就被谢南星捂住眼睛的谢星繁小朋友扭动着身子，不满地抗议：“爸爸我也要看嘛！”他要看小姑姑小姑父亲亲啦！

孟临星看得忍俊不禁，她又想到霍斯衍接新娘过程中遇到的各种关卡，尤其是八个堂兄这关，碰了碰旁边谢南徵的胳膊。他侧头，她挤挤细长的眉毛：“以后我们结婚，你来接我，保准一路绿灯。”她是家里的独女嘛。

谢南徵不置可否，他有预感，那个爱女如命的未来岳父估计战斗力比他们八兄弟都强，他摇头笑笑，继续看向一对新人。

霍斯衍只是浅尝辄止，没有深入，但还是把淼淼的口红弄花了，等他们你侬我侬结束，化妆师立刻上来帮她补妆。

周逢玉提醒似乎有些呆的新郎官："还愣着干吗？快找婚鞋啊！"

几乎将房间翻了个遍，霍斯衍终于在落地灯的灯罩里找到了婚鞋，给淼淼穿上后，背着她下楼。

客厅里，谢家的长辈们都在，淼淼和霍斯衍先给爷爷奶奶敬茶，奶奶笑眯眯地握着她的小手："嫁人了，可不能像以前一般小女儿心性了，夫妻相处，就像嘴唇和牙齿，总会有磕碰上的时候，凡事啊，都要相互体贴，互敬互爱……奶奶祝你们新婚快乐，婚后日子和和美美……"

她小声嘀咕："还有什么来着？"

前几天背好的话，怎么一下忘了呢？果然人老了，记忆力减退得厉害，奶奶正努力回想着，爷爷补充道："白头到老，永结同心。"

"哦，对对对！"

淼淼霍斯衍接过红包，齐声说："谢谢爷爷奶奶。"

他们又继续给谢戚明安榕贞敬茶："爸爸，妈妈，请喝茶。"

夫妻俩喝了茶，把该交代的话都交代了，安榕贞拍拍女儿女婿的手："以后要好好的啊。"

"嗯嗯！"淼淼不住地点头，眸底泛起泪光，"好的，妈妈。"

"爸，妈，你们放心，我和淼淼一定会的。"

谢戚明擦掉眼角的泪："淼淼从小被我们宠坏了，性情率真，心里藏不住事，有时难免任性过头，你……多多包容她。"

淼淼哭笑不得地反驳："我才不任性呢。"

谢戚明感伤的情绪莫名淡了几分："我不是意思意思说些客气话吗？"他的女儿这么好，样样好，怎么都挑不出错处，唯有拿出一个任性来说。真正想让他们懂得的，是婚姻生活中会出现摩擦和小矛盾，最重要的是相互包容。

给长辈们敬完茶，王姨把准备好的莲子甜汤端上来，小两口一人一碗，王姨站在旁边说着喜庆的话："吃下去生活甜蜜，多子又多福。"

吃过甜汤，霍斯衍再次背起淼淼，出了门，走向等候在外面的婚车。

看着他们的背影，一直强忍情绪、保持镇静的安榕贞再也忍不住，她起身追了几步，脚步猛地停下来，伸出去的手也收回，垂在身侧，意识到女儿是真正地出嫁了，不禁潸然泪下。

谢戚明走过去，把妻子拥在怀中，轻声抚慰。

淼淼和霍斯衍来到举办婚宴的晶叶酒店，见他们出现，等在门口的霍远走过来："一切都还顺利吧。"

霍斯衍点点头："嗯。"

霍远帮着工作人员布置婚礼现场，一直忙到现在，也不觉得累，喜上眉梢："快进去吧。"

男方这边参加婚宴的亲人就霍远一个，霍斯衡的贺礼半个月前就送到了，霍老爷子碍于身份没法光明正大地出席，不过他一大早就到了酒店，所以并没有错过孙媳妇敬的茶。

时间很快来到上午十点，两边的亲朋好友差不多到齐了。今天天气不错，风和日丽，婚礼现场随处可见娇滴滴的粉色玫瑰，浪漫又梦幻，空气里飘着悠扬的音乐，小孩子们欢快地跑来跑去。

淼淼身穿婚纱，站在红毯一端，笑容清浅甜美，明艳动人，她挽着谢戚明的手，一步步缓慢而坚定地向前方走去。

"咔嚓"拍照声接连不断响起，父女俩终于走到了霍斯衍面前。

谢戚明牵起女儿的手递过去，霍斯衍轻轻握住，和她十指紧扣。

谢戚明语带哭音："我把淼淼交给你了。"

我把我的宝贝交给你了，你一定要好好待她，要是她在你这里受了什么委屈，我……我也不知道自己会做出什么事来，反正打骨折是没跑的。

淼淼本来不想哭的，此时看着爸爸，又看看双眼发红的妈妈，忍不住落泪了。怎么都停不下来，脸上淌着两条泪河，霍斯衍从西装口袋里拿出事先准备好的手帕帮她擦拭。

"有什么好哭的，大喜日子呢，开开心心的啊。"安榕贞说着，眼泪不受控制地流下来。

一家三口花了几分钟整理情绪，婚礼继续，作为主婚人的霍远等霍斯衍和淼淼念过誓词后，说："接下来，双方交换戒指。"

这对婚戒是霍斯衍自己设计的，简约又不失大方，当然少不了他们专属的“MY”印记，他取了属于淼淼的那只戒指，推入她的无名指，淼淼同样给他戴好戒指。

到了扔新娘捧花环节，淼淼拿着麦克风，对底下跃跃欲试的未婚女性亲友们说：“请大家原谅我的私心，捧花我不扔啦。我想把它送给我姐姐。”

淼淼径直走到龙赢赢跟前，双手将纯白镶粉环绿的捧花奉上：“姐，愿你健康、平安、幸福。”还有，要在世上活很久很久哦。

“喵喵你太坏了。”龙赢赢声音带笑，表情却是哭着的，她伸手把淼淼抱住，几乎用尽所有的力气，“干吗搞得这么煽情啊。”

天啊，她才不要哭，几百年没哭过了，都不知道哭是什么感觉了。

转眼间，两个在医院天台上抱着偷偷哭泣的女孩都长大了呢，其中一个还嫁为人妻，真好啊。

龙赢赢微仰起头：“你也是，要一直一直地幸福下去。”

“我会的。”

谢戚明夫妇见她们姐妹俩抱在一块儿，也相拥而泣，直到霍远发言完毕，轮到女方家长，谢戚明才急急忙忙擦掉眼泪，走到台上去：“各位来宾，欢迎大家来参加小女的婚礼……”

双方家长发言完毕后，周逢玉也上去说了几句话，这么正式的场合，宾客如云，正好适合吹嘘。比如，他在这对新人修成正果的过程中起到了多重要的桥梁作用，还有他担任的恋爱军师角色云云，最后才真诚地献上祝福。

他的发言是浮夸又搞笑的，逗得宾客们开怀大笑，周逢玉在笑声和掌声中走下来，再次看向倒香槟酒的新婚夫妇，唇边浮现感慨万分的笑意。

那句话怎么说来着?

一个男人最值得骄傲的，不是他这辈子有过多少女人，而是一辈子只有一个女人。

一生一世一双人啊。

周逢玉由衷地觉得，霍斯衍和淼淼就能做得到，他们对待感情有一种超越世俗的纯粹和真挚。

反正他今生是无缘了，还是继续做一只流连花丛的狂蜂浪蝶吧。

婚宴在下午六点正式开始。

淼淼换了一身大红的敬酒礼服，和霍斯衍一桌桌地去敬酒，将近一百桌敬下来，累得几乎要散架。

还好酒水是掺了假的，不然她估计没敬几桌就醉过去了，当然伴娘团和伴郎团非常给力，帮着挡了很多酒。吴非喝到后面，直接不省人事了。

直到晚上十点，淼淼才回到酒店房间，卸妆、洗头发、洗澡，花去近一个小时。等她一身清爽地出来，看到霍斯衍穿着睡衣坐在床上，看样子应该是在客房洗漱好了。

晶叶酒店顶层的总统套房，视野极佳，能看见整座北城的夜景。

不过这种时候，再美的夜景，霍斯衍也无心欣赏，他的眼中只有渐渐靠近的新婚妻子，长手一伸，搂住了满怀的香软。

慢慢合上的窗帘把月亮和星星阻隔在外面。

床上铺成心形的粉色玫瑰花瓣被突如其来的重量覆住，散乱开，它们聆听娇吟低喘，也感受着脸红耳热和春意盎然……

淼淼的头发都湿了，眼睛也湿漉漉的，波光粼粼，她抬手去摸他的脸："阿衍，我爱你。"

霍斯衍直接用行动交付了自己全部的爱意，声音暗哑低沉："淼淼，我也爱你。"

春宵一刻值千金。

五月二十六日，淼淼和霍斯衍又在A市办了一场婚宴，这次主要宴请的是同学、朋友和同事。仪式相对而言简单了不少，不过全程下来，淼淼的感受还是只有一个字。

累。

还好这辈子只结一次婚。

好不容易稍微缓和过来，她又被某人带去挪威度蜜月。白天吃喝玩乐，晚上共赴云端，乐不思蜀，一去就是半个月。结束蜜月假期后，等待他们的是堆积如山的工作。

日子过得忙碌，甜蜜而充实。

到了六月最后一天，A市中级人民法院对仁川医院恶性杀医案进行了一审判决，被告人冉玉田为泄私愤，公然持刀杀人，犯罪手段特别残忍，人身危害性极大，造成了极其恶劣的社会影响，依法被判处死刑，并剥夺政治权利终身。

随后，多部门联合召开新闻发布会，通报了此次案件的判决结果和过去一年来在全国范围内打击涉医犯罪专项行动的成果，并公布了联合制定的关于严惩涉医犯罪，维护正常医疗秩序的意见稿，暴力伤医被最高检列为重大敏感案件，六类涉医违法犯罪也有了明确的定罪量刑依据。

涉医违法犯罪也被正式纳入《刑法》，从法律上保障了医护人员的正当权利，医疗纠纷处理的法制体系也得到了完善。效果最明显的是，医患矛盾有所缓解，医疗纠纷数量大幅度减少，涉医违法犯罪率逐渐降低，医疗秩序整体呈现好转的趋势。

这是那些医护人员用生命和鲜血换取的。

冉玉田被执行死刑那天，淼淼和霍斯衍来到郊区墓园拜祭周立贤。阳光很好，微风拂面，上山路上，随处可见手捧鲜花自发前来祭拜的人们。大家并不交谈，个个面容肃穆地排着队，将花放在墓碑旁，鞠躬，然后退开，由下一个人接上去。

他们并没有忘记。有些事情，是永远不该被遗忘的。

墓地四周变成了花的海洋。

霍斯衍把怀里的一束马蹄莲轻轻放下，在心里默默和老师说了几句话，站起身。

不远处的师母和周雪欢看到他们，点了点头，他也点头致意，牵着淼淼的手过去和母女俩聊了一会儿，两人就离开了。

下山时，他们和许多人擦肩而过。淼淼留意到之前那位出租车司机，也背着腿脚不便的妻子来了，旁边还跟了个小男孩，虎头虎脑的，懵懂地问：“爸爸，你说的周爷爷是谁啊？”

男人说：“那是你妈的救命恩人，是我们全家的大恩人，当年如果不是他，也就没有你了！”

小男孩还是似懂非懂：“哦。”

说话声渐渐远去，来人络绎不绝，淼淼转身望向墓园的方向，心有所感："以后，一切都会越来越好的。"

"嗯。"霍斯衍握紧她的手，眉宇舒展，侧脸线条在阳光下柔和极了，"我们走吧。"

他们沿着来时的路一步步走回去，一次都没有回头。

春夏秋冬，四季更迭，不知不觉又一年过去了。

通过大家的不懈努力，静脉药物配置机器人的项目顺利进入收尾阶段。

八月八日，国际医疗器械春季博览会在A市举办。博览会主要展出的是包括医用影像、急救、康复护理以及医疗信息技术等在内的上万种产品，几乎囊括了整条医疗器械产业链，提供给全球近三千个医疗器械生产企业展示产品的机会，同时也是政府采购机构、医院和其他买家交易的重要平台。

一场技术和资本相互碰撞的盛会。

PC实验室也收到了邀请，参展的除了药品机器人和小蛇机器人外，还有不久前通过专业机构检测的输液机器人。

当天，现场人山人海，盛况空前。

回望过去，国内医疗器械生产企业在博览会上大多展示的是代理品牌，靠自主创新的原创品牌基本难觅踪影，随着国家在医疗领域扶持力度的加大，今年就有近十家企业拿出了漂亮的成绩。

其中，PC实验室和其他三家上市公司，华辉科技、博美生物公司以及精诚实业，都带来了相同的展出产品，可谓是一炮四响。外国政府的采购人员以更直观全面地了解各家产品，让经销商们择优选购为由，向主办方提议让四家同时进行产品演示。

对方表面和气，实则挑起了一场无声的战争。

明眼人都看得出这是在挑衅，另一方面，也有意要捧中外合资的博美生物。这样一来，PC实验室和另外两家公司被逼到了一个似乎只能进、不能退的尴尬境地。

作为国内老牌的医疗器械公司，华辉科技实力雄厚，自然是要应战，精诚实业还在观望，其实更多的是希望PC实验室先识趣地拒绝，然后自家紧随其后，面子上比较过得去。

同华辉、博美碰上，无异于以卵击石，精诚实业才刚在医疗行业崭露头角，别的说不上，有几分斤两还是拎得清的，要是当众闹了笑话，以后怎么混得下去？为争一口气，导致投进去的巨额资金打了水漂，傻子都知道划不来。

眼下，需要的是一个台阶。

戴晚好因为透露了自己和淼淼的交情，被郭总派去PC实验室的展区打听消息，隔着几米远的距离，她就听到了最关键的信息。

静脉药物配置机器人是实验室全体人员共同心血的结晶，霍斯衍正在咨询大家的意见，其实根本不用问，所有人的想法是一致的，既然这么艰难走到了这一步，如果后退的话，对得起过去熬的夜，吃的所有苦头吗？

初生牛犊不怕虎，失败也是一种光荣。

何况，他们还不一定败呢。没听过长江后浪推前浪，前浪死在沙滩上吗？他们对自己的娃是有绝对信心的，不试试怎么知道是什么结果？

戴晚好带回了PC实验室决定参加演示的消息，郭总像热锅上的蚂蚁，唾沫横飞，骂了这些不识好歹的年轻人一顿，又火急火燎地去请示上级领导了，得到的答复和他的初衷背道而驰。

没办法，只能硬着头皮参加了，争个第三也好。

主办方特地匀出场地，现场除了观众，临时组成的各国专业评审外，还有闻讯而来的媒体记者们，墙上的四块大屏幕，将实时播放每台静脉药物配置机器人的演示过程，力求公平公正公开。

准备就绪。

操作人员们也就位了，代表PC实验室上台操作的是童放，华辉的是一个西装革履的中年男人，博美的则是穿着白大褂金发碧眼的外国男人，至于精诚实业，淼淼认出那人，有些惊讶，竟是以前和她在同一个项目组的冯子鸣师兄。

她想起侯舸说过，没有医疗器械生产基础的精诚实业和A大的实验室达成了合作，原来是他，这倒是巧了。

以她对冯子鸣的了解，如果精诚的静脉药物配置机器人是由他负责研发的，那么……

察觉到她的视线，台上的冯子鸣也看了过来。他之前在戴晚好那儿听说过淼淼在PC实验室，所以并不惊讶她出现在这儿，但是，她旁边的那个男人，他印象太深刻了。

怎么会……

本来就有些忐忑的心情，更加紧张不安了，冯子鸣后背出了汗，手松了又紧，紧了又松，偏偏这时候主持人宣布演示开始，他来不及整理情绪，被迫上了战场。

几乎同一时间，四台静脉药物配置机器人启动，为了方便辨别，博美生物的机器人编为一号，华辉科技的为二号，精诚实业的是三号，PC实验室的则是四号。

童放从iPad里调出了主办方规定的处方，将生成的二维码在机器人的识别栏进行识别后，又贴到输液袋上，机器人扫描了处方的二维码，就开始自动配药了。

机械臂把所需的药品和药具搬运到指定位置，药品视觉系统快速获取药品的各项相关信息，并反馈给控制系统，并由专家系统在极短的时间内推理出完成的配药流程。

接着，输出轴上安装的电机，带有消毒液喷头，检测到安瓿瓶后，电机旋转着靠近瓶颈位置，先消毒，再进行切割。

有观众忽然“啊”了一声：“三号机器人的机械手是不是把安瓿瓶捏碎了？”

他这么一嚷，本来专注看其他家机器人的观众都被吸引了过去，摄像头也给了特写，大庭广众之下出现这样的失误，冯子鸣窘得想原地挖个洞钻进去，台下精诚实业的郭总脸色黑得像锅底，在镜头移过来时，戴晚好装作撩头发稍稍把脸遮住。

冯子鸣手忙脚乱地关掉运作中的机器人，并打算重启再试一遍，结果因操作不当，直接内部短路了。

一号、二号和四号还在继续。

切割消毒完成后，两个机械手分工合作，分别抓住注射器的活塞杆和筒体，针头朝下，缓缓地将瓶中药液抽取出来，注入输液袋中。

二号机器人在药物抽取注射环节出现了小失误，因为驱动函数出现微小误差，在注射时无法进行自动误差补偿，导致注入输液袋中药液少了一毫升，只能重新抽取，遗憾落后。

台上齐头并进的只剩下一开始最受瞩目的一号和最不被看好的四号。

周围的观众们压低声音讨论——

“四号真是凭空杀出来的黑马啊，如果要是把博美生物PK下去了，那真是给我们大大长了脸面呢！”

“早看博美不顺眼了，卖的产品死贵死贵，不就仗着有外国撑腰吗？没了核心技术，它就是一个渣渣。”

台上的比试来到高潮，淼淼的心跟着提了起来，霍斯衍依然是面沉如水，无波无澜，侯舸、侯舫、吴非、谈今天等人也是一脸紧张，又暗藏着兴奋和激动。

一号和四号机器人都顺利完成了整个过程，但并不意味着演示结束，在最后的回零环节，一号的反应速度要快那么零点零几秒，然而，这已经足够把四号甩在身后了。

淼淼伸长脖子，目光紧紧地盯着四号机器人，只见它有条不紊地收着机械臂，而旁边的一号即将完成收回动作。

有人叹息：“唉，四号没戏了。”

“输了输了。”

“四号也挺优秀的了。”

“不得不承认，国产的就是比不过人家……”

话声未落，意外在这个时候发生了，博美生物机器人的三号机械臂和五号机械臂发生了轻微的碰撞，牵一发而动全身，其他机械臂的回收路径也受到了影响，居然各自撞击，打起架来。

众人跌破眼镜，原本胸有成竹的博美生物的操作代表和台下的公司领导同事们，笑意猛地僵在脸上。

淼淼听到侯舸小声说：“博美太急于求成，速度是快，但会导致操作系统不稳定，可惜了。”

霍斯衍只是勾唇笑了一下，继续看着台上。

四号非常沉稳地将所有机械臂收了回来，进入待机状态，看起来乖巧极了。

评审们对输液袋中的药液进行检测，并无误差，随后主持人宣布，四号机器人总共费时三十五秒。

与博美生物验收记录上用的时间基本持平，但四号是现场唯一完美地完成整个过程的！

全场欢呼："恭喜PC实验室！"

在这次博览会上，PC实验室一战成名，而风头大盛的静脉药物配置机器人，不仅受到了广泛关注，也借此机会将日后的发展之路铺设得更为平整宽阔。

晚上，实验室举行庆功宴，一帮年轻人满腔的激昂澎湃无处宣泄，唯有一醉方休。

霍斯衍和淼淼倒是没怎么喝酒，回到家，余兴未消，她问他下一步计划，是不是要开始手术机器人的项目了？

他先是笑而不语，然后把她抱到床上："下一步的计划，先生个孩子吧。"

"哎……"

经过霍先生夜以继日的辛勤努力，淼淼下个月的大姨妈果然推迟了，到仁川医院一查，怀孕了！

这可喜坏了陪同检查的安榕贞和谢戚明，两个年过半百的人了，在医院里抱成一团，又是开心，又是激动，晕头转向，尤其是谢戚明，平地走路险些摔跤。

倒是准爸爸和准妈妈的反应略为平静些，其实不过是表象而已。

淼淼整个人魂游天外了，手里攥着检查报告，白纸黑字，清晰明了，她还是不敢相信，自己居然要做妈妈了？尽管知道迟早会有这么一天，但当它真正来临时，还是觉得那么不真实。

霍斯衍握着她的手往前走，面上勉强维持淡定，心内波涛汹涌，默默地消化着好消息。向来喜怒不形于色的他，忽然停下脚步，淼淼不明所以，侧过头，下一秒被他抱住："淼淼，我们有孩子了！"

她漆黑眼眸里满是笑意，不停地点头："是啊是啊。"

他把她抱得更紧，又意识到什么，小心翼翼松开。

谢戚明满脸喜色地站在旁边，想当年他知道老婆怀孕，也差不多是这个反应。先是发呆，然后恨不得向全世界宣布这个喜讯，此刻的心情亦然，这不没一会儿，骨科科室的全体人员都知道他们的谢主任要当外公了！

连医院的董事长孟新城也亲自发来贺喜的信息。

刚从手术台上下来的谢南徵听闻淼淼怀孕，换了衣服立刻赶来找她，那个他和七位兄弟一起从小保护到大的女孩子，竟然要成为母亲去守护另一个更幼小的生命了。

想想就觉得不可思议，他要当舅舅了呢。

谢南徵走过去，谢戚明看到他，抢先上前来："南徵啊，淼淼怀孕了！"

"五叔，我知道。"

谢戚明又说："今晚来家里吃个饭吧。"

谢南徵应了声"好"，抬手去摸淼淼的头发："恭喜。"

淼淼喜笑颜开，眼睛骨碌碌转了两圈："不好意思啰，八哥，结婚在你前面，生孩子也抢在前头了。"以后她的孩子就要成为哥哥或姐姐了。

谢南徵半年前和孟临星结婚了，还没有要孩子的打算，家里的伯父伯母嘴皮子磨破了都没用，他们似乎是打定主意待在二人世界里不出来了。

淼淼也只是调侃，什么时候生孩子是个人自由嘛。兄妹俩口头上互损，习惯成自然了，谢南徵看她那得意的模样，在平时怎么也要打击一番，眼下不同了，看在宝宝的面子上，让她继续嘚瑟呗，何况她旁边的某人还护得那么紧。

谢南徵知道曾是医生的霍斯衍，性子沉稳谨慎，肯定在照顾孕妇上会比一般男人细致周到，所以无须担心太多，聊了十分钟左右，他就回去上班了。

一家四口从医院回到家里。

谢戚明给爸妈打的电话从车子出医院大门一直讲到家才挂断，他口都快干了，从安榕贞手里接过水杯，一口气灌了大半，仰头大笑："妈一听说淼淼怀孕，高兴得不得了，说是马上要出发从北城过来，好说歹说才被我劝住了。"

老人家八十多岁的身子骨，他可不敢冒这个险。

安榕贞也笑："妈盼这天不知盼了多久。"

"是啊。"谢戚明说。他也盼好久了！

“对了，淼淼，你奶奶让你开视频跟她聊聊。”

“哦哦，好的。”

视频一接通，淼淼看到兴高采烈的奶奶，她笑了笑，奶奶凑前来，苍老的脸放大在屏幕上，眼底一涌一涌全是慈爱笑意：“淼啊，我的宝贝儿……”

淼淼也凑近：“奶奶。”

被奶奶挤出镜头外的爷爷高声说：“淼淼，我是爷爷，嘿嘿嘿……老婆子，别挡着，淼淼看不到我了！”

“去去去。”奶奶牢牢地霸占了镜头中心位，“我们女人说话哪里有你插嘴的份，再说了，你这糟老头子有什么好看的？”

爷爷努努嘴，没话说了，委屈得白胡子耷拉下来。

一对老小孩。

奶奶这辈子生了六个儿子，经验丰富，要交代的事情很多，淼淼认真地听着，还拿了小本子记下来，祖孙俩一直聊到手机电量告急，才结束视频通话。

这时差不多到晚饭时间了，谢戚明和女婿去做饭，安榕贞和女儿在客厅，她又细细地把孕期注意事项说了一遍，还重点强调前三个月不能同房。淼淼十三岁时就从妈妈这里接受过性知识教育了，所以母女俩聊这个问题倒是不会尴尬。

“妈妈，他都知道的。”

“你们到底没经验，怀孕又不是小事，还是要小心为上。”

“妈妈。”淼淼从后面贴上去，搂住她的脖子，“我是不是很棒？”

“是啊。”安榕贞轻拍她的手，眼眶红了，“很棒。”

“妈妈。”淼淼吸吸鼻子，“好像转眼间的事，我也要当妈妈了。”

“妈妈也老了。”

“胡说，一点都不老。小乔说，我们一起去逛街，看着跟姐妹一样呢。”

“妈妈，谢谢您。”大概要等到将为人母了，才能更清楚深刻地体会到母亲的心吧。

“傻孩子。”

母女俩相视一笑，从厨房走出来的谢戚明看到这一幕，跟着笑起来，他解开围裙：“吃饭了。”

“好的，爸爸。”

淼淼如今成了重点保护对象，被霍斯衍和爸妈围着，吃个饭都进入了孕妇模式，算是提前适应了。

她在家里待到晚上九点，才和霍斯衍回了产业园的公寓。

淼淼坐在沙发上，直到此时才有了一种真实的感觉，她忍不住摸了摸平坦的小腹，这次霍点点是真的在里面了。

霍斯衍从厨房倒了杯温水出来，看到她在垂眸傻笑，他在旁边坐下，也低下头，脸贴上她小腹，静静地挨着不动。才一个多月，能听出来什么啊？她顿觉好笑，白皙的五指插入他发间，轻轻抚着：“阿衍，你开心吗？”

这是明知故问了，可还是想听他亲口说。

霍斯衍坐直身体，亲了亲她脸颊：“我觉得再也没有遗憾了。”

淼淼是懂他意思的，因为有了她和宝宝，过去的所有遗憾，都不能算作遗憾了。

“我也是。”

窗外，月明星稀，屋内，柔和的灯光映照着两人相拥的身影，温馨而美好。

早在备孕期那会儿，霍斯衍就做了许多准备工作，也了解了孕早期淼淼身体会有的各种反应和症状。然而霍点点太让人省心了，乖乖地在妈妈体内成长，一点不闹腾，前三个月，淼淼轻轻松松度过去了。

对此，安榕贞说：“估计憋着劲儿，后几个月才折腾人呢。”

霍点点似乎并不赞成外婆的说法，除了胎动时爱动动手脚，踢妈妈肚皮和她打招呼外，其他时候乖得不行。

在霍斯衍和爸妈无微不至的照顾下，淼淼的肚子一天天变大，体重也在合理的范围内增加着。孕妇的口味总是特别刁钻，无论她想吃什么，霍斯衍总能帮她弄到，但他担心将来生产时孩子太大她会受苦，所以在营养上控制得很严格，每天都会陪她到楼下散步。

到了后两个月，霍斯衍几乎寸步不离地陪在淼淼身边，实验室里的工作都拿回家处理。静脉药物配置机器人在博览会上吸引了无数经销商的目光，迄今为止已经得到了一百多项的国家专利和十余项的国际专利，等到临床试验成功，就可以推出市场。

这无疑是日化间护士们的福音，静脉药物配置机器人不仅满足临床用药的需求，还解放了他们的双手，更是大大地减少了职业暴露的危险。

项目还在发展阶段，霍斯衍忙得跟陀螺似的，人也清瘦不少，相比之下，淼淼每天除了吃喝睡觉散步，其他事一概不用考虑，大概是当得最舒服的孕妇了吧。

离预产期还有三天的时候，迫不及待的霍点点提前来报到了，好在淼淼已经住进了医院待产，不至于措手不及。

疼了将近三个小时，淼淼顺利生下一个六斤三两的儿子，她精疲力竭，陷入昏睡前，听到小家伙洪亮的哭声，觉得一切都值了。

醒来已是黄昏。

淼淼一睁开眼就看到守在床边的霍斯衍，四目相对，眼神交接，便已胜过千言万语。霍斯衍喂她喝了两口温水，握着她的手，凑到唇边亲了又亲："辛苦了。"

她笑着摇摇头，四处张望："宝宝呢。"

几乎同时，门外传来脚步声，淼淼抬眸看去，只见爸妈前后走进来，紧张兮兮的，像护着什么易碎珍宝一样。

她呆愣地看着妈妈抱着的一小团，还没回过神，怀里就多了一个婴儿，黑发浓密，小脸皱巴巴的，微微发红，眼睛闭着，应该是还在睡觉。

这就是和她朝夕相处近十个月的小家伙，生命的传承是多么奇妙，初为母亲的情绪泛滥成灾，淼淼欢喜得鼻尖发酸，只是……

她小声地跟霍斯衍说："他看起来……有点丑啊。"

霍斯衍哭笑不得。

安榕贞耳尖，把这话听了去，摆摆手道："你刚出生那时也这样，很正常，等长开就好了。"

仿佛感应到妈妈的嫌弃，宝宝突然哭了出来，淼淼更是手足无措了，那么柔软的一团，她连抱都不敢太用力："这是怎么了啊？"

安榕贞说：“肯定是饿了。”

于是，淼淼成为妈妈的第一课，就在手忙脚乱地给孩子喂奶中拉开序幕了。

幸好有妈妈和专业月嫂帮忙，淼淼学会了不少新手妈妈的技能，带起孩子来越发得心应手。但带一个孩子实在要耗费太多心力了，连觉都睡不安稳，夜里总要起来几次到隔壁房间看看，比怀孕时还要操心。

霍斯衍心疼她，除了包揽日常家务活外，还承包了给霍点点冲奶粉、换尿布的任务，几次下来驾轻就熟了。

霍点点没有辜负爸妈的辛苦付出，该吃就吃，该睡就睡，醒着时，要是爸妈在忙，就自己跟自己玩，连哭都很少，脸蛋也慢慢地长开，小胳膊小腿肉嘟嘟的，变成了一个白白嫩嫩，又爱笑爱吐口水的大胖娃。

淼淼真是恨不得一天有二十五个小时和宝宝黏在一块，只要他不在眼前，一颗心就慌慌的，之前为他准备的婴儿房没用上，而是在卧室大床旁边放了一张摇篮床，方便她和霍斯衍随时能起来照看。

这晚，淼淼夜里睡到一半，醒过来，轻手轻脚地下床，掀开摇篮的纱帐，果然看到宝宝醒了。那双和她一模一样的大眼睛，定定地看着她，嘴角翘起来小小的弧度，像是在笑，她看得心都要化了，把他抱起来，喂了奶，拍出奶嗝后，不用哄，他很快睡了过去。

淼淼将他放回摇篮，又蹲在旁边看了好一会儿，才回床上睡觉。

睡得迷迷糊糊间，依稀听到有脚步声在靠近，她睁开眼发现自己居然在一间宽敞明亮的教室里，前面的黑板上写着高考倒计时，目光垂落，桌面上，散着粉色、淡蓝色、鹅黄色的……信封。

咦？她纳闷不已，这一幕怎么这么熟悉？

淼淼下意识回头看去，一个高瘦男生正不疾不徐地朝这边走来，她心里有个声音在狂喊，是霍斯衍！她想冲过去抱住他，可双腿竟像是被钉在了原地，半步都迈不开，只能瞪大眼睛看着他来到跟前。

少年身形颀长，站姿挺拔，看她的眼神，如同在看一个素不相识的陌生人。

淼淼心底“咯噔”一下，那道声音越发大：“霍斯衍，我是淼淼啊！你不记得我了吗？！”

我是你的妻子，我们还生了一个儿子！

然而，一个字都说不出来，这副身体似乎不由她的意识掌控。

接着，淼淼听到自己的声音在问他："同学，你是不是走错教室了？"

他莫名其妙地看她一眼，修长的手指轻敲桌面："同学。是你走错了教室。"

淼淼欲哭无泪，难道……这又是回到最初的起点了吗？她又要写三十封情书，重新倒追他一次了？

不要啊……她"哇"一声哭出来，瞬间从梦境跌回现实，跌入一个温暖的怀抱中。

前尘如梦，心有余悸。万分庆幸，只是一场梦，她的幸福仍然握在手心。

摇篮里，霍点点睡得正香，身侧的男人也睡得很熟，两道均匀和缓的呼吸声交织，像世上最美妙的乐曲。淼淼听得如痴如醉，她伸手搂紧了霍斯衍的腰，脸颊贴在他胸口，听着那沉稳有力的跳动，她的心感到前所未有的安定，再回想刚刚的梦，这样的温暖和幸福，几乎让她感动得要落下泪来。

她在他心口落下一吻，顺便把眼角的泪蹭在他睡衣上。

霍先生，谢谢你出现在我的生命中，惊艳了我情窦初开的少女时光，也温柔了往后余生的岁月。

嗯，还要谢谢你给了我最好的霍点点。

我爱你哦。

【全文完】

番外

淼淼怀孕期间营养控制得很好，基本只胖了肚子，手脚还是纤细的。产后恢复得也快，肌肤白里透红，吹弹可破，腰身看起来更细了，盈盈不足一握，相衬之下，某处倒是见长。

小乔不知多羡慕，说她生个孩子反倒像是逆龄生长一般，又挤眉弄眼地说，你家那位倒是有福了。

淼淼正喝着水，差点一口水喷出来，在旁边给宝宝换衣服的霍斯衍看了过来，眼神带着询问，她赶紧摇摇头，握着手机敲字回复小乔："逆生长，你也可以的！"

小乔哼哼，故意忽略她话里的重点是吧。

又问："我干儿子在干吗呢？"

淼淼："刚醒不久，换纸尿裤时尿了他爸一身，现在在换衣服呢。"

小乔一想到那个画面就想笑："不愧是我干儿子，太给力了！"

淼淼："点点哭了，估计是饿了，我去给他喂奶。"

小乔："去吧去吧。"

点点是假哭，只是张着小嘴号两嗓子，连眼泪都没有，为的是把妈妈骗过来，闻到熟悉的馨香气息，他就挥舞着小手，"咿咿呀呀"个不停。

安榕贞三天两头送汤水过来给女儿滋补身体，霍斯衍也特地学了一套按摩手法，双管齐下，霍点点根本不用担心自己的粮食问题，随时随地充足供应，饿了就吃，一天能吃上好几顿。

美滋滋。

霍点点喝完奶，打了个响亮的饱嗝后，心满意足地睡过去了。

淼淼把他放回摇篮里，若有似无地叹了一口气。

霍点点一觉睡到太阳落山，看到头顶上亮起来的星星灯和月亮灯，一闪一闪的，他就知道，一天中最好玩的时候来了。

洗白白啰。

霍点点最喜欢爸爸有力的大手，稳稳地托着他的背，他可以在浴盆里尽情地手舞足蹈，拍得水花四溅。

看着宝宝这么开心，淼淼温柔地摸摸他的脸，然后把他从头到脚洗得干干净净，用柔软的毛巾裹住，抱到床上去穿衣服。

小家伙很怕痒，淼淼特别喜欢逗他，捏捏他肉肉的小手，或者亲亲他的肚子，他就“咯咯咯”笑个不停，还会用尾指勾住她的手指，像是在说：“妈妈不要啦。”

淼淼动作娴熟地给他穿好纸尿裤，霍斯衍刚好拿着衣服从衣帽间出来，孩子长得快，过一个月变一个样。安榕贞把外孙一年的衣服都准备好了，足足有一百多套，用的都是最适合婴儿穿的布料，款式还不带重复的。

霍点点今晚被打扮成了可爱的熊猫宝宝，配套的还有一个被做成竹子形状的玩具，按一下会发出动听的旋律，他玩了几分钟就失去兴致，丢在一边，张手要妈妈抱。

淼淼抱着他在卧室里走了一圈，发现怀里自言自语的小人安静了下来，低头一看，果然又睡着了，还把口水流到了她衣服上。对小孩子来说，入睡真的是一件极其容易的事。

宝宝这么乖，又不爱哭闹，这点应该是继承了霍斯衍，淼淼向他求证，他不置可否，等到小电灯泡安睡后，趁她不注意，拦腰抱起，抱进浴室洗了个名副其实的鸳鸯澡。

霍点点乖巧听话的表象在他学会爬行、走路后，渐渐被打破。到他两岁时，变成了人见人爱的小帅哥，除了眼睛像淼淼，面部轮廓几乎和霍斯衍一个模子印出来，活泼好动的性子也被彻底激发了出来。

就拿吃饭来说，以前他都是喂什么吃什么，现在居然学会挑食了，喂他吃个饭，淼淼要跟前跟后，别墅上下里外全跑遍，有时他还会跟她玩躲猫猫的游戏："妈妈，找到我，就吃一口饭饭哦！"

如果换了霍斯衍，他就会老实很多，也不用人喂了，自己坐在儿童餐椅上，拿着个小勺子，一小口一小口地往嘴里送饭菜。

不喜欢吃的胡萝卜，挑出来，放到桌上会很显眼，趁爸爸给妈妈盛汤，赶紧拨到他碗里去。

好聪明有没有？

眼皮子底下发生的事，霍斯衍怎么可能没察觉到？他不动声色地从盘子里又舀了满满一勺胡萝卜丁放进儿子的小碗："谢谢点点。"顺便科普了一番礼尚往来的道理。

淼淼忍不住，偏过头去笑，点点啊，跟你爸爸比，你的段数还是太低啦。

霍点点见硬的不行，可又不想吃胡萝卜，于是软着嗓音撒娇："爸爸，太多了，吃不完。"

"这样吧。"霍斯衍想了想，"爸爸陪你一起吃好不好？"

"那……点点吃一口，爸爸吃两口。"

"好。"

淼淼看着父子俩埋头吃饭的温馨画面，笑容跟沁了蜜一样甜，大概是要在点点身上弥补小时候缺失的父爱，霍斯衍很疼他，虽不至于到予取予求的程度，但也差不多了。弄得有时候她不得不担任严母的角色，可对着糯米团子一样的孩子，疼爱都来不及，哪里严肃得起来？

点点的爷爷和外公外婆更不用说了，捧在手心里怕化掉，恨不得把世上所有的好东西都送到他面前。还有外祖太公太婆、八个舅舅，作为干爹的周逢玉简直拿他当亲儿子疼……连远在加拿大的龙赢赢，也经常寄新奇玩具和零食给他。

最夸张的是点点的太爷爷，他终于有了正当的名目，把当初想给淼淼但没成功给出去的包括房产、股票、基金等在内的资产转移到了她名下，美其名曰让她先替曾孙保管。

这才是真正的集万千宠爱于一身啊。

好在点点除了调皮好动些，没被惯出什么骄纵无理的毛病，不然淼淼可要头疼了。

吃完饭后，霍斯衍收拾碗筷，淼淼在客厅陪点点玩儿童积木，玩着玩着，点点忽然伸手抱住了她，脑袋在她胸口蹭了蹭，小声地问："妈妈，你可以给我五块钱吗？"

淼淼不解地问："要五块钱做什么？"

点点仰着头，像分享秘密一样，在她耳边一本正经地说："买弟弟。"

淼淼以为自己听错了："买什么？"

点点抿着小嘴，笑得很开心，两排雪白的牙齿都露出来了："星繁哥哥说，超市里什么都有卖哦。"

"星繁哥哥有弟弟，点点没有弟弟。"

小家伙表情认真，带着那么一丝得意，奶声奶气地说："点点也想要弟弟，所以就打算去超市里买一个啰。"

晚上睡觉时，淼淼把儿子想用五块钱去超市买弟弟的童言稚语跟霍斯衍说了，还不忘夸奖一番："点点太可爱啦，不愧是我生出来的！"

她小时候也经常因为天真无知，闹出许多让人发笑的事。比如在水盆里养月亮啦，捉来萤火虫教它说话啦……淼淼深信儿子这点是遗传了自己，为什么这么笃定地把霍斯衍排除在外呢？

因为他是个没有童年的人，从小闷骚到大，怎么可能会有这样纯真浪漫的想法？

淼淼径自得意着，恍然不觉身侧的男人轻扬起嘴角，眸色渐渐变深，他握住她的手："老婆，我们是不是该给点点添个妹妹了？"

啊，可点点想要的是弟弟呢。不对，重点不是这个啊！

所有心绪都落入他滚烫的手心，淼淼再也没有办法思考，一下被汹涌过来的情潮淹没。

霍斯衍做事一向很有目的性和计划性，鲜少做无用功。两个月后，淼淼怀了二胎的消息像长了翅膀般，飞遍所有亲朋好友间。最乐呵的莫过于长辈们了。安榕贞打算从公司退下来，过上含饴弄孙的生活，还有几年才能退休的谢戚明眼热得不行。

实验室的人也沸腾了。

童放评价道："速食爱情和婚姻的时代，衍哥和淼淼一直走在早婚早育的前列。"

侯舸："强！强！强！"

他和封筝前不久才刚领证，那两人居然都要生二胎了，颇有一种时不我待，怎么都追赶不上的感觉。

陈笑掐着手指数："这是三年抱俩的节奏啊。"

谈今天说："事业有成，家庭美满，妥妥的人生赢家。"

吴非"嘿嘿"笑着把胳膊搭在他肩上："咱们羡慕不来的。"

谈今天不想说话，心里郁闷极了。想当初刚进实验室那会儿，大家都是单身狗，如今侯舸有了封筝，小白脸吴非和市场部的高冷御姐艾书坠入爱河，陈笑也跟相亲的女孩打得火热，就他一个人单着！太过分了！

暂且不提各人想法不一，淼淼怀这胎真是辛苦坏了，孕期反应格外强烈，前三个月吃什么吐什么。

霍斯衍操碎了心，点点看着也很忧心，不止一遍地轻抚她小腹，隔着衣服小心翼翼地"呼呼"："弟弟，你要乖乖的哦。"

"妈妈，我们把弟弟退回去吧。"点点一直以为妈妈肚子里的孩子是从超市买来的。

淼淼被儿子的话弄笑，摸摸他的小脑袋："点点不想要弟弟了吗？"

"想要，可是……"点点苦恼极了，"不想妈妈那么辛苦。"

唉，弟弟为什么一定要跑到妈妈肚子里呢，不能像小花花一样自己从土里长出来吗？

淼淼总算体会到了做母亲的苦，好在生完这胎以后都不生了，也是人生中的一种新奇体验吧。

所幸辛苦都是有回报的，到第十个月，她如愿以偿地生下了一个女儿。

全家欢天喜地，只有被爸爸抱起来，居高临下看妹妹的点点严肃着一张小脸："弟弟好丑，像只小猴子。"能不能跟超市退货啊？

夫妻俩相视一笑，淼淼笑完才跟他解释：“不是弟弟，是妹妹哦。”

点点还想问弟弟和妹妹有什么不同，结果“弟弟”在妈妈怀里放声大哭，眼睛紧闭，泪水流啊流，小脸蛋也涨得红红的，他还想再看，就被爸爸抱出去玩木马了。

木马是爸爸亲手给他做的，爸爸可厉害了。如果以后弟弟长大了，想玩木马的话，他就大方地让弟弟玩吧，谁让他是哥哥呢。

霍点点分清楚妹妹不是弟弟这件事，是看到她那头乌黑浓密的卷发变长，妈妈给她穿上粉色小裙子后，他恍然大悟，啊，原来是这样，妹妹像妈妈，点点像爸爸。

他又有了新的烦恼。他们是一家人，爸爸娶了妈妈当老婆，那他以后是不是也要娶这个妹妹啊？

有点不想呢。

妹妹整天除了吃就是睡，要么就是哭，吵得他在客厅和外公下棋都不能专心，本来能赢的，被她一闹，输了。

妹妹在点点心里变成了各种各样的动物。初次见面时是小猴子，因为能吃能睡，又长得白白胖胖的，所以是小猪猪，哭起来就像知了，笑起来嘛，就是家里那只乖巧的小猫咪团团。

点点牢记妈妈说的哥哥要保护妹妹的话，妹妹睡觉的时候，他就守在摇篮边，妹妹醒了，他就给她唱歌，或者讲故事，他最爱妹妹那头柔软的卷发，摸起来可舒服了，他还帮她取了个可爱的小名，叫卷卷。

“卷卷，卷卷妹妹……”每次他这么喊，卷卷都会笑，漂亮的眼睛弯成了月牙。

哇，妹妹真好看呀！

点点越来越喜欢妹妹了，有什么好吃的、好玩的东西第一时间想到她，恨不得全捧到她前面哄她开心，要是能得到她的亲亲，就如同得到全世界一样满足。

他一点都不羡慕星繁哥哥有弟弟了，他的卷卷妹妹是最好最美最可爱的！

当然他绝对不会告诉星繁哥哥卷卷是个小哭包，这件事他自己知道就好啦。

作为点点和卷卷爸爸的霍斯衍，真正算得上是人生赢家，不仅儿女双全，凑成了一个“好”字，事业也是青云直上。

凭着静脉药物配置机器人的大获成功，PC实验室强势地在医疗器械领域站稳脚跟，同年成立的恒远科技公司，也于上个月在深城证券交易所上市。在A市科创委的大力支持下，实验室的第四个重点项目，被誉为“医学上的航天工程”的手术机器人也取得了重大突破，并顺利地通过了审查。经验证，该手术机器人的各项技术和性能指标都达到了国际同类产品的水平。

十月十号，手术机器人首次正式登上手术台。

接受手术的男人是国内发现的第二例癌细胞异体转移、激活的患者，他在几年前接受了肝脏移植，两个月前发现自己莫名其妙晕厥，来医院体检，结果检查出体内有恶性肿瘤。

手术迫在眉睫，然而，另一个残酷的现实摆在了眼前，这男人同时也是个HIV患者。

PC实验室的手术机器人在这时派上了用场。

仁川医院特地匀出一间小型会议室，霍斯衍和淼淼、孟临星、童放、侯舸、侯舫、吴非等人通过大屏幕观看整个手术过程，每个人的心情都有着不同程度的紧张。

淼淼紧紧盯着屏幕，只见坐在医生控制台的谢南徵启动了操作系统。机械臂缓缓运作，和人的手相比，它们显得平稳许多，三维成像系统将细小的伤口放大了十倍，连血管和纤维都清晰可见。手术刀快速地到达指定位置，切割的精准度几乎可以用完美来形容，出血量也几乎可以忽略不计。

不到半个小时，手术圆满地结束了。

“Yes!”谈今天激动地跳起来，随手抱住了旁边的吴非，小会议室里欢呼声不断。这不仅仅是手术机器人的胜利，更是整个实验室、公司和国内医疗器械界的胜利和荣光。

吴非有些泪目，低低地道：“我们做到了。”

“是啊！”侯舸高声道，“我们做到了！”

侯舫也难得露出了发自内心的深笑。

“PC最强！”

“强破天际！”

得知手术机器人首战告捷的好消息，蹲守在医院的媒体记者们蜂拥而入，大家还没有准备，傻笑傻乐的脸就被镜头捉住了，十几个话筒齐齐对过来，侯舸最先发现：“咦，衍哥怎么不见了？”

吴非一拍大腿：“淼淼也不见了！”

“不好，他们逃跑了！”

此时，霍斯衍已经牵着淼淼从消防楼梯下到了地下停车场，准备回岳父岳母家接儿子和女儿了。

所有的荣耀和热闹，他留给了那些无数个日日夜夜和他并肩战斗的兄弟。

经过媒体的报道，PC实验室再次占领话题热点，不仅受到广泛关注，也引起了业界的轰动。从现实层面上，手术机器人凭借着技术创新，打破了国外对手术机器人的垄断，对医疗器械领域来说，具有里程碑式的意义。

而PC实验室，并不满足止步于此，还将继续前进……

前程似锦，未来可期。

秋光淡淡的午后，阳光正好，淼淼牵着点点，霍斯衍抱着狮子头的小卷卷，四人穿过铺着金黄色落叶的林间小道，到森林里去野餐。

草地还残余着一抹绿意。

淼淼把野餐布铺在上面，点点很懂事地在旁边帮忙把木篮子里的水果、点心和饮料拿出来，卷卷从爸爸怀里下地，在哥哥周围爬来爬去，好奇地这里看看，那里瞅瞅，伸着小手去抓阳光，玩得不亦乐乎。

“卷卷，哥哥抱。”点点张开双手，卷卷露出一个甜甜的笑，努力站起来，摇摇摆摆地朝他走过去，还有两步距离，她重心不稳，眼看要摔，被身后一双有力的大手抱住，她回过头，笑出了米粒般的白牙：“爸爸。”

她开心地亲了霍斯衍一脸口水，小小年纪，就懂得一碗水端平，亲完爸爸，就跑去亲妈妈和哥哥。

淼淼给女儿冲了奶粉，又倒了三杯果汁，点点拿了一杯，有模有样地举起来：“干杯。”

三个玻璃杯碰出清脆的声音，卷卷不甘示弱，举着奶瓶凑上去，糯声糯气的：“干杯杯。”

“哈哈哈……”

空气里弥漫着好闻的植物清香，阳光丰盛，金灿灿的，映着一家四口幸福的笑脸，也照耀着美满人间。

七月份，淼淼和霍斯衍带着两个孩子回北城老家，这可喜坏了老爷子和老太太，孙子、曾孙和曾孙女环绕在侧，欢声笑语，还有什么能比得上这种天伦之乐？

不用工作，也不用带娃，淼淼自然乐得轻松，在老家的日子过得不要太滋润。

这天清晨，太阳刚出现在天边，淼淼睡得正熟，感觉到一团沉甸甸的重物压了上来，她以为是霍斯衍又要作乱，咕哝了句“别闹”，谁知下一秒，一双柔软的小手搂上她脖子：“妈妈，快醒啦。”

淼淼困得睁不开眼，伸手把女儿抱住：“卷卷。”

卷卷奶声奶气地说：“妈妈帮卷卷穿衣服。”

昨晚八舅舅答应带她和哥哥，以及星繁哥哥去山上摘荔枝，她可高兴了，天一亮就醒来，还自己刷了牙，只是换衣服时遇上了麻烦，怎么也穿不好，于是过来找妈妈帮忙了。

淼淼睡意正浓，没听清女儿说了什么，迷迷糊糊地应了声“嗯”，却没有别的动作，倒是旁边的霍斯衍从床上坐起来：“爸爸帮你吧。”

卷卷乖乖地朝爸爸伸手。

霍斯衍把她抱过来，发现她的裙子穿反了，不由得摇头失笑，他脱下裙子，整理好后套回去，拉好拉链，又顺手摸了摸她蓬松的小卷发。

卷卷在他脸上亲了一口，甜甜地笑着：“谢谢爸爸。”

“我要去摘荔枝啦。”她说完从床上跳下，跑出去找哥哥集合了。

霍斯衍看看时间，才六点半，还可以搂着老婆睡个回笼觉。

夫妻俩呼吸均匀交织时，谢南徵带着三个孩子出门了，他知道淼淼一家回了北城，干脆也请了年假，回老家住几天，顺便重温一下孩子王的待遇。

卷卷年纪最小，走得慢，谢南徵想抱她走，被拒绝了。

“八舅舅。”卷卷歪着头，数了三根手指，比出来，“我今年三岁了。”

她穿着漂亮的公主裙，小脸粉嫩，那双和淼淼如出一辙的清澈大眼睛骨碌碌地转，还有娇滴滴的嗓音，听得谢南徵心都要化了。

一旁的点点抿着唇偷偷笑，没有戳破妹妹出门前跑去爸妈房间让他们帮忙穿衣服的事，他从路边的花丛里折了一朵淡蓝色的小野花，轻轻插进她的卷发中。

卷卷迈着小短腿继续往前走，点点和谢星繁像护花使者一样一左一右地走在她旁边，快接近目的地时，他们看到住隔壁的一位叔叔在稻田里抓鱼，卷卷很是激动地跳起来：“鱼！哥哥，鱼！”

点点同样很是惊喜。

兄妹俩在城市里长大，平时没有什么机会接触这种自然野趣，禁不住他们的撒娇，谢南徵只好答应让他们去玩一会儿。

话声一落，谢星繁就蹬掉鞋子跳进了田里，点点和卷卷有样学样，三人开始兴致勃勃地分头抓鱼，谁都没有经验，只是把鱼儿赶来赶去，累得满头大汗。

点点和妹妹好不容易联手用鱼篓装到一条鱼，谁知拿出来时，滑溜溜的，不小心让它挣脱了。卷卷急急忙忙要去抓回来，忽然脚下一个踉跄，整个人坐了下去。粉色小裙子顿时沾上污泥，脸上也被溅了泥水，她“咯咯咯”笑着抬手去抹，把自己抹成了小花猫。

点点伸手拉她，反过来被她拉下水，两人干脆连鱼都不抓了，在稻田里嬉笑成一团。

站在边上看到这一幕的谢南徵，绝望地闭上了双眼。

最后，荔枝没摘成，他倒是将两条鲈鱼和三个泥猴领回了家。

淼淼和霍斯衍看着成了泥人的儿子女儿，真是哭笑不得，各带了一个进浴室，足足洗了三遍才把他们洗干净。

卷卷和两位哥哥一身清爽地坐在院子的树荫下吃西瓜，已经是半个小时后的事。西瓜是昨天放进井里的，经过一夜冷藏，凉意逼人，吃起来很是清甜可口。

孩子们吃过西瓜，休息片刻后，丰盛的午饭端上了桌，吃完后玩闹一阵，就去午睡了。

大概上午闹腾得厉害，这一觉睡到了黄昏，兄妹俩一醒来发现桌上多了一筐荔枝，爸爸妈妈却不见人影，跑去问太婆婆，得知他们到外面散步去了。

这会儿，淼淼跟霍斯衍刚走到荷花池边，眼前所见，虽说没有接天莲叶无穷碧的盛景，却有着映日荷花别样红的娇羞明丽，她忍不住惊叹：“好美啊。”

“是吗？”霍斯衍微笑着侧头看她，甜言蜜语顺口就来，“和你相比，我觉得不过尔尔。”

淼淼的脸在霞光映照下微微发红，眸光清亮，可不就是人比花娇吗？他忍不住倾身靠过去，在她颊边亲了一口。

她害羞地推开他往前走，他追上去，牵起她的手。

两人沿小路走着，不知不觉，太阳消失在青山外，暮色从四周笼罩了过来，天边出现第一颗星，他们开始往回走。

经过一片稻田时，霍斯衍不由得想起了那晚，自己坐在田垄边，闻着稻香，想着要怎么把淼淼追到手的事。那时还计划着徐徐图之，如今已和她生了一双儿女。

这番人生际遇，算得上奇妙。

想到这里，他悄然握紧了她的手。

淼淼心念微动，轻轻回握住。

头顶上，明月当空，星辉闪烁。他们每走一步，就踩灭一小片的蛙声和虫鸣。

唯愿此生余下的路，都能与你一起前行。

【番外完】

图书在版编目（CIP）数据

情话微微甜：全 2 册 / 临渊鱼儿著 . — 南京：江
苏凤凰文艺出版社，2020.7
ISBN 978-7-5594-4927-6

Ⅰ. ①情… Ⅱ. ①临… Ⅲ. ①长篇小说－中国－当代
Ⅳ. ① I247.5

中国版本图书馆 CIP 数据核字 (2020) 第 092079 号

情话微微甜：全2册

临渊鱼儿 著

选题策划　北京记忆坊文化
特约策划　朱　雀
特约编辑　朱　雀
责任编辑　白　涵
封面绘图　陶　然
封面设计　80 零 · 小贾
版式设计　天　缈
出版发行　江苏凤凰文艺出版社
南京市中央路 165 号，邮编：210009
网　　址　http://www.jswenyi.com
印　　刷　三河市国新印装有限公司
开　　本　880 毫米 ×1230 毫米 1/32
字　　数　611 千字
印　　张　19
版　　次　2020 年 7 月第 1 版
版　　次　2020 年 7 月第 1 次印刷
书　　号　ISBN 978-7-5594-4927-6
定　　价　62.00 元（全二册）